中国博士后科学基金
（项目编号：2016M592154）
广东省哲学社会科学“十二五”规划项目
（项目编号：GD11XZW06）
肇庆学院学术著作出版资助基金
资助

文化视野下的
南宋干谒风气与文学创作研究

丁楹　著

暨南大学出版社
JINAN UNIVERSITY PRESS

中国·广州

图书在版编目（CIP）数据

文化视野下的南宋干谒风气与文学创作研究/丁楹著．—广州：暨南大学出版社，2016.12
ISBN 978－7－5668－2044－0

Ⅰ.①文…　Ⅱ.①丁…　Ⅲ.①古典文学—文学研究—中国—南宋　Ⅳ.①I206.2

中国版本图书馆 CIP 数据核字（2016）第 325661 号

文化视野下的南宋干谒风气与文学创作研究

WENHUA SHIYE XIA DE NANSONG GANYE FENGQI YU WENXUE CHUANGZUO YANJIU

著　者　丁　楹

出 版 人　徐义雄
策划编辑　张仲玲
责任编辑　黄少君　姚晓莉
责任校对　何　力
责任印制　汤慧君　周一丹

出版发行　暨南大学出版社（510630）
电　　话　总编室（8620）85221601
　　　　　营销部（8620）85225284　85228291　85228292（邮购）
传　　真　（8620）85221583（办公室）　85223774（营销部）
网　　址　http：//www.jnupress.com　http：//press.jnu.edu.cn
排　　版　广州市天河星辰文化发展部照排中心
印　　刷　深圳市新联美术印刷有限公司
开　　本　787mm×1092mm　1/16
印　　张　25.5
字　　数　622 千
版　　次　2016 年 12 月第 1 版
印　　次　2016 年 12 月第 1 次
定　　价　58.00 元

目　录

绪 论
南宋干谒风气与文学创作：一个有必要深入考察的文化—文学现象

在当今时代的古代文学研究中，要想有所突破和有所进展，无疑需要研究观念与研究方法的开拓。我们希望能变换视角，在南宋文学尤其是南宋词学研究方面有所创新，即使不能超越前人时贤的研究成果，也希望能在认真学习这一时段文人群体的相关作品和文献资料的基础上，抒发一些自己阅读古典文学的感受，表达一些对南宋文学研究的看法，不求惊世骇俗，但愿新人耳目。

童庆炳在《文化诗学是可能的》一文中指出：

> 文学从来不是孤立地存在着发展着的，它总是与其他文化形态互动中存在着发展着。文学中处处渗透着文化的因子。[①]

以干谒活动为中心来研究南宋文人群体，是一种文化史的批评，在方法论上属于文化学的研究范畴。干谒活动，是南宋文人普遍经历过的一种不可避免的人生境遇，在很大程度上与中国传统文化有着十分密切的关系。作为中国社会一种特有的文化表现形态，干谒有其自身的生成、发展规律。对于与干谒活动关系密切的南宋文人，我们考虑较多的是如何将南宋文人当作中国传统文化形态在特定历史时期的独特表现来加以考察，以便在广阔的生活背景下寻求一个较合适的切入点，从而能够切实、准确地阐述研究对象。

一、回顾与判断：相关研究的述评及选题意义

自20世纪90年代以来，唐代干谒与文学研究在重要诗人及综合研究方面都取得了一定的成绩，但在研究的深度上还需要加深，范围上也需要拓展。[②] 而与南宋文学密切相关的干谒活动，则还较少有人关注。

在历来的文学史和宋代文学研究著作中，南宋干谒风气与文学创作的研究，一直很少

---

① 童庆炳：《文化诗学是可能的》，《江海学刊》1999年第5期。

② 详参王佺：《唐代干谒与文学》，中华书局2011年版，第3－5页。

有学者问津，长期以来被文学研究界所忽视。截至目前，学界有关南宋文人干谒问题的研究，相关成果主要如下：

夏承焘于1956年9月撰写了《姜夔的词风》一文，在此文中，夏先生明确指出：“白石一生不曾仕宦，除了卖字之外，大都是依靠他人的周济过活的。”① 并结合姜夔的干谒活动对其词风进行了深入细致的研究，不仅对南宋文人干谒现象做了开拓性和基础性的研究，而且为当今学者从事宋代文化史、制度史与文学史的交叉学科研究提供了重要的研究思路，对我们深入探索南宋干谒风气与文学创作的关系起了导夫先路的作用。夏先生目光如炬，他的名作《姜白石词编年笺校》体大思精、地负海涵，贯穿于古今中外，以丰富的资料积累、磅礴的理论气度和深入的分析解读，建构出江湖文士姜白石研究的新框架，显示出学术研究的大家气象。

夏先生具有丰富的教学实践经验，② 他高超的理解现实生活的能力，有助于他对历史上各种文化活动、文学现象、文学思想的观察研究。察古观今，此之谓也。对南宋江湖文人姜白石生活方式的研究兴趣，使夏先生乐在其中，视艰难的学术之旅如歌如诗，虽鞠躬劳苦而始终如痴如醉。因此，他这部为南宋江湖文士姜夔作品编年笺注的经典之作，能够使古人的生命心魂、人生智慧得以再生，并通过自己的研究，让姜白石的智慧、品格、襟怀和修养，灌溉滋润我们当代人的心田，从而使中国优秀传统文化得以传承、中华民族文化生生不息的智慧永放光芒。夏先生才气之高、气魄之大、境界之深，对词学史、词学理论、宋史及中国传统文化的各个方面涉猎之广、钻研之深、用力之勤、评介之精，令人叹为观止。

袁行霈曾在《学问的气象》中说：“学问的气象，如释迦之说法，霁月之在天，庄严恢宏，清远雅正。不强服人而人自服，无庸标榜而下自成蹊。……在他们的手里，资料的采用和组织灵活而有规矩，出神而又入化，犹如魔方的组合，而不像积木的堆垛。他们治学的道路平正通达，思维的逻辑清通简畅，如书法之笔笔中锋、万毫齐发、力透纸背。……‘尽挹西江，细斟北斗，万象为宾客。’这气象何等恢宏！如果借用来形容学问，‘尽挹西江’可以说是把有关的资料全部搜集起来；‘细斟北斗’可以说是把有关的材料细细地加以辨析；‘万象为宾客’可以说是把相关学科都用来为自己的研究服务。学问能到这一步，也就不是常人所能及的了。”③ 夏先生治学有大气魄，他所著的这部《姜白石词编年笺校》就体现出他研究学问时恢宏大度的气象。他的研究紧紧围绕姜白石一生中的文学创作，以辽阔的视野和渊博的学识，力图在时代风尚、文人交往、公共关系、生活观念、审美习俗、古今对比等文化大背景下，全景式地阐释南宋江湖文人的某些论题。从实证研究基础上对南宋江湖文人进行了系统的开拓，对姜白石词所做的分析及其在中国词学史上价值的阐释，卓尔不群，迥出时流，真知灼见，随篇可见。对南宋文学理论的研究者及广大词学研究者来说，这部著作，既是指导研究实践的入门必读宝典，也是广大国学研究及爱好者进入传统文化这一繁茂园地的典范之作。通过此书，读者既可一窥南宋词学的

---

① 夏承焘：《月轮山词论集》，《夏承焘集》第2册，浙江古籍出版社、浙江教育出版社1998年版，第301页。

② 详参丁楹：《寓教于乐——以夏承焘为中心的民国时期教师教学风格初探》，《肇庆学院学报》2015年第1期。

③ 袁行霈：《学问的气象》，新世界出版社2009年版，第11－12页。

精髓，也可进一步认识与体味中国传统文化的深厚底蕴。大气方能成大器，夏先生治学从大处着手，他的大气成就了这部白石词研究领域空前的巨作、优秀的楷模。

张宏生在《江湖诗派研究》中既历时地探讨了江湖文化的起源、发展与变异，又共时地探讨了南宋江湖诗作在内容和形式上的特点，建构出南宋文学流派研究的一种具有可操作性的模式。该书第二章“文化传统的倾斜——江湖谒客的生活形态及其他”和附录二“南宋江湖谒客考论”对江湖谒客的生活做了较为深入的研究，把南宋江湖谒客的成因主要归纳为：“宋室南渡给社会结构带来的变化”“阶级结构的急剧变化”“科举考试的艰难”“冗官的不断增多”“士人生活水平的低下”“都市生活的吸引”等，[①] 颇有新意，并言之成理，持之有据。作者的语言文字功夫很扎实，论述文字流畅老到。该书本是一篇非常优秀的博士学位论文，是在程千帆教授的指导下完成的，很有学术价值，体现出作者高度的理论修养和深厚的文献基础。[②]

张教授的这本专著，是国内第一部全面系统研究南宋江湖诗派的著作，不无填补空白之功，开拓了南宋文学研究的领域。该书有三大特色：一是内容新颖，全书新见迭涌、灵采焕发，书中每一个章节都透露出作者的真知灼见。二是理论联系实际，该书挖掘出了江湖文化中许多深刻的文学理论，并将这些理论哲思和鲜活生动的具体事例紧密结合在一起，作者特别注意通过具体的生活事例来说明南宋江湖文化的理论问题，让读者在轻松的阅读中享受到文学思想的归纳、审美的愉悦，深入浅出，不断引导读者向纵深开拓，给人以感性材料和理性分析相结合的方法论意义上的深刻启迪，为南宋江湖文化的研究总结了新鲜经验，对当前中国传统文化的传播与接受工作都具有深刻的指导和借鉴意义。三是立足文学本位，高度重视对文学作品的分析解读，书中对南宋江湖诗人诗作的评析，颇深入细致，有自己独特的见解，体现出作者较好的艺术感受力和对文学作品的分析鉴赏能力，[③] 并上升到理论阐述，对南宋江湖时期的文学遗产进行了系统的发掘、爬梳，整理提炼出一系列具有开创性的成果，又广泛汲取西方文学理论的新观念，并将两者融会贯通，形成了体大思精、地负海涵的知识体系，显示出张教授恢宏广博的学术视野、丰富多彩的审美体验与精深独到的理论见解。

另有费君清的《南宋江湖诗人的谋生方式》一文也是探讨南宋江湖诗人的名篇佳作。费先生通过收集和分析资料，发现南宋江湖诗人比较重要的谋生方式和经济来源有：①干谒权贵，获取钱财；②投亲靠友，接受周济；③出卖诗文字画，兜售个人才艺；④教书授徒，代人撰述等。[④] 费先生的文章以“谋生方式”或“生计问题”名篇，选题别出心裁，很有新意，多角度探讨了南宋江湖诗人的生活方式，拓展了南宋文学研究的领域。他的文章内容信息量十分丰富，既有纵向的流变考察，又有横向的南宋文人谋生方式特点的分

---

① 张宏生：《江湖诗派研究》，中华书局 1995 年版，第 330－338 页。

② 此书价值，详参傅璇琮为《江湖诗派研究》所写的序，见张宏生：《江湖诗派研究》，中华书局 1995 年版，第 1－7 页；傅璇琮：《唐宋文史论丛及其他》，大象出版社 2004 年版，第 516－521 页。

③ 关于张宏生的艺术感受力和对作品的赏析能力，可参张晖：《鉴赏的意义——读宏生师〈读者之心〉》，载张晖著，张霖编：《朝歌集》，浙江大学出版社 2014 年版，第 221－226 页。

④ 费君清：《南宋江湖诗人的谋生方式》，《文学遗产》2005 年第 6 期；另见费君清：《南宋江湖诗人的生计问题》，载沈松勤编：《庆贺吴熊和教授从教 50 周年论文集》，浙江大学出版社 2008 年版，第 196－212 页。

析，既评析南宋文人的生活实践，又总结有关干谒诗文的创作特色，更注意结合当时政治气候、文化环境和作家谋生时的心态来考察文体发展变化的深层历史动因，视野开阔，论析有深度和创见。文中涉及南宋江湖时期的干谒风气、文人的干谒方式、干谒对象和干谒时的精神状态，以及干谒对南宋江湖诗风的影响等方面的系统论述，让我们了解到南宋历史上江湖士人真实、鲜活的谋生方式。费先生的研究有很强的个性，也有强烈的现实关怀，能够立足文本，融化古今。他的文章既具理论色彩，又可从中看出作者的文献基础与朴学功夫。费先生还独具灵心慧眼，能够妙手剪裁，博采现实生活实践之花，嫁接中国传统文学研究之木，运用南宋江湖士人“谋生方式”“生计问题”中表现出来的生存智慧来关注我们现实的人生和当下中国文学研究的“关键问题”。

当我们深陷世俗多元化的价值选择中，面对不可阻挡的物欲横流，该如何维持自我内心世界的平安喜乐，寻找人生的出路呢？费先生此文给了我们多方面的启迪与思考。此文最大的特色就是全面深入、广泛系统地研究了南宋江湖文人的谋生方式与生计问题，深掘传统文化的底蕴，并结合南宋江湖士人的生活实际，展示他们人生智慧、个人才华的适用范围及时代需要。这为解决南宋文学研究中的热点、难点问题提出了新的理论思考与人生启迪，于他人不到处别生只眼，寄妙理于陈规之外，出新意于故纸之中，让人感受到冷静而理智的学术品格与内在的对人生之路探究热情的融合。因此，此文的研究方法十分便于效仿，我们可以据此深入南宋文人的生活实际，探究他们在干谒活动中所遇到的各种具体问题及他们解决问题的各类具体途径。

沈松勤在《从高压政治到“文丐奔竞”——论“绍兴和议”期间的文学生态》一文中具体分析了“绍兴和议”期间文学生态的环境因子，认为高压政治使创作主体锐气顿失，呈现出集体失语症，使之奔竞于适应高压政治的以歌功颂德为内涵的话语系统中，创作了汗牛充栋的谄诗谀文，成了宋代文学史的一个转折点。[①] 在对待人性、政治、权力、道德、风尚、社会、文化和文学诸问题上，沈松勤都有许多非常深刻、精辟的见解，并以翔实的史料为依据，作出了令人深思的论述。

沈松勤的专著《南宋文人与党争》，以从史学入而从文学出的治学方法，考察了南宋政治的主要表现形态——党争及其与当时文学之间深层复杂的内在联系。这本著作不仅是一部体大思精、纵横捭阖的南宋党争史，同时也是一部激情洋溢、斐然成章的文学研究的典范之作。他深刻剖析了南宋士大夫在官场上的沉浮起落，当时权力斗争的波诡云谲及在其中显现出来的人性中的光辉与弱点，为我们一层层打开中国传统知识分子或高贵或痛苦的灵魂。沈先生引用南宋许多名流显宦的真实案例，讲述了他们如何在高压政治下奔竞请托的情形，高压政治如何改变了传统士大夫直道事人的处世态度与为人方式，这些士大夫又如何在现实政治生活中提高社交活动能力并增强文学创作的趋同性，从而改变了当时的文学生态。

沈先生敞开思想去分析中国传统知识分子的文化心理及对其影响很大的各种各样的文化生态，努力破解当时的人情世态、时代风气和文学创作之间深层复杂的内在联系。他真

① 沈松勤：《从高压政治到“文丐奔竞”——论“绍兴和议”期间的文学生态》，《文学遗产》2003 年第 3 期，第 55 – 69 页；另见莫砺锋主编：《第二届宋代文学国际学术研讨会论文集》，江苏教育出版社 2003 年版，第26 – 51页。

实地揭示出南宋士大夫的精神状态，以抽丝剥茧的方式展露中国古代文人在特定时期灵魂深处的污垢和精神境界的萎靡，深切洞察了南宋政治的黑暗复杂及当时士人的悲惨命运，并通过描写高压政治下的文人生态，解剖了中国古代知识分子值得悲悯的病态人格，能于绵密深厚、委曲周至的分析论述中最大限度地展现历史真相与文人本意，揭示出蕴含在士人悲剧命运中更深层次的一面。从中我们可以照见现代知识分子的生活、窥见他们的影子、惊悚自己的命运。[①] 这种研究以新的眼光、新的方式表现出了新的意味，为我们的研究开启法门、点上明灯，提供了新颖、独特的视角。此书的独到之处：融合历史学、文学、哲学、心理学、传播学、人类文化学于一炉，纵观古今、融合中西，把深邃浩瀚时空中的个人与民族、古代与当下、中国与西方的联系与思索都总括于其中，真知灼见、精辟独特，迥出时流、新人耳目，由其著作可见沈教授研究内容之深广，借以知作者治学堂庑之大也。

每个人生下来以后都受到特定环境和文化的影响，自然就有权利和义务对这种培育塑造我们民族性格的传统文化进行深入细致的反思与批判，从前人的经验或谬误中汲取人生的智慧，照亮未来的人生之路。王瑞来着眼于“宋元变革论”，撰写了一系列发凡起例、体大思精，拓土开疆、独辟新境，以史证文、以文证史、文史相济，根底深厚、情理兼胜的名篇佳作：《金榜题名后：“破白”与“合尖”——宋元变革论实证研究举隅之一》[②]《“内举不避亲”——以杨万里为个案的宋元变革论实证研究》[③]《小官僚，大投射：罗大经仕履考析——宋元变革论实证研究举隅之三》[④]《士人流向与社会转型：宋元变革论实证研究举隅之四》[⑤]《从近世走向近代：宋元变革论述要》[⑥]。以上任何一篇文章，皆源出文史、辟域浑茫，以辟疆拓土的识见，开掘出取之不尽、用之不竭的宝贵精神财富。

在《金榜题名后：“破白”与“合尖”——宋元变革论实证研究举隅之一》中，王瑞来指出：“南宋继承北宋科举取士的官僚再生产规模，大量通过千分之一高倍率的激烈竞争及第者，在仕途上遭遇到比北宋更为激烈的新一轮升迁竞争。多数在政界缺乏背景的普通及第者，尽管可以成为低级官僚，由于制度上和人际关系上的因素，却几乎无法挣脱出通向成为中高级官僚的瓶颈。严酷的现实让对仕途绝望的士人与主流政治产生疏离，导致士人流向多元化。”他认为“宋朝的政治家为普通平民百姓敞开了一扇充满光明的通向仕途之门，接着又半掩上了第二道门。而第二道门才真正是通往风光无限的顶峰的山门。穿过这第二道门，才是士人多年寒窗苦读的真正目的。然而这第二道门却不易穿过。穿过第一道科举之门，尽管千里拔一竞争激烈，但毕竟主要凭自己的努力，顶多是加上家族的财力支持。如果成绩不成，神仙也帮不上忙。然而，穿过第二道入官之门时，却基本上失去自己把握命运的能力，前途掌控在他人手中。选人本人所能做的，就是努力做出政绩这样

① 关于中国现代知识分子的心灵图景，他们的选择与命运，可参见许纪霖：《大时代中的知识人》（增订本），中华书局2012年版。

② 王瑞来：《金榜题名后：“破白”与“合尖”——宋元变革论实证研究举隅之一》，《国际社会科学》2009年第3期。

③ 王瑞来：《“内举不避亲”——以杨万里为个案的宋元变革论实证研究》，《北京大学学报》2012年第2期。

④ 王瑞来：《小官僚，大投射：罗大经仕履考析——宋元变革论实证研究举隅之三》，《文史哲》2014年第1期。

⑤ 王瑞来：《士人流向与社会转型：宋元变革论实证研究举隅之四》，《上海师范大学学报》2014年第3期。

⑥ 王瑞来：《从近世走向近代：宋元变革论述要》，《史学集刊》2015年第4期。

的‘硬作为’，与广结人脉、钻营于权门这样的‘软作为’。……金榜题名后的风光不再，仕途上的艰难跋涉最终造成了什么样的结果呢？南宋的社会环境有别于北宋，对外关系紧张，地域势力崛起，经济发达，文化兴盛，在这样诸多综合因素的作用之下，士人逐渐与主流政治产生疏离，形成流向的多元化，成为推动南宋至元社会转型的一个重要因素”①。

接着，王先生在《“内举不避亲”——以杨万里为个案的宋元变革论实证研究》中继续深入研究“宋元变革论”，指出：“质的突变一定是源自量的积累。人心的质变也当是出于精神的决绝。不撞南墙不回头。屡撞南墙，自会改弦易辙。在科举之途，像范进那样偏执的坚持者毕竟是少数。南宋以降，艰难的仕途让大量士人望而生畏，忍痛割舍，与主流政治产生疏离，不再目光向上，转而投身于地域社会，来谋求生路，来寻求实现自我价值。这种状况，逐渐促成士人流向多元化。利弊互动，绝望带来新生。士人流向，作为众多因素之一，汇入涌动的变革潮流，推动中国社会在宋元转型。”②

我们之所以不惮辞繁地引录上述材料，一方面旨在对王先生笔下“宋元变革论实证研究”的具体观念作尽可能真实、切合实际的历史还原，以描述清楚南宋士大夫主体人格和审美情趣形成的环境和意义；另一方面也实在是因为这一大段文字蕴含了大智慧，既滔滔雄辩又生动有趣，很能说明王先生的论述风格。对宋元文化转型期如此通透的见解，绝不是一辈子皓首穷经、困死书斋的老朽宿儒说得出来的，也绝不是一味崇洋媚外、奴颜媚骨的新学士子所能道其万一的。只有能入能出，既精通传统文化，又吸收外来学说的通达之士才能达到这种思想高度。这是洞察力、才子气、思想家、史学家的融合贯通所产生的一种学术境界。

王瑞来的研究，在深入分析正史记载、野史笔记和文人集子的基础上展开，其文章中涉及的大量历史细节不仅还原了南宋士人真实的生活环境、生活方式、生活习惯，披露了那一时代文人奔走请托、援引荐举的真实场景，破解了不少史学与文学中的疑团和误解，还构建了一部“宋元变革史论”，使读者从中可以看到南宋大时代下的历史潮流及宋元文化转型的余风遗韵。这些研究，体现了王先生严谨的治学态度、扎实的理论功底以及历史学家的人文关怀。这对我们“文化视野下的南宋干谒风气与文学创作研究”具有特别重要的启示意义，告诉我们应当用何种态度、何种方法去面对我们的研究对象。③

王瑞来主张的宋元变革论，注重南宋以来的社会发展变化，从探究宋元时期文化环境、民俗风习和士人的生存方式入手，采用大量的第一手材料，并对已经刊行的文献资料

---

① 王瑞来：《金榜题名后：“破白”与“合尖”——宋元变革论实证研究举隅之一》，《国际社会科学》2009年第3期，第88页。

② 王瑞来：《“内举不避亲”——以杨万里为个案的宋元变革论实证研究》，《北京大学学报》2012年第2期，第127页。

③ 王瑞来还有一部专门研究宋代士大夫心术权谋及其对中国历史走向影响的专著——《宰相故事：士大夫政治下的权力场》（中华书局2010年版），其洞幽烛微处令人耳目一新，不乏启蒙意义，在当代琳琅满目的历史类著述中，是颇值一读的传世佳作。王先生的研究态度、研究视野、研究方式与众不同，他精研宋史三十余年，从容淡定、不急不躁，沉潜文献、精研学理，才气之高、见识之奇，令人感佩，实现了宋史研究在学术观念、思维方式、研究方法、研究手段上的全面创新。以一位史学家的人文关怀深入挖掘宋型文化的底蕴、精髓，以旺盛的学术激情、对学术事业的执着和坚守，在看似积累深厚到几乎让人无法措手的宋史研究领域，拓展出新的气象，创作出了具有独创性和前瞻性的学术精品，对引领和深化宋史研究，无疑具有方法论的启示意义，有望成为宋史乃至宋元文学研究领域最具潜力的新的学术增长点。

进行运用与订误，以一种历史学家异常特别的视角和文学家通俗流畅的语言，以生动活泼的笔触娓娓道来，从内容、形式到主题指导，乃至人物描述等，都为本书的研究提供了可资借鉴的研究方法和一些必要的理论基础。在南宋文学研究浩如烟海、汗牛充栋的成果中，突然注入一种难能可贵、貌似平常实则独特的研究方式与探索精神，令人读后兴味盎然，掩卷而思，不禁浮想联翩，享受到阅读与思考的愉悦。这或许和王先生从北京大学中文系古典文献专业毕业后长期从事历史与古籍的编辑，先在中华书局工作，后到日本从事学术研究有关。正所谓“跳出三界外，反观红尘中”“入乎圈内又出乎圈外”，故能“思接千载”“视通万里”，摘下单调的有色眼镜，打破文史哲分科的疆界，贯通无碍、入木三分，对宋元时期文化传统变迁的全貌及本质作出如此深刻细致、惊心动魄的分析解读，在广阔的文化背景下和历史意识中对南宋历史与文化的关系作整体化、全景式的观照，揭示了南宋历史丰富多彩的面貌，为世人了解这段历史的多重面向提供了异常珍贵的史料与见解。

我们认为，王瑞来关于宋元变革论的一系列论文，既充满感情，又客观公允，不仅仅是宋元历史研究、宋元文学研究，乃至整个中国古代文学研究，都将从这些引人入胜的论述中获益。王先生所显示的学术视野，所提出的研究话题，所揭示的众多研究线索，具有改写宋元历史、南宋文学史研究版图的积极意义，很值得我们进一步深入思考与探索。

从以上的研究成果可以看出，这些学者都把自己摆在人类文化的历史背景下和现实世界的经纬中，对中国传统文化中干谒现象的起因、发展及特点作了某些直觉或理性的把握。那种雄浑的气势逼人而来，以其深沉的思考和敏锐的探索，向我们展示了有才华、有责任感、心境洒脱、性情温润的优秀学者所作的多方面的可贵开拓，适应了时代的发展和自我的期待。他们的研究立足于南宋士大夫的生活条件、生活水平、生活资料、生活作风、生活方式、生活环境、生活习惯、生活气息乃至生活待遇，广泛涉及文学、历史学、哲学、艺术学、心理学、传播学、人类文化学等诸多领域，以广阔的文化视野、细腻的审美体验和多元的思维方式，有力地印证了自己提出的学术观点，凭借深厚的学养、广博的学识，对阅读者产生了一种巨大的启示作用，体现出文化视野下南宋文学研究思路的多棱面，为我们的研究作出了开拓性的贡献。

然而，和干谒与文学的关系在南宋文学史上的实际情况相比，这些研究远未达到其应有的局面。在搜集资料、梳理脉络之后，我们集腋成裘、积沙成塔，发现：一部南宋文学史，社团林立，流派众多，错综复杂，更有特立独行、卓然自成一家者的出现，使其呈现出丰富多彩的面貌。南宋士大夫中名流印可、荐举之风、豪华奢纵之习盛行，高压政治与冗官政治加剧，养士之风、士人入幕之势普遍风行，以及科举入仕之艰难，都导致干谒成为一种社会风气，成为南宋文人无法逃避的一种命运，一段普遍存在的人生选择。南宋文人着眼于自己的权力名位、物质欲望而干谒奔走。利禄之途所在，让士子趋之若鹜。要参政，要进入仕途，要想有所作为，要想实现人生的理想，就必然有干谒之行为。那么对南宋士人来说，无论是进入仕途的社会政治之路，还是内在的心灵旅程，无疑都打上了当时干谒风气影响的深刻烙印，围绕着干谒这一文化现象又产生了多层面文学活动的互动。

南宋活跃的文学流派、频繁的文学社团活动、兴盛的文学批评理论以及那一特定时代很多有价值的文学作品与当时文人的干谒行为都有着紧密的关系，要是不认真去梳理阐述，给予允当的评价，那么南宋文学研究将是不全面的。从已有科研成果的研究广度和深度看，“南宋干谒与文学”这一课题，应当还有很大的深化空间。虽然，分别对姜夔、刘过等江湖文人干谒活动作研究的文章已有一些，但绝大多数南宋文人，甚至是南宋时期的诗词名家如李光、赵鼎、黄公度、陈亮、陆游、叶绍翁、辛弃疾、杨万里、刘克庄、宋自逊、张元幹、朱敦儒、戴复古、吴文英等，还较少有人从干谒风气与文学创作的角度去加以注意。至于一些更深层次的问题，如对南宋文人群体人格精神的整体研究把握，则更少有人从干谒的角度去观察其发展与演进，缺少新的视野和更深层次的开掘。前人时贤往往局限于对某一重要的文人进行考察，而能综合社会变迁、文坛创作、文人群体、时代风尚来作宏观研究者则较少。这就难以充分深入地把握南宋文人的行为方式、心灵活动的演变历程，也无法专门关注南宋文人的生存方式、心态变化与文风流转衍变的内在联系，对南宋文学的研究也就很难深入下去。这对于客观深入地了解、认识和评价南宋文人的创作实绩，无疑有蒙尘、遗珠之憾。

历史与现实之间存在着千丝万缕的内在联系，可以说是一道河流上下游的关系。我们的研究，是想将现实问题与历史思考相联系，以从古到今中国社会一直存在，且随着社会发展更加推陈出新、隽永悠长的“干谒”这一文化现象为独特视角，以南宋这一特定历史时期下的文人创作与请托延誉活动的互动为线索，以南宋文学作品为主要研究内容，探究当时文人的生存困境，思考文人摆脱困境、诗意栖居的生存之道，对传统文化的当下价值进行观照与反思，是我们研究时努力追求的精神境界和渴望实现的美好愿望。

大量事实表明，干谒是中国传统文化中交情世态的常见行为。梳理和阐述干谒与文学之间深层复杂的内在联系，揭示南宋时期的文化原生状态，是全面、准确把握这一时期的文学如何表现人的价值、人的行为、人的心理、人的形象、人生的意义、人际的关系所必不可少的具有重要意义的一项研究。系统研究南宋文人的干谒活动、干谒方式及其干谒心态，研究南宋士大夫在特定生活情境中所表现出来的人性特征，研究他们对宇宙、生命、自然和文化的思考，以及他们的生存方式所受传统文化的影响，对于认识和考察宋人政治生活和文化生活的历史面貌，应当是一个重要的补充；对于拓展宋代文学的研究领域和推动古典文学研究的现代化进程，有极其重要的启示。

二、问题意识：创新的尝试与期待

干谒活动，是南宋文人普遍经历过的一种不可避免的生活方式，在很大程度上与中国传统文化有着十分密切的关系。作为中国社会一种特有的传统文化，干谒有其自身的生成、发展规律。我们在研究过程中，围绕着南宋文人的干谒生活及其相关的一些问题，进行较集中的讨论，把南宋文人定位在当时社会文化的大背景下进行研究，综合当时政治、经济、宗教、民风民俗等社会文化因素，真实地还原南宋文学的文体特征，这在文学价值论与文学本体论的学科意义和方法论意义上，是一种新的尝试。

具体而言，我们的主要观点和创新之处如下：

（1）南宋文人谒客的身份角色及其在文学创作活动中的种种特点，他们的心态情感、人格特征、生活环境和生活方式，大多是前人时贤未曾留意或不甚了然的，他们谒客身份角色的自我认定与文学创作的内在联系，更少有人问津。南宋的社会文化环境是通过文学创作主体这个内部因素而对文学的新变和繁荣起作用的，我们将在课题中考察当时干谒活动之风的盛行与文人角色的改变。

（2）将干谒活动与南宋文学创作的内在联系纳入研究的视野。对南宋文学创作主体人格精神的演变进行一番梳理勾勒，着重探讨南宋文人人格精神的形成与特点，并对其在文学史上的意义进行阐述。

（3）南宋干谒之风的渗透，影响了整个时代文人群体的文化价值观念，从而改变并充实了南宋文学的思想内容，铸就了其独特的文学风格。南宋文人的生活环境，作为特定历史文化下的产物，既承载着传统与历史的遗绪，体现出传统社会文化心理的存留，又反映着时代观念的嬗变，是一种深含历史积淀与时代特征的独特现象，是中国文化史上的一大特色，也是形成南宋文学独特风貌的特定生活背景，我们将对这一环境背景进行一些描述。

（4）将南宋文人的身份角色、哲学思考与文学中所体现的创作主题、艺术风格相联系，发现南宋文学在创作主题上有许多以前文人未曾表现或较少表现过的种种复杂心理和人生体验，在艺术风格上也有许多新变化，我们从干谒活动的角度对其展开具体的阐述。

（5）阐明南宋文人在干谒活动中养成的自矜狂傲、压抑自饰、愤懑悔恨、忍辱负重的精神气质和纵横求知的审美趣味，揭示他们追新逐奇的创作风格与干谒之士审美理想的关系。

（6）战国策士的纵横精神和魏晋名士的风神气骨是文化内涵最为丰富深刻、最易触动南宋文人内心情感的意象，反映了他们在干谒生活中崇尚战国时期纵横家和魏晋名士人格魅力和精神气质的热忱，展示出他们性格中所积淀的传统文化精神，表现出他们人格精神的多重侧面，从而形成南宋文人好议论、好品评、好逞才使气的显著特征。我们在本书中具体探讨南宋文人干禄仕进时崇尚而仿效的楷模，并进而探求这种精神渗透于干谒行为中，并对象化在干谒文学作品中时，对文学风貌产生的影响。

（7）南宋文人的干谒请托活动，使王霸雄图的题材取向渗透至他们的审美观念和忧患意识中，并影响到他们的情感活动和创作心理。我们在本书中着重探讨南宋时代的文化特征，并揭示战国策士纵横精神及文风对南宋文人心理和创作的影响。

（8）南宋文人的交游唱和活动，是他们干谒求知的重要内容之一，对他们的思想感情、创作范式产生了深刻的影响，表现出南宋文人在特定历史时期的独特情感、心路历程和生活体验，使群体的创作共性凸显出来，呈现出鲜明的创作范型。我们在本书中揭示南宋文人群体交游唱和之风盛行的文化内涵。

（9）我们以干谒求知活动为中心，从南宋文人群体的总体情况着眼，探讨文人干谒风气对南宋文学发展的影响。认为：文人干谒行为本身并不直接服务于文学的发展。由于干谒行为总是以干谒者的现实利益作为关注的焦点，因此，伴随其中的文学创作与对待文学创作的观念和态度，就不可能总是那么积极和纯粹理想主义的，这就在某种程度上造成了文学作品艺术性的削弱，躁进的风气与文学作品工具化、商品化、礼物化①的倾向。

（10）向人索序及为人作序印可，是中国传统文化生活中十分常见的现象。我们通过深入研究施蛰存主编的《词籍序跋萃编》、祝尚书编的《宋集序跋汇编》、中华书局编著的《古典文学研究资料汇编》及吴文治主编的《宋诗话全编》、王水照编的《历代文话》中有关南宋文人作品的序跋文字，发现这些文字大都是应干谒者而作，主要功能就是为了实现援引延誉的目的，甚至有些就是写给干谒奔走之士以为“阔匾”② 之用的。南宋时人往往利用其来谋职乞食，盛烈在诗中道：

寒江买棹催遄征，何如缓泛六桥寻鸥盟。侯门怀刺谒掌傧，何如散策孤山探梅信。吟隐豫章之耳孙，调高琢句期颛门。西江不住来西湖，唤醒晚唐诸老魂。有时吐出惊人语，定须贵杀雒京楮。脍炙人口徒属餍，还来双字不堪煮。行吟荏苒岁欲暮，束装又问吴中路。节翁旧有珠履缘，何况荐书袖无数。此行一句直万钱，十句唾手腰可缠。归来卸却扬州鹤，推敲调度权架阁。③

其中所言“侯门怀刺谒掌傧”“节翁旧有珠履缘，何况荐书袖无数。此行一句直万钱，十句唾手腰可缠”，反映了当时谒客以“荐书”“怀刺”行吟江湖的情况。在社会活动中，只有遵循现实原则的人才能获得成功。从干谒—序跋—印可这一因果互动关系中，还能挖掘出当时文人对文学的认识、思考、研究和总结，这些序跋虽然大多是应人请托而作，主要是为了帮干谒者援引延誉，起到名流印可的作用，但因涉及当时的文化环境、文学现象和文学思潮，很值得留意。它们与当时理论性的专著、随笔式的评论、作品中的评点一样，反映了当时文人的人格个性、人生态度、人际关系和他们对文学的认识、思考、研究和总结。通过研读南宋存留下来的文学作品，并对照当时文人为这些作品所写的序跋文字，我们不难看出干谒与当时文人群体、文学流派、文学思想和文学创作之间深层复杂的

① 礼物在中国人际关系中十分重要，详参杨美惠著，赵旭东、孙珉译：《礼物、关系学与国家：中国人际关系与主体性建构》，江苏人民出版社 2009 年版。

② 阔匾是南宋时江湖游士乞求权贵所写的介绍信。元·方回：《瀛奎律髓·寄寻梅》载：“庆元、嘉定以来，乃有诗人为谒客者，龙洲刘过改之之徒不一人，石屏亦其一也。相率成风，至不务举子业，干求一二要路之书为介，谓之‘阔匾’，副以诗篇，动获数千缗，以至万缗。”（元·方回选评，李庆甲集评校点：《瀛奎律髓汇评》，上海古籍出版社 2008 年版，第 840 页）钱谦益《初学集·王德操诗集序》亦载：“诗道之衰靡，莫甚于宋。南渡之后，而其所谓江湖诗者，尤为尘俗可厌。盖自庆元、嘉定之间，刘改之、戴石屏之徒，以诗人启干谒之风。而其后钱塘湖山，什伯为群。挟中朝尺书，奔走阃台郡县，谓之‘阔匾’，要求楮币，动以万计。当时之所谓处士者，其风流习尚如此。彼其尘容俗状，填塞于肠胃，而发作于语言文字之间，欲其为清新高雅之诗，如鹤鸣而鸾啸也，其可几乎？……以宋人之阔匾为绍介，求其诗之不尘俗，何可得也？”（《初学集》卷三十三，清·钱谦益著，清·钱曾笺注，钱仲联标校：《牧斋初学集》中册，第 946－947 页）都谈到了“阔匾”及其对当时诗风的影响等问题，乞求权贵写介绍信，然后通过介绍信去干谒乞食，并不自刘过、戴复古开始，整个南宋士人们“干求一二要路之书为介”而“要求楮币”的行为盛行一时，是当时的“习尚”，值得我们从宋人文集中所存赠序、酬唱文字中去挖掘探讨。其他文体如四六文、制诰章表亦与文人的干谒奔竞行为有关。南宋文人孙觌就善于奔走干谒，为人谄媚依违、无道德操守，但博学能文，尤其擅长撰写四六文，与汪藻、洪迈、周必大声名相当。周必大称其“笔势翩翩，高出流辈”，章疏制诰表奏“明辨骏发，每一篇出，世争传诵”（宋·周必大撰，周纶编：《文忠集》卷五三《孙尚书鸿庆集序》，《影印文渊阁四库全书》本，第 1147 册，第 559 页）。

③ 宋·盛烈：《送黄吟隐游吴门》，宋·陈起编：《江湖后集》卷十一，《影印文渊阁四库全书》本，第 1357 册，第 856 页。

关系。

南宋时期的文人士大夫十分重视请人给自己的作品作序，也十分精心创作为人印可延誉类的序跋文字。这一现象值得注意，我们初步认为这跟当时士人崇拜名流、迷信权威的心理有密切联系。崇拜名流、迷信权威，是中国特有的一种文化现象，是中国传统文化观念、民族文化心理和民族文化性格的一个重要表现形式，一直影响着今天序跋类文字的书写模式。

三、渴望超越：研究的思路与方法

“文化视野下的南宋干谒风气与文学创作研究”的目标是从社会学、历史学、心理学和传播学等角度入手，运用交叉学科的研究方法来探讨南宋文人的干谒活动与文学创作之间深层复杂的密切关系。研究的基本思路是：以南宋文人群体的干谒活动为中心，着重分析他们在干谒活动中所经历的种种尴尬狼狈、精神苦闷以及他们超越苦难、消解苦闷的途径和过程，以此来透视干谒活动中南宋文人心态情感、人格精神的演变及其与文学新质生成的内在联系。

在交叉学科研究的视野下，我们研究南宋干谒风气与文学创作的方法主要体现在以下六个方面。

（一）整体观照

南宋文学在中国文学史上具有特别重要的地位，[①] 我们将南宋文学作为唐宋、宋元文学发展史上的一个重要阶段进行整体研究，并以干谒活动为中心，运用谒客人格这一范畴，来探讨南宋文人谒客人格形象的建构与创作实践活动在中国文学史上的意义。

对南宋文学进行整体研究，是不少学者所采取的方法，能收到囿于单一文人研究所不能达到的效果。[②] 南宋文学在唐宋文学和元代文学之间起到了一种整体嬗变和阶段演进的作用，这种作用是从南宋时期文人群体风格的剧变中表现出来的。我们一直重视南宋文学

---

① 详见王水照：《南宋文学的时代特点与历史定位》，《文学遗产》2010 年第 1 期；王水照、熊海英：《南宋文学史》，人民出版社 2009 年版，第 1－12 页，“南宋文学的时代特点与历史定位”。一代词宗夏承焘平生研究词学亦十分注重南宋，曾说：“我平日读词最看重南宋。”（夏承焘：《西湖与宋词》，《夏承焘集》第 8 册《词学论札》，浙江古籍出版社、浙江教育出版社 1998 年版，第 152 页）

② 王兆鹏在《新世纪以来词学研究的进展与瞻望》中专门就“视野的开拓：从个体到群体，从微观到宏观”举例说明道：“20 世纪的词学研究，大多是词人个体的研究，词人群体研究的专著只有王兆鹏的《宋南渡词人群体研究》（台北文津出版社 1992 年版）。进入本世纪，研究视野渐从词人的个体研究延伸向词人群体研究，特别是博士论文，多以群体或时段研究为选题，如彭国忠《元祐词坛研究》（华东师范大学出版社 2002 年版）、诸葛忆兵《徽宗词坛研究》（北京出版社 2001 年版）、姚惠兰《宋南渡词人群与多元地域文化》（东方出版中心 2011 年版）、金国正《南宋孝宗词坛研究》（上海人民出版社 2011 年版）、丁楹《南宋遗民词人研究》（凤凰出版社 2011 年版）、李艺《金代词人群体研究》（首都师范大学出版社 2008 年版）等。群体研究不是个体研究的集合，而是对一个时段或一个地域的词人群体进行整体的观照，以揭示词人群体间的互动关系和共同的创作趋向，因而群体研究能发现个体研究无法顾及和观察到的问题。”（王兆鹏：《新世纪以来词学研究的进展与瞻望》，《学术研究》2015 年第 6 期，第 147 页）

群体的研究,[①] 将群体研究的意识贯穿于整个研究过程中。在南宋“国是之争”“学术之争”“用人之争”盛行一时的背景下,[②] 历史风雷激荡、扑朔迷离。南宋文人的群体创作活动颇频繁，结党、结社唱和之风尤其盛行。而且，王以宁、李光、李纲、赵鼎、向子諲、张元幹、胡铨、陆游、杨万里、范成大、辛弃疾、刘克庄、姜夔、刘辰翁、周密、张炎等南宋重要文人大多有一个相对稳定的社交圈。南宋中后期，出现了以庐陵为中心的江西词人群和以杭州为中心的浙江临安词人群。南宋中后期文化环境的转变和文学风格的形成，是江湖词人与遗民词人群体共同完成的，是南宋文人干谒及其转向隐逸的生活内容外化在文学作品上的必然反映。[③] 这些都引发、促使我们从文人群体入手，对与李光、黄公度、胡铨、赵鼎、张元幹、刘克庄、杨万里、范成大、陆游、辛弃疾、姜夔、刘辰翁、周密、张炎等同时和关系密切的文人群体作一个整体的研究，揭示特定社会政治环境下的文人创作与干谒活动及其转向隐居生活实践的内在联系。

干谒活动，是南宋文人群体生活方式的主要表现形态，绵延数十年，在漫长的干谒生活中，南宋文人心情压抑、创痛巨深，这些压抑感既来自国家、民族的分裂，更来自高压政策、选官制度、文人党争的压制。从南宋文人的作品中既可窥见当时世事人情和时代潮流的演变，也能感受文人对人生出处、仕隐进退的深刻思考。干谒活动触及这一文人群体思想情感、心理活动的深层，直接影响到南宋文学创作的发展轨迹。干谒与此时文坛上的创作有何关系，理应是南宋文学研究的重要课题。我们想在尽可能占有较广泛的文献史料的基础上，对南宋文人群体与干谒现象的关系进行深入探讨，指出南宋文人群体的干谒生活方式与隐居生活实践的互动，决定了创作主体的心态情感和作品主题、价值取向，并由此形成了新的文学风貌与文学思想。

干谒活动方式及其转向隐居生活实践，反映出南宋文人经过了不同阶段、丰富复杂生活的演变，通过群体研究可以呈现出一个整体性的历史文化画面，展示一幅文人群体生命浮沉的图景。“历史学的价值在于，它告诉我们人已经做过什么，因此就告诉我们人是什么”[④]，文学也有同样的价值。不过，文学记载的是人们心灵深处的悸动，而“任何一个民族的艺术都是由它的心理所决定的，它的心理是由它的境况所造成的”[⑤]，这样的艺术是和一个国家的历史相融的，是和一个民族文化的命运紧密联系的，体现出一个时代的民族情绪和社会环境。所以，文学创作与时代人心有非常密切的联系。清人吴之振指出：

两间之气运，屡迁而益新；人之心灵意匠，亦日出而不匮……律诗起于贞观、永徽，殆乎景炎、祥兴，盖阅六百余年矣。其间为初、盛，为中、晚，为“西昆”，为元祐，为“江西”，最后而为“江湖”，为“四灵”。作者代生，各极其才而尽其变，于是诗之意境开展而不竭，诗之理趣发泄而无余。盖变而日新，人心与气运所必至之数也。其间或一人

---

① 详参丁楹：《南宋遗民词人交游唱和的意义》，《北京大学学报》2007 年第 4 期；丁楹：《南宋遗民词人研究》，凤凰出版社 2011 年版。

② 详参沈松勤：《南宋文人与党争》，人民出版社 2005 年版，第 161 – 322 页。

③ 详参丁楹：《角色转换与宋末元初词的新变》，《齐鲁学刊》2015 年第 5 期。

④ 英・柯林武德著，何兆武、张文杰译：《历史的观念》，中国社会科学出版社 1986 年版，第 11 页。

⑤ 俄・普列汉诺夫著，曹葆华等译：《没有地址的信》，人民文学出版社 1962 年版，第 53 页。

而数变，或一代而数变，或变之而上，或变之而下，又视乎世运之盛衰，与人材之高下，而诗亦为之升降于其间，此亦文章自然之运也。①

“人心”“气运”与“文章自然之运”的关系由此可见一斑。

刘永济也说：

文艺之事，言派别不如言风会。派别近私，风会则公也。言派别，则主于一二人，易生门户之争；言风会，则国运之隆替、人才之高下、体制之因革，皆与有关焉。盖风会之成，常因缘此三事，故其变也，亦非一二人偶尔所能为。②

所以，我们认为整体研究比孤立、静止的个案研究涵盖面广，较易广泛、深入地揭示南宋文学新质与文人干谒活动及其转向隐居生活实践的关系。

（二）分类研究

南宋文人大多是以参政主体为主要理想和社会角色的，他们中有许多人还经历了国破家亡、家破人亡和大半生的颠沛流离之悲剧性生活体验，有过相同或相似的人生经历。参政理想、文学主体、谒客身份三而合一的复合型主体特征，使得他们在社会角色、地位、行为方式上具有一致性，即谒客是这一文人群体之共性，但文人个体之间由于身世的不完全相同，在干谒活动中的人生态度、创作观念、审美趣味就具有一定的差异。大体上可以分成几种不同类型。

这一点，不难理解。如同为隐士，也是有区别的，《论语》里记载的许多逸民，如楚狂接舆、长沮、桀溺、荷蓧丈人、伯夷、叔齐、虞仲、夷逸、朱张、柳下惠、少连等，就可以分为如伯夷、叔齐那样“不降其志，不辱其身”，柳下惠、少连那样“降志辱身矣，言中伦，行中虑，其斯而已矣”及虞仲、夷逸那样“隐居放言，身中清，废中权”③ 等不同的类型。同为诗人，也有超旷与缠绵的殊异，“盖诗以情为主，故诗人皆深于哀乐；然同为深于哀乐，而又有两种殊异之方式，一为入而能出，一为往而不返。入而能出者超旷，往而不返者缠绵”④。南宋文人都处在宋室南渡之后的特定历史背景下和社会文化活动中，在总体特征上，都自觉不自觉地表现出了那个时代的审美倾向。但南宋文学风貌毕竟是由一个个文人的具体创作实践形成的，不同的词人具有各自不同的创作个性和风格。我们在南宋文人群体中选取几个既具有鲜明个性特点，又能反映时代主题的代表作家，如李光、赵鼎、胡铨、黄公度、张元幹、朱敦儒、杨万里、陆游、范成大、辛弃疾、吴文英、姜夔、刘辰翁、汪元量、蒋捷、周密、张炎、王沂孙，以他们的创作为主线，进行分类考察。具体分析考察几个具有典型性的南宋文人的心态、情感的变化历程和人格个性的

---

① 清·吴之振：《瀛奎律髓序》，元·方回选评，李庆甲集评校点：《瀛奎律髓汇评》，上海古籍出版社2008年版，第1813页。

② 刘永济：《词论》卷上，中华书局2007年版，第119页，“风会第五”。

③ 杨伯峻：《论语译注》，中华书局1980年版，第197页。

④ 缪钺：《论李义山诗》，《诗词散论》，上海古籍出版社1982年版，第24页。

多维侧面，可以从中大致展示出南宋文人群体中主体人格的几种类型。

其一，是以李光、胡铨、黄公度、张元幹、朱敦儒、陆游、辛疾疾为代表的宋南渡及中兴文人，他们是以狂、旷、闲、适为中心的人格类型，其“沉郁以清超出之，飘飘有凌云之意”① 的超旷人格精神，是对中国传统儒、道文化精神，尤其在某些方面是对苏东坡人格精神的接受与发展。② 苏轼在文化性格与人生思考方面对宋南渡词人的影响是很明显的，他激励了无数迷茫困顿的士大夫，帮助他们重新找回了生存的力量与勇气，继续拓展自己的人生。③

其二，是以姜夔、吴文英、周密、张炎为代表的南宋江湖及遗民词人，他们是人生和艺术统一化的人格类型。他们修雅博识，具备良好的艺术素质，对金石、书画、诗词、音乐和史志无所不工，著述颇丰。在那个风卷残云、摧枯拉朽的巨变年代，他们只能自我放逐，隐几著书，潜心于前朝旧史的搜集和编撰，埋头于文化重建和文化追求活动。文学艺术成为他们生命存在、自我超越的一种特殊方式，成为他们实现人生价值和意义的一种重要手段，体现了他们在境界上伴香雅士，醉心于文化艺术创作，集学者、雅士、谒客于一身的人格特征。

其三，是以蒋捷为代表的既坚决不与统治者合作，也几乎与其他南宋词人没有交往，以其自己的生活方式形成特立独行、孤独沉郁的隐逸人格类型。他的人格与风范，在宋室南渡以来的衮衮诸人中，很难找到第二个与之比拟。他的存在，代表着南宋一位士人的独特风貌。不做乡愿的决绝，是蒋捷的真精神。中国历史上这类士人很有自己的坚持，他们不齿与谄媚逢迎者为伍的风骨令人敬仰。

其四，是以刘辰翁、文天祥为代表的文人，他们曾和宰相江万里交好，以诗文干谒过江万里，并都参加过抗元斗争。尤其是刘辰翁，他在江万里投水殉国、文天祥从容就义后守节不仕，常参与当时文人群体的交游与唱和，并在其中处于文坛领袖的地位，以其富有特色的文学创作及评点活动，赢得了遗民词人群体的高度赞扬，体现了江湖谒客所没有的善于反思历史的人格精神。他的创作是别有一番幽愁暗恨的：他目睹了宋元之际世事巨变中的许多重要人事，尤其是目睹了在时代风云的激荡中同乡好友文天祥如何在国家危难之际奋起勤王，最后又如何从容赴死，看到在那历史的交叉点上一个个慷慨豪迈之士，意气风发、忧国忧民，随后风吹云散去，往昔的一切，成为他生命中难忘的记忆。因此，他进行创作的角度耐人寻味，常常追忆往昔，不胜留恋，并通过作品来争是非、张公道、酬良友、吐平生，要把历史问题反思清楚，把话说得深刻，情见乎辞，此之谓也。刘辰翁人奇于文，文奇于诗，诗奇于词，他的词写得并不出色，然而很见性情，《须溪词》中有些作品接近辛词风格，气象阔大，豪气干云，然而更多的是用来应酬干谒的寿词，反映出一种

---

① 唐圭璋编：《词话丛编》，中华书局 1986 年版，第 3816 页。

② 苏轼的人格精神和人生态度，详参王水照：《苏轼的人生思考与文化性格》（《王水照自选集》，上海教育出版社 2000 年版，第 301 – 320 页）、《苏辛退居时期的心态平议》（《王水照自选集》，上海教育出版社 2000 年版，第 321 – 341 页）、《苏轼临终的“终极关怀”》（《王水照自选集》，上海教育出版社 2000 年版，第 362 – 373 页）。

③ 详参王兆鹏：《宋南渡词人群体研究》第一章“群体关系·学禀元祐”（台北文津出版社 1992 年版，第 21 – 25 页）；沈松勤：《南宋文人与党争》第八章“文学群体的重组与文学命运的再造·‘崇苏热’与‘苏轼词派’的兴起”（人民出版社 2005 年版，第 339 – 361 页）。

干谒请托之士不落窠臼的人格风范。

其五，是以王沂孙为代表的“超逸处少、沉郁处多”①、内倾沉郁的缠绵人格类型。王沂孙由于入元后出仕了学正一职，始终怀着不能解脱的愧疚和难言的苦衷。后虽辞官，然重重忧虑，不能释怀，形成了富于自省而不善自我解脱、偏执压抑、“往而不返”的谒客人格。

李光、胡铨、黄公度、张元幹、朱敦儒、陆游、辛弃疾、姜夔、吴文英、史达祖、刘过、陈亮、张炎、周密、蒋捷、刘辰翁和王沂孙，代表了宋元文化转型时期文化精神影响下谒客人格类型的大致风貌，他们是当时文化精神的开创者、推动者，感染、影响了当时其他文人的人格精神和人生态度，既对这一精神的形成又对这一精神的发扬起到了很大作用。他们的人格形象展现在宋元文化转型的社会大舞台上，也就更加丰富多样、纷繁多姿。当我们把这些南宋文人的个体人格类型置于宋元文化转型的社会大背景下时，就能理解广大士人的生存状态与生活方式，其实是与那个风云际会的时代氛围息息相关的，每一位文人的人格形象都从一个侧面反映了时代，将这些文人的个体人格形象综合起来则可看出南宋文人群体较为完整全面的人格风貌。

这种研究思路，是我们受钱锺书、钱穆及余英时三位先生的启发而得来的。钱锺书在谈及南宋“四灵”——徐玑、徐照、翁卷、赵师秀和江湖派的关系时有一个非常生动形象的比喻：

杜甫有首《白小》诗，说：“白小群分命，天然二寸鱼”，意思是这种细小微末的东西要大伙儿合起来才凑得成一条性命。我们看到“四灵”这个称号，也许想起麟、凤、龟、龙，但是读了“四灵”的作品，就觉得这种同一流派而彼此面貌极少差异的小家不过像白小。②

钱穆在七十高龄时尚撰写了一部体大思精的皇皇巨著《朱子新学案》，余英时关于钱先生撰写《朱子新学案》有一段亲切感人的记载：

1964 年，钱先生辞卸了新亚书院校务，向哈佛燕京学社提出撰写《朱子新学案》的三年计划，由于新亚方面希望钱先生同时也辞去新亚研究所所长的职位，他不得不以个人名义申请这项研究补助。这给哈燕社出了一道难题，因为该社的补助对象一向都是学术机构，不是个人。最后还是杨先生的慷慨陈词使这一破天荒的申请得以顺利通过。

杨先生此举并不是因为他和钱先生有任何特殊的交情。他看准了这项研究的价值，而且相信钱先生必能不负众望，写成一部大著作。所以在钱先生开始撰述之初，他自己也对朱子和宋代思想发生浓厚的兴趣。1965 年 3 月 16 日，他写信告诉我：“近数周与宾四先生通信，讨论《朱子新学案》，因此翻阅几种南宋人文集，颇有兴趣。宋代思想与制度可作之问题甚多，可惜无暇深入。”后来，《朱子新学案》出版，他读了提纲之后便已赞叹不

---

① 唐圭璋编：《词话丛编》，中华书局 1986 年版，第 3808 页。

② 钱锺书选注：《宋诗选注》，生活·读书·新知三联书店 2002 年版，第 357 页。

置。他对我说：钱先生的中国学术思想史博大精深，并世无人能出其右。像这样的提纲，胡适之先生恐怕是写不出来的。杨先生并不专治思想史，但是他的批评的眼光一向是很锐利的，这种私下闲谈，不带丝毫客套的成分。以他和胡先生的私交之笃，竟坦然作此语，给我留下了深刻的印象。①

钱穆在近七十岁的古稀之年为南宋大儒朱熹撰写了皇皇百万字的巨著。无独有偶，钱先生的得意门生余英时也在七十岁左右的高龄撰写了七十万字的巨著《朱熹的历史世界——宋代士大夫政治文化的研究》②，这是巧合，还是历史必然，或许冥冥之中自有天意，③ 从而给近代学界留下了一段佳话，正如胡文辉所说：

余氏对钱穆的继承，不仅在整体格局上，亦在具体观察上：如《中国近世宗教伦理》指禅宗为西方新教式的宗教革命，钱氏《国史大纲·引论》、《再论禅宗与理学》已发之；《从宋明儒学的发展论清代思想史——宋明儒学中智识主义的传统》、《清代思想史的一个新解释》强调清代学术思想（考据学）与宋儒的关联性，亦发扬钱氏《中国近三百年学术史》的余绪。④

所以，我们的分类研究，想学习以上几位先生的治学方法，将对个体文人的探讨和整体研究结合在一起。具体写法上，我们想选择宋元文化转型之际有代表性的朱敦儒、陆游、辛弃疾、姜夔、刘辰翁五位著名的南宋文人作为重点解剖的对象，他们分别代表了四个时期及文坛风气，即“渡江南来与文学转型”“中兴之局与文学高潮”“国运衰颓与文运潜转”“王朝终局与文学余响”⑤，以他们为视点，兼顾其他与这些文人有交游唱和的词人们，因身份相近，在一定程度上反映出相似的审美意趣。在论及单个文人时，我们试想从群体人格的演变入手，侧重于个体作家在由个别反映一般时所起的作用，即在谈及单个文人时，带出文人群体或流派，加强对文人群体的研究，使文章在论述中努力做到：既有点的解剖，又有面的显示，从整体上把握南宋文学对社会历史、政治形态、时代文化、世态风情以及文人心态等各个方面所作的反映，从而达到对南宋干谒风气与文学创作之间的内在联系进行全面讨论的目的。

（三）分段考察

南宋文人群体的创作主张、文学思想，是创作主体思想情感在文学上的反映，为了清晰具体地展现这些文人群体在干谒活动及其转向隐居生活实践中思想情感所经历的演变，

① 余英时：《师友记往——余英时怀旧集》，北京大学出版社 2013 年版，第 70 – 71 页。

② 余英时：《朱熹的历史世界——宋代士大夫政治文化的研究》，生活·读书·新知三联书店 2004 年版。

③ 余英时在《犹记风吹水上鳞》中亦谈及冥冥之中自有天意之感：“在我得到钱先生逝世消息的前几个小时，我正在撰写《国史大纲》所体现的民族史的意识。也许在他离开人世的那一刹那，就是我介绍《国史大纲》的时刻。这中间是不是有什么感应之理呢？……无论如何，这总是一种不可思议的巧合。”（余英时：《钱穆与现代中国学术》，广西师范大学出版社 2006 年版，第 15 页）

④ 胡文辉：《现代学林点将录》，广东人民出版社 2010 年版，第 185 页。

⑤ 王水照、熊海英：《南宋文学史》，人民出版社 2009 年版。

我们将南宋文人的人生体验、心路历程分为宋室南渡、南宋中兴和江湖谒客及亡国遗民四个阶段。

这四个阶段，分别是宋室南渡之初高压政治导致文人奔竞的干谒活动盛行；中兴时期由于科举入仕中选官一途的艰难，士人请托求荐的干谒活动一时风行；江湖谒客是南宋干谒的高峰，这时的文人大多数是布衣终身，靠寄食于名公巨卿、钟鸣鼎食之家讨生活；南宋亡国初期是流民隶役、动荡漂泊的悲剧性生命体验时期，在一切都经历着扭曲与动荡不安的大时代里，曾经在温柔梦富贵乡里生活着的文人一下子被卷进了难民的洪流中，人人都遭到了在太平年月中无法想象的苦难，人人都在焦虑苦闷中挣扎求生。有些南宋文人遁入山林，过着闭门著述、聚众授徒、求禅问道、结社酬唱的隐居生活。可乱世中哪里有供人隐居的“世外桃源”？隐居生活中的士人也不过是汪洋大海里的一条小船，身处劲风巨浪里随时可能覆没，时刻面临着新朝征召而改变初衷，不得已出任新朝官职。人要吃饭，就不能不有所活动。此时的文人经常受到新朝的征召，或是为了生活主动向新朝新贵干谒求仕，他们心中的悲痛，一点也不比在仕途奔走请托的文士们轻，前者体现了南宋文人物质生活之困厄，后者则表现出了传统士大夫为了修齐治平的理想不得已而干谒权贵的屈辱。

刘克庄在《中兴绝句续选·序》中道：

> 南渡诗尤盛于东都。炎绍初则王履道、陈去非、汪彦章、吕居仁、韩子苍、徐师川、曾吉甫、刘彦冲、朱新仲、希真，乾淳间则范至能、陆放翁、杨廷秀、萧东夫、张安国一二十公，皆大家数。内放翁自有万诗，稍后如项平父、李秀章诸贤以至江西一派、永嘉四灵，占毕于灯窗，鸣号于江湖，约而在下，以诗名世者不可殚纪，如之何限以二百篇也？①

从宏观的角度将宋室南渡以来的主要诗人按照时段罗列了一番。

我们的分段研究，主要分析文人命运如何随着时代的变迁而改变生命的方向，命运的变化如何作用于其文学创作。这样的研究是为了清晰地显现南宋文人群体经历的从修齐治平的志士、承平公子的雅士到流民隶役的谒客再到山林隐士的过程。这种转变在一些重要的南宋文人身上都有明显反映。分段研究，不仅适用于分析群体，也可以用来分析文人个体的转变过程。试举例如下，以证吾说。

宋室后裔赵以夫为嘉定十年（1217）进士，知监利县。端平初，知漳州、提举江南西路常平茶盐公事、两浙转运判官，皆有治绩。嘉熙元年（1237），以直焕章阁、枢密院副都承旨兼国史院编修官。嘉熙二年（1238），除沿海制置副使兼知庆元府。嘉熙四年（1240），复除枢密都承旨。就是这样一位仕途亨通的皇室之后，在五十三岁时，也遍经人间畏途，历尽宦海风波，认识到官场波诡云谲、险象环生、如环无端，不如到大自然的春风皓月中去过闲逸自在的生活：

---

① 《后村先生大全集》卷九七，宋・刘克庄著，辛更儒校注：《刘克庄集笺校》第9册，中华书局2011年版，第4086页。

客问吾年，吾将老矣，今五十三。似北海先生，过之又过，善财童子，参到无参。官路太行，世情沧海，何止嵇康七不堪。归来也，是休官令尹，有发瞿昙。　　千岩秀色如蓝。新著个楼儿恰对南。看浮云自在，百般态度，长江无际，一碧虚涵。荔子江珧，莼羹鲈鲙，一曲春风酒半酣。凭阑处，正空流皓月，光满寒潭。(《沁园春·自鄞归赋》)①

又如，舒岳祥在《赠玉田序》中所描述的："宋南渡勋王之裔子玉田张君，自社稷变置，凌烟废堕，落魄纵饮，北游燕蓟，上公车，登承明有日矣。一日，思江南菰米莼丝，慨然襆被而归。不入古杭，扁舟浙水东西，为漫浪游，散囊中千金装，吴江楚岸，枫丹苇白，一奚童负锦囊自随。"② 从张炎为承平公子，到亡国初流离漂泊的北行干谒活动，再到南归隐居的人生经历，可以说是真实地记录了南宋文人这一群体由于客观存在的社会环境的变迁，导致所经历的社会角色、生活方式、价值观念、人生理想、审美情趣的转变。

此外，戴表元《周公谨弁阳诗序》从微观的角度具体细致地分析了宋末大家周密的一生经历及其创作风格的转变："公谨少年诗流丽钟情，春融雪荡，翘然称其材大夫也；壮年典实明赡，睹之如陈周庭鲁庙遗器，蔚蔚然称其博雅多识君子也；晚年展转荆棘霜露之间，感慨激发，抑郁悲壮，每一篇出，令人百忧生焉，又乌乌然称其为累臣羁客也。"③ 虽是在述说南宋文人文学创作风格的转变，但我们很清楚地知道，这一转变与南宋文人的生存环境、人生道路、生活方式的转变紧紧联系在一起。

这一转变过程，在南宋文人的词作中也有很多生动、鲜明的表现，最典型的莫过于蒋捷的《虞美人·听雨》：

少年听雨歌楼上，红烛昏罗帐。壮年听雨客舟中，江阔云低，断雁叫西风。　　而今听雨僧庐下，鬓已星星也。悲欢离合总无情，一任阶前，点滴到天明。④

词人不同时期的人格形象很自然地熔铸在词中了。所以，我们分段考察南宋文人的人生经历，能够层层深入地揭示他们在不同时空环境中所遭受到的种种人生艰难和内心痛苦以及他们心态情感的变化。整部南宋文学史，就是这样一个特定历史时段的文学史，在文学现象、文学作品、文学形态和文学性质上都具有鲜明的时代气息和重要的历史地位，体现了一批批文人群体在种种高压政治、科举选官、名流印可的现实环境中干谒奔竞、请托求荐、寄人篱下的谒客人格精神的形成过程，也体现了他们在幽静山林的隐居生活中逐渐淡化干谒生活之滞涩的人生失意感，超脱人生苦闷的过程，从中可以感受到南宋文人很有特色的干谒手段、奔竞活动及创作风貌。

---

① 唐圭璋编，王仲闻参订，孙凡礼补辑：《全宋词》第4册，中华书局1999年版，第3395页。后凡引原词，除注明者外，皆用此本。

② 施蛰存主编：《词籍序跋萃编》，中国社会科学出版社1994年版，第390页。

③ 元·戴表元撰，明·周仪辑编：《剡源文集》卷八，《影印文渊阁四库全书》本，第1194册，第108页。

④ 唐圭璋编，王仲闻参订，孙凡礼补辑：《全宋词》第5册，中华书局1999年版，第4357页。

（四）比较分析

南宋文人是一个复杂的群体，郑玉谈到南宋文人时特别强调他们各自的风格特征：

南渡后，典雅如叶水心，豪迈如陈同甫，丰赡如洪平斋，翘杰如江古心，浩瀚如刘漫塘，跌宕如谢叠山，尖丽如方秋崖，此文士之尤也；诗人则有杨诚斋之奇特，陆放翁之雄大，范石湖之整齐，尤遂初之和平。任文章之责者非无其人，而亡国之音作矣。①

这些南宋的文坛名家大多有过从干谒奔竞活动走向隐居生活实践的经历，大多数散布在南方的福建、江西、浙江、广东等地，"南渡后诗一变，尤、萧、杨、范、陆时名相埒。……朱子不当以诗人论，其冲澹之致，高迥之笔，有韦、柳之风。姜尧章不离江西派，绝句颇有晚唐气味"②。绍兴二十四年甲戌（1154）孙觌为胡直孺文集作序，备述宋代江西人物之盛：

宋兴，文章犹袭五代之弊，自欧阳文忠公起江右，尊明道德于斯文将坠之余，天下靡然从之，一洗老生常谈、腐儒俗学之陋。居亡几，临川王文公、南丰曾公继出公后，怀宝含章，待倡而发，如云从龙，如水赴海，如大吕之应黄钟，气焰相薄，莫校高下，一代之弥文，郁郁乎不可尚已！元祐中，豫章黄鲁直独以诗鸣。当是时，江右之学诗者皆自黄氏。至靖康、建炎间，鲁直之甥徐师川、二洪（驹父、玉父），皆以诗人进居从官大臣之列，一时学士大夫向慕，作为《江西宗派》，如佛氏传心，推次甲乙，绘而为图，凡挂一名其中，有荣辉焉。故尚书豫章胡公讳直孺，字少汲，少工于诗，语出惊人，鲁直一见，击节叹赏，指示佳处，述数十语表而出之，今刻石在焉。然公之学不专为诗，他文皆称是。笔力雄赡，操纸立就，所为赋颂、表启、记序、铭赞之属，盖数万言，如行云流水，自然成文，不见刀尺。绍兴初，以刑部尚书侍讲禁中，推原道德之旨，论古人成败之迹，陈当今世务之要，议论卓然，中上意。一日，上以所御白团扇书"文物多师古，朝廷半老儒"十字以赐，示将大用，而公一夕得疾，遂不起。悲夫！公没后二十四年，公之中子右宣教郎、通判处州枞，集公诗文为一十四卷，以书抵老友孙氏某曰："先君与公同朝为侍从，且厚善，愿有述也。"余尝论三巨公相继出江右，为世大宗师，其外有二刘、三孔、王文公之子元泽、曾南丰之弟子开，与邓圣求、李泰伯，皆以鸿儒硕德相望，三四州不过数百里之间，今胡公又出，而与诸作者为并，江西人物于是为盛。③

南宋名流巨卿周必大所撰《题印山罗氏一经集后》一文则以小见大，从介绍印山罗氏出发，阐述了江西文风一脉相承的现实意义：

① 元·郑玉：《胡孟成文集序》，李修生主编：《全元文》卷一四三六，第46册，江苏古籍出版社1999年版，第328－329页。

② 阙名：《静居绪言》，郭绍虞编，富寿荪校点：《清诗话续编》，上海古籍出版社1983年版，第1647页。

③ 宋·孙觌：《西山老文集序》，《鸿庆居士集》卷三十，《影印文渊阁四库全书》本，第1135册，第305－306页。

六籍火于秦，《易》由卜筮，传者不绝，《诗》讽诵人口，非专竹帛，故二经独赖以全。本朝大儒欧阳公犹致疑于《系辞》，则其专心致志者《诗》而已，盖尝因毛、郑《笺》、《传》为之图谱。议者谓公平生温柔忠厚，兹有助焉。今江西通经之士固多，而《诗》学尤盛于庐陵，印山罗氏又其渊薮。三岁举于乡，殆无虚榜。六十年间，父子兄弟登科第者七人，如川之方增也。夫经明必行修，岂徒解颐拾青紫而已。他日采诗之官出观风俗，考得失，使温柔忠厚之教不在他邦，非大幸与？予虽老，尚及见之。①

宋代江西人物之盛，有偶然性的因素，也是宋代江西士子干谒奔走、请托名流印可延誉的必然结果。到了南宋中后期江西人物尤其繁盛，整个文坛可以说是以江西文人群与浙江临安文人群为主体的。由于创作主体地域、身世环境的不同，两大词人群体的审美追求、文学思想也有区别。

这主要体现在：南宋文学在风格上呈现出雅化与俗化两大发展趋势。

以词体文学为例，江西词人群具有俗化的趋势，这种俗化，不同于唐五代北宋词的艳俗、媚俗，而体现在江西文人词中的内容浅俗、通俗、俚语，语言朴素、自然等方面。江西文人群大多以庶族入仕，他们在仕途上干谒请托，狭路奔波，左冲右突，进入仕途后较易入乡随俗，深细入微地体验世俗民情、世俗观念与世俗生活，我们从岳珂《桯史》中的一段记载大略可以窥见江西士风之一斑：

江西，诗派所在，士多渐其余波，然资豪健和易不常，诗亦随以异。庐陵在淳熙间，先后有二士，其一曰刘改之，余及识之，尝书之矣。旧岁在里中，与张漕仲隆（栋）之子似仲游，因言刘叔似诗句。叔似名似，才豪甚，其诗往往不肯入格律。淳熙甲辰、乙巳间，余兄周伯持浙东庾节，待次，一日过仲隆，同登其家后圃快目楼。有诗楣间曰……周伯读而壮之，问知其似。居月余，似来谒仲隆，仲隆留之，因置酒北湖，招周伯曰：“诗人在此，亟践胜约。”②

江西文士们如刘改之、刘叔似辈的经历性格、审美追求、情感心态与世俗生活的审美要求是相一致的。

江西文人词的创作犹如杨万里的通俗白话诗，语言具有散文化、口语化、形象化、好用寻常语的特征。摹写物态穷形尽象，在表达意思上平易通俗、浅显易懂，具有白话文学的气象和情调。杨万里就是靠干谒奔走当时名流张浚之门而步入仕途的，从此好风凭借力，青云直上，自己也成为南宋的名公巨卿，为他人荐举援引不遗余力。③ 我们从周必大所撰《跋刘炳先家五贤帖》中亦可见名流印可对乡邦文化的影响：

刘君光祖、昭祖兄弟，自庐陵徙家长沙，两邦贤士如林，王泸溪、胡忠简公、刘子

---

① 宋·周必大撰，周纶编：《文忠集》卷一九，《影印文渊阁四库全书》本，第1147册，第202－203页。

② 宋·岳珂撰，吴企明点校：《桯史》卷六，中华书局1981年版，第71页，“快目楼题诗”条。

③ 详参王瑞来：《“内举不避亲”——以杨万里为个案的宋元变革论实证研究》，《北京大学学报》2012年第2期。

驹、张敬夫、杨廷秀，又两邦之乔木，皆推其孝友，或赋诗，或作记，或通问，谆谆称道。予来假守，人无间言，甚可嘉也。出示前五贤真笔，敬题其后。①

南宋其他江西显宦名流如马廷鸾、江万里、文天祥、刘辰翁门下也济济多士，聚合了大批干谒奔竞之士。我们试以刘辰翁的见闻为例：

往时父兄子弟拄杖入市，东家即西里，酣嬉傲睨，行者避路。常少年厌乡井，志游侠，拂衣草履出门，左湖右湘，诸公贵人，咸飞觞共赋，纵观远赏，犹有郁郁不自得。高者谈边，下者觅举，已得举复不乐，视庸夫高等，同官争宠，科举外复大有事。或从是远引，闭门息迹，而诸贤论荐，当路踵馈，直疑殷生不起，名山绝境，俗驾交横。或间王事，携妓女。世未尝一日无客，客未尝一日不游，然飞扬跋扈者，常有不见知己，辞君北上之意，由今言之，竟何如也？②

此段所述是刘辰翁在故乡江西庐陵的所见所闻，其中谒客奔走、请托援引之风骇人听闻，故当时人有“今游之最夥者，莫如江西”③ 之叹！胡适曾说：

中国文学史基本上是朝双重进化的路子演变的：一边是上层的文学，代表文人贵族的文学，是死了的文学；一边是下层的文学，代表平民老百姓的文学，是活的文学。④

江西文人词或许就符合胡适所定义的“活的文学”标准。自南渡以来，在词的语言形式日益典雅、工丽、繁富的情况下，江西文人词中出现了与白话文学形式近似的词人作品，这不是一种偶然的巧合，而是江西文人对宋词发展反思的结果，预示着一种旧的文体趋向僵化，而一种新的文体样式正在孕育形成。江西词人群的创作没能成为宋元之际词坛创作的主流，但词作浅显、通俗的艺术风格与隐逸出世、悠游山林的题材内容却对元曲产生了重要影响，在宋元文化转型过程中起到了十分重要的作用，值得我们进一步作深入的研究。

代表当时词坛创作风气的是浙江临安词人群，他们大多是士族出身，宋亡前有着较为显赫的门第和优越的经济地位，宋亡隐居后，在富贵生活中养成的高雅习气，使他们不太能如江西词人群那样有着强烈的进取精神和社会责任感。临安词人群体的成员大多无意于修齐治平的立德、立功，更不能轻易地融入世俗社会中去，他们有较多的闲情逸致，沉醉于自然湖山，商讨音律、讲论词法，沉浸于为艺术而艺术的象牙塔式的生活中，成为宋元之际雅词的主要创作者和维护者。他们作词的一个显著特点是注重技巧的讨论，在结社唱和中，就“句法”“字面”“用字”等方面反复地进行研讨和论述。他们造诣最深的地方就在于他们大多精通词律，故论词强调协音合律，因此他们的词作音节圆润，声调和谐。其失也在于过分偏重形式技巧，一味侧重声律字句，导致“叔夏所以不及前人处，只在字

① 宋·周必大撰，周纶编：《文忠集》卷一九，《影印文渊阁四库全书》本，第1147册，第205页。
② 刘辰翁：《逍遥游庵记》，李修生主编：《全元文》第8册，江苏古籍出版社1999年版，第727页。
③ 袁桷：《赠陈太初序》，杨亮校注：《袁桷集校注》第3册，中华书局2012年版，第1187页。
④ 胡明主编：《胡适精品集》，光明日报出版社1998年版，第87页。

句上着功夫，不肯换意，若其用意佳者，即字字珠辉玉映，不可指摘。近人喜学玉田，亦为修饰字句易，换意难”①。他们还提倡雅正，极尽风雅。咏物遗貌取神，重意趣，主张命意要新，造意忌平，不黏不滞，章法空灵疏宕，有雅正之音。语言精练雅致，轻灵淳雅。

胡适曾评论道：

文学的新方式都是出于民间的。久而久之，文人学士受了民间的文学的影响，采用这种新体裁来做他们的文艺作品。文人的参加自有他的好处：浅薄的内容变丰富了，幼稚的技艺变高明了，平凡的意境变高超了。但文人把这种新体裁学到手之后，劣等的文人便来模仿；模仿的结果，往往学得了形式上的技巧，而丢掉了创作的精神。天才堕落而为匠手，创作堕落而为机械。生气剥丧完了，只剩下一点小技巧、一堆烂书袋和一套烂调子！②

这段话用来评价南宋临安词人群的创作亦大体得当。他们在创作上推崇姜夔，姜夔是南宋中后期的江湖文人，虽是江西人，却因干谒寄食于名公巨卿张镃之门而成为临安词人仰慕效仿的楷模。张镃是宋末元初临安遗民词人张炎的曾祖父，他们写词都注重下字运思，力求雅正，追求自我清高的人格，提倡清空，抒写骚雅的生活情趣与审美追求，是“词匠之词”的典型，对后世影响很大。刘壎在《词人吴用章传》中道：

词盛行于时，不惟伶工歌妓以为首唱，士大夫风流文雅者酒酣兴发辄歌之。由是由姜尧章之《暗香》、《疏影》，李汉老之《汉宫春》，刘行简之《夜行船》并喧竞丽者殆百十年。③

我们的比较研究，不强分江西、临安文人群雅俗的高下之别，但从中可以看出：不同地域、不同身世经历的江西、杭越词人的审美趣味、审美追求在其干谒奔竞活动及转向隐居生活实践中显现出来的不同风貌。

（五）诗（词）史互证

以诗证史、诗史互证是研究唐诗常用的方法，这种方法同样适用于研究南宋干谒与文学。

诗史互证，是通过文人的作品了解那个时代的历史事实、社会环境与文人创作的关系。历史事实总会或隐或显地体现在文人的文学创作中，④ 天才的作家能从文学作品中剥离出埋于历史深处的真实来，并通过反思和创作，将其表现出来。如马廷鸾在读了汪元量

① 周济：《介存斋论词杂著》，人民文学出版社1959年版，第10页。

② 胡适：《词选》，商务印书馆1927年版，第9页。

③ 刘壎：《词人吴用章传》，李修生主编：《全元文》卷三四九，第10册，江苏古籍出版社1999年版，第401页。

④ 详参胡可先：《唐代重大历史事件与文学研究》，浙江大学出版社2007年版，第2-4页，绪论“本课题的学术依据”。

诗集后感慨万端：“展卷读甲子初作，微有汗出。读至丙子作，潸然泪下。又读至《醉歌》十首，抚席恸哭，不知所云。……因题其集曰‘诗史’。”① 刘辰翁在《金缕曲·寿朱氏老人七十三岁》词中云：“暮年诗，句句皆成史。”② 在《湖山类稿序》中，刘辰翁又道：

及过河所历皇王帝伯之故都遗迹，凡可喜、可诧、可惊、可痛哭而流涕者，皆收拾于诗。解其囊，南吟北啸，如赋史传，亦自有可喜。③

在刘辰翁看来，诗词歌赋皆可作为史传来读，因为这些乱世时代的作品真实地反映了当时文人士子漂泊流离的生活情景和悲愤苦痛的心灵悸动。

李珏将以诗存史的现象说得更加明白：

往时读《泣血录》，为之泪下；因叹德祐之事，意必有杭之文章钜公书于野史，后人见而悲之，未必不若余今日之读《泣血录》也。一日，吴友汪水云出示《类稿》，纪其亡国之戚、去国之苦，间关愁叹之状，备见于诗，微而显，隐而彰，哀而不怨，欷歔而悲，甚于痛哭，岂《泣血录》所可并也？唐之事纪于草堂，后人以诗史目之，水云之诗，亦宋亡之诗史也，其诗亦鼓吹草堂者也。其愁思抑郁，不可复伸，则又有甚于草堂者也。④

南宋文人在作诗词时有意识地以诗词存史的倾向是十分突出的，其中最有名的论述莫过于文天祥了，他说：“昔人评杜诗为诗史，盖其以咏歌之辞，寓纪载之实，而抑扬褒贬之意，灿然于其中。虽谓之史可也。予所集杜诗，自予颠沛以来，世变人事，概见于此矣。是非有意于为诗者也，后之良史尚庶几有考焉。”⑤

王之望的作品与此类似，据四库馆臣道：

之望当秦桧柄国时，落落不合，人咸称其有守。其历官亦颇著政绩。……至其诗文疏畅明达，犹有北宋遗矩；诸札之亦多足以考见时事，与正史相参，未可遽废。⑥

又如南宋诗人苏泂的作品对南宋社会生活就多有描绘，《泠然斋诗集》卷八中说：“橘隐仙人是乃翁，几年涵养在其中。商颜不出浑无事，安得开禧第一功。”⑦ 记述了开禧初年北伐之事，卷八《次友人韵》：“早晚朝廷议恢复，请看裴度在军中。”⑧ 卷六《金陵杂兴二百首》其一百九十一载：“放散边头武定军，卖刀买犊作农人。”其二十二载：“铁

① 宋·汪元量撰，孔凡礼辑校：《增订湖山类稿》，中华书局 1984 年版，第 186 页。
② 唐圭璋编，王仲闻参订，孙凡礼补辑：《全宋词》附录一，中华书局 1999 年版，第 4103 页。
③ 宋·汪元量撰，孔凡礼辑校：《增订湖山类稿》附录一，中华书局 1984 年版，第 185－186 页。
④ 宋·汪元量：《湖山类稿》卷五附录，《影印文渊阁四库全书》本，第 1188 册，第 250 页。
⑤ 文天祥：《文信国集杜诗序》，见《文信国集杜诗》，《影印文渊阁四库全书》本，第 1184 册，第 808 页。
⑥ 清·永瑢等：《四库全书总目》卷一五八，中华书局 1965 年版，第 1364 页。
⑦ 宋·苏泂：《泠然斋诗集》卷八，《影印文渊阁四库全书》本，第 1179 册，第 149 页。
⑧ 宋·苏泂：《泠然斋诗集》卷八，《影印文渊阁四库全书》本，第 1179 册，第 155 页。

钱转手变铜钱，父老相传喜欲颠。”其一百一十三载：“笑谈容易发仓囷，全活生灵百万人。”其八十五载：“淮南巨贼邃如许，昨日传闻尽杀之。”都与当时的时事有一定的联系，从中可以看到南宋的某些史迹，也可以看出作者对历史的反思与对现实的思考，这与诗人长期干谒奔走、入幕游宦有关。故《四库全书总目》卷一六三《泠然斋集提要》评价其人其作时道：

洞字召叟，山阴人，右仆射颂之四世孙。《宋史·颂传》不详列其后裔，故洞始末无可考。……今从《永乐大典》所载，采辑排比，共得诗八百五十余篇，厘为八卷。即诗中所自纪参互考之，知洞少时即从其祖游宦入蜀，长而落拓走四方，曾再入建康幕府。其《书怀》诗有云：“昨蒙宗公置牙齿，事下丞相当审核。驽才不堪驾十乘，爝火或可继残夕。”则尝以荐得官，而终偃蹇不遇以老。生平所与往来唱和者，如辛弃疾、刘过、王柟、潘柽、赵师秀、周文璞、姜夔、葛天民等，皆一时知名士。集中又有《送陆游赴修史之命》，诗云：……是洞本从学于游，诗法流传，渊源有自。故其所作皆能镵刻淬炼、自出清新，在江湖诗派之中，可谓卓然特出。其《金陵杂咏》多至二百首，尤为出奇无穷。周文璞为作跋，以刘禹锡、杜牧、王安石比之。虽称许不免过情，要其才力富赡，实亦一时之秀也。①

我们从“始末无可考”的苏洞“以荐得官”“周文璞为作跋”等字眼中可以感受到江湖诗人干谒奔走、请托求荐的生活方式以及他们广泛交游、结友酬唱的潜在目的。名流印可、名流荐举，是促使文人干谒奔走的两大动因，而他们的干谒行为与文学创作的内在联系，也在诗中所自纪与当时的野史传奇、正史笔记的互考中得以呈现出来。故我们从“周文璞为作跋”的印可延誉之语中，可以看到作者以唐代咏史名家刘禹锡、杜牧及北宋政治家、历史学家、以咏史诗词著称于世的王安石比之，就是看到了苏洞在以诗存史、以诗论史、以诗讽今方面与他们有相似之处。

又如，陆游在诗中对自己的生活方式也多有描述，王士禛《带经堂诗话》谈到陆游时说：

务观闲适，写村林茅舍、农田耕渔、花石琴酒事，每逐月日，记寒暑，读其诗如读其年谱也。然中间勃勃有生气。中原未定，梦寐思建功业。②

与陆游同时的范成大也一样，被称为宋代“做记妙手”③。他们都有一些经典笔记、地志作品传世，如陆游的《老学庵笔记》《家世旧闻》，是闻名遐迩的笔记精品，范成大的名作《吴郡志》五十卷“分三十九门，征引浩博，而叙述简核，为地志中之善本”④，他们具有史识、史才，这些在他们的诗词作品中有时自然而然地就反映出来了。从这一角度来

① 清·永瑢等：《四库全书总目》，中华书局1965年版，第1400页。

② 清·王士禛著，张宗柟纂集，戴鸿森校点：《带经堂诗话》卷一，人民文学出版社1998年版，第43页。

③ 何宇度：《益都谈资》，载湛之编：《杨万里范成大资料汇编》，中华书局1964年版，第171页。

④ 《吴郡志提要》，《四库全书总目提要》卷六十八史部二十四·地理类一，第598页。

看，我们有理由相信，他们的文学作品在某种程度上反映了南宋时期的某些史迹和文人的生活方式。

早在20世纪30年代，就已经有学者能够娴熟地运用以词证史、以史证词、词史互证的方法来研究南宋后期著名的江湖文人即终身靠游谒寄食为生的吴文英，为了方便说明问题，我们征引夏承焘一段较为完整的文字：

宋词以梦窗为最难治。其才秀人微，行事不彰，一也。隐辞幽思，陈喻多歧，二也。强村老人一代宗工，予尝叩其吴词小笺，退然不以自慊，即甘苦可知矣。香山杨铁夫先生，从强村治吴词者，老而弥勤，笺释之作，屡刊屡改。兹予获读其第三稿，钩稽愈广，用思益密，往往于辞义之外，得其悬解。如据曹可择《松山》词及翁处静《游胡园书感》词，以证解语花饯处静乃慰处静悼亡，定江南春赋药翁杜衡山庄为兄弟偕隐，其"芳铭棠笏"之句，乃兼用贾敦颐、敦实棠棣碑故实，不但如郑大鹤据《唐书·魏莫传》所云而已。又若引《绍兴志·四明图经》禹庙梅梁事，方知《齐天乐》"翠萍空梁"之语为非虚设。引《名山记》魏野诗，方知《浣溪沙·迓履翁》为吴潜下访之作。凡此皆互证旁通，使原词精蕴，挹之愈出，较强村之笺，为尤进矣。《四库提要》论陈后山诗，谓若非任渊一一详其本事，今据文读之，有茫然不知为何语者。然渊生南北宋间，元祐余绪，犹未尽坠，较之铁夫生七百年后，而能为梦窗之身后子云，其难易犹有间也。或者以为梦窗无题咏物之什，不尽为故姬作，疑铁夫不无好奇。予以为古今注义山《锦瑟》诗者不一，而究以悼亡之解为近正，况梦窗之放琴客，实有其事，铁夫之笺，又皆持之有故乎？前人论词有云："作者未必然，读者何必不然。"此虽妙谛，固不烦举为铁夫解嘲矣。①

夏承焘是研究吴文英的专家，他如此看重好友杨铁夫的《吴梦窗词笺释》，主要在于杨先生的"互证旁通，使原词精蕴，挹之愈出"的词史互证精神深深地震撼了他，以至于感叹"较强村之笺，为尤进矣"。我们知道，朱强村是夏承焘和杨铁夫的老师辈，也是词学界的前辈，可夏先生却说杨笺超过了老师，在某种程度上正是运用这种"互证旁通"的方法，使其在研究吴文英的生平事迹、思想感情时产生了意想不到的效果，从而取得了吴文英研究史上的重大突破。

我们在研究南宋干谒风气与文学创作时，也想沿着这种"互证旁通"的思路，把南宋时期的特殊时代背景与文学创作联系起来进行研究。如，宋亡初年张炎在干谒好友周密的《一萼红·弁阳翁新居，堂名志雅，词名苹洲渔笛谱》词中是这样描述其生活的："分得烟霞数亩，乍扫苔寻径，拨叶通池。放鹤幽情，吟莺欢事，老去却愿春迟。爱吾庐、琴书自乐，好襟怀、初不要人知。长日一帘芳草，一卷新诗。"② 周密是宋元之际词坛的领袖，张炎作为落难王孙要想在词坛上进入遗民词人群体的圈子，就必然要采取行动，这首词是他为了讨好周密而作的，由于他熟知周密的人格个性和人生态度，所以这首为了讨好对方而作的词深得干谒之道。词中周密玩赏琴书、放鹤幽情的隐逸生活在其野史笔记中就得到

① 施蛰存主编：《词籍序跋萃编》，中国社会科学出版社1994年版，第356－357页。
② 唐圭璋编，王仲闻参订，孙凡礼补辑：《全宋词》第5册，中华书局1999年版，第4405页。

了印证。《癸辛杂识·自序》中，周密描写自己的生活："野人畸士，放言善谑，醉谈笑语，靡所不有。"① 周密的这种隐逸高蹈，是对文人干谒奔竞活动反思后所采取的生活方式，在当时是很普遍的，他们的隐逸生活实践与词体创作的关系，于此可见一斑。南宋文人的干谒与隐逸是对立统一、相反相成的，是一个事物的两个方面，反映了中国传统文化中儒道两家思想在不同情况下的必然表现形式。

以前很少有人留意南宋文人一生中的干谒活动及其转向隐居的生活方式对其文学创作的影响，宋史、元史中的文人传记对他们的干谒活动及生活方式也较少记载，而这些在文人词与野史笔记的互证中却清晰地呈现了出来。周密在《甘州·题疏寮园》中写出了自己远离干谒请托活动后生活环境的清新可喜及生活方式的悠然自得：

信山阴、道上景多奇，仙翁幻吟壶。爱一丘一壑，一花一草，窈窕扶疏。染就春云五色，更种玉千株。咳唾骚香在，四壁骊珠。　　曲折冷红幽翠，涉流花涧净，步月堂虚。美风流鱼鸟，来往贺家湖。认秦鬟、越妆窥镜，倚斜阳、人在会稽图。图多赏，池香洗砚，山秀藏书。

疏寮园即高似孙园，据《四朝闻见录》乙集《吴云壑》条："四明高氏似孙，号疏寮，……道出金陵，投留守吴公琚。"② 可见，疏寮园原来是高似孙投奔干谒留守吴公琚所得的花园，高似孙本来是干谒奔走之徒竞相效仿的对象。然词人却没有一味赞赏高似孙的功绩，而是表现自己纵横自在无拘束、心不贪荣身不辱的人生意趣。词中的一丘一壑、一花一草，构成了平淡悠远的自然韵致，是南宋文人从干谒奔竞活动中解脱出来后宁静适意心态的外化。词的字里行间，流溢着词人对隐居生活的热爱和沉入其中的喜悦，它们既属山林隐逸之作，又有着重要的认识价值，对于我们认识、了解南宋文人生活的地域文化特征有着非常重要的意义。

南宋文人主要生活在江西、浙江、福建、广东等地。这些南方地区的柔山秀水，是自足的审美世界，也是理想的隐逸环境，水光山色无限，民俗风情不一，景物名胜甚多，大都是绿木丛林、峰峦叠嶂、溪水潺潺、鸟鸣莺啼之地，处处洋溢着自然清景和生命活力。南宋文人游览之余，每每触目兴怀，周密在《乳燕飞·序》词中说："辛未首夏，以书舫载客游苏湾。徙倚危亭，极登览之趣。所谓浮玉山、碧浪湖者，皆横陈于前，特吾几席中一物耳。遥望具区，渺如烟云；洞庭、缥缈诸峰，矗矗献状，盖王右丞、李将军著色画也。松风怒号，暝色四起，使人浩然忘归。慨然怀古，高歌举白，不知身世为何如也。溪山不老，临赏无穷，后之视今，当有契余言者。"③ 苏湾，据周密《癸辛杂识·吴兴园圃》载："赵氏苏湾园，菊坡所创，去南关三里而近碧浪湖，浮玉山在其前，景物殊胜。山椒有雄跨亭，尽见太湖诸山。"④《乌程县志》载："苏湾在县南岘山寺前，碧浪湖之西。其

① 宋·周密撰，吴企明点校：《癸辛杂识》，中华书局 1988 年版，第 1 页。
② 宋·叶绍翁撰，沈锡麟、冯惠民点校：《四朝闻见录》卷二，中华书局 1989 年版，第 48 页。
③ 唐圭璋编，王仲闻参订，孙凡礼补辑：《全宋词》，中华书局 1999 年版，第 4149－4150 页。
④ 宋·周密撰，吴企明点校：《癸辛杂识》，中华书局 1988 年版，第 11 页。

堤为苏轼治郡时所筑，故名。”① 这些地方，是南宋文人在干谒奔竞生活中体味人生种种忧患苦闷之后的灵魂避难所，而地域不同，文人的生活环境也不一样，这些文人生活的具体环境，正史很少有记载。这需要我们搜罗野史笔记、方志等方面的材料加以考察，再结合南宋文人自己的有关作品予以印证说明。

（六）知人论世、以意逆志

知人论世、以意逆志的批评方式，是我国传统的文学批评方法。“颂其诗，读其书，不知其人可乎？是以论其世也。”② 这是孟子的名言，也是我们进行研究时的重要指导思想。

南宋大诗人陆游在《上辛给事书》中谈到人品与文品的关系时说：

人之邪正，至观其文，则尽矣决矣，不可复隐矣。③

刘毓崧在《重刊吴梦窗词稿序》中亦从人品与词品的角度对吴文英其人其词进行了深入细致的分析阐述：

惟是梦窗之词品，诸书言之甚详，而梦窗之人品，诸书言之甚略；故声律之渊源可溯，而行事之本末罕知。……梦窗曳裾王门，而老于韦布，足见襟怀恬淡，不肯借藩邸以攀援，其品概之高，固已超乎流俗。若夫与贾似道往还酬答之作，皆在似道未握重权之前，至似道声势熏灼之时，则并无一阕投赠。……似道晚节误国之罪固不容诛，而早年任事之才实有可取。观于元世祖攻鄂之时，似道作木栅环城，一夕而就，世祖顾扈从诸臣曰：“吾安得如似道者用之。”其后廉希宪对世祖亦尝称述此言，是似道在彼时固曾见重于敌国君相，故周草窗虽深恶似道之擅权，而于前此措置合宜者，未尝不加节取。王鲁斋为讲学名儒，生平不肯依附似道，而其致书似道亦尝称其援鄂之功。则梦窗于似道未肆骄横之时，赠以数词，固不足以为累。况淳祐十年，岁在庚戌，下距景定庚申，已及十年。此十年之中，似道之权势日隆，而梦窗未尝续有投赠。……否则似道当国之日，每岁生辰，四方献颂者以数千计，悉俾翘馆誊考，以第甲乙。就中曾膺首选者，如陈帷善、廖莹中等人，其词备载于《齐东野语》。梦窗词笔超越诸人，假令彼时果肯作词，非第一人无以位置，势必众口喧传，一时纸贵，焉有不在草窗所录之内者乎？纵使草窗欲为故人曲讳，又岂能以一人之手掩天下之目，而禁使弗传乎？然而梦窗始与似道曾相赠答，继则恶其骄盈而渐相疏远，较之薛西原始与严嵩相酬唱，继则嫉其邪佞而不相往来，先后洵属同揆。西原之集，为生前自定，故和嵩之作，一字不存。梦窗之稿为后人所编，故赠似道之词，四阕俱在。然删存虽异，而志趣无殊。梦窗之视西原，初无轩轾，则存此四阕，岂但不足为梦窗人品之玷，且适足以见梦窗人品之高，此知人论世者所当识也。故详为推阐，以见词

① 吴熊和主编：《唐宋词汇评》（两宋卷）第5册，浙江教育出版社2004年版，第3833页。
② 清·焦循：《孟子正义·万章章句下》，《诸子集成》第2册，第484页。
③ 钱仲联、马亚中主编：《陆游全集校注》第9册，浙江教育出版社2011年版，第335页。

品之洁，实由人品之纯。观察尚友古人，为之刊布，不特其词借以传播，即其人亦借以表章，此实扶轮大雅之盛意也夫。①

吴文英生平事迹尤其是他干谒奔走于权臣贾似道之门的始末问题值得商榷，② 但这种知人论世、“观察尚友古人”的研究方法无疑值得我们学习，只有充分发挥这种研究方法的功能，才能真正做到对南宋时人的“了解之同情”。

孟子还有一句名言：“故说诗者，不以文害辞，不以辞害志。以意逆志，是为得之。”③ 赵岐对这段话的注释最能体现孟子之意：“人情不远，以己之意逆诗人之志，是为得其实矣。”④

人同此心，心同此理，伟大的文学作品就在于能把人人心中所有而又无法言说的感情、哲思表达出来，能够“拨动诗人心弦的缪斯”⑤，揭示“脆弱的庸人的心爱的自我直观”⑥，这样的作品在一定意义上反映了社会的进化和个人价值的提高，“代表了人的本质的利益，即一般人的利益”⑦。清代著名诗歌批评家陈祚明在《采菽堂古诗选》中评价《古诗十九首》时道：

《十九首》所以为千古至文者，以能言人同有之情也。人情莫不思得志，而得志者有几？虽处富贵，慊慊犹有不足，况贫贱乎？志不可得而年命如流，谁不感慨？人情于所爱莫不欲终身相守，然谁不有别离？以我之怀思，猜彼之见弃，亦其常也。夫终身相守者，不知有愁，亦复不知其乐。乍一别离，则此愁难已。逐臣弃妻，与朋友阔绝，皆同此旨。故《十九首》虽此二意，而低回反复。人人读之，皆若伤我心者。此诗所以为性情之物，而同有之情，人人各具，则人人本自有诗也。⑧

这种批评方式，与现代心理学理论暗合。朱光潜在《悲剧心理学》中即指出：

愈是与我们过去的经验和谐一致，就愈能吸引我们的注意，有助于我们的理解，并引起我们的兴趣和同情。如果它离人的经验太遥远，人们对它就会不理解，因而也就不能欣赏。⑨

---

① 施蛰存主编：《词籍序跋萃编》，中国社会科学出版社 1994 年版，第 350 - 353 页。

② 详参夏承焘：《唐宋词人年谱·梦窗词系年》，《夏承焘集》第 1 册，浙江古籍出版社、浙江教育出版社 1998 年版，第 481 - 484 页，附录“梦窗晚年与贾似道绝交辨”。

③ 清·焦循：《孟子正义·万章章句上》，《诸子集成》第 2 册，第 424 页。

④ 清·焦循：《孟子正义·万章章句上》，《诸子集成》第 2 册，第 427 页。

⑤ 《马克思恩格斯论艺术》第三卷，中国社会科学出版社 1983 年版，第 195 页。

⑥ 中国社会科学院文学研究所文艺理论研究室编：《列宁论文学与艺术》，人民文学出版社 1983 年版，第 295 页。

⑦ 德·马克思、恩格斯：《马克思恩格斯选集》第一卷，人民出版社 1972 年版，第 278 页。

⑧ 清·陈祚明评选，李金松点校：《采菽堂古诗选》，上海古籍出版社 2008 年版，第 80 - 81 页。

⑨ 朱光潜：《悲剧心理学》，人民文学出版社 1983 年版，第 25 页。

朱先生的话很有道理，那些优秀的作品总是能感动读者，和读者的情感产生共鸣。刘勰在《文心雕龙·明诗》篇中道："人禀七情，应物斯感。感物吟志，莫非自然。"[①] 这是立足于"古今人情一也"的基础上提出来的精辟见解，是深得古人创作甘苦的批评理论，故在中国文学批评论中具有十分重要的意义。我们现代人读古人诗时亦有此种感情，非刘勰读诗时所独有，乃是读诗时普遍存在的一种心灵"共鸣"的现象，是"古今人情一也"的自然表现，所谓"人同此心，心同此理"。

文学史在某种程度上就是心灵史，故"以意逆志"，也是让我们通过研究南宋文人作品了解那个时代的文人心态、社会风尚与文学风貌。一代史学大师陈寅恪就特别注意古人作品的"心史"价值，他在1953年9月《广州赠别蒋秉南》诗中道：

孙盛阳秋海外传，所南心史井中全。文章存佚关兴废，怀古伤今涕泗涟。[②]

在1964年所作的《论再生缘校补后序》中也道：

噫！所南心史，固非吴井之藏。孙盛阳秋，同是辽东之本。[③]

陈先生这里谈及的"所南心史"即南宋遗民郑思肖所著的《心史》一书，此书于崇祯十一年（1638）在苏州承天寺井中被发现。余嘉锡《四库提要辨证》对《心史》特征作出了精辟辨证。[④] 明遗民林古度在《心史》序中道：

天下有奇人，始有奇事。宋德祐间，吾闽连江郑所南先生隐于吴门，愤宋亡国，恨己无名位，不能灭胡，每有忿懑辄见诸诗文。……不婚不宦，年已垂老，虑身没而心不见知于后世，取其诗文，名曰：心史。[⑤]

故我们可以透过古人的作品知道"人已经想过什么，因此就告诉我们人是什么"，希望通过研究，让历史人物不致"身没而心不见知于后世"。

又如，陈廷焯评蒋捷的词为"阅历语"[⑥]，就是从南宋文人东奔西走、干谒请托的文学创作中看出了他丰富深刻的人生体验。如：

秋本无愁，奈客里、秋偏岑寂。身老大、忺敲秦缶，懒移陶甓。万误曾因疏处起，一闲且向贫中觅。笑新来、多事是征鸿，声嘹呖。　　双户掩，孤灯剔。书束架，琴悬壁。笑人间无此，小窗幽阒。浪远微听葭叶响，雨残细数梧梢滴。正依稀、梦到故人家，谁横

① 南朝梁·刘勰著，周振甫注：《文心雕龙注释》，人民文学出版社1981年版，第48页。
② 陈寅恪：《陈寅恪集·诗集：附唐筼诗存》，生活·读书·新知三联书店2009年版，第98页。
③ 陈寅恪：《陈寅恪集·寒柳堂集》，生活·读书·新知三联书店2015年版，第107页。
④ 余嘉锡：《四库提要辨证》第4册，中华书局2008年版，第1528－1544页。
⑤ 宋·郑思肖著，陈福康校点：《郑思肖集》，上海古籍出版社1991年版，第315页。
⑥ 吴熊和主编：《唐宋词汇评》（两宋卷）第5册，浙江教育出版社2004年版，第4124页。

笛。（蒋捷《满江红》）

从中可见，词人命运的恶化及由此导致的心灵搏动，在词中都有深切的表现。

以个体生命体验为基础来研究文学作品的方法，已经被古代文学研究的有识之士提出并加以阐述。程千帆说：

胡小石先生晚年在南大教《唐人七绝诗论》，他为什么讲得那么好，就是用自己的心灵去感触唐人的心，心与心相通，是一种精神上的交流，而不是《通典》多少卷，《资治通鉴》多少卷这样冷冰冰的材料所可能记录的感受。我到现在还记得胡先生的那份心情、态度，就是在这样的情况下，我学到了以前学不到的东西。①

诗词兴发感动作用，是叶嘉莹在著作中反复强调的，试举一例：

我在《三种境界与接受美学》一篇“随笔”中，已曾提出说：“按照西方接受美学中作者与读者之关系而言，则作者之功能乃在于赋予作品之文本以一种足资读者去发掘的潜能，而读者的功能则正在使这种潜能得到发挥的实践。”而且读者在发掘文本中之潜能时，还可以带有一种“背离原意的创造性”。所以读者的阅读，其实也就是一个再创造的过程，而这种过程往往也就正是读者自身的一个演变和改造的过程。如果把中国古典诗歌放在世界文学的大背景中来看，我们就会发现中国古典诗歌实在是最富于这种兴发感动之作用的文学作品，这正是中国诗歌的一种宝贵的传统。②

罗宗强在《宋代文学思想史·序》中亦特别强调“以意逆志”、以自己之意去了解、探索、发现、把握古人之志在中国古代文学思想研究中的重要意义，他说：

我以为，影响文学思想的最重要的因素，是社会思潮和士人心态的变化，一种强大的社会思潮，往往左右着人们（特别是士人）的生活理想、生活方式和生活情趣，深入到生活的各个角落……影响文学思想演变最重要的还是古人心态的变化，社会思潮对于文学的影响，最终还是通过士人心态的变化来实现。文学毕竟是人学，描写人的生活、人的理想、人的心灵，社会上的一切影响，终究要通过心灵才能流向作品。心态的变化在文学思想演变中实具关键之意义。③

值得一提的是，这样的研究方法也与我们一些著名的现代文学研究者的研究方法不谋而合。钱理群即指出：

---

① 张春晓整理：《两点论——古代文学研究方法漫谈》，收入程千帆述，张伯伟编：《程千帆全集·第十五卷·桑榆忆往》，河北教育出版社2000年版，第179页。

② 叶嘉莹：《词学新诠》，北京大学出版社2008年版，第54页。

③ 张毅：《宋代文学思想史》，中华书局1995年版，“序”第8页。

在我们看来，文学史的核心是参与文学创造和文学活动的“人”，而且是人的“个体生命”。因此，“个人文学生命史”应该是文学史的主体，某种程度上文学史就是由一个个具体的个人文学生命的故事连缀而成的。文学史就是讲故事，而且是带有个人生命体温的故事。所谓“个人生命体温”是指在文学场域里人的思想情感、生命感受与体验，具有个体生命的特殊性、偶然性甚至神秘性，而且是体现在许多具体可触可感的细节中的。而所谓文学场域，也是生命场域，是作者、译者和读者、编辑、出版者、批评家……之间生命的互动，正是这些参与者个体生命的互动，构成了文学生命以至时代生命的流动。这里强调的几个要素——生命场域、细节、个体性，都是文学性的根本；这就意味着，我们要用文学的方式去书写文学史，写有着浓郁的生命气息、活生生的文学故事，而与当下盛行的知识化与技术化、理论先行的文学史区别开来。①

李怡则从自己研究鲁迅的具体实践中体验到：

鲁迅这位因家道中落而深味了“世人真面目”的青年则主要关心一位普通中国人的基本的生存处境与生存原则。……如果说前述大多数的知识分子都是在民族国家建设的层面上开掘自己的“体验”，那么鲁迅则是将他们那宏阔抽象的“国家”潜沉到了具体的人、具体的自我，用他在《文化偏至论》中的话来说就是“入于自识”，即返回到人的自我意识。②

这些话对我们的研究产生了很大的影响，这种研究境界，是我们“虽不能至，然心向往之”的。我们的南宋干谒与文学研究也试图结合现实的人生体验，以词证词，以心证心，以意逆志，将文学、史学和心理分析的研究方法交互为用，在知人论世的基础上对南宋文人在干谒过程中表现出来的种种行为加以心理的分析、解释，窥其隐微，以自己的心灵体验来探讨南宋文人在干谒活动中的种种精神苦闷和超越苦闷的心理机制及具体途径。

干谒行为中往往寄托着游士谒客对于人生、社会等的理想与主张。从干谒出发，就意味着我们不仅要关注文学的创作与流通，也要注意文学创作的环境与接受层次，探索南宋文人的文学创作与干谒活动所体现出来的典型文学现象，关注南宋士人在干谒活动中的命运和精神面貌，揭示干谒活动背后所蕴含的士人性格、交游唱和、文化活动、政治事件的深层内因，以历史的眼光、文化学的方法来研究南宋士人干谒活动中出现的种种问题。南宋士人的干谒活动与人际关系、高压政治、科举制度、名流印可、名流荐举、行卷之风甚至与抗敌救国的关系，干谒活动与士人入幕、奢侈之风、商品经济的关联，干谒活动与文学创作语言、文体、题材、流派、风格的形成与发展等，都是我们研究的任务。以“知人论世”“以意逆志”的方法来研究南宋干谒与文学，对南宋文人干谒活动背景的描述和心理变化的分析，是为了进一步探讨他们的创作主张、文学思想与他们的灵魂悸动、生命体

① 钱理群主编：《中国现代文学编年史：以文学广告为中心（1915—1927）》，北京大学出版社 2013 年版，“总序”第 4 – 5 页。

② 李怡：《日本体验与中国现代文学的发生》，北京大学出版社 2009 年版，第 116 – 117 页。

验的关系，把握当时南宋文人的内在思想感情、心理变化的真实情景。这种研究方法有利于我们理解南宋文人干谒之风盛行导致当时文学创作主题、风格、文学思想的内在生成机制。

从“知人论世”“以意逆志”的角度切入，探求南宋士人文学创作的特定生活环境、特殊人格个性、曲折离奇的人生命运及丰富复杂的内心世界，去研究那些文人创作的引起我们感动和共鸣的作品，并从我们自身的人生经历、心理体验出发，去发掘古人和自己心灵深处的悸动，关注南宋文人尤其是关注有血有肉有感情的士人如李光、赵鼎、胡铨、黄公度、陆放翁、辛弃疾、杨万里、刘克庄、范成大、朱敦儒、陈亮、刘过、戴复古、叶适、吴文英等人的干谒活动与情感体验、心理因素的变化，目的是更好地领悟南宋文学作品所包容的深刻丰富的人生意蕴和文化内涵。此外，文体发展有其自身兴衰起落的过程，愈发展到后期，可供模仿的前贤就愈多，而文人模仿乃至超越前辈的欲望就愈强烈。于是，南宋文人从前存范式中各取所需、博采众长并予以嫁接融合、变化创新，以至形成具有自己独特风格的作品，从而使得宋元文化转型之际，各种审美情趣、风格追求得以汇集，形成了中国文学史上不应忽视、不能或缺的灿烂景观。

基于此，我们结合文人的作品，借助传统“知人论世”“以意逆志”的理论，深入剖析南宋文人在干谒活动中各类复杂的心态情感及其发展变化。努力做到“以叙述为主，特别注重典型细节的描述；同时又要有文学史的眼光与判断，有一定的深度，即将叙述与思辨结合起来、史料与史识结合起来，熔知识性、趣味性、思想性于一炉，有情，有理，有味，这样就可以摆脱严肃、死板，让人望而生畏的‘文学史面孔’，至少具有可读性，让读者有亲切感”①。

以上六个方面，是我们在研究中采用的主要方法。

---

① 钱理群：《中国现代文学编年史：以文学广告为中心（1915—1927）》，北京大学出版社2013年版，“总序”第4页。

第一章
人际关系、文人干谒与南宋文学

南宋文人的文学创作内容大多数是唱酬、赠别、祝寿、干谒之类用于人际交往的，大量唱和诗词、序跋文字就产生于这个时期，文学的社交功能、娱乐功能、应酬功能，与抒情功能并行不悖，在其中占有很大比例。在南宋士人的社交活动中，中国官场和社会上普遍存在的套交情、拉关系的社交方式在当时被运用得炉火纯青、已臻化境。“血缘关系”“地缘关系”“学缘关系”是人际关系中最常见的三种类型，这三种关系与南宋文人印可品题、干谒奔走、文学创作之间有着千丝万缕的内在联系。接下来，我们以人际关系为中心，探讨其在南宋文人干谒活动与文学创作中的地位与影响。

陆游在《跋吕舍人〈九经堂诗〉》中特别谈及“人情”及“师友”“子孙”等人际、人伦关系对士大夫文学创作的意义：

前辈以文章名世者，名愈高，则求者愈众，故其间亦有徇人情而作者。有识之士多以为恨。如吕公《九经堂诗》，盖自少时与昭德尊老诸公，师友渊源，讲习渐渍所得，又为其子孙而发，故雄笔大论如此。于呼，凛乎其可敬畏也哉![①]

此跋可以看作他的“夫子自道”语，透露出南宋大诗人对文学交游、师友渊源、学缘血缘、人情世故、往来切磋等事实的重视。他的作品大多亦是“徇人情而作”，令人“可敬畏”的就是文中所说“师友渊源”“子孙”亲属等“人情”关系。南宋时期“以文章名世者”碍于情面，在为后生晚辈印可延誉之际，往往与人为善、热情周到，甚至于言过其实、不遗余力。这些名流显人作文论艺之际，在很大程度上带有唱和酬酢的成分，文学的主要功能是社交应酬，这种功能影响了南宋文人的创作与批评。结交同类、抵触异己等由人际关系导致的某些情绪客观上对文学创作也存在着正、反两方面的影响。

① 《渭南文集校注》卷二九，钱仲联、马亚中主编：《陆游全集校注》第10册，浙江教育出版社2011年版，第241页。

第一节　诚斋之风

杨万里与尤袤、范成大、陆游并称为“中兴四大诗人”，这四大诗人尤其是杨、范、陆三位更是时代的风云人物，刘克庄高度评价高似孙时说：“老笔如湘弦泗磬，多人间俚耳所未闻者，有石湖、放翁、诚斋之风。”① 我们从中可感受到当时对此三人的推崇。

杨万里自叙文学创作灵感之来时特别强调其受友人倡和索诗及交游故旧索序之启发影响，在其文集中交游酬酢类文字十分常见，仅以《诚斋集》卷八〇为例，我们就会发现下列文字：

予游居寝食，非诗无所与归。……大儿长孺请曰：“大人久不作诗，今可作矣乎？”予蹙然曰：“三年不为礼，礼必坏。三年不为诗，诗必颓。善，如尔之请也。”是日，始拟作进士题。……明年二月，被朝旨为铨试考官，与友人谢昌国倡和，忽混混乎其来也。至丁未六月十三日，得故人刘伯顺书，送所刻《南海集》来，且索近诗。于是汇而次之，得诗四百首，名曰《朝天集》寄之云。②

西归过姑苏，谒石湖先生范公。公首索予诗。予谢曰：“诗在山林而人在城市，是二者常巧于相违，而喜于不相值。某虽有所谓《荆溪集》者，窃自薄陋，不敢为公出也。”既还舍，计在道及待次凡一年，得诗仅二百首，题曰《西归集》，录以寄公。今复寄刘伯顺与钟仲山。③

永明尉彭君文蔚，与予同郡且同乡举。自绍兴癸酉一别，至淳熙戊申七月二十五日，忽触热骑一马，来访予于南溪之上，……因出其《补注韩文》八帙以示予。上自先秦之古书，下逮汉晋之文史，近至故老之口传，旁罗远摭，幽讨明抉，殆数十万言。于是韩子之诗文，雅语奇字，发摘呈露，无余秘矣。④

予尝举似旧诗数联于友人尤延之，……延之慨然曰：“焚之可惜。”予亦无甚悔也。然焚之者无甚悔，存之者亦未至于无悔。延之曰：“诗何必一体哉！此集存之亦奚悔焉！”旧所存者五百八十首，大儿长孺再得一百五十八首，于是并录而序之云。同郡之士永新张德

---

① 《后村诗话》续集卷四，吴文治主编：《宋诗话全编》第 8 册，凤凰出版社 1998 年版，第8451页。

② 《诚斋朝天诗集序》，宋 · 杨万里撰，辛更儒笺校：《杨万里集笺校》卷八〇，第 6 册，中华书局 2007 年版，第 3266 页。

③ 《诚斋西归诗集序》，宋 · 杨万里撰，辛更儒笺校：《杨万里集笺校》卷八〇，第 6 册，中华书局 2007 年版，第 3262 页。

④ 《彭文蔚补注韩文序》，宋 · 杨万里撰，辛更儒笺校：《杨万里集笺校》卷八〇，第 6 册，中华书局 2007 年版，第 3249 页。

器屡求之不置，因以寄之。[①]

这种文字，在杨万里集子中普遍存在。我们若进一步深入分析杨万里这些序文中的深意，就不难发现其中所提及的“大儿”“友人”“故人”“范公”“同郡”“同乡举”等亲朋、好友、故交在其诗歌创作中的地位与影响，无论是他人对杨万里的品题鼓励，还是杨万里对他人的印可延誉，都十分注重自己与他人的关系。

杨万里首先通过干谒奔走南宋中兴名将张浚之门而步入仕途，后经张的提携援引步步高升直至朝廷权力中心，后杨万里为了自己子侄辈的仕途前程也还一度发挥其干谒请托方面的特长，利用其人脉资源，频繁干谒奔走，请托延誉。他是中国文学史上“情商”很高的名流诗人。试看他逢迎讨好丘侍郎的《跋丘宗卿侍郎见赠使北诗一轴》：

太行界天二千里，清晨跳入寒窗底。黄河动地万鼛雷，却与太行相趁来。青崖颠狂白波怒，老夫惊倒立不住。乃是丘迟出塞归，赠我大轴出塞诗。手持汉节娖秋月，弓挂天山鸣积雪。过故东京到北京，泪滴禾黍枯不生。誓取胡头为饮器，尽与黎民解魁髻。诗中哀怨诉阿谁，河水鸣咽山风悲。中原万象听驱使，总随诗句归行李。君不见晋人王右军，龙跳虎卧笔有神，何曾哦得一句子，自哦自写传世人？君不见唐人杜子美，万草千花句何绮，只以诗传字不传，却羡别人云落纸。莫道丘迟一轴诗，此诗此字绝世奇。再三莫遣鬼神知，鬼神知了偷却伊。[②]

丘宗卿“仪状魁杰，机神英悟”，“生无以报国，死愿为猛将以灭敌”[③]，乃一代名臣，在朝廷享有盛誉。在这首诗中，杨万里极力阿谀奉承丘宗卿，先赞扬丘有“誓取胡头为饮器，尽与黎民解魁髻”的豪情壮志，后又用“中原万象听驱使”之语恭维他，令人叹为观止。想不到他还能不惜工本盛赞丘之诗书绝妙，最终以“再三莫遣鬼神知，鬼神知了偷却伊”结尾。综观全诗，杨万里的逢迎讨好之功可谓鬼神莫测、炉火纯青、登峰造极、已臻化境！具有如此高妙印可技巧的杨万里，才能成就其独特的“齿牙伶俐”“油腔滑调”

① 《诚斋江湖集序》，宋·杨万里撰，辛更儒笺校：《杨万里集笺校》卷八〇，第6册，中华书局2007年版，第3257－3258页。

② 宋·杨万里撰，辛更儒笺校：《杨万里集笺校》卷三〇，第3册，中华书局2007年版，第1565页。

③ 元·脱脱等：《宋史》卷三九八《丘崈传》第35册，中华书局1985年版，第12113页。

的“诚斋体”①。

从刘克庄对杨万里诗歌的评价中，我们可感受“诚斋体”风格之一斑：

诚斋《挽张魏公》云：“出昼民犹望，回军敌尚疑。”只十个字，而道尽魏公一生。其得人心且为虏所畏，与夫罢相、解都督时事，皆在里许，然读者都草草看了。②

刘克庄是江湖派的领袖人物、名副其实的“前辈以文章名世者”，是老于世故之人，故能着眼于杨万里诗中的印可延誉之妙而没有“草草看了”。我们透过刘克庄对杨万里的由衷赞叹，可知杨万里的成功并非侥幸，乃得益于他长期的磨砺，尤其是磨砺自己为人处世方面的能力。他那广泛的交游、誉满一世的口碑，都离不开他与人为善、世事洞明、人情练达的过人之处。

人际关系、朋友交情影响到杨万里的文学创作，也影响到他的文学批评。他有一篇有趣的序文《霍和卿〈当世急务〉序》，其中载：

予淳熙甲辰十二月，初识霍和卿于监察御史谢昌国之宾阶。稠人中，未之奇也。既同见昌国，和卿先退，昌国留瀹茶小语。因曰：“适某客，识之否？有一书曰《当世急务》者，尝见之否？”予即借之以归。夜吹灯细读之，不觉起立，曰：“此秦少游、陈去非之亚匹也。今世有此奇士，而我独不知，非恨欤？幸识其人，又见其书，未恨也。”③

这里的点睛传神之笔乃是：“幸识其人，又见其书，未恨也。”我们的理解却是先有监察御史谢昌国的援引介绍，杨万里知道他来头不小，乃当朝监察御史关注之人，理所当然地渴望结识相交，故作如下阿谀奉承的评语：“此秦少游、陈去非之亚匹也。今世有此奇士，而我独不知，非恨欤？”此“士”之“奇”主要在于他是监察御史大人推荐延誉的人选。有了这样的背景，我们才能理解杨万里为何“夜吹灯细读之，不觉起立”，并毫无保留地

---

① 葛天民在《寄杨诚斋》中盛赞杨万里：“参禅学诗无两法，死蛇解弄活鲅鲅。”（北京大学古文献研究所编：《全宋诗》第51册，卷二七二五，北京大学出版社1998年版，第32062页）张镃谈到杨万里时也说：“目前言句知多少，罕有先生活法诗。”（张镃：《携杨秘监诗一编登舟，因成二绝》，北京大学古文献研究所编：《全宋诗》第50册，卷二六八七，北京大学出版社1998年版，第31642页）刘克庄也用充满羡慕的口吻道：“后来诚斋出，真得所谓活法，所谓流转圆美如弹丸者。”（《江西诗派总序》，宋·刘克庄撰：《后村集》卷二十四，《影印文渊阁四库全书》本，第1180册，第257页）钱锺书发现南宋时人评价杨万里的观点主要集中在“活法”这一点上（详参钱锺书：《谈艺录》，中华书局1984年版，第122、446页）。我们认为，杨万里诗句的“活法”特质，主要还是来自其为人的灵活，善于奔走干谒、请托权贵，“文以气为主”，风格即人，这样独特风格的诗句与杨万里的个性有着密切关系。正是其人情练达、老于世故的个性特征，使其诗风也具有了“死蛇解弄活鲅鲅”“罕有先生活法诗”“流转圆美如弹丸者”。不过，杨万里过于圆滑的诗风也引起了一些人的批评，如乾隆评价杨万里时说他“油腔滑调”（《唐宋诗醇》卷二十四白居易《喜张十八博士除水部员外郎》下评语，中国三峡出版社1997年版，第503页），李慈铭评杨万里诗“七绝间有清隽之作，不过齿牙伶俐而已”（《越缦堂日记》，辽宁教育出版社2001年版，第868页），钱锺书在批评张镃时说“滑而不灵活，徒得诚斋短处”（钱锺书：《谈艺录》，中华书局1984年版，第121页），钱仲联也评道：“以艺术技巧论，诚斋之病，正坐太巧。”（钱仲联、马亚中主编：《陆游全集校注》第6册，浙江教育出版社2011年版，第113页）都对杨万里的个性与创作有所批评。

② 《刘克庄诗话》，吴文治主编：《宋诗话全编》第8册，凤凰出版社1998年版，第8377页。

③ 《诚斋集》卷八一，宋·杨万里撰，辛更儒笺校：《杨万里集笺校》第6册，中华书局2007年版，第3271页。

极力为其印可品题。杨万里人情练达、精通世故的印可延誉之风与其文学批评的关系由此可见一斑。

杨万里常在为人作序跋印可文字之际拉关系、套近乎。如这篇《杜必简诗集序》就比较典型：

吾州户曹掾赵君彦法，以公事行县，因访予于南溪之上，赠予七言古诗一篇，命意高秀，下语有气力。予惊异焉，则劳之曰："豫章代出诗人，今君家进贤，山谷江西之派，今有人矣。'吉州司户官虽小，曾屈诗人杜审言'，予于赵君亦云。"君曰："寒厅有此诗人而无其集，非缺欤？近已旁搜远摭，得其诗四十二首，将刻枣印以传诸好诗者，且以为寒厅之宝玉大弓，愿得先生一言以伸其说。"

予谢曰："逢澄江而不敢咏者，诗人畏谢功曹也。予于必简独无畏乎？必简先贤，予后学，一也。唐人诗，国朝诸公尚宗之，况予乎？二也。必简之师，其竞已甚，又有少陵以为之孙，遂建大将鼓旗以出，独主百世诗人之夏盟。"①

在这里，杨万里由"吾州户曹掾赵君彦法"能够自然而然地联想到"豫章代出诗人，今君家进贤，山谷江西之派，今有人矣"，乃是典型的中国人拉关系、套近乎的方式。且其后道其所畏时乃特别强调"又有少陵以为之孙，遂建大将鼓旗以出，独主百世诗人之夏盟"，还是从人际关系的角度出发来阐述杜审言诗的重要性。以求新、求变、求突破的"诚斋体"著称于世的杨万里如此看重血统传承、学缘地域，在对待人际关系、人情世故的态度方面仍然不能免俗，由此可见传统文化观念对南宋文人人生思考与文化性格方面的深刻影响。

这种拉关系、套近乎的习惯，还体现在杨万里将自己与友人尤袤的关系比作当时名满天下、让后世无限羡慕敬仰的李杜，说："谁把尤杨语同日？不教李杜独齐名。"② 其文化自信、名流自觉由此可见一斑。杨万里通过长期以来的辛苦奔波、干谒请托、入仕宦游、文学创作、人际交往，已经确立了其丰厚的人脉资源，成为"以文章名世者"，这些人脉与名声使他充满自信，随着其"名愈高，则求者愈众，故其间亦有徇人情而作者"愈众，杨万里也责无旁贷地承担起为人印可延誉的义务，频频应人干谒请托而作赞赏品题的序跋文字。

值得注意的是，杨万里在当时被尊奉为诗坛宗主。"与杨万里倡和颇多"③ 的袁说友在《和杨诚斋韵谢惠南海集诗》中高度评价杨万里道："斯文宗主赖公归，不使它杨僭等夷。四海声名今大手，万人辟易几降旗。"④ 姜特立在《谢杨诚斋惠长句》中对杨万里亦衷心赞叹："今日诗坛谁是主？诚斋诗律正施行。"⑤ 可以说，杨万里诗坛宗主的地位及影

① 《诚斋集》卷八二，宋·杨万里撰，辛更儒笺校：《杨万里集笺校》第6册，中华书局2007年版，第3305页。

② 《延之寄诗觅〈道院集〉，遣骑送呈，和韵谢之》，《诚斋集》卷二五，宋·杨万里撰，辛更儒笺校：《杨万里集笺校》第3册，中华书局2007年版，第1314页。

③ 《四库全书总目》卷一五九《东塘集提要》，中华书局1965年版，第1374页。

④ 宋·袁说友撰：《东塘集》卷五，《影印文渊阁四库全书》本，第1154册，第198页。

⑤ 宋·姜特立：《梅山续稿》卷一，《影印文渊阁四库全书》本，第1170册，第19页。

响与其广泛的人际交往、屡为他人印可延誉的“诚斋”之风有着密切的联系。

第二节　放翁气象

对自己与其他诗人之间的优势互补之处，杨万里看得十分清楚，在其所撰《千岩摘稿序》中委婉曲折地表露出来：

余尝论近世之诗人，若范石湖之清新，尤梁溪之平淡，陆放翁之敷腴，萧千岩之工致，皆余之所畏者云。①

杨万里能如此恰如其分地评价这几位大诗人的风格特点，这是他们朋友之间互相勉励、互相促进甚至互相竞争从而达到一时瑜亮的结果。

这些大诗人之间频繁的交往唱和，对南宋文学创作风貌的形成起了十分重要的作用。陆游曾作《喜杨廷秀秘监再入馆》对杨万里其人其诗作了高度评价：

公去蓬山轻，公归蓬山重。锦囊三千篇，字字律吕中。文章实公器，当与天下共。吾尝评其妙，如龙马受鞚。燕许亦有名，此事恐未梦。呜呼大厦倾，孰可任梁栋。愿公力起之，千载传正统。时时醉黄封，高咏追屈宋。我如老苍鹘，寂寞愁独弄。杖屦勤来游，雪霁梅欲动。②

陆游不但佩服杨万里的诗歌创作实绩，对他的诗论及印可延誉的效果亦十分赞赏，甘拜下风，曾道：

诚斋老子主诗盟，片言许可天下服。长歌为君定声价，赏音但须一夔足。蹋泥过我君岂误，拱璧何至求凡目。只愁明日遽来索，北窗连夜挑灯读。③

文章有定价，议论有至公，我不如诚斋，此评天下同。王子江西秀，诗有诚斋风，今年入修门，轩轩若飞鸿。人言诚斋诗，浩然与俱东，字字若长城，梯冲何由攻？我望已畏之，谨避不欲逢。一日来叩门，锦囊出几空。我欲与驰逐，未交力已穷。太息谓王子，诸人无此功。骑驴上灞桥，买酒醉新丰，知子定有人，讵必老钝翁。④

---

① 《诚斋集》卷八一，宋·杨万里撰，辛更儒笺校：《杨万里集笺校》第6册，中华书局2007年版，第3280页。

② 《剑南诗稿校注》卷二一，钱仲联、马亚中主编：《陆游全集校注》第3册，浙江教育出版社2011年版，第337页。

③ 宋·陆游：《赠谢正之秀才》，《剑南诗稿校注》卷四二，钱仲联、马亚中主编：《陆游全集校注》第5册，浙江教育出版社2011年版，第232页。

④ 《谢王子林判院惠诗编》，《剑南诗稿》卷五三，钱仲联、马亚中主编：《陆游全集校注》第6册，浙江教育出版社2011年版，第113页。

面对陆放翁的赞美褒扬，杨万里不甘示弱，次韵回复了陆放翁：

君诗如精金，入手知价重。铸作鼎及鼐，所向一一中。我如驽并骥，夷涂不应共。难追紫蛇电，徒掣青丝鞚。折胶偶投漆，异榻岂同梦。不知清庙茅，可望明堂栋？平生怜坡老，高眼薄萧统。渠若有猗那，心肯师晋宋。破琴聊再行，新笛正三弄。因君发狂言，湖山春已动。①

杨万里的诗歌创作理论与思想，除了体现在他的名著《诗论》《诚斋诗话》中，更大程度上还体现在他的一些序跋、唱和类的印可文字中。如在《再答陆务观郎中书》中对陆游诗作进行了新奇巧妙的印可延誉：

某伏以即日夏令有淑，暑风斯清……某老病余年，今七十有六矣。……来教诹及某恶诗当有万篇，不闻居肆而市脯者乎？族庖者日嚣嚣然号于肆曰："吾脯也，……羹也，皆旨且多也。"夫旨则不多，多则不旨，旨而又多，其皆熊蹯猩唇乎哉？其皆鲍鱼鼠朴乎哉？采菊东篱，焉用百韵；枫落吴江，一句千载。风人之劲者，肯与仆较少量多于可吊之滕哉！近尝于益公许，窥一二新作，邢、尹不可相见，既见不自知其位也。独其间有使人怏怏无奈者，如"湖山有一士，无人知姓名"，又如《寄湖中隐者》是也。②

杨万里作此书时已经七十六岁了，陆放翁七十八岁，作为"前辈以文章名世者"，他们除了相互支持、相互表达赞叹鼓励之情外，也以文会友，在文学创作、文学思想上相互切磋琢磨或竞争比较，反映出他们晚年想一振诗坛靡靡之音的愿望。

在这一方面，陆游与杨万里的想法与做法是一致的，其作《次韵和杨伯子主簿见赠》一诗云：

文章最忌百家衣，火龙黼黻世不知。谁能养气塞天地，吐出自足成虹霓。渡江诸贤骨已朽，老夫亦将正丘首。杜郎苦瘦帽擫耳，程子久贫衣露肘。君复作意寻齐盟，岂知衰懦畏后生。大篇一读我起立，喜君得法从家庭。鲲鹏自有天池著，谁谓太狂须束缚？大机大用君已传，那遣老夫安注脚。（自注云：杜旟伯高、程有徽文若，皆近以诗文得名于诸公，而尤与予善）③

杨伯子，即杨万里的儿子杨长孺，这首诗作于淳熙十六年（1189）冬，似是上引杨万里诗的注脚，陆游与杨万里对当时诗坛的见解与主张非常相似，如出一辙，两人都期许对方能

① 《和陆务观见贺归馆之韵》，《诚斋集》卷二七，宋·杨万里撰，辛更儒笺校：《杨万里集笺校》第3册，中华书局2007年版，第1375－1376页。

② 《诚斋集》卷六八，宋·杨万里撰，辛更儒笺校：《杨万里集笺校》第6册，中华书局2007年版，第2879－2880页。

③ 《次韵和杨伯子主簿见赠》，《剑南诗稿》卷二一，钱仲联、马亚中主编：《陆游全集校注》第3册，浙江教育出版社2011年版，第339页。

通过诗歌创作来改变诗坛风气。值得注意的是，陆游在提出自己的诗作主张时，特别强调杜、程二人乃“皆近以诗文得名于诸公，而尤与予善”，可见陆游看到了名流公卿品题印可的重要性，而自己颇以与二人结交为荣，中国人喜欢讲关系、套近乎、重人情的一面在放翁笔下不期然而然地流露出来了。只有把南宋文人的创作放到当时人际关系的大背景下，才能在比较中、在与他人的相互关系中深入了解南宋文人的生存状态和复杂心理，理解他们创作的深层历史动因及心理依据。

杨万里、陆游两人的往来酬酢、诗词唱和客观上对于当时文学群体的形成与文学流派的孕育起到了一定的促进作用。戴复古在诗酒酬酢、往来唱和之际自然而然地就联想到杨万里、陆放翁，并将两位“中兴大诗人”放在一起进行讨论，表达了自己对他们的敬爱、仰慕之情：

客星聚吴会，诗派落松江。老眼洞千古，旷怀开八窗。风流谈夺席，歌笑酒盈缸。杨陆不再作，何人可受降?①

江湖诗派的后劲方岳对杨万里、陆放翁亦推崇备至，竟至于形诸梦寐：

老去不知三月暮，梦中亲见两诗人。②

正是看到名流印可品题的重要性，陆游在《尤延之尚书哀辞》中才热情洋溢地歌颂尤袤的文学事业，以期振兴当世文风：

余自梁益归吴兮，怆故人之莫逢；后生成市兮，摘裂剽掠以为工。遇尤公于都城兮，文气如虹；落笔纵横兮，独殿诸公。晚乃契遇兮，北扉南宫；涂改《雅》、《颂》兮，蹈躏轲、雄。余久摈于世俗兮，公顾一见而改容；相期江湖兮，斗粟共舂。别五岁兮，晦显靡同；书一再兮，奄其告终。……孰抗衣而复公兮，呼伯延甫于长空？孰诵些以招公兮，使之舍四方而归徕乎郢中？孰酹荒丘兮，露草霜蓬？孰闯虚堂兮，寒灯夜蛩？文辞益衰兮，奇服尨茸，……嗟局浅之一律兮，彼宁辨夫瓦釜黄钟！话言莫听兮，孰知我衷？患难方殷兮，孰恤我躬？焄蒿不返兮，吾党孰宗？死而有知兮，惟公之从。③

事实证明，他们这样的自我期许和相互期待并非毫无根据的妄想，后人将尤、杨、范、陆并称为南宋“中兴四大诗人”，如方回指出：

---

① 《诸诗人会于吴门翁际可通判席上，高菊涧有诗。仆有“客星聚吴会，诗派落松江”之句，方子万使君喜之，遂足成篇》，《石屏诗集》卷三，宋·戴复古著，吴茂云、郑伟荣校点：《戴复古集》，浙江大学出版社 2012 年版，第 107 页。

② 《梦放翁为予作“贫乐斋”扁，诚斋许画斋壁，予本无斋，亦不省诚斋之能画也》，宋·方岳撰：《秋崖集》卷二，《影印文渊阁四库全书》本，第 1182 册，第 152 页。

③ 《渭南文集校注》卷四一，钱仲联、马亚中主编：《陆游全集校注》第 10 册，浙江教育出版社 2011 年版，第 471 页。

宋中兴以来，言治必曰“乾、淳”，言诗必曰“尤、杨、范、陆”。①

清代沈德潜也说：

南渡后诗，杨廷秀推尤、萧、范、陆四家，谓尤延之袤、萧东夫德藻、范致能成大、陆务观游也。后去东夫，易以廷秀，称尤、杨、范、陆。②

我们若从人际关系的角度来思考南宋中兴大诗人的创作历程，或许就可以更清楚地看出他们如何在相互酬酢、相互了解、相互竞争、相互尊重、相互品题印可、相互配合影响之下，共同促成了南宋孝宗诗坛的繁荣盛况。

陆游十分注意社交酬唱在士人文学创作中的意义及影响，文学的社交功能、娱乐功能、应酬功能在其集中占有很大比例。正所谓“文章本天成，妙手偶得之”，天成偶得之妙手文章即来自陆游丰富多彩的生活体验，来自他在人际关系、人情世故中如何洞悉世事、练达人情。有了苦心孤诣的磨炼锻造，才能使放翁无愧于特定时期的“小李白”之称，立足于“中兴四大诗人”之列而备受时贤后人的关注与颂扬。在《梅圣俞别集序》中，陆游高度评价了北宋梅尧臣、欧阳修时的文坛盛况，从中我们可以感受到他对文人士大夫诗文酬酢、交游唱和的向往之情：

宛陵先生遗诗及文若干首，实某官李兼孟达所编辑也。先生当吾宋太平最盛时，官京洛，同时多伟人巨公，而欧阳公之文，蔡君谟之书，与先生之诗，三者鼎立，各自名家。文如尹师鲁，书如苏子美，诗如石曼卿辈，岂不足垂世哉？要非三家之比，此万世公论也。先生天资卓伟，其于诗，非待学而工。然学亦无出其右者。方落笔时，置字如大禹之铸鼎，练句如后夔之作乐，成篇如周公之致太平，使后之能者欲学而不得，欲赞而不能，况可得而讥评去取哉。欧阳公平生常自以为不能望先生，推为诗老。王荆公自谓《虎图诗》不及先生包鼎画虎之作，又赋哭先生诗，推仰尤至。晚集古句，独多取焉。苏翰林多不可古人，惟次韵和陶渊明及先生二家诗而已。虽然，使本无此三公，先生何歉；有此三公，亦何以加秋毫于先生。予所以论载之者，要以见前辈识精论公，与后世妄人异耳。会李君来请予序，故书以予之。③

北宋文人交游唱和开始频繁，由此形成了文人集团及文学结盟现象。显然，欧、梅、苏、黄文坛结盟的繁荣景象深深吸引、感染了热情奔放的放翁，有了这种情感，他努力效仿前贤的生活方式也在情理之中。

实际上，陆游在当时的交游可谓广阔，以他为中心的文人圈可媲美北宋欧、苏主盟的

---

① 元·方回：《桐江集》卷三《跋遂初尤先生尚书诗》，清·阮元辑：《影印宛委别藏》，第105册，江苏古籍出版社1988年版，第234页。

② 清·沈德潜著，霍松林校注：《说诗晬语》卷下，人民文学出版社1979年版，第234页。

③ 《渭南文集校注》卷一五，钱仲联、马亚中主编：《陆游全集校注》第9册，浙江教育出版社2011年版，第379–380页。

文坛。而陆游在与朋友们的交往中亦常常表达自己的诗学观，其所撰《曾裘父诗集序》就是一篇议论精辟、见解独到的小型诗论，对曾季狸诗的印可赞叹之辞体现出陆放翁自己的诗学观，也让我们得以一窥建炎过江诸贤赏识提携后辈的拳拳之心：

古之说诗曰言志。夫得志而形于言，如皋陶、周公、召公、吉甫，固所谓志也。若遭变遇谗，流离困悴，自道其不得志，是亦志也。然感激悲伤，忧时闵己，托情寓物，使人读之至于太息流涕，固难矣。至于安时处顺，超然事外，不矜不挫，不诬不怼，发为文辞，冲淡简远，读之者遗声利，冥得丧，如见东郭顺子，悠然意消，岂不又难哉。如吾临川曾裘父之诗，其殆庶几于是乎！

予绍兴己卯、庚辰间，始识裘父于行在所。自是数见其诗，所养愈深，而诗亦加工。比予来官临川，则裘父已没。欲求其遗书，而予蒙恩召归，至今以为恨。友人赵去华彦穮寄裘父《艇斋小集》来，曰："愿序以数十语。"然裘父得意可传之作，盖不止此，遗珠弃璧，识者兴叹。去华为郡博士，尚能博访之，稍增编帙，计无甚难者，敢以为请。裘父讳季狸，及与建炎过江诸贤游，尤见赏于东湖徐公。①

在这篇品题延誉的文字中，陆游除了表达自己的诗学观外，还详叙了自己与曾裘父相识、相知、相别之过程，情深意切，感人肺腑，名流印可与放翁气象的关系由此可见一斑。

第三节　白石意度

南宋时期的名流巨卿楼钥在评价江湖文士戴复古时指出：

唐人以诗名家者众，近时文士多而诗人少。文犹可以发身，诗虽甚工，反成屠龙之技，苟非深得其趣，谁能好之？②

姜夔就是这样一位深得诗歌艺术之趣的江湖谒客，并用这种"屠龙之技"去干谒"深得其趣"的名流贵卿，以获得一些物质资料来维持自己的生活。如这首写给名公显宦的词就颇有迎合讨好对方的意味：

玉珂朱组。又占了、道人林下真趣。窗户新成，青红犹润，双燕为君胥宇。秦淮贵人宅第，问谁记、六朝歌舞。总付与、在柳桥花馆，玲珑深处。　　居士。闲记取。高卧未成，且种松千树。觅句堂深，写经窗静，他日任听风雨。列仙更教谁做，一院双成俦侣。世间住、且休将鸡犬，云中飞去。③

---

① 《渭南文集校注》卷一五，钱仲联、马亚中主编：《陆游全集校注》第9册，浙江教育出版社2011年版，第392－393页。

② 宋·戴复古著，吴茂云、郑伟荣校点：《戴复古集》，浙江大学出版社2012年版，第380页。

③ 《喜迁莺慢·功父新第落成》，夏承焘校辑：《白石诗词集》，人民文学出版社1959年版，第119－120页。

通过写这种奉承讨好的词作，姜夔虽不能大富大贵，却也能衣食无忧，养家糊口，甚至还能享受到携家妓游玩之乐，据姜夔《莺声绕红楼》序载："甲寅春，平甫与予自越来吴，携家妓观梅于孤山之西村，命国工吹笛，妓皆以柳黄为衣。"① 绍熙二年（1191）姜白石从合肥归访范成大，在他家赏雪梅，创作了流芳千古的杰作《暗香》《疏影》两首自度曲，范成大一高兴就将家中色艺双全的歌妓小红赠送给他。② 在姜白石的身上，可以说是许多矛盾的集合体。他外表文质彬彬，一副书生气十足的样子，却世事洞明、人情练达，在风波险恶的江湖文士竞争中能够明哲保身，与文坛名流、政界显要范成大、杨万里、张平甫等结为好友，有着非同一般的交情。那时的军政要员和豪门贵族对这些有才华的干谒之士十分优待："叔夏之先世高曾祖父，皆钟鸣鼎食。江湖高才词客姜夔尧章，孙季蕃花翁之徒往往出入馆谷其门。千金之装，列驷之聘，谈笑得之，不以为异。"③ 从中，我们可感受到当时的社会风尚与士人风度。

姜夔的一生，是依人作客、富有传奇色彩的一生。他出身低微，父母早逝，不曾做官，不事生产劳动，也没有先人余荫，这样一个原本在众人眼中微不足道的闲散之人，却通过自己出众的才华、高妙的社交能力，奔走于权贵之门，游谒公卿之家，广泛结识名流显宦而获得生活来源、蜚声寰宇。夏承焘通过详细考证，发现当时与姜夔交往的人物达到了107名之多。④ 这样广泛的交游，扩大了姜夔的社会影响力并使其获得了丰厚的赏赐馈赠，成为当时名公巨卿争相交往、施舍援引的对象。他的传奇经历，令人深思，值得研究。

据周密《齐东野语》载"姜尧章自叙"云：

某早孤不振，幸不坠先人之绪业，少日奔走，凡世之所谓名公钜儒，皆尝受其知矣。内翰梁公于某为乡曲，爱其诗以唐人，谓长短句妙天下。枢使郑公爱其文，使坐上为之，因击节称赏。参政范公以为翰墨人品，皆似晋、宋之雅士。待制杨公以为于文无所不工，甚似陆天随，于是为忘年友。复州萧公，世所谓千岩先生者也，以为四十年作诗，始得此友。待制朱公既爱其文，又爱其深于礼乐。丞相京公不特称其礼乐之书，又爱其骈俪之文。丞相谢公爱其乐书，使次子来谒焉。稼轩辛公深服其长短句如二卿。孙公从之，胡氏应期，江陵杨公，南州张公，金陵吴公，及吴德夫、项平甫、徐子渊、曾幼度、商翚仲、王晦叔、易彦章之徒，皆当世俊士，不可悉数。或爱其人，或爱其诗，或爱其文，或爱其字，或折节交之。若东州之士则楼公大防、叶公正则，则尤所赏激者。嗟乎！四海之内，知己者不为少矣，而未有能振之于窭困无聊之地者。旧所依倚，惟有张兄平甫，其人甚贤。十年相处，情甚骨肉。而某亦竭诚尽力，忧乐同念。平甫念其困踬场屋，至欲输资以拜爵，某辞谢不愿，又欲割锡山之膏腴以养其山林无用之身。惜乎平甫下世，今惘惘然若有所失。人生百年有几，宾主如某与平甫者复有几，抚事感慨，不能为怀。平甫既殁，稚

---

① 夏承焘校辑：《白石诗词集》，人民文学出版社1959年版，第91－92页。

② 元·陆友仁：《研北杂志》卷下，《影印文渊阁四库全书》本，第86册，第605页。

③ 《送张叔夏西游序》，元·戴表元撰，明·周仪辑编：《剡源文集》卷一三，《影印文渊阁四库全书》本，第1194册，第175页。

④ 宋·姜夔著，夏承焘笺校：《姜白石词编年笺校》，上海古籍出版社1981年版，第265页。

子甚幼，入其门则必为之凄然，终日独坐，逡巡而归。思欲舍去，则念平甫垂绝之言，何忍言去！留而不去，则既无主人矣！其能久乎？①

他这样的生平事迹在南宋中后期的文人士子中具有典型示范性。清人汪森在《词综序》中说："鄱阳姜夔出，句琢字炼，归于醇雅。于是史达祖、高观国羽翼之，张辑、吴文英师之于前，赵以夫、蒋捷、周密、陈允衡、王沂孙、张炎、张翥效之于后。"② 李慈铭也说：

南宋人诗，自《江湖小集》别开幽隽一派，至四灵而佳句益多，月泉吟社，尤为后劲，霁山其领袖也。所作高淡深秀，前跻石湖，后蹑梧溪。其诗本名《白石樵唱》。予尝谓南宋中叶后诗，姜尧章最清峭绝俗，德旸集名，适与之同，笔墨町畦，亦出一致，当时取号，盖非无因。③

姜夔在干谒请托时为了迎合名流巨卿的审美趣味而创作了醇雅之作，那些南宋文人"师之于前""效之于后"的，不仅是他的词风，也是对他那种江湖谒客谋生方式和生活态度的效仿与继承。即大多数生活无依的江湖人士也想以自己的一技之长为干谒之资，奔走于权贵之门，创作一些吟风弄月、奉承讨好的文字来请托延誉，获取生活资料。

姜夔诗词创作与批评理念的产生在某种程度上也与其人际交往、人脉资源密切相连。他在《白石道人诗集自叙》中道：

近过梁溪、见尤延之先生。……先生因为余言："近世人士喜宗江西，温润有如范至能者乎？痛快有如杨廷秀者乎？高古如萧东夫，俊逸如陆务观，是皆自出机轴，亶有可观者，又奚以江西为。"余曰："诚斋之说政尔。"……余识千岩于潇湘之上，东来识诚斋、石湖，尝试论兹事，而诸公咸谓其与我合也。④

与萧东夫、杨廷秀、范至能、尤延之时相过从，交往甚密，客观上也影响到了姜夔的文学创作风貌。在金陵时，姜夔拜谒过杨万里。他在《醉吟商小品·又正是春归》的词序中写道：

辛亥之夏，予谒杨廷秀丈于金陵邸中，遇琵琶工解作醉吟商胡渭州。因求得品弦法，译成此谱，实双声耳。⑤

姜夔正是凭着自己对几位前辈的深入了解，才从尤袤言简意赅的分析中悟出作诗之道，从干谒杨万里中求得品弦之法，《白石道人诗集自叙》中许多关于诗歌创作的精辟见解，都

① 宋·周密撰，张茂鹏点校：《齐东野语》卷十二，中华书局1983年版，第212页。
② 清·朱彝尊、汪森编，民辉校点：《词综》，岳麓书社1995年版，"序"第1页。
③ 清·李慈铭撰，由云龙辑：《越缦堂读书记》八《文学》，中华书局2006年版，第656页。
④ 夏承焘校辑：《白石诗词集》，人民文学出版社1959年版，第1页。
⑤ 夏承焘校辑：《白石诗词集》，人民文学出版社1959年版，第100页。

是他奔走干谒这些名流显人之门而悟得的。

杨万里显然对姜夔奔走干谒其门的目的颇有认识，常常在诗文中为姜夔印可延誉，满足他请托延誉的心愿。如在《送姜夔尧章谒石湖先生》中道：

钓璜英气横白蜺，咳唾珠玉皆新诗。江山愁诉莺为泣，鬼神露索天泄机。彭蠡波心弄明月，诗星入肠肺肝裂。吐作春风百种花，吹散濒湖数峰雪。青鞋布袜软红尘，千诗只博一字贫。吾友夷陵萧太守，逢人说君不离口。袖诗东来谒老夫，惭无高价当璠玙。翻然却买松江艇，径去苏州参石湖。①

姜夔游杭州时，因岳父萧德藻引见，得以拜谒杨万里。杨万里又引荐姜夔去谒见当时更有名望的显宦巨卿范成大，并以诗送之。这首诗可以看作一篇绝妙的推荐信。正是有了杨万里的印可延誉，姜夔才得以晋谒范成大，并在范成大府上寄居游食，受尽恩宠礼遇。

姜夔作为江湖谒客，以诗词为干谒之资，通过诗词来迎合讨好名流显宦，或回报他们的印可援引之恩，客观上影响了当时文学创作与文学批评的风貌。如这首《送〈朝天续集〉归诚斋时在金陵》云：

翰墨场中老斩轮，真能一笔扫千军。年年花月无闲日，处处山川怕见君。箭在的中非尔力，风行水上自成文。先生只可三千首，回施江东日暮云。②

在此，姜夔将杨万里诗歌创作的特长淋漓尽致地凸显了出来。钱锺书说："杨万里的主要兴趣是天然景物，关心国事的作品远不及陆游的多而且好，同情民生疾苦的作品也不及范成大的多而且好。"③ 我们可以说，才艺超凡的姜夔早就敏锐地把握住了这一点，并用"年年花月无闲日，处处山川怕见君"这样巧妙的奉承之辞将其揭示出来，深得诚斋创作的良苦用心。故杨万里读后大加赞赏，且报之以《进退格寄张功父姜尧章》，对姜夔诗进行了高度评价："尤萧范陆四诗翁，此后谁当第一功？新拜南湖为上将，更推白石作先锋。可怜公等俱痴绝，不见词人到老穷。谢遣管城侬已晚，酒泉端欲乞移封。"④ 表现出对他的一种了解与同情。

姜夔之所以能得到杨万里如此崇高的评价显然与他善于奉承逢迎有关，罗大经在《鹤林玉露》丙编卷二《姜白石》条中专门将此事记载下来：

姜尧章学诗于萧千岩，琢句精工。有诗云：……杨诚斋喜诵之。尝以诗《送江东集归诚斋》云："翰墨场中老斫轮……"诚斋大称赏，谓其冢嗣伯子曰："吾与汝弗如姜尧章也。"报之以诗云："尤萧范陆四诗翁，此后谁当第一功？新拜南湖为上将，更推白石作先

---

① 《诚斋集》卷二二，宋·杨万里撰，辛更儒笺校：《杨万里集笺校》第3册，中华书局2007年版，第1119页。
② 夏承焘校辑：《白石诗词集》，人民文学出版社1959年版，第33页。
③ 钱锺书选注：《宋诗选注》，人民文学出版社1958年版，第161页。
④ 《诚斋集》卷四一，宋·杨万里撰，辛更儒笺校：《杨万里集笺校》第5册，中华书局2007年版，第2190页。

锋。……”南湖谓张功父也，尧章自号白石道人。[①]

由此可窥南宋时人对姜夔高超干谒技艺的认可，以及名流显人印可延誉之风盛行一时的深刻历史动因。

姜夔如此颂扬杨万里，当与名流显人的审美趣味有关。豪门望族的张镃十分推崇杨万里，钱锺书指出：“知诚斋诗之妙而学之者，以张功甫为最早”[②]“竹隐，徐渊子也。南湖，张功父也，皆参诚斋活法者”。[③] 张镃生活奢侈，喜欢招待江湖食客，而姜夔正是豪门清客。凡是主人喜欢的就推崇，凡是主人厌恶的就贬抑，是江湖谒客的普遍行为。难就难在普通谒客难以把握主人的好恶喜尚，姜夔的过人之处，就在于能凭借其敏锐的艺术直觉和长期干谒奔竞的经验，一下子就触摸到张镃内心深处的审美取向，并将其表而出之。庆元二年丙辰（1196），姜夔为张镃祖上所撰《张循王遗事》一文就颇能说明其干谒手段之高明，以至于楼钥也被其迎合奉承之辞所感染，作跋赞叹道：

尧章慕循王大功，而惜其细行小节人罕知者，矻矻然访问而得此，将以补史氏之遗，其志可嘉也。[④]

楼钥在赞叹姜夔文章之佳时，流露出对姜夔善于捉住机会讨好权贵的干谒技艺的推崇。从这位名流巨卿的印可之辞中，我们可以看到，姜夔之受宠于豪门望族有其深刻复杂的原因。他为了迎合名公巨卿、豪门望族清空、雅正的审美趣味而进行创作，下笔用字，力求淳雅，在词中自然而然地展示出其江湖谒客的人格精神、命运遭际和复杂心理，由此而形成了唐宋词史上独具特色的清雅词派，对南宋中后期及清初词产生了深远的影响。

第四节　余　论

文学是人学，文学创作的主体是人，文学研究归根到底还是要研究人的性格与情感。南宋文学的创作主体是特定背景、特定场域之下的文人，他们同样是“一切社会关系的总和”，不能无视人际关系、人情世故的存在。南宋时期官场、文坛上充满了争斗风波，喜同恶异、党同伐异现象严重。当时即有人指出：

选人改官之法，自祖宗以来行之二百年，法令章程灿然并具。至于今日，不能无弊

---

① 宋·罗大经撰，王瑞来点校：《鹤林玉露》，中华书局1983年版，第267页。

② 钱锺书：《谈艺录》，中华书局1984年版，第121页。

③ 钱锺书：《谈艺录》，中华书局1984年版，第486页。

④ 宋·楼钥：《跋姜尧章所编张循王遗事》，《攻媿集》卷七一，《影印文渊阁四库全书》本，第1153册，第172页。

者，非法之不善也，患在士大夫以私情汩之耳。[①]

道出了那时的客观情况。人际关系在南宋文人的社会活动中显得十分重要，南宋文学风貌也与时人讲究人际关系、人情世故有着密切联系。南宋文人喜欢拉关系、组派别，既重才能学识也重亲朋故旧、学缘血缘、裙带地域，于是乎干谒奔走、请托延誉之风盛行。这就导致南宋文人综合素养和交际能力逐渐提高，南宋文学创作应景应酬的功利目的表现突出，文学作品的工具性增强、艺术性削弱，实用功能扩大、人生意蕴淡薄，在某种程度上促使了整个时代文学面貌的嬗变。

这种重视人际关系、亲朋故旧的思想，由来已久，是中国传统文化现象的一个重要组成部分，且经继承发展，到了南宋这种特殊背景、特殊场域之下，开始凸显出来。南宋后期著名文士江万里总结南宋诗歌创作风貌时说道：

诗本高人逸士为之，使王公大人见为屈膝者。而近所见类猥甚，不能于科举者，必曰诗，往往持以走谒门户，是反屈膝于王公大人不暇。曾不若俯焉科举之文，犹是出其上远甚。[②]

这其实是当时南宋文人的普遍行为，是当时士风在文坛上的体现。这样“持以走谒门户”“屈膝于王公大人不暇”的干谒行为，一方面锻炼了南宋士人的综合素养和交际应酬能力；另一方面，为了实现干谒请托的意图，他们的写作技巧也相对单一，无非是想方设法迎合讨好对方，实现被提携奖掖或获取生活资料的意图，这就在某种程度上促使当时的文学创作陷于固定化的写作模式，给人以千篇一律之感，扼杀了诗人才气，造成文学作品工具化、功利化、功能化从而失去灵性。杜范撰写《跋戴神童颜老文稿》就指出干谒之文对文人才士性情、才气的扼杀：

余昔访戴君，见其子容貌丰秀，步趋详雅，固以远器深期之，尝语戴君曰：“此天下良宝也，一第不足溷而子。宜以经史华润薰浸而茂悦之，以需其成。谨勿以世俗干禄之文揉其心、扼其胆，而使之制而不得骋也。”去之曾几何年，今乃徒见其揉心扼胆之文，而其人则已矣。[③]

可悲的是，我们看到南宋文人整天为了衣食住行东奔西走，他们“以世俗干禄之文揉其心、扼其胆，而使之制而不得骋”，无日不在忧心忡忡、自矜狂傲、压抑自饰、迎合奉承中度过，那种如临深渊、如履薄冰的感受，实非身居高位的社会精英如北宋文人所能领会的。

有一事颇能反映南宋文人的谒客心理，据《鹤林玉露》载：

---

① 宋·李心传撰：《建炎以来系年要录》卷一八三“绍兴二十九年七月乙巳”条，中华书局1988年版，第3045页。

② 《序高吉诗》，宋·陈起编：《江湖后集》卷一五，《影印文渊阁四库全书》本，第1357册，第920页。

③ 宋·杜范撰：《清献集》卷一七，《影印文渊阁四库全书》本，第1175册，第750页。

严州乌石寺在高山之上，有岳武穆飞、张循王俊、刘太尉光世题名。刘不能书，令侍儿意真代书。姜尧章题诗云："诸老凋零极可哀，尚留名姓压崔嵬。刘郎可是疏文墨，几点胭脂涴绿苔。"①

在这则记载中，姜白石讥笑刘光世因不能书而请侍儿帮其书写题名，可是姜自己作为豪门清客，其身份、功能与侍儿、妾妇又有何异？明白了这点，我们才能更好地理解王静安的名言：

东坡之旷在神，白石之旷在貌。白石如王衍口不言阿堵物，而暗中为营三窟之计，此其所以可鄙也。②

由此推广到整个南宋词坛，在《人间词话删稿》中，王国维就明斥南宋词为"羔雁之具"，并说："至南宋以后……词亦替矣。此亦文学升降之一关键也。"③

南宋文学作品形式主义现象十分严重，夏承焘也曾指出：

宋诗的形式主义倾向是严重的，当时也就有由于反形式主义而却堕入另一种形式主义的。这些各式各样的形式主义是所谓"宗派"的基础。宋代"江西"之于"西昆"，是反对一种形式主义而堕入另一种更繁琐的形式主义，"江湖"之于"江西"，又是反对一种形式主义而堕入另一种更空洞的形式主义。④

这里特别提及两宋诗歌创作中的形式主义现象，我们若进一步深入思考，就会发现南宋因人际交往、干谒酬酢、往来唱和而导致的形式主义现象更加严重。⑤ 如宋伯仁因多与江湖诗人高翥、孙惟信等交游论诗，其诗歌创作与诗歌评论亦带有浓厚的江湖气息，被视为"江湖派中人"⑥，《雪岩吟草乙卷马塍稿自序》就颇能反映其诗歌创作与批评的情况：

诗如五味，所嗜不同。宗江西流派者则难听四灵之音调；读"日高花影重"之句，其视"青青河畔草"，即路傍苦李，心使然也。古人以诗陶写性情，随其所长而已，安能一天下之心如一人之心？吁，此诗门之多事也！甚至裂眦怒争，必欲字字浪仙、篇篇萷鹤，殊未思《骚》、《选》文章，于世何用。伯仁学诗，出于随口应心，高下精粗，狂无节制，

---

① 宋·罗大经撰，王瑞来点校：《鹤林玉露》乙编卷六，中华书局 1983 年版，第 219－220 页。

② 王国维：《人间词话》，唐圭璋编：《词话丛编》第 5 册，中华书局 1986 年版，第 4266 页。

③ 唐圭璋编：《词话丛编》第 5 册，中华书局 1986 年版，第 4256 页。

④ 夏承焘：《如何评价〈宋诗选注〉》，《夏承焘集》第 8 册《词学论札》，浙江古籍出版社、浙江教育出版社 1998 年版，第 213－214 页。

⑤ 四库馆臣指出："宋自南渡而后，士大夫多求胜于空言，而不甚究心于实学。……贪多务博，即《诚斋》《剑南》《平园》诸集亦然，盖一时之风气。"（《四库全书总目》卷一六〇《攻媿集提要》，中华书局 1965 年版，第 1373 页）

⑥ 《四库全书总目》卷一六四《西塍集》载："多与高九万、孙季蕃唱和，亦江湖派中人也。"（第 1405 页）

有如败草翻风，枯荷闹雨，低昂疾徐，因势而出，虽欲强之而不可。[①]

由“江西流派”“四灵之音”自然而然地联想到“诗门之多事也”！从中我们可以感受到“诗门之多事”乃诗人们自己喜同恶异、党同伐异、拉帮结派、排斥异己的行为造成的。这样的形势，已被四库馆臣揭示出来：

南宋之衰，学派变为门户，诗派变为江湖。[②]

可见，王国维、夏承焘等先生对南宋诗词中的形式主义进行批评，有其深刻的历史动因。

我们认为，南宋文学作品中干谒请托之作与品题酬唱之作的增多，是导致这种现象产生的重要原因。酬世应景、交际往来频繁与形式主义文风的形成有着千丝万缕、不可忽视的密切关系。只有对南宋文人的干谒请托、名流印可现象进行心理层面、文化层面的深入分析，这个时期文学作品的思想内容、审美风貌才能得到全面而深刻的理解。宋室南渡以来，高压政策、科举入仕、文人党争、地域家族等因素导致文丐奔竞现象严重，举子食客、下层文人纷纷奔走权贵巨卿之门。南宋文学风貌是由名流巨卿与谒客文人在相当长的时间内共同促进完成的，文人谒客的干谒请托与名流巨卿的印可援引相伴而行，文学的社交功能、应酬功能、娱乐功能与抒情功能密不可分。新的文学时代开始了，它既是个人、自我的，更是群体、社会的，既是勇于探索、敢于创新、不畏表达的，更是应酬交际、逢迎讨好、功利世故的。这种文学的出现，实际上反映了整个社会生活正处于巨大改变的转折关头：从北到南，南北对峙、南北融合，由雅而俗、由俗而雅，雅俗共赏；由自我到集体，由抒情到社交，由艺术到工具，由无心到功利，从长久的价值取向到瞬时的刺激享乐，这种深刻的改变带来迷失、寻找与重建的心灵。

以杨万里及其与陆游、姜夔等人的人际交往、文学创作为中心，我们探讨了其中构成的一张巨大而复杂的社会关系网络。南宋士人大多在进入仕途、涌向文坛之际，已经学会了如何经营人脉资源。从南宋时期为数众多的应酬唱和、干谒请托、序跋印可的文字来看，人际关系、人情世故在当时文人士大夫中已被利用得炉火纯青，令人叹为观止，这也从一个侧面折射出中国传统文化习俗影响力之强盛。而这种重视人际关系、人情世故的观念及时人干谒请托、印可延誉的行为，客观上也是形成南宋文学创作风貌强有力的推手之一，值得我们进一步深入研究与探索。

① 祝尚书编：《宋集序跋汇编》第5册，中华书局2010年版，第2062页。

② 《四库全书总目》卷一六二《鹤山全集提要》，中华书局1965年版，第1391页。

第二章
高压政策、文人干谒与南宋文学

南宋文学的创作主体是文人，南宋文人大多数与政治有着一定的联系，或者说是“一切社会关系的总和”。政治与文学，是中国文学史乃至文化史、心灵史上的一大课题。宋代的士大夫，往往是文人、学者、官僚三位一体的，而其中“官僚”身份又是他们最看重的，他们怀有很浓厚的官本位情怀。

第一节　“权”“势”的构成与作用

中国重视权势的官本位思想由来已久。韩非在《备内》中曰：

人臣之于其君，非有骨肉之亲也，缚于势而不得不事也。①

一针见血地揭示出权“势”、官位之重要性。并在《功名》一篇中，进一步举例说明势位的决定性作用：

有材无势，虽贤不能制不肖。……桀为天子，能制天下，非贤也，势重也；尧为匹夫，不能正三家，非不肖也，位卑也。②

才能、道德在势位面前不堪一击。

这样的官本位思想，发展到南宋尤其突出，并由此导致干谒请托之风的盛行。据《宋会要辑稿》选举四之六载：

（大观二年）十一月五日，宣德郎前利州州学教授何浩言：“朝廷一新学校，革去科举之弊，而复兴乡举里选之制，法令至具矣。每年一试，类差有出身人以充考试官，而应

① 清·王先慎注：《韩非子集解》卷五《备内》，《诸子集成》第7册，第84页。
② 清·王先慎注：《韩非子集解》卷八《功名》，《诸子集成》第7册，第153页。

举之士，未尝经历学校考以素行，徒用一日空言定为去取。故诸州士人，亦意有出身官必差充考试而取其空言也。往往编集平昔经义、论策之类，猥以投贽文字为名，交相请托于有出身官之门，以侥幸一得。且今合格之文，有司之公取也，尚不许印卖，使天下之士各深造而自得之，岂可容私自编集，以为请托之资乎。欲乞诸路州县应有出身之人，将来合差充考试官者，不得收接见任或他州县士人投贽所业经义论策文字，庶绝前日科举侥幸之风，而上称朝廷所以委任考求行实之意。”从之，仍先次施行。①

宋室南渡以后，“编集平昔经义、论策之类，猥以投贽文字为名，交相请托于有出身官之门，以侥幸一得”的风气之所以盛行，就与“有司”的权势有关。

南宋末期文士金履祥的例子可以从反面证明势位的重要性：

（金履祥）以布衣游诸公间，率以文义相处。当宋季年，睹国势阽危，慨然欲以奇策匡济，为在位所沮，议格弗上。其语秘不传，然当时计画之士咸叹其策不用。②

因“在位”者所沮，以“布衣”游诸公间的金履祥有再多的奇策妙计也无济于事，只能落得个“其语秘不传”“计画之士咸叹其策不用”的下场，故精通中国传统文化的鲁迅要感叹“无声的中国”③。在中国历史上，能够发出声音的大多是“在位”者，而无权无“势”之人任你再有远见卓识也只能默默无闻。

谢枋得的一段话，或许可以作为以上论断的注脚：

宋度宗时国子正余安裕，乃谢枋得之甥，少从枋得学。客有甚谈安裕之文学于枋得者。枋得笑曰：“昔吕东莱中宏词科而归，学者群登其门，请升讲座。陈同父劝东莱勿许，曰：伯恭未是系籍圣贤，岂可升坐？东莱问其故，同父曰：官为宰相，可以生杀废置人；官为台谏给舍，可以弹驳荣辱人；官为国子监，可以考校舍法取去人。开口高谈道德性命，纵有错谬，人无敢争辨者，畏其势也。此三等谓之系籍圣贤。东莱大笑而止。今安裕为国子正，乃系籍圣贤，宜乎子之敬畏而称颂之也。”客大惭。④

我们读了这段话，亦会如客一样“大惭”，因为陈同父的话揭示了一个令我们不安的事实：在“义”“利”面前，我们常人往往会选择“利”，为了利益不惜投权势之所好，与潜规则同流合污。君子喻于义，小人喻于利，除了少数的君子讲“义”，我们普通人大多还是讲“利”的，滚滚而来的利尤其是芸芸众生所不能抗拒的，而获利最便捷的方法便是有“势”，这个“势”，不仅指政治权力，有时还指由此政治权力派生出来的话语权力。行政权力、话语权力对人可谓具有“生杀予夺”的威力，能够决定一个人的政治生命与社会价

---

① 清·徐松辑：《宋会要辑稿》，中华书局1957年版，第4293页。

② 元·许谦：《通鉴前编序》，宋·金履祥撰：《资治通鉴前编》，《影印文渊阁四库全书》本，第332册，第3页。

③ 鲁迅：《无声的中国》，《三闲集》，《鲁迅全集》第4册，人民文学出版社1981年版，第11－15页。

④ 明·彭大翼撰：《山堂肆考》卷五五《高谈性命》，《影印文渊阁四库全书》本，第975册，第113页。

值，决定一个人的仕途地位与身份认同。

中国社会上的“权”“势”，可以让人无所不能，无往弗届。无权无势而要干一番事业是十分困难的。所以，谢枋得在《辛稼轩先生墓记》中谈到辛弃疾时，特别指出他能“无位犹能擒张安国归之京师，有人心天理者，闻此事莫不流涕”①，“无位”即指辛弃疾当时没有什么职位，可他却为朝廷舍生忘死地干了一场轰动一时的大事，这就是难能可贵、常人所不能为的了，故“有人心天理者，闻此事莫不流涕”，就是看到了“无位”而能立功的可贵。而一旦辛弃疾有了地位，有点权力，并利用这些权力、地位立身行事时，人们对他的人格个性和行为方式的看法就不一样了，认为他专横者有之。认为他难以驾御者亦有之：朱熹评价辛弃疾为官有“势”时说：“辛幼安亦是一帅才，但方其纵恣时，更无一人敢道它。”② 杨万里评价“辛弃疾有功而人多言其难驾御”③。在我们看来，辛弃疾“纵恣”“难驾御”乃是有理想、有抱负、有才干、有能力之人在干事业时自然而然的表现，乃人之常情，情有可原。值得注意的倒是说他“纵恣”“难驾御”的朱熹、杨万里、周必大等人，他们的话语权力，对辛弃疾的前途、命运产生了不可忽视的影响。④ 由此看来，人生世上，岂可不重视政治权力、话语权力、势位？

第二节　党同伐异的文化性格与道学兴废

对于中国古代的官本位情怀，近代以来知识分子对此已有很清醒的认识。王国维指出：

> 披我国之哲学史，凡哲学家无不欲兼为政治家者，斯可异已……诗人亦然。“自谓颇腾达，立登要路津。致君尧舜上，再使风俗淳。”非杜子美之抱负乎？“胡不上书自荐达，坐令四海如虞唐。”非韩退之之忠告乎？“寂寞已甘千古笑，驰驱犹望两河平。”非陆务观之悲愤乎？如此者，世谓之大诗人矣！再诗人之无此抱负者，与夫小说、戏曲、图画、音乐诸家，皆以侏儒倡优自处，世亦以侏儒倡优畜之，所谓“诗外尚有事在”“一命为文人便无足观”，我国人之金科玉律也。呜呼美术之无独立之价值也久矣。此无怪历代诗人多托于忠君爱国、劝善惩恶之意以自解免，而纯粹美术上之著述往往受世之迫害而无人为之昭雪者也。此亦我国哲学、美术不发达之一原因也。⑤

---

① 《辛稼轩先生墓记》，宋·谢枋得撰：《叠山集》卷三，《影印文渊阁四库全书》本，第1184册，第882页。

② 郑明等校点，庄辉明审读：《朱子语类》卷一三二，朱杰人、严佐之、刘永翔主编：《朱子全书》（修订本）第18册，上海古籍出版社、安徽教育出版社2010年版，第4139－4140页。

③ 《宋故少师大观文左丞相鲁国王公神道碑》，宋·杨万里撰，辛更儒笺校：《杨万里集笺校》卷一二〇，中华书局2007年版，第4645页。

④ 《贵耳集》卷下载：“王丞相欲进拟辛幼安除一帅，周益公坚不肯。王问益公云：‘幼安帅材，何不用之？’益公答云：‘不然，凡幼安所杀人命，在吾辈执笔者当之。’王遂不复言。”（宋·张端义撰：《贵耳集》，《影印文渊阁四库全书》本，第865册，第454页）

⑤ 姚淦铭、王燕编：《王国维文集》卷三，中国文史出版社1997年版，第7页。

冯友兰也说:“中国的无论什么东西,都是带官气的。”① 他作为一位在现实政治生活中屡经沉浮起落的文人,② 对官场中扼杀人性的种种现象应屡见不鲜、深有体会,故能说出如此一针见血的名言警句。而坚持“独立之精神,自由之思想”,始终维护文化与学术尊严的纯正学者陈寅恪虽然毕生与实际政治绝缘,但也深知政治对文化的影响,他在为陈垣《明季滇黔佛教考》作序时指出:“宗教与政治不同物,……然自来史实所昭示,宗教与政治终不能无所关涉。”③ 宗教尚不能与政治无所关涉,何况文学。无论冯友兰还是陈寅恪,都清楚政治必影响到文化。

中国历代政治体制中的党同伐异、干谒奔走与文学艺术的关系密切。宋人意气之争激烈、党同伐异严重,正如吕思勉所说:

宋朝的士夫,就多有“务为名高”“好持苛论”的气习。喜欢求名,就遇事都要起哄,到后来就弄成一种群众心理的样子。好持苛论,便彼此不能相容,就弄得互相嫉忌,不免要用不正当的“竞争”“报复”手段。——所以喜欢结党,喜欢排挤,喜欢标榜,喜欢攻击,差不多是宋朝士大夫,人人同具的气习。恭维自己的同党,便说得比天还要高;毁骂异党的人,就说得连禽兽也不如。叫后世读史的人疑惑,这时候,何以君子这样多,小人也这样多,其实谁也算不得君子,谁也不定是小人,不过是风气已成,人人为群众心理所左右。……宋朝人的党见,闹得太凶了。不论什么事情,都几乎只有意气,并无是非。④

经宋儒提倡之后,士大夫的气节,确实是远胜于前代。但宋儒……意气过甚,则易陷于党争。党争最易使人动于感情,失却理性,就使宅心公正,也不免有流弊,何况党争既启,哪有个个人都宅心公正之理?自然有一班好名好利、多方掩饰的伪君子,不恤决裂的真小人混进去。到争端扩大而无可收拾,是非淆乱而无从辨别时,就真有宅心公正、顾全大局的人,也苦于无从措手了。所以宋儒根本是不适宜于做政治事业的。若说在社会上做些自治事业,宋儒似乎很为相宜。⑤

沈松勤也说:

建中靖国以后,宋廷内部因此进入了更为激烈的意气之争,甚至到了你死我活的地步,直至北宋灭亡前夕,其中全然无涉国家治体。事实充分表明,非此即彼的两极理论君

① 冯友兰:《中国的官气与美国的商气》,《哲学的精神》,陕西师范大学出版社 2010 年版,第 387 页。

② 胡文辉在《现代学林点将录》中道:“冯氏更一再强调哲学的功用不在于增加实际知识,而在于提高精神境界。设论固可谓道貌岸然,玄之又玄。然而反观冯氏自身的人生实践,从‘土改’的粉饰太平,到‘批林批孔’的摇旗呐喊,纵不必深责,亦不过随波逐流之辈;从迎合总裁,到歌颂主席,乃至媚谄女皇,一生更不脱‘应帝王’情结。则其人去‘道德境界’尚远,犹在‘功利境界’中也。冯氏哲学虽极高明,又何补冯氏本人的精神境界?”(胡文辉:《现代学林点将录》,广东人民出版社 2010 年版,第 64 - 65 页)

③ 陈寅恪:《金明馆丛稿二编》,生活·读书·新知三联书店 2011 年版,第 272 页。

④ 吕思勉:《白话本国史》上,上海古籍出版社 2009 年版,第 381、390 页。

⑤ 吕思勉:《中国通史》,中国商业出版社 2012 年版,第 330 页。

子小人之辨，始终是党派双方喜同恶异、党同伐异的理论依据，是士大夫自我标榜儒家道义而排斥异己，甚至迫害政敌的思想武器，并随着党争的不断激化，越来越变得须臾不能离去，亦越来越变得荒唐不堪。①

自绍兴至庆元，各阶段的朋党之争，内容虽然不尽相同，但无一不是“谈义理”者率先以“义理”发难，以“君子”自居，痛斥对方为“小人”，导致各自为党，相互排斥，这也就是廖刚所说的朋党之争“生于君子”。在相互排斥中，尽管“谈义理”者的人品不差，为人正直，不乏君子风范，且又每每以失败而告终，有时甚至惨遭人身迫害，但与迫害者一样具有“好己之同”“恶人之异”的陋习；易言之，在双方各自具有的这种陋习的互动中，都明显地体现出喜同恶异、党同伐异的政治文化性格。②

可见，喜同恶异、党同伐异、人际关系与面子私利是中国文化的重要组成部分。

在南宋政治形势下成长起来的士大夫，对此深有体会。绍兴七年（1137）闰十月，林季仲即提出自己的忧虑：

祸乱未平不足忧，风俗未革深畏。比年以来，大臣去位，凡其所行之事、所引之人，皆废而逐之，辈出辈入，相倾相挤。彼亦一是非，此亦一是非，是非至于今未决也。③

在“辈出辈入”“是非至于今未决”的生态环境下，当时士大夫意气用事、易动感情，全为私利打算，以至于“议论蜂起，多饰虚名，不恤国计。沮讲和之议者，意在避出疆之行；腾用兵之说者，止欲收流俗之誉”④，甚至高宗皇帝也感受到了，他说宋室南渡后的“数十年来，士大夫相攻诋，几分为国，几分为民，皆由私意，托公以遂其事”⑤，这就导致南宋一朝党同伐异、用人唯亲之风盛行。

即使是一代名臣赵鼎也不例外，据《建炎以来系年要录》卷二四载，他在建炎三年己酉（1129）向皇帝进言：“自熙宁间，王安石用事，肆为纷更，祖宗之法扫地，而生民始病。至崇宁初，蔡京托名绍述，尽祖安石之政以致大患。今安石犹配享庙庭，而京之党未族，臣谓时政之阙，无大于此，何以收人心而召和气哉!”结果，“上纳其言，遂罢王安石配享神宗庙庭”⑥。而赵鼎自己也是党同伐异的典范，朱熹在给丞相留正的书信中道：

熹窃见绍兴初年，赵忠简公为相，一时收用人材之盛，后来莫及。然细考其间，亦岂无不满人意者？但其多寡之势，此强彼弱，故虽少杂而不能害治，当时有“小元祐”之

① 沈松勤：《北宋文人与党争》，人民出版社1998年版，第72页。

② 沈松勤：《南宋文人与党争》，人民出版社2005年版，第301页。

③ 宋·李心传撰：《建炎以来系年要录》卷一一六“绍兴七年十月庚申”条，中华书局1988年版，第1867页。

④ 宋·李心传撰：《建炎以来系年要录》卷一五二“绍兴十四年十一月壬申”条，中华书局1988年版，第2456页。

⑤ 宋·李心传撰：《建炎以来系年要录》卷一一二“绍兴七年七月壬申”条，中华书局1988年版，第1816页。

⑥ 宋·李心传撰：《建炎以来系年要录》卷二四，中华书局1988年版，第494页。

号。今者窃观丞相之心即赵公之心，然论一时人材贤佞之势，则此少而彼多，此弱而彼强，此则区区所以不能不深忧，而辄以分别贤否忠邪之说为献于门下也。①

绍兴八年戊午（1138）二十四日（丁未），赵鼎迁特进，吕本中草制，道“谓合晋楚之成，不若尊王而贱霸；谓散牛、李之党，未如明是而去非。惟尔一心，与予同德”，结果“右仆射秦桧深恨之”②。具有讽刺意味的是，绍兴六年（1136），陈公辅也以“营私植党，复有党同之弊”来弹劾“以私意取程颐之说”的赵鼎。③

南宋士大夫拉帮结派、党同伐异的激烈程度可从当时高文虎起草的《禁伪学诏》中窥见一斑：

向者权臣擅朝，伪邪朋附，协肆奸宄，包藏祸心。赖天之灵，宗庙之福，朕获承慈训，膺受内禅，阴谋坏散，国势复安。嘉与士大夫厉精更始，凡曰淫朋比德，几其自新。而历载臻兹，弗迪厥化，缔交合盟，窥伺间隙，毁誉舛忤，流言间发，将以倾国是而惑众心。甚至窃附于元祐之众贤，而不思实类乎绍圣之奸党。国家秉德康宁，不汝瑕殄，今惟自作弗靖。意者渐于流俗之失，弗可复反欤？将狃于国之宽恩。④

这段文字虽然是为了打击异己而作，其中意气之争的成分比较明显，然而在某种程度上还是反映了当时的真实情况。南宋时期，除了赵鼎之外，张浚、秦桧甚至韩侂胄本身也是党同伐异、结交党羽的典型。

陆游在《跋蔡忠怀送将归赋》中感叹北宋熙宁、元祐党争之祸：

予读《送将归》之赋，为之流涕，不为蔡氏也。宋兴百余年，累圣致治之美，庶几三代。熙宁、元祐所任大臣，盖有孟、杨之学，稷、卨之忠，而朋党反因之以起，至不可复解。一家之祸福曲直，不足言也，为之子孙者，能力学进德，不为偏诐，则承家报国，皆在其中矣。⑤

从中我们不难看出陆游借北宋时期的朋党之争来表达对现实问题的忧虑及希望将来能解决这个问题，正是借古人酒杯浇自己胸中之块垒。

---

① 宋·朱熹：《与留丞相书》，《晦庵先生朱文公文集》卷二八，朱杰人、严佐之、刘永翔主编：《朱子全书》（修订本），上海古籍出版社、安徽教育出版社2010年版，第1244－1245页。

② 宋·李心传撰：《建炎以来系年要录》卷一二二，中华书局1988年版，第1971页。

③ 据《建炎以来系年要录》卷一〇七“绍兴六年十二月己未”条载陈公辅上书弹劾伊川之学的言语：“在朝廷之臣，不能上体圣明，又复辄以私意取程颐之说，谓之伊川学，相率而从之。……狂言怪语，淫说鄙喻，曰：‘此伊川之文。’幅巾大袖，高视阔步，曰：‘此伊川之行也。’能师伊川之文，行伊川之行，则为贤士大夫，舍此皆非也。臣谓使颐尚在，能了国家事乎？取颐之学，令学者师焉，非独营私植党，复有党同之弊，如蔡京之绍述，且将见浅俗僻陋之习，终至惑乱天下后世矣。”（宋·李心传撰：《建炎以来系年要录》，中华书局1988年版，第1748页）

④ 宋·高文虎：《禁伪学诏》，《两朝纲目备要》卷五，《影印文渊阁四库全书》本，第329册，第766－767页。

⑤ 《渭南文集校注》卷二九，钱仲联、马亚中主编：《陆游全集校注》第10册，浙江教育出版社2011年版，第236页。

吏部侍郎吕祉曾上书详析当时结党营私、党同伐异的深刻原因：

臣窃详程颐之学，大抵宗子思《中庸》篇以为入德之要，《中庸》曰："君子之中庸，时中"，程颐之所得也。近世小人，见靖康以来，其学稍传，其徒杨时辈，骤跻要近，名动一时，意欲歆慕之，遂变巾易服，更相汲引，以列于朝，则曰："此伊川之学也"；其恶直丑正，欲排挤之，则又为之说曰："此王氏之学，非吾徒也。"号为伊川之学者，类非有守之士，考其素行，盖小人之所不为。有李处廉者，知瑞安县，专事货赂，交结权贵，取程颐文并杂说，刊板作帙，遍遗朝士，朋比者交口称誉，谓处廉学伊川，近闻处廉犯入赃已系狱，罪当弃市，远近传笑。①

宋室南渡以来，士大夫结党营私、党同伐异之风由此可见一斑。

绍兴八年（1138）二十八日，中书舍人兼史馆修撰兼直学士院吕本中罢。我们从侍御史萧振的弹劾言论中可见当时人情世故、官僚结构之一斑：

本中外示朴野，中藏险巇。父好问受张邦昌伪命，本中有诗云"受禅碑中无姓名"，其意盖欲证父自明尔。赵鼎以解《易》荐李授之除秘阁，本中初不知授之鼎所荐，遂怒形于色，欲缴还词愿。已而知出于鼎，乃更为授之命美词。其朋比大臣，无所守如此，望罢本中，以清朝列。②

南宋乾道六年庚寅（1170）五月二十八日（戊寅），辛弃疾入对延和殿，作《九议》上虞允文，亦看到了朝中"党同伐异"的现象，并指出其危害：

某窃惟方今之势，恢复岂难为哉？上之人持之坚，下之人应之同，君子曰"不事仇雠"，小人曰"脱有富贵"，如是而恢复之功立矣。虽然，战者，天下之危事；恢复，国家之大功，而江左所未尝有也。持天下之危事，求未尝有之大功，此缙绅之论，党同伐异，一唱群和，以为不可者欤！于是乎"为国生事"之说起焉，"孤注一掷"之喻出焉，曰"吾爱君，吾不为利"，曰"守成、创业不同，帝王、匹夫异事"。天下未尝战也，彼之说大胜矣，使天下而果战，战而又少负焉，则天下之事将一归乎彼之说，谋者逐，勇者废，天下又将以兵为讳矣。则夫用兵者，讳兵之始也。某以为他日之战，当有必胜之术，欲其胜也，必先定规模而后从事。③

稼轩一介武将，用兵如神而又有如此远见卓识，本应是南宋朝廷的福气。南宋朝廷继承了"重文轻武"的"祖宗家法"，整个宋代以文武双全著称的词人只有贺铸、岳飞、辛弃疾

---

① 宋·李心传撰：《建炎以来系年要录》卷一〇八"绍兴七年正月乙酉"条，中华书局 1988 年版，第 1759－1760 页。

② 宋·李心传撰：《建炎以来系年要录》卷一二二，中华书局 1988 年版，第 1977－1978 页。

③ 宋·辛弃疾著，徐汉明点校：《辛弃疾全集》，崇文书局 2013 年版，第 285 页。此文系年详参邓广铭：《辛弃疾年谱》，生活·读书·新知三联书店 2007 年版，第 147－148 页。

等寥寥数人。辛弃疾与岳飞皆有用兵之才，且都有“直捣黄龙”之志，并都曾在战场上纵横驰骋，功勋卓著，都是南宋时代的悲剧人物。其间的区别是，岳飞当时对自己后来的命运完全料想不到，辛弃疾却是料事如神，从此次辛弃疾入对延和殿所作的《九议》一文中，可见其对将来局势与自己坎坷不平的命运是早已料到了的。明知将来难免要受到皇帝猜疑，要遭受小人嫉妒，却还要去担任艰危，这种舍身赴难的勇气，更令我们扼腕长叹。

正因达官显宦愿意拉帮结派、党同伐异，一般文人士子也就愿意趋炎附势、请托援引。这在中国社会关系中是人之常情，也是南宋官僚结构的具体情况，或曰中国特色。到了南宋，一代儒宗的朱熹盛赞党同伐异，甚至将其上升到“爱君忧国”、治国安邦的理论高度，在《与留丞相书》中他直抒己见，其中对党同伐异的赞赏之情沛然莫之能御，值得注意的是这种言论出于以理遣情著称的理学大宗师之口：

熹又蒙垂谕，深以士大夫之朋党为患，此古今之通病，诚上之人所当疾也。然熹尝窃谓朋党之祸，止于缙绅，而古之恶朋党而欲去之者，往往至于亡人之国。盖不察其贤否忠邪，而惟党之务去，则彼小人之巧于自谋者，必将有以自盖其迹；而君子恃其公心直道，无所回互，往往反为所挤而目以为党。汉、唐、绍圣之已事，今未远也。熹虽至愚，伏读丞相所赐之书，知丞相爱君忧国之心，无一言一字不出于至诚恻怛，此天下之贤人君子所以相率而愿附于下风也。而未能不以朋党为虑，熹恐丞相或未深以天下之贤否忠邪为己任，是以上之所以告于君者，未能使之判然不疑于君子小人之分；下之所以行于进退予夺者，未能有以服天下之心、慰天下之望，而阴邪谗贼，常若反有侵凌干犯之势。丞相又虑此身自陷于君子之党，而使彼之蓄憾久而为祸深也，又稍故为迷乱昏错之态以调柔之，反使之气豪意健，旁若无人，敢于干禄之章，肆为诬善之语，而朝廷亦不问也。夫杜门自守，孤立无朋者，此一介之行也。延纳贤能，黜退奸险，合天下之人以济天下之事者，宰相之职也。奚必以无党者为是而有党者为非哉？夫以丞相今日之所处，无党则无党矣，而使小人之道日长，君子之道日消，天下之虑将有不可胜言者，则丞相安得辞其责哉？熹不胜愚者之虑，愿丞相先以分别贤否忠邪为己任，其果贤且忠耶，则显然进之，惟恐其党之不众而无与共图天下之事也；其果奸且邪耶，则显然黜之，惟恐其去之不尽而有以害吾用贤之功也。不惟不疾君子之为党，而不惮以身为之党；不惟不惮以身为之党，是又将引其君子以为党而不惮也。如此则天下之事其庶几乎。

且接着指出“丞相不此之虑，而虑士大夫之为党，其亦误矣”![①] 正因为这段文字出自朱熹的集子中，而且是写给当朝丞相留正的书信，所以才更能代表其权威性与普遍性，反映了当时士大夫精英分子对此现象的共同认识。

南宋时期士大夫党同伐异的文化性格及由此形成的官僚结构深刻影响了当时的学术思想，据李心传《建炎以来朝野杂记》甲集卷六《道学兴废》载：

---

① 宋·朱熹：《与留丞相书》，《晦庵先生朱文公文集》卷二八，朱杰人、严佐之、刘永翔主编：《朱子全书》（修订本），上海古籍出版社、安徽教育出版社2010年版，第1243－1244页。

绍兴初，秦会之为亚相，引康侯侍经席。一时善类，多聚于朝，俄为吕元直、朱藏一所逐。朱、吕罢，赵元镇相，彦明以布衣入侍讲，经生、学士多召用焉。元镇罢，张德远独相，陈司谏公辅上章力排程氏之学，以为狂言怪语，淫语鄙论，镂榜下郡国切禁之。康侯疏言："今使学者师孔、孟而禁不得从颐，是入室而闭其户也。"其后，会之再得政，复尚金陵，而洛学废矣。①

士大夫之间变化莫测的人际关系、人情世故与南宋学术思想的内在联系由此可见一斑。

第三节　南宋士人群体人格的历史考察

其实，党同伐异的民族性格是有其来源的，儒家经典《易经》中道：

有天地然后有万物，有万物然后有男女，有男女然后有夫妇，有夫妇然后有父子，有父子然后有君臣，有君臣然后有上下，有上下然后礼义有所错。夫妇之道，不可以不久也，故受之以恒。恒者，久也。②

孔子云："父为子隐，子为父隐。直在其中矣。"③ 这种注重家族亲情的人伦观念对后世影响很大，孟子可以说就是直接继承孔子伦理道德观的，在《孟子·尽心上》中有一段记载：有人问孟子："舜为天子，皋陶为士，瞽瞍杀人，则如之何？"对这样的问题，孟子的回答是："（舜）窃负（其父瞽瞍）而逃，遵海滨而处，终身欣然，乐而忘天下。"④ 这个回答可以说是中国传统观念中对此类问题的标准答案。而且在这方面，道家思想与儒家思想有相通的地方。道家老子提倡的"小国寡民"，也十分看重由血缘结成的人伦亲情，他们都十分注重小集体的利益。两千多年前的纵横家鬼谷子也教导我们：

计谋之用，公不如私，私不如结，结，比而无隙者也。⑤

旷世绝学《鬼谷子》的教导，可以说塑造了一个民族的文化性格，中国人的性格里大多深受"公不如私，私不如结"的影响，或多或少都有徇私枉法、用人唯亲的倾向。

对中国传统文化尤其是对中国人情世故深思熟虑的鲁迅对《鬼谷子》一书并不陌生，他在《补白》一文中道：

《鬼谷子》自然是伪书，决非苏秦，张仪的老师所作；但作者也决不是"小人"，倒

① 宋·李心传撰，徐规点校：《建炎以来朝野杂记》甲集，中华书局2000年版，第137－138页。

② 战国·孟子等：《四书五经》，中华书局2009年版，第549页。

③ 《论语·子路》，清·刘宝楠撰：《论语正义》，《诸子集成》第1册，第352页。

④ 清·焦循：《孟子正义》，《诸子集成》第2册，第622页。

⑤ 《鬼谷子·谋篇第十》，许富宏撰：《鬼谷子集校集注》，中华书局2010年版，第157页。

是一个老实人。宋的来鹄已经说，“捭阖飞箝，今之常态，不读鬼谷子书者，皆得自然符契也。”人们常用，不以为奇，作者知道了一点，便笔之于书，当作秘诀，可见禀性纯厚，不但手段，便是心里的机诈也并不多。如果是大富翁，他肯将十元钞票嵌在镜屏里当宝贝么?①

鲁迅接着说：

但各种小纵横，我们总常要身受，或者目睹。夏天的忽而甲乙相打；忽而甲乙相亲，同去打丙；忽而甲丙相合，又同去打乙，忽而甲丙又互打起来，就都是这“覆”“复”作用；化数百元钱，请一回酒，许多人立刻变了色彩，也还是这顽意儿。②

可谓是鬼谷先生“计谋之用，公不如私，私不如结，结，比而无隙者也”的最佳注脚。

在社会上安身立命时，中国人首先考虑的不是“公”而是“私”，不是如何发挥自己的才智以适应社会为社会服务，而是如何跟上司搞好关系结成私交，最好能结为利益一致的共同体或志同道合的“死党”，这样办事、成事就容易多了。故广结社会名流、王公巨卿就成了读书人实现理想、获得实惠的重要手段。南宋江湖游士姜夔为了安身立命，广交天下名流巨卿，其中有杨万里、范成大、陆游、辛弃疾、张镃，他们在姜夔的人生道路上产生了深远的影响。③ 又如，与姜同时的戴复古“以诗鸣海内余四十年，……所酬唱谂订，或道义之师，或文词之宗，或勋庸之杰，或表著郡邑之英，或山林井巷之秀，或耕钓酒侠之遗，凡以诗为师友者，何啻数十百人”④。此外，我们从郑刚中、陆游、杨万里、范成大、张孝祥、周必大、叶适、刘克庄等名流显宦的文集中也可以看到许多帮文人士子印可荐举的文字，南宋文人奔走漂泊、干谒请托有其深刻的历史文化背景。

① 鲁迅：《华盖集》，《鲁迅全集》第三卷，人民文学出版社 1981 年版，第 104 页。

② 鲁迅：《华盖集》，《鲁迅全集》第三卷，人民文学出版社 1981 年版，第 104 页。

③ 宋·姜夔著，夏承焘笺校：《姜白石词编年笺校》，上海古籍出版社 1981 年版，第 265 页。

④ 宋·吴子良：《石屏诗后集序》，宋·戴复古著，吴茂云、郑伟荣校点：《戴复古集》，浙江大学出版社 2012 年版，第 383 页。

第三章
名流印可、文人干谒与南宋文学

南宋聪明才智之士若是名位不显或出身寒门,往往难以在社会上立足，这时就需要借助名流显宦来为其印证认可、扬名推荐，方能博采誉望、迅速功成名就。名流显人印可品题的重要作用，促使文人士子为了出人头地、进入仕途、获取生活资料而干谒行卷于名流显宦之门。南宋的名流巨卿大多十分看重前辈名流显人印可的功能与作用，故他们自己也以此为榜样，屡屡为后生晚辈印可延誉，表现出奖掖援引后进的可贵品质，这在某种程度上也成了南宋文学创作、文学传播、文学批评风貌形成的强有力推手之一。

第一节　小故事、大问题——名流印可对南宋士人前途与命运的影响

我们首先用几个小故事来说明名流印可在南宋士人文学创作中的几个问题，以阐述名流印可对南宋士人前途与命运的重要影响。举例如下：

例证一：据《四朝闻见录》载：

> 熊克字子复，建宁人。……暨调余姚尉，史越王（浩）尝为是官，适以旧学召入相，道出余姚，熊携行卷诣王舟上谒，王读其文而器之。会上赐曲宴，语王以两制艰其选，王遂亟以熊荐，旋进所投行卷。上即召克诣都省，旋给札中秘，序转校书郎。[①]

熊克是南宋时期的一个幸运儿，他以行卷得到名流的认可，从而踏上仕途。这充分说明了“名流印可”是文人成名成功的一条捷径。

据史书载，熊克是绍兴二十七年丁丑（1157）进士及第，因以文章见知于孝宗，除校书郎，迁起居郎兼直学士院。克博闻强记，淹习宋朝典故，自少至老，著述外无他嗜,[②]然熊克成就有限，据《直斋书录解题》卷一八著录其《四六类稿》三十卷，评议道：

---

① 宋·叶绍翁撰，沈锡麟、冯惠民点校：《四朝闻见录》乙集《熊子复》，中华书局1989年版，第66－67页。

② 详参《宋史》卷四四五本传，中华书局1985年版。

起居郎建安熊克子复撰。皆四六应用之文也，亦无过人处。克以王丞相季海荐骤用。王时在枢府，赵温叔当国，莫知其所从来，颇疑其由径，沮之，而上意乡之，不能回也。①

一个著述外无他嗜的士子，竟然“无过人处”，却也“上即召克诣都省，旋给札中秘，序转校书郎”，其中的关键在于“熊携行卷诣王舟上谒，王读其文而器之”，得到了王的印可，并“遂亟以熊荐，旋进所投行卷”，名流印可在士人进入仕途中的重要性不可忽视，这或许也是喜好著述的熊克专攻“四六应用之文”的原因所在。

例证二：舒岳祥二十六岁时，将自己的作品呈给前辈名流吴子良审读，吴子良为其作了一篇热情洋溢的印可文字：

余……谂游从于海内，欲求异禀灵识如汉贾谊、终军、唐李观、李贺、本朝王令、邢居实辈，杳不可复得，辄过疑天地间春淑秋澄之气，徒岁钟于奇葩怪植殊珍大贝，而人独受之者少，不然则余之耳目狭，不足以得也。癸卯秋八月，乃始得舒生，首示余两编。余读《荪墅稿》，如登岱华……读《史述》，如神禹随山刊木，百川顺逆之势毕露；如季札观周乐，聘列国，逆料其理乱兴亡皆暗合；如冯妇徒手搏虎，如子路片言折狱。盖其通达近谊，辩博近军，赡郁近观，奇诡近贺，劲挺近令，清峭近居实。余惊喜，恨得之晚，进之曰：谊也隘，军也谄，观也肤，贺也浮，令也激，居实也怆，生岂此之俪乎哉！余闻之也，论太高者奇胜正，其于行流之狂，辞太工者华掩质，其于学失之赘。惟趋平实则一祖孔氏，庄、列其诞者也；惟务正大则一宗孟氏，屈、马其靡者也。生既早猎群书，气豪骨老，不肯蹑举子后，方且磨砻浸灌于性命道德之说，骎骎焉异禀灵识，孰如生者？生其此之慎乎哉！今生之年甫二十有六，异禀益宜养，灵识益宜充，又二十六年，岿然以行学立阆风上，追前哲而启后来者，必生也。②

由此可见南宋时期士大夫如何在为后生晚辈的印可延誉中体现自己的审美观点、价值观念、人情世故及印可方式。

例证三：以南宋时期受到名流显人印可延誉而进入仕途的著名诗人杨万里为例来说明名流印证认可、援引延誉的重要性。杨万里的仕途转机、人生命运与干谒请托、印可延誉有着非常密切的关系。据悉：

杨诚斋为零陵丞，以弟子礼谒张魏公。时公以迁谪故，杜门谢客。南轩为之介绍，数月乃得见。因跪请教，公曰：“元符贵人，腰金纡紫者何限，惟邹至完、陈莹中姓名与日月争光。”诚斋得此语，终身厉清直之操。晚年退休，怅然曰：“吾平生志在批鳞请剑，以忠鲠南迁，幸遇时平主圣。老矣，不获遂所愿矣！”立朝时，论议挺挺。如乞用张浚配享，言朱熹不当唐仲友同罢，论储君监国，皆天下大事。孝宗尝曰：“杨万里直不中律。”光宗亦曰：“杨万里也有性气。”故其自赞云：“禹曰也有性气，舜云直不中律。自有二圣玉

① 宋·陈振孙著，徐小蛮、顾美华点校：《直斋书录解题》，上海古籍出版社 1987 年版，第 547 页。

② 宋·吴子良：《舒阆风文集序》，明·李时渐辑：《三台文献录》卷七，明万历刻本。

音，不用千秋史笔。”①

杨万里一生仕途转机始于“以弟子礼谒张魏公”，终于“自有二圣玉音，不用千秋史笔”，得到孝宗、光宗“二圣”的印可延誉，真可谓流芳千古、名垂青史了，我们可以想象他在得到“二圣”印可后的欣喜自得之情。杨万里人情练达、世事洞明，很有文才和表现能力，自然会得到爱才之人如张魏公、虞雍公②甚至孝宗、光宗的欢心与赏识，而且他能够充分利用名流显人的赏识印可之辞，发挥其“延誉”扬名的最大效力，“故其自赞”，将“二圣”对自己的夸奖之辞挂在嘴边、形诸文字，当作对自己进行宣传报道的绝妙广告词，千载之下，犹呈现在世人眼前，善假良史之辞，巧托飞驰之势，与日月争光，与天壤同久，蜚声寰宇，绵绵不绝，以至于今。其缘由除了他论议挺挺、特立独行的主体特征，乐观闲适、幽默旷放的人生态度和清新自然、精妙绝伦的诗歌意境之外，他自己的干谒请托之勤与名流显人的印可延誉之功，也是其中一个非常重要、不可忽视的因素。

例证四：吴沆因得到名流印可而名声大振，据《环溪诗话》卷一载：

环溪少时，终日沉默，伯兄觉其如此，每以文字强其学。一日，借到渊明诗，命环溪录。即毕，遂得《晚归》、《早行》二诗，写在几案间。……伯兄深喜，以为似渊明，因令读渊明诗。……兄弟强环溪以所作质于当代名公，环溪入临川，始作《邈兮》见邓著作，作《凤鸣》见刘直阁，不旋踵而二诗播于城内。③

例证五：因誉望而受到名流显人的赏识后进入仕途的“永嘉派”代表陈傅良的生平事迹，也能说明南宋时期誉望之重要性，试看叶适《陈公墓志铭》载：

初讲城南茶院时，诸老先生传科举旧学，摩荡鼓舞，受教者无异辞。公未三十，心思挺出，陈编宿说，披剥溃败，奇意芽甲，新语懋长；士苏醒起立，骇未曾有，皆相号召，雷动从之，虽縻他师，亦藉名陈氏。由是其文擅于当世。公不自喜，悉谢去，独崇敬郑景望、薛士隆，师友事之。入太学，则张钦夫、吕伯恭相视遇兄弟也，四方受业愈众。④

有此誉望，陈傅良中进士就是顺理成章、水到渠成之事了。其门生弟子蔡幼学在《陈公行状》中记载了陈傅良中进士时意气风发、蜚声寰宇的盛况：

公英迈不群，强学笃志，其为文出人意表，自成一家，人相与传诵，从游者常数百人。……孝宗方锐志治功，慨然慕唐太宗之为人，于是临轩以太宗事策新进士，公对

---

① 宋·罗大经撰，王瑞来点校：《鹤林玉露》甲编卷一“诚斋谒紫岩”条，中华书局1983年版，第14页。

② 详参宋·罗大经撰，王瑞来点校：《鹤林玉露》乙编卷四“雍公荐士”条，中华书局1983年版，第185页。

③ 宋·吴沆：《环溪诗话》卷一，吴家驹编纂：《吴沆诗话》，吴文治主编：《宋诗话全编》第4册，凤凰出版社1998年版，第4334－4335页。

④ 宋·陈傅良撰，曹叔远编：《止斋文集》附录，《影印文渊阁四库全书》本，第1150册，第930页。又见《水心文集》卷一六，宋·叶适著，刘公纯、王孝鱼、李哲夫点校：《叶适集》中册，中华书局2010年版，第298页。

言……且以太宗求谏崇儒等事，反复规讽，其言深婉切至，有司奇之，将请置第一，或议不合，犹在甲科。当是时，公名震天下，其文流入外国，授迪功郎泰州州学教授，未赴，参知政事龚公茂良为孝宗称公之材，特除太学录车驾幸学，改承奉郎，居岁余，力求外补。①

誉望在南宋士大夫生命旅程中的重要性由此可见。

例证六：邹登龙在《戴式之来访惠石屏小集》中对戴复古的生活方式和风神意态进行了一番描述：

诗翁香价满江湖，肯访西郊隐者居。瘦似杜陵常戴笠，狂如贾岛少骑驴。但存一路征行稿，安用诸公介绍书。篇易百金宁不售，全编遗我定交初。②

值得注意的是，其中“安用诸公介绍书”透露出“诸公介绍书”在戴复古的人生之旅中起到了十分重要的作用。我们所知，最有名的便是楼钥、真德秀、杨汝阴、赵汝谠、赵汝谈、姚镛等名公巨卿的“介绍书”，他们对戴复古诗的品题印可，让戴迅速成名。参知政事楼钥为戴复古诗卷作序时详谈了戴以诗拜谒他时的情景：

一日携大编访予，且言：“吾以此传父业，然亦以此而穷，求一语以书其志。”③

戴复古还“见知于真西山”④。起居舍人兼直学士院的真德秀品题戴复古诗时，高度评价道：

戴君诗句高处不减孟浩然，予叨金銮夜直，顾不能邀入殿庐中，使一见天子，予之愧多矣。⑤

真德秀是南宋名臣及理学名家，有了他的品题印可，戴复古成名就指日可待了，故戴复古与他时相过从，深得其援引延誉。《（嘉靖）太平县志》卷六《戴式之传》载：

真西山称其句法不减孟浩然，繇是遂名天下云。然颇知自重，由庆元以来诗人为谒客者，相率成风，干求一二要路之书，副以诗篇，动获千万缗，往往雌黄士大夫，口吻可畏，至于望门倒屣。式之则否，广座中不谈世事，缙绅以是益多之。平生好施予，即人有所赠遗，亦缘手尽。

---

① 宋·陈傅良撰，曹叔远编：《止斋文集》附录，《影印文渊阁四库全书》本，第1150册，第924页。

② 宋·戴复古著，吴茂云、郑伟荣校点：《戴复古集》，浙江大学出版社2012年版，第399页。

③ 宋·戴复古著，吴茂云、郑伟荣校点：《戴复古集》，浙江大学出版社2012年版，第380页。

④ 元·方回：《跋戴石屏诗》，《桐江集》卷四，清·阮元辑：《影印宛委别藏》，第105册，江苏古籍出版社1988年版。

⑤ 宋·戴复古著，吴茂云、郑伟荣校点：《戴复古集》，浙江大学出版社2012年版，第387页。

姚镛亦撰《石屏第四稿跋》为其印可延誉：

诗盛于唐，极盛于开元、天宝间，昭、僖以后，则气索矣，世变使然，可与识者道也。式之诗天然不费斧凿处，大似高三十五辈，使生遇少陵，亦将有“佳句法如何”之问，晚唐诸子当让一头。①

在《石屏诗集序》中，姚镛又道：

式之以诗鸣江湖间垂五十年，多识前辈，晚乃与余为忘年友。余既流放，式之由闽峤度梅岭，涉西江，吊余于衡岳之阳，此意古矣。观近作一编，其于朋友故旧之情，每惓惓不能忘，至于伤时忧国，耿耿寸心，甚矣其似少陵也。忠义根于天资，学问培于诸老，故其发见，非直为言句而已。式之复俾铨次，不敢辞。得六十篇，为第四稿下，且效李友山摘奇左方。②

姚镛的印可延誉，无疑十分有利于戴复古诗集的刊行流传，李贾刊行姚镛所选《石屏四稿》时作跋语道：

石屏南归，过仆于渝江尉舍，出示雪蓬姚公所选《四稿》下卷，仆永歌不足，并入梓以全其璧。③

时人关注到了名流巨卿对戴复古的品题印可对他成名的重要意义，由此引发了时人对名流印可与文学传播关系的思考。赵汝腾在《石屏诗序》中说：

戴石屏之诗有楼攻媿先生之序文、诸名公钜贤之品题，不患不传远也。④

包恢之序也谈及名流显宦对其诗歌之品题印可，并由此抒发了自己对戴复古诗歌创作中“真意”的看法：

石屏以诗鸣东南半天下，其格律风韵之高处，见诸当世名公之所品题者，

不可以有加矣，况予他日未尝学诗，又安能措一词！第尝私窃评之，古诗主乎理，而石屏自理中得；古诗尚乎志，而石屏自志中来；古诗贵乎真，而石屏自真中发。此三者皆其源流之深远，有非他人之所及者。理备于经，经明则理明。尝闻有语石屏以本朝诗不及唐者，石屏谓不然，本朝诗出于经，此人所未识，而石屏独心知之。故其为诗正大醇雅，多与理契。志之所至，诗亦至焉。石屏痛念其先君子平生不肯作举子业，而专以诗自适，

① 宋·戴复古著，金芝山点校：《戴复古诗集》，浙江古籍出版社2012年版，第327页。

② 宋·戴复古著，吴茂云、郑伟荣校点：《戴复古集》，浙江大学出版社2012年版，第391页。

③ 宋·戴复古著，吴茂云、郑伟荣校点：《戴复古集》，浙江大学出版社2012年版，第391页。

④ 宋·戴复古著，吴茂云、郑伟荣校点：《戴复古集》，浙江大学出版社2012年版，第381页。

临终，以子在襁褓，而虑诗或遂无传。石屏长而有闻，深切疚心，求以传父业、显父名，是其志也，实继父志也。故其为诗，感慨激发，多与志应。陶靖节言："此中有真意，欲辨已忘言。"故读书不求甚解。黄太史称杜诗无一字无来处，然杜无意用事，真意至而事自至耳。黄有意用事，未免少与杜异，不知四诗三百篇用何古人事若语哉！石屏自谓少孤失学，胸中无千百字书。予谓其非无书也，殆不滞于书与不多用故事耳，有靖节之意焉。果无古书，则有真诗，故其为诗，自胸中流出，多与真会。三者备矣，其源流不甚深远矣乎！故诗有近体，有古体，以他人则近易工而不及古，在石屏则古尤工而过于近。以此视彼，其有效晚唐体如刻楮剪绘，妆点粘缀，仅得一叶一花之近似，而自耀以为奇者，予惧其犹黄钟之于瓦釜也。此予所私窃自评者，亦未始为石屏道。今敢以是质之，请石屏自剖决，予也奚敢妄为若是决！①

此段文字所表达的虽是对戴复古一人之诗的观感，然而推广到整个南宋诗歌创作，亦大体得当。我们由此可感受到名流作序印可与当时文学批评关系之一斑。

著名诗歌评论家严羽年辈低于戴复古，与戴氏感情很深，两人是忘年交。严羽在《送戴式之归天台歌》中除了叙说与戴的依依惜别之情外，还特别提到名流时贤对他的推重：

三花树下一相见，笑我萧飒风沙颜。手持玉杯酌我酒，付我新诗五百首。共结天边汗漫游，重论方外云霞友。海内诗名今数谁？群贤翕沓争相推。②

其中推崇戴复古的"群贤"之一就有名流王子文，他在关于石屏诗的题跋中赞美戴氏：

近世以诗鸣者多学晚唐，致思婉巧，起人耳目，然终乏实用。……式之独知之，长篇短章，隐然有江湖廊庙之忧，虽诋时忌、忤达官，弗顾也。③

而戴复古自己亦十分看重这些名流显人的评价，在谈及自己的文学见解时往往引用名流显人之语为自己作广告宣传，以引起世人的关注，如他在《论诗十绝》小序中，就特别看重王子文的意见：

昭武太守王子文，日与李贾、严羽共观前辈一两家诗及晚唐诗，因有《论诗十绝》。子文见之，谓无甚高论，亦可作诗家《小学须知》。④

① 宋·戴复古著，吴茂云、郑伟荣校点：《戴复古集》，浙江大学出版社 2012 年版，第 382－383 页。
② 宋·戴复古著，吴茂云、郑伟荣校点：《戴复古集》，浙江大学出版社 2012 年版，第 401 页。
③ 宋·戴复古著，吴茂云、郑伟荣校点：《戴复古集》，浙江大学出版社 2012 年版，第 390 页。
④ 宋·戴复古著，吴茂云、郑伟荣校点：《戴复古集》，浙江大学出版社 2012 年版，第 262 页。

名流印可，是作家成名成家的一个重要途径。[①] 方岳在《书戴式之诗卷》序中就提及戴复古“得诗名”之早，对戴复古其人其诗进行了高度评价：

石屏游诸老间早，得诗名又早，诸老凋谢，独石屏岿然鲁灵光耳！予生后三十二年，才此一识，秋风别去，因书数语集中。[②]

我们从赵以夫的《石屏诗集跋》中，不仅能看出名流巨卿对戴复古声名远播产生的重要影响，而且能感受到当时人托名流以求不朽的情形：

戴石屏诗备众体，采本朝前辈理致，而守唐人格律，其用工深矣，是岂一旦崛起而能哉！集首东皋子二诗，虽斑驳不完，而思致风骨，概可想见，此其源流也。少陵之诗，是固天授神助，而发源实自于审言。审言之诗，至少陵而工。石屏本之东皋，又祖少陵，虽欲不传，不得而不传。少陵所谓“诗是吾家事，人传世上名”者是也。石屏与游，皆当世鸿儒巨公，精笔妙墨，极力模写，曾不尽其妙，又假仆辈以为置邮，何邪？若仆辈，正有托于石屏者也！[③]

赵以夫的自谦之辞，反映了中国传统文化观念中普遍存在的迷信权威、崇拜名流现象，值得我们进一步思考与探究。

当然，戴复古诗受到如此众多名流显人的印可品题，除了他的奔走之勤、干谒之切外，也确实有其过人之处。武衍最爱诵戴复古诗，复古既卒，武衍作诗悼之：

四海诗人说石屏，一时知己尽公卿。家传衣钵生无愧，气挟江湖老更清。重感慨时多

---

① 详参王兆鹏：《宋代作家成名的捷径：名流印可》，原载《中州学刊》2005 年第 2 期，后收在《宋代文学传播探原》第六章“宋代名流印可的传播效应”，第 113 – 119 页。“名流印可”是一个非常重要的学术课题，正如肖鹏指出：王兆鹏的“宋代名流印可的传播效应”，“只有短短的四千字，却是一个特别好的题目。可惜很多内容没有展开，只谈到了传播效应，没有谈到对群体凝聚的效应，没有谈到对名士干谒风气的因果作用，以及对文人士大夫心态的影响。张元幹曾经小心翼翼地收藏名流印可的题跋，姜夔也曾经小心翼翼地收藏名家品评。他们都是爱惜羽毛的高士，这些典型现象没有见您深入分析。从社会心理学的角度切入，古今对比，可以发现社会大众对偶像的迷信与崇拜。多好的题目啊！”（《宋代文学传播探原》代序“文学传播研究的想象空间”所载肖鹏语，第 10 页）如今整整十一年过去了，我们还没有看到王先生对“名流印可”这个问题作更进一步的深入研究，或许正如他所说：“我治学，有些‘喜新厌旧’，总是想探讨新问题，试用新方法，摸索新路向，所以不断地转移‘战场’。一个专题探索了一阵子，又发现有新问题、新领域，于是‘见异思迁’，转而去探索新发现的问题和领域了。因为多点作战，多面出击，所以每一个点、面都做得不完整、不系统。我也知道这样做，有得有失，但做学问，本是凭兴趣，我要享受做学问的兴趣和乐趣。所以，听由兴趣的转移，让自己的研究领域和研究路向跟着兴趣转向调整。生活中的束缚本来就很多，如果做学问还要‘心为形役’，不能由着兴致来，那做学问就未免无趣了。”（《宋代文学传播探原》代序“文学传播研究的想象空间”所载王兆鹏语，第 2 页）所言甚为有理。但对于“名流印可”这样有价值、有趣味的课题若不作进一步的深入研究，不免给人以遗珠之憾。拙作《名流印可、文人干谒与南宋诗歌风貌》（《齐鲁学刊》2016 年第 3 期，第 136 – 143 页），最早的灵感就来自王先生。故我们在这里不揣固陋、率尔操觚，想接着王先生的话题，继续探讨名流印可下的人际关系及其对南宋文学的影响，设法深入研究这一非常有价值、有趣味的课题。

② 宋·戴复古著，吴茂云、郑伟荣校点：《戴复古集》，浙江大学出版社 2012 年版，第 398 页。

③ 宋·戴复古著，吴茂云、郑伟荣校点：《戴复古集》，浙江大学出版社 2012 年版，第 390 页。

比兴，最瑰奇处是歌行。九原不作空遗稿，三些吟魂泪为倾。①

戴复古的人格个性和人生态度及其不平凡的一生，都在这首小诗里体现出来了。赵汝谠②甚至从戴复古诗中选了百余首作品，编辑成一部诗集《石屏小集》③，对戴复古可谓青眼有加。这一行为，无疑为戴复古的成名起了巨大的广告宣传作用。赵汝谠之兄赵汝谈亦撰跋为戴复古诗印可延誉：

式之（戴复古）与蹈中弟齐年，而又俱喜为诗。式之谓蹈中有高鉴，尽出其平生所作，使之择焉，得百余首，此编是也。余读之竟，见式之才果清放，弟识亦尽精到，皆非朽拙所能逮者。然式之老益穷，奔走衣食四方，犹未得归休于家，而蹈中则下世逾年矣。自古文士往往困踬，其稍幸称遂者，天辄不假之年，盖存殁俱可哀也，余暇复论诗哉！姑命录藏，而归其本式之，且题其后，以致余叹息云。④

此中所载“式之谓蹈中有高鉴”及“式之才果清放，弟识亦甚精到”，受到援引荐举的赵汝谈自己也十分注意为人延誉扬名，从其为江湖诗人戴复古诗集所作的序中，我们可看到他爱惜援引人才的一片苦心，这充分说明了时人把名流高明的识别鉴定能力当作品评名流显人风度才识的一个重要标准。

赵汝谈的印可延誉取得了很好的效果，可以说是让戴复古走了一条成名的捷径。刘克庄在《后村诗话》卷一四中特别强调戴复古成名一事：

赵南塘《题天台戴式之诗稿》云：“台岭散仙人，诗家小叔伦。”式之由此名重，有《石屏集》，南塘为选若干首。⑤

在刘克庄看来，戴复古的名重一时，与赵汝谈的印可品题密切相关。

名流显人赵汝谠对戴复古诗歌的选编印可，也容易引起时人的注意，倪祖义在《石屏诗集跋》中道：

---

① 宋·戴复古著，吴茂云、郑伟荣校点：《戴复古集》，浙江大学出版社2012年版，第405页。

② 赵汝谠，字蹈中，号懒庵，太宗八世孙。少有智略，从叶适学，折节读书，与兄汝谈齐名，天下称为“二赵”。以祖荫补承务郎，历泉州市舶务、利州大军仓属。以荐监行在右藏西库。庆元初，上奏言赵汝愚冤，忤权要韩侂胄，坐废十年。调华亭浦东盐场，弃职去。辟浙西安抚司幕官，调签书昭庆军节度判官，皆不赴。后又与朝廷权奸史弥远不合，请外，历湖南、江西提举常平、江西、湖南提点刑狱。生平事迹详参《宋史》卷四一三本传，叶适高度评价其“韩篇杜笔，高出于时”（《咸淳临安志》卷六七），其诗学韦应物（详参刘克庄《后村先生大全集》卷九四《瓜圃集序》），方回称其中年后来为律体，独喜《选》体，有三谢、韦、柳之风（详参元·方回选评，李庆甲集评校点：《瀛奎律髓汇评》卷二〇，上海古籍出版社2005年版，第841页）。有了赵汝谠这样精通诗艺、帝王苗裔、颇有直声的名流显人为戴复古编选诗集、印可延誉，戴复古成名之路可谓顺畅很多。

③ 详参元·方回选评，李庆甲集评校点：《瀛奎律髓汇评》卷二〇，上海古籍出版社2005年版，第841页。

④ 宋·戴复古著，吴茂云、郑伟荣校点：《戴复古集》，浙江大学出版社2012年版，第389页。

⑤ 《后村诗话》卷一四，新集卷六（《后村先生大全集》卷一八六），吴文治主编：《宋诗话全编》第8册，凤凰出版社1998年版，第8537页。

作诗难，选诗尤难，多爱则泛，过遴则遗逸。懒庵为石屏戴式之摘取百余篇，兼备众体，精矣。章泉所拈出，则其尤精而汰者也。然染指知鼋美，窥管识豹斑，爱式之诗者，读此足矣。式之方尽屏世学，坐进此道，发其英华，见于章什，必当方驾李杜，深入陶柳，得天之趣，侔神之工，回视旧编，遂成组绣。余未老，尚及见之。①

赵汝腾在《石屏诗序》中也道：

赵懒庵为选其尤者别为小集，乃命仆为此序，无乃以非人为赘耶！懒庵于诗少许可，韦、陶之外，虽辋川、柳州集，犹有所择，今于石屏诗，取至百三十首，非其机有契合者乎？夫诗之传，非以能多也，以能精也。精者不可多，唐诗数百家，精者才十数人；就十数人中选其精者，才数十篇而已。惟少陵、谪仙能多而能精，故为唐诗人巨擘也。盖艺之难精者，文也；文之难精者，诗也。运奇于斧凿者，少从容之态；受成于材具者，希汲取之功；豪逸者欠隽永，惨淡者乏脍炙；取妍耳目者兴未必高远，寄吟性情者词多至流宕。凡是者，皆诗之瑜而瑕者也。石屏之诗，平而尚理，工不求异，雕锼而气全，英拔而味远。玩之流丽而情不肆，即之冲淡而语多警。懒庵之选，其旨深矣。②

一经“有高鉴”“其旨深矣”的名流显人之印证认可，则士人的作品可声价大增。故“奔走衣食四方”的戴复古自己也颇以得到名流显人赵汝谠的“许可”而自豪，并特地将其写进《石屏诗集序》里：

懒庵赵蹈中寺丞作湘漕时，为仆选此诗，凡一百三十首。观者疑焉，谓懒庵古诗得曹、谢、韦、陶之体，律则步骤杜工部，其议论高绝一世，极靳于许可。今所取此编，何其泛也。复古议论斯语，使有五字可传，如崔信明“枫落吴江冷”一句；十字可存，如杜荀鹤“风暖鸟声碎，日高花影重”一联，足矣，果何以多为？……复古以朋友从臾，收拾散稿，得四百余篇，三山赵茂实、金华王元敬为删去其半，各以入其意者，分为两帙。江东绣衣袁蒙斋又就其中摘取百首，俾附于《石屏小集》之后。明珠纯玉，万口称好，无可拣择，是为至宝。凡物之可上可下，随人好恶而为之去取者，断非奇货。绍定壬辰仲夏，复古自书。③

名流显人的印可延誉，可以增加诗人的自信，戴复古在诗歌中吟咏道：

说破当年旧石屏，自惭无德又无能。向来江海疏狂客，今作山林老病僧。高卧一楼成宇宙，冷看独影当宾朋。恶诗有误公题品，不是夔州杜少陵。④

---

① 宋·戴复古著，吴茂云、郑伟荣校点：《戴复古集》，浙江大学出版社 2012 年版，第 389 页。

② 宋·戴复古著，吴茂云、郑伟荣校点：《戴复古集》，浙江大学出版社 2012 年版，第 381 页。

③ 宋·戴复古著，吴茂云、郑伟荣校点：《戴复古集》，浙江大学出版社 2012 年版，第 273－274 页。

④ 《谢吴秘丞作〈石屏集后序〉》，《石屏诗集》卷六，宋·戴复古著，吴茂云、郑伟荣校点：《戴复古集》，浙江大学出版社 2012 年版，第 229 页。

表面上的惭愧谦虚，掩饰不了他受到名流显人印可品题的自豪喜悦，并以此印可品题为干谒请托之资，频繁奔走求售于公卿贵族之门。

方回在《瀛奎律髓》卷十三中对戴复古《岁暮呈真翰林》评价道：

石屏此诗，前六句尽佳。尾句不称，乃止于诉穷乞怜而已。求尺书，干钱物，谒客声气。江湖间人，皆学此等衰意思，所以令人厌之。①

由戴复古的一首诗推想到整个江湖间人“求尺书，干钱物”的“谒客声气”，虽有以偏概全之嫌，亦大体得当，可谓一叶落而知天下秋。②

我们从陆游《跋徐待制诗稿》中亦可以看出名流印可、“誉望”对于当时士人的重要性：

予以乾道庚寅入蜀，几十年而归。故人在朝者，惟许昌韩无咎，握手道旧，因相与论当世知名士。无咎独称待制徐公，以为文辞辨论，有贞元、元和间诸贤之遗风。恨予不及识，因诵其诗句，信奇作也。后三十年，徐公之子植，以遗稿一编示予，属以序引。予与待制虽出处不同时，然尝叹爱其笔墨，则亦愿托名卷首。③

正因有了“无咎独称待制徐公”，陆游才有此“愿托名卷首”、为其印可延誉之举。

与此类似的是方信孺得到诸多名流显人印可延誉之事。方信孺尝从陆游问诗，陆放翁大书“诗境”二字与之，得此殊荣的方信孺后来亦屡屡受到名流显人的印可延誉，刘克庄在为方信孺印可延誉之际就特别提及陆游、杨万里等名流显人对其诗文的知赏，并在此基础上进一步对其进行高度评价，以期扩大其影响力：

诗境方公少时，语出惊人，为诚斋、放翁所知。稼轩所居雪楼火，公唁之，有“何处卧元龙”之句。时稼轩乐章豪一世。……余与公素相亲狎。公于书一目十行，诗文操简立

① 元·方回选评，李庆甲集评校点：《瀛奎律髓汇评》，上海古籍出版社2005年版，第486页。

② 戴复古奔走干谒于权贵之门，除了为自己请托延誉，以求扬名和获得进身之阶外，也为父亲的诗歌遗稿请托名流为其印可延誉。戴复古《东皋子诗跋》（《石屏诗集》卷首）载：“右，先人十诗。先人讳敏，字敏才，号东皋子。平生酷好吟咏，身后遗稿不存。徐直院渊子、竹隐先生常诵其《小园》一篇及‘日落秭归啼处山’一联。续加搜访，共得此十篇。复古孤幼无知，使先人篇章零落，名亦不显，不孝之罪不可赎也。谨录于《石屏诗稿》之前，庶几使人获见一斑。复古忍泣敬书。”高斯得《东皋子诗序》（《耻堂存稿》卷四）载：“黄岩戴复古式之持其先人《东皋子诗》一编过余而言曰：‘余先人平生嗜诗，没时余幼，稿无一存，少长乃得一首一联于竹所先生徐渊子，其后尽力得九篇，余皆散佚，无可复访。夫逸者固已无可奈何，其仅存者非有所托，是又将逸矣。盍置一谈于篇端与吾先人以不朽乎？’余谢不敢当，请益力，受而读之，见其诗风度雅远，旨趣和平，发言成章，不假雕琢，盖庶几乎所谓落落穆穆者。然玩绎移晷不能去手，又以知文于天地间未有无其绪而传者，式之之昌其诗殆出于此乎？虽然，式之之显其亲，不托于其可托非也。昔吴武陵奉其先人文集属序于柳柳州，既亟称之，且谓古之太史必求民风陈诗以献于法宫，近世未能尽用古道，故吴君之行不昭而其辞不荐。余谓吴君之诗虽不得献于法宫，有柳州以题其首简，其为昭且荐也多矣。今世虽无柳州，要必有执斯文牛耳者，式之其往谒焉，余言未足托也，姑识于篇末云。”由此可见，江湖士人对名流印可及身后名誉的重视程度。

③ 《渭南文集校注》卷三〇，钱仲联、马亚中主编：《陆游全集校注》第10册，浙江教育出版社2011年版，第264页。

成，而宫羽协谐，经纬丽密，若素思而得者。事大如山，众相顾失匕箸，公神闲意定，起而应之。其条世务，画军册，他人累千百言不能尽者，公片语而决。……四六多警策。①

这样的印可延誉之辞无疑似锦上添花，进一步扩大了方的名声与威望。从屡经名流显人印可延誉的方信孺身上，我们可以感受到当时士人通过干谒请托的方式获得了一定的经济基础并满足了自我实现、得到他人认可的需要，这对文人群体的形成、文学流派的孕育都产生了深刻的影响，起到了至关重要的作用。

还有许玠的请托干谒，受到名流显人的援引延誉，亦体现了这一现象。许玠，字介之，翰曾侄孙，魏了翁门人，曾得到刘克庄、周必大、杨万里等名流显人的印可延誉，②后来又携诗请托奔走于真德秀之门，真德秀在诸名流显人品题印可的基础上继续高度评价其人其诗，称其翰墨、期以功名道德：

予闻介之诗名旧矣。岁甲申，携其诗数百首，访予于星沙，曰："某之少也，获登平园、诚斋之门，二先生不予鄙也，皆相期于词章之域。今齿日长矣，惧无以副二先生之望，奈何？"予视其人昂然鹄立，其论说今古娓娓不穷，则为之怵然曰："二先生之知子厚矣。然予视子岂直诗人也哉！其智略纵横可以参阃外之画，其雄辨慷慨可以使不测之虏，二先生期子于词章之域，予将俟子以功名之会，可乎？"……若夫介之诗词之敏丽，则有诸公之题品在，故不复云。③

真德秀表面上好像不够自信，在印可时屡屡引用别人之辞，实际上，这正是其人情练达、精通世故之处，一方面说明了他对请托援引者的关注，另一方面又表现了他对其他名流显人的信任敬慕之情。在一篇短序中，同时取悦了多个人。又如其在《钓台江公文集序》中云：

钓台严先生之清风，更千百年未有能续之者，至谏议江公出，然后孤标峻节，仰配而无惭。……宝庆三年，公之诸孙润祖出守高安，以公家集曰《钓台弃稿》者刻之郡斋，书来谓某序之。某惟公之始仕也，司马文正公已亟称其诗，而奏议之编，则近世张宣公实为之序引，藐焉小子，何敢复云！至他所为文，又多出于笑谈娱戏，其论前代文士，虽世所共宗者，犹讥其冗叶狂华，不根至理。则语言文字特公之弃余矣，故不复道，独惟其平生

① 《诗境集》，宋·刘克庄著，辛更儒校注：《刘克庄集笺校》卷九七，第9册，中华书局2011年版，第4098－4099页。

② 刘克庄称许玠"老于文学""磊落尚奇节，有南渡右丞之风"（刘克庄：《跋许介之诗卷》，宋·刘克庄著，辛更儒校注：《刘克庄集笺校》卷一〇〇，第9册，中华书局2011年版，第4200页）；周必大在《书匹纸赠许玠介之》中亦为其印可延誉道："高宗初元，首用襄邑许崧老为尚书右丞，文章议论不待赞也。今曾侄孙玠学有家法，自衡州携诗相过，格律高深，词语清丽，予手之不能置。求一言以为别，予素不能诗，矧敢涂泽无盐效颦西子乎。适有匹纸，辄书其乐府四篇于卷首。"（《文忠集》卷五五，《影印文渊阁四库全书》本，第1147册，第589页）

③ 宋·真德秀撰：《许介之诗卷跋》，《西山文集》卷三四，《影印文渊阁四库全书》本，第1174册，第543－544页。

大节追配古人者，以告于史君而并刻之，来者其尚有考乎此。①

这说明了南宋普遍存在名流显人印可延誉的现象以及士人干谒请托时的重心所在。所谓“锦上添花到处有，雪中送炭世间无。时来易借金千两，运去难赊酒一壶”，得到名流显人印可延誉的士子往往能够良性循环，不断扩大自己的知名度，从而进入仕途，真正做到“名利双收”。

许多士子通过名流的赏识援引而出人头地、扬名立万，而且一旦得到名流显人的印可延誉后，他的作品也随之洛阳纸贵，蜚声海内。钱泳曾道：

诗人之出，总要名公卿提倡，不提倡则不出也。②

陆游充分认识到名流显人印可延誉的效果，并以杨万里为例来说明这一点：

诚斋老子主诗盟，片言许可天下服。长歌为君定声价，赏音但须一夔足。③

钱锺书在《宋诗选注·序》中也说：

最初是作者出名全靠作品的力量，到后来往往是作品有名全亏作者的招牌。④

这段鞭辟入理的话，生动有力地说明了“作者的招牌”的重要性，颇能反映名流印可延誉在中国诗歌史乃至文学史上的地位与影响。我们试作演绎、引申：作品的力量使作者出名，而作者出名后又能使作品有名。其中关键在于“作者出名”，而作者出名的关键在于名流显人的印证认可、援引延誉。我们知道，作品的力量虽然能使作品出名，而作品力量的有无，往往也要通过名流显人、专家学者来鉴定。历史上那些有力量的作品一方面固然是由于作品本身的价值，另一方面在某种程度上也得利于名流显人的“慧眼”。可以说，名流显人的印可品题、推广延誉，是作者出名的重要途径。

所以，相当于广告宣传性质的序跋文字放在所刊镂书籍的卷首在当时商品流通盛行一时的南宋社会是必需的，即便是天下知名人士姜夔，其作品镂刊行于世时也请天台谢采伯作序为其印可延誉：

姜夔字尧章，番阳布衣也，自号为白石。生好学，无所不通。尝请于朝，欲是正颂台乐律，以议不合而罢。有《大乐议》、《琴瑟考》、《饶歌》等书传于世。予略识于一友人处，知其为名士，颇敬之，不知其能书也。近阅其手墨数纸，运笔遒劲，波澜老成。又得

① 宋·真德秀撰：《西山文集》卷二八，《影印文渊阁四库全书》本，第1174册，第436－437页。

② 清·钱泳：《履园丛话》，中华书局1997年版，第206页。

③ 宋·陆游：《赠谢正之秀才》，《剑南诗稿》卷四二，钱仲联、马亚中主编：《陆游全集校注》第5册，浙江教育出版社2011年版，第232页。

④ 钱锺书选注：《宋诗选注》，人民文学出版社1958年版，第23页。

其所著《续书谱》一卷，议论精到，三读三叹，真击书学之蒙者也。夫自大学不明，而小学尽废，游心六艺者，固已绝无仅有，而尧章乃用志刻苦，笔法入能品乎？固恨其不遇于时，又自恨向者不能尽知，而不获抠衣北面以请也，因为锓木，以志吾过云。嘉定戊辰，天台谢采伯元若引。①

《砚北杂志》卷下亦载：

近世以笔墨为事者，无如姜尧章、赵子固，二公人品高，故所录皆绝俗。②

无独有偶，我们从魏了翁所撰的《游忠公仲鸿鉴虚集序》中亦可明白当时名流印可与文人著述锓木流传的深层历史动因：

君壮时犹及见苏黄门，黄门谓君"使得见先兄，当不在六君子下"。一时所交如唐子西、张芸叟，皆敬称之。其文之有传，虽不遇犹遇，虽死犹不死也。了翁与君居异州，生不并世，尝闻其风矣，未见其书也。其从孙运达从余游既久，一日持君文一编求余叙，将再锓木以广之。余谓公之文自足以不朽，焉用叙？运达请不已，余感君之气节烈烈，不究其用，而托其传于言，又喜运达之强于学而肆于文，其必能昌其传也，于是乎书。③

游仲鸿正因得到黄门"使得见先兄，当不在六君子下"的印可延誉，故"一时所交如唐子西、张芸叟，皆敬称之"，而当其从孙"将再锓木以广之"时，亦还需向名流求叙以广其传。

魏了翁所撰的《斐然集序》亦可说明当时名流显人作序印可对所刊著作起到的推广宣传之功：

长沙吴德夫间为予言："胡仲刚氏学业行谊为世楷则，出一编书名《斐然集》以授予，曰'其为我广诸蜀。'予识之弗忘。后守广汉，将以刻诸梓，未皇然也。厥二十又七年，予归自南，旋起家渡泸，叙州冯侯邦佐已刊之，求一言冠篇。"予又取而熟复之。……因冯侯之请，摘其关于世教者著于篇。④

时人对"已刊之"的著作仍"求一言冠篇"，无疑是为了使其更加顺畅地流通与传播。如：

钱塘白珽，余识之早。幼颖悟，五岁以工属对，嗣而嗜学，刻苦忘寝食，泛滥书史间，得《离骚》意度为多。益之以左江右湖，胜概激濯，日以沉郁，卒敛而归诸诗。平而

① 宋·谢采伯：《续书谱序》，百川学海本《续书谱》卷首。

② 元·陆友仁：《研北杂志》卷下，《影印文渊阁四库全书》本，第86册，第605页。

③ 宋·魏了翁撰：《鹤山先生大全文集》卷五六，《影印文渊阁四库全书》本，第1172册，第629页。

④ 宋·胡寅撰：《斐然集》卷首，《影印文渊阁四库全书》本，第1137册，第259页。

澜，癯而力，静洁恬淡而光自泽，味自腴。腾播散落，与春风草木争芳润。一时名贤如文本心、陈存斋、方蛟峰，皆为之印予。家性存、方虚谷、周草窗、何潜斋辈，又相为练核磨淬。积之久成集，好事者将取而锓诸梓，而以书闻于余曰："何如？或其可也，敢求数语以开卷先。"……珽字廷玉，自谓四明名儒舒少度遗腹子。岂文脉果有自来哉？①

这些材料说明了当时名流印可的普遍性与重要性，像白珽这样能够得到"一时名贤""皆为之印予"的现象，是普遍存在的，而一旦能得名流印可，就能使"其文之有传，虽不遇犹遇，虽死犹不死"，让人感叹"岂文脉果有自来哉"。在商品流通发达的社会环境下，南宋文人的作品作为商品在市场上流通，也一样需要有广告宣传推广才能取得更好的效果。

当时作者亲属所作的印可延誉之辞也颇能扩大销量，达到宣传推广的效果，如李杓所撰《巾笥本可斋稿跋》：

先公少保观文可斋《杂》、《续》、《三》稿，杓侍官荆渚时，窃伏会萃而锓之梓。继而庾使介轩刘公甄又刻之武陵，端明木石先生尤公焴序于篇首。二刻之行乎世也久矣。……岁戊辰，先公弃诸孤。②

就是一篇典型的为亲属著作宣传的跋文。

名流显人的作品相对而言也较易刊刻流行。赵汝谈在《吴郡志序》中道：

初，石湖范公为《吴郡志》成，守具木欲刻矣，时有求附某事于籍而弗得者，因哗曰："是书非石湖笔也。"守惮莫敢辨，亦弗敢刻，遂以书藏学宫。愚按风土必志，尚矣。吴郡自阖庐以霸，更千数百年，号称虽数易，常为东南大都。会当中兴，其地视汉扶冯，人物魁伟，井赋蕃溢，谈者至与杭等，盖益盛矣。而旧图经芜漫失考，朱公长文虽重作亦略，是岂非大缺者？何幸此笔属公，条章粲然，成一郡巨典，辞与事称矣。……侯父子世儒有闻，其治吴未期，百坠交举，既上此职方氏，将复刊《石湖集》，与《白氏长庆集》并行，而改命漕湖北矣。余故并志，以申后觊焉。绍定二年十一月朔，汴人赵汝谈序。③

因"守惮莫敢辨"，结果"亦弗敢刻，遂以书藏学宫"，反而说明了只要认定"是书石湖笔也"，是范成大这种名流显人的作品，它的刊刻流行就应是自然而然、水到渠成的，我们从"何幸此笔属公，条章粲然，成一郡巨典，辞与事称矣"的记载中亦可看出时人对名流显人的崇拜、对权威人士的迷信。

可见，在商品流通盛行一时的社会环境下，多才多艺的读书人即使不入仕途为官也能够靠自己的才学在这个社会立足谋生，当然自己的才学要被社会认同，首先要刊锓书籍行

① 宋·陈著撰：《钱塘白珽诗序》，《本堂集》卷三七，《影印文渊阁四库全书》本，第1185册，第174页。

② 宋·陆心源撰：《皕宋楼藏书志》卷八九，中华书局影印清人书目题跋丛刊本。

③ 宋·范成大撰：《吴郡志》卷首，《影印文渊阁四库全书》本，第485册，第2－3页。

于世，且还需要有人为其宣传延誉。

第二节　名流印可盛行下的文人行卷

名流印可的重要性，导致文人干谒之风盛行。行卷是文人干谒的一种重要方式。钱谦益在《王芳洲制义序》中指出：

> 唐人以科举取士，士子装卷轴以求知于先达，谓之行卷，或曰夏课。至王荆公创为经义，始破终结，犹然律赋八韵之意。盖合明经制科而一之，莫善于此。今士子有得隽于乡者，多集其平生揣摩之言，汇而行之，亦曰行卷，犹唐之遗语也。①

程千帆在《唐代进士行卷与文学》中给行卷下定义，指出："所谓行卷，就是应试的举子将自己的文学创作加以编辑，写成卷轴，在考试以前送呈当时在社会上、政治上和文坛上有地位的人，请求他们向主司即主持考试的礼部侍郎推荐，从而增加自己及第的希望的一种手段。……唐代的科举考试采取了试卷不糊名的方式，使主试官得以审查应试者平素在学业上的表现，可能是九品中正制遗留下来的影响。另外，将自己的作品送请有地位、有学问的人看，希望得到他们的揄扬或教益，这也原是古已有之的。不过到了唐代，文士们更利用了这种办法来为争取进士登第服务。这就使之形成一种风尚，有别于通常的投送卷轴，而且出现了行卷这个专称。"②

钱穆早在 1952 年春应有关方面之邀，以"中国历代政治得失"为题进行讲演时就有类似的发现，他指出：

> 唐代考试，有公卷、通榜之制。所谓"公卷"，是由考生把平日诗文成绩，到中央时，遍送政府中能文章有学问的先进大僚阅看。此辈先进，看了考生平日作品，先为之揄扬品第，在未考以前，早已有许多知名之士，获得了客观的地位。"通榜"是考后出榜，即据社会及政府先辈舆论，来拔取知名之士，却不专凭考试之一日短长。甚至主考官谦逊，因其不了解这一次考场中的学术公评，不自定榜，而倩人代定榜次；并有倩及应考人代定，而应考人又自定为榜首状元的。但此等事在当时反成嘉话，不算舞弊。③

程、钱两位先生都深刻细致地发现唐代考试制度下名流显人揄扬品题对士人中第入仕的影响。

其中程先生指出的"将自己的作品送请有地位、有学问的人看，希望得到他们的揄扬或教益，这也原是古已有之的"，我们认为，这不但是"古已有之的"，而且是于南宋为

---

① 清·钱谦益著，清·钱曾笺注，钱仲联标校：《牧斋杂著》，上海古籍出版社 2007 年版，第 640 页。

② 程千帆：《唐代进士行卷与文学》，上海古籍出版社 1980 年版，第 3 - 4 页。

③ 钱穆：《中国历代政治得失》，九州出版社 2012 年版，第 88 - 89 页。

烈的现象，这种现象换一个说法就是文人为了得到“名流印可”，将自己的作品送请有地位、有声望的人，尤其是权威人士，希望得到他们的印证、认可，从而提高自己的知名度，使自己在官场或江湖上更加容易立足并且获利。程公许《沧洲尘缶编》卷六《谢新胥口监征赵立之》诗序载：

立之，名闻礼，以声气相求袖诗访我，欲赓而未暇也。①

这段文字特别提及赵闻礼为胥口监征时，曾以诗卷干谒程氏于蜀中。又如陈必复撰《端隐吟稿序》所载：

有林君尚仁者，一日以诗来谒。……读之矍然而喜，因请见全稿。林君曰：“余平生苦于吟，所得亦不少矣。然微不合我意则裂去，惟恐缓，今存者无几何。公有命，其奚敢辞？”又数日，林君携短编以过，见之愕然而惊，离席而起，执其手，谓林君曰：“子肠肺间岂皆锦绣耶？不然，何其言之多美也？”……余诚惧乎世之知林君者未能众，故乐为序其诗而表出之。后有知林君，必自此诗始。②

此序记载了林尚仁以诗干谒陈必复，陈必复为其印可延誉的情形。

南宋士人的布衣比例增加，他们为了生活，大多干谒奔走于权贵之门，请托援引。费衮在《梁溪漫志》卷三专门撰写《行卷》一文，来探讨前辈行卷的风度及当时行卷风尚的弊端：

前辈行卷之礼，皆与刺俱入。盖使主人先阅其文而后见之。宣和间苍梧胡德辉见刘元城尚仍此礼。近年以来，率俟相见之时以书启面投，大抵皆求差遣，丐私书，干请乞怜之言。主人例避谢而入袖，退阅一二，见其多此等语，往往不复终卷。彼方厌其干请，安得为之延誉？士之自处既轻，而先达待士之风至此亦扫地矣。③

可见南宋时期“干请”即干谒请托与名流显人印可“延誉”之间深层密切的内在联系。正所谓：“行卷之礼，人自激昂以求当路之知。”④ 行卷是文人干谒的一种重要手段，是通过向达官权要投献诗文从而得到他们的印证认可的必由之路。

方回在《瀛奎律髓汇评》卷二〇评戴复古《寄寻梅》诗道：

江湖游士，多以星命相卜，挟中朝尺书，奔走阃台郡县糊口耳。庆元、嘉定以来，乃有诗人为谒客者，龙洲刘过改之之徒不一人，石屏亦其一也。相率成风，至不务举子业，

① 宋·程公许撰：《沧洲尘缶编》，《影印文渊阁四库全书》本，第1176册，第953页。

② 祝尚书编：《宋集序跋汇编》，中华书局2010年版，第2071－2072页。

③ 宋·费衮撰：《梁溪漫志》卷三《行卷》，《影印文渊阁四库全书》本，第864册，第710页。

④ 宋·王楙：《燕翼诒谋录》卷二，上海古籍出版社编：《宋元笔记小说大观》第5册，上海古籍出版社2001年版，第4594页。

干求一二要路之书为介，谓之“阔匾”，副以诗篇，动获数千缗，以至万缗。如壶山宋谦父自逊，一谒贾似道，获楮币二十万缗以造华居是也。钱塘湖山，此曹什伯为群，阮梅峰秀实、林可山洪、孙花翁季蕃、高菊磵九万，往往雌黄士大夫，口吻可畏，至于望门倒屣。①

从中也可看出当时南宋士人的行卷风尚与名流显人印可延誉的密切关系。我们要追问的是：行卷在南宋表现出何种特征？有何特殊作用？

行卷，对南宋科举制度下文人士子的前途命运仍有着巨大影响，这在南宋文献资料中屡见不鲜。我们试举一例，《荆溪林下偶谈》卷四“东莱以誉望取士”条，有一则值得注意的记载：

淳熙间，永嘉，英俊如陈君举、陈蕃叟、蔡行之、陈益之六七辈并起，皆赴太学补试。芮国器为祭酒，东莱为学官。告芮公曰：“永嘉新俊，不可不收拾。”君举访东莱，东莱语以《春秋》题，且言破义。就试，果出此题。君举竟用之，且以语陈蕃叟。蕃叟，其从弟也。遂皆中榜。此盖以誉望取士，犹有唐人之意。②

这则材料，记叙了一件典型的科场舞弊事件，舞弊在宋代科举考试中是普遍存在的。③ 东莱（吕祖谦）将试题透露给陈君举（陈傅良），且告之以答题要义，陈君举完全派上了用场，并将试题告诉其从弟，结果两人都中榜了。我们固然应谴责东莱徇私舞弊，滥用职权，但我们要追问一下，为什么会这样呢？也许可以从东莱告芮公的一段话中看出端倪，即“永嘉新俊，不可不收拾。”东莱何以知道陈君举为“新俊”？原因很简单，即“君举访东莱”，这里的“访”即是干谒，因为据常理，或据人之常情、人情之常，君举绝不会空着手来拜谒东莱的，向东莱呈献自己的得意之作，即行卷，是题中应有之义。这也无可厚非，东莱读了陈君举的作品，爱才心切，告之以题，也可以理解，至少当时论者是认可的。

我们以为吕祖谦“以誉望取士，犹有唐人之意”在南宋是客观存在的，而且，“以誉望取士”不但有“唐人之意”，也有宋人之意，宋人对吕居仁这种“以誉望取士”、援引佳士、延誉后进的行为不但不排斥，而且顶礼膜拜、衷心赞叹，虽不能至然心向往之。我们录一段很能代表南宋士子心声的《吕居仁集序》如下：

宋兴，诸儒相望，有出汉唐之上者。迨建炎、绍兴间，承丧乱之余，学术文辞，犹不愧前辈。如故紫微舍人东莱吕公者，又其杰出者也。公自少时，既承家学，心体而身履之，几三十年。仕愈踬，学愈进，因以其暇尽交天下名士，其讲习探讨，磨砻浸灌，不极其源不止。故其诗文，汪洋闳肆，兼备众体，间出新意，愈奇而愈浑厚，震耀耳目，而不

---

① 元·方回选评，李庆甲集评校点：《瀛奎律髓汇评》，上海古籍出版社2005年版，第840页。

② 宋·吴子良撰：《荆溪林下偶谈》卷四，宝颜堂秘笈本。

③ 详参祝尚书：《宋代科举与文学》第十二章“宋代科场的作弊与革弊”，大象出版社2006年版，第350－372页。

失高古，一时学士宗焉。晚节稍用于时。在西掖，尝兼直内庭，草赵丞相鼎制，力排和戎之议，忤秦丞相桧。秦公自草日历，载公制辞以为罪，而天下益推公之正。公平生所为诗，既已孤行于世，嗣孙祖平又尽裒他文凡若干首为若干卷，而属某为序。

某自童子时，读公诗文，愿学焉。稍长，未能远游，而公捐馆舍。晚见曾文清公，文清谓某，君之诗渊源殆自吕紫微，恨不一识面。某于是尤以为恨，则今得托名公集之首，岂非幸欤！①

陆游的这段话典型地反映了南宋士子对吕居仁为后生晚辈印可延誉、“以其暇尽交天下名士”行为的崇敬之情，以至于以“托名公集之首”为幸事，体现出南宋时人崇拜名流、迷信权威的社会心理，这是南宋行卷干谒之风盛行的重要因素。

程千帆还说：

试卷上的姓名既被糊没，笔迹又因重行誊录而无从辨识，因而采取誉望、事先加以推荐的方式，就不再有存在可能性，而行卷的风尚也就自然随之消失。②

我们认为，行卷的风尚在南宋并没有完全消失，而是客观存在的。而且，“誉望”在很多时候、很多地方、很多情况下都是十分重要的。前面所引“东莱以誉望取士”条，就记载了吕祖谦在南宋科举制度下“以誉望取士”的事实。而郑兴裔的《荐举陈造状》更说明了誉望在当时的重要性：

臣伏见高邮陈造，明经修行，幼居乡曲，早有时誉。淳熙二年第进士甲科，以词赋声震艺苑。调太平州繁昌尉，摘伏发奸，不畏强御，政成报最，除平江教授。启迪生徒……撰《芹宫讲古》阐明经义，士子服其论议，憾师承之不早，至有淮南夫子之称。每孤高自守，不欲取容当途。③

还有，陆游《渭南文集》卷五《荐举人材状》中提及巩丰、王田、赵蕃等人，并极力为其荐举，拳拳之心，溢于言表：

臣切见宣教郎知临安府临安县巩丰，材识超卓，文辞宏赡；从政郎前随州州学教授王田，学问淹贯，议论开敏。以上并可备文字之职。文林郎监潭州南岳庙赵蕃，力学好修，杜门自守，入仕以来，惟就祠禄，今已数任，若将终身。或蒙朝廷稍加识拔，足以为静退之劝，抑躁竞之风，于圣时不为无补。如或不如所举，甘坐责罚。④

---

① 《渭南文集校注》卷一四，钱仲联、马亚中主编：《陆游全集校注》第9册，浙江教育出版社2011年版，第366－367页。

② 程千帆：《唐代进士行卷与文学》，上海古籍出版社1980年版，第89页。

③ 宋·郑兴裔撰：《郑忠肃奏议遗集》卷上《荐举陈造状》，《影印文渊阁四库全书》本，第1140册，第204页。

④ 《渭南文集校注》卷五，钱仲联、马亚中主编：《陆游全集校注》第9册，浙江教育出版社2011年版，第135页。

颇能说明誉望、荐举在当时士人人生道路上的重要影响。

在南宋科举糊名制度下，文人行卷干谒与名流印可延誉的现象是客观存在的。只不过，南宋士人的干谒请托不仅在应试前，而且在科举中第、步入仕途之后也仍然与原来的座师保持联系，时不时将自己的得意之作呈献给前辈显人请托延誉，而名流显人一般情况下也不吝溢美之词，将自己的期望寄托在前来干谒请托之辈身上。有些文士甚至直接行卷献诗给皇帝而得宠，据《宋史·姜特立传》载：

帅臣赵汝愚荐於朝，召见，献所为诗百篇，除阁门舍人，命充太子宫左右春坊兼皇孙平阳王伴读，由是得幸于太子。太子即位，除知阁门事，与谯熙载皆以春坊旧人用事，恃恩无所忌惮，时人谓曾、龙再出。①

姜特立对此也颇感得意，屡屡提及，《梅山续稿》卷九有诗题为：

甲辰岁，以诗一编进，孝宗圣语，且许其清新。骤蒙擢用。暇日感孟襄阳事，聊赋数语。

诗云：

襄阳孟浩然，床下谒至尊。一语不合意，放还归里门。我诗虽不工，骑马入帝阍。饱暖自兹始，永怀明主恩。②

在《梅山续稿》卷一一中还作了《甲辰岁进诗一编孝宗许其清新翌日宣谕宰执召试再赋一首》诗。③ 无独有偶，南宋时人刘仪凤在年轻时携文干谒尚书左丞冯澥，结果，冯澥“甚推许，遂知名”④。无名小卒刘仪凤因一次干谒而得以成名，当时名流的推许援引岂可不重视乎？

甚至皇帝有时也愿赏赐科名给谒客举子，据《宋史》卷一五五《选举志一》载：

凡士不由科举若三舍而赐进士第及出身者，其所从得不一。凡遗逸、文学、吏能言事或奏对称旨，或试法而经律入优，或材武、或童子而皆能文，或边臣之子以功来奏，其得之虽有当否，大较犹可取也。崇宁、大观之后，达官贵胄既多得赐，以上书献颂而得者，又不胜纪。

在两宋，文士只有多读诗书，方有被朝廷录用的机会。南宋时的吕本中、陆游就是赐第进士，他们因故未得科名，未能登第，后也“以上书献颂而得者”，这里的关键在于干谒请

① 《姜特立传》，元·脱脱等：《宋史》卷四七〇，第39册，中华书局1985年版，第13695页。
② 宋·姜特立撰：《梅山续稿》卷九，《影印文渊阁四库全书》本，第1170册，第66页。
③ 宋·姜特立撰：《梅山续稿》卷一一，《影印文渊阁四库全书》本，第1170册，第80页。
④ 《刘仪凤传》，元·脱脱等：《宋史》卷三八九，第34册，中华书局1985年版，第11940页。

托者是否有才能和品德。周紫芝在《见李端叔书》中通过举例说明名公巨卿为谒客请托延誉的雅量高致：

某尝谓天之生贤，似亦有数。生之实难，遇之亦难。唐之文章三变，而后得韩愈。愈之门生如张籍、李翱……孟东野之徒，皆晔然有闻于世，后学者闻其风而悦之。韩愈死又二百余年，而生欧阳公，收拾贤者，汲汲如饥渴。当时门人皆一时胜流，如尹师鲁、石曼卿、苏子美、梅圣俞辈，实与异世而相望焉。自嘉祐、治平之间不三十年，而翰林苏公主盟斯文。苏公之门如黄鲁直、秦太虚、张文潜、晁无咎与阁下，诸门人皆以道德文章冠冕后进，视韩、欧门下士未肯敛衽也。自元和以来至于五代，阅二十三帝二百余年，而三人者始于先生弟子传道授业，羽翼前贤，赖以不泯。①

否则徒然自处轻微，人亦鄙视之，落得个斯文扫地。

这说明：行卷的行为在实行糊名誊录制度下的宋代依然存在，这是导致宋人干谒奔竞之风盛行一时的重要原因。《宋会要辑稿》选举四之六载：

（大观二年）十一月五日，宣德郎前利州州学教授何浩言："朝廷一新学校，革去科举之弊，而复兴乡举里选之制，法令至具矣。每年一试，类差有出身人以充考试官，而应举之士，未尝经历学校考以素行，徒用一日空言定为去取。故诸州士人，亦意有出身官必差充考试而取其空言也。往往编集平昔经义、论策之类，猥以投贽文字为名，交相请托于有出身官之门，以侥幸一得。且今合格之文，有司之公取也，尚不许印卖，使天下之士各深造而自得之，岂可容私自编集，以为请托之资乎。欲乞诸路州县应有出身之人，将来合差充考试官者，不得收接见任或他州县士人投贽所业经义论策文字，庶绝前日科举侥幸之风，而上称朝廷所以委任考求行实之意。"从之，仍先次施行。②

朝廷想革科举之弊，是因现实情况"往往编集平昔经义、论策之类，猥以投贽文字为名，交相请托于有出身官之门，以侥幸一得"。这样的行为也符合人之常情，人人都想走捷径，抱有侥幸心理，如果能够通过投贽文字而侥幸一得，又何乐而不为呢？而且从"有司之公取"的角度来看，往往能从投贽之文中看到真水平、真性情，而科场上的急就章往往靠的是即兴发挥、临场应试经验。

即使对"不屑习举子业"的南宋士人来说，"采取誉望"也有十分重要的意义。我们知道，人有多方面的需要。根据马斯洛的需要原理，人除了有基本的生存需要外，还有自我实现即得到他人认可的需要。同样的道理，南宋士人的需要也是多方面的，除了通过科举考试获得功名利禄的需要促使他们干谒行卷之外，还有自我实现的需要使他们频繁奔走干谒于名流显人之门，希望自己的文采风流能得到有识之士的赏识，从而满足自我实现的需要。在某种程度上，我们可以说，这种需要往往更能反映人对生命本体的忧思，"君子

---

① 宋・周紫芝撰：《太仓稊米集》卷五一《姑溪三昧序》，《影印文渊阁四库全书》本，第1141册，第363页。
② 清・徐松辑：《宋会要辑稿》，中华书局1957年版，第4293页。

疾没世而名不称焉”（《论语·卫灵公第十五》），岁月蹉跎、时光易逝，“老冉冉其将至兮，恐修名之不立”“日月忽其不淹兮，春与秋其代序。唯草木之零落兮，恐美人之迟暮”（屈原《离骚》），这是自古以来聪明才智之士普遍存在的对生命本体的忧思。而南宋士人行卷干谒在很大程度上除了科举的需要，也是为了消解这种忧思。名流显人显然了解这些才智之士的忧思，故常为他们印可延誉，以满足他们自我实现的需要。我们从孙嵘叟[①]所撰的《方壶存稿序》中可见一斑：

方壶居士抱迈往轶群之气，颐神天隐，高蹈物表，不屑习举子业，以絓名利之网。发为文章，雄壮奇伟，飘飘然如驭风骑气，与造物者游，无一点烟火气。古赋似宋玉，诗歌似太白，长短句似坡翁，不受音律束缚者，真是邦之英材间气也，韦斋、龙溪岂得专美于前欤。夫以方壶之望，受知于文公、慈湖、西山三先生，实焯焯自足以名世矣。[②]

孙嵘叟是当时的名流显宦，请他印可品题以“采取誉望”之士应当不少。他是深通人情世故之辈。在这篇序中提及的方壶居士虽是一名“不屑习举子业”的才士，可他既能“受知于文公、慈湖、西山三先生”，其中所行之卷必不少，所干谒奔走之名门显族必多，才能得到这三位名流显人的印可延誉从而“自足以名世矣”。而对于汪莘这种“以布衣上封事，不用，退而筑室柳溪之上，围以方渠，自号‘方壶居士’”[③] 的隐逸高蹈之士，孙嵘叟照样为之作序印可，只是印可延誉的角度着重放在其“德行”“文学”方面，而不是其“政事”上。可谓避重就轻，针对干谒请托之士的优点和特长来为其印可延誉。[④]

元初，科举废止的情况下，仍然存在名流印可品题的现象。南宋文士吴渭入元不仕，居于吴溪，立月泉吟社，延致宋遗民，互相品题酬酢。元至元年间尝以“春日田园杂兴”为题，共征集二千七百三十五卷，仿科举糊名考校例，延请方凤、谢翱、吴思齐评判甲乙，凡选二百八十人。今存所编《月泉吟社》一卷，系录前六十名之诗，有四库全书本。[⑤] 这说明南宋名流显人印可品题的现象是普遍存在的，方凤、谢翱、吴思齐作为名流显人，他们的印可延誉对士人们的成名成家、实现自我价值也仍有着重要的影响力。

由此可见，南宋时期文人行卷还是存在的，只是并不完全是为了应付科举考试，行卷

① 孙嵘叟，字仁则，山阴人，居余姚。第进士，复中博学宏词科。累官监察御史，论贾似道罪当斩。德祐初，元兵渡江，至御前乞依任文天祥，窜陈宜中等。官至礼部侍郎兼太子宾客，卒谥忠敏。（详参《宋史翼》卷二二，中华书局 1991 年版，第 240 页）

② 宋·汪莘撰：《方壶存稿》卷首，《影印文渊阁四库全书》本，第 1178 册，第 118－119 页。

③ 《四库全书总目》卷一六三，集部十六·别集类十六《方壶存稿提要》，中华书局 1965 年版，第 1397 页。

④ 据四库馆臣云：“（汪莘）与朱子颇相善。然集首《辞晦庵朱侍讲书》，反覆以调和两宫责望朱子，至称‘建明稍缓，非特不能为天下学道者之地，亦不能为后世学道者之地’。其言剀切耿直，相规以善，非依草附木、苟邀奖借者比。朱子答书，今佚不传，而集中别有与莘两书，其一书颇以好论说、喜文章为戒，亦深以道义相切劘，或病其前书太直欤？……附录李以申所撰传及交游往来书。前有程珌、孙嵘叟、王应麟三序，后有宇文十朋、史唐卿、刘次皋、汪循四跋。”（《四库全书总目》卷一六三，集部十六·别集类十六《方壶存稿提要》，中华书局 1965 年版，第 1397 页）可见汪莘的特长应在他的德行与文学才能方面，而政事方面或稍逊一筹。然从他的“存稿”中所附如此众多名流显人的印可品题文字，也可推断他行卷干谒之频繁。

⑤ 《四库全书总目》卷一八七《月泉吟社提要》，中华书局 1965 年版，第 1703 页。

的手段与表现形式与唐代略有不同，但目的都是一样的，即为了求得进身之阶及自我实现的需要。

第三节　反思中的开拓——南宋士人对前辈名流印可的态度

南宋士子投诗行卷名流的主要目的是请托延誉，而名流显人一般也能以往圣先贤为榜样，通达人情世故，乐意为执贽干谒之徒印可援引。

以今鉴古，我们甚至会发现“以誉望取士”，还有“今人之意”。这从一定程度上说明程千帆的有些论断值得商榷，如：

> 行卷之风的消失，就使得宋以来应举的人，除了习作历代朝廷规定了程式的文章外，无须再从事其他文学创作以谋取科第。这样，科举制度就只能桎梏人的思想并败坏人的文笔，而不能再对文学发展发生任何好的作用。①

类似的观念，钱穆早在 1952 年春即已提出，他在《中国历代政治得失》中说：

> 宋代考试制度，是远比唐代严格了，那时则有糊名之制，所凭则真是考试成绩。其实考试成绩只是一日之短长，故有主考官存心要录取他平日最得意的门生从学，而因是糊名，寻觅不出该人之卷，而该人终于落第的。如是则考试防制严了，有时反得不到真才。……这些都是宋代考试制度之缺点。……于是有许多人出来想把此制度改革。……想把考试内容改变，不考诗赋，改考经义。这一层用意亦甚是。人人学诗赋，风花雪月，用此标准来为政府物色人才，终不是妥当办法。但改革后却所得不偿所失，考经义反而不如考诗赋。王荆公因此叹息，说：“本欲变学究为秀才，不料转变秀才为学究。”这里面利弊得失之所以然，此刻不拟详说了。②

我们知道，这并不完全符合宋以来文学发展的实际情况。欧阳修、苏东坡、黄庭坚、范仲淹、王安石、曾巩、陆游、杨万里、范成大等文化巨人都是宋朝科举制度下产生的人才，他们的思想并没有因科举而被桎梏，反而更见豁达大度，而且名流显人印可延誉的风格与热情，也往往成为他们品评名流显人境界高低的一个重要内容。从徐鹿卿所撰《赵司戎诗集序》中对欧阳修的识鉴及爱惜人才的品评及对时人赵司戎的评价中，我们可感受到南宋士人对前辈名流印可的重视程度：

> 昔余读六一先生《送东阳徐先生序》，其词典以正，其意闳以深，未尝不叹君子之爱人以德也。及来横浦，司戎赵君时举一见如旧交。间诵其为文，沛然如决川东下，虽龙门

---

① 程千帆：《唐代进士行卷与文学》，上海古籍出版社 1980 年版，第 89 页。

② 钱穆：《中国历代政治得失》第三讲“宋代考试制度”，九州出版社 2012 年版，第 89 页。

砥柱横扼其冲，而不为避，噫，亦锐矣。于后交益深，情益洽，每寮友会辑，则论人物短长，赋诗歌，谈江浙岭海间奇胜事，可骇可愕，无能发一矢以当其锋者。……祭遵之雅歌投壶，羊叔子之轻裘缓带，时举盖不多逊也。久乃出诗词四帙示余。余熟之复之，于是尽得时举之为人。今将御秋风东行，过六一之乡，试持杯酒酬先生，味其言而想见其风，其必有得矣。他日一笑相逢，幸为余道之。①

这段文字令人感佩。宋科举之下文士的文笔，并没有被败坏，苏东坡“如行云流水，行于所当行，止于不可不止”的文笔，令后人赞叹不已。

值得注意的是，苏东坡的道德文章受到南宋时人的普遍好评，甚至得到皇帝御笔品题。而经苏东坡品题印可的作品更能名声大振、垂范后世。刘兴祖在《摛文堂集序》中指出：

古今以文名家者多矣，其有兼作者之妙，为百代之师者，文忠苏公而已。是以皇上万几之暇，亲御翰墨，为之序赞，有曰：“他人之文，或得或失，多所取舍。至于轼所著，读之终日，亹亹忘倦，常置左右，以为矜式。”大哉王言，诚万世不刊之典也。当时学士大夫有经品题，皆足以垂世，况深蒙见知者乎。尚书文友公……雅为苏公所器重，诚以道德文章有默契于言意之表，宜乎声相应、气相求也。公司凤阁，直銮坡，登八座，五知贡举，天下服其文鉴之高，名公巨卿多出其门。扬历华途垂三十载，惜乎位不满德，未足究其所学。而恭和御制，敷演辞命，忠言谠论，高文大册，每篇奏御，必蒙褒嘉，真足以造作者之渊源，垂将来之轨范也。②

周必大在撰《澈溪居士文集序》时自然而然地提及东坡品题印可的价值与意义：

孔子曰：“君子疾没世而名不称。”惟有其实则名从之，是不可求也。虽然贤如夷刘，学如颜渊，皆得夫子而名益彰，彼身居岩谷，砥行立名，非附青云之士，湮没无传者多矣，此司马迁所以深嗟而屡叹也。朝奉大夫庐陵彭公讳醇，字道原……自号定庵，又曰卧云翁。有《澈溪居士集》五十卷，议论平正，如其为人。今四世孙乡贡进士叔夏既谱公出处，侄孙信州永丰主簿汝翼复裒遗文于兵火之余，得二十卷，求序于余。共惟本朝元祐以来人才盛矣，忠言正论著于籍者三百九人，极天下之选，颁之郡国，载之国史，垂之万世，而公姓名在焉，则公之贤为何如？六一先生之后，文章莫如东坡，时人或得一语，终身荣之。考前后集答士大夫启才四十篇，而获麟骑箕之岁《回贺州启》在焉。③

无独有偶，方万里在《题武衍藏拙余稿》中亦特别特强调东坡品题印可的重要性：

---

① 宋·徐鹿卿撰：《清正存稿》卷五，《影印文渊阁四库全书》本，第1178册，第914页。

② 宋·慕容彦逢撰：《摛文堂集》卷首，《影印文渊阁四库全书》本，第1123册，第299页。

③ 宋·周必大撰，周纶编：《文忠集》卷五四，《影印文渊阁四库全书》本，第1147册，第566页。

东坡见齐安朱广文小诗云："官闲厅事冷，蝴蝶上阶飞。"谓其可入图画。适安此卷绝句，模写景物，吟咏情致，多有可笔于丹青者，惜不遇坡之品题。①

甚至于为杨万里诗印可延誉时，周必大也引用到韩退之、苏东坡谈艺论文之语：

韩退之称柳子厚云："玉佩琼琚，大放厥辞。"苏子瞻答王庠书云："辞至于达而止矣。"诚斋此诗可谓乐斯二者。②

南宋"以誉望取士，犹有唐人之意"的另一个典型案例，是周必大所撰的《跋老泉所作杨少卿墓文》：

予生晚，不知中大夫何如人。然碑成于嘉祐七年秋，而刻于英宗治平之初元，是时三苏名震京师，广渊直集贤院，为群牧、三司判官，君卿自藩邸以艺文被幸，由奉礼郎换内殿承制。三人虽不同，同为当世所贵，非中大夫好学而笃志，则其文其书岂易得哉？韩退之谓唐人欲铭其先，必得三服。予谓杨氏此碑非三难乎？厥后谨仲既以学行为乡先生，今诸孙又表而出之，不陨其业，将无愧于老泉之辞矣。③

我们从此跋中可见周必大对名流印可延誉事件的向往、推崇之意。作为名流巨卿的南宋士大夫对唐人韩退之、北宋三苏父子喜好为后生晚辈印可延誉精神如此提倡效仿，下层文士干谒请托、奔走求仕之风盛行一时则亦是情理之中的了。

南宋士大夫对名流显人的迷信、崇敬还体现在真德秀所撰的《跋东坡书归去来辞》中：

东坡谪岭南，故旧少通问者，在蜀惟巢元修，在吴则僧契顺，皆徒步万里，访之于荒陬绝徼之外。元修以是登名青史，号称卓行，契顺亦托此以传，真可敬哉。契顺之言曰："惟无所求，故来惠州。"盖有求则有欲，有欲则失其本心，是非颠倒，有不自知者。世之小人疾视君子，至欲挤之死者，岂皆其本心？正坐有欲故尔。④

由此可见名流印可对苏东坡道德文章在文学史乃至文化上地位的影响。正是有了皇上对苏东坡的印可品题，广大热爱苏东坡其人其文的南宋文士才能理直气壮地谈苏东坡，而被苏东坡品题过的学士大夫甚至于方外之士的人品与作品，也就更能为广大读者所接受与仿效，从而产生更加深远的影响。

南宋士人还喜欢以韩愈为例来说明品题延誉的重要性。杨万里在《答澧州赵知府》中道：

---

① 宋·陈起编：《江湖小集》卷九三，《影印文渊阁四库全书》本，第1357册，第678页。

② 《跋杨廷秀对月饮酒辞》，宋·周必大撰，周纶编：《文忠集》卷五一，《影印文渊阁四库全书》本，第1147册，第543页。

③ 宋·周必大撰，周纶编：《文忠集》卷四十七，《影印文渊阁四库全书》本，第1147册，第504页。

④ 宋·真德秀撰：《西山文集》卷三四，《影印文渊阁四库全书》本，第1174册，第540页。

敢谓执事度越一世之拘挛，追怀千古之奇伟，得其书，跃如也；举其人，沛如也。又且报之曰："来书之品题人物，一言一字，无非真实语矣。"退之云：翁，大人，不疑人欺己。侯高何足道哉？微执事，孰可以当退之之所云者乎？多言何足以谢大恩之万分？独以居今之俗，行古之道，为执事贺也。①

林希逸在谈及文学创作风格时亦提及韩愈，从中可见他十分看重韩愈印可品题的风度：

自退之为诗，正易奇之论，文章家遂有以此互品题者。抑尝思之，张说、徐坚之论文也，其曰"良金美玉，无施不可"，非正乎？其曰"孤峰绝岸，壁立万仞，浓云郁兴，震雷俱发"，非奇乎？不妨为俱美也。前辈乃曰好奇自是文章一病，退之亦自谓怪怪奇奇，不施于时，只以自嬉，然则奇固不若正矣。虽然，李长吉辞尚奇诡，而当时皆以绝去翰墨畦迳称之。李义山受偶俪之学于令狐，及其自作，乃过于楚，非以其为文素瑰奇欤？②

林希逸以道学名世，今存作品有《老子口义》《庄子口义》《列子口义》《竹溪鬳斋十一稿续集》，然其集中却大多都是应酬品题之作，如其在《刘侯官文跋》中为其"同年实斋侍郎之子"刘某印可延誉时道：

山居刘君，少掇高科，而学问不少辍。其为文日锐日进，正如秋水方至，至波洄澜激，姿态横生。今观此集，有豪爽似曼卿者，有崛强似徂徕者。其间纡余夭娇，又有文潜、少游之遗风。他时霜降水涸，一见涯涘，当知退之所以迎、所以察、所以肆者，其不名家矣乎？比因南来，访余溪上，与语及此，君以余为知言，遂书集后以归之。名某，余同年实斋侍郎之子也。③

这是一篇典型的印可延誉文章，是林希逸受到后生晚辈拜谒请托而作。他在为他人印可延誉时也流露出了自己的文学观念。

即使是在科举糊名制度已经成为录取人才的规范化手段后，南宋士大夫对"糊名取士"的制度尚有微词，认为这样是"弃实务华"，更相信名流巨卿在鉴定士子行卷时体现出来的慧眼卓识。周必大对此的看法就很有代表性：

糊名取士若弃实务华，然主司贤矣，自有以得人。盖遣辞近古，决非碌碌之士，而纤啬浮艳者，违道之文也。欧阳文忠公知嘉祐贡举，所放进士，二三十年间多为名卿才大夫，用此以取之与！元祐三年，东坡先生嗣典斯事，即文观行，所得为多。是举也，奉议

① 《诚斋集》卷一〇九，宋·杨万里著，王琦珍整理：《杨万里诗文集》，江西人民出版社 2006 年版，第 1709 页。

② 《李君瑞奇正赋格序》，宋·林希逸撰，林式之编：《竹溪鬳斋十一稿续集》卷一二，《影印文渊阁四库全书》本，第 1185 册，第 675 页。

③ 宋·林希逸撰，林式之编：《竹溪鬳斋十一稿续集》卷一三，《影印文渊阁四库全书》本，第 1185 册，第 688 页。

郎葛公奏名第七，学问文章抑可知已。后八十年，其从孙濂携家集相过，使予一言。昔我外祖给事中王公亦以古文论周秦强弱见知东坡，置在前列，已而廷试唱名第五。政和中入掌书命，专用西汉文体，为用事者敲撼，赖天子仁圣，力保全之。未几，竟坐元祐学术斥去。于公盖同年进士，以道义言之又同门也，则予与葛氏不为无契。然而公之行实樱宁李公志之，公之逸事杉溪刘公跋之，其文则有澹庵胡公之序在，振宣幽光，三绝备矣，复何言哉？独一事偶阙特书，宁征荆轲者有待夏无且耶！予尝观书太史氏，按崇宁元年九月乙未诏书，定元符末党籍五百四十有一人，而公姓名在焉。由此罢确山宰，废于家，越三年六月丁巳始出党籍。人谓公久困当少折，其诗乃云："从今益勉为忠义，一噎如何便废餐。"味公此言，夫岂以利禄得丧二其心者！使天不夺之年，得进为于世，不负东坡审矣，况肯负国乎？此事与吾外祖相类，皆所谓不易乎世者，故表而出之，复以其书归。强学笃行，为文有家法，兴葛氏者其在斯人与！[①]

可见，南宋时人评议欧阳修、苏东坡等文化巨人的标准也还特别注意他们"有以得人"的方面，并认为这才是"主司贤矣"的表现。

第四节　名流印可与南宋文学风貌

南宋士人不仅看重前辈名流显人印可的功能与作用，他们自己也以此为荣，屡屡为后生晚辈印可品题，表现出奖掖援引后进的可贵品质，客观上也成为南宋文学创作、文学传播、文学批评风貌形成的强有力推手之一。

试举例说明如下：名儒朱熹的门生杜范，深通以诗延誉之术，其在《跋张子善诗》中道：

张子善为吾乡佳士，幼尝游于吾宗。所处之室，才数尺，终日危坐……余昔也甚爱而期之，譬之美玉，追之琢之可以为圭璋；譬之良木，削之斫之可以为栋梁，不然或小其用而以之资玩，好耳目之娱，是负天之所厚而亵之也。一别几三十载，今幸再会于白山之塾，继携其诗什访余，暇时读之，其词端衮衮可以想灯火涉猎之富，可以见一时好尚，局清婉之调于状情写物之间，此则子善所不为也。殆未知胸中抱负为圭璋乎？为栋梁乎？然借诗章讽咏，欲以贾一时之誉，其用亦小矣。子程子曰："参也，以鲁得之。"鲁则钝而难入，何以得道？子善试思而勉之。余以畴昔之爱敬辄致朋友之规云。[②]

这是一篇立意高远、构思巧妙的印可延誉文章，体现出名流显人杜范为"吾乡佳士"印可援引的拳拳之心。表面上看，此文把张子善比作美玉、栋梁，对其"欲以贾一时之誉，其

---

① 《葛敏修圣功文集后序》，宋・周必大撰，周纶编：《文忠集》卷二〇，《影印文渊阁四库全书》本，第1147册，第208页。

② 《跋张子善诗》，宋・杜范撰：《清献集》卷一七，《影印文渊阁四库全书》本，第1175册，第746页。

用亦小矣”提出善意的批评，其实不然。我们纵观全篇，深入思考，则会发现，杜范之所以有此情真意切的印可文字产生，源于张子善“携其诗什访”，若是本身具有圭璋、栋梁之材的张子善真能在现实生活中充分发挥其干谒请托之能，“贾一时之誉”，则胸中理想得以实现，则是不言而喻的。

周必大亦十分注重“于公盖同年进士，以道义言之又同门也，则予与葛氏不为无契”的人际关系，他也十分清楚名流印可对士人成名成家及作品传播的影响。他在《题曾伯震所得子中兄二绝》中道：

子中兄自数岁已能诗，稍长，凡古人篇章无不穷极根源，采撷菁华。中年以后深味禅悦，虽遇兴间有赋咏，要非所好也。三十年前曾以一二寄予，今诗人陆务观一见谓句法入律，无愧古人，识者以为知言。曾君伯震得此二绝，可以自信不疑，坐进此道矣。①

从这段文字中周必大特地引用陆游的印可文字，我们可以感受到他对名流印可的重视。等到他自己成了名流显宦时亦常为后生晚辈印可延誉，以下这篇《跋韩子苍诗送刘童子归庐陵》就是典型的应酬文章，体现了周必大奖掖、提携后辈的拳拳之心：

庐陵刘童子眉宇秀发，音吐琅然。试六经、《语》、《孟》、《左氏传》于太学，覆试于中书，其诵如流，此外犹记他文数万言，缘更制不复尽试，才免文解而归。乃父求诗送行，属光尧丧，言不能文，姑录韩子苍二绝句以示之，尚有味于卒章。②

与此类似的印可品题之辞在周必大的文集中是十分普遍的，其在《书匹纸赠安福刘澈》中表现出的对后生晚辈印可延誉的情感亦十分感人：

绍熙辛亥十一月，某赴官湖南，道由安成，刘伟子才投赠十诗，有味其言。后十余年当嘉泰壬戌季春，子才之子澈携以相示，又出子才杂诗一卷，皆有待制杨公跋语，是足增乔岳之重矣。澈也复以长书及二诗衔袖为贽，予受而读之，既叹且喜。叹者何也？感岁月之迈，惜子才之老也。喜者何也？刘氏三世俱以文鸣，其兴殆未艾也。会得匹纸，为书顷所作《西溪后序》并子才十诗，又录二跋以遗澈。余纸甚长，归示乡人，必将赞先德而传后学，毋以罗、赵在前遂不顾也。③

又如这篇《书谭该乐府后》，周必大对晚生后辈的印可勉励之情溢于言表：

新喻谭该居之举业余暇，作《上之回》等十四篇，因旧题而衍其辞，用意深远。至于《拟古》、《咏史》、《咏怀》、《感遇》诸诗，多有佳句，进而不止，前辈可以企及。为题

① 宋·周必大撰，周纶编：《文忠集》卷四六，《影印文渊阁四库全书》本，第1147册，第492页。
② 宋·周必大撰，周纶编：《文忠集》卷一八，《影印文渊阁四库全书》本，第1147册，第180页。
③ 宋·周必大撰，周纶编：《文忠集》卷五五，《影印文渊阁四库全书》本，第1147册，第589页。

卷末而勉之。①

传统儒家思想讲究关系的亲疏远近，对于同乡即乡党，周必大自然是十分乐于为其印可延誉的，《题宜春李椿诗卷》就反映了他对郡人热情洋溢的印可，奖掖提携后辈之心情跃然纸上：

始予自湖南归江西，以绍熙甲寅正月三日过宜春，得郡人李椿永年诗书各一通，知其种学绩文非一日也。属客众，且余亟行，不及款。冬十一月十有三日，李君复尽写咏古诗三百篇，携以相访，盖平时玩味经史，遇古人穷达利害、成败得失有会于心者，各为数韵以记之。议论折衷，往往出人意表，彼胡曾绝句未足道也。求予言识其后。老悖荒废，莫能措词，回思少年间有是作，姑录一二为答。夫投我以骊珠，报君以鱼目，贵贱固殊矣。捆载而往，垂橐而归，得无为乡人所笑乎?②

南宋诗人陆游的成名，也离不开名流显人的印可延誉，对此，陆游在《感知录》中有明确的说明：

文清曾公几，字吉甫。绍兴中自临川来，省其兄学士班，予以书见之。后因见予诗大叹赏，以为不减吕居仁。予以诗得名，自公始也。后为礼部侍郎，力延誉于诸公间。③

曾几是南渡后统治集团中的主战派人士，其在诗歌创作上属于江西诗派，与韩驹、吕本中、陈与义等都是宋室南渡后诗坛的名流显人。④ 据《南宋馆阁录》卷七载："曾几，字吉甫，赣州人，政和五年因铨试优等第一人赐上舍出身，治《书》。二十七年十月除，二十八年七月为权礼部侍郎。"⑤ 曾几在"为礼部侍郎"时，"力延誉于诸公间"，赞誉陆游不遗余力。陆游后来的诗名之盛显然与这位名流显人的印可延誉密不可分。

除此之外，名流印可还有利于文人扩大交游及其作品的刊刻传播，影响到文人创作与批评的风格。魏了翁在《游忠公仲鸿鉴虚集序》中道：

君壮时犹及见苏黄门，黄门谓君"使得见先兄，当不在六君子下"。一时所交如唐子西、张芸叟，皆敬称之。其文之有传，虽不遇犹遇，虽死犹不死也。了翁与君居异州，生

---

① 宋·周必大撰，周纶编：《文忠集》卷四八，《影印文渊阁四库全书》本，第1147册，第518页。

② 宋·周必大撰，周纶编：《文忠集》卷四六，《影印文渊阁四库全书》本，第1147册，第491页。

③ 宋·陆游：《感知录》，见涵芬楼刻本元·陶宗仪编《说郛》卷四十三，钱仲联、马亚中主编：《陆游全集校注》第13册《杂著》，浙江教育出版社2011年版，第126页。于北山认为："此《感知录》殆与《避暑漫钞》《放翁家训》同科，均为摭拾稗贩之伪作，未可依据。"（于北山：《陆游年谱》，上海古籍出版社2006年版，第39页）陆放翁这篇《感知录》究竟是否"伪作"，笔者思之再三，仍难确认，姑且存疑以俟高明指教。这篇文章即便是"伪作"，也至少反映出人们对南宋大诗人陆放翁诗歌创作成就与名流印可关系的某些看法，仍然颇有史料价值与认识价值，故录于此以作为研究南宋干谒与文学的重要参考材料。

④ 详参《宋史》卷三八二《曾几传》，元·脱脱等：《宋史》第34册，中华书局1985年版，第11767－11769页。

⑤ 宋·陈骙等撰，张富祥点校：《南宋馆阁录·续录》，中华书局1998年版，第84页。

不并世，尝闻其风矣，未见其书也。其从孙运达从余游既久，一日持君文一编求余叙，将再锓木以广之。余谓公之文自足以不朽，焉用叙？运达请不已，余感君之气节烈烈，不究其用，而托其传于言，又喜运达之强于学而肆于文，其必能昌其传也，于是乎书。①

游仲鸿因得到黄门“使得见先兄，当不在六君子下”的印可延誉，故“一时所交如唐子西、张芸叟，皆敬称之”，扩大了自己的交游和影响力，这充分说明了当时名流印可的重要性，一旦能得名流印可，就能使“其文之有传，虽不遇犹遇，虽死犹不死”。而当其从孙“将再锓木以广之”时，亦还需向名流显人魏了翁求叙以广其传。名流印可在当时具有广告宣传推广的作用，得到名流显人印可的文集“必能昌其传也”，能有更好的传播效果。因此，南宋时期的广大文人士子才干谒奔走于名流显人之门以求其印可延誉。

又如，中国古代著名的地理类书籍、南宋时人祝穆所编撰的《方舆胜览》的传播与流通，就离不开祝穆的干谒请托与名流显宦吕午的印可延誉。祝穆在《方舆胜览》中自述其携书谒拜时为御史的吕午的情形：

始予游诸公间，强予以四六之作，不过依陶公样，初不能工也。其后稍识户牖，则酷好编辑郡志，如耆昌蜀，予亦自莫晓其癖。所至辄借图经，积十余年，方舆风物收拾略尽。……既又携以谒今御史吕公竹坡先生，幸不斥以狂僭，辱为之序，走不足以当也。②

吕午深通人情世故，知道祝穆携书拜谒自己的心理诉求，故为其作了一篇热情洋溢的印可延誉文章，以广其传：

建阳祝穆和父本新安人，朱文公先生之母党也。幼从文公诸大贤游，性温行淳，学富文赡，雅有意于是书。尝往来闽、浙、江、淮、湖、广间，所至必穷登临。与予有连，每相见，必孜孜访风土事。经史子集、稗官野史、金石刻、列郡志，有可采摭者必昼夜抄录无倦色，盖为纪载张本也。且许异日成编，当以相示。如是者累年，近访予钱塘马城之竹坡，曰：“编成矣，敢名以《方舆胜览》，而锓梓以广其传，庶人人得胜览也。君幸为序，以冠其首。”予丞视所载，辞简而畅，事备而核，各州风物，见于今古诗歌记序之佳，率皆全篇登入。其事实有可拈出者，则纂辑为俪语，附于各州之末。较之录此而阙彼，举略而遗全，循讹而失实，泛滥于著述而不能含咀其英华者，万万不侔也。信乎，其为胜览矣！学士大夫端坐窗几而欲周知天下，操弄翰墨而欲得助江山，当览此书，毋庸他及。所谓执璇玑以观大运，据要会以观方来，不劳余力，尽在目中。信乎，其为胜览矣！虽然，我瞻四方，禹迹茫茫，思日辟于先王，慨未归于故疆。必也志存乎修攘，步极乎亥章，使吾和父涉历弥长，闻见弥详，纪载益辅张，而胜览益辉煌，是乃为邦家之光，予尚得以攫攘其旁。③

① 宋·魏了翁撰：《鹤山集》卷五六，《影印文渊阁四库全书》本，第1172册，第629页。
② 宋·祝穆撰：《方舆胜览跋》，宋本《方舆胜览》卷末。
③ 宋·吕午撰：《方舆胜览序》，《竹坡类稿》卷一。

我们从中不难看出，名流显人的印可延誉与士人的干谒请托之间存在着千丝万缕的内在联系。这里需要着重指出的是，祝穆确实学富文赡，勤于记问之学。尝往来于闽浙江淮湖广间，所至必穷登临，孜孜访风土。凡经史子集、金石刻、列郡志、稗官野史，有可摭采，必昼夜抄录无倦色，著作《方舆胜览》七十卷，《古今事文类聚》前、后、续、别四集一百七十卷，[①] 为世所重，流传至今仍嘉惠学林。但同时也应看到，很多优秀作品的传播与推广，都离不开士人的请托干谒与名流显人的推荐援引，这在中国文学史、传播史、文化史上都是普遍存在的客观事实，文人们干谒请托、印可延誉的原因、方式、心理及其表现形式，都值得我们进一步深入研究与探索。

戴表元在《题汤仲友诗卷》中道：

> 旧时江湖间诸公以诗行不少，谓之诗客，公卿折节交之。[②]

正因名流显人愿意折节与文人诗客交往并为其印可延誉，对士人成名成家能产生巨大影响，故士人常将自己的作品呈献给名流显人，请托印可延誉，而大多名流显人也乐意为后生晚辈印可延誉，奖掖提携后进，在这个过程中，自然而然地也显示出名流显人自己的文学观和判断、鉴赏、批评能力。

我们以南宋士人陈郁为例来说明名流印可使士人成名并且体现名流显人的眼光识力与批评标准。陈郁之成名离不开名流显人之印可延誉。这些名流显人有真德秀、刘宰、陈习庵等，据岳飞之孙岳珂的《藏一话腴序》载：

> 陈藏一以诗文名世，真西山、刘漫塘、陈习庵交称之。余始过其语，今观所述《话腴》，博闻强记，出入经史，研考本末，则则可法度。而风月梦怪、嘲谑诋诞、淫丽气习，净洗无遗，岂非自“思无邪”三字中践履纯熟致是耶？乃知三君子可谓具眼矣。尝谓近时江湖诗人多，然不夸而诞，则空而迂，流于谒者皆是。惟藏一闭户终日，穷讨编籍，足不蹈毁誉之域，身不登权势之门，及叩其中，则词源学海，浩乎莫之涯涘，若藏一岂多得哉！[③]

岳珂对“藏一岂多得哉”的感慨，正好反衬当时“流于谒者皆是”的客观情况，陈郁因得到“具眼”之“三君子”的交称而“以诗文名世”却是普遍存在的实事。从岳珂的评述之语中，我们也能感受到时人对名流印可的重视及对名流显人慧眼识人才的赞赏。陈郁之例也可说明当时“足蹈毁誉之域，身登权势之门”的谒者是熙熙攘攘的，这就加重了岳珂对因具真才实学而淡泊名利反而受到名流显人赏识的陈郁之辈的赞赏之情。

名流显人援引提携人才的热情，激励了士人奔走求荐。杨冠卿平生未曾为官，靠寄身

---

① 祝穆事迹参宋·朱熹：《外大父祝公遗事》，《晦庵先生朱文公文集》卷九八，朱杰人、严佐之、刘永翔主编：《朱子全书》（修订本）第25册，上海古籍出版社、安徽教育出版社2010年版，第4571－4573页。

② 元·戴表元撰，明·周仪辑编：《剡源文集》卷十八《题汤仲友诗卷》，《影印文渊阁四库全书》本，第1194册，第238页。

③ 宋·陈郁撰：《藏一话腴》卷首，《影印文渊阁四库全书》本，第865册，第539页。

依附达官贵人为生，在《题赵应之云巢集》中自叙结交名流之事：

右真应先生赵应之文。公，衢人，云谷之嫡孙。操履文章，俱有前人典型。酝藉风流，盖今奇士也。平时重然诺，宾客从游，未始轻许可。惟某辱公知为最深，年未冠，登公之门，公即许为文字交。终始十年，一饭不相舍。探禹穴，浮沅湘，放舟顺流，历江淮而遍吴楚，寻幽吊古。一觞一咏，无不与之俱。以是得公诗文为多。乾道初，别公游淮壖，文字散逸兵间，既归未暖席，公赴玉楼召。遗稿为好事者取去，求之了不可得。①

据此文，可知杨冠卿十分看重“今奇士”赵应之与他的文字交，并以此为荣，向人炫耀。他以结交名流为谋生之资，并为名流食客代写启札。《客亭类稿》卷三《代谢提刑龚正言举升陟启》云：

依宾幕之芙蓉，素乏元僚之誉；种春风之桃李，遽叨荐牍之荣。荷德不赀，省躬知惧，窃以古人考绩三载而辩幽明，后世抡材一言而为刺举。②

就在龚茂良任广东提刑时，杨冠卿代入幕之宾作启谢龚茂良的荐举。杨冠卿《客亭类稿》所附《诸老先生惠答客亭书启编》有《莆田龚大参帖》，里面载有这样的文字：

茂良顷官交广，得梦锡姓名于文字间，因与定交逾年。③

可知杨冠卿在广州作了许多启札之类的文章，以至于龚茂良能“得梦锡姓名于文字间”，这些文字，大多是杨冠卿为客作入幕之宾时所作。

南宋江湖士人干谒奔走、请托印可援引的生活方式客观上也影响了当时的文学创作风貌。四库馆臣在评价许棐时道：

棐生当诗教极弊之时，沾染于“江湖”末派，大抵以赵紫芝等为矩矱。《杂著》中跋《四灵诗选》曰“斯五百篇，出自天成，归于神识，多而不滥，玉之纯、香之妙者欤！后世学者爱重之”是也。以高翥等为羽翼，《招高菊涧》诗所谓“自改旧诗时未稳，独斟新酒不成欢”是也。以书贾陈起为声气之联络，《赠陈宗之》诗所谓“六月长安热似焚，廛中清趣总输君”，又《谢陈宗之叠寄书籍》诗所谓“君有新刊须寄我，我逢佳处必思君”是也。以刘克庄为领袖，读《南岳新稿》诗所谓“细把刘郎诗读后，莺花虽好不须看”是也。厥后以《江湖小集》中“秋雨梧桐”一联，卒构诗祸，起坐黥配。克庄亦坐弹免官，而流波推荡，唱和相仍。终南宋之世，不出此派。然其咏歌闲适、模写山林，时亦有

---

① 宋·杨冠卿撰：《客亭类稿》卷七《题赵应之云巢集》，《影印文渊阁四库全书》本，第1165册，第489–490页。

② 宋·杨冠卿撰：《客亭类稿》，《影印文渊阁四库全书》本，第1165册，第444页。

③ 宋·杨冠卿撰：《客亭类稿》卷一，存国家图书馆。详参辛更儒：《〈诸老先生惠答客亭书启编〉考释》，《文献》2010年第1期。

新语可观，录而存之，亦足以观诗道之变也。①

从当时江湖谒客的阿谀奉承之语中就看到了“诗道之变”。

又如，“八斗文章用有余，数车声誉满江湖”②“中兴一大家数”③ 的刘克庄，就因其特殊的文坛、政坛名声与地位，能够为后生晚辈印可延誉，屡屡受到下层士子的投贽拜谒，很多江湖谒客都以得到他的印可品题而深感荣幸。赵漕元就以此向人夸耀，被方岳特别记录在《跋赵漕元文稿》中：

吟啸翁谓秋崖人曰：予诗既参诸方受记于吾乡内相，证印于刘后村诸公，不假余人更下注脚。④

林同在《竹溪鬳斋十一稿续集序》中亦特别引用刘克庄对林希逸的印可延誉之辞：

“寂寂谁从翟廷尉，滔滔去事霍将军”，此后村所以为世道感也，此同为子敬别《鬳斋续集》三十卷为一集之意也。⑤

我们从中可见时人对刘克庄印可之辞的重视。

吴龙翰所撰《上刘后村书》，很能说明南宋士人干谒之风与名流显人品题印可的内在联系，我们也可以从中一窥当时士人的干谒方式、干谒技艺、干谒心态、干谒面貌及其与文学创作的关系之一斑：

某尝谓台阁之文温润，山林之文枯槁。文，声也，各鸣其所以而已。温润之文，琴瑟鼗鼓，笙簧钟磬，可以奉神明，飨宗庙。文之枯槁，则如燕市夜鸿，华亭晓鹤，仅足堪听，而其下者则如露草寒蛩，不过自鸣其困穷耳。鸣其困穷，岂士之得已哉！然必得一代制作之主为之赏音，则蛙鸣为鼓吹也。昔孟郊之遇韩公，杨蟠之遇欧阳公，盖以是欤！抑尝诵“孟公古貌又古心，作诗冥默咸池音”之章，“卧读杨蟠一千首，乞渠秋月与春花”之句，而叹曰：女无正色，入目为娃；乐无正音，入耳为《韶》。俾郊、蟠困穷之鸣不遇韩、欧，安得挂其名于骚、墨之门乎！某山林寒蹇，困穷而有其鸣也，请击缶于《韶》、《濩》之旁而陈之。某家在屏山练水之西，先曾大父从游文公朱子之门，亲承謦欬。文公以扫墓归婺源，曾大父上所著《书说》，文公深嘉之。某束发以来，伊吾壁中遗文，隽永知味，遂下董帷，短韩檠，推研羲文周孔之书，渔猎诸子百氏太史之所录，上悼千秋治乱

① 《四库全书总目》卷一六四《梅屋集提要》，中华书局 1965 年版，第 1405 – 1406 页。

② 《寄刘潜夫》，《石屏诗集》卷七，宋·戴复古著，吴茂云、郑伟荣校点《戴复古集》，浙江大学出版社 2012 年版，第 255 页。

③ 宋·林希逸：《后村居士集序》，宋·刘克庄著，辛更儒笺校：《刘克庄集笺校》附录三，第 16 册，中华书局 2011 年版，第 7841 页。

④ 《跋赵漕元文稿》，宋·方岳撰：《秋崖集》卷三八，《影印文渊阁四库全书》本，第 1182 册，第 603 页。

⑤ 宋·林希逸撰，林式之编：《竹溪鬳斋十一稿续集》卷首，《影印文渊阁四库全书》本，第 1185 册，第 555 页。

是非之故，而返归乎性命道德之原，以求其足。平生之愿……虽举子之债未偿，学为小诗，不敢不自刻苦。故夫扁舟断岸，瘦马荒坡，夜雨孤灯，夕阳残酒，未尝不悲怆其鸣，然未能如郊、蟠之于韩、欧，操觚弄翰，宁不飘泛于唐求之瓢哉！某闻莆中山水甲天下，大块间气，扶舆磅礴，积几千年而生先生。先生道传亲灯，接西山正学之光焰，浚南省二魁之源流，名在鼎彝，诗在清庙，大篇短章，传狗监而诵鸡林。惟见汪洋大肆，奥衍宏深，粹然一正，如韩昌黎；简明信通，归之至理，以服人心，如欧阳公。是为文章之司命，吾道之机衡，在鲁之泰山、在天之北斗也。某生也晚，不得承钳槌，亲棒喝，听号令于旗鼓之下。岁在辛酉，先生判花西掖，监试右科，某得瞻末光，辱在陶铸。绳床草舍之作，略溷碧瞳，东阁二先生亦吹嘘而剪拂之，但不得残膏剩馥，一溉焦枯为歉耳。某不揆，谨献小诗一编，用请命于下执事，惟先生涵之以天地之量，恢之以造化之仁，宫商焦桐，青黄断木，不吝椽笔，赐之品题。俾黄茅白苇，勃然于生意之中；兔葵燕麦，动摇于春风之外。毋庸韩、欧专美于前时，而郊、蟠困穷之鸣不至汩没于后日矣。①

吴龙翰在此行卷中将刘克庄比作乐于奖掖后进的一代文宗韩文公、欧阳文忠公，对他们的丰功伟绩进行了高度评价，并详细介绍自己的人生经历，以期引起刘克庄对其产生“了解之同情”。其请托援引、渴望得到刘克庄印可品题的心情跃然纸上。由此可见时人干谒方式、干谒技艺、干谒心态、干谒面貌及其对名流印可品题的重视程度。

吴龙翰的文学创作活动与干谒生活方式的关系，在南宋后期的士人中间具有一定的代表性，我们可从其《联句辨》中看出一斑：

余素有王元风月之癖，嗜吟如饴，建安以来，各人庭户走阍殆遍，时效梅都官，日以诗为课。初欲驰马羊肠百八盘间，股栗汗下，久则康庄，按辔舒徐自若也。岁己未，入京试右庠，持所业参呈讷斋、林竹逸，诸公甚爱余学《选》。是冬谒秋崖方先生，赏余“清池沈鸟影，高树落蝉声”之联，谓余他作皆有思致。庚申，再投业，先生深嘉叹赏。辛酉，再谒后村刘先生，亦沐深许不肖。余自瓣香二师后，屈指十二年，粗有寸进，何比年每出语多召闹乡人邪，殊所未喻。……呜呼！有成与亏，故昭氏之鼓琴也；无成与亏，故昭氏之不鼓琴也。鼓琴不若不鼓琴也，不鼓琴为善鼓琴者也。余当书诸绅。②

通过他的自述，我们了解到“嗜吟如饴”的吴龙翰一谒而“再谒”当时的名流显人，并将这些名流显人对自己的赞许之辞写下来向世人炫耀，显然是将这些印可延誉之辞当作获得声誉的方便快捷的手段。可以说，吴龙翰是一位很善于利用名流显人的印可为自己作广告宣传的干谒之士。其文中“善鼓琴者”，正是这位“各人庭户走阍殆遍”的精致利己主义者请托印可、干谒事人而获得名誉的自画像及一切善于利用名流显人的印可达到目的的干谒之徒的生动写照。

① 宋·吴龙翰撰：《上刘后村书》，《古梅遗稿》卷六，《影印文渊阁四库全书》本，第1188册，第865－866页。

② 宋·吴龙翰撰：《联句辨》，《古梅遗稿》卷六，《影印文渊阁四库全书》本，第1188册，第866－867页。

令人深思的是，刘克庄自己晚年回首平生，谈及为江湖诸友印可延誉时犹引此为荣：

余少嗜章句，格卑调下，故不能高。既老，遂废不为。然江湖社友，犹以畴昔虚名相推让，虽屏居田里，载贽而来者，常堆案盈几，不能遍阅。①

玉融林君子彬，示诗七十篇，其言曰："吾藏之以待后子云，然其人不可待。今江湖间多以此事推君，试为吾评之。"②

刘克庄并非浪得虚名之辈，这些回忆也并非虚夸之语。前引吴龙翰《上刘后村书》可为之注脚。

刘克庄对下层士子印可品题的热情及其所能起到的作用，深深地吸引了众多干谒奔走之徒，诸如吴龙翰《上刘后村书》之类阿谀奉承、请托刘克庄品题援引之作在当时屡见不鲜，如：

春来游未遍湖山，已是风光一半残。细把刘郎诗读后，莺花虽好不须看。③

江湖从学者，尽欲倚刘墙。自笑尘埃眯，难薰衣钵香。薜萝缘古树，桃李背春场。萤爝飘流去，能依万丈光？④

众作纷纷等噪蝉，先生中律更钧玄。如开元可二三子，自晚唐来数百年。人竞宝藏南岳稿，商留金易后村编。倘令舐鼎随鸡犬，凡骨从今或可仙。⑤

这些阿谀奉承之语背后的目的不言而喻。刘克庄一般也不会让他们失望，其《后村先生大全集》中大量为人品题印可的序跋文字和赠答诗词，可以说就是给这些干谒奔走之徒的最佳回报。

对于林希逸这样具有高妙文学创作才能之士，连当时的名流显人、江湖诗派的领袖人物刘克庄也自愧不如，其在《跋颜权县福清诗卷》中道：

---

① 《送谢旿》，《后村先生大全集》卷九六，宋·刘克庄著，辛更儒笺校：《刘克庄集笺校》第9册，中华书局2011年版，第4071页。

② 《林子彬诗跋》，《后村先生大全集》卷一一〇，宋·刘克庄著，辛更儒笺校：《刘克庄集笺校》第10册，中华书局2011年版，第4561页。

③ 宋·许棐：《梅屋诗稿·读〈南岳新稿〉》，《梅屋集》卷一，《影印文渊阁四库全书》本，第1183册，第195页。

④ 宋·胡仲弓：《王用和归从莆水寄呈后村》，《苇航漫游稿》卷二，《影印文渊阁四库全书》本，第1186册，第679页。

⑤ 宋·邹登龙：《梅屋吟·寄呈后村刘编修》，宋·陈起编：《江湖小集》卷六九，《影印文渊阁四库全书》本，第1357册，第536页。

竹溪、东涧二贤，余挚友也。翰墨精妙，觉我形秽。①

由此可见品题印可在南宋士人文学批评中的作用。

刘克庄喜欢为人印可延誉的作风自然而然地影响到了他的文学创作，以至于四库馆臣评价道：

文体雅洁，较胜其诗，题跋诸篇，尤为独擅。盖南宋末年，江湖一派盛行，诗则汩于时趋，文则未失旧格也。②

其中“文体雅洁”“题跋诸篇，尤为独擅”的原因之一就在于大多是为人印可延誉的，故能发挥刘克庄作为一代文坛领袖的特长。前人普遍比较重视刘克庄的印可之辞，如评价徐鹿卿时，四库馆臣特别提及刘克庄为其所作的印可品题之语：

刘克庄以“董子之醇，贾生之通”许之，虽标榜之词，不无稍过，要其纯忠亮节，无愧古人，固非矫激以取名者所得而比拟矣。③

与此类似，刘克庄所著的《后村诗话》亦体现出他作为“中兴一大家数”，为人印可延誉时的风度。如谈及梅尧臣时，刘克庄充满深情地评价道：

本朝诗，惟宛陵为开山祖师。宛陵出，然后桑濮之哇淫稍息，风雅之气脉复续，其功不在欧、尹下。④

从诗歌流变的角度高度赞扬了梅尧臣的开拓精神，印可延誉之际流露出刘克庄自己的创作理想，故其诗话与题跋一样，取得了很高的成就，被王士祯誉为：“题跋、诗话最佳。”⑤我们从刘克庄集中的题跋、诗话中亦可看出其为人印可延誉时的态度、方式、手法、技巧乃至请他延誉的种种江湖谒客干谒请托时的心理状态、精神面貌等。

到了宋末，舒岳祥在景炎三年（祥兴元年）戊寅（1278）九月还撰写了一篇名为“俞宜民诗序”的印可延誉文章，并在其中特别针对南宋时期名流显人印可普遍存在的种种问题和弊病，提出了自己某些独特的见解：

作诗难，评诗尤难也。必具真识而后评之当，必全正气而后评之公。故富贵者不能

---

① 《后村先生大全集》卷一一〇，宋·刘克庄著，辛更儒笺校：《刘克庄集笺校》第10册，中华书局2011年版，第4572页。

② 《四库全书总目》卷一六三《后村集提要》，中华书局1965年版，第1401页。

③ 《四库全书总目》卷一六三《清正存稿提要》，中华书局1965年版，第1399页。

④ 《后村诗话》前集卷二，吴文治主编：《宋诗话全编》第8册，凤凰出版社1998年版，第8369页。

⑤ 《跋刘后村集》，宋·刘克庄著，辛更儒笺校：《刘克庄集笺校》附录三，第16册，中华书局2011年版，第7847页。

评，贫贱者不足评，少锐者不可评，衰老者不敢评。……每见近时诸君喜以文人自任，而诹以诗家予人，往往不出四者之病，窃悯其然。予贫贱也，衰老也，方以自警，安敢评人乎哉！避地香岩，马峰俞宜民数相过，必为予出其所作，请予评之。予虽以前言自警，而宜民与予游最久，欲默不可也，则语之曰：君诗如幽岩乳窦，时下涓滴。疏蕊被人，微闻香度。虽然，思尚远而语尚近，神贵藏而色贵茂，试与君评之，非敢评君也。①

我们从舒岳祥的批评之语及俞宜民的奔走请托中也能感受到南宋士子干谒行卷的渴望与名流显人印可延誉的热情及方式。舒岳祥之所以少年成名，就与他奔走干谒当时名流显人吴子良从而得到吴的印可品题有关，据《四库全书总目》载：

岳祥少时以文见吴子良，子良即称其异秉灵识，如汉终、贾。晚逢鼎革，遁迹终身，乃益覃思于著作。其诗文类似皆称臆而谈，不事雕缋。集中有《诗诀》一首云："欲自柳州参靖节，将邀东野适卢仝。"又云："平原骏马开黄雾，下水轻舟遇快风。"其宗旨所在，可以想见矣。②

舒岳祥不仅年少时以文拜谒前辈名流，而且在表达自己的作诗宗旨时亦喜欢拉名流、套关系，深知名流显人印可延誉的重要性，其"平原骏马开黄雾，下水轻舟遇快风"与王安石"汤武偶相逢，风虎云龙"（《浪淘沙令》）有异曲同工之妙，都看到了人生际遇的重要性。而人生际遇的有无，又往往取决于有无名流显人的知遇品题之恩。南宋文人这种干谒奔走与名流印可之风一直延续下来，影响到后世的文学创作与文学批评。

---

① 宋·舒岳祥撰：《阆风集》卷十，《影印文渊阁四库全书》本，第1187册，第425页。
② 《四库全书总目》卷一六五《阆风集提要》，中华书局1965年版，第1412页。

第四章
名流荐举、文人干谒与南宋文学

与名流印可紧密联系的是名流荐举,南宋才智之士需要借助名流显宦来为其推荐，方能博采誉望、迅速成功成名。在南宋一朝的特定政治制度下，名流显人的荐举显得非常重要，这促使当时的文人士子为了出人头地、进入仕途、获取身份地位及生活资料而干谒行卷于名流显宦之门。南宋的显宦巨卿们大多也十分看重前辈显人荐举的功能与作用，他们常以此为榜样，屡屡为后生晚辈荐举援引，表现出奖掖、提携后进的拳拳之心，这在某种程度上也成为南宋文学创作繁荣、文学传播扩大、文学流派形成、文学批评嬗变的强有力推手之一。

第一节　名流荐举与权力体制

南宋士人要入仕为官离不开受人荐举一途，当名流认可一位文士时，对这位文士进行荐举就是情理之中的事了。据《建炎以来系年要录》载，绍兴二年壬子（1132）八日（乙丑)，中书舍人兼侍讲陈与义上疏论人才，乞诸郡开具里居不仕及流寓之人姓名爵里以闻。[①] 此时，诸郡开具里居及流寓何人姓名以闻是有选择性的。荐人唯贤还是荐人唯亲，我们暂且不论，但诸郡名流显宦具有荐举权是显而易见的。

南宋名流叶适十分注意荐举人才，据《宋史·叶适传》载：

（适）起为湖南转运判官，迁知泉州。召入对，言于宁宗曰：“陛下初嗣大宝，臣尝申绎《卷阿》之义为献。天启圣明，销磨党偏，人才庶几复合。然治国以和为体，处世以平为极。臣欲人臣忘己体国，息心既往，图报方来可也。”帝嘉纳之。初，韩侂胄用事，患人不附，一时小人在言路者，创为“伪学”之名，举海内知名士贬窜殆尽。其后侂胄亦悔，故适奏及之，且荐楼钥、丘崈、黄度三人，悉与郡。自是禁网渐解矣。[②]

---

① 详参宋·李心传撰：《建炎以来系年要录》卷六〇，第 2 册，中华书局 1988 年版，第 1031 页。

② 元·脱脱等：《宋史》卷四三四《叶适传》，第 37 册，中华书局 1985 年版，第 12892 页。

楼钥、丘崈、黄度等人才就因得到叶适推荐而“悉与郡”，推荐之功由此可见一斑。叶适还曾推荐陈傅良等三十四人于丞相，皆召用，“时称得人”①。陈傅良为永嘉学派巨擘，受叶适之荐而步步高升，其学以通知成败、谙练掌故为长，自三代秦汉以下，精研经史，贯穿百氏，一事一物，必稽于实，以文著名于世。其文精深而不晦，驰骋而不迫，体究人情，无南宋末流冗沓腐滥之气。② 他自己亦十分注意荐举英才异士，在《止斋文集》卷三六《答丁子齐》中道：“游诚之恨未一见，向薛常州每每称其为英才，缓急可倚伏。”③ 就是为向有司推荐游九言而作。

光宗时除刑部尚书、参知政事，宁宗朝官至左丞相的京镗，其入仕之途也因得龚茂良、王希吕、周必大的荐举而青云直上，据载：

（京镗）登绍兴二十七年进士第。龚茂良帅江西，见之曰：“子庙廊器也。”及茂良参大政，遂荐镗入朝。孝宗诏侍从举良县令为台官，给事中王希吕曰：“京镗蚤登儒级，两试令，有声。陛下求执法官，镗其人也。”上引见镗，问政事得失。时上初统万机，锐志恢复，群臣进说，多迎合天子意，以为大功可旦幕致。镗独言：“天下事未有骤如意者，宜舒徐以图之。”上善其言。镗于是极论今日民贫兵骄，士气颓靡，言甚切至。上悦，擢为监察御史，累迁右司郎官。……右相周必大言于上曰：“增秩常典尔，京镗奇节，今之毛遂也，惟陛下念之。”乃命镗权工部侍郎。四川阙帅，以镗为安抚制置使兼知成都府。④

在仕途上，京镗可谓屡逢贵人，龚茂良、王希吕、周必大等名流显宦都为其援引进荐。由此我们可获得一个信息：南宋时士大夫命运的幸与不幸跟遇到什么样的人有关，能否有贵人相助是士人成功之路的关键所在。正如龚、周等名流的荐举在京镗入仕途中的重要贡献一样，多少奇才佳士因无人荐引而淹没无闻，消失在尘世的车水马龙中。

绍兴二十年（1150）王质贡于里，从张孝祥游，⑤ 得到张孝祥的认可，“孝祥为中书舍人，将荐质举制科，会去国不果”⑥，这次推荐虽因王质去国不果，但对王质日后的人生之路无疑起到一定的影响。据载：

（绍兴三十有一年秋七月）诏左迪功郎、新德安府府学教授王质已降召试馆职指挥，更不施行。质，宣城人，入太学为诸生，始登第，即召试，而言者论其学术肤浅，日游权门，乃罢之。⑦

明眼人大概一下子就能看出这段记载中的“言者论其学术肤浅，日游权门，乃罢之”与前

---

① 详参元·脱脱等：《宋史》卷四三四《叶适传》，第37册，中华书局1985年版，第12890页。

② 详参《四库全书总目》卷一五九《止斋文集提要》，中华书局1965年版，第1370－1371页。

③ 宋·陈傅良撰，曹叔远编：《止斋文集》卷三六，《影印文渊阁四库全书》本，第1150册，第784页。

④ 元·脱脱等：《宋史》卷三九四《京镗传》第34册，中华书局1985年版，第12036－12037页。

⑤ 王质：《于湖集序》云：“岁丁丑，某始从公于临安。”（祝尚书编：《宋集序跋汇编》第4册，中华书局2010年版，第1518页）

⑥ 元·脱脱等：《宋史》卷三九五《王质传》第34册，中华书局1985年版，第12055页。

⑦ 宋·李心传撰：《建炎以来系年要录》卷一九一，第4册，中华书局1988年版，第3193页。

面“孝祥为中书舍人，将荐质举制科”之间，是有某种内在联系的。正因其“日游权门”，所以受到中书舍人张孝祥的喜爱，才将其荐举制科。当时就有人特地提出此事，并将之写到《雪山集序》中：

中书舍人张公孝祥使备制举策略，并论历代君臣治乱，盖将举焉，会去国不果。①

可见，时人十分看重名流荐举，认为这样的荐举在士人一生中具有十分重要的意义，故在为人写序时特别提及此事。而《宋史·王质传》的撰写者也十分看重此事，并将之写进本传里。刘克庄在为他人写墓志铭时也注重荐举对士人前途命运的影响：

淳熙庚子，乡荐第一，律赋传海内为式。下第，客吴中，吴士从者云集。巨家名族率虚讲席，竞迎致。已而入太学，中庆元己未第，主通州海门县簿，教授漳州，辟酒所干官，改广东转运司主管文字。用荐者改秩，佥书平海军节度判官厅公事，兼南外宗正簿。②

时人与后代史官都认识到名流荐举在士人一生中的重要意义。在南宋，荐举之风盛行，名流巨卿视荐举人才为己任，杨万里在碑文中指出：

公（虞允文）感上不世之遇，深思所报，每曰：“宰相无职事，旁招俊乂列于庶位而已。”怀袖有一小方策，自曰《材馆录》，闻人一善必书。一再谕蜀首荐汪应辰、赵雄、黄钧、梁介、范仲艺、章森，前后居中。及为相，首用胡铨、张震、洪适、梁克家、留正、郑闻、周执羔、王希吕、韩元吉、林光朝、林抚、丘崈、晁公武、吕祖谦、张珖、杨甲、王质、辛弃疾、汤邦彦、王之奇、尤袤、王佐、王公衮。又用吕原明、司马康故事，荐张栻入经筵，又荐布衣李后制科。一时得人之盛，廪廪有庆历、元祐之风。③

南宋名流的印可举荐与北宋庆历、元祐年间欧阳修、苏东坡提携后进可并驾齐驱。

绍兴八年戊午（1138）中书舍人吕本中率同僚奏荐刘勉之，④ 这是一件值得我们注意的名流荐举事例。绍兴二十二年（1152），右谏议大夫林大鼐在上奏中也指出了荐举在当时的重要性：

中兴之初，恩或非泛，人得侥幸，有以从军而改秩者，有以捕盗而改秩者，有以登对而改秩者，方今朝廷清明，吝惜名器，士夫改秩，只有荐举一路，舍此则老死选调而无

---

① 宋·王阮：《雪山集序》，宋·王质撰：《雪山集》卷首，《影印文渊阁四库全书》本，第1149册，第346页。

② 《后村先生大全集》卷一四八《臞庵敖先生墓志铭》，宋·刘克庄著，辛更儒笺校：《刘克庄集笺校》第13册，中华书局2011年版，第5864页。

③ 《诚斋集》卷一二〇《宋故左丞相节度使雍国公赠太师谥忠肃虞公神道碑》，宋·杨万里著，王琦珍整理：《杨万里诗文集》下册，江西人民出版社2006年版，第1949页。

④ 宋·李心传撰：《建炎以来系年要录》卷一一九，中华书局1988年版，第1921页。

脱者。[①]

林大鼐的奏议一针见血地指出了“荐举一路”在士人一生命运中的决定性作用。

直至绍定六年癸巳（1233），南宋时人仍然十分看重取士方式中的“荐举”，据陈文蔚所撰《送徐仁伯之官序》载：

三代取士之法，乡举里选，以观其德行道艺。自六德、六行之外，而礼、乐、射、御、书、数即其艺也。是六者，乃日用常行之间不可缺一，皆实用矣，然犹曰德成而上，艺成而下，未始无等级之殊。是则三代人材，安得不极其盛，而在位者又岂容有虚诞之流也。后世科目之设，则自乡举里选之法坏始，有所谓明经、进士。虽曰明经、汉儒则专训诂，唐人则记贴括，不求圣人所以作经之意。进士虽以文章议论取，然文章不足以经国，议论无补于济时，徒事黼藻言词，脍炙人口，以追媚时好而已。宜乎人心日漓，世变日下，使斯民不得蒙至治之泽，以复三代之隆也。我朝虽仍唐旧，以进士之科取士，然教养有素，往往由是科而进者多为名臣。有如射策彤庭，天子亲擢，而膺首选者，又皆挺拔之士，至有不数年而登宰辅者。功名事业，书之史册，足以耀今而垂后，前后盖历历可考矣。然始第之时，人则荣其科甲；既仕之后，人将观其操履，考其学术，窥其器识，而要诸其所成就，则膺是选者荣矣哉！亦难矣哉！[②]

南宋时人对“乡举里选”的高度重视，有其深刻的历史原因，这就是皇帝对荐举的态度。乾道四年（1168）三月二十三日，孝宗皇帝下诏曰：

盖闻自汉以来，众建科目，网罗天下之士，而贤良文学实为之首……其令尚书两省谏议大夫以上、御史中丞、学士待制各举贤良方正能直言极谏一人，仍许监司守臣解送，具词业缴进以闻。[③]

从中可见皇上对大臣荐举人才尤其是“贤良方正能直言极谏”人才的重视。而“贤良方正”类似我们今天所说的“思想品德好”，在我们看来，它之所以能够成为“自汉以来，众建科目，网罗天下之士”的首选，就在于它没有很明确的评价标准，因没有明确的标准，这就给了荐举者可乘之机，有了操作空间，可以为自己想要荐举之人提供方便。

我们试补充几例来说明其时名流荐举的普遍性及其对士风和时风的影响力。首先来看赵彦肃，他留心经学，穷理尽性，深造自得，学者称复斋先生。进士及第后，三年不仕，周必大荐之甚力，仕至宁海军节度推官。周必大是南宋礼贤下士、乐善好施，为士子延誉

① 清·徐松辑：《宋会要辑稿》选举三十之二，中华书局1957年版，第4710页。

② 宋·陈文蔚撰：《克斋集》卷九，《影印文渊阁四库全书》本，第1171册，第70页。

③ 清·徐松辑：《宋会要辑稿》选举一一之二八，中华书局1957年版，第4440页。

荐举的典范,[①] 故众多士子奔走其门干谒请托，蔚为大观。

苏幼安《宋国史秋堂柴公墓志铭》载：

公家居，声名籍甚，当途屡荐之。……景炎二年，端宗登极，三山孔大谏举奏荐，公以布衣入直前殿，特旨授迪功郎，史馆国史编校，屡进疏论。[②]

柴望驰名江左，“所交皆当世知名士”的经历，与“当途屡荐之”的际遇有密切联系。

舒岳祥亦是经名流公卿印可而受到荐举的典型：

弱冠识笕窗先生陈公，公以语荆溪先生吴公，见其文，奇之，比之贾谊、终军。……为之举主者，皆其时名人，曰吴丞相潜、江丞相万里、叶丞相梦鼎、马参政光祖、李尚书芾云。[③]

李心传《建炎以来朝野杂记》乙集卷一〇专列一节《淳熙至嘉定蜀帅荐士总记》，一一列举了所荐成都帅属人才：

蜀帅例得荐士。……安子文方为宣副，同时荐八士。……明年，子文改除制置大使，乃荐崇庆李季允、幕客赵公开（希濬，寓居石盘）、严道杨叔正（泰之，青神人）、普州学官张益父（已之，遂宁人）、成都帅属王才臣（俊卿，庐陵人），凡五人。[④]

南宋名流范浚（1102—1150）在绍兴初复制举时，大臣举荐其应贤良方正科试，以秦桧柄政，力辞不起，“然浚虽不仕，实非无意于当世者”[⑤]，对朋党及荐举一事有颇为深刻的认识，曾道：

言朋党，不过曰君子，曰小人。[⑥]

在南宋士人看来，荐举之所以广泛开展，不过是君子荐举君子，小人荐举小人，与当时士大夫之间的人际关系是密不可分的。周南仲在绍兴九年（1139）指出：

---

① 周必大的这种性格或许跟他自己屡受知遇有关，据周必大撰《玉堂杂记序》载：“必大试馆职时，太上称其文，谕宰执陈公康伯、朱公倬云：‘他日令掌制。’今上受禅两月，自六察擢左史。初对，玉音云：‘向在王邸，见卿词科拟制，雅宜代言。’不旋踵遂兼正字。其后两入翰苑，首尾十年，自权直院至学士承旨皆遍为之，其荷两朝知遇至矣。”（《玉堂杂记》卷首）

② 宋·柴望撰：《秋堂集》附录，《影印文渊阁四库全书》本，第1187册，第491－492页。

③ 宋·刘庄孙：《舒阆风先生行状》，宋·舒岳祥撰《阆风集》，嘉业堂丛书本。

④ 宋·李心传撰，徐规点校：《建炎以来朝野杂记》乙集卷一〇《淳熙至嘉定蜀帅荐士总记》，中华书局2000年版，第662、664页。

⑤ 《四库全书总目》卷一五八《香溪集提要》，中华书局1965年版，第1364页。

⑥ 《朋党》，宋·范浚撰《香溪集》卷一三，《影印文渊阁四库全书》本，第1140册，第114页。

昔也赵鼎、张浚之交攻，浚在则鼎去，鼎之门人亦去；鼎入则浚去，浚之门人亦去，岂鼎之党今皆可用，而浚之党今皆不贤？御史谏官望风希意，曾有一人诋时相之言者乎？曾有一人劾亲旧之罪者乎？执政大臣亦有如郭子仪握光弼之手而涕泣者乎？亦有如蔺相如申于秦而屈廉颇者乎？如陛下训赵鼎以周公期之，除秦桧以丙魏、姚宋望之。盖周公有大勋劳于天下，而丙魏以宽容称，姚宋以守文应变称。今鼎守不讨贼，敢望周公乎？桧阿匿取容，敢望丙魏、姚宋乎？①

可见，南宋士大夫大多数皆干谒奔走于权贵之门，阿谀奉承以求荐举，很少有正直极谏者。

统治者也很少有真的喜欢“能直言极谏”的，正因为稀少，唐太宗能用谏臣魏征才成为千古佳话。俗话说：“千穿万穿，马屁不穿。”人都有自我实现的需要，都喜欢听人说好话，若是真的“直言极谏”，击到了统治者的痛处，他是不会高兴的。杜甫原为“杜拾遗”时，以为自己真的要为朝廷“拾遗补缺”，指出了朝廷的缺陷，结果连“拾遗”的官职也被罢免了，只好“自京赴奉先县”，咏出了“以兹悟生理，独耻事干谒”（《自京赴奉先县咏怀五百字》）的人生感叹。故朝廷下诏要大臣“各举贤良方正能直言极谏”，在实际上是行不通的，一方面，它会造成士人虚伪造假，为了受到推荐，人人都可投其所好，冒充自己是“贤良方正”之人，为人处世、文学创作都尽量符合手中有权的名流巨卿之所好，“黄金无假，道学无真”就是这个道理。这种造假横行、徇私舞弊的行为甚至侵入到科举取士之中。《宋会要辑稿》选举六之二四载嘉定八年（1215）九月二十八日殿中侍御史黄序指出：

世变愈下，奸弊愈滋，四蜀为甚。盖蜀号多士，邈在一方，为主司者不胜其弊。耆利者卖号于多货之室，嗜进者纳号于势要之门。分卷不至本房，则宛转旁搜于比邻；已黜之文或出他房，则回护揩改其批凿。或差在所事上官之乡，或差在同官所居之郡，皆得以行其私，岂不负国求贤之意！臣尝采蜀中舆论，则四路漕试、诸州解试、四川类省试皆有私取之弊。②

清人石韫玉也说：

士之遇与不遇，盖亦有命哉。自唐宋以科举取士，士虽茂才异等，不得不俯首而就有司之绳尺。所谓有司者，未必皆蓄道德能文章也，偶奉朝廷之命，遂坐皋比，操不律以进退一时之士。有司以为可，其人即跻身青云之上，以为不可，其人即沉沦于草泽而不敢怨，又且从而摹拟之，以求其合。③

① 宋·徐梦莘：《三朝北盟会编》卷一九二，上海古籍出版社1987年影印本，第1393页。
② 清·徐松辑：《宋会要辑稿》选举六之二四，中华书局1957年版，第4341页。
③ 清·石韫玉：《独学庐稿·四稿》，乾隆六十年至嘉庆间刻本。

这段话可以说一针见血地揭示出唐宋时代社会普遍存在显宦巨卿们能够以一己之好恶决定、主宰士人命运的现象。这种情况到了南宋更加明显。秦桧为相时，“专主和议，沮止恢复，植党专权，渐不可长”①。赵鼎为相时，“尝荐胡寅、……晏复敦、潘良贵、吕本中、张致远等数十人分布朝列”。等绍兴七年（1137）赵鼎再度为相，又奏荐刘大中、常同、林季仲等人，② 皆是干谒奔走其门、与其意气相投之辈。赵鼎甚至利用职权“立专门之后，有司附会，专务徇私，不论才与不才，有是说必置之高等”③。又如张浚也喜欢援引提携，“与赵鼎共政，多所引擢，从臣朝列，皆一时之望，人号‘小元祐’”④，可作上引黄序所言南宋科场取士情形之注脚。

因此，这也造成了南宋时期士人干谒之风盛行，拉关系、走后门、裙带风络绎不绝的现象。南宋名臣许应龙“于经济干略，深所究心”⑤，对当时社会所反映出来的这种情况进行了深入的分析：

> 臣闻荐举而不拘其数，此朝廷之美意也；荐举而或失其实，此士大夫之私心也。因士大夫之私心而失朝廷之美意，岂可不思所以处之乎？……一章所荐，或五六人，或十数人，载于邸报，殆无虚日。合一岁而论，不知其几。非亲故之夤缘，则势要之嘱托。……此岂非士大夫之私心乎？夫惟其出于私则贤否混淆、真伪杂揉，形于荐牍者未可尽信。……不意求才之美意而为士大夫之私心坏之也。⑥

又据《建炎以来系年要录》卷一五二所载：

> 自赵鼎倡为伊川之学，高闶之徒从而和之，乃有横渠《正蒙书》、《圣传十论》，大率务为好奇立异，而流入于乖僻之域。顷缘闶为国子司业，学者争投所好，于是曲学遂行。虽然，凡试于有司者，未有不志于得也。⑦

荐举者手中有权，有利可图，他们大多会荐举善于干谒奔走之徒，凡与自己关系密切并请托过自己印可延誉的大多在他们优先照顾之列，关照、关照，有关系才照顾。

第二节　人情与干求——中国式的入世原则

“功夫在诗外”的现象在中国是十分常见的。很多问题都要靠拉关系、靠人际关系才

① 元·脱脱等：《宋史》卷四七三《秦桧传》，第39册，中华书局1985年版，第13750页。
② 元·脱脱等：《宋史》卷三六〇《赵鼎传》，第32册，中华书局1985年版，第11293、11294页。
③《建炎以来系年要录》卷一六五载绍兴二十三年（1153）十一月甲午右正言郑仲熊语，第2704页。
④ 元·脱脱等：《宋史》卷三六一《张浚传》，第32册，中华书局1985年版，第11311页。
⑤《四库全书总目》卷一六二《东涧集提要》，中华书局1965年版，第1394页。
⑥ 宋·许应龙撰：《东涧集》卷七《论荐举札子》，《影印文渊阁四库全书》本，第1176册，第483－484页。
⑦《建炎以来系年要录》卷一五二载十月甲午右正言何若语，第2453页。

能解决，这是因为中国社会是乡土社会、人情社会、关系社会，中国人十分看重人情世故，人情重于是非、公平。世事洞明、人情练达的杨万里一言以蔽之曰：

彼此无情分，岂可干求?①

我们试以杨万里为例，来说明人情、关系在南宋士大夫荐举之路中的重要性。据王瑞来所述：

担任零陵丞的杨万里在给施渊然的诗中这样写道："我岂登名晚，今仍作吏卑。"（《诚斋集》卷一《送施少才赴试南宫》）……杨万里赠诗的这个施渊然，在绍兴三十二年（1162）杨万里临时担任试官的湖南漕试中取得了第一名的成绩。不过，从名列于淳熙十二年（1185）杨万里的《淳熙荐士录》（《诚斋集》卷一一三）看，后来进士及第的施渊然，在选海中沉浮了二十余年，方由杨万里的推荐脱离选海。②

沧州樵叟《庆元党禁》所载庆元三年（1197）六月癸未的议论更是一针见血地揭示出当时的社会现实情况：

言者又论三十年来伪学显行，场屋之权，尽归其党，所谓状元、省元与两优释褐者，非其私徒，即是其亲故。③

正可作为上引杨万里名言"彼此无情分，岂可干求"的生动注脚。这也符合中国人之常情，谁会竭力关照与自己不相干的人呢？何况对与自己关系密切的人才比较了解，写评语推荐时才能详细地摆事实、讲道理。杨万里在《淳熙荐士录》中评价朱熹道：

学传二程，才雄一世，虽赋性近于狷介，临事过于果锐，若处以儒学之官，涵养成就，必为异才。④

评价萧德藻时说：

文学甚古，气节甚高。其志常欲有为，其进未尝苟合。老而不遇，士者屈之。今为湖北参议官。⑤

① 《答吴节推》，《诚斋集》卷一〇八，宋·杨万里著，王琦珍整理：《杨万里诗文集》，江西人民出版社2006年版，第1695页。

② 王瑞来：《"内举不避亲"——以杨万里为个案的宋元变革论实证研究》，《北京大学学报》2012年第2期，第119页。

③ 宋·沧州樵叟撰：《庆元党禁》，《影印文渊阁四库全书》本，第451册，第33页。

④ 《诚斋集》卷一一三，宋·杨万里著，王琦珍整理：《杨万里诗文集》，江西人民出版社2006年版，第1785页。

⑤ 《诚斋集》卷一一三，宋·杨万里著，王琦珍整理：《杨万里诗文集》，江西人民出版社2006年版，第1786页。

评价施渊然时道：

工于古文，恬于仕进。前任监和剂局，今任祠禄。升朝。①

他们与杨万里私交很好，故能得到杨万里有理有据的荐举，评语也能令人信服。

杨万里自己也常常请托名公显卿帮他的亲朋好友荐举延誉，并且一旦受人恩惠就感激万分，常常给这些荐举人写信以示感谢，以求下次他们再帮自己，以致这样的尺牍在《诚斋集》中大量出现，不胜枚举。我们试举一例以窥一斑，他在《谢俞漕举南昌大儿升陟》中道：

某近十三日灯下大喜走笔，以致命召之贺，当已上达。适得大儿书报，仰蒙台慈矜则寒士，特赐剡奏，举以升陟。刘安登仙，鸡犬随之而上天；狄公为相，桃李皆出于其门。方当知己大用之初，首在华端肤寸之下。此举殊绝，一路耸观。仰惟异恩，尽室怀感。喋喋何足以谢少见万分之一耳。②

杨万里之所以如此看重名流显人的荐举提携，我们认为，或许跟他自己的人生经历有关，他享受过名流荐举的好处，一生仕途显达就因得到过名流显宦的荐举提携，有史料为证：

虞雍公初除枢密，偶至陈丞相应求阁子内，见杨诚斋《千虑策》，读一篇，叹曰："东南乃有此人物，某初除合荐两人，当以此人为首。"应求导诚斋谒雍公，一见握手如旧。诚斋曰："相公且仔细，秀才子口头言语，岂可便信?"雍公大笑，卒援之登朝。诚斋尝言：士大夫穷达，初不必容心。某平生不能开口求荐。然荐之改秩者，张魏公也。荐之立朝者，虞雍公也。二公皆蜀人，皆非有平生雅故。③

从中可见杨万里改秩立朝之因及其对名流显人荐举的重视程度，等他自己名显权重之时，就津津乐道自己曾经与名流显宦之间"皆非有平生雅故"而能得到他们荐举的独特经历。这样的自我表白其实潜意识里透露了他对"开口求荐""有平生雅故"重要性的认识。我们很容易理解：正因为在他看来，"开口求荐"尤其是"开口求""有平生雅故"之人的荐举，才是按照常理行事，而他自己的人生经历却没有按照常理行事反而得到了意想不到的效果，其喜出望外、得意扬扬之情也就可想而知了。他这样津津乐道平生经历，正可说明他认识到自己"平生不能开口求荐"是一种特立独行的表现，而能得到名流显宦的一荐再荐，是一种非常特殊的案例，不符合人之常情、人情之常，不是人际关系、人情世故正常运转的结果，纯属偶然，没有可行性和可操作性。他自己当然也不指望亲友子侄辈会有他那样的机遇与好运，自然而然地也就会按照当时改秩立朝的惯例行事，利用自己职务之

① 《诚斋集》卷一一三，宋·杨万里著，王琦珍整理：《杨万里诗文集》，江西人民出版社2006年版，第1789页。

② 《诚斋集》卷一〇八，宋·杨万里著，王琦珍整理：《杨万里诗文集》，江西人民出版社2006年版，第1687页。

③ 宋·罗大经撰，王瑞来点校：《鹤林玉露》乙编卷四，中华书局1983年版，第185页。

便为自己的亲友向“有平生雅故”之流“开口求荐”了。更确切地说，杨万里自己是非常重视名流荐举之显著效果的，而对名流荐举之因即“开口求荐”“有平生雅故”也是有充分、明确的认识的。他自己有此受人荐举的经历且享受到其中的益处，等到他再为别人荐举提携时，就能够从容得体、游刃有余地游谒于名流显宦之间，轻车熟路、驾轻就熟地为自己的子侄亲友请托名流显宦荐举提携。我们可以从杨万里一生的行事履历中，看到当时南宋荐举之风盛行不衰的一个重要方面，即大多数名流显宦自己已经认识到了荐举提携的重要性及其操作规程。我们可以想象，他们为维持家风门庭，如何竭尽全力地利用职务之便为自己的亲友子侄辈请托荐举。

接下来，又有一些问题出现了：何谓人才？人才的品评标准如何？人才又是由谁来认定的？此人才三问，在不同时期、不同社会环境下有不同的答案。在某种程度上，我们可以说，人际关系、人情世故应在其中占有很大的比例。试举一例为证。陈著，宝祐四年（1256）进士，景定元年（1260），为白鹭洲书院山长，因与吴潜关系密切而被荐举于朝，又因不登权臣贾似道之门而被贬为安福令，景定四年（1263），除著作郎，上疏乞罢公田，得罪贾似道而出知嘉兴县。[①] 陈著能诗词文，四库馆臣评道：

> 诗多沿《击壤集》派，文亦颇杂语录之体，不及周、楼、陆、杨之淹雅。又奖借二氏往往过当，尤不及朱子之纯粹。[②]

其词大多是祝寿应酬之作，人际关系、人情世故及由此带来的潜规则对陈著一生的文学创作及仕途升沉起伏的影响值得注意。

正因人际关系有时是可遇而不可求的，故南宋时人十分看重文士之“遇”与“不遇”的问题。而士之“幸”与“不幸”在当时也在某种程度上由是否有名流显宦的援引提携来决定。王应麟所撰的《方壶存稿序》就很能说明当时士人对此的某些看法：

> 文士以逸民特招，如老泉以欧公，后山以坡公，至于韩子苍之流，皆不由科目进。柳塘居士遇文公于庆元，遇西山于嘉定，而上不遇，岂二公不能为欧、苏哉！余观《西山帖》，欲居士俯屈以访诸贤，则其自重难进之节，非招不往，岂时俗佻巧驰骛于名场利区，朵颐于爵标势位者！斯文金玉，传之不朽，居士之遇荣矣。[③]

南宋士人在羡慕“皆不由科目进”的幸运儿时，自然而然地流露出他们对名流显人援引荐举作用的重视。即使是南宋名流显人胡铨之孙胡槻也因蔡戡《荐胡槻万俟似状》[④] 而在仕途上一路高歌猛进、气势如虹。原来胡槻历静江府通判，差权贵、融、象三州，以治最闻，嘉泰初知邕州，痛革奸弊，境内以安，时为经略使的蔡戡极力荐举其治效为一道之最。嘉定二年（1209），为江西转运判官。嘉定七年（1214），为淮西总领。入朝为都司，

---

① 陈著事迹请参清·陆心源辑：《宋史翼》卷二五，中华书局 1991 年版，第 269 页。
② 《四库全书总目》卷一六四《本堂集提要》，中华书局 1965 年版，第 1408 页。
③ 宋·汪莘撰：《方壶存稿》卷首，《影印文渊阁四库全书》本，第 1178 册，第 119 页。
④ 宋·蔡戡：《定斋集》卷六，《影印文渊阁四库全书》本，第 1157 册，第 628 页。

有了胡铨、蔡戡这样的名流显人为靠山，嘉定十四年（1221），以右文殿修撰、广西经略安抚使知静江府，在任四年。[①] 名流显人之孙尚且需人荐举方能在仕途上出类拔萃、脱颖而出，由此可见，当时荐举之风的盛行及其影响力。

正因南宋时期名流荐举对士人前途命运具有如此重要的作用，加上中国传统社会中人们非常重视人际关系、人情世故，故我们常常可以看到这种现象：本来没有关系的，也要拼命拉关系、套交情以求得到援引提携。如："赵公（鼎）实不识伊川，故有伪称河南门人者，亦蒙进用。"[②] 在荐举之风盛行一时的南宋小朝廷内，士人干谒奔走风行一时，他们把时间、精力花在拉关系、搞公关、交名流、结显宦上，于歌台舞榭、酒宴歌席间摇尾乞怜、奉承讨好以求荐举提携。这是中国社会客观存在的人际关系、人情世故在特定场合中的真实反映。

第三节　南宋名流荐举的制度考释

荐举之风在南宋的盛行，有其深刻的时代背景与制度原因。据《建炎以来朝野杂记》甲集卷六"绍熙许荐士嘉泰罢泛举"条载："国朝荐举之目，自京、职官至令、录，其来远矣。元祐初，司马公始奏设文、武十科以举士。后又有举将帅、廉吏、所知，合旧升陟、自代等科，凡十有一。绍熙元年冬，又诏监司、帅守，满秩造朝陛对之际，许荐所部人才一、二人；如无，听阙。文武高下，皆无所拘。其后三年间，在外被荐者八、九百人，朝廷不能尽用，但令中书省籍记姓名而已。四年冬，言者谓：'今被荐者猥众，朝廷疑其私而不信，病其众而难从。其间纵有贤才，不免与侥幸者并弃，请约之。'乃诏帅守、监司，自今毋得独员荐士。庆元元年十一月，又诏诸司荐举，连衔以闻。明年，章德茂帅兴元，荐知利州阆中蒲叔献等三人政绩，有旨与监司及升擢差遣。胡纮为御史，上言：'叔献等不闻有过人之才，而猥以人情之厚薄，独衔举荐。'诏勿行。嘉泰二年三月，右正言施康年又言：'近日士大夫有持廉吏及科目荐章十余至庙堂而得学官，又有挟三、四荐而得院辖者，执政至无以却之。请除升改、自代十科外，悉行罢去。如朝廷闲有特旨，令内外举荐者，并具实迹以闻。'从之。自此举荐冒滥少革矣。"[③] 由于达官贵人大多以人情之厚薄来荐举人才，导致干谒举荐之风泛滥成灾，这些被荐举的士人大多数都不能得到重用，于是南宋朝廷不得不改变招纳人才的制度，重新恢复诗赋取士的科举制度，这是南宋文化政策变化的反映。祝尚书指出："靖康之变致使北宋灭亡，赵氏政权南渡，遂恢复诗赋取士的旧规。由科举改制始，中经思想文化的被禁锢，而以诗赋取士的全面恢复终，经历了一个否定之否定的大循环。这个大循环不是简单的重复，而是在新的基础上的更新，

---

① 胡槻仕途经历，详参宋·蔡戡：《荐胡槻万俟似状》，《定斋集》卷六，《影印文渊阁四库全书》本，第1157册，第628页；以及元·脱脱等：《宋史》卷三七四《胡铨传》，第33册，中华书局1985年版，第11590页。

② 宋·李心传：《道命录》卷三，台湾文海出版社宋史资料萃编本。

③ 宋·李心传撰，徐规点校：《建炎以来朝野杂记》甲集卷六"绍熙许荐士嘉泰罢泛举"条，中华书局2000年版，第142页。

因此它对整个南宋文学产生了极其深远的影响。”① 我们认为，诗赋取士的全面恢复并没有改变南宋干谒之风的盛行，这种风气盛行最大的意义在于当时作为精英文化代表的士人们，勇于打破传统知识分子清高矜持的身份，在干谒奔走、追求功名富贵时体现出了一种世俗情怀——与这种世俗情怀相联系的新的生活方式，与新的生活方式相联系所产生的新的思想，与新的思想相联系所产生的新的人格形象。

《宋史翼》载南宋名臣、时为浙西参议官的袁说友的话，“上言自绍兴辛巳之扰，阅今十五年，宿将殂逝过半，幸而仅存者迫于迟暮，智勇已不逮于壮岁，而新进后生足为国家用者，又皆抑遏于偏裨下位，无路自达，不拔之以为缓急之备，臣恐未免于遗材也”②。遂建议朝廷推行荐举之法，分为四科，令内外将帅各举一人，赐以召对，留置三衙，熟察而徐试之。淳熙四年丁酉（1177）二十六日（癸亥），诏制举六论已权罢注疏出题，以五题通为合格。之所以这样，乃因监察御史潘纬上奏道：

> 制举以待非常之才，汉、唐素重兹选，圣朝尤号得人，如富弼、张方平、苏轼与其弟辙，皆由此科进。既号大科，欲孚众望，必乡评共许，士行无瑕，无愧斯名，始可应此举。陛下崇尚科目，奖拔人才，旧制命尚书、两省、谏议大夫以上、御史中丞、学士、待制各举一人，今许用侍从荐举，或守臣监司解送。旧制试论于经史诸子正文及注疏内出题，今已权罢注疏，皆所以诱其来也。窃谓应是选者，一缴进词业，二试六论，三对制策。所谓缴进策论共五十篇，类多灯窗著述之文；策限三千字以上，虽曰无所不问，以考博通之识，亦岂无平日备对之语？唯是六论于注疏命题，人以为难。况此一场，谓之过阁，乞尤当加意。今引试有日，若据令再于注疏出题，亦已何及？如依旧制以四通以上为合格，则与应进士举一场试经义五篇者何异？臣愚欲六题皆通方为合格，选之遴则其得之也荣。故有是命。③

从这通奏折中，我们可以明显感受到名流巨卿荐举的分量，其中“陛下崇尚科目，奖拔人才，旧制命尚书、两省、谏议大夫以上、御史中丞、学士、待制各举一人，今许用侍从荐举，或守臣监司解送”一语尤其值得我们注意，朝廷一旦重视荐举的力量，那些徇私舞弊、干谒奔走之人就有利可图了。才华横溢又不甘沉沦下潦的有志之士此时也不能再循规蹈矩、按部就班地生活了，他们必然要四处奔走请托，去寻找能够荐举自己的达官贵人帮忙援引推荐。

淳熙六年（1179）间，孝宗对科场取士之道发表了自己的见解，对“但以分数取之”的取士制度产生了质疑，据载：

> 淳熙间，赵温叔丞相常力荐郭明复、刘光祖、杨辅之，谓皆省殿试前列，且云“大好

---

① 祝尚书：《论北宋科举改制与南宋文学走向》，《新宋学》第1辑，上海辞书出版社2001年版，第61页。

② 清·陆心源辑：《宋史翼》卷一四，中华书局1991年版，第148页。此议原文详参明·黄淮、杨士奇等编：《历代名臣奏议》卷二四〇，《影印文渊阁四库全书》本，第439册，第793页。宋·袁说友撰：《东塘集》卷九《论举将疏》，《影印文渊阁四库全书》本，第1154册，第241页。

③ 清·徐松辑：《宋会要辑稿》选举一一之三三，中华书局1957年版，第4442－4443页。

士人”。寿皇宣谕云：“朝廷用人以才，安论科第？科第不过入仕一途尔。”温叔唯唯而退。越日，御制《科举论》，其略谓：近世取士，莫若科场，及至用人，岂当拘此？……异日，上复宣谕曰：“朕所著《科举论》，或以为过，或以为是。以为过者，史浩也。以为是者，阎苍舒也。浩极长者，故不欲朕用威刑。阎苍舒趋事赴功之人也，故赞朕是为是。”刘子宣《迩言》亦云：“场屋之文，朝廷假以取士，与学优则仕异也。士大夫以此高下人物，更相矜傲，更相景慕，亦可悲矣。”①

我们不难从此段记载中看出孝宗皇帝的取士趋向，即“科第不过入仕一途尔”，除此之外，还有其他途径。这途径不是靠“三更灯火五更鸡”的勤学苦读而取得的，而是要靠奔走干谒请托权臣援引延誉而取得，即“趋事赴功之人”才是孝宗希望录用之士。而刘子宣阿谀附和孝宗之语——“场屋之文，朝廷假以取士，与学优则仕异也。士大夫以此高下人物，更相矜傲，更相景慕，亦可悲矣”，则更加明确地指出朝廷不重场屋之文的优劣，而重视“场屋之文”外的功夫，这功夫是何，值得我们深入探究。

我们首先要追问的是：除了“场屋之文”外，还有何方法保证“朝廷假以取士”者“与学优则仕”同也，且看宋孝宗所撰《科场取士之道论》：

朕观刘光祖答策论科场取士之道，前后论之者多矣，皆未为切当。今因论此一节，极言其弊，亦激士气之一端尔。夫近世取士莫若科场，及至用人，岂可拘此？诗赋经义，学者皆能为之，又何足以分重轻乎？夫科场之弊，不精考文格之高下，但以分数取之，直幸与不幸尔。至于廷试，未尝有黜落者，尽以官资命之，才与不才者混矣，是科场取士之本已弊也。夫用人之弊，人君患在乏知人之哲，寡于学而昧于道。况又择相不审，至于怀奸私，坏纪纲，乱法度，及败而逐之，不治之事已不可胜言矣。宰相不能择人，每差一官，则曰：“此人中高第，真好士人也。”终不考其才行何如。孔圣之门，犹分四科，人才兼全者自古为难。今则不然，以高科虚名之士，谓处之无不宜者，何尝问才之长短乎？夫监司、郡守系民之休戚，今以资格付之，宰相虽择其一二，又未皆得其人。及至陛对，既无过人之善，粗无凡猥之容，则又未能极精其选。国朝以来，过于忠厚，宰相而误国者，大将而败军师者，皆未尝诛戮之。虽三代得天下以仁，而启誓六卿曰：“不用命，戮于社。”羲和废职，犹且征之曰：“以干先王之诛。”况掌邦邑军师之大事乎？要在人君必审择相，相必为官择人，不失其所长。懋赏立乎前，严诛设乎后，人才不出，吾不信也。今朕延登二三柄臣，皆精白一心，尽忠无隐，宜免乎此。更勤夙夜，益凝庶绩，岂不休哉！②

事实可以说昭然若揭了，即在宋孝宗看来，“今朕延登二三柄臣，皆精白一心，尽忠无隐，宜免乎此”显然是比“但以分数取之”更高妙的“科场取士之道”，而“朕延登二三柄臣”是否真的“精白一心，尽忠无隐”者则很难说。

---

① 宋·周密撰：《癸辛杂识》前集《科举论》，中华书局1988年版，第21－22页。

② 宋·史浩撰：《鄮峰真隐漫录》卷一〇《回奏宣示御制策士圣训》，《影印文渊阁四库全书》本，第1141册，第614－615页。

正因孝宗皇帝注重士大夫的“诗外之功”，故常常向臣下寻探人才，臣下也乐于向他荐举人才，当然被荐举的人才除了才华出众之外，亦或多或少与荐举人有某种关系，因了解才会推荐，也因了解才会产生徇私、徇情的现象，这是一个事物的两个方面。我们试举一例，南宋名士周必正有器识，善书法，工文，能诗，因此，受当时名流显人推荐，据陆游《监丞周公墓志铭》载：

（周必正）善属文，尤长于诗。孝宗皇帝尝访当代诗人于胡忠简公铨，忠简首称公。敷文阁直学士程公大昌，亦称公文学操行之美。①

这段记载有两个非常重要的信息值得注意：一是“孝宗皇帝尝访当代诗人于胡忠简公铨”，说明当时最高统治者孝宗皇帝十分看重臣下的荐举，才会有此举；二是“忠简首称公”，这个信息更加重要，因为它说明了臣下荐举在其中所能产生的作用，“首”字表达了胡铨对被荐举人的信任与感情，如果胡铨荐举的人才有许多的话，荐举的标准除了被荐举人的才华之外，应也跟荐举人关系的亲疏远近有关，这就成为南宋士人干谒请托之风盛行一时的重要原因之一。这就要求被荐举人具有多方面的综合素质，除了具有“善属文，尤长于诗”的书生本事之外，还应当具有非常优秀的人际交往沟通能力、奔走请托时阿谀奉承、随机应变的能力以及向名流显人及时、得体地展示自己各方面才能的素质，如周必正在名流显人杨万里眼中、笔下就是这样的人才：

工于古文，敏于吏事。临疑应变，好谋而成。②

一个“敏于吏事。临疑应变，好谋而成”的人绝对不会只是一个在书斋里苦读圣贤书的书呆子，在为人处世方面必有其过人之处。尤其是干谒请托名流显人而得到他们的印可延誉，绝对不是轻而易举、一蹴而就的事，往往需要长期的铺垫，需要持之以恒、锲而不舍、源源不断的感情、物质投资，才能得到名流显人印可荐举的丰厚回报。而且，我们还需注意一点，就是一个人之所以能够成为当世名流显人，并非浪得虚名之辈，其往往有过人之处。被荐举人要讨好、取悦这些名流显人也不是一件容易的事。这里所引的周必正能受到胡铨、程大昌、杨万里等当时三大名流显人的荐举，除了说明他确实具有文学之才外，更应该看到他能够“临疑应变，好谋而成”，各方面的综合素质十分好，当然也说明当时荐举之风是十分盛行的。至于周必正与胡铨、程大昌、杨万里三人之间的私下关系及胡、程、杨三大名流荐举周必正于朝的内在、深刻动因，则值得我们作进一步深入研究与探讨。

我们知道，孝宗朝，如朱熹、辛弃疾、陆游、王炎、范成大、杨万里都没有进入“延登二三柄臣”之列，反而是虞充文、韩侂胄、史弥远等好高骛远、好大喜功、心胸狭窄、

① 《渭南文集校注》卷三八，钱仲联、马亚中主编：《陆游全集校注》第10册，浙江教育出版社2011年版，第410页。

② 《淳熙荐士录》，《诚斋集》卷一一三，宋·杨万里著，王琦珍整理：《杨万里诗文集》，江西人民出版社2006年版，第1786页。

阿谀奉承之徒成了“二三柄臣”，他们掌握权柄之后党同伐异、排除异己，喜欢听阿谀奉承的言语，打击陷害力主抗金恢复的忠良，对干谒奔走权门之徒则力荐而擢用之。①

正所谓：上有所好，下必奉而行之。事实也确实如此，我们试看王质《与周枢密益公书》所言：

某戴天不知天之恩，惟知其一曰：予我以善根。戴相公亦不知相公之恩，惟知其一曰：举我以言语妙天下。②

在此曾受周必大印可的王质就希望恩公将自己扶上马后再送一程，即“以言语妙天下”来举荐自己。可以说王质确实是想通过名流的举荐来奋其智能的，而其“以言语妙天下”的才能也曾得到众多名流显人的印可：

某族子熹颇有大志，喜交天下奇伟士，尝为余道郭从范、王景文、李粹伯之为人，虽未识面，常往来余怀也。……记景文初相过时，微有酒，所议论逸发，粲然成文章，迈往之气，郁郁出眉宇间。某于是知族子之言不吾欺也。当是时，景文名满天下，要官大人犹忘势愿交，而某迫行役不暇也，今幸相遇于此。③

听其论古，如读郦道元《水经》，名川支川，贯穿周匝，无有间断。间语世务，计后成否，又如孟子言，历千载日至无毫厘差，咳唾随风，皆成珠玑，使读之者如嚼蜜雪，齿颊有味。其施之场屋，如拾芥，如破竹，而为世所贵重者，特其余事耳，未足以论景文也。④

聪明才智之士大都是积极进取的，得到名流印可的王质就想通过名流的荐举来发挥自己的才能。王质本来还有机会受到名流显宦张孝祥父子的荐举，后因事未果。⑤

两宋的“台谏”制度，因涉及取舍荐举人才，故与士大夫的政治生涯息息相关，周必大的《刘谏议谏稿序》载：

故谏议大夫刘公讳度，字汝一，吴兴人。自为布衣，修洁博习，叶左丞梦得、汪翰林

① 当然，也有例外，据清·王晫撰《更定文章九命·荐引》载：“胡铨得遇虞允文……或以材名见重，或以词藻倾心。丈夫会应有知己，彼世上悠悠，安足论也。”（王水照编：《历代文话》第4册，复旦大学出版社2007年版，第3854页）其中就特地列举了南宋胡铨得遇虞允文，以其作为历代受到荐引而享富贵荣名的典型，以达到自己写作此文“庶令览者有所欣羡，而读书种子或不至于绝云”（王水照编：《历代文话》第4册，复旦大学出版社2007年版，第3852页）的目的。

② 宋·王质撰：《雪山集》卷八，《影印文渊阁四库全书》本，第1149册，第427页。

③ 《送王景文教授归江西序》，宋·曾协撰：《云庄集》卷四，《影印文渊阁四库全书》本，第1140册，第282页。

④ 宋·王阮：《雪山集序》，宋·王质撰：《雪山集》卷首，《影印文渊阁四库全书》本，第1149册，第346页。

⑤ 据《宋史》卷三九五《王质传》载：“质与张孝祥父子游，深见器重。孝祥为中书舍人，将荐质举制科，会去国不果。”（第34册，第12055页）

> 藻皆以贤良方正荐。旋第进士，入为学官、馆职。绍兴三十一年夏，汪中丞澈荐充御史，迁右正言。明年汪贰大政，引嫌徙军器监。孝宗即位，复自宗正擢谏大夫。前后上九十余疏，其子瑞金宰深之裒成上下卷，以予尝同僚，请为之序。共惟祖宗专任台谏，寄以耳目，政事得失、臣下臧否，虽均许议论，然谏臣因治体而及人才，台臣主弹劾而及时政，其分职固不同。……今公奏议心平气和，理正辞直，薄物细故，未尝屑屑。至于小大之臣丽于过失，必随事以言，知设官之本意。①

从中可见，刘汝一步入仕途就得到了叶梦得、汪藻的推荐，后擢谏大夫，“谏臣因治体而及人才”“知设官之本意”的谏议大夫掌握着荐举选拔人才大权，在某种程度上为荐举提携自己人和善于迎合自己旨意的人大开了方便之门，而有意于仕途之人必然会奔走干谒其门请托援引荐举。

终宋一代，士子作文大都具有“培植声望”“结知当路，受荐举”这样两个目标：

> 宋初承唐习，文多俪偶，谓之昆体。至欧阳公出，以韩为宗，力振古学……然朝廷制诰，缙绅表启，犹不免作对，虽欧曾王苏数大儒皆奋然为之，终宋之世不废，谓之四六，又谓之敏博之学，又谓之应用。士大夫方游场屋，即工时文，即擢科第舍时文，即工四六，不者弗得称文士。大者培植声望，为他年翰苑词掖之储；小则可以结知当路，受荐举，虽宰执亦或以是取人，盖当时以为一重事焉。②

可以说，大多数南宋文士为了“培植声望”“结知当路，受荐举”而寒窗苦读、奔走干谒，付出了一生的心血。甚至于像杨万里这样清正廉洁、真心诚意的名流显宦，为了亲朋好友的升官晋级也不惜借“内举不避亲”③ 之名，费尽心机地行请托援引之实，一生都在为自己及亲友而干谒请托、援引荐举，劳心劳力，机关算尽。

第四节　眼光识鉴——名流荐举的前辈风范

名流对文士的荐举，在南宋社会普遍存在，既受传统观念的影响，也有其深刻的时代背景。“慧眼识英才”的荐举行为，既是对魏晋清谈、品鉴人物风气的继承与发展，在当时也被认为是名流显人品德见识的体现。

周辉《清波杂志》卷六专辟“审察”一条，说明识鉴品评人才之重要性：

---

① 宋·周必大撰，周纶编：《文忠集》卷五五，《影印文渊阁四库全书》本，第1147册，第581－582页。

② 元·刘壎撰：《隐居通义》卷二一《骈俪》，《影印文渊阁四库全书》本，第866册，第117页。

③ 详参王瑞来：《“内举不避亲”——以杨万里为个案的宋元变革论实证研究》，《北京大学学报》2012年第2期，第117－128页。方岳撰《跋金尚书奏稿》载：“苏长公有言，问世之治乱必观其人，问其人之贤不肖必以世考之。共惟皋陵之圣，自尧以下无讥焉。一时从臣适相会聚，有若我尚书公者四人，而小官之谒吏部铨避而窥屏间者，盖杨诚斋也。五人者皆千载人，而同出于一时，呜呼盛哉，此皋陵所以圣也。”（《秋崖集》卷三八，《影印文渊阁四库全书》本，第1182册，第601页）

监司、郡守，岁荐所部吏关升磨勘，朝廷视为常式，第付铨曹施行，初不加省。间有特荐者，未即召对，及有升擢，则降审察之命。所谓审察者，审其人才，察其行谊。施于其职，可也；若山林隐遁之士，当路或以名闻，其肯冒昧而来，待人进退乎?①

更典型的例子，是刘克庄在《丞相忠定郑公行状》中，特别强调郑清之推荐选举人才之功德，并把理宗亲政时人物之盛当作“小元祐”：

既相，举太阿倒持之柄归之于上，一二大黜陟大因革，独断赫然，咸曰“英主出矣”。上方欲洗濯三十年积弊，公亦慨然以天下为己任，推忱布公，知无不为。赞上召老成，拔滞淹。真公德秀、魏公了翁、崔公与之、李公、徐公侨、赵公汝谈、尤公焴、游公似、洪公咨夔、王公遂、李公宗勉、杜公范、徐公清叟、袁公甫、李公韶，或奋闲散，或起迁谪，或由常调，莫不比肩接踵于朝。众芳翕集，时号“小元祐”。大者相继为宰辅，余亦为名公卿。②

从刘克庄对郑清之的由衷赞叹中，我们可感受到时人对荐举人才的重视与敬慕。

而且，知人、识人之准确、清晰乃至荐举人才之正大、光明，在南宋时人看来就是一种非凡能力的体现，刘克庄在《跋黄慥文卷》中道：

嘉熙丁酉，始得子实四六一帙读之，多乎哉！如大贾居货，无窘急之态，如名医蓄药，有仓卒之备。闳放巨丽，奇出不穷。使之草露布，裁诏书，于公异、封敖之流，当退避三舍矣。蜀士谈子实，毁誉多失其真，惟魏、游二公之言，最可信。③

刘克庄在大家“毁誉多失其真”情况的对比之下，对“惟魏、游二公之言，最可信”的仰慕之情跃然纸上，让我们自然而然地感受到时人对品鉴人才关注与重视的程度之深。

我们还可再举一例，绍兴二十六年丙子（1156），一代名臣张九成复秘阁修撰，知温州，他在温州期间，做了一件脍炙士人之口的大事，即举荐州学教授史浩。此事被记载甚详：

荐举之法日弊，坐主类不识门生面，第徇权贵所欲予者，举词概以“猷为敏劭、吏事疏通”书刻牍。史魏公分教永嘉日，张无垢为守。一日语次谓史曰：“某未尝轻荐士，今以浼公，可乎?”词曰：“识超几先，经传语外。”且云：“杼思三日，方得此八语。”士夫闻之，皆曰：“若此，方可名知己。”史初尉余姚，尝却帅曹泳之荐，当其怙势，谁敢为此

① 宋·周辉撰，秦克校点：《清波杂志》卷六，上海古籍出版社编：《宋元笔记小说大观》第5册，上海古籍出版社2001年版，第5081页。

② 《后村先生大全集》卷一七〇，宋·刘克庄著，辛更儒笺校：《刘克庄集笺校》第14册，中华书局2011年版，第6586－6587页。

③ 《后村先生大全集》卷九九，宋·刘克庄著，辛更儒笺校：《刘克庄集笺校》第9册，中华书局2011年版，第4181页。

举。宜其无垢以国士待之。[①]

《清波别志》详志此事细节，其中人物性情声貌如在耳目之前，重点就在于突出张九成识别人才的眼光与荐举人才的魄力，故最后赞叹："宜其无垢以国士待之"，仰慕钦佩之情溢于言表。

名流荐举不仅可以发现荐举人才，为朝廷输送国家栋梁，也能体现荐举者的眼光与见识。如南宋乔行简，为人历练老成，识量宏达，好荐士，所荐多至显达，故其逝世时受到时人高度评价。[②] 又如，魏了翁《鹤山集》卷八七《宝章阁学士通议大夫致仕赠宣奉大夫曹公墓志铭》盛赞曹彦约荐举人才的雅量高致：

公才禀素高，辅以讲学，朱文公守南康，兄弟亲炙之，为白鹿洞书院诸生。后十四年，见文公于长沙，又述所知行而请益焉，其师友渊源盖如此。是以理明行修，出入中外垂三十年，人以其进退为时重轻。考诸近世名卿，而观公之所成就，信乎公之所谓才者矣。[③]

曹彦约荐举人才的拳拳之心，还可参阅《昌谷集》卷八《举李燔自代状》《举度正自代状》《举曹豳自代状》《举张洽自代状》《举吴渊自代状》等文[④]，宋史对他的评价是"曹彦约可与建立事功"，就是看到曹彦约具有识人荐举的眼光与胸怀，把荐举人才的眼光与建立事功联系在一起评价，既受传统文化的影响，也是当时实际情况的反映。

真德秀是一位乐于荐举人才的雅量高致之士，在他任江东漕司时，刘宰即赋诗一首《寄江东真漕德秀》：

金陵千古帝王都，肉食何人解远图。只有爱民真学士，不惭通务汉三儒。[⑤]

爱民爱才的真德秀知泉州时，请刘宰撰《忠宣堂记》[⑥]，其中就有为他援引延誉之意，刘宰对此深感荣幸，在《通知泉州真侍郎德秀》中说：

某不学无文，猥辱过听，俾撰《忠宣堂记》，某冒当不辞。实欲因致一言，少见爱助，黾勉就绪，即欲拜纳。[⑦]

刘宰还在《回真侍郎》《通真侍郎》《回真内翰》[⑧] 等文中，对真德秀的提携之情表达了

---

① 宋·周辉撰：《清波别志》卷三，《影印文渊阁四库全书》本，第1039册，第123页。
② 元·脱脱等：《宋史》卷四二《理宗本纪二》第3册，中华书局1985年版，第816页。
③ 宋·魏了翁撰：《鹤山集》，《影印文渊阁四库全书》本，第1173册，第326页。
④ 宋·曹彦约撰：《昌谷集》，《影印文渊阁四库全书》本，第1167册，第102、103、105－106页。
⑤ 宋·刘宰撰：《漫塘文集》卷一，《影印文渊阁四库全书》本，第1170册，第285页。
⑥ 详参宋·刘宰撰：《忠宣堂记》，《漫塘文集》卷二一，《影印文渊阁四库全书》本，第1170册，第563－564页。
⑦ 宋·刘宰撰：《漫塘文集》卷一〇，《影印文渊阁四库全书》本，第1170册，第406页。
⑧ 详参宋·刘宰撰：《漫塘文集》卷一〇，《影印文渊阁四库全书》本，第1170册，第406－409页。

由衷感激。故当真德秀于端平二年（1235）五月去世时，刘宰满怀深情地写道：

中国相司马，和气满华夏。惜哉民始苏，身已要人扶。①

就是对真德秀识人爱才雅量高致的赞叹。

真德秀爱才主要表现在他多次举人自代。他曾举危稹自代，据《宋史·危稹传》载：

久之，提举崇禧观，与乡里耆艾七人为真率会。卒，年七十四……真德秀登从班，举稹自代，没，又为铭其墓。②

我们翻阅《西山文集》卷一七，发现里面有《荐贤能才识之士状》，不禁对真德秀肃然起敬，他为官时力荐过危稹、柴中行、徐侨等人，确实是知人善荐、举贤荐能，为朝廷发现人才、任用人才作出了巨大贡献。③ 他还曾荐赵汝谈自代，在《除翰林学士举自代状》中说：

宗正少卿兼权直学士院赵汝谈以宗英偏亲名辈，深醇之学，厥有渊源，雅健之文，自出机局。确乎不拔之操，卓尔不群之风。壮老不渝，夷险惟一，退屏于权门孔炽之日，来归于圣化更新之初，悃悃丹忱，形于箴谏，洋洋大笔，播之丝纶，欲求学士之真畴，出斯人之右……今举充自代。④

真德秀的荐士胸怀，受到人们好评，让赵汝谈铭记在心。王应麟《困学纪闻》载：

真文忠除参政，辞以疾，赵南塘草诏。……此诏有西汉风。⑤

刘克庄在《张天定四六》中云：

前辈作文必有师法。昔闻之西山先生曰："某掌内制六年，每觉文思迟滞，即看东坡，汗漫则有曲阜。"晚见赵南塘及余四六，曰："履常与兄合下由半山入，某未免由龙溪入，宜不及二君也。"⑥

真德秀不仅时时为赵汝谈延誉援引，而且亲自荐举他，以至于刘克庄在谈到真德秀时，还不忘他对自己和赵汝谈的评价，并以自己和赵汝谈文章"由半山入"这一经典评价而自

---

① 详参宋·刘宰撰：《真西山赞》，《漫塘文集》卷二五，《影印文渊阁四库全书》本，第1170册，第633页。

② 元·脱脱等：《宋史》卷四一五《危稹传》，第36册，中华书局1985年版，第12453－12454页。

③ 宋·真德秀撰：《西山文集》卷一七，《影印文渊阁四库全书》本，第1174册，第260－261页。

④ 宋·真德秀撰：《西山文集》卷一七，《影印文渊阁四库全书》本，第1174册，第250－251页。

⑤ 宋·王应麟撰，清·阎若璩、何焯评注：《困学纪闻》卷一九，《影印文渊阁四库全书》本，第854册，第482页。

⑥ 宋·刘克庄著，辛更儒笺校：《刘克庄集笺校》卷一〇六，第10册，中华书局2011年版，第4429页。

喜。王安石是唐宋八大家之一，“文章似西汉”①，真德秀称赵汝谈、刘克庄“由半山入”，无疑有为他们延誉推荐之意。时人看重真德秀评价的权威性，林希逸在《宋龙图阁学士赠银青光禄大夫侍读尚书后村刘公状》中云：

西山（真德秀）知公尤至，端平初贻书庙堂曰：“当今词人，惟赵某、刘某。”谓南塘也。②

袁桷在《问四六格式及速成之方检阅之书》中说：

大要寡学而才气差敏捷者，直师东坡。南渡以后皆宗之，金源诸贤只此一法。惟荆公一派以经为主，独赵南塘单传，莫有继者。③

赵汝谈草诏，是对真德秀表达自己感激涕零之情，故有西汉之风。

南宋士人进入仕途一般都经过多位名流的荐举。嘉泰三年（1203），陆游应举人才，他极力荐举的便是赵蕃，荐举缘由，详细记载在《渭南文集》卷五的《荐举人材状》中：

太中大夫、充宝谟阁待制致仕臣陆某……遂具申审：……文林郎监潭州南岳庙赵蕃，力学好修，杜门自守，入仕以来，惟就祠禄，今已数任，若将终身。或蒙朝廷稍加识拔，足以为静退之劝，抑躁竞之风，于圣时不为无补。④

时在临安任起居舍人兼太常少卿的真德秀对赵蕃的荐举更可谓是不遗余力，我们试看真德秀的《因明堂赦荐赵监岳蕃》：

臣等伏读嘉定八年九月辛未明堂大礼赦书，内一项，应士人有节行才识学术，素为乡里推重，不求闻达者，委监司帅臣同加搜访。每路一二人，仍与本州岛岛长吏，具从来所为事实，所通学术，连衔结罪保明闻奏，即不得已，常材备数，委三省再加察访。如所举不妄，特与擢用。仰见圣朝网罗遗逸之意，臣等朝夕博访，期所以称塞明诏之万一。窃见文林郎监潭州南岳庙赵蕃，元祐故家，学有源委，识虑深远，节操清高。早岁得官，临事有立。年逾四十，即上祠请，隐居求志，垂三十载矣。安贫处约，泊然无营。少工于诗，晚益平澹。身虽闲退，而爱君忧国之念未尝少忘。其在州里，诱掖后进，一以孝悌忠信为本。蕃虽名在吏部，然其行谊学识，素为乡曲所推，不求闻达，正应诏旨。⑤

---

① 李清照《词论》中语，王仲闻校注：《李清照集校注》，人民文学出版社1979年版，第195页。

② 宋·林希逸撰，林式之编：《竹溪鬳斋十一稿续集》卷二三，《影印文渊阁四库全书》本，第1185册，第789页。

③ 元·袁桷：《清容居士集》卷四二，《影印文渊阁四库全书》本，第1203册，第568页。

④ 《渭南文集校注》卷五，钱仲联、马亚中主编：《陆游全集校注》第9册，浙江教育出版社2011年版，第135页。陆游自中大夫进太中大夫，在嘉泰三年（1203）十月，见《金石续编》卷一九所载陆游《辞免转太中大夫状》后所系年月及职衔。

⑤ 宋·真德秀撰：《西山文集》卷一二，《影印文渊阁四库全书》本，第1174册，第186页。

读到如此详尽的荐辞，我们不禁有感于南宋时期名流贤达荐举士子的热情和士子奔走求荐的执着。而士子应“不求闻达”科的热情，也令我们想到了干谒之风盛行的唐朝。

宋人也颇有前辈名流荐举人才的风范，叶适便是一位善于荐举的热心肠的名流显人，他的荐举热肠体现在《上执政荐士书》中：

国家之用贤才，必如饥渴之于饮食，诚心好之，求取之急惟恐不至，口服之获惟恐不尽。……窃以近岁海内方闻之士，志行端一，才能敏强，可以卓然当国家之用者，宜不为少。而其间虽有已经选用，不究才能，尝预荐闻，未蒙旌擢；亦有已罹忧患，恐致沉沦，既得外迁，因不复入。以一疑而伤众信，用浮华而伤实能。又况自安常分，无所扳援，复贻稍年，永绝荣进者乎！每一思之，深切痛悼！

伏惟丞相国公，晋当国柄，所宜察饥渴饮食之时，体尽诚好士之心，急求力取，博选亟用，以为国本民命永远之地，以报明主之遇，以塞多士之责。……某等滥膺朝列，叨窃禄食，常愧听闻短狭，知贤不多，无以裨补万一，不胜惭愧！谨自陈傅良以下三十四人，冒昧以闻，伏候采择。①

其荐举人才的拳拳之心令人感佩。我们进一步挖掘，发现叶适本人就曾受到名流显人的荐举。据《宋史·叶适传》载：

叶适字正则，温州永嘉人。……少保史浩荐于朝，召之不至，改浙西提刑司干办公事，士多从之游。参知政事龚茂良复荐之，召为太学正。迁博士……除太常博士兼实录院检讨官。尝荐陈傅良等三十四人于丞相，后皆召用，时称得人。②

史官特别记载叶适曾被“少保史浩荐于朝”“参知政事龚茂良复荐之”，他之步入仕途正轨显然与名流显人的荐举密不可分。故一旦叶适自己有了地位和名声后也极力荐举人才，被时人称赞“得人”③。

我们在这里要特别强调的是史书上“时称得人”的记载，这说明南宋时人们在评价名流显宦时十分重视他们“得人”与否。咸淳九年癸酉（1273），文天祥见江万里于长沙，受到江万里的高度评价，文天祥特地将此事记载在《纪年录》中：

是年夏，见古心先生江万里于长沙。公从容语及国事，悯然曰：“吾老矣（时年七十六）！观天时人事当有变。吾阅人多矣，世道之责，其在君乎！”④

---

① 《水心文集》卷二七，宋·叶适著，刘公纯、王孝鱼、李哲夫点校：《叶适集》，中华书局 2010 年版，第 555 页。

② 元·脱脱等：《宋史》卷四三四《叶适传》，第 37 册，中华书局 1985 年版，第 12889、12890 页。

③ 叶适的“得人”，除了他确实喜欢援引荐举晚生后辈之外，还喜欢印可品题江湖谒客、奔竞士人的作品，成为南宋中后期文坛上受到广大奔走干谒之徒好评的名流显人，这点可详参本书第三章“名流印可、文人干谒与南宋文学”，此不赘述。

④ 宋·文天祥撰：《文山先生文集》卷一七《纪年录》，四部丛刊本；另参宋·文天祥：《文山纪年录》，吴洪泽、尹波主编：《宋人年谱丛刊》本，第 12 册，四川大学出版社 2003 年版，第 7994 页。

这段记载，耐人寻味之处就在于江万里“吾阅人多矣，世道之责，其在君乎”之语所体现出来的鉴识人才的雅量高致，尤其是这样的言语通过文天祥精心记载下来，就具有了双重意义，一方面鲜明地突出了前辈名流识人得人的鉴别能力；另一方面也生动地说明了时人对前辈名流鉴别能力的认可与重视。这在当时是十分普遍的现象。

叶适为詹体仁作《詹公墓志铭》时特别注意他荐举擢用人才方面的壮举：

公立朝，察消长，观会通，劝发善意，助达阳德。于人材治道，开阖明晦，密扶显相，功效十数，顾难以言传也。自赵丞相去，士久失职。公率同志请于周丞相，反复极论，责以变通之理。因疏纳知名者三十余人，周丞相不能用，然其后亦多所收擢，公之力也。①

叶适在此对詹公荐举人才之力津津乐道，在他看来，人才因詹体仁荐举而“其后亦多所收擢”是其一生的重大功绩，就将其写进了《詹公墓志铭》，成了盖棺定论时的重要一笔。

无独有偶，楼钥在《孙公神道碑》中亦对孙逢吉的荐举行为特别留意：

尤笃意人物，太府卿项安世，吏部吴镒、方铨，工部徐应龙，皆所荐也。②

可以说，此中的“笃意人物”与此前之“时称得人”如出一辙，是南宋士人对朝廷名流显人的高度评价，是对他们人品道德的赞美歌颂。

以至于南宋时人周辉为了赞扬先人人品高尚，也特别谈及其“荐自代”的情形：

先人性坦夷，遇事即发，无一毫顾避。亲戚有初除从官来见，首询：“荐何人自代?”答以张安国。先人曰：“不易荐拔寒素，状元及第，荣进素定，何待荐也!”退而先人复言：“且如择婿，但取寒士，度其后必贵，方名为知人；若捐高赀，榜下脔状元，何难之有!”③

从中亦可看出南宋时人对“知人”而荐重要性的认识。

南宋士人在谈及君臣遇合时，往往亦十分注重君主提携重用人才的实际效果，如周必大在《周茂振枢密海陵集序》中就反复强调周麟之如何得到天子褒赏之事，其目的性非常明确，就是要突出表现周麟之出众的才华与天子赏识人才的慧眼：

本朝沿唐旧，西掖掌外制，北门掌内制，谓之两制，而非侍从近臣之通称也。太宗时，四方砥平，人材辈出，专以是处文学器识之士，礼遇非他官比。二府有缺，率于此取

---

① 《水心文集》卷一五，宋·叶适著，刘公纯、王孝鱼、李哲夫点校：《叶适集》，中华书局2010年版，第287页。

② 宋·楼钥：《攻媿集》卷九六，《影印文渊阁四库全书》本，第1153册，第488页。

③ 宋·周辉撰，秦克校点：《清波杂志》卷四“从官荐自代”条，上海古籍出版社编：《宋元笔记小说大观》第5册，上海古籍出版社2001年版，第5051－5052页。

之。惟参知政事蜀人苏易简尤被眷奖，其自两制入中书犹未强仕。淳化二年，御飞白书“玉堂”等四字以赐，至今号为北门盛事。炎祚中兴，时则有吾宗枢密公茂振以隽明之才、辨丽之文受知太上皇，人皆以苏公遇太宗为比。年逾三十，由馆阁兼掌书命，其后超拜掖垣，入翰林，三迁为学士。每一制辞出，学者争相传诵。天子尝褒谕曰：“卿久掌内外制，中外士大夫咸称得代言之体。”绍兴三十年，复大书“玉堂”二字赐之，其视淳化若合符节。公先世亦蜀人也，后徙海陵，登科者踵相蹑，所居号丛桂坊，世有显人，至公遂大用，可谓盛矣。公薨，嗣子准裒遗稿得二十三卷，而内外制殆居其半。盖久官于朝，故其他诗文因事而作者少，然温润精切，鼎脔可知。向使天假公年，主盟斯文，则述作之富虽至于百卷可也。准数以序为请，予与公同宗同朝，不得而辞。①

上有所好，下必效而行之。既然天子都以赏识礼遇人才为荣，巨卿显宦更以荐举提携人才为己任。“世有显人，至公遂大用，可谓盛矣”正是对名流荐举之功的高度评价。这篇序言还有一个地方引起了我们的兴趣，即周必大为何作此序，据他称是“予与公同宗同朝，不得而辞”，也就是说人际关系、人情世故是促成这篇序言的直接原因。当然，从表面上看，这篇序言是一篇精彩的印可文章，印可的对象又是“同宗同朝”的名流，也可谓是国家的栋梁之材。

相反，若是人才得不到及时的重用，则会被感叹“千古文章未尽才”，而人才能否得到重用，关键在于主上是否“笃意人物”、能否“得人”。即便尊为帝王，南宋时人也常以能否“用人”来品评之，陆游在《跋高皇御书》中满怀悲怆地道：

臣某伏睹高皇帝御天下几三十年，进用谏官御史，皆出圣选，故往往躐至相辅。其不合者，犹为侍从乃去。如施公财任遗补，即出守小郡，盖无几人。则其犯颜咈指，不挠于权幸，可以想见。而上之知人受尽言，有仁祖用范仲淹、唐介之风矣。惜乎施公遽逝去，不及召用。呜呼悲夫！②

对人才得不到重用而发出的悲叹，与唐人“冯唐易老，李广难封，屈贾谊于长沙，岂无圣主，窜梁鸿于海区，岂乏明时，所赖君子见机，达人知命”的感叹如出一辙，前后辉映。人才的重要与否，竟然能引起士人如此深沉的浩叹，这是值得我们注意的文化现象。

若有机会荐举人才而没有援引进荐，名流显宦自己也会为此深感不安，如真德秀撰写《石屏诗集跋》时道：

戴君诗句高处不减孟浩然，予叨金銮夜直，顾不能邀入殿庐中，使一见天子，予之愧多矣。③

① 宋·周必大撰，周纶编：《文忠集》卷二〇，《影印文渊阁四库全书》本，第1147册，第210－211页。

② 《渭南文集校注》卷二六，钱仲联、马亚中主编：《陆游全集校注》第10册，浙江教育出版社2011年版，第129页。

③ 宋·戴复古著，吴茂云、郑伟荣校点：《戴复古集》，浙江大学出版社2012年版，第387页。

真德秀此时可谓名流显宦，掌握话语权，本有机会援引荐举戴复古，可因错失良机而抱憾不已，这种对荐举人才的重视及因没有及时荐举人才而产生的愧悔之情，值得我们深长思之。①

作为十分注重“君子小人之辨”② 的社会贤达、名流显宦，南宋时人评价“君子”的标准之一（甚至是非常重要的标准）就是要求他们“得人”，这正是“君子”义之当为之事。魏了翁在《跋罗文恭荐士稿》中道：

> 今幸从文恭公之子愚获观《荐士稿》，前辈怀人忧世之规，大抵皆如此，凡以谨时几而厘帝命也。俗流世隘，此事久无闻矣。三复遗墨，为之永叹。③

对罗点“前辈怀人忧世之规”的荐士书永叹不已，从中可见南宋时期，士人在高度评价名流荐举人才的行事风格时，往往也把这一行为当作是人物品质超群的体现。

杨万里在《胡公行状》中特别强调以刚直著称的胡铨向孝宗荐举人才之事：

> 上在讲筵，谓公曰：“卿之学术，士所甚服。”因及此曰：“文士如苏轼、黄庭坚者谁欤？”对曰：“未见其人。”“诗人如张耒、陈师道者谁欤？”对曰：“太上时如陈与义、吕本中，皆宗师道者。”上曰：“如韩驹、徐俯，皆有诗名，卿可广访其人。”退而荐王庭珪、朱熹、杨万里、周必正、弟镐、犹子昌龄籍云。④

一代名流王庭珪、朱熹、杨万里、周必正等都曾经前辈名流胡铨的荐举援引从而名扬四海，在杨万里看来，慧眼识英才正是胡铨的过人之处。

唐代诗人韩昌黎作有《荐士》一诗，南宋时人对此诗十分重视，甚至把它与六经之首的《诗》经相提并论，据李处权撰《崧庵集自序》载：

> 处权未冠始学《诗》于先君，一日谓处权曰：“三百篇，诗之祖也，六义存焉，至《六月》序篇卒之，以《小雅》尽废，则四夷交侵，中国微矣。《诗》之道岂小补哉，小

---

① 真德秀在南宋时期就以非凡的识人眼光及文章鉴别能力而被世人所高度重视。我们从宇文十朋所撰《柳塘集跋》中可见一斑：“紫阳汪讲书以《柳塘集》见示，阅卷端，西山真公之赏音也。呜呼！知主可以复其客，柳塘之谓耶？重九之宴，吾乡老苏先生以布衣与焉。遐想群玉堂中，柳塘负英伟奇岩之气，与一时伟人从于觞咏之乐，然则谓之老泉也亦宜。”（旧抄万历刊本《方壶存稿》卷末）

② 详参沈松勤：《北宋文人与党争》“君子小人之辨：北宋党争的理论依据与主体性格”，人民出版社1998年版，第48－72页。北宋文人注重君子小人之辨的遗风一直影响到南宋，淳熙十五年（1188）十月罗点向孝宗进言道：“臣闻君子、小人相为消长：众正进而后群枉消；群枉消而后国是定；国是定而后太平之基立。自古圣明之君广储人才，扶植善类，使阴邪小人无间可入，岂直为一时之计哉！今恶直丑正之徒私立名字，阴阻善良，稍相汲引者指为朋党，稍欲立事者目为邀功，而独以循默谨畏者为时才。此陛下好贤之美意所以犹未白于天下也。愿明诏大臣，公心求才，毋惑于邪说。”（袁燮：《罗公行状》，《絜斋集》卷一二）将荐举人才当作是孝宗“好贤之美意”，斥责“恶直丑正之徒私立名字，阴阻善良，稍相汲引者指为朋党，稍欲立事者目为邀功”的小人行径，这种“君子小人之辨”的意气之争也导致南宋士大夫汲引朋类、党同伐异，党争激烈、干谒奔竞之风盛行一时。详参沈松勤：《南宋文人与党争》“君子小人之辨与用人之争”，人民出版社2005年版，第269－286页。

③ 宋·魏了翁撰：《鹤山集》卷六三，《影印文渊阁四库全书》本，第1173册，第55页。

④ 《胡公行状》，《诚斋集》卷一〇八，宋·杨万里著，王琦珍整理：《杨万里诗文集》，江西人民出版社2006年版，第1887页。

子识之!”处权再拜服膺而退。既冠归洛，则又学《诗》于乡先生段处厚约，亦一日谓处权曰：“昌黎公作《荐士》诗，序诗之高下得失至矣尽矣，不可以加矣，学者当于此求，外此非吾所知也。”处权敬佩书绅，于今不忘。处权固陋，既不敢坠先君之训，又不敢负段丈之教，虽羁旅鞍马、疾病呻吟，拳拳之思终在是也。①

郑兴裔《荐举陈造状》体现出南宋士大夫荐举人才的“拳拳之思”，选贤举能、热情洋溢，使韩昌黎《荐士》之作不得专美于前：

臣伏见高邮陈造明经修行，幼居乡曲，早有时誉。淳熙二年，第进士甲科，以词赋声震艺苑。调太平州繁昌尉，摘伏发奸，不畏强御，政成报最。除平江教授，启迪生徒不倦，撰《芹宫讲古》，阐明经义。士子服其论议，憾师承之不早，至有“淮南夫子”之称。每孤高自守，不欲取容当途。然臣窃观其问学闳深，艺文优赡。恭值国家右文，似此之人，不宜置之冷曹。伏乞睿察特赐简用，必有以副旁求之意。臣无任冒昧应诏举奏以闻。②

郑兴裔所体现出来的荐举人才热情，使长期身居下僚、不得志之人有了展示自己的机会。被他荐举的陈造就受到四库馆臣的高度评价：

其文则恢奇排奡，要亦陈亮、刘过之流。其他札子诸篇，多剀切敷陈，当于事理。记序各体，锤字炼词，稍伤真气，而皆谨严有法，不失规程。在南宋诸作者中，亦铁中铮铮者矣。③

南宋名流巨卿荐举人才的前辈风范及其效果由此可见一斑。

第五节　徇情枉法——名流荐举的历史反思

任何事物都有两面性，故需要辩证地看问题。名流荐举固然是体现名流眼光识鉴的高尚行为，同时也是南宋以来干谒奔竞、徇私舞弊、徇情枉法盛行的内在根源。据周必大《缴荐士奏（十月二十七日）》载：“臣昨晚既具回奏，连夜翻阅旧书，方见元荐士札子，乃是七月初众人面纳。明知朝廷未必听用，不过各欲借口塞故旧之责，此亦古今常事，无足多怪。……袁枢久被圣知，偶与陈贾有仇，近复因冷世光事，所以不乐多荐。罗点蒙亲擢右史，未免人之忌嫉。张体仁乃梁克家所荐；叶适是王淮用为学官；冯震武则留正幕属。五人皆主张朱熹，遂致议论，似未必专为荐士。伏乞睿照。”④ 我们从袁枢的“不乐多荐”与“五人皆主张朱熹，遂致议论，似未必专为荐士”中可以看出，当时名流显人

① 宋·李处权撰：《崧庵集》卷首，《影印文渊阁四库全书》本，第1135册，第580页。
② 宋·郑兴裔撰：《郑忠肃奏议遗集》卷上，《影印文渊阁四库全书》本，第1140册，第204页。
③ 《四库全书总目》卷一六一《江湖长翁文集提要》，中华书局1965年版，第1384页。
④ 宋·周必大撰，周纶编：《文忠集》卷一五二，《影印文渊阁四库全书》本，第1148册，第663页。

在荐举人才时最重要的一点就是人际关系的亲疏远近。

被荐举者与举主的关系如何，以及在何种关系下举主荐举被荐举者，是我们考察南宋干谒与文学的关键所在。举主大多荐举与自己关系密切、时相过从之人，“此亦古今常事，无足多怪”。人情、人情，在人情愿。情愿荐举自己人和阿谀奉承自己的人也是人之常情、人情之常。[①] 姜特立当权时，“台谏皆其门人”[②]，韩侂胄主政时，“所以能奔走群臣无不附己者，给舍台谏用舍之柄在其手耳”[③]。

由于上述原因，在南宋，出现名流举荐与自己关系密切的人才自代的现象就是十分自然的了。楼钥除给事中时，举高似孙以自代，在他的《除给事中举高似孙自代状》中云：

右臣伏见文林郎、绍兴府会稽县主簿高似孙，夙有俊声，能传家学，词章敏赡，吏道通明，臣今举以自代。[④]

可见，名流显宦举人才以自代，兼有名流印可与荐举的功效。为了得到名流显宦的举以自代，士人干谒奔走再辛苦也是值得的。受到名流荐举的高似孙就尝到了甜头，在以后的人生道路上热衷于奔走权贵之门，极尽干谒请托之能事。[⑤]

我们还可以罗大经为例，罗大经与上司范应铃交往密切，当时范应铃任广南西路提点刑狱，《鹤林玉露》丙编卷二《不谈风月》条记载了范应铃主动提出要给罗大经写推荐信的情形：

余初任为容南法掾，才数月，偶留帅幕。旂叟忽袖中出职状一纸畀余。余辞以未书一考，不当受。旂叟曰：“固也，子亦漫收之，若书一考，而某未以罪去，则可以放散。不然，亦聊见某具一只眼耳。”[⑥]

对这段文字，王瑞来有非常精彩的点评，可作为我们“荐举导致徇私舞弊”的注脚：

根据宋代选人升迁改官制度，选人升迁改官所必需的五份推荐书中，第一份破白与第五份合尖固然重要，但作为主管上司的职司推荐书则是必不可少。范应铃给罗大经的职状就是这样一份推荐书。笔者曾经考察过，选人要想得到举主的推荐书是极为困难的一件

① 这也正是《论语·卫灵公》中所说的：“道不同不相为谋。”举主一般都会荐举与自己“道同”之士，而干谒奔竞之徒为了得到举主的荐举，则会主动阿谀奉承举主，尽量显得自己与举主是“道相同”而可以相为谋的，这也就是为什么历史上总是出现“小人得志”的现象。王禹偁在《朋党论》中更进一步指出：“君子常不胜于小人，是以理少而乱多也。夫君子直，小人谀。谀则顺旨，直则逆耳。人君恶逆而好顺，故小人道长，君子道消也。”（曾枣庄、刘琳主编：《全宋文》卷一五一，第4册，上海辞书出版社 2006 年版，第440页。）

② 元·脱脱等：《宋史》卷三八九《尤袤传》，第34册，中华书局1985年版，第11929页。

③ 《龙图阁学士通奉大夫尚书黄公行状》，宋·袁燮撰：《絜斋集》卷一三，《影印文渊阁四库全书》本，第1157册，第181页。

④ 宋·楼钥：《攻媿集》卷三一，《影印文渊阁四库全书》本，第1152册，第581页。

⑤ 叶绍翁《四朝闻见录》卷二载有高似孙《由校中秘书授徽倅道出金陵投留守吴公琚》一诗，极力歌功颂德，目的就是希望留守吴琚能帮自己延誉荐举。

⑥ 宋·罗大经撰，王瑞来点校：《鹤林玉露》丙编卷二《不谈风月》，中华书局1983年版，第263页。

事，甚至像杨万里那样有影响有地位的人求索都有不如愿的时候。而从范应铃主动给罗大经职状的这一记载看，可知范应铃对罗大经相当器重。然而，作为有推荐资格的官员，所请托者多，而每年可以推荐的名额则有限，给谁当举主，恐怕不能单凭被推荐人的能力、才华以及政务业绩，这背后有着复杂的人际关系和利益考量在起作用。究竟是什么原因使范应铃对罗大经如此看重呢？……网络就是这样连接的。在杨长孺家乡任官的冷应澂，被杨长孺所赏识推荐。任满后调任广西静江府司录参军，大约也是杨长孺向转运使范应铃荐送的。这表明，范应铃或许是由于吉州任官的经历，与杨长孺早有交谊。而罗大经无疑也是在杨长孺的设计下，走了与冷应澂同样的路径。这就是范应铃在任广南西路提点刑狱期间为何独独对仅仅是一个属下的司法参军罗大经格外器重的秘密。①

我们从王先生的考析中，不难看出人际关系的亲疏远近在举主推荐人才方面所起到的重要作用。需要注意的是，并非所有士人都有关系密切的举主，他们要进入仕途，必然要四方奔走找关系。正是南宋士人的干谒奔走造成了应酬文学的繁荣。这对当今社会仍然存在的各种推荐制度的制定施行、歌功颂德的浮夸文风，或许能够起到警惕作用，提醒我们要警惕荐举的陷阱及谄媚的嘴脸。

赵蕃的例子或可补充说明这一点，他一生先后受到周必大、陆游、真德秀等名公显宦、社会贤达的荐举，在他的人生之旅中起到了非常重要的影响。《宋史·赵蕃传》载：

蕃以旸致仕恩，补州文学。调浮梁尉、连江主簿，皆不赴。②

赵蕃不赴主簿的原因耐人寻味，然赵蕃初入仕途与周必大的举荐关系密切却是毫无疑问的。周必大在《与赵子直丞相（乾道九年）》中极力向赵汝愚推荐赵蕃：

因契家赵蕃主簿求书，辄附尺牍。赵工诗能文，但以贫为病，亦知州郡岂有余力及人？渠既专介远来，又不容拒，尚望垂念。③

赵子直即赵汝愚，乾道八年（1172）五月起知信州，④ 后来当了丞相，周必大此书的目的就是为赵蕃求书举荐于赵汝愚，赵汝愚时在知信州任上，但因是社会名流，他的举荐对于初入仕途补州文学的后生小子赵蕃能起到十分重要的作用，不久赵蕃就任辰州司理参军，韩元吉在《送赵蕃辰州司理》诗中感叹：

故家零落眼中稀，岁月峥嵘踏路歧。诗解穷人君莫恨，钱能使鬼我方知。片言折狱非

① 王瑞来：《小官僚大投射：罗大经仕履考析——宋元变革论实证研究举隅之三》，《文史哲》2014 年第 1 期，第 107－108 页。

② 元·脱脱等：《宋史》卷四四五《赵蕃传》，第 37 册，中华书局 1985 年版，第 13146 页。

③ 宋·周必大撰，周纶编：《文忠集》卷一九一，《影印文渊阁四库全书》本，第 1149 册，第 164 页。

④ 详参《南宋馆阁录》卷七《著作佐郎·乾道以后》，第 98 页。

无日，谈笑封侯会有时。一上梅山吊盘瓠，剩题佳句写幽思。[1]

或许就是看到“诗解穷人君莫恨，钱能使鬼我方知”的普遍社会风气。而“钱能使鬼”，也必能使人，且能使为政者，为了当官用钱来打通关节，而为政者收了干谒者的钱财为人引荐，也是人之常情，钱的重要性由此可见，这也是当时文人干谒奔走权门盛行一时的重要表现。赵蕃在仕途奔走、宦海浮沉之际，是否动用过金钱的力量，我们不得而知。但是我们可举一反例，《宋史·刘清之传》载：

刘清之字子澄，临江人。……甘贫力学，博极书传。登绍兴二十七年进士第。……部使者以清之不能媚己，恶之，贻书所厚台臣，诬以劳民用财，论罢，主管云台观。[2]

刘清之是与赵蕃同时的名士，因不亲媚上司而被“诬以劳民用财”罢免，其中因缘，耐人深长思之！而赵蕃在仕途上屡受名流荐举，也耐人寻味。

钱穆曾指出：

科举进士，唐代已有。但绝大多数由白衣上进，则自宋代始。我们虽可一并称呼自唐以下之中国社会为“科举社会”，但划分宋以下特称之为“白衣举子之社会”，即“进士社会”，则更为贴切。我们亦可称唐代社会为“前期科举社会”，宋以后为“后期科举社会”。[3]

魏晋南北朝是一种门第社会，士人的社会身份和地位是命中注定、无法更改的。自从隋唐实行科举考试制度以后，士人开始有了把握自己命运的机遇，除了寒窗苦读之外，干谒请托之风也由此盛行。

王炎的入仕经历在南宋具有特别普遍的意义。据其《双溪类稿》卷一〇《长短句序》自述：“三十有二，始得一第，未及升斗之粟，而慈亲下世。以故家贫，清苦终身。家无丝竹、室无姻侍。”[4] 子欲养而亲不在，人生的悲痛莫过于此。更加令人不安的是，王炎年届四十，在崇阳簿任已三年，很不得志，遂上书鄂州守林子中请求援引举荐，在这篇干谒请托的《见林鄂州》中表达了当时落寞士子普遍存在的情感：

炎闻物无必贵，亦无必贱。荆山之玉，天下之至贵也，而方其未有所遇也，献之者三刖其足，不龟手之药，天下之至贱也。而及其有所遇也，用之者裂地而封，物之贵贱无定如此。炎推求其故而为之太息以悲。夫天下之士，谁肯甘心于无闻。然不幸而无所遇则困于布衣，沉于下潦，卒与草木俱腐者，不可胜计。幸而有所遇则策足于青云之上，取富贵立功名者，千百人之中不能一二也。嗟夫！士欲有闻于当世，诚可谓至难也已。炎生十五年而学为文，三十有二年而仅登进士之科，犬马之齿，四十而蹭蹬于九品之贱，激昂之气

---

① 宋·韩元吉撰：《南涧甲乙稿》卷五，《影印文渊阁四库全书》本，第1165册，第54页。

② 元·脱脱等：《宋史》卷四三七，第37册，中华书局1985年版，第12953、12956页。

③ 钱穆：《中国历史研究法》，生活·读书·新知三联书店2001年版，第46页。

④ 宋·王炎撰：《双溪类稿》卷一〇《长短句序》，《影印文渊阁四库全书》本，第1155册，第529页。

已衰，飞腾之念已绝矣。天假之幸，获趋走于明公之门，不惟奉令承教，可以免罪，又辱矜怜而奖提之。炎之始望本不及此。①

在此艰难困苦之境，如能得到明公荐举援引，必然感激涕零：

炎，一介书生，始出而从仕，获居属吏之末，无半面之识，无游谈之援，无葭莩之奥助，无左右之先容。明公察其临事不苟而信其廉谨无他。取其寸长而略其所短，降辞色以待之，无以异于哲父察兄之爱其子弟。②

无可奈何之下，王炎于淳熙六年己亥（1179），入张栻江陵幕府，“时南轩先生张公帅江陵，闻而器之，檄于幕府，议论相得”③。在《上留丞相》中，王炎说：

岁在己亥，始获关升，赵丞相用事，不敢见焉，则以未脱选调也。岁在丙午，始脱选调，王丞相用事，不敢见焉，则以犹未试县也。④

从这段记载中，我们不难发现“不敢见焉”是王炎“未脱选调”“犹未试县”的关键所在。“不敢见焉”换一个说法就是不敢干谒请托，如果不干谒事人，不被朝廷重用就是必然结果了。王炎自己也清楚地认识到了这一点，故拜谒张栻，所以才在秩满之时，改潭州教授。

后来，王炎改变了“不敢见焉”的生活方式，频繁奔走于名流巨卿之门：

今者承乏，岳之临湘，终更而来，故敢有所谒于丞相之前，天下之事，浅者不足言也，其深切者，炎又不敢尽载于书，请试略言之，相公论道经邦之暇，倘赐观览，炎敢毕其区区之说。⑤

这段文字的重心在于“敢有所谒于丞相之前”，正是这样“敢有所谒”的行为方式改变了自己的命运：“有守荐，用举主改秩，宰岳之临湘”⑥。王炎不但写了《上留丞相》请求丞相留正援引荐举，还作有《水调歌头·留宰生日》词来逢迎取悦他。这是南宋士子在迫不得已的情况下请求引荐的必然结果，也是南宋士子在当时的社会环境下不得不走的一条谋生之路。王炎知临湘县后，就举荐临湘酒税官刘朋举，并在临别之际，写下了这篇感人肺

① 宋·王炎撰：《双溪类稿》卷一九，《影印文渊阁四库全书》本，第1155册，第643页。

② 宋·王炎撰：《上林鄂州书》，《双溪类稿》卷一九，《影印文渊阁四库全书》本，第1155册，第643－644页。

③ 宋·胡升撰：《王大监传》，明·程敏政编：《新安文献志》卷六九，《影印文渊阁四库全书》本，第1376册，第178页。

④ 宋·王炎撰：《双溪类稿》卷二一，《影印文渊阁四库全书》本，第1155册，第670页。

⑤ 宋·王炎撰：《上留丞相》，《双溪类稿》卷二一，《影印文渊阁四库全书》本，第1155册，第670页。

⑥ 宋·胡升撰：《王大监传》，明·程敏政编：《新安文献志》卷六九，《影印文渊阁四库全书》本，第1376册，第178页。

腑的《送刘监序》：

上饶刘君朋举为临湘酒税官，与某同僚且二年。会靖之会同缺令，部使者直秘阁丁公行部至临湘，访邑吏贤否，某具言朋举廉谨习为吏，即檄摄会同邑事。将行，余不得无言。……古今赠行之言众矣，大抵多颂而少规，而余于朋举有规而无颂，言之他人必以我为戆，言之朋举必以我为忠。①

与唐代韩愈的《送孟东野序》有异曲同工之妙，都是荐举援引的佳作。

王炎通过干谒请托而走上仕途，深通荐举之道，但也产生了很大的负面影响，给他造成了麻烦，甚至导致他落职。据《宋会要辑稿》职官七三之二八载：

嘉泰元年二月八日，军器监王炎放罢，以侍御史陈谦言："炎心术诡谲，趣向贪鄙；交缔伪徒，赓酬诗句；考试上庠，不独私取知旧，其子亦在选中。"②

可见，荐举中的徇私舞弊、徇情枉法，有其深刻的历史根源和时代背景，是当时吏治腐败的重要表现。

我们再以戴栩为例来说明此点。戴栩在《浣川集》卷一〇《存斋蒋弋阳墓志铭》中道：

嘉定九年，浙漕荐其文于礼部，遇余行都。余摘水心语谓曰："子以胜流恬于仕进，子无干泽可矣，奚必以科目为累哉？"君笑颔之，自是不复举进士。③

戴栩好像是位清高恬静之士，然在任职地方时，也常常向名流显宦投寄书启以求延誉援引。如他在《答交代钱知县启》中道：

某吏道无师，儒酸自锢。一第续灯于诸父，勉为祀灶而来；九品结鞅于底寮，敢期代匠之斫。④

在《上赵尚书启》注中道：

曾移书卫参，劝令剡荐，又欲辟为幕属。⑤

---

① 宋·王炎撰：《双溪类稿》卷二四，《影印文渊阁四库全书》本，第1155册，第707－708页。
② 清·徐松辑：《宋会要辑稿》职官七三之二八，中华书局1957年版，第4030页。
③ 宋·戴栩撰：《浣川集》卷一〇，《影印文渊阁四库全书》本，第1176册，第763页。
④ 宋·戴栩撰：《浣川集》卷八，《影印文渊阁四库全书》本，第1176册，第746页。
⑤ 宋·戴栩撰：《浣川集》卷六，《影印文渊阁四库全书》本，第1176册，第733页。

在《上杨大卿启》中云：

曾移书金陵，为之求辟，不遂，既赴科场，因上此干荐。[①]

他还屡次以诗文投赞史弥远，以求名位。在嘉定十四年（1221）“八月乙卯，赐史弥远家庙”[②] 时，戴栩趁此机会作《贺丞相家庙诗》，对史浩、史弥远父子极尽阿谀奉承之能事：

有永恢皇祚，中兴挺世臣。王封一品贵，庙锡五筵新。……父子千龄并，明良一德纯。秉心同此学，锡福遍生民。[③]

此外，戴栩还有《上丞相寿》[④]《太师史越王祠记》[⑤]《贺丞相冬启》[⑥]《贺史敷文冬启》[⑦]《贺丞相正启》[⑧]《贺史宝谟正启》[⑨]《冬至贺丞相启求荐》[⑩]《贺丞相得孙启》[⑪] 等诸如此类的谀诗谀文，四库馆臣对此深有感触，指出：

史弥远柄国之时，栩献诗谀颂，不一而足。而胡知柔以争济王事忤弥远，谪赴象台，栩又赋诗赠行，深致惋惜，前后若出两辙。昔韩愈上京兆尹李实书，深相推挹，及作《顺宗实录》，乃具列其罪。文人前后异论，虽往往而然，然不应一时之内，翻覆至于如是，岂非内托于权幸，外又附于清流欤！其人殊不足道，以词采取之可矣。[⑫]

可以看到，如此频繁地干谒求荐，是他急功近利的表现。但我们还应知道戴栩因奉养母亲的原因，由京官出任信州，屡以诗文投赞史弥远，以求帮助，《浣川集》卷四《乞补外札子》载：

某有母八十，景薄桑榆，卧病频仍，日亲药石，若非求就养之便，恐莫遂怡颜之期。[⑬]

---

① 宋·戴栩撰：《浣川集》卷七，《影印文渊阁四库全书》本，第1176册，第738页。
② 元·脱脱等：《宋史》卷四〇《宁宗四》，第3册，中华书局1985年版，第777页。
③ 宋·戴栩撰：《浣川集》卷一，《影印文渊阁四库全书》本，第1176册，第692－693页。
④ 宋·戴栩撰：《浣川集》卷二，《影印文渊阁四库全书》本，第1176册，第697、700、709页。
⑤ 宋·戴栩撰：《浣川集》卷五，《影印文渊阁四库全书》本，第1176册，第723页。
⑥ 宋·戴栩撰：《浣川集》卷六，《影印文渊阁四库全书》本，第1176册，第725页。
⑦ 宋·戴栩撰：《浣川集》卷六，《影印文渊阁四库全书》本，第1176册，第726页。
⑧ 宋·戴栩撰：《浣川集》卷六，《影印文渊阁四库全书》本，第1176册，第727页。
⑨ 宋·戴栩撰：《浣川集》卷六，《影印文渊阁四库全书》本，第1176册，第728页。
⑩ 宋·戴栩撰：《浣川集》卷六，《影印文渊阁四库全书》本，第1176册，第726－727页。
⑪ 宋·戴栩撰：《浣川集》卷六，《影印文渊阁四库全书》本，第1176册，第728页。
⑫ 《四库全书总目》卷一六二《浣川集提要》，中华书局1965年版，第1395页。
⑬ 宋·戴栩撰：《浣川集》卷四，《影印文渊阁四库全书》本，第1176册，第713页。

同卷《再乞补外札子》称：

唯是有母八十，抱病沉绵，日起枌榆之思，欲亲药饵之便。①

在获得通判信州一职后，戴栩作启谢史弥远：

由莞库之下士，通朝靡介于先容；招学馆之诸生，职教特叨于累擢。……春老萱闱，旨甘切望。……方怜羝乳，哺以无期；讵谓牛喘，鸣而有问。②

由此看来，他干谒奔走史门是无可奈何的选择。在《浣川集》卷八《除架阁谢丞相启》中戴栩道出了自己干谒请托的苦衷：

第太常者十七年，绝企腾黄之步；课考功者岁六稔，仅收破白之章。……凡前后有祈于荐牍，皆震惶自悸于心扃。况象魏度藏之联，为鹓行储养之径。③

“仅收破白之章”的无奈，体现出南宋中后期士人进入仕途的艰难。“仅收破白之章”是进入仕途的第一步，更艰难的则是此后的“合尖”。此时戴栩已经“第太常者十七年”“课考功者岁六稔”，岂不让人产生岁月蹉跎、人生易老、壮士成虚、时光空过之感。因此，我们在评论南宋干谒奔走之士时，应对他们抱以了解之同情的研究态度。

① 宋·戴栩撰：《浣川集》卷四，《影印文渊阁四库全书》本，第1176册，第713页。
② 宋·戴栩撰：《浣川集》卷六《谢丞相得倅信州启》，《影印文渊阁四库全书》本，第1176册，第729页。
③ 宋·戴栩撰：《浣川集》卷八，《影印文渊阁四库全书》本，第1176册，第749页。

第五章
科举入仕、文人干谒与南宋文学

关于唐代科举与文人干谒及文学创作关系的研究，目前已有较多的成果。相关论著如程千帆《唐代进士行卷与文学》和傅璇琮《唐代科举与文学》①。薛天纬《干谒与唐代诗人心态》在论述干谒行为的必要性基础上，对唐代文人的干谒心态，做了实例分析和描述。② 葛晓音《论初盛唐文人的干谒方式》③，葛景春《李白与唐代的干谒之风》④，张玉璞《论盛唐干谒文》⑤，陶敏《纵横术与唐人干谒之风——从李白〈与韩荆州书〉说起》⑥，王佺《唐代干谒与文学》⑦ 为我们的研究提供了可资借鉴的方法和一些必要的理论基础。在历来文学史和宋代文学研究著作中，南宋科举与文人干谒及文学创作的研究，较少有学者提及，长期以来被学术界忽视，在宋代文学研究汗牛充栋的著述中，显得比较冷寂落寞。

为什么会有这种现象呢？一般认为，有宋一代，士人讲义理、重视节义，这得益于祖宗家法"宰相须用读书人""事业付之书生"的重视文人的政策，⑧ 这种祖宗之法集中体现在宋太祖的一段名言里：

向者登科名级，多为势家所取，致塞孤寒之路，甚无谓也。今朕躬亲临试，以可否进退，尽革畴昔之弊矣。⑨

这样的祖宗之法影响深远，导致两宋士人产生了看重"出身"的思想，据载：

---

① 傅璇琮《唐代科举与文学》第十章专论"进士行卷与纳卷"；第十二章"举子情状与科场风习"和第十五章"进士试与社会风气"中，对唐代文人的干谒风气也有所论及。

② 薛天纬：《干谒与唐代诗人心态》，《西北大学学报》1994 年第 1 期。

③ 葛晓音：《论初盛唐文人的干谒方式》，《诗国高潮与盛唐文化》，北京大学出版社 1998 年版，第 221 页。

④ 葛景春：《李白与唐代的干谒之风》，《中州学刊》1995 年第 2 期。

⑤ 张玉璞：《论盛唐干谒文》，《石油大学学报》1997 年第 3 期。

⑥ 陶敏：《纵横术与唐人干谒之风——从李白〈与韩荆州书〉说起》，《吉首大学学报》2001 年第 4 期。

⑦ 王佺：《唐代干谒与文学》，中华书局 2011 年版。

⑧ 邓小南：《祖宗之法——北宋前期政治述略》，生活·读书·新知三联书店 2006 年版，第 157－165 页。

⑨ 宋·李焘：《续资治通鉴长编》卷一六"开宝八年二月"条，中华书局 2004 年版，第 336 页。

祖宗以来，两制、二史，必以进士登科人为之。……乾道初，王嘉叟秬为左司员外郎，会右史胡元质长文在告，上命嘉叟权右史，仍摄西掖。执政言："嘉叟无出身。"上曰："时暂，无伤也。"其后，韩无咎元吉为左司郎中，而舍人林景度机出迓北客，上复命无咎，无咎以门荫入仕辞，不许。[①]

这样就使得"以进士登科"的读书人地位高、社会责任感强，故宋代多忠贞守节之士，士气峥嵘，朝廷俸禄足够用来养家糊口，不必再为了生计而奔走干谒。博学淹通的赵翼指出：

此宋一代制度之大略也，其待士大夫可谓厚矣！惟其给赐优裕，故入仕者不复以身家为虑，各自勉其治行。观于真、仁英诸朝，名臣辈出，吏治循良，及有事之秋，犹多慷慨报国，绍兴之支撑半壁，德祐之毕命疆场，历代以来，捐躯殉国者，惟宋末独多，虽无救于败亡，要不可谓非养士之报也。然给赐过优，究于国计易耗。恩逮于百官者惟恐其不足，财取于万民者不留其有余，此宋制之不可为法者也。[②]

"给赐过优""国计易耗"的"祖宗之法"虽然有其不可为法之处，但这种优待文人的政策在宋代的发展与变化，确实为后代读书人塑造了可供学习与模仿的士人形象，正如金中枢所说："科举之制，始于隋唐，行于五代，而盛于有宋……贵德行而贱浮薄，重寒畯而抑势家，乃宋世科举取士之二大精神也。"[③] 钱穆在《记唐文人干谒之风》中说：

唐人此等风气，盖至宋犹存。直至仁英以下，儒风大煽，而此习遂变……盖下迄宋世，门第之旧荫既绝，朝廷之俸给亦彀，唐代士大夫豪华奢纵之习已不复存，而学者以清苦高节相尚，刘蒙乃犹效唐人之口吻以陈乞于当朝之大贤，是真所谓不识时务之尤矣。至于宋代科举考试规则之谨严，与夫及第即释褐得禄仕，又政权集于中央，地方幕僚自辟署者亦少，此亦唐人干谒不得再行于宋世之诸缘也。[④]

所以，近些年出版的文学史及宋代文学研究著作谈及与评论南宋干谒与文学创作关系的很少，肯定的更少，很有些季札观乐"自郐以下，无讥焉"的味道。

但是，假如我们仔细研究一下就会发现，"唐人干谒不得再行于宋世之诸缘"的"诸缘"以另一种形式又活跃于宋代文坛了，正如王瑞来所说：

在科举考试这一环节中，宋朝政府为了避免出现唐代那种"受命公朝，谢恩私门"的状况，煞费苦心，采取了各种措施，废"公荐"，罢"公卷"，"御试进士不许称门生于私

---

① 宋·李心传撰，徐规点校：《建炎以来朝野杂记》乙集卷十一《任子赐出身》，中华书局2000年版，第676页。

② 清·赵翼著，王树民校证：《廿二史札记校证》（订补本）卷二五，中华书局1984年版，第534页。

③ 金中枢：《北宋科举制度研究（上）》，《新亚学报》1964年第6卷第1期。

④ 钱穆：《中国文学论丛》，生活·读书·新知三联书店2002年版，第284－285页。

门”，但仍然无法阻止在改官的过程中官僚之间结成紧密的私人关系。通过荐与被荐，官僚间结成了牢固的私人关系。与进与退，俱损俱荣。[①]

这是一段相当精辟的论述。王先生自己也非常重视这一探索发现，几乎完全相同的文字在他的另一篇文章中也出现了：

在科举过程中，宋朝政府为了避免出现唐代那种“受命公朝，谢恩私门”的状况，煞费苦心，采取了各种措施，废“公荐”，罢“公卷”，“御试进士不许称门生于私门”，但仍然无法制止在改官的过程中官僚之间结成紧密的私人关系。通过荐与被荐，官僚间所结成的牢固的私人关系，已近于魏晋时期人身依附紧密的部曲与家丁，与进与退，俱损俱荣。[②]

种种缘由，值得我们注意。

赵匡胤于建隆元年（960）称帝，开始沿袭唐代旧制科举取士，但是赵匡胤也看到唐代科举取士制度造成的干谒之风盛行，尤其是知贡举官与及第考生之间结成座主与门生关系对国家集中取士产生了很大的负面影响，于是采取了一系列措施来阻止这样的风气在宋朝蔓延，下诏曰：

国家悬科取士，为官择人，既擢第于公朝，宁谢恩于私室？将惩薄俗，宜举明文。今后及第举人不得辄拜知举官子孙弟侄，如违，御史台弹奏……兼不得呼春官为恩门、师门，亦不得自称门生。[③]

然而，宋太祖的主观努力与实际效果有一定差距。在中国这样重人情胜于法制的传统文化影响下，人情世故的力量无孔不入，奔走请托之风不绝如缕。以上王瑞来的论述，正是针对宋代科举取士禁止公荐的反驳，也从实际情况出发，层次分明地论证了“宋代科举考试规则之谨严，与夫及第即释褐得禄仕”的不切实际。

由宋入元的著名文士方回指出：

庆元、嘉定以来，乃有诗人为谒客者。……相率成风，至不务举子业。干求一二要路之书为介，谓之“阔匾”，副以诗篇，动获数千缗，以至万缗。……钱塘湖山，此曹什伯为群。[④]

方回生活的时期，距离南宋十分接近，他的言论应当说具有相当的可信度。南宋干谒与文

---

① 王瑞来：《“内举不避亲”——以杨万里为个案的宋元变革论实证研究》，《北京大学学报》2012 年第 2 期，第 118 页。

② 王瑞来：《金榜题名后：“破白”与“合尖”》，《国际社会科学杂志》2009 年第 3 期，第 85 页。

③ 清・徐松辑：《宋会要辑稿》选举三之二，中华书局 1957 年版，第 4262 页。

④ 元・方回选评，李庆甲集评校点：《瀛奎律髓汇评》卷二〇，上海古籍出版社 2005 年版，第 840 页。

学的关系是千丝万缕、千头万绪，剪不断，理还乱的。南宋时期尤其是中后期士人在科举入仕一途上竞争十分激烈，即使是有出身的士人，出官之难、待阙时间之长也导致他们干谒请托、四方奔走以求出路。这些都从实证研究的角度推翻了钱穆“唐人干谒不得再行于宋世”的结论。

从王瑞来的论述中，我们得到很大的启发，在其研究思路的指导下，再参考张剑、吕肖奂、周扬波《宋代家族与文学研究》及张兴武《两宋望族与文学》等著作，发现对于南宋干谒与文学的关系，似乎还可以再补充一点，就是南宋科举制度下科宦家族的形成也进一步促使了干谒之风的盛行、干谒手段的多样化、干谒影响的广泛性。张兴武在《两宋望族与文学》一书中指出：

两宋望族与唐代的“氏族门阀”势力有很多相似之处，他们既是皇权政治的寄生力量，又与皇权自身的兴衰存亡息息相关；它们有着强大的政治和文化实力，并能对国家政治以及文化政策的制定和改变产生影响。假如忽略了这一阶层的客观存在和重要作用，那么有关宋代政治文化发展动因及内在规律的讨论就会出现盲点，甚至得不出客观公允的结论。①

进一步纠正了钱穆“盖下迄宋世，门第之旧荫既绝”的结论，为我们研究南宋干谒与文学的内在联系找到了又一个突破口。南宋士子奔竞望族之门请托援引，名公巨卿为了家族利益也会延揽才学之士，为了子弟进身之阶而干谒请托别的权贵。

据洪迈《容斋随笔》四笔卷五《饶州风俗》载：

予观今之饶民，所谓家富户羡，了非昔时，而高甍巨栋连阡亘陌者，又皆数十年来寓公所擅，而好善为学，亦不尽如吴记所言，故录其语以寄一叹。②

应是感叹南渡以来江西世家大族的兴衰成败，正是对于家族文化的重视，使南宋时期鄱阳洪氏望族中的洪迈有此慨叹。除此之外，南宋时期赣州曾氏（曾准、曾开、曾几），临川曾氏（曾滂、曾极），吉州杨氏（杨万里、杨长孺）等都是大家族，为了家族的繁茂和兴盛，杨万里、曾几、洪迈等不惜东奔西走、干谒请托，为家族子弟谋取进身之阶。在家族观念浓厚的封建社会，这是十分自然且易于理解的客观事实。

我们认为，钱穆提出来的“政权集于中央，地方幕僚自辟署者亦少”，没有客观全面地反映出宋代尤其是南宋社会的真实情况，据袁桷《赠陈太初序》载：

宋承唐旧，岩居逸士见于聘征，游者益耻，至于季年，下第不偶者辄为篇章以谒藩府，京淮闽广，旁午道路，数十年不归，子弟不识其面目。囊金辇粟，求莞库之职以自

① 张兴武：《两宋望族与文学》，人民文学出版社2010年版，第7页。

② 宋·洪迈撰，孔凡礼点校：《容斋随笔》四笔卷五《饶州风俗》，中华书局2005年版，第683页。

活，视前之游戛然难相并矣。①

“下第不偶者辄为篇章以谒藩府”透露出一些信息，即到了南宋中后期由科举入仕逐渐变得艰难。落榜的士人往往占据多数，他们为了生活辗转奔走，“京淮闽广，旁午道路，数十年不归，子弟不识其面目。囊金辇粟，求莞库之职以自活”，跋涉千里，漂泊异地，生计的贫苦可想而知。他们具有写诗填词的专长，却不能在考场上发挥作用，饱读诗书的士子别无长物，手不能提篮，肩不能挑担，如果不能做官，就只有以诗词歌赋干谒藩府，在达官显贵、名公巨卿家寄食为生，刘珙在《满江红·遥寿仲固叔谊》中有一段话就是沉痛感叹这种天涯孤客羁旅漂泊情境的：

应情念，天涯侄。随官牒，飘萍迹。叹离多聚少，感今思昔。鬓影羞临湘水绿，梦魂常对屏山碧。凭画栏、搔首望归云，情无极。②

南宋读书人干谒奔走的种种辛酸和悲苦，在诗词以及野史笔记中，都有不少记载，这些记载能够让我们真切地感受到那一时代大多数士子的生活方式和人生态度，这对于我们深入了解南宋的社会和文学，颇有借鉴意义。

肖鹏指出：

我们注意到，唐代诗人也有浪迹江湖、游历天下的风气。但正像唐人的狎妓、干谒、行卷、游幕等行为与宋人的狎妓、干谒、行卷、游幕有很大的不同一样，唐人的游历与宋人的游历已经发生了非常大的变化。例如，同样是迁徙浪迹，唐人目之为壮游，宋人往往为了就食；唐人更像是今天的观光客，重在山水清赏。宋人更像是府邸门客，重在依附生存；唐代士子也干谒权贵，利用行卷邀誉，但没有宋代江湖士子那么极端，那样卑贱地穿梭奔走，不惜屈膝行贿。唐代和宋代两种江湖草野的不同生态，是值得我们深入探讨的课题。③

王水照也指出：

尤对士人个体而言，情况千变万化，一生中难免升沉顺逆，不可能也不必要对每位作家的社会身份作出逐一的鉴别和归类；而且在多数情况下，不入仕作家群也离不开入仕官僚的揄扬和支持，宣扬“四灵”的叶适，江湖派最大诗人刘克庄，均为上层官吏。作为大量江湖谒客的幕主，亦非主管官员不办。然而这一社会群体虽无法严格界定，却是有固定所指的实际存在，加以深入研究，对于把握与认识长达南宋文学史近二分之一时间的诗坛、词坛的下移趋势，实具有重要意义。④

---

① 元·袁桷：《清容居士集》卷二三，《影印文渊阁四库全书》本，第1203册，第317页。
② 唐圭璋编，王仲闻参订，孙凡礼补辑：《全宋词》第3册，中华书局1999年版，第1922页。
③ 肖鹏：《群体的选择——唐宋人词选与词人群通论》，凤凰出版社2009年版，第255－256页。
④ 王水照、熊海英：《南宋文学史》，人民出版社2009年版，第5页。

我们的研究，是想接着这些先生的话题，继续探讨下去。

在竞争激烈的科举入仕之途，比拼的不仅仅是个人的智能、才华，有时更确切地说是比拼整个家族的经济力量、社会关系、人脉资源。余英时指出：

科举不是一个单纯的考试制度，它一直在发挥着无形的统合功能，将文化、社会、经济诸领域与政治权力的结构紧密地联系了起来，形成一多面互动的整体。[①]

看似公平、公开、公正的科举，实际上暗流汹涌，严酷的社会环境导致大量生活在底层的南宋读书人无力在科举一途中取胜，只好逃出科场，凭着自己在诗词歌赋、琴棋书画方面的特长到广大的江湖、市井中去讨生活，虽反映出了人生的不幸与无奈，却也开创出了中国文学的新局面。从此，下层市井、平民、大众的文学与上层贵族、庙堂、精英的文学分道扬镳、各领风骚的局面到来了。

第一节　从苏轼科场案看南宋士人的干谒心态

宋代的五大文豪欧阳修、王安石、苏东坡、陆放翁、辛弃疾都与科举取士有着密切联系，其中欧阳修、王安石、苏东坡还担任过科举考试的主考官或副考官，甚至在任职内对科举制度进行了大刀阔斧的改革，提出过自己对于科举取士的主张，并为此进行了针锋相对的论争，抒写出中国科举取士制度在一定历史条件下的精彩篇章，对后世产生了深远的影响。

我们试以苏东坡为例。才大如海的苏东坡被王水照认为是“我国文化史上罕见的全才，不仅接受了传统文化和民族性格的深刻影响，而且承受过几起几落、大起大落的生活波折。在此基础上，他个人特有的敏锐直觉加深了他对人生的体验，他的过人睿智使他对人生的思考获得新的视角和高度。苏轼算不得擅长抽象思辨的哲学家，但他通过诗词文所表达的人生思想，比起他的几位前贤如陶渊明、王维、白居易等来，更为丰富、深刻和全面，更具有典型性和吸引力，成为后世中国人竞相仿效的对象，影响了一代又一代后继者的人生模式的选择和文化性格的自我设计”[②]。严复也看到了这种影响力，他说：

若研究人心政俗之变，则赵宋一代历史最宜究心。中国所以成今日现象者，为善为恶，姑不具论，而为宋人之所造就，什八九可断言也。[③]

---

① 余英时：《试说科举在中国史上的功能与意义》，《中国文化史通释》，生活·读书·新知三联书店2012年版，第205页。

② 王水照：《苏轼的人生思考和文化性格》，《王水照自选集》，上海教育出版社2000年版，第301页。

③ 严复：《严几道与熊纯如书札节钞》，《学衡》第13期，江苏古籍出版社1999年影印本。又见严复撰：《严复集》第3册《与熊纯如书》之五二，中华书局1986年版，第668页。

陈寅恪甚至说："华夏民族之文化，历数千载之演进，造极于赵宋之世。"①

苏轼提携后进可谓不遗余力，他曾援引自己的门生李廌，为了他甚至导致了一次科场舞弊案，引起后人的评论争议。② 我们认为，注重人情是苏东坡体现传统文化和民族性格的一个重要方面。罗大经《鹤林玉露》卷五"李方叔"条载：

元祐中，东坡知贡举，李方叔就试。将锁院，坡缄封一简，令叔党持与方叔，值方叔出，其仆受简置几上。有顷，章子厚二子曰持曰援者来，取简窃观，乃《扬雄优于刘向论》一篇。二章惊喜，携之以去。方叔归，求简不得，知为二章所窃，怅惋不敢言。已而果出此题，二章皆模仿坡作，方叔几于阁笔。及拆号，坡意魁必方叔也，乃章援。第十名文意与魁相似，乃章持。坡失色。二十名间，一卷颇奇，坡谓同列曰："此必李方叔。"视之，乃葛敏修。时山谷亦预校文，曰："可贺内翰得人，此乃仆宰太和时，一学子相从者也。"而方叔竟下第。坡出院，闻其故，大叹恨，作诗送其归，所谓"平生漫说古战场，过眼空迷日五色"者也。其母叹曰："苏学士知贡举，而汝不成名，复何望哉！"抑郁而卒。余谓坡拳拳于方叔如此，真盛德事。然卒不能增益其命之所无，反使二章得窃之以发身，而子厚小人，将以坡为有私有党，而无以大服其心，岂不重可惜哉！③

从中可看出南宋士人对苏东坡的普遍印象，是把他当作自己人格精神、道德文章的楷模，对苏东坡徇私枉法的一面反而忽略不计或衷心赞叹。

我们知道，科举取士制度到了宋代，得到充分发展和完善，各种考试制度都逐步健全，向规范化、制度化发展，采取公开、公平、公正的选拔人才方式，最大限度地控制了人际关系因素的影响。即使是在这种情况下，苏东坡也敢且愿意铤而走险，为了亲朋故旧的私情而不惜违反考试的规章制度，私下透露考题给自己的得意门生。但阴错阳差，李方叔还是落榜了。

李廌于元丰四年（1081）谒苏轼于黄州，以文章受知，为"苏门六君子"之一。哲宗元祐三年（1088），苏轼知贡举，得试卷以为廌作，置之首选，而是科廌竟下第，苏东坡为此事特地写了一首诗《余与李廌方叔相知久矣，领贡举事而李不得第，愧甚，作诗送之》，其中两句"平生漫说古战场，过眼空迷日五色"用了唐人李华《吊古战场文》、李程《日五色赋》的典故，用典之精妙绝伦，向为人所称道。这段记载的重点在于苏轼私下透露考题给李廌，不但没有受到南宋罗大经的谴责，反而引发罗的扼腕叹息："余谓坡拳拳于方叔如此，真盛德事。然卒不能增益其命之所无，反使二章得窃之以发身，而子厚小人，将以坡为有私有党，而无以大服其心，岂不重可惜哉！"④ 这反映了在南宋这个历史

---

① 《陈寅恪文集》第二卷，上海古籍出版社 1980 年版，第 245 页。

② 详参钱建状：《苏轼元祐三年科场舞弊辨伪——兼论李廌落第原因》，《浙江大学学报》2008 年第 3 期，第 159 – 164 页。此文又见钱建状：《宋代文学的历史文化考察》，福建教育出版社 2012 年版，第 158 – 168 页。

③ 宋·罗大经撰，王瑞来点校：《鹤林玉露》，中华书局 1983 年版，第 92 – 93 页。

④ 国学大师钱穆对宋代科举制度的理解与罗大经有相似之处，他说："宋代考试制度，是远比唐代严格了，那时则有糊名之制，所凭则真是考试成绩。其实考试成绩，只是一日之短长，故有主考官存心要录取他平日最得意的门生从学，而因是糊名，寻觅不出该人之卷，而该人终于落第的。如是则考试防制严了，有时反得不到真才。"（钱穆：《中国历代政治得失》，九州出版社 2012 年版，第 79 页）

背景下，士大夫普遍认可这种重人情胜过法制的现象。尤其苏东坡与李廌之间存在着中国传统社会中人们特别看重的恩师与门生关系，这种关系在中国传统社会根深蒂固，牢不可破：

座主、门生之谊，自唐而重，然汉时州牧之察孝、秀，三公之辟寮属，至有以死相报者，其酬知己之恩，固不下于唐也。[①]

苏东坡对李廌来说，有知己之恩。他深知这场科举考试对李廌的意义，因此不惜违反当时科举制度的规定，在锁院之前，私下里将试题透露给自己的门生，这是透露国家机密、严重破坏国家制度的行为。但在当时却是可以理解的，因为“士舍科举之外，他无进取之门，苟有毫隙可乘，则营回以趋之，冒法以为之，明知其罪，不暇顾矣”[②]。我们可从南宋时人对这一事件的态度上看出他们的价值取向。

人们对苏东坡用人唯亲、违反规定的行为充满了同情和赞赏，这不仅反映了南宋史学家的史识问题，而且反映了中国传统社会中士人们的普遍观念和文化性格。又如，苏轼欣赏“本非端士”的奔竞小人毛滂，并为他们扬名援引，也能够说明这一点。据载：

《东堂词》一卷。宋毛滂撰。……端临又引《百家诗序》，称其罢杭州法曹时，以赠妓词“今夜山深处，断魂分付潮回去”句见赏于苏轼。其词为《惜分飞》，今载集中。然集中有太师生辰词数首，实为蔡京而作。蔡条《铁围山丛谈》载其父柄政时，滂献一词甚伟丽。骤得进用者，当即在此数首之中。则滂虽由轼得名，实附京以得官。徒擅才华，本非端士。[③]

胡薇元的《岁寒居词话》亦载：

毛滂《东堂词》。其罢杭州法曹别妓《惜分飞》“今夜山深处，断魂分付潮回去”句，见赏于东坡。……盖虽由坡公得名，而其得官则附京。士人徒擅才华，而随人作计，人品亦在中下。[④]

夏承焘对此抱了解之同情：

滂之晚年依傍权门，则事不容讳。词集载《绛都春》、《清平乐》“太师生辰”诸词，合之文集上时相诸书，知确是献蔡京之作。以其行年考之，盖已五十余岁。垂老贬节，诚负早年苏轼奖进之意矣。……又集八《重上时相书》有云“某顷坐荒唐之言得罪，某今年五十七岁矣。宦游更三十许年，官不过六品，家无一金之产。……某去年抱不测之罪，

---

① 明·沈德符：《万历野获编》卷十四“科场·霍渭厓不认座师”条。
② 元·盛如梓：《庶斋老学丛谈》卷下，《影印文渊阁四库全书》本，第866册，第548页。
③ 《四库全书总目》卷一九八《东堂词提要》，中华书局1965年版，第1810页。
④ 唐圭璋编：《词话丛编》，中华书局1986年版，第4031页。

虽思虑所不到，梦寐所不及，顾不敢分明”云云。①

人性是相通的，虽然政治体制、经济制度、道德观念、社会规范、风俗习惯随着时代的发展而有所改变，甚至发生了巨大变化，但古今的人性没有太多的变化。现代中国文人的文化性格与古代的文人有着千丝万缕的内在联系。苏东坡作为“后世中国人竞相仿效的对象”，他这种与门生后学的密切关系，也影响了一代又一代后继者，尤其是南宋文人士子人生模式的选择和文化性格的自我设计。② 苏东坡重人情、乐于为士子引荐延誉的处世哲学深刻地影响了后人，成为后世文人努力效仿的行为方式。如陈耆卿为青田县主簿时，以书见叶适，一见许之为晁、张，③ 明显就将苏门四学士的晁补之、张耒辈比作陈耆卿，而自己俨然就是求贤若渴、爱才如命的苏东坡。

苏东坡在科场上的徇私舞弊之举，客观上促进了谒客奔走其门，讨好逢迎的行为。陆游在《老学庵笔记》卷九中特地记录了其幕客逢迎讨好苏东坡之事：

东坡先生在中山作《戚氏》乐府词最得意，幕客李端叔跋三百四十余字，叙述甚备，欲刻石传后，为定武盛事。会谪去，不果。今乃不载集中。至有立论排诋，以为非公作者，识真之难如此哉。④

李端叔即李之仪，他曾为苏东坡幕客，其跋三百四十余字，如下文字可见其大概风貌：

方从容醉笑间，多令官妓随意歌于坐侧，各因其谱，即席赋咏。一日，歌者辄于老人之侧作《戚氏》，意将索老人之才于仓卒，以验天下之所向慕者，老人笑而颔之，邂逅方论穆天子事，颇摘其虚诞，遂资以应之。随声随写，歌竟篇就，才点定五六字尔。坐中随声击节，终席不间他辞，亦不容别进一语……方图刻石以表之，而谪去，宾客皆分散。政和壬辰八月二十日夜，葛大川出此词于宁国庄。⑤

为了讨好苏东坡，准备将其词刻在石上，李端叔阿谀奉承之手法也算高明。陆游对此事津津乐道，将其写入自己的笔记中，由人品而推及文品。

我们也可以从南宋文人热爱苏轼之文中看出他们对苏轼的崇拜：

孝宗最重大苏之文，御制序赞，特赠太师，学者翕然诵读。所谓“人传元祐之学，家

① 夏承焘：《四库全书词籍提要校议》，《夏承焘集》第 2 册，浙江古籍出版社、浙江教育出版社 1998 年版，第 192 页。

② 陆游《老学庵笔记》卷八载“建炎以来，尚苏氏文章，学者翕然从之”，“人传元祐之学，家有眉山之书”，风格即人，宋室南渡以来士人学习苏东坡文章的同时必然也会欣赏他的为人风度。

③ 详参清·陆心源辑：《宋史翼》卷二九，中华书局 1991 年版，第 313 页。

④ 上海古籍出版社编：《宋元笔记小说大观》第 4 册，上海古籍出版社 2001 年版，第 3535 页。

⑤ 宋·李之仪：《跋戚氏》，曾枣庄，刘琳主编：《全宋文》卷二四二一，第 112 册，上海辞书出版社 2006 年版，第 127 页。

有眉山之书"，盖纪实也。[①]

杨万里在为任尽言作印可延誉文字时道：

绍兴丙子，高宗皇帝厉精更化，载震乾刚，有赫离明，总揽福威，四辟言路，廪廪乎庆历、元祐之未远也。……予再拜而三读之，盖其五七邃于追古，其四六闳于骋步，其千百长于论事。大抵其文孤峭而有风棱，雄健而有英骨，忠概而有毅气。盖将与唐之贞元、元和，本朝之庆历、元祐诸公竞辔而先路，非近世陈陈相因、累累随行之作也。[②]

在这里，杨万里强调"庆历、元祐之未远""庆历、元祐诸公竞辔而先路"的人格风范。

从南宋士人对苏东坡生动细致的描述中，我们可以感受到科举考试温情脉脉的一面，但从另一个角度来看，又可以说，正是中国传统文化中重人情轻法制的社会现象，使得干谒风气盛行不衰。科场舞弊、徇情枉法，是南宋干谒现象日益滋生的重要原因，在这种情况下，提倡糊名誊录这样一种维持科举取士公平公正秩序的良方是必要的。在某种程度上，这比较有利于寒门之子进入仕途。社会上充斥的干谒奔竞之风导致了选举不公，实行科举改革的一个重要目的就是维护公平。可苏轼之重人际关系是很出名的，他对自己人总是爱屋及乌，对学生、对老师都十分注重情感因素。欧阳修是苏轼的恩师，是他一手提携了苏轼，才使苏轼有了少年成名的机遇与荣耀。对于欧阳修这样的文坛、政坛领袖，苏东坡对他的由衷敬慕与深深感激也是可以理解的。苏轼自己门下也济济多士，"苏门四学士""苏门六君子"都是其得意门生。除此之外，还有赵德麟，据王灼《碧鸡漫志》卷二载：

赵德麟、李方叔皆东坡客，其气味殊不近，赵婉而李俊，各有所长。晚年皆荒醉汝、颍、京、洛间，时时出滑稽语。[③]

"气味殊不近"的士人都聚集到了苏东坡门下。苏东坡曾经把赵令畤推荐给朝廷，并为他写了推荐书，称赞赵令畤"博学经史，手不释卷，吏事通敏，文采俊丽""笔力雅健，博贯子史"(《荐宗室令畤状》)，为他延誉不遗余力。

科举是宋人入仕的主要途径，宋代取士特别重视科举出身。两宋的"士子读书之贵，而朝家待士之厚"[④] 是中国历史上最著名的。两宋三百余年间，每科取士几乎都达数百人乃至上千人。这也导致了南宋读书风气的盛行和当时士人阶层的扩大，有科举出身的士人往往进入高官行列，在社会各个阶层扮演重要角色，而无科举出身的士人往往沉于官僚队伍底层，甚至于作为闲人食客寄于高官显宦、名公巨卿篱下，靠从事卖文卖字等文化活动

---

① 宋·罗大经撰，王瑞来点校：《鹤林玉露》甲编卷二《二苏》，中华书局 1983 年版，第 33 页。

② 《诚斋集》卷八二《眉山任公小丑集序》，宋·杨万里著，王琦珍整理：《杨万里诗文集》，江西人民出版社 2006 年版，第 1285 页。

③ 宋·王灼撰：《碧鸡漫志》卷二，唐圭璋编：《词话丛编》第 1 册，中华书局 1986 年版，第 83 页。

④ 宋·吴自牧：《梦粱录》卷三，宋·孟元老等著，周峰点校：《东京梦华录》（外四种）本，文化艺术出版社 1998 年版，第 142 – 143 页。

为生。而其中决定命运的关键则在于能否通过进士考试一关。在南宋时期，这关键性的一步，往往又取决于诗外的功夫，即通过干谒考试官而窃取高甲，这种风气盛行一时，以至于引起朝廷的高度重视，力革弊端，指出：

近年试官容私，公道不行，故孤寒远方士子不得预高甲，而富贵之家子弟常窃巍科。将期预差试官以通私计，而知举、考试官皆登贵显，天下士子归怨国家。伏乞申严革去容私之弊，挟书、代笔、继烛必欲尽禁，封弥、立号、誊录必欲依条，考校、定去留，分高下必欲至公，如知举、参详、考试官临期御笔点差，以复祖宗至公之法。①

这段记载说明了干谒权贵对于士人前途命运的影响，即使朝廷采取了一系列的政策来革除弊病，也还是无法阻止南宋士人奔竞干谒之风。两宋士人要达到干禄的目的一般只有两种途径——科举与投献诗词歌赋，他们大多奔竞于科场和名流之门，为了投其所好，惶惶不可终日，饱受名利场潜规则的折磨，据载：

今奔竞之风大炽，请托之弊公行，监司郡守以权势高下为论荐之先后，孤寒之士无所求知，或贿赂以干其私，或曲谄以阿其意，仅而得举。②

南宋士子为了应举成功、金榜题名而干谒奔走的现象在当时十分普遍。杨万里《再答学者书》曰："惠书百千言及新文一编，甚慰。……今所见举子事业，词气尚汹涌也。……举业容细看，有疵，不敢默。"③ 反映了士人为了进入仕途而向杨万里投寄诗文以干谒请托，希望得到杨万里的援引。又如黄机，尝仕宦州郡，与岳珂酬唱，其目的就是把人生的希望寄托在岳珂身上，其《木兰花慢·次岳总干韵》道：

叹镜中白发，元不向、酒边栽。奈诗习未除，客愁易感，剩要安排。浮名任他有命，怕青山、颇怪不归来。出屋长松招鹤，绕渠流水行杯。　　浪驱羸马踏江淮。幽梦苦相催。甚狭路嵚崎，雄心突兀，谁忍徘徊。此事正烦公等，笑曹刘、只合作舆台。我自人间屈曲，青云有眼休回。④

陈廷焯《放歌集》卷二解读这首词时说："结言少年壮志，今老无能恢复之业，惟望之总干也。"⑤ 这是对南宋社会风气下产生的奔走请托现象的深刻观察。干谒请托，成为当时一种典型的文化现象，以至于林希逸感慨万端：

---

① 清·徐松辑：《宋会要辑稿》选举卷二〇之一一，中华书局1957年版，第4580页。

② 宋·李心传撰：《建炎以来系年要录》卷一七，第1册，中华书局1988年版，第351页。还可参《宋史》卷一五六《选举志》，第11册，第3641页。

③ 宋·杨万里著，王琦珍整理：《杨万里诗文集》卷六四，江西人民出版社2006年版，第1027－1028页。

④ 唐圭璋编，王仲闻参订，孙凡礼补辑：《全宋词》第4册，中华书局1999年版，第3235－3236页。

⑤ 吴熊和主编：《唐宋词汇评》第4册，浙江教育出版社2004年版，第3064页。

诗，雅道也，几败于唐，唐人以为进士业也。然而不败者，李杜韩柳元白诸贤不可得而束缚也。今世之诗盛矣，不用之场屋，而用之江湖，至有以为游谒之具者，少则成卷，多则成集，长而序，短而跋。虽其间诸老亦有密寓箴讽者，而人人不自觉。所以后村有锦里刀之喻。①

人生的得意失意与金榜提名、应举下第紧密联系在一起，甚至到了“居今之世，使孔子复生，也不免应举”② 的地步。重视科举，是两宋普遍存在的客观事实。

才大如海的苏东坡，不完全看重考试卷面成绩，他是雅好品藻之士，李廌、秦观、黄庭坚、张耒等受到苏东坡欣赏而为其私心厚爱并列苏门的文士，肯定也是苏东坡在考试前读到了他们的投贽文字从而对其欣赏爱护有加。尤其是李廌，他虽然在科举考试中失利，但能得到苏学士这样高度的评价，也算是幸运的了。多少落第举子终生默默无闻，消失在车水马龙中。李廌的幸运，在于他自己主动投贽高水平、真性情、有境界的文字给苏东坡，并有名人给他延誉。没有多少交情就干谒行卷往往收不到预期的效果，有了长期的铺垫，加上一定的创作水平，就可以得到名流显宦的极力荐举延誉。干请的目的是求得上级的认可和援引，而这一目的能否实现，最终要靠行卷干谒者个人的能力，看其是否具有打动对方而为对方所接受和欣赏的素质，名流巨卿往往愿意接受有才能的晚生后辈的干谒请托。这导致南宋程文盛行一时，以至于有了后来倍受批判的八股文。我们不能轻易否定南宋文人干谒请托的行为，他们向有司投贽自己所作请托援引的文字，以期求得当时名流显人的印证认可，客观上也提高了文人的交际能力和创作水平。透过在科举糊名制度下，南宋士人对苏东坡科场案的反应，可以感受到当时士子在科举入仕之途上与干谒请托的内在联系。

第二节　座主门生与南宋文人干谒

南宋施宿看出在“科举社会”的宋代，人情世故对中国人文化性格的影响，他说：

元祐诸贤欲革弊而不思自善其法，欲去小人而不免各自为党，愤嫉太深而无和平之气，攻诋已甚而乖调复之方，同异生于爱憎，可否成于好恶，朝廷之上，议论不一，差役科场，久而不定，更易烦扰，中外厌之，故中丞李常亦论变法以来，差役之害溥加农民，科场之弊广及士子，大略可见。③

---

① 宋·林希逸撰，林式之编：《竹溪鬳斋十一稿续集》卷一三《跋玉融林鏻诗》，《影印文渊阁四库全书》本，第1185册，第684页。

② 宋·朱熹：《朱子语类》卷一三《力行》，朱杰人、严佐之、刘永翔主编：《朱子全书》（修订本）第14册，上海古籍出版社、安徽教育出版社2010年版，第415页。

③ 《东坡先生年谱》“元祐四年乙巳”条，王水照编：《苏轼选集·附录》，上海古籍出版社1984年版，第461页。

这种“各自为党”的党争给两宋文化、政治造成了严重的影响，党争在某种程度上起源于人际关系的非正常化，宋人华镇借古喻今：

某尝谓李唐设科举以网罗天下英雄豪杰，三百年间，号为得人，莫盛于进士。当是时谓南宫主文为座主，谓登第进士为门生，上之人荣得士之明，下之人怀藻鉴之德，扬揄品目，至于终身，敦尚恩纪，子孙不替。方其盛时，为官抡才，志在公议，不遗分契，趋于笃厚，得君子之高谊，成风俗之佳事，斯可尚矣。厥后事变，弊沿法生，扇奔竞之风，开请托之路，善谋者冒耻以苟得，恬淡者抱屈而陆沉。公道既沦，私分亦薄，徒习故事，浸成佻浮，故有受命公朝、拜恩私室之论，有识之士，以为不然而病之。①

南宋高宗朝的陈公辅亦发现了这种奔竞请托、结党营私现象，指出：

在朝廷之臣，不能上体圣明，又复辄以私意取程颐之说，谓之伊川学，相率而从之，是以趋时竞进……伏望圣慈，特加睿断。察群臣中有为此学相成风、鼓煽士类者，皆摒绝之。②

南宋的汤思退任主考官时，甚至在考试前就已经把录取名次安排好了，据周辉《清波杂志》卷三“宏词取人”条载：

族叔初试宏博，以所业投汤岐公。时季元衡（南寿）待制亦投文字，汤尝师之，初许其夺魁。一日谓季曰：“近有一周某至，先生当处其下。”既奏名，季果次焉。③

而名次有时根据人际关系的亲疏远近来排，有时则根据行卷干进的具体情况而定。韩元吉因汤思退的推荐而召赴行在，据《建炎以来系年要录》卷一八三载：

右通直郎知建州建安县韩元吉，令任满日赴行在，皆用辅臣荐也。

文中辅臣，即是当时任宰相的汤思退，他喜欢推荐援引人才，这种情况，就导致了考官与考生之间通过科举这一选拔人才的制度来结党营私，影响深远。据《庆元党禁》载：

三十年来，伪学显行，场屋之权，尽归其党。所谓状元、省元与两优释褐者，非其私徒，即是其新故。④

---

① 宋·华镇：《云溪居士集》卷二四《上门下许侍郎书》，《影印文渊阁四库全书》本，第1119册，第339页。
② 宋·李心传撰：《建炎以来系年要录》卷一〇七，第3册，中华书局1988年版，第1748页。
③ 宋·周辉撰，刘永翔校注：《清波杂志》卷三“宏词取人”条，中华书局1994年版，第129页。
④ 宋·沧州樵叟撰：《庆元党禁》，清知不足斋丛书本。

师徒故友结成一党，党同伐异，导致两宋党争激烈，政治斗争波诡云谲。[①]

名流荐举与科举入仕之途中建立起来的人际关系，深刻影响了南宋士子的仕途命运及其文学创作。据载：

淳熙十四年试春官，知举洪公迈称其文踔厉雅健，登乙科。授南康军教授，士经指授，文体丕变。[②]

危稹靠文章高妙得到名流洪迈的印可，并由此与洪迈结成了座主与门生的密切关系。元虞集《道园遗稿》卷三有《危金仙示容斋清晖堂诗求跋洪景卢乃危骊塘之座主也因成二首》，洪景卢就是洪迈，危骊塘就是危稹，在别人看来，洪迈即是危稹的座主。危稹因与洪迈的这层关系逐步进入仕途，广交社会贤达：

淳熙十四年举进士，孝宗更名稹。时洪迈得稹文，为之赏激。调南康军教授。转运使杨万里按部，骤见叹奖，偕游庐山，相与酬倡。[③]

通过洪迈、杨万里叹赏鉴定的危稹在仕途上必然比普通人更加顺利，不久他就被临安府教授倪思荐为国士，据载：

调广东帐司，未上，服父丧，免，调临安府教授。倪思荐之，且语人曰："吾得此一士，可以报国矣。"[④]

名流荐举，是人才成名成功的捷径。危稹在人生旅途中遇到了洪迈、杨万里、倪思这样的

---

① 庄绰《鸡肋编》卷中载："周邦彦待制尝为刘昺之祖作埋铭，以白金数十斤为润笔，不受。刘无以报之，因除户部尚书，荐以自代。后刘缘坐王寀妖言事得罪，美成亦落职，罢知顺昌府宫祠。周笑谓人曰：'世有门生累举主者多矣，独邦彦乃为举主所累，亦异事也。'"（宋·庄绰撰，萧鲁阳点校：《鸡肋编》卷中，中华书局1983年版，第70页）由此可见，宋代门生举主关系之一斑。清人顾炎武更是一针见血地指出："贡举之士，以有司为座主，而自称门生，遂有朋党之祸。"（清·顾炎武：《日知录》卷十七《座主门生》条）这就说明，直到清代，座主门生的关系还是十分密切的。我们可以试举一例，清代的袁枚，在1768年给他当年的考官邓时敏写了一封感谢信，这封感谢信通过一首诗来记录考官邓时敏对他的引荐之恩："苦记戊午岁，待榜居幽燕。夜宿倪公家，昏黑奔跹跹。道逢报捷者，惊喜如雷颠。疑误复疑梦，此意堪悲怜。觥觥邓夫子，两眼秋光鲜。书我到榜上，拔我出重渊。敢云文章力，文章有何权？敢云时命佳，时命究谁宣？父母爱儿子，不能道儿贤。惟师荐弟子，暗中使升天。"（袁枚：《小苍山房诗集》卷二一《戊子榜发日作一诗寄戊午座主邓逊斋先生》，载《四部备要》《集部》《清别集》四）对邓时敏的引荐，袁子才真是感激涕零啊！何至于此呢？这是因为座主与门生之间确实有着施恩与报恩的因素在里面，往往座主一个漫不经心的选择，就对门生的命运起了决定性的作用，从此形成非常密切的联系，甚至结党营私，这使中国官僚体制中的人事关系非常复杂，裙带关系、座主门生关系相互交通缠绕在一起，让人一旦卷入，则难以解脱。比较典型的就是唐代的李商隐，他先是李茂元的女婿，后来又成了王叔文的门生，裙带关系与师生关系搅和到了一块，卷入牛李党争而终生不得解脱，一代才子竟在四十几岁就抑郁寡欢而死。

② 宋·陈思编，元·陈世隆补：《两宋名贤小集》卷二六五《巽斋小集·危稹传》，《影印文渊阁四库全书》本，第1364册，第153页。

③ 元·脱脱等：《宋史》卷四一五《危稹传》，第36册，中华书局1985年版，第12452页。

④ 元·脱脱等：《宋史》卷四一五《危稹传》，第36册，中华书局1985年版，第12452页。

座主、贵人的印可荐举，故能顺利进入仕途。古往今来，成功人士已经将成功经验摆在世人的面前，即人生要想获得成功，重要的一点就是找到适合的人，那些你向他们请求帮助、便会给予回应的人。在南宋，就体现在门生遇到一位能够帮助自己的恩师座主。遇与不遇，在其人生的成功之路上是至关重要的。

座主与门生的关系，有其积极正面的影响。曾几撰《东莱先生诗集序》，通过自己向前辈名流学诗的经历，并结合时代背景来阐述座主门生的因缘际会，及在中国传统文化观念影响下对座主、门生关系的认识，具有十分丰富的文化意蕴和值得我们深入挖掘的时代特征，故详录如下：

文集莫盛于唐，亦莫盛于本朝。唐则韩退之、柳子厚，本朝则欧阳文忠公，实为之冠。是数公固出类拔萃，巍巍乎不可尚已。编次而行于世，退之则李汉，子厚则梦得，文忠则东坡先生。或其门人，或其故旧，又皆与数公深相知。盖知之不深，则岁月先后，是非去取，往往颠倒错乱，不可以传。近世张文潜、秦少游之流，其遗文例遭此患，知与不知之异也。

东莱吕公居仁以诗名一世，使山谷老人在，其推称宜不在陈无已下，然即世多历年所，而编次者竟无人焉。墨客词人相视太息，曰："居仁所谓知我者希，则知我者贵欤?"仪真沈公宗师，名卿之子，少卓荦有奇志，方党禁未解时，不顾流俗，专与元祐故家厚。公尤知之，往来酬唱最多。沈公之子公雅，以通家子弟从公游，公称之甚。乾道初元，几就养吴郡，时公雅自尚书郎擢守是邦，暇日裒集公诗，略无遗者，次第岁月，为二十通，锓板置之郡斋。盖公之知沈氏父子也深，故公雅编次之也备。几亦受知于公者也，公雅用是属几题其后。

窃自伏念与公皆生于元丰甲子，又相与有连，雅相好也。绍兴辛亥，几避地柳州，公在桂林，是时年皆未五十，公之诗固已独步海内，几亦妄意学作诗，公一日寄近诗来，几次其韵，因作书请问句律。公察我至诚，教我甚至，且曰："和章固佳，本中犹窃以为少新意。"又曰："诗卷熟读，治择工夫已胜，而波澜尚未阔。欲波澜之阔，须令规模宏放，以涵养吾气而后可。规模既大，波澜自阔，少加治择，功已倍于古矣。"几受而书诸绅，今三十有六年，顾视少作，多可愧悔。既老且病，无复新功，而公之墓木拱矣。观遗文为之绝叹，因记公教我之言于篇末，使后生知前辈相与情实如此。且以见几于公之言，虽老不忘也。乾道二年四月六日，赣川曾几题。①

从中可见曾几特别注意北宋自欧阳修以来的师承传统，从"或其门人，或其故旧，又皆与数公深相知。盖知之不深，则岁月先后，是非去取，往往颠倒错乱，不可以传""因记公教我之言于篇末，使后生知前辈相与情实如此。且以见几于公之言，虽老不忘也"中可以看出南宋士大夫对座主与门生关系的留意与重视。

无独有偶，周必大所撰的《跋三苏画像赞》简直与曾几观点如出一辙，十分明确地提

① 宋·吕本中撰：《东莱先生诗集》卷首，祝尚书编：《宋集序跋汇编》，中华书局2010年版，第1134－1135页。

及欧阳修与苏门三父子的座主门生之谊：

侍读公赞苏氏父子兄弟之盛，游、夏不能措辞矣。英彦以示省斋周某，乃续一转语云：“是家一瓣香，并为文忠公。”此图盛行于庐陵宜也。①

曾几、周必大皆为当时的名流巨卿，在文坛、政坛上起着举足轻重的作用，他们关于座主与门生的言论在南宋一朝显然具有特别重要的意义。

南宋著名词人张孝祥比刘珙小十岁，应科举出刘珙门下，他们之间的关系，可以从张孝祥的一首《水调歌头·凯歌奉寄湖南安抚舍人刘公》中看出一丝端倪：

猩鬼啸篁竹，玉帐夜分弓。少年荆楚剑客，突骑锦襜红。千里风飞雷厉，四校星留彗扫，萧斧剉春葱。笑谈青油幕，日奏捷书同。　诗书帅，黄阁老，黑头公。家传鸿宝秘略，小试不言功。闻道玺书频下，看即沙堤归去，帷幄且从容。君王自神武，一举朔庭空。②

词序中的刘公，即刘珙。此词作于乾道元年（1165）九月。据宛敏灏《张孝祥词笺校》卷一载：

当孝祥在席上赋《六洲歌头》，刘珙以兼直学士院从高宗亦在建康。时众属望以军务付留守张浚，而高宗欲用杨存中，珙力争不可，乃止。……孝祥比珙小十岁，应科举出其门下，出仕又曾先后交承，尤其主张抗金的政治见解彼此一致。孝祥这首词既肯定其平定内乱之功，但又指出这不过对啸聚猩鬼的小试，更希冀其运筹帷幄，成“一举朔庭空”的抗金大业。③

可见，张孝详与刘珙这一对座主与门生的关系是建立在抗金复国、统一大业基础上的。乾道三年（1167），张孝祥在《水调歌头·送刘帅趋朝》中说：“应记依刘客，曾此捧离觞。”④ 就在为前任刘珙饯行时自比为“依刘客”，就像是战国时期楚国春申君、赵国平原君、魏国信陵君、齐国孟尝君的门下客一样，这正印证了欧阳修的至理名言“小人有党，君子亦有党”具有很强的实践意义。

嘉定四年（1211）春，范子长守泸州，程公许随众宾客干谒他，并将此事记载在《泸水清序》中：

吏部秘阁二江范公以东帅治泸……余于公无夙昔之好，曩辛未春，会公来摄帅事，尾宾客一拜后尘，盖心敬其为古遗直。宦游西州有自富义来者，为余言之，慨然有感，援笔

① 宋·周必大撰，周纶编：《文忠集》卷一六，《影印文渊阁四库全书》本，第1147册，第153页。
② 宋·张孝祥撰，宛敏灏笺校，祖保泉审订：《张孝祥词笺校》卷一，黄山书社1993年版，第2－3页。
③ 宋·张孝祥撰，宛敏灏笺校，祖保泉审订：《张孝祥词笺校》卷一，黄山书社1993年版，第3页。
④ 宋·张孝祥撰，宛敏灏笺校，祖保泉审订：《张孝祥词笺校》卷一，黄山书社1993年版，第14页。

以赋，将以表公论于吾党，非有私于范公也。作泸水清。[①]

此文中的范公就是范子长。范子长，字少才，号双流，成都人，尝从张栻学，登进士第。开禧间，得罪了韩侂胄，遭罢。嘉定四年（1211），为权相史弥远所忌，以礼部侍郎知泸州。[②] 此时程公许及众宾客对他的拜谒，或许可以作为欧阳修“君子亦有党”的注脚。而在“君子之党”中的程公许也受到名流巨卿的印可指导，这对他的人生起到了积极的推进作用：

辛未忝缀末第，自是始得肆力于翰墨之林，蜀之儒先若后溪刘公、雁湖、悦斋二李公，浩斋杨公皆辱进之函丈，指示绳尺；而东南哲艾则有菊坡崔公，昌谷、蘧经二曹公先后推挽，游扬引重，是数先生者，其学行风节薰炙日久，所得不但文字而已。独浩斋谓文非学者先务，每侍坐必诲以蒙庄文灭质博溺心二语，余固服膺其言，勉自谨饬，而宿习深痼。文思一动，伸纸濡笔，飙激泉涌，沛然不得而遏。[③]

程公许《春秋分记序》也对自己受到名流印可一事颇感快意，故在文中一再提及：

公许幼刻意欲自见于诗文，所习博雅，兄责之甚厉。忝继名第，偶以组绣鞶帨见知于当代，文章家游扬引重。[④]

还有，王质在《枢密宣抚相公（虞允文）乐府序》中表达了对名流显宦虞允文的仰慕之情，自称“门人”，阿谀讨好之意溢于言表：

维大观四年十一月戊子二日丙寅，实生仁寿虞公于蜀。乾道四年戊子是日己未，门人汶阳王质依仿古乐府歌词以为公之生日之献。其辞所倚托皆异代宰相，故事于是公且相矣。……其辞凡四事，一章六十言。君子大其意而不否其辞，其将有传，俾世得以观焉。门人汶阳王质谨序。[⑤]

宋代文人人际关系的紧张与密切在某种程度上又与他们的自我意识联系在一起。宋代文人的自我意识很强，他们“兼磨断佞剑，拟树直言旗”（王禹偁《谪居感事》）、“开口揽时事，论议争煌煌”（欧阳修《镇阳读书》），爱憎分明，具有强烈的好恶感，这就导致他们“更张之际，当须有术”和“别定良法”的良好愿望在情绪化、意气用事的情况下“愤嫉太深”“攻诋已甚”。人人都有脾气，人人都有性情，这种人情好恶就使得两宋文人们在

① 宋·程公许：《沧州尘缶编》卷六，《影印文渊阁四库全书》本，第1176册，第946页。

② 详见清·黄宗羲著，全祖望补修，陈金生、梁运华点校：《宋元学案》卷七二小传，第3册，中华书局1986年版，第2411页。

③ 宋·程公许：《沧州尘缶编》卷首《自序》，《影印文渊阁四库全书》本，第1176册，第890－891页。

④ 《春秋分记序》，宋·程公许撰，程公许刊：《春秋分纪》，《影印文渊阁四库全书》本，第154册，第5页。

⑤ 宋·王质撰：《雪山集》卷五，《影印文渊阁四库全书》本，第1149册，第381页。

政治生活中失去了理智，他们大都喜欢用投合自己心意的人，党同伐异、喜同恶异：

伊川、濂溪，一世道统之宗，用大臣荐，为崇政殿说书。以帝王之学，辅赞人主，儒者所望。自范文正公论事，始分朋党。伊川则曰洛党，如朱光庭、贾易附之，力攻蜀党苏氏父子也。朝廷大患，最怕攻党。小人立党，初不是专意宗社计，借此阴移人主祸福之柄，窃取爵禄而已。如君子不立党，伊川见道之明，未能免焉。淳熙则曰道学，庆元则曰伪党。深思由来，皆非国家福。[①]

南宋张端义即看出朋党之争来自“窃取爵禄”，为了爵禄，士大夫失“和平之气”“乖调复之方”，这样用人唯亲胜过用人唯贤的现象使“科场之弊广及士子”，严重破坏了当时的道德规范和社会风气：

所谓太学者，但为声利之场，而掌其教事者，不过取其善为科举之文，而尝得隽于场屋者耳。士之有志于义理者，即无所求于学，其奔趋辐凑而来者，不过为解额之滥，舍选之私而已。师生相视，漠然如行路之人。间相与言，亦未尝开之以德行道艺之实，而月书季考者，又只以促其嗜利苟得，冒昧无耻之心。殊非国家之所以立学教人之本意也。[②]

这说明，人际交往，施恩图报，感恩图报，礼尚往来，在中国社会有着非常悠久的历史，深刻广泛地影响到中国人的日常生活，这也是历代干谒奔走、行贿受贿、暗箱操作、贪污腐化屡见不鲜的重要原因。正是科场取士的非正常运转，使科举考试违背了公平、公正、公开的原则，使太学腐败堕落，士子为了名利奔趋辐凑，师生结党营私，嗜利苟得，奔竞成风，这种现象深刻地影响到了南宋文学风貌，阮阅编辑的《诗话总龟》专列“知遇”“称赏”“投献”章节，就是看到了干谒奔竞与诗歌的密切联系。葛晓音指出：“在中国封建社会中，无论统治阶层取士的制度有多少变化，干谒始终与文人的求仕相伴随。”[③] 她的这番话可谓是以上援引的注脚。

因此，我们可以说，干谒是中国传统文化交情世态中的常见行为，干谒权贵，投赠奔竞，是南宋士人在科举制度下大都有过的一段生活经历，一种普泛化的谋生手段，梳理和阐述当时座主与门生之间深层复杂的内在联系，揭示南宋时期的文化原生状态，是全面、准确把握这一时期的文学如何表现人的价值、人的行为、人的心理、人的形象、人生的意义、人际的关系所必不可少的、具有重要意义的一项研究。

---

① 宋·张端义撰，李保民校点：《贵耳集》卷上，上海古籍出版社编：《宋元笔记小说大观》第4册，上海古籍出版社2001年版，第4269页。

② 宋·朱熹：《晦庵先生朱文公文集》卷六九《学校贡举私议》，朱杰人、严佐之、刘永翔主编：《朱子全书》（修订本），第23册，上海古籍出版社、安徽教育出版社2010年版，第3363页。

③ 葛晓音：《论初盛唐文人的干谒方式》，《诗国高潮与盛唐文化》，北京大学出版社1998年版，第211页。

第三节　嗜利之习与南宋文人干谒

为什么南宋科举盛行，却导致如此众多的人才下第不偶，流入江湖靠卖文卖字讨生活呢？我们还可由此再深入研究在商品流通发展的情形下，南宋士子如何发挥自己的聪明才智在科举一途上谋取生活资料。

正如祝尚书所说：“科举与文学的关系十分复杂，难以简单地描述，大体可从两个层面，即外部效应（也可称间接影响）和内部运作（即科举考试，主要指与文学关系相对密切的进士科考试，下同）进行审视。就外部效应论，科举虽带有极强的功利导向，但同时也带动了全社会的读书热，造就了庞大的各种层次和类别的文人队伍，对提高大众的文化素质、训练文学创作的基本功（如用韵、对仗、谋篇布局等）和艺术审美能力，最终对文学创作的发展与繁荣，无疑起着重要的推动作用，对此应当充分肯定。但若只停留在这个层面，便很容易产生片面性；过多地看到科举外部效应的积极面，甚至以外代内，赞美场屋时文，而忽略或掩盖了其内部运作的真实面目。”① 此说切中肯綮。

对于科举考试的内部运作，我们认为首先应当注意的是：宋代科举考试规则之谨严，科场处分之轻，是显而易见的：

唐时有通榜例。陆贽知贡举，以崔元翰、梁肃文艺冠时，凡肃、元翰所荐，皆取之。（唐书贽传）如崔群以梁肃荐为公辅器，贽遂取中是也。（群传）韩愈负文名，遇举子之有才者，辄为延誉，并言于知贡举之人，往往得售，故士争趋之。（文献通考）然通榜必视其才，时尚无糊名（弥封）之例，见名甄拔，果当其才，人亦服其公，而无异议。其以徇私得中者，唐钱徽知贡举，段文昌属以杨浑之，李绅亦托以周汉宾，及榜发皆不中选，而取中有李宗闵之婿苏巢，杨汝士之弟殷士。文昌遂奏徽取士不公。穆宗命王起、白居易重试，内出题目《孤竹管赋》、《鸟散余花落诗》，举子多不知出处，被黜者：孔温业、赵存约等十人，遂贬徽江州刺史，李宗闵剑州刺史，杨汝士开江令。（旧唐书钱徽传）是唐时科场之处分本轻。至五代时，郑举进士，数不中，张全义为之属有司，乃及第。（见欧史传）桑维翰应举，亦张全义言于有司得第。（洛阳缙绅旧闻记）崔棁将知贡举，有举子孔英者，素有丑行，宰相桑维翰谓棁曰：“孔英来矣！”棁不喻其意，反疑维翰属之，乃考英及第。（见薛史棁传）此以势利舞弊者。后唐清泰中（末帝李从珂），卢导知贡举，将锁院，刘涛荐薛居正必至台辅，导取之，后果为相。（宋史薛居正传）李度工诗，有“醉轻浮世事，老重故乡人”之句，枢密使王朴录其句，荐之知贡举申文炳，遂擢度第三人。（宋史李度传）此亦通榜之余风。虽非以势利起见，然知其人而取之，究亦弊也。聂屿与赵都同赴举，都纳赂于郑，报明日当登第，屿闻不捷，乃大诟来人以恐之，惧，俾俱成名。是竟以贿赂得第矣。五代乱世，此等作奸舞弊之事，习以为常，固无足怪。其有稍示

① 祝尚书：《“举子事业”与“君子事业”——论宋代科举考试与文学发展的关系》，《厦门大学学报》（哲社版）2004 年第 4 期。

惩罚者，同光三年（后唐庄宗），礼部侍郎裴皞知贡举，所取新及第进士符蒙正等干物议，特诏翰林学士卢质覆试，王澈改第一，桑维翰第二，符蒙正第三，成僚第四，既无黜落，裴皞免议。周广顺中（太祖），赵上交知贡举，有新进士李观不当策名，物议喧然。中书、门下以观所试诗赋失韵，黜之，并谪上交官，由侍郎降詹事。（见上交传）显德中（世宗），刘涛考试不精，杨朴劾之，世宗命翰林学士李昉覆试，黜者七人，涛坐降谪。（见涛传）又刘温叟考进士，得十六人，有谮之者，帝怒黜十二人，温叟左迁。（见温叟传）是五代时，虽有科场处分，不过降秩。宋初因之，真宗时，三司使刘师道以弟几道举进士，属考官陈尧咨，时已糊名考校，乃于卷中为识号，遂擢第。已而事泄，诏几道落籍，永不预举。师道责忠武军行军司马，尧咨责单州团练使。此五代及宋科场处分大概也。惟王钦若知贡举，有任懿者托素识钦若之僧惠秦赂以白金二百五十两。会钦若已入院，僧属其门客达于钦若妻李，李遣奴祁睿入院，书懿名于其臂及白金之数，以告钦若。遂得中。后事泄，钦若反委罪于同知举官洪湛，湛遂远贬。（见钦若及湛传）以有赃贿，故处分较重。然纳贿舞弊仅至窜谪，科场之例亦太弛纵矣。①

之所以不惮辞繁地引录上述材料，一方面旨在对唐宋时期科场举荐干谒之风盛行一时的具体情况作尽可能真实、切合实际的历史还原，以描述清楚当时士大夫在科场上表现出来的主体人格和审美情趣形成的环境与原因；另一方面也实在是因为这一大段文字蕴含了大智慧，既滔滔雄辩而又生动有趣，很能说明唐宋时期的科场特征。正因赵翼对唐宋史料作了详尽的清理与辨析，才能对宋代科举考试的弊端看得如此深刻，并对宋代舞弊与行贿行卷的干谒行径作出尽可能符合历史事实的评析，从中可以看出，宋朝科举考试的舞弊行为在某种程度上与当时干谒之风的盛行有着千丝万缕的内在联系。

宋代是典型的庶族政治，科举取士在宋代是最重要的选拔官员的方式，宋名臣孙觉指出："今诚有道德之士，经纶之彦，不由科举，则无以仕进于朝廷。是使天下之才皆汩没于雕虫篆刻之技，弃置于章句括贴之学也。"② 在这种选拔人才的科举制度下，宋代的参考者与上榜者都比唐代有了明显增加。每一榜有 288 人，数量庞大，据傅璇琮、龚延明先生的《〈宋登科记考〉杂记》考证：

宋代，包括北宋和南宋，共举行过一百十八榜科举试，各种科目登第人数，现在研究者有所统计，当然各有歧异，但大致在十万至十一万之间。③

在这数量庞大的登第者中，就不乏由寒门考中进士做官的，如欧阳修、范仲淹，还有一些是来自普通人家，如曾巩、王安石以及苏轼、苏辙兄弟。如果进一步进行材料的摸索，可以从中找到许多士子干谒的情况。苏轼指出：

① 清·赵翼著，王树民校证：《廿二史札记校证》（订补本）卷二五，中华书局 1984 年版，第 542－543 页。

② 宋·孙觉：《上神宗论取士之弊宜有改更》，宋·赵汝愚编：《宋名臣奏议》卷八〇，《影印文渊阁四库全书》本，第 432 册，第 5 页。

③ 王水照主编：《新宋学》第 1 辑，上海辞书出版社 2001 年版，第 36 页。

唐之通榜，故是弊法。虽有以名取人、厌服众论之美，亦有贿赂公行、权要请托之害。至使恩去王室，权归私门，降及中叶，结为朋党之论，通榜取人，又岂足尚哉。[①]

苏轼能看到科举取士制度下“贿赂公行、权要请托之害”，看到请托贿赂之风与朋党之祸的内在联系，正是他在宦海风波里、狭路奔走中得到的人生经验和理性认识，是对中国人情世态有透彻了解后得出的结论，充分体现了苏轼的人生智慧和对政治体制改革的深刻思考。试想全国各地的才子聚集在一起，考试过程前后有两三个月之久，利禄之途所在，头脑灵活机动的就会想法子另辟蹊径，寻求入仕的捷径。那些徒擅才华，本非端士的士人为了能够进入仕途，往往不惜工本、采取各种不正当的手段。这其中的种种弊端，宋仁宗时期参与科举改革的士人已揭示出来并提出了应对的办法：

臣等谓易以间岁之法，无害而有利，不足疑也。使举子不幸有疾病丧服之故者，不致久沉。且程文偶不中选，旋亦遇贡举，则无滞才之叹。而天下荐举数既减半，礼部主司易以详校，得士必精矣。近年来，挟书代笔传义者多，因使权贵富豪之子得滥进，盖由人众，有司无由察。若人少则伪滥自不容，使寒苦艺学之人得其途而进。[②]

可以说，宋代的整个文官政府的基础就是科举。在这方面的研究中用力最勤、收获最大的应是四川大学的祝尚书。其中与我们的研究有密切联系的专题论文有《论宋初的进士行卷与文学》和《论北宋科举改制的异变与南宋文学走向》，前者详细考察了北宋太祖、太宗两朝及真宗之初的行卷风气，并详考这种风气与文学创作的关系，在行卷与受卷的过程中，行卷者的干谒目的很多时候是通过阐述自己的文学见解来实现的，[③] 我们不难从中思考“祖宗家法”下的进士行卷如何影响南宋文学。后者认为南宋初词科的设置促进了四六骈体兴起，并提出南宋吕本中《江西宗派图》及江西诗派的兴起，也与北宋后期的科举改制有着密切联系，[④] 这也启发我们从干谒这一文化现象入手，来考察南宋初期的文学新变。

到了南宋，科举之途更加艰难，周必大是少数幸运儿之一，他的成功之路令人羡慕，据王应麟《玉海》卷二〇二载：

见行程文为格外，更将前辈制词，如张乐全、王荆公、岐公、元厚之、东坡、颍滨、曾曲阜、王初寮、汪龙溪、綦北海、周益公所作，裒集熟读，则下笔自中程度矣。然场屋拟制，与扬庭之文又不同，须全依定格……前辈制词，惟王初寮、汪龙溪、周益公最为可法。盖其体格与场屋之文相近故也。[⑤]

为什么周必大能成为士子效法的楷式呢？究其原因，当然是如上文所说：“盖其体格与场

① 宋·苏轼：《议学校贡举状》，孔凡礼点校：《苏轼文集》卷二五，中华书局1986年版，第725页。

② 宋·马端临：《文献通考》卷三一《选举考》四，中华书局1986年版。

③ 祝尚书：《宋代科举与文学考论》，大象出版社2006年版，第340－362页。

④ 祝尚书：《宋代科举与文学考论》，大象出版社2006年版，第393－411页。

⑤ 宋·王应麟撰：《玉海》卷二〇二，《影印文渊阁四库全书》本，第948册，第291、292页。

屋之文相近”的缘故。除此以外，我们觉得还有一些更深层次的原因，这仍能从该书中所引周必大的范文中略见一斑：

周益公《拟加上尊号诏》其颂太上皇帝云：“以德行仁，本性诚之固有；修文偃武，合经纬之自然。”《太上皇后》云：“月齐日以得天，而能久照；坤顺乾而配地，是以广生。”上再三稽奖，谓“数句用经语概括明备，非卿不能为，真大手笔也”。①

原来奥秘就在于周必大善于奉承，而且奉承得很有技巧，能够引经据典地逢迎主上，但我们也应看到，应试与奉承两者又是统一的，可以说正是为了应试，周必大养成了阿谀奉承的习气。

我们可以举一反例来证明这一点，绍兴二十四年（1154）杨万里中了进士，胡铨在《诚斋记》中记录了他中进士后的感喟：

庐陵杨侯庭秀，清白世其家，学问操履有角立杰之誉。战其艺场屋中，得丙科，则喟曰：“时方味谄言，吾乃得志，得毋以谄求合乎?”则羞前之为吏，隶宏博之学以息劓补黥。②

这样的感喟耐人寻味。值得一提的是，杨万里中进士时正值秦桧专权，科场取士，大多是秦桧一党，“以谄求合”在当时是一种很自然的现象。令人深思的是杨万里看到了“时方味谄言”的现实情况，并把它和自己的得志联系起来看问题，这是十分宝贵的思想认识。而周必大也正是杨万里所指出的“以谄求合”而得志的典型。他因谄媚主上而得志且乐此不疲，行之终身而效果显著。这样的习气影响了他一生为人为文的特质，此亦是很典型的人品与文品的统一。

周必大于词科之文沉浸既久、用功又深，遂形成了一种词科习气，这种词科习气，是他内在人格精神的外部表现。只有长期致力于文章创作且能将自己的全部精神投入其中的人才能达到这样的境界，非常人之所能为，也是周必大的过人之处，反映了宋室南渡以来的社会审美趣味，故常被人称赏，《西塘集耆旧续闻》卷六特地摘引了周必大的四六妙语，其中大抵是阿谀奉承、卑己尊人之辞：

周益公久在禁林，词章为一时之冠。《辞免直学士院状》云：“顾仙岭之提鳌，自存大手；矧明庭之仪凤，方集奇才。”《谢内相表》：“视淮南之书，岂但矜夸于下国；听山东之诏，固当裨助于中兴。”《谢衣带鞍马表》：“褐衣褐见，莫陈汉戍之便宜；马去马归，敢计塞翁之倚伏?”除大观文，判潭州，以言者夺职罢镇，后复职，仍判潭州，到任，谢表云：“谓昔之销印，重违白笔之公言；故今者剖符，庸示清衷之本意。跻类雁门之复，梦成鹿野之真。”又《谢复职表》云：“华阳黑水，裂地而封。旧物青毡，从天而下。”人皆传诵。③

① 宋·王应麟撰：《玉海》卷二〇二，《影印文渊阁四库全书》本，第948册，第303页。

② 宋·胡铨撰：《澹庵文集》卷一八《诚斋记》，《影印文渊阁四库全书》本，第1137册，第578页。

③ 宋·陈鹄撰，郑世刚校点：《西塘集耆旧续闻》卷六，上海古籍出版社编：《宋元笔记小说大观》第5册，上海古籍出版社2001年版，第4829页。

周必大的成功之路，足以说明科举应试中的逢迎技巧对南宋社会文化的深刻影响。在干谒逢迎盛行一时的情势下，周必大的逢迎技巧已经溢出了科场一途，无处不在地发挥着巨大能量。据《鹤林玉露》甲编卷二载：

逆亮窥江，刘锜已病，亦同捍御。未几，亮歼，锜亦殂，特赠太尉。周益公行词云："岑彭殒而公孙亡，诸葛死而仲达走。虽成功有命，皆莫究于生前；而遗烈在人，可徐观于身后。"读者服其的切。益公常举似谓杨伯子曰："起头两句，须要下四字议论承贴，四六特拘对耳，其立意措词，贵于浑融有味，与散文同。"①

周必大凭借其过人的聪明才智和心理承受能力在官场游刃有余、纵横驰骋十余载，历任中书舍人、直学士院、兵部侍郎、翰林学士、吏部尚书等清要职务。自淳熙七年（1180）参知政事始，至绍熙元年（1190）罢相，遍历两府执政及拜左右丞相，时间长达十余年，其所交游遍及天下文人学士。除陆游、范成大外，还有洪迈、胡铨、李焘、喻良能、张孝祥、杨万里、曾三异等人，都是当时政治文化界之名流。② 通过他的宦游经历和交游之士，我们仿佛看到了南宋时期成功人士的一个缩影，周必大的成功之路不能复制（这与机遇和性格有关），却值得我们深思。其宦游生涯的辉煌灿烂，可以用来对比那些沉沦下僚之士的落寞凄凉。我们可以从中进一步思考南宋得意、失意之士人生之路的异同，从中找到一些规律性的历史经验，来反观和指引我们现实的人生之路。

既然科举一途如此重要，南宋士人针对科举取士的客观情况，往往乐于编辑撰写一些有助于考生场屋之需的著作。南宋后期的郭守正增补欧阳德隆的《押韵释疑》，编成《增修校正押韵释疑》五卷，自序道：

欧阳先生《押韵释疑》一书，惠后学至矣。……仆不揆肤学，辄因暇日取先生元本与书肆本三复参校……笔者千余条，削者亦如之，虽未尽善，视旧本稍精密焉，可以助场屋之一得，可以续先生之前志。索居讨论，倏焉三载，岂无违阙，改而正诸，实有望于当世欧先生云。③

甚至于有些举子自己也编场屋应试之类的书，陈傅良还是举子时就编了《待遇集》《城南集》等当时的畅销书，我们试看其《待遇集》刊行时的繁荣盛况及其缘由：

止斋年近三十，聚徒于城南茶院，其徒数百人，文名大震。初赴补试，才抵浙江亭，未脱草屦，方外士及太学诸生迓而求见者如云。吴琚，贵公子也，冠带执刺，候见于旅邸，已昏夜矣。既入学，芮祭酒即差为太学录，令二子拜之斋序。止斋辞不敢当，径遁之

---

① 宋·罗大经撰，王瑞来点校：《鹤林玉露》甲编卷二，中华书局 1983 年版，第 27 页。

② 详参元·脱脱等：《宋史》卷三九一《周必大传》第 34 册，中华书局 1985 年版，第 11965－11972 页。

③ 宋·欧阳德隆撰，郭守正增修：《增修校正押韵释疑》卷首，《影印文渊阁四库全书》本，第 237 册，第 589 页。

天台山国清寺。士友纷然从之者数月。其时止斋有《待遇集》板行，人争诵之。[①]

陈傅良因深通场屋应试技艺，故其所著之书流通广阔，干谒奔走其门向他请教问学者亦众，充分体现了商品经济环境下的供需关系，并深刻影响到当时士风与时风，造成士人文章风格的丕变：

公自为举子业，其所论著如《六经论》等文，所在流播，几于家有其书。蜀中文学最盛，读之者无不动色，文体为公一变，至传入夷貊，视前贤为尤盛。[②]

（陈傅良）执经户外，方屦阑集，片言落笔，传诵震响，场屋相师，而绍兴之文丕变，则肇于隆兴之癸未。[③]

初患科举程文之弊，思出其说为文章，自成一家，人争传诵，从者云合，由是其文擅当世。[④]

除此之外，陈傅良还编有《永嘉八面锋》十三卷之类科举考试用书，被四库馆臣评价道：

不著撰人名氏。……考陈傅良、叶适当时皆称永嘉先生，相传此为傅良所撰，或曰叶氏为之。今观其间多傅良平日之语，其为陈氏无疑云云。……其书凡提纲八十有八，每纲又各有子目，皆预拟程试答策之用，非欲著书，故不署名耳。[⑤]

从中可见，陈傅良刊刻此书既然“非欲著书，故不署名”，其编书、刊书的目的就只有从商品经济发达情况下士人追求经济利益的角度来考虑了。流传至今的《止斋论祖》就被四库馆臣特别指出：

初，傅良讲学城南茶院时，以科举旧学，人无异辞，于是芟除宿说，标发新颖，学者翕然从之。此论五卷，盖即为应举而作也。首列《作论要诀》八章，中分四书、诸子、通鉴、君臣、时务五门，凡为论九十二篇。……疑傅良当日自悔其少作，故其门人编次之时不以入集，特别录此本私存，为程试之用耳。[⑥]

陈傅良确实有应试天赋，据俞文豹《吹剑录外集》载：

---

① 宋·吴子良：《荆溪林下偶谈》卷四，宝颜堂秘笈本。

② 宋·楼钥：《宝谟阁待制赠通议大夫陈公神道碑》，《攻媿集》卷九五，《影印文渊阁四库全书》本，第1153册，第471－472页。

③ 宋·曹叔远：《止斋文集序》，宋·陈傅良撰，曹叔远编：《止斋文集》卷首，《影印文渊阁四库全书》本，第1150册，第498页。

④ 元·脱脱等：《宋史》卷四三四《陈傅良传》第37册，中华书局1985年版，第12886页。

⑤ 《四库全书总目》卷一三五《永嘉八面锋提要》，中华书局1965年版，第1148页。

⑥ 《四库全书总目》卷一七四《止斋论祖提要》，中华书局1965年版，第1541页。

蔡尚书幼学师陈止斋，乾道壬辰（八年）同赴省试。止斋知其必魁取，乃自下赋卷，已而师生经赋俱为第一。赋场先试出《圣人之于天道论》，次场《天地之性人为贵》，其文意步骤，全仿止斋，盖有所授也。①

又据叶绍翁《四朝闻见录》载：

止斋陈氏傅良……早以《春秋》应举，俱门人蔡幼学行之游太学，以蔡治《春秋》浸出己右，遂用词赋取科第。词赋与进士诗为中兴冠，然工巧特甚，稍失《三元衡鉴》正体，故今举子词赋之失，自陈始也。②

有此应试天赋与技艺，故其所刊之书“人争诵之”。商品经济、科举取士与南宋士大夫的编书、著书行为之关系由此可见。

实际上，随着两宋时期尤其是南宋场屋辅助之类的指导用书逐渐增多，形成对科举公开、公平、公正等初衷的威胁时，它也开始被政府明文规定应当禁止刊刻流传。岳珂《愧郯录》卷九《场屋类编之书》记载了南宋士大夫对场屋用书市场动态及其弊端的认识：

自国家取士场屋，世以决科之学为先，故凡类编条目、撮载纲要之书，稍可以便检阅者，今充栋汗牛矣。建阳书肆，方日辑月刊，时异而岁不同，以冀速售；而四方转致传习，率携以入棘闱，务以眩有司，谓之怀挟，视为故常。③

并因此而引用北宋后期权发遣利州路学事黄潜善一段禁止刊售场屋辅导书的奏议如下：

珂尝考承平时事，盖已尝有禁。（徽宗）政和四年（1114）六月十九日……黄潜善奏：“……比年以来于时文中采摭陈言，区别事类，编次成集，便于剽窃，谓之决科机要。偷惰之士，往往记诵，以欺有司。”……诏立赏钱百贯告捉，仍拘板毁弃。④

在诸如此类的奏议、诏书的明文规定下，南宋市场上的科场、官场、名利场上成功学之类的指导书屡见不鲜、屡禁不止，仍然行销于市。据《宋会要辑稿》选举六之五〇载：

嘉定十六年（1223）七月十日，国子博士杨璘言：“……迩来士习卑陋，志在苟得，编写套类备怀挟，一入场屋，群趋帘前，以上请为名，移时方散，人数丛杂，私相检阅，抄于卷首，旋即掷弃。巡案无从检察，所作率多雷同，极难选取，侥幸者众。今书坊自经子史集事类，州县所试程文，专刊小板，名曰夹袋册，士子高价竞售，专为怀挟之具，则

① 宋·俞文豹撰：《吹剑录外集》，知不足斋丛书本。

② 宋·叶绍翁：《四朝闻见录》甲集《止斋陈氏》，上海古籍出版社编：《宋元笔记小说大观》第5册，上海古籍出版社2001年版，第4872页。

③ 宋·岳珂撰：《愧郯录》卷九《场屋类编之书》，《影印文渊阁四库全书》本，第865册，第156页。

④ 宋·岳珂撰：《愧郯录》卷九《场屋类编之书》，《影印文渊阁四库全书》本，第865册，第156页。

书不必读矣。”①

舒岳祥也记录了自己应举时的见闻，值得注意：

余童冠以应乡举，过宁海、宁川两界之岭曰桐岩，日晏而息，宿于白莲庄……其主庄僧颇好事，设为书肆，凡举业之所资用，学者之所宜有者，皆笺揭而度列之，或就取而观之，无拒色，亦不为二价。②

无论是国子博士杨璘之言，还是其主庄僧之行，都说明为了赚钱谋利，场屋应试之书是屡禁不止、屡见不鲜的。

俞正燮《癸巳存稿》卷十四“科场书”载：

旧摊买得决科古今源流至论别集二册，计十卷，宋黄履翁所集者。

又如，南宋后期出现的《翰苑新书》，分前、后、别、续集共一百五十六卷，这部皇皇巨著，明显针对南宋士人干谒奔走之需而作，据余嘉锡考证：

《天一阁书目》卷三之二有钞本《新编翰墨新书》，其前别续三集卷数，皆与此同，惟后集作三十一卷，不分上下，盖即一书，题进士刘子实茂夫著。《天一阁》书，藏自前明，远有端绪，其目录虽范氏后人所编，然曾经阮文达审定，决无杜撰。然则此书实有撰人姓名，其不著撰人者，书贾翻刊时之所删削也。大抵此种类书，皆以备当时人酬应獭祭之用，著书者既不作传世之想，亦不甚重视之。坊贾刊之以射利，则或变幻其书名，分合其卷帙，如刘应李之《翰墨大全》，又名《事文类聚》、《翰墨全书》，其卷帙之不同，则以余所考，已有七八种之多。③

余先生根据此书中专门罗列“干请”“求援”“荐辞”等门类，指出此书的产生源自时人的应酬之需，并从“坊贾刊之以射利”的角度来分析辨证此书的来龙去脉，是有独到之处的。市场需求与南宋士人著述的关系由此也透露出一丝线索。

南宋科举取士的政治制度与商品经济发达情况下的士人著书、编书、刊书、读书存在着千丝万缕的内在联系，士人习俗也因此而发生了深刻的变化，据欧阳守道所言：

近岁士习趋下，号称前辈者，或亦止于传习场屋之文，谩不省讲学为何事，幸而收科，自谓一第如探囊中物，不复增益其所未能。后学效之，凡书肆所售谓之时文，空囊市去，如获至宝，而圣贤格言大训，先儒所为孳孳讲切以觉人心者，反弃置之，以为非举子

① 清·徐松辑：《宋会要辑稿》选举六之五〇，中华书局1957年版，第4354页。

② 宋·舒岳祥：《重建台州东掖山白莲寺记》，《阆风集》卷一一，《影印文渊阁四库全书》本，第1187册，第438页。

③ 余嘉锡：《四库提要辨正》卷十六《子部》七，中华书局2007年版，第992－993页。

日力暇到。[①]

彭龟年也看到了科举取士、时文畅销、士人为了应试而购买、诵读、研习时文造成的种种弊端，说道：

今乃一切以时文教之，编类成帙，公私刊行，凡应进士者家家售之，父诏其子，兄语其弟，以为朝廷取士不过如此，朝读夕思惟此是习，经史子集将覆酱瓿。臣恐天下文章益见凋敝，必又甚于今日也。[②]

《朱子语类》卷一〇九记载了一段朱子与人关于学校学习时文的问答之语，也反映了一代儒宗对此的无奈与旷达：

问："今之学校，自麻沙时文册子外，其他未尝过而问焉。"曰："怪它不得，上之所以教者不过如此。然上之人曾不思量，时文一件，学子自是着急，何用更要你教。你设学校，却好教他理会本分事业。"[③]

到了宋末，科举考试以性理为主，类似帮助士子科举中第的考试用书也大量涌现，据《四库全书总目·总集类存目一》载：

《诸儒性理文锦》八卷，内府藏本。旧本题兵部尚书常珽编，不著时代。……其书全录宋儒性理之文，间亦上及韩愈、柳宗元等。分六十四类，文以类附，盖专为科举之用。[④]

这样的刊书、售书与买书、读书风气在某种程度上影响到了南宋士大夫的自身政治素质与文化修养，对整个南宋的政治、经济、文化、教育都产生了广泛而深刻的影响，结果正如周密所言，这些由于擅长科举程文而进入仕途者："列之要路，名为尊崇道学，其实幸其不才愦愦，不致掣其肘耳。以致万事不理，丧身亡国。"[⑤] 宋末元初的袁桷也对南宋时期科举取士的某种现象提出批评：

数十年来，朱文公之说行，祠宇偏东南，各以《四书》为标准，毫杪摘抉，于其所不必疑者而疑之，口诵心臆，孩提之童皆大言以欺世。故其功用少而取效近，礼乐刑政之本，兴衰治乱之迹，茫不能以知。累累冠绶，碍于铨部，老死下僚，卒莫能以自见，良有

① 宋·欧阳守道撰：《青云峰书院记》，《巽斋文集》卷一六，《影印文渊阁四库全书》本，第1183册，第641页。

② 宋·彭龟年撰：《乞寝罢版行时文疏》，《止堂集》卷四，《影印文渊阁四库全书》本，第1155册，第361页。

③ 宋·朱熹：《朱子语类》卷一〇九，朱杰人、严佐之、刘永翔主编：《朱子全书》（修订本）第17册，上海古籍出版社、安徽教育出版社2010年版，第3539页。

④ 《四库全书总目》卷一九一，中华书局1965年版，第1736页。

⑤ 宋·周密撰，吴企明点校：《癸辛杂识》续集下《道学》，中华书局1988年版，第169－170页。

以也。①

钱穆曾就唐代门阀士族与宋代庶族士大夫的人格特质、文化修养和行政才能进行对比，揭示由科举入仕的宋代士大夫尤其是南宋士大夫的种种弊病：

唐代门第势力正盛，在那时推行考试，应考的还是有许多是门第子弟。门第子弟在家庭中有家教熏染，并亦早懂得许多政治掌故。一旦从政，比较有办法。如是积渐到晚唐，大门第逐步堕落，应考的多数是寒窗苦读的穷书生。他们除却留心应考的科目，专心在文选诗赋或是经籍记诵外，国家并未对他们有所谓教育。门第家训也没有了，政治传统更是茫然无知。于是“进士轻薄”，成为晚唐一句流行语。因循而至宋代，除却吕家、韩家少数几个家庭外，门第传统全消失了。农村子弟，白屋书生，偏远的考童骤然中式，进入仕途，对实际政治自不免生疏扞格。至于私人学养，也一切谈不上。②

在世人普遍提倡中国科举取士制度的种种优越性时，③ 这样的见解无疑是空谷足音，有其精辟独到之处，起到振聋发聩的效果。南宋时人欧阳守道所言“士习”及朱子语类中“学校过问”“上之所以教者”以及南宋名臣姚勉所言：“科目之设，士敝敝然日趋于文，置德行之艺为何等事。糊名考校，懵不知贤否谁孰，眩有司目则得，焉论行。而潜搜冥索而得之者，往往皆文行相称士，士浮浅儇薄者鲜克有成，成亦莫克远到。若是者人无所置

① 元・袁桷：《送陈山长序》，《清容居士集》卷二三，《影印文渊阁四库全书》本，第1203册，第318页。

② 钱穆：《中国历代政治得失》第三讲“宋代・宋代考试制度”，九州出版社2012年版，第88页。

③ 王国平在《以杭州（临安）为例，还原一个真实的南宋——从“南海一号”沉船发现引发的思考》（《南宋史研究丛书》代序）中说：“两宋科举取士几乎面向社会各个阶层，再加上科举取士的名额不断增加，在社会各阶层中形成了‘学而优则仕’之风。南宋时期，取士更不受出身门第的限制，只要不是重刑罪犯，即使是工商、杂类、僧道、农民，甚至是杀猪宰牛的屠户，都可以应试授官。南宋的科举登第者多数为平民……宋代打破了以往只有官僚贵族阶层可以入仕参政的身份性屏障，采取‘崇尚文治’政策，制定保护文士措施，以宽松、宽容的态度对待文人士大夫，尊重知识分子，重用文臣，提倡教育和养士，优待知识分子，为宋代文人士大夫提供了一个敢于说话、敢于思考、敢于创造的空间，使两宋成为封建社会中思想文化环境最为宽松的时期。同时，由于‘寒门入仕’通道的开辟，使一大批中小地主、工商阶层、平民百姓出身的知识分子得以通过科举入仕参政，士农工商成为从上到下各级官僚的重要来源，使一大批有才华、有抱负、懂得政治得失、关心民生疾苦的社会有识之士登上了政治舞台。这种相对自由的政治环境和不拘一格选拔人才的政策，不但为两宋政权的巩固，而且为整个两宋经济、文化、社会的发展提供了人才支撑和知识支撑。南宋‘崇文优士’的国策和‘寒门入仕’、网罗人才的做法，对于今天正在致力于建设‘生活品质之城’的杭州，为不断巩固人民群众当家做主的政治地位，形成民主团结、生动活泼、有序参与、依法治市的政治局面，提高人民群众政治生活品质方面都有着现实的借鉴意义。我们应借鉴南宋‘尊重文士、重用文臣’的做法，尊重知识、尊重人才。”（见韩酉山：《秦桧研究》，人民出版社2008年版，第10－11、30－31页）作为一套大型丛书，《南宋史研究丛书》序言中的观点，应说是得到大多数学者认同的。值得一提的是，王曾瑜、沈松勤、王瑞来等学者的论著所体现出来的观点却与王国平的有着很大的差异（详参王曾瑜：《绍兴和议与士人气节》，载《丝毫编》，河北大学出版社2009年版，以及《中国古代的士大夫、士风和名节浅谈——以宋朝的士大夫为中心》，载《纤微编》，河北大学出版社2011年版；沈松勤：《南宋文人与党争》第九章“高压政治与谄谀之风：文学命运的走向之一”；王瑞来《“内举不避亲”——以杨万里为个案的宋元变革论实证研究》，《北京大学学报》2012年第2期；《小官僚大投射：罗大经仕履考析——宋元变革论实证研究举隅之三》，《文史哲》2014年第1期），我们应继续深入研究这一课题。中国科举文化研究的专家刘海峰也说：“只要客观认真地加以考查，就可明白科举在遗漏某些人才的同时，还是可以选拔出素质较高的从政人才的。”（刘海峰：《中国科举文化》，辽宁教育出版社2010年版，第283页）我们认为，应当一分为二、辩证地看待科举制度在中国文化进程中的作用，既不能无限制地夸大，也不能一笔抹杀。

力矣，意必有主张是者，不曰寄之天乎。”[①] 正可作为钱先生观点的注脚。

在商品经济浪潮下，士人为了赚钱而导致士风败坏，“利”之一字，对人类的影响由此可见一斑。太史公曰：“余读《孟子书》，至梁惠王问‘何以利吾国’，未尝不废书而叹也。嗟乎，利诚乱之始也！夫子罕言利者，常防其原也。故曰‘放于利而行，多怨’。自天子至于庶人，好利之弊何以异哉！”[②] 我们仿佛看到司马迁一行行的眼泪，听到他一声声的叹息。而“利”在南宋科举制度发达的情形下，对士人产生的巨大心理冲击也就可想而知。

由此可见，宋代科举史的研究，是宋代政治史、制度史、文化史、经济史、文学史等相关领域研究的基础，也是我们探讨南宋干谒与文学不能绕过的一个关键环节。

第四节　入仕艰难与南宋文人干谒

科举入仕，是南宋时期大多数士人的理想与人生必经之路，正如南宋大儒朱熹所说：

居今之世，使孔子复生，也不免应举。[③]

项安世也看到了科举考试在当时士人仕途、生活中的重要性，他说：

科举之法，此今日不可如何之法也。自太平兴国以来，科名日重，实用日轻，以至于今。二百余年，举天下之人才一限于科目之内，入是科者，虽梼杌、饕餮必官之，出是科者，虽周公、孔子必弃之。习之既久，上不以为疑，下不以为怨，一出其外，而有所取舍，则上蓄缩而不安，下睥睨而不服。共知其弊，而甘心守之，不敢复议矣。[④]

赵孟頫虽是帝王之后，也认识到宋朝科举取士对当时士人所产生的巨大影响，其曾说：

宋以科举取士，士之欲见用于世者，不得不繇科举进，故父之诏子，兄之教弟，自幼至长，非程文不习，凡以求合于有司而已。[⑤]

正因科举入仕如此重要，故有众多士子参与其中，据郭见义《创建三元祠碑》载：

---

① 宋·姚勉撰，姚龙起编：《明州奉化县梓潼帝君殿记》，《雪坡集》卷三三，《影印文渊阁四库全书》本，第1184册，第218页。

② 汉·司马迁撰，宋·裴骃集解，唐·司马贞索隐，唐·张守节正义：《史记》卷七十四《孟子荀卿列传》第7册，中华书局1998年版，第2343页。

③ 宋·朱熹：《朱子语类》卷一三《力行》，朱杰人、严佐之、刘永翔主编：《朱子全书》（修订本）第14册，上海古籍出版社、安徽教育出版社2010年版，第415页。

④ 宋·项安世：《拟对学士院试策》，清·徐松辑：《宋会要辑稿》选举四之四三，中华书局1957年版，第4312页。

⑤ 元·赵孟頫：《第一山人文集序》，《松雪斋集》卷六，《影印文渊阁四库全书》本，第1196册，第673页。

斟酌前代取士之法，杜塞他蹊，专尚进士。昔人指此为将相科者，非虚言也。天下之人，从风而靡，三尺之童，悉知肄习。间三岁下诏，被褐挥袂，求举于府若州者以数十万计。府若州考试之，定其可举而荐之礼部者，尚数千计。礼部考试之加详密焉，第其可进以名上天子者，不过数百人而已。①

应试人数多而被录取的机会就相对少了。科举入仕的重要及其艰难，是导致当时文人干谒奔走的一个重要原因。

南宋以来科举入仕的艰难至少包括两个方面的含义：一方面是“登进士第”非常艰难；另一方面，士人进士登第后的入仕之途更加惊心动魄、曲折离奇，即使进士及第，也不免沦为谒客。

一

宋代的科举主要为进士一科，确定为三级考试制度，即州府发解试、礼部省试、皇帝殿试，考试定为三年一次，及第后，一经登科，即释褐授官。由于“祖宗家法”之故，宋代应举人数大大超出了唐代，到了南宋，人数剧增，② 由此导致科举取士的弊端也呈现出来，据绍兴十五年乙丑（1145）十五日（乙卯）卫博所撰《阱锦编序》载：

选举之法坏，而上之人始以文章取士。士非以此无所求官，故文章日益工而道日益散。陵夷至于后世，好恶蜂起，科目纷更。士既累于得失而眩于所守，益轻弃其学以逢时好，场屋之文与平昔之学遂为两途，略不相似矣。余自幼虽习进士举，然性不喜读时文。今年下第东归，过其同舍生。生曰：“子亦知夫子之所以不售者乎？‘不习时文，齿豁目昏’，此太学之谚言，不尔，虽至老不可得也。”余盖闻退之言，尝自读其所试，不啻俳优者之词，颜忸怩而心不宁者数月，盖自退之已不免矣，吁可叹哉！今余以家贫亲老求举进士，亦必至于得而已。苟必志于得而求之以不可必之道，是岂人之情也哉？于是尽取世之所谓时文，书其善者而伏读之。凡时文之学，类以善渔猎戕贼、窜窃摹拟、取青媲白、肥肉厚皮为上，真柳子厚所谓以文锦覆陷阱者。然而世之观者眩焉，余不幸知之，而自投于陷阱之内，乃名其编曰《阱锦》。非以名斯文也，将以识其所学，而亦其心之一日不忘乎堙阱彻锦，载鞭策、鸣和鸾，以安行乎康衢大道，庶几得遂此志云尔。③

朱熹甚至从文心士气的角度来揭示南宋时期科举的负面影响：

① 清·汪森编：《粤西文载》卷三七，《影印文渊阁四库全书》本，第1466册，第296页。

② 两宋科举人数的统计参见何忠礼：《两宋登科人数考索》，《宋史研究集刊》1988年第2辑。张希清：《南宋贡举登科人数考》，《古籍整理与研究》第5期，中华书局1990年版；《北宋贡举登科人数考》，《国学研究》第二卷，北京大学出版社1994年版。

③ 《阱锦编序》，宋·卫博撰：《定庵类稿》卷四，《影印文渊阁四库全书》本，第1152册，第186页。

（吕祖谦）留意科举文字之久，出入苏氏父子波澜，新巧之外更求新巧，坏了心路。①

当时的名流显宦、试起居郎兼权中书舍人留正亦在乾道七年（1171）三月二日从“士风厚薄，人材盛衰”的角度来探讨科举对士风与文风的影响：

切惟太学时文，四方视以为法，而士风厚薄，人材盛衰，皆可盖见于此。国家取士，三场各有体制，故中选者谓之合格。数年以来，有司去取以意，士人志于得而已，程文多不中度。故议论肤浅，而以怪语相高；对策全无记问，而以浮辞求胜。大抵策尤卑弱，不足以传示四方。②

叶绍翁则以南宋名流显人陈傅良为例，来说明“今举子词赋之失”的具体缘由：

（陈傅良）词赋与进士诗为中兴冠，然工巧特甚，稍失《三元衡鉴》正体。故今举子词赋之失，自陈始也。③

刘克庄则从文学创作的角度出发谈及南宋科举取士出现的问题，他说：

本朝亦以诗赋设科，然去取予夺一决于赋，故本朝赋工而诗拙。④

近世贵理学而贱诗，间有篇咏，率是语录、讲义之押韵者耳。⑤

舒岳祥的一段话，或可补充说明刘克庄的观点：

方科举盛行之时，士之资质秀敏者，皆自力于时文，幸取一第，则为身荣，为时用，自负远甚。惟窘于笔下，无以争万人之长者，乃自附于诗人之列，举子盖鄙之也。⑥

科举之弊及入仕之难，由此可见。

另外，能否被录取还要看皇帝或权臣们的旨意和喜好。我们先看权臣喜好决定士人命运的例子。绍兴二十年（1150）九月十二日，侍御史曹筠指出科举考试中因考官个人喜好

---

① 宋·朱熹：《与张敬夫》，《晦庵先生朱文公文集》卷三一，朱杰人、严佐之、刘永翔主编：《朱子全书》（修订本）第21册，上海古籍出版社、安徽教育出版社2010年版，第1334页。

② 清·徐松辑：《宋会要辑稿》选举四之四〇，中华书局1957年版，第4310－4311页。

③ 宋·叶绍翁撰，沈锡麟、冯惠民点校：《四朝闻见录》甲集《止斋陈氏》卷一，中华书局1989年版，第14－15页。

④ 《李耘子诗卷跋》，《后村先生大全集》卷九九，宋·刘克庄著，辛更儒笺校：《刘克庄集笺校》第9册，中华书局2011年版，第4163页。

⑤ 《跋吴帅卿杂著·恕斋诗存稿》，《后村先生大全集》卷一一一，宋·刘克庄著，辛更儒笺校：《刘克庄集笺校》第10册，中华书局2011年版，第4596页。

⑥ 《跋王矩孙诗》，宋·舒岳祥撰：《阆风集》卷一二，《影印文渊阁四库全书》本，第1187册，第441页。

取士而产生的问题：

近年考试，多以私意取专门之学，至有一州而取数十人，士子忿怨，不无遗才之叹。[①]

一代名相赵鼎也因科场徇私受到朝臣郑仲熊的弹劾，如下言语或许可以反映当时科场普遍存在的取士情况：

初，赵鼎立专门之后，有司附会，专务徇私，不论才与不才，有是说必置之高等，士子扼腕二十年于兹。今襄又为之唱，欲使人人尽归于赵鼎、胡寅之门而后已，臣所以为国家虑之。[②]

由此可见权臣们的个人喜好在士人科名中所产生的影响。

南宋一朝存在的诗赋与经义之争一直影响到士人读书创作的方向，据《建炎以来系年要录》卷一五五载：

言者奏："近来诗赋经术各以旧试人数分，其间不无轻重，大抵习诗赋者多，故取人常广。治经术者鲜，故取人常少。今若专以就试之人立定所取分数，则诗赋人常占十之七八，而治经者止得十之一二，但恐浸废经术之学矣。欲望命有司再加讨论，如通经之人有余，听参以策论圆融通取，明立分数，庶几主司各有遵守。"上曰："当日行诗赋，为士人不读史。今若专用诗赋，士人不读经。大抵读书当以经义为先，所论宜令礼部看详以闻。"[③]

宋高宗提倡读书宜以经义为先的观念，受到权臣秦桧的推广奉行，"极力主张将经义取士的倾向推向极致"[④]，上有所好，下必奉而行之，"不少士子为献媚于秦桧，也纷纷趋向于经义进士科"[⑤]，这对南宋理学及时文的盛行产生了重要而深远的影响。

绍兴十七年丁卯（1147），沈度即撰《默堂先生文集序》，明显具有重经义而轻诗赋的倾向：

宋兴，河南二程夫子受学于濂溪周茂叔先生，讲明道学，究圣贤之蕴，发千载不传之妙，学者趋之，如水赴壑。时唯龟山杨先生睹奥入室，尊所闻而行所知，尽得其传焉。明道德之归，以觉斯人，以善天下。然是道也不绝如线，则有陈公知默以刚明果毅之姿，得师友源流之正。自其少也，亲炙了翁而翁器之，谓能任重而致远。及其后见龟山先生，师事执经，不惮寒暑。其始遗之以书，致笃信好学之义与孳孳为善之说，及夫伊尹之所觉，

① 清·徐松辑：《宋会要辑稿》选举四之二九，中华书局 1957 年版，第 4305 页。
② 宋·李心传撰：《建炎以来系年要录》卷一六五，中华书局 1988 年版，第 2704 页。
③ 宋·李心传撰：《建炎以来系年要录》卷一五五，第 3 册，中华书局 1988 年版，第 2518－2519 页。
④ 刘海峰、李兵：《中国科举史》，东方出版社 2004 年版，第 205 页。
⑤ 刘海峰、李兵：《中国科举史》，东方出版社 2004 年版，第 205 页。

周公之所思，孔子之所贯，颜子之所乐，而质诸龟山。自是服勤三纪，渐摩道德之场，明致知格物之理，究穷六经，考其至当之归。其著述微辞奥义，穷幽探赜，使斯文之不坠，为世模楷，岂区区汉唐之士以多文自富，务为辞章以惊眩末俗所可比拟哉！故平居践履，立朝进退，莫不以是，无惭古人之大节，果以是垂后而名世。①

如果士人具有很好的诗赋创作能力，却缺乏对经籍思辨阐发的能力，要想入登科记也是很困难的。陆游、刘过、姜夔等文学之士一生沉沦下僚或许就与此相关。反之亦然。以朱熹、陆九渊、叶适、陈亮为代表的义理通达之士的命运也相当坎坷不平。

与重经义而轻诗赋的倾向相反，有上疏论科举经义之弊而提倡诗赋取士者，据《宋会要辑稿》选举五之二〇载：

礼部侍郎胡绂上疏论科举经义之弊："国家三岁大比，以经义、诗赋笼天下之士，群试于有司者，必精通所习之业，可以中选。今之诗赋，虽未近古，然亦贯穿六艺，驰骋百家，有骈四俪六之巧。惟经义一科，全用套类，积日穷年，搜括殆尽，溢箧盈箱，无非本领。主司题目，鲜有出其揣拟之外。欲令有司，今岁秋试所出六经，各于本经内摘出两段文意相类，不致牵强者，合为一题，庶使举子有实学者得尽己见，足以收一日之长，而挟策雠伪者或可退听矣。"从之。

姚勉撰写的《词赋义约序》亦着重提及词赋在宋代科举考试中的重要作用：

国初殿廷惟用赋状元，有至宰相者，赋功用如此也。吾瑞先达竹溪雷公，亦以心赋魁南宫，位枢府。由是以声律鸣者愈众，摇锋词场，赋为盛，贡于乡、第于太常相继也。预计偕者须续食，己酉辄倡义为约以奉之。是年赋四人，皆在约。明年，予侥幸偕约中人擢第，掌籍而试别头者亦第，赋四而第者三焉，亦可为盛矣。旧约曰："得隽者陆续之。"兹弗敢渝，谨捐金佐约，相与充此义而大之。石桥横波，谶合连河。抡魁之应，必在是科。当有以赋取状元至宰相者，岂止魁南宫、位枢府哉。榜中得人，一时最盛。敢以嘱之同志，愿皆曰如约。②

正是南宋时期频繁更迭的经义诗赋之争导致南宋士子无所适从，他们为此疲于奔命，首鼠两端，患得患失。南宋士子车若水在《南窗焦尾集序》中就曾探讨过两宋文风与时代气息的问题：

乾、淳之间，义理大畅，天端地绪，整栉归一，盖斯文千载之遇。而学者不思先儒用力之艰勤，幸收捷法，遽谈高深，遂委记问于玩物丧志之列。重以科举之诱，以时为文，

① 宋·沈度撰：《默堂集原序》，宋·陈渊撰，沈度编：《默堂集》卷首，《影印文渊阁四库全书》本，第1139册，第300－301页。

② 宋·姚勉撰：《雪坡舍人集》卷三八，《影印文渊阁四库全书》本，第1184册，第265页。

噤不道《太极》、《西铭》，而事事面墙，不病也。故尝谓国初之文，学多贯省者也；自嘉祐、元祐以及乾、淳，大学而大贯者也；今之时学，则持空贯以示斯人者也。不必尽然，而区区者众矣。①

刘壎亦看到科举取士中时文与文学创作的关系，指出：

宋初承唐习，文多俪偶，谓之昆体。至欧阳公出，以韩为宗，力振古学，曾南丰、王荆公从而和之，三苏父子又以古文振于西州，旧格遂变，风动景随，海内皆归焉。然朝廷制诰，缙绅表启，犹不免作对，虽欧、曾、王、苏数大儒，皆奋然为之，终宋之世不废，谓之四六，又谓之敏博之学，又谓之应用。士大夫方游场屋，即工时文；既擢科第，舍时文，即工四六，不者弗得称文士。大则培植声望，为他年翰苑词掖之储；小则可以结知当路，受荐举，虽宰执亦或以是取人，盖当时以为一重事焉。②

南宋士子的困境由此可见一斑。科场如战场，最终还是人生不如意十之八九，可与人言无二三，往往得意者少，失意者多。

我们从以诗赋著称且沉沦下僚的杨冠卿《雾隐赋则序》中可窥见当时科场风行之一斑：

词赋之作，从古难工。由汉以来，贾谊、相如而下，能擅声称者指未易多屈。国家两科取士，词赋得人为最盛。然编帙所载，充栋汗牛，璞玉与瓦砾俱，骐骥与驽骀混，或者犹病其多且杂焉。予束发从师友游，凡文会课程、词场得隽，其赋丽以则，其旨粹而明者，必手自编录，授诸生为课试准式。每一篇出，人争传诵，视书肆所集诚万万不相侔。③

当然，面对南宋时期科举取士的种种弊端，有识之士也提出了相应措施，希望能解决问题，淳熙十年（1183）十二月十二日，著作郎兼权中书舍人李巘献策道：

场屋之文，为经义者或取其驾说之支离，为辞赋者或贵其下语之轻靡，为论为策者或尚其浮辞之胜，而实学有所不问。故浑厚典雅之文为难得，而记问该博之士为难致。此科举之大弊也。望诏有司，将来取士之际，先采其体制浑厚、辞章典雅、答问详尽之人，浮靡轻弱、空疏浮滥者置而勿取。④

结果，孝宗“从之”。可实际上，在千分之一的高倍率竞争中要取得成功是十分艰难的。即使是“体制浑厚、辞章典雅、答问详尽之人”也未必能取得科第功名。南宋时期的著名才士如刘过、姜夔、胡仲弓、乐雷发、陈宗远、胡仲参、叶绍翁、施枢、赵庚夫、岳珂、

① 宋·车若水：《南窗焦尾集序》，明·李时渐辑：《三台文献录》卷七，明万历刻本。
② 《隐居通议》卷二一《骈俪·总论》，《影印文渊阁四库全书》本，第866册，第177页。
③ 宋·杨冠卿撰：《客亭类稿》卷七，《影印文渊阁四库全书》本，第1165册，第486页。
④ 清·徐松辑：《宋会要辑稿》选举五之六，中华书局1957年版，第4315页。

陈允平、万俟绍等就曾应举而不第。周密《齐东野语》卷六所载一博学多才老儒的生平遭际，很能够说明当时由科举入仕的艰难处境：

糜先生，吴之老儒也，记问该洽，《九经》注疏，悉能成诵，场屋之文，未尝誊藁，为时向慕。然垂老连蹇，未尝预贡士籍。

糜先生在场屋上的连蹇命运在南宋时期并非罕见。叶适记载了一位林秀才的遭遇，与糜先生有相似之处：

林君自言贤良宏词、杂论著凡三千篇，时文亦三千篇。然犹不得与黄策中所谓一冒子者较其工拙，鬓发萧然，奔走未已，可叹也！①

宋太祖的十世孙赵与时在科举入仕之途上也走得十分艰难。据载，他自幼敏悟，尝师从名师杨简。弱冠应举不第，宁宗即位，补官右选，管库于婺、泰、衢三州，又监御前军器所，司行在草料场，逾三十年而累举不第，至宝庆二年（1226）始及第，调丽水丞，绍定四年（1231）十一月卒，年五十七。② 皇室之后、敏悟之士、名师之徒的赵与时及第尚且如此艰难，遑论其他普通士子了。

南宋有识之士常通过对祖宗科举取士的赞扬来反衬当下士风的衰弱与鲁莽，从下引南宋两大名流巨卿周必大、杨万里的跋科举试卷的妙语中能够感受到他们今非昔比之感：

右天禧三年萧公廷试三题卷，一日之间，文不加点。顷在馆阁，同僚许克昌状元出其从祖安世治平四年魁卷，与此略同。盖祖宗时士人业精于勤，往往习惯如自然，非若后来之卤莽也。③

侍御萧公廷试文卷，一日三题，文不加点，固难能也。而其词深厚淳质，不曜浮文，如太羹元酒、浑金璞玉，可以见祖宗时人才之邃雅矣。④

从中可以理解周必大、杨万里通过对祖宗时人才之邃雅来反衬当时士风之空疏。

周必大、杨万里联手共同印可延誉的人才还有他们的同乡王才臣。王才臣乃江西吉水人，以文鸣江西，尝游京师，上史馆书，述《淳熙内禅颂》之意。以荐得官，初任四川制置使属官，与杨万里、周必大交游，为草表、笺、奏、书、记，得到二人的高度重视，二

---

① 《题林秀才文集》，《水心文集》卷二九，宋·叶适著，刘公纯、王孝鱼、李哲夫点校：《叶适集》中册，中华书局 2010 年版，第 604 页。

② 详参宋·赵孟坚：《从伯故丽水丞赵公墓铭》，《彝斋文编》卷四，《影印文渊阁四库全书》本，第 1181 册，第 386 页。

③ 《跋萧御史殿试真卷》，宋·周必大撰，周纶编：《文忠集》卷四八，《影印文渊阁四库全书》本，第 1147 册，第 513 页。

④ 《跋萧侍御廷试真书》，《诚斋集》卷一〇〇，宋·杨万里著，王琦珍整理：《杨万里诗文集》，江西人民出版社 2006 年版，第 1577 页。

人向朱熹推荐王才臣，朱熹书“格斋”二字以赠。[①] 杨万里在《跋王才臣史论》中谓其年十七而作《历代史论》十篇，已老气横九州，无毫发遗恨。古文有韩、柳之则，诗句有苏、黄之味，四六超然绝尘，典雅流丽，由衷而发，渐近自然，无组织之迹，卓然自成一家。周必大所撰的《跋王才臣十史论》更是将印可延誉之辞并入身世之感，回肠荡气，令人深思：

淳熙中予备数政府，故人刘子澄守衡，言布衣刘德孝之才，孝庙亟命以官，食衡祠禄。因思予友王才臣才学不啻德孝甚，欲以名闻，顾念才臣春秋未甚高，犹当以科第进，遂不果。后归老里中，才臣犹在场屋，偶见孙从之跋其《史论》，为之怅然。才臣身虽益困，而所养益厚，异时会当有知之者。予老矣，尚庶几及见之。[②]

得到周、杨两大名流显宦印可延誉、才华横溢如王才臣辈者，“犹在场屋”、身“益困”，其他普通士子通过科举入仕之艰难就可想而知了。

宋代科举为了在最大限度内实现公平、公正、公开的原则，废除了“公荐”，本意是要抑制势家大族控制任用人才的特权，然而“公荐”的废除，并不能阻止“私荐”横行天下，更何况当时科场上还有各种形式的徇私舞弊。许多士子从朝廷为官员亲戚设置的漕试，为考官子弟、门客设别头试等制度着手，钻制度的空子，干谒奔走于这些官员、考官之门，冒充为他们的亲戚、子弟或门客以求一第。据《宋会要辑稿》选举六之三二载：

嘉定十二年（1219）六月二十六日，监察御史张次贤上言论假托宗枝、迁就服属之弊道：“职事官牒止小功，法也，或以缌麻为小功；厘务官牒止大功，法也，或以小功为大功。此犹冒法之微，至于服外为服内，以侄为弟，侄孙为侄，强就服属，紊乱昭穆，甚而隔州隔路，平生踪迹风马不及，苟同其姓，一旦梯援，遂或嫡派，成法虽存，略不顾恤。则倖门一开，上行下效，冒滥相煽，以至漕牒姑姨满里，同宗纷纷，售伪者势所必致。”[③]

又据《宋会要辑稿》选举六之四七所载臣僚言：

闽浙数郡，每一大比，终场之数加多于前，而元立解额甚少，士病进身之艰。故冒贯以求漕牒，伪亲以规胄试，买帖以赴监补。躁进诚若可厌。然多士之乡，每数百人才预一荐，亦可念矣！……窃闻买帖就试者，多是解额窄少数郡之士。向也百人取六，犹未不足，兹损其半，弊将愈甚。若江、湖、淮、襄，纵待补预名，其来试，百不一二，至二广则阖郡无补者。[④]

在南宋“倖门一开，上行下效”的情形下，“冒滥相煽，以至漕牒姑姨满里，同宗纷纷，

---

① 详参宋・杨万里：《送王才臣赴秋试序》《桯史》卷一五，中华书局 1981 年版，第 169 页。
② 宋・周必大撰，周纶编：《文忠集》卷四八，《影印文渊阁四库全书》本，第 1147 册，第 518 页。
③ 清・徐松辑：《宋会要辑稿》选举六之三二，中华书局 1957 年版，第 4345 页。
④ 清・徐松辑：《宋会要辑稿》选举六之四七，中华书局 1957 年版，第 4353 页。

售伪者势所必致”，有“冒贯以求漕牒，伪亲以规胄试，买帖以赴监补”的现象也是自然的。“士病进身之艰”，“躁进诚若可厌。然多士之乡，每数百人才预一荐，亦可念矣”，或许可作为“登进士第”之艰难险阻的注脚。

正是南宋客观存在的实际政治势力所形成的社会关系网以及利用这种社会关系网所实行的各类投机取巧、徇私舞弊方式，阻止了下层普通士子的仕进之途。《宋会要辑稿》选举六之三四载嘉定十二年（1219）十二月二十二日臣僚奏议：

场屋弊极，法禁当严。……甚者身不入场，榜出高中，词讼未已。浙漕类试，其弊尤多：或名贯年代一同而纳两卷，或次场夹赋卷而同纳，或二名贯虽异、祖父名讳年甲则同。……八厢伺察，以防挟书代笔。比年玩习，锁试之前，富室势家结约入试，包藏所携，首为稽留。试题一出，密令检阅，蝇书满庭，莫之惮也。郡聚假手，八厢所合巡视；顶名入试，书铺所当识认。嘱托既行，皆不之问。……机巧百出。[①]

而下层士子要想进入仕途，只有干谒奔走名公巨卿之门，以期进入他们的社会关系网中，此时“在诗外”干谒奔走“功夫”的重要性也就可想而知了。

另外，科举入仕之难还体现在士子能否被录取很大程度上取决于主考官的喜好。庆元二年丙辰（1196）因吏部尚书叶翥知贡举，吏部侍郎倪思、右谏议大夫刘德秀同知贡举，故得合格奏名进士莫子纯以下三百八十八人。[②] 值得注意的是，这些合格奏名者如莫子纯辈三百八十八人的风格是符合叶翥等人价值体系的要求的，而大量落第士子仍然无法合格奏名，因为叶翥有他自己的审美标准和价值要求，这些标准与要求就明显体现在他的《乞革伪学之弊奏》中：

二十年来，士子狃于伪学，汩丧良心，以六经子史为不足观，以刑名度数为不足考，专习语录诡诞之说，以盖其空疏不学之陋，杂以禅语，遂可欺人。三岁大比，上庠校定为其徒者，专用怪语暗号，私相识认，辄置前列，遂使真才实能反摈不取。臣等孰识其弊，比知贡举，试取经史之疑以质之，多不能对。观其文理亦有可采，而怪诞尤甚，深可怜悯。盖由溺习之久，不自知其为非，欲望因今之弊，特诏有司风谕士子，专以孔孟为师，以六经子史为习，毋得复传语录，以滋其盗名欺世之伪。更乞内自太学，外自州军学，各以月试取到前三名程文，申御史台考察。太学以月，诸路以季。太学则学官径申，诸路则提学司类申。如仍前不改，则坐学官、提学司之罪。如此何忧文风之不变，士习之不革哉！[③]

叶翥知贡举期间，将稍悉义理者皆黜落，六经、《论》《孟》《中庸》《大学》之书遂为世大禁，他所提倡的“文风”“士习”只不过是符合他自己审美标准和价值取向的文风

① 清·徐松辑：《宋会要辑稿》选举六之三四，中华书局1957年版，第4346－4347页。

② 详参清·徐松辑：《宋会要辑稿》选举一之二五，中华书局1957年版，第4243页。

③ 宋·叶翥：《乞革伪学之弊奏》，清·徐松辑：《宋会要辑稿》选举五之一七，中华书局1957年版，第4321页。

士习。

可见，科举虽然改变了以门第出身为基础的势族势力，却又形成了由科举出身而至名公巨卿的新势族，这股科举出身的新势力继承了旧势族用人唯亲的传统，利用职务之便打击排挤异己、录取提携符合自己风格的士子。孝宗淳熙五年（1178）正月，侍御史谢廓然上奏毋以程颐、王安石之说取士，淳熙十年（1183）六月，监察御史陈贾又针对朱熹，请禁道学。庆元二年丙辰（1196）九日，大理寺直邵褒然言："三十年来，伪学显行，场屋之权，尽归其党。请诏大臣审察其所学。"① 更有甚者为自己的亲朋好友援引荐举，从而阻碍了大量下层普通士子通向仕宦之途。据张希清《论宋代科举取士之多与冗官问题》② 一文的考察，仅嘉定六年（1213），四选共 38870 人，其中科举取士 10925 人，门荫补官 22116 人，胥吏出职 1834 人，进纳买官 940 人，军功补官 2891 人，其他 164 人。值得注意的是，由门荫补官者数量最多，是科举取士的两倍。南宋时人周辉在《清波杂志》卷五中专辟"随侍子弟"一条，谈及这些官宦子弟的特征，说他们："随侍父兄显宦，不患人事不熟，议论不高，见闻不广，其如居移气、养移体何。"③ 在卷六"遇郊任子"中谈及"荫补"一事：

> 正郎初遇郊，止得荫子，不及他亲，法也。元祐中，黄鲁直应任子，特请于朝，舍子而先侄，后遂为例。东坡荐黄自代之词："瑰琦之文，妙绝当世；孝友之行，追配古人。"今士夫当郊，该荫补而累奏其子者有之。④

这就不得不让我们思考人际关系、人情世故、门第家世在士人科举一途中所起到的作用。有如此众多的门荫补官者占用了名额，通过科举获得"进士及第"的士子要与有关系、有门路、有资源的门荫子侄、随侍子弟竞争，其艰难险阻情形可想而知。

据载：

> 国家三岁一举士，事体不轻，四方士子，冲冒严寒，引试之时，春令尚浅，间遇风雪，则笔砚冰冻，终日呵笔，书字不成。纵有长才，莫克展布，年高之人，至有不能终场者。⑤

> 寒士于乡举千百取一之中，得预秋荐，以数千里之远，辛勤赴省；而省闱差官，乃当相避。遂有隐身匿名不认亲戚以求免者，愤懑忧沮狼狈旅邸者，彼此交怨，相视为仇。⑥

---

① 清·毕沅撰：《续资治通鉴》卷一五四，第 9 册，第 4142 页。

② 张希清：《论宋代科举取士之多与冗官问题》，《北京大学学报》1987 年第 5 期。

③ 宋·周辉撰，秦克校点：《清波杂志》卷五，上海古籍出版社编：《宋元笔记小说大观》第 5 册，上海古籍出版社 2001 年版，第 5065 页。

④ 宋·周辉撰，秦克校点：《清波杂志》卷六，上海古籍出版社编：《宋元笔记小说大观》第 5 册，上海古籍出版社 2001 年版，第 5083 页。

⑤ 清·徐松辑：《宋会要辑稿》选举一之二十至二十一，中华书局 1957 年版，第 4240－4241 页。

⑥ 元·脱脱等：《宋史》卷一五六《选举志》，第 11 册，中华书局 1985 年版，第 3639 页。

“四方士子”寒窗苦读，也很难金榜题名，他们首先要“冲冒严寒”地来到考场，除了自然环境恶劣外，还得临场发挥状态良好，否则“不能终场”，就辜负了“三更灯火五更鸡”的苦练时光。即使应试状态良好，也要面临着两百取一的录取比例，榜上有名是有很高难度的。像韩元吉所撰《跋曾吉甫帖后》所载周氏兄弟的命运在南宋奔赴科场的士人中就具有普遍性：

永丰周日章、日新兄弟，少力于学，尝以师谒曾吉甫于茶山，此其报字也。公之去茶山逾二十年矣，周氏兄弟华发萧然，犹连蹇场屋也，览之叹息。①

“华发萧然，犹连蹇场屋”，读到这种情形，怎不令人掩卷怃然。我们仿佛看到落第举子一缕缕的华发，听到名流显人一声声的叹息。

科举入仕艰难的另一方面含义是士人进士登第后的入仕之途更加惊心动魄，即使进士及第，也不免沦为谒客，为衣食而奔走于权贵之门。危稹“缀名虎榜二十年，依旧酸寒广文饭”②。即使是中举及第的士子仍然有许多沉沦下僚，“孤寒之士，待七八之次，犹有不得禄者”③，过着干谒乞食、请托援引的生活。这时比拼的不仅仅是个人的才华、智能，更大程度上还有各自家庭甚至家族的经济实力、社会关系、人脉资源。“登进士第”还可通过自己的勤奋致之，可“金榜题名”后士人入仕的境遇如何，那可就是“万般皆天命，半点不由人”了。当然明眼人一看就知道，以上谈到的“各自家庭甚至家族的经济实力、社会关系、人脉资源”在很大程度上属于“天命”的范畴，一个人生下来是什么样的家庭就是什么样的家庭，这是由不得选择或可以轻易改变的，幸运儿可以凭借天然生成或由此自然延伸的各种地域、血缘、学缘、政缘等种种关系达到目的。孤寒之士漂泊异乡，沉沦下僚，他们干谒请托，寻求援引，客食公卿，成为豪门清客，也希望通过师生、同学、朋友等人际关系来实现自己的愿望。

正是“金榜题名”后士人入仕艰难的情况，导致了宋代官场腐败，致使干谒奔走之风盛行。王瑞来指出：

宋朝的政治家们在制度设计上苦心积虑，在最大程度上保证了科举的公平，为普通平民百姓敞开了一扇通向仕途之门。然而，在下一道程序里，却在事实上恢复了一定程度的势族政治。只不过这个势族不是魏晋南北朝时期的势族，而是由科举出身的高官所形成的新势族。的确，宋朝在科举制度方面彻底废除了公卷与公荐。但在选官制度上实行举主制，等于是在这个领域又恢复了公卷与公荐。④

在某种程度上，我们可以说宋元变革论比唐宋变革论更合理。尤其是南宋以来科举入仕艰

---

① 宋・韩元吉：《南涧甲乙稿》卷一六，《影印文渊阁四库全书》本，第1165册，第250页。
② 宋・危稹：《上隆兴帅》，《巽斋小集》，汲古阁景钞《南宋六十家小集》本。
③ 清・徐松辑：《宋会要辑稿》职官七十九之七，中华书局1957年版，第4213页。
④ 王瑞来：《“内举不避亲”——以杨万里为个案的宋元变革论实证研究》，《北京大学学报》2012年第2期，第127页。

难、科场竞争残酷、士人流向下层更让我们相信了这一点。

南宋洪迈三兄弟由科举入仕途的经历及他们在文学创作上的成就亦可为王先生的观点补添一注脚，据魏了翁《三洪制稿序》载：

中兴以来，学士之再入者十有六人，而洪氏之兄弟与焉。自绍圣立宏博科，迄于淳熙之季，所得不下七十人，而至宰执、至翰苑者仅三十人，洪氏之兄弟又与焉。呜呼，何其盛与！故人之称洪氏者，不以词章则以记览，不以名位则以科目，孰知其一心之传上通于天，固有以敷遗子孙者与！方文惠、文安联登殊科，时忠宣公尚留朔方，高皇帝顾谓宰臣曰："父在远，子能自力，忠义报也。"他日宰辅以慈宁将有来期入贺，又曰："洪某二子并中词科，亦其忠孝之报。士大夫苟能崇尚节义，天必祐之。"又他日文惠拜佥书枢密，高皇帝复谓："卿父精忠，古今所无。今卿兄弟相继入辅，此天报也。"大哉王言，其诸异乎人之所以称洪氏者与！……人之以词章、记览、名位、科目为洪氏之盛者，是知其小而遗其大，见以人而不见以天也。洪氏之孙偲将以其三祖制稿刻诸犍为郡斋，而属了翁为之序。……文惠公内外制凡十四卷，文安公二十卷，文敏公二十八卷。①

"三洪"兄弟以文章、地位在当时享有盛名，恩泽延及子孙后代，尤其是洪迈久在翰苑，文备众体，他的著述在南宋文学史、文化史上都具有特别重要的意义。他们的经历正反映出"宋朝在科举制度方面彻底废除了公卷与公荐。但在选官制度上实行举主制，等于是在这个领域又恢复了公卷与公荐"等现实情况所产生的历史背景和文化根源。杨万里、"三洪"等"由科举出身的高官所形成的新势族""不以名位则以科目，孰知其一心之传上通于天，固有以敷遗子孙者"，"异乎人之所以称洪氏者"在很大程度上把持了当时士人进入仕途的通道，使得普通平民百姓欲从科举进入仕宦的道路显得更加艰难曲折。

即使是擢进士第，也并不意味着前途无量，还有更艰巨的任务需要完成，而一旦失误，则哀毁备至。如，程珌于绍熙四年（1193）擢进士第，授迪功郎，官昌化主簿，治有能声。娶丞相王淮长孙女为妻，少程珌十岁。② 绍熙五年（1194），程珌因试教官，见黜有司而失意而返，据程珌《上陈舍人书》载：

某琐琐碌碌一孺子尔，顷从进士后得考功末第，不足以惬志。闻世有所谓宏词科，愿学焉。……往年癸丑，尝得阁下词坛之文，伏而读之，已有执笔砚以从函丈之意。间一岁，来试教官，怀刺屏墙。已而以用韵不审，见黜有司，悒悒而归，故无因扫门，以至于此。③

丞相长孙女婿在科举入仕一途中的命运尚且如此，普通文士，情何以堪！

南宋士人之穷困潦倒引人注目，胡应麟《诗薮》中道："大抵熙、丰前词人多达，景

---

① 宋·魏了翁：《三洪制稿序》，《鹤山集》卷五一，《影印文渊阁四库全书》本，第1172册，第581页。

② 详参黄宽重：《程珌年谱》，《史原》第5期。

③ 宋·程珌撰：《洺水集》卷十三，《影印文渊阁四库全书》本，第1171册，第401页。

德前达者弥众，绍述后艺士多穷，淳熙后穷者愈繁。”[①] 戴复古在《哭赵紫芝》中生动形象地给我们描述了当时士人的苦况：

呜呼赵紫芝，其命止于斯。东晋时人物，晚唐家数诗。瘦因吟思苦，穷为宦情痴。忆在藏春圃，花边细话时。[②]

“穷为宦情痴”“淳熙后穷者愈繁”的现象与南宋士人科举入仕一途艰难有密切联系。

二

正如托尔斯泰所说，幸福的家庭是一样的，不幸的家庭各有各的不幸。南宋士人登第艰难的情形也有其各自的特点。归纳起来，主要有如下几类：

经济方面的困窘。有的人乡试中了，没钱赴京继续考试，只好中断理想，如王栐《燕翼诒谋录》卷一载：

远方寒士预乡荐，欲试礼部，假丐不可得，则宁寄举不试，良为可念。[③]

有的人甚至靠卖诗文以糊口，王炎说自己：“年十四五，学作举子文字”，“其后挟琴书鬻文以糊口”[④]。其朋友王至卿的命运也与其类似，“浮沉里中，挟琴书鬻文以为生”[⑤]。又如南宋时人吴斯立的生活也是如此，不但要“鬻文以自给”，还要赡养老母，[⑥] 其中的艰苦辛酸可想而知。

有些人肩负着家族兴旺的重负，寒窗苦读、屡踬科场，年过不惑方始登第。张九成自述：“某自六岁读书，家素寒窘，父不使某为农为商，躬自抚育，教督诲诱凡三十余年，某年四十一方登科第。”[⑦] 又如，郑刚中在《祭先妣太孺人文》中自述苦读经历：

某自七岁读书，从吾父宦游南北。于时家有薄禄，可以糊口，姊妹未大，不至逼人，非但某未知为学之方，而吾母教督之意尚未切也。又十年，吾父捐舍，于时薄宦远归，家四壁立，孤遗相倚，糠豆不赡。母尝抚某而戒之曰：“啬衣食，躬桑苎，为尔力当门户之责，尔其刻意砺志，求寸禄以活诸孤。”某感激在念，夙夜不忘，冀能称塞万分而奇蹇不

① 明·胡应麟：《诗薮》杂编卷五，上海古籍出版社 1979 年版，第 310 页。

② 《石屏诗集》卷二《哭赵紫芝》，宋·戴复古著，吴茂云、郑伟荣校点：《戴复古集》，浙江大学出版社 2012 年版，第 48 页。

③ 宋·王栐撰，孔一校点：《燕翼诒谋录》卷一，上海古籍出版社编：《宋元笔记小说大观》第 5 册，上海古籍出版社 2001 年版，第 4587 页。

④ 宋·王炎撰：《双溪类稿》卷二五《二堂先生文集序》，《影印文渊阁四库全书》本，第 1155 册，第 715 页。

⑤ 宋·王炎撰：《双溪类稿》卷二五《樗叟诗集序》，《影印文渊阁四库全书》本，第 1155 册，第 718 页。

⑥ 《送吴斯立序》，宋·真德秀撰：《西山文集》二九，《影印文渊阁四库全书》本，第 1174 册，第 449 页。

⑦ 宋·张九成撰，郎晔编：《横浦集》卷一八《又上宰相札子》，《影印文渊阁四库全书》本，第 1138 册，第 413 页。

孝，颠踬场屋。[①]

郑刚中在通往仕宦之途中所经历的种种艰难困苦、辛酸血泪，不禁令人嘘唏感叹，虽然是年老身困，毕竟还是在心灰意懒之际因有亲友的支持鼓励而坚持了下来，终于有幸登第：

某自幼读书，窃嗜古人文章。自舍法入学，至癸卯漕台试，中间偶十为第一，辈行略相推许。年渐长，身渐穷，则人渐轻笑而不与。今年，自顾齿发四十有三，世态欹危，年益老而身益困，所挟之技当益不为人所喜，故决意退缩，而婚友相挽使强颜，有司不谓寸长，遂有遭逢之幸。虽然老而得此，夫何足云，尚恐失之东隅得之桑榆，受知门下自今日始而已。[②]

郑刚中后治蜀有方，除资政殿学士，不虚此生。

无独有偶，南宋陈造也是在四十三岁时因妻张氏资助而始登进士第，他在《安人张氏埋铭》中自述了妻子张氏资助自己登第的经过：

安人高邮新安里张氏女也，归于同郡陈某。里不喜士人，始嫁，莫不以婿儒为嗤点，安人独阴自喜。某贫嗜书，安人捐所有佐费，且干家政，某得以登乙未乙科。[③]

其中的辛酸苦楚，不言而喻。一个男人，不能养家已经要被别人嗤之以鼻了，何况贫而嗜书，生活的拮据可想而知，而妻子不以丈夫为耻，反以为荣，资助丈夫读书应试，贤淑达理，更令我们感动。申屠駉在《宋故淮南夫子陈公墓志铭》中特别详细地记载了陈造四十三始登进士第的艰难情形：

力穑多艰，年二十五，始知为儒。痛其过乎晚也，意锐而气胜，视经史典籍，欲吞而取之。贫不能以自振，配张氏，富室也，捐所有以佐佑所从无，从游于里塾邵疑元实、济南周孚信道，昼夜勤劬，忘寝与食。虽祁寒酷暑、陋室独居，率正襟端坐，凛乎如侍邵、周，卓然立志，以不至为耻也。冀复追踪古人，如是者阅十有余年，而犹不自足。崔直院大雅最仕进以行其所学，年四十三，登乙未科。[④]

与前面我们所引郑刚中的经历何其相似，说明南宋时期，光靠寒窗苦读，还不一定能登第入仕，其中家人、家族的支持、经济上的资助甚至于倾财力、物力地资助，师友的鼓励尤其是名流的引荐，都是必不可少的要素。

科举入仕的艰苦，在当时是普遍存在的。王质十六岁试武昌，二十三岁入太学，“与

① 宋·郑刚中撰，郑良嗣编：《北山集》卷六，《影印文渊阁四库全书》本，第1138册，第83页。

② 宋·郑刚中撰，郑良嗣编：《北山集》卷九《谢主文陈用中》，《影印文渊阁四库全书》本，第1138册，第104页。

③ 宋·陈造撰：《江湖长翁集》卷三五《安人张氏埋铭》，《影印文渊阁四库全书》本，第1166册，第447页。

④ 元·申屠駉：《宋故淮南夫子陈公墓志铭》，《江湖长翁集》附录，《影印文渊阁四库全书》本，第1166册，第581页。

九江王阮齐名"[①]，虽然在二十六岁时中了进士，然仕途坎坷，常常游谒于幕府，曾入张孝祥抚州幕、张祁（张孝祥父）江州幕、张浚江淮都督幕，在幕府中，王质曾作《朴论》五十篇，"言历代君臣治乱"[②]，颇有战国策士之风。而王质如此频繁地奔走于幕府，也与其家境困顿息息相关：

父母既老，兄弟未立，全家所望，惟某而已。今既不能强行其所不欲，则俯仰所以责任者，未有以当之也。伏念家君好学守道，廉介勤畏，两任六年，粗为统莅者所知。今夷陵法掾垂满，若至行在谒铨部，不惟数千里之役，非老者所宜，而三五年之次，亦非穷者所易守也。[③]

由于生活贫困，王质不得已干谒奔走于权臣汤思退之门，在《与汤相书》中极尽摇尾乞怜、卑躬屈膝、阿谀奉承之能事：

某于四月二十八日，尝以札子诉相公，以家贫亲老之状，乞一官职为养。伺候二十七日不得报，乃五月二十五日，再以札子申前恳益切。伺候又二十日，犹不得报。……群天下之士而教养之于都，其名曰太学，以博士、正、录五七辈，相与董治乎其事，其名曰学官。其人虽未精选，而间亦颇有所择，故金银伏猎稍不至其间。而某骤出草莱，未尝为朝廷试用，虽以舍选进士发身，又乌知其非金银伏猎之流而遽有所求乎？……相公渊博超明，岂不孚乎其心而疑乎其形，察乎其实而牵乎其名？犹宛转迟回于此，非相公有所靳吝而肯予，特欲矫揉顿挫，使知官爵之不易得，而世事之难期也。相公教诲之情甚至，某感服之心甚深。然而所以迁延者至再，而某所以哀鸣者至三，相公矫揉顿挫之功不可以有加，而某急切恳迫之辞亦不可以有进。上之不可以有加，而下之不可以有进，其势皆将穷于此。方其未穷也，犹有所待也。至其穷也而不回，而后可以绝望，而无所待。……伏惟相公推天地造化之心……而深察其至切之情，度其势之穷而无使其望之绝也，是用刳心沥辞，重足听命。[④]

甚至致书丞相赵雄，为自己的父亲请托援引：

老父生于庚寅，某生于乙卯，揆之常情，事相公之日甚长，事老父之日差短。兴念及此，莫知身世之所存。迫世垂年，仕于遐邑，欲挽而留之，少安温清之养，而老父之宦情未衰；欲胜而上之，稍进优清之位，而某之力不足。将若之何？将若之何？[⑤]

摇尾乞怜之态令人不禁要为其掬一把辛酸之泪。真是"一分钱逼死英雄汉"！为了生活，

---

① 元・脱脱等：《宋史》卷三九五《王质传》，第 34 册，中华书局 1985 年版，第 12055 页。
② 元・脱脱等：《宋史》卷三九五《王质传》，第 34 册，中华书局 1985 年版，第 12055 页。
③ 宋・王质撰：《雪山集》卷八《与虞相书》其一，《影印文渊阁四库全书》本，第 1149 册，第 422 页。
④ 宋・王质撰：《雪山集》卷八《与汤相书》，《影印文渊阁四库全书》本，第 1149 册，第 419－421 页。
⑤ 宋・王质撰：《雪山集》卷八《与赵丞相书》，《影印文渊阁四库全书》本，第 1149 册，第 426 页。

文人学士们不得不干谒奔走，向他们鄙视的权贵摧眉折腰、奉承讨好，甚至于从事他们向来看不起的“货殖”“商贾”之事：

宋太宗乃尽收天下之利权归于官，于是士大夫始必兼农桑之业，方得赡家，一切与古异矣。仕者既与小民争利，未仕者又必先有家桑之业方得给朝夕，以专事进取，于是货殖之事益急，商贾之事益重。非父兄先营事业于前，子弟即无由读书以致身通显。是故古者四民分，后世四民不分。古者士之子恒为士，后世商之子方能为士。此宋元明以来变迁之大较也。①

这样的境遇，在当时的南宋士子中是普遍存在的，“非父兄先营事业于前，子弟即无由读书以致身通显”，要通过科举入仕，光靠自己的勤学苦练是不够的，还要有家人甚至整个家族经济上的支持，“未仕者又必先有家桑之业方得给朝夕，以专事进取”。

受到身体素质方面的限制，有些人虽据高第，由于年轻力壮之时消耗太多，精力透支，导致体力衰竭，在四五十岁的壮盛之年而卒。最典型的例子就是陈亮，他为王霸之学，六度诣阙上书，并参加了历史上有名的鹅湖之会，在绍熙四年（1193）复应进士举，五月殿试，费尽心血应对得体，擢第一登第，孙应时提及此事，不禁感叹：

四明今榜得人颇盛，杨伯厚极可喜。陈同父蹭蹬濒老之余，乃魁天下，造物真是难料。然近世亦久不见此好状元矣。②

本是天大的喜事，终于一举成名天下知，可算是实现自己的理想了。可天道不公，中了状元的陈亮在第二年正月即卒，年仅五十二岁。他的知交好友辛弃疾在《祭陈同父文》中深切哀叹：

同父之才，落笔千言，俊丽雄伟，珠明玉坚。人方窘步，我则沛然……庄周、李白，庸敢先鞭。同父之志，平盖万夫。横渠少日，慷慨是须。拟将十万，登封狼胥。彼臧、马辈，殆其庸奴。天于同父，既丰厥禀：智略横生，议论风凛。使之早遇，岂愧衡伊！……人皆欲杀，我独怜才……以同父之才与志，天下之事孰不可为？所不能自为者，天靳之年，闽浙相望，信问未绝。子胡一病，遽与我诀。……而今而后，欲与同父憩鹅湖之清阴，酌瓢泉而共饮，长歌相答，极论世事，可复得耶。③

陈傅良由此总结出一种带有普遍性的人生悲剧与社会存在：

古来材大难为用，纳纳乾坤著几人。但把鸡豚燕同社，莫将鹅鸭恼比邻。世非文字将

① 清·沈垚：《费席山先生七十双寿序》，《落帆楼文集》卷二四，清刘氏嘉业堂刻本。

② 宋·孙应时撰：《烛湖集》卷八《上杨侍郎王休书》，《影印文渊阁四库全书》本，第1166册，第610页。

③ 《宋名臣言行录外集》卷十六，《影印文渊阁四库全书》本，第449册，第832页。

安托，身与儿孙竟孰亲同。一语解纷吾岂敢，只应行道亦酸辛。①

元代吴师道《敬乡录》卷一三《奏请谥陈龙川吕大愚札子》云：

臣伏见承事郎、签书建康军节度判官厅公事陈亮，以特出之才，卓绝之识，而究皇帝王伯之略，期于开物成务，酌古理今，其说盖近世儒者之所未讲。平生所交如熹、栻、祖谦、九渊，皆称之曰："是实有经济之举。"所为文号龙川集行于世。当淳熙之戊戌，三上书，极论社稷大计。孝宗皇帝览之感涕，召赴都堂审察，将以种放故事不次擢用。左右用事亟来谒亮，欲掠美市恩，而亮不出见之，故为所谗沮而止。晚际光宗皇帝，亲擢居进士第一。曾未及小用而不录。其遗文为世所珍重，其渊微英特之论，雄迈超脱之气，由晋宋隋唐以后，自成一家，惜不究其所蕴，而仅见诸空言也。②

或可看作稼轩、陈傅良二人之语的注脚。

陈亮一生挣扎在寒窗苦读、科举入仕、奔走干谒之途，虽然英特渊微，雄迈超脱，思想感情丰富，但一生沉沦布衣，晚年虽中状元，但来不及施展抱负就逝世，留给亲友无限感伤和惆怅。在《制举》一文中，陈亮对朝廷的取士政策进行了深入的分析：

设科以取士，而制举所以待非常之才也。夫决科之士满天下，岂必皆常才，而非常之士亦或在其中矣。独制举得以擅其名者，岂古之贤君，其待天下之士如是之薄哉。彼其以一身临王公士民之上，其于天下之故，常惧其有阙也，自公卿等而下之，以至于郡县之小官、科目之一士，莫不各得以其言自通。然犹惧其有怀不尽也。故设为制举以诏山林朴直之士，使之极言当世之故，而期以非常之才。③

对一项选拔人才的制度具有如此透彻的看法，可见陈亮并非泛泛之辈，他的英年早逝正说明了当时取士制度的某些弊端。

陈亮这样早逝而令"亲者痛、仇者快"的例子，在南宋也不是个别现象。与他同时的周孚也是辛弃疾的好友，曾入滁州知州辛弃疾幕府，多次代他作上庙堂诸文，与辛弃疾往来唱和，也是一位才华横溢却时运不济、仕途多艰的才士：

余之师友周公孚，字信道，自号蠹斋，天资颖悟，七岁通《春秋左氏传》，既长，于书无所不窥，博闻强记，而尤邃于《楚骚》、《迁史》、唐韩、杜氏之诗文、国朝诸公名世之作，出入贯穿，造诣其畛域，掇拾其精华。……登第十年，始为真之郡博士，竟卒于

① 宋·陈傅良撰，曹叔远编：《止斋文集》卷七，《影印文渊阁四库全书》本，第1150册，第546页。

② 元·吴师道辑：《敬乡录》卷一三《奏请谥陈龙川吕大愚札子》，《影印文渊阁四库全书》本，第451册，第391－392页。

③ 宋·陈亮撰：《制举》，《龙川文集》卷一一，丛书集成初编本，中华书局1985年版，第120页。

官，仕止于一命，寿不登五十。①

看到这样的结局，怎么不让人感叹天妒英才、造化弄人。

还有林亦之。他“盛年挟策游四方，卒不契，去之红泉，谒林艾轩光朝而师之。左右三十余年，遂为高弟。艾轩卒，莆人推亦之嗣讲席”②，他也曾为了科举应试而干谒奔走：

我自未能逃世俗，人谁便解脱尘埃？扁舟且趁牛羊渡，莫问如今第几回。③

在科举功名场上奔走，他写有《秋试后再寄林井伯》《秋试罢重九过沧峡》④ 等诗，可是天不从人愿，林亦之在科场上屡试屡挫，最后弃绝科举，回家自己读书做学问。这样的心路转变过程，在他的《见独斯行叔绮子为赴春试一出江头送别》中表露无遗：

念我平生弄典坟，六月北窗长闭门。雕肝篆肺得一句，旁人袖手评其文。思量至此复一笑，如何跃马追年少？我今闻说有场屋，两耳如聋怕听得。网山山下月鱼亭，就船买鱼活煮羹。⑤

脱离场屋的林亦之专注于诗文创作，取得了很高的成就，刘克庄《网山集序》云：

余尝评艾轩文，高处逼《檀弓》、《谷梁》，平处犹与韩并驱。他人极力摹拟，不见其峻洁而古奥者，惟见其寂寥而稀短者，纵使逼真，或可乱真，然虎贲之似蔡邕也，优孟之似叔孙也，有若之似夫子也，形也。至于网山论著，句句字字，足以明周公之意，得少陵之髓矣。其律诗高妙者，绝类唐人，疑老师当避其锋，它文称是。⑥

正所谓“文章千古事，得失寸心知”，是失是得，后人自有公论，而生前的寂寞，确实需要足够的力量才能忍受，《明文海》卷四〇〇郭万程《宋福清儒林传》载：

林亦之字学可，网山人也。徙居海口之曲维，盛年挟策游四方，卒以不契去。……赵汝愚帅闽，辟入东井书堂，待以宾友之礼。上其学业于朝，命未下而卒。⑦

---

① 宋·陈珙：《蠹斋铅刀编原序》，宋·周孚撰：《蠹斋铅刀编》，《影印文渊阁四库全书》本，第1154册，第572页。

② 清·李清馥撰：《闽中理学渊源考》卷八《文介林网山先生亦之传》，《影印文渊阁四库全书》本，第460册，第139页。

③ 宋·林亦之撰：《网山集》卷一，《影印文渊阁四库全书》本，第1149册，第864页。

④ 宋·林亦之撰：《网山集》卷一，《影印文渊阁四库全书》本，第1149册，第864、866页。

⑤ 宋·林亦之撰：《网山集》卷一，《影印文渊阁四库全书》本，第1149册，第858页。

⑥ 宋·林亦之撰：《网山集》卷首，《影印文渊阁四库全书》本，第1149册，第854页。

⑦ 明·郭万程：《宋福清儒林传》，清·黄宗羲编：《明文海》卷四〇〇，《文渊阁四库全书》本，第1457册，第625页。

刘克庄《网山集序》亦载：

(林亦之) 甫五十而死，子名简子，字绮伯，客死，其后遂绝。[①]

满腹经纶、才华出众的林亦之在五十岁壮盛之年而逝，少年挟策游四方而无成，老年遇赵汝愚，被其荐举于朝，本来可以施展才华、大展宏图，然未及用而卒。

为了更加清楚地说明问题，我们可以再举一些相似的例子。姚勉是宋理宗宝祐元年(1253)的状元，少颖悟，日诵数千言。多次应试不第，宝祐元年进士第一，授平江节度判官，归家一月，父死居丧。宝祐四年(1256)，除秘书省正字，以丁大全当政，不赴。开庆元年(1259)，除校书郎，寻兼太子舍人、沂靖惠王府教授，可又因得罪了权臣贾似道而被劾为吴潜一党，结果罢归，景定三年(1262)卒，卒年四十一。[②] 姚勉为人慷慨豪迈，少有大志，倜傥有义气，愤世嫉俗，排奸指佞，磊落有奇节，方逢辰对其人其文进行了高度评价，并对其英年早逝深感叹惜：

姚成一瑞之奇气也，未可专以文章论也。予癸丑夏自吴幕入馆时，成一初第，见其文如长江大河，一泻千里，每与友朋相语，必曰："姚成一之文章不易及也。"……其族子龙起刊其平生所为文属予序，予曰："成一之操守议论气概，欲为天下国家兴事立业者也，岂文章而已乎！天夺之早，而仅以文章传后，惜也！"[③]

方氏对姚勉的崇敬与惋惜之情溢于言表，可以说表达了时人对姚勉一种普遍性的心情。此一浩叹虽是针对姚勉而发，然推及其他怀才不遇、英年早逝的有志之士，亦具有同样的普遍意义。

令人不安且值得深思的是，姚勉对造成自己悲剧命运的科举制度认识得并不够深刻，竟然这样热情洋溢地高度评价科举入仕一途的优越性：

不为应举觅官之谋，无以行致君泽民之志。故英人伟士，亦屑于科举之学；而名公钜卿，率由乎进士之途。伊川格言，亦曰修举业以及第；紫阳前辈，且尝自儒级以发身。虽进以文，无悖于道。[④]

也许姚勉这位状元之才只看到了眼前状元及第的妙处，却没看到其后的报应，可谓"只缘身在此山中"。

与此类似的是南宋名流显宦张孝祥，他天资聪颖，诗词歌赋、琴棋书画样样精通，乃状元之才，登科后仕途通达，奈何三十九岁就死了，世人在赞赏其天才绝伦之际难免也要

① 宋·林亦之撰：《网山集》卷首，《影印文渊阁四库全书》本，第1149册，第854页。

② 清·陆心源辑：《宋史翼》卷二九，中华书局1991年版，第318页。

③ 宋·方逢辰撰：《雪坡集序》，宋·姚勉撰：《雪坡舍人集》卷首，《影印文渊阁四库全书》本，第1184册，第3页。

④ 宋·姚勉撰：《发解谢判府蔡寺丞启》，《雪坡舍人集》卷二三，《影印文渊阁四库全书》本，第1184册，第155页。

为其短寿而扼腕长叹。朱熹在撰《跋张安国帖》中道：

安国天资敏妙，文章政事皆过人远甚。其作字多得古人用笔意，使其老寿，更加学力，当益奇伟。建阳张大夫珍藏此纸，间以视予，展玩怳然如接谈笑。书其后而归之。①

其中“使其老寿，更加学力，当益奇伟”的惋惜之意令人深思。

杨万里在《跋张伯子所藏兄安国五帖》中谈及张孝祥：

于湖张公，下笔言语妙天下，当其得意，诗酒淋浪，醉墨纵横，思飘月外，兴逸天半。东坡云：“李太白死，世无此乐三百年矣。”某初挂名于公之榜，又尝再见公于直庐。今其季伯子尚书寄示五帖，开卷未了，山立玉色，凛然在人目中也。或曰：“昔东坡雄隽，而服子由之近道。今于湖迈往，而爱伯子之端愿，何也？”某曰：“东京人士有问二荀于许章者，曰：靖与爽孰贤？章曰：二人皆玉也，慈明外朗，叔慈内润。”②

把张孝祥比作“玉”，确是的评！玉除了具有“外朗”“内润”的特质之外，还有很重要的一个特质，就是“易碎”，正所谓“情深不寿，强极则辱。谦谦君子，温润如玉”，天才多情之人大多易夭折，就像玉易碎一样。

谢尧仁在《张于湖先生集序》中盛赞张孝祥的天才绝伦，我们从中却读出一种莫名的忧伤，先详引其序如下：

文章有以天才胜，有以人力胜。出于人者可勉也，出于天者不可强也。今观贾谊、司马迁、李太白、韩文公、苏东坡，此数人皆以天才胜，如神龙之夭矫，天马之奔轶，得蹑其踪而追其驾。惟其才力难局于小用，是以亦时有疏略简易之处，然善观其文者，举其大而遗其细可也。若乃柳子厚专下刻深工夫，黄山谷、陈后山专寓深远趣味，以至唐末诸诗人，雕肝琢肺，求工于一言一字间，在于人力，固可以无恨，而概之前数公纵横驰骋之才，则又有间矣。故曰人可勉也，天不可强也。于湖先生，天人也。其文章如大海之起涛澜，泰山之腾云气，倏散倏聚，倏明倏暗，虽千变万化，未易诘其端而寻其所穷。然从其大者目之，是亦以天才胜者也。……是时先生诗文与东坡相先后者已十之六七，而乐府之作虽但得于一时燕笑咳唾之顷，而先生之胸次笔力皆在焉。今人皆以为胜东坡，但先生当时意尚未能自肯，因又问尧仁曰：“使某更读书十年，何如？”尧仁对曰：“他人虽更读百世书，尚未必梦见东坡。但以先生来势如此之可畏，度亦不消十年，吞此老有余矣。”次年，公自江陵得祠东下，方欲践此言，未几则已闻为驭风骑气之举矣。……门下士昭武谢尧仕序。③

① 宋·朱熹：《朱文公文集》卷八四，朱杰人、严佐之、刘永翔主编：《朱子全书》（修订本）第24册，上海古籍出版社、安徽教育出版社2010年版，第3963页。

② 《诚斋集》卷一〇〇，宋·杨万里著，王琦珍整理：《杨万里诗文集》，江西人民出版社2006年版，第1580页。

③ 宋·张孝祥著，徐鹏校点：《于湖居士文集》卷首，上海古籍出版社2009年版，第1－2页。

此序的作者谢尧仁，字梦得，是张孝祥的门人，张孝祥曾在《读谢梦得文》中为其印可延誉：

梦得天下之奇士，彼龌龊者固不足以知之。其文浩瀚，如卷东海而注之江、河，奇伟激越，纷万车甲马而争驰。视其外，则枯木寒灰，槁项黄馘，若真无意于兹世者之所为。[①]

从中可见两人师生情谊之深。后由门下弟子为张孝祥作序印可其师之才华横溢，更能增添其中的感伤情调。当我们读到张孝祥曰“使某更读书十年，何如”及尧仁对曰“他人虽更读百世书，尚未必梦见东坡。但以先生来势如此之可畏，度亦不消十年，吞此老有余矣”等阿谀讨好之辞，再结合“未几则已闻为驭风骑气之举矣”残酷无情的现实，怎能不令人扼腕叹息：“好物大多不坚牢，彩云易散琉璃脆。”“天妒英才”或许说出了人类生活的某些方面。故刻苦攻读、勤学苦练，好不容易把自己熔炼成谦谦君子，在科场上一试身手，获得状元的张安国、陈亮也就似“玉”一样灵光一现，消逝而去，空有满腹经纶，付诸东流，令人扼腕长叹。

陈亮、周孚、林亦之、姚勉等享年四五十左右，尚且引起众多士大夫的深沉浩叹，卒年仅二十六的陈人杰则更值得我们注意了。他的生平情感、理想抱负、热望与失望，对人生的思考与感叹都令人深思。陈人杰，又名经国，字刚父，号龟峰，长乐人。少年曾寄居临安多年，自谓“为桂枝关约，十年阕下”（《沁园春·守岁》），嘉熙元年（1237）曾至建康应江东漕试（《沁园春·记上层楼》序），不中，随后流落漂泊两淮、荆湘、吴地，最后回到临安。淳祐三年（1243）卒，约二十六岁。他身处南宋末期，国势日薄西山，加上一生蹭蹬，流落不偶，在词中大多抒发了自己怀才不遇和人生坎坷的心境，也如陈亮一样，对文人在现实生活中风云际会、得意失志的种种况味有深切的了解，下面这段话可谓是名通之论：

予以为古今词人抱负所有，虽已自信，亦必当世名巨为之印可，然后人信以传。昔刘叉未有显称，及以雪车、冰柱二篇为韩文公所赏，一日之名，遂埒张孟。予尝得叉遗集，观其余作，多不称是。而流传至今，未就泯灭者，以韩公所赏题品尔。今才士满世，所负当不止叉如，然而奖借后进，竟未有如韩公者。才难，不其然，有亦未易识。诵山谷之诗，不觉喟然。因作思古人一曲。他时倘遇知己，无妨反骚。（《沁园春·序》）

作为一位具有经世抱负而又无实现之门的有志之士，对刘叉得到名流韩公的认可从而成名的际遇羡慕不已，而词人自我的人格形象亦在其诗词中呈现出来：“不恨穷途，所恨吾生，不见古人。似道傍郭泰，品题季伟，舟中谢尚，赏识袁宏。又似元之，与苏和仲，汲引孙丁晁李秦。今安在，但高风凛凛，坟草青青。　江东无我无卿。政自要胸中分渭泾。叹今人荣贵，只修边幅，斯文寂寞，终欠宗盟。面蹉长江，目迷东野，却笑韩公接后生。知音者，恨黄金难铸，清泪如倾。”（陈人杰《沁园春》）一生孤直的词人于慷慨激昂中流露

① 宋·张孝祥著，徐鹏校点：《于湖居士文集》卷二八，上海古籍出版社2009年版，第280页。

出怀才不遇的悲凉喟叹。

陈人杰的怀才不遇与不平之鸣，与当时的科举取士制度有关。数次应举不第的志士词人不禁感叹：

我梦登天，尽把不平，问之化工。似桂花开日，秋高露冷，梅花开日，岁老霜浓。如此清标，依然香性，长在凄凉索寞中。何为者，只纷纷桃李，占断春风。（陈人杰《沁园春·天问》）

词人认识到，为何自己"长在凄凉索寞中"，乃是因为"只纷纷桃李，占断春风"，世胄占据高位，让英俊贤能之士屈沉下僚。将对当权者宴安无能、恬不知耻、任人唯亲、压制贤才的憎恶与对自己命运坎坷、人生失意、沦落蹭蹬的隐痛联系起来考察思索。无可奈何之余只好感叹："寂寞此君，谁相品题。"（陈人杰《沁园春·偶因庭竹有感，因作此词》）他在《沁园春·记上层楼》序中云：

予弱冠之年，随牒江东漕闱，尝与友人暇日命酒层楼。不惟钟阜、石城之胜，班班在目，而平淮如席，亦横陈樽俎间。既而北历淮山，自齐安溯江泛湖，薄游巴陵，又得登岳阳楼，以尽荆州之伟观，孙、刘虎视遗迹依然；山川草木，差强人意。洎回京师，日诣丰乐楼以观西湖。因诵友人"东南妩媚，雌了男儿"之句，叹息者久之。酒酣，大书东壁，以写胸中之勃郁。[①]

国事无可为，壮志难酬，只有在文学创作中去寻找自己的价值和心灵的解脱：

诗不穷人，人道得诗，胜如得官。有山川草木，纵横纸上，虫鱼鸟兽，飞动毫端。水到渠成，风来帆速，廿四中书考不难。惟诗也，是乾坤清气，造物须悭。　　金张许史浑闲。未必有功名久后看。算南朝将相，到今几姓？西湖名胜，只说孤山。象笏堆床，蝉冠满座，无此新诗传世间。杜陵老，向年时也自，井冻衣寒。（《沁园春》）[②]

像陈亮、陈人杰这样负有经世之才而又被权臣压制不被重用的人才在南宋时期比比皆是，这和当时科举取士及"江分南北"的特定历史环境有关。

英雄不能尽其才，在南宋特殊政策形势中是一个普遍存在的现象。楼钥《攻媿集》卷七〇《书张武子诗集后》中说：

苟非所知，虽贵而欲见，不造也。平时若不以事物自婴，而官业井井可观，惜乎不见用，惟诗传于江湖间尔。[③]

① 唐圭璋编，王仲闻参订，孙凡礼补辑：《全宋词》第5册，中华书局1999年版，第3900页。
② 唐圭璋编，王仲闻参订，孙凡礼补辑：《全宋词》第5册，中华书局1999年版，第3900页。
③ 宋·楼钥：《攻媿集》卷七〇《书张武子诗集后》，《影印文渊阁四库全书》本，第1153册，第162页。

楼钥对张良臣可谓是具有了解之同情。古代的文人士大夫为何急于求成功，乃是因为人生苦短，“汩余若将不及兮，恐年岁之不吾与”（屈原《离骚》），深怕壮志难酬。周必大《文忠集》卷五四《张良臣雪窗集序》载：

张良臣，字武子，家于四明，笃学好古，擢龙兴进士第，日从魏南夫史直翁二丞相游，仕宦二十余年，他人朱紫，君困青衫；他人钟鼎，君乐箪瓢，方二公荐士如林，君芒鞋藤杖，日与高僧逸人往来莲社，不复以名官为意。淳熙末，始管库行都，则又蹇驴破帽，苦其心志于灞桥风雪中。朝士稍稍知而爱之，佥谓宜掌故六曹，驯致馆学。予间两社，有意启拟，而君病不可为。[①]

可见，淳熙末，周必大有意启用张良臣，无奈他已病重。程珌的命运在南宋也具有普遍性：

（程珌）十岁咏冰便有“莫言此物浑无用，曾向滹沱渡汉兵”之句。舅氏黄氏丞叱为非常儿，挟以自随，以平生所得二吴之学及有闻于程大昌者，悉以付之。由乡荐旅试南宫，时丞相赵公典举，见其文曰：“天下奇才也”，擢魁多士。或以道学相猜，置本经第二，论者莫不称抑。[②]

聪明才智之士大多是积极进取的，这样一位“天下奇才”也不例外，他渴望建功立业，可流光掷人、韶华易过，不禁感叹：

平生有意，把六经膏泽，人人沾受。白被子明康节辈，浪说乘除先后。遇合一时，英雄千古，谁是高强手。蹉跎岁晚，临风浩然搔首。[③]

当时的周必大借友人之子的早逝对此现象发出了深沉的浩叹与深刻的反思，这样的浩叹与反思值得我们注意，故录如下，以飨读者：

友人永丰罗永年长子炜，天才隽敏而苦于学，遂至陨生。予读其诗稿而悲之，永年求予一言。昔人谓诗能穷人，或谓非止穷人，有时而杀人。盖雕琢肝肠，已乖卫生之术，嘲弄万象，亦岂造物之所乐哉？唐李贺、本朝邢居实之不寿，殆以此也。今于罗氏子尤信。[④]

---

① 宋·周必大撰，周纶编：《文忠集》卷五四《张良臣雪窗集序》，《影印文渊阁四库全书》本，第1147册，第572–573页。

② 明·毛晋：《宋元六十名家词》程珌词跋，施蛰存主编：《词籍序跋萃编》，中国社会科学出版社1994年版，第256页。

③ 宋·程珌：《酹江月·丙子自寿》上，唐圭璋编，王仲闻参订，孙凡礼补辑：《全宋词》第4册，中华书局1999年版，第2954页。

④《题罗炜诗稿》，宋·周必大撰，周纶编：《文忠集》卷四七，《影印文渊阁四库全书》本，第1147册，第501页。

周必大作为当时的名流巨卿，时人多请其印可延誉，而周必大平生所作的印可文字中有不少即为感叹士人命途多舛、时运不济之作，如这篇《毛拔萃洵文集序》就令人读后鼻酸眼热：

文者才也，孝者行也，全赋于天鲜矣。制科时所重，声名世所贵，天之与人又加鲜焉。吉水毛洵子仁具此四美，付与厚矣，而位止幕职，寿才三十有二，何其薄也！[①]

从周必大的印可文字中我们可以感受到，陈亮之类的例子在当时并非个案。

以上关于科举入仕的沉重话题我们谈得太多了，现在来看几则关于科举入仕方面较有趣的例子：

其一，据《容斋四笔》卷一五载：

予初登词科，再至临安，寓于三桥西沈亮功主簿之馆，沈以予买饭于外，谓为不便，自取家馔日相供。同年汤丞相来访，叩旅食大概，具为言之。汤公笑曰："主人亦贤矣。"因戏出一语曰："哀王孙而进食，岂望报乎？"良久，予应之曰："为长者而折枝，非不能也。"公大激赏而去。[②]

其二，南宋士子王暨进士及第，初仕广德尉，他嫌官小，题诗壁间道："奔驰尘土何时了，自叹一官如蚁小。半夜觅宿僧家园，梦里闻鸦霜月晓。"后调天台尉。[③]

其三，罗大经同年李南金进士及第时，罗大经《鹤林玉露》乙编卷二记载了他的一则趣事：

余同年李南金登第后，画师以冠裳写其真。南金题诗云："落魄江湖十二年，布衫阔袖裹风烟。如今各样新装束，典却清狂卖却颠。"虽一时戏语，然知绅裳之束缚，非韦布比，而加意检束，亦自有味。[④]

这几则记载虽是趣事，亦可看出南宋应试士子和及第士人在追求科第之时及在仕宦生涯中的种种生存状态、心迹情感的一个侧面，故录于此。

在南宋科举入仕一途走不通后，许多江湖文士改弦易辙，走向战国策士纵横捭阖、遍干诸侯之路。孙嵘叟在《方壶存稿序》中道：

方壶居士抱迈往轶群之气，颐神天隐，高蹈物表，不屑习举子业以絓名利之网，发为文章，雄壮奇伟。[⑤]

---

① 宋·周必大撰，周纶编：《文忠集》卷五二，《影印文渊阁四库全书》本，第1147册，第556页。

② 宋·洪迈撰，孔凡礼点校：《容斋四笔》卷一五，中华书局2005年版，第808页。

③ 宋·周密撰，孔凡礼点校：《浩然斋雅谈》卷中，中华书局2010年版，第37页。

④ 宋·罗大经撰，王瑞来点校：《鹤林玉露》乙编卷二，中华书局1983年版，第154页。

⑤ 宋·汪莘撰：《方壶存稿》卷首，《影印文渊阁四库全书》本，第1178册，第117页。

此种“不屑习举子业以结名利之网”的现象，实际上是一种无奈的旷达。这在杨冠卿的《群公乐府序》中表现得比较突出：

余漂流困踬，久客诸侯间，气象萎尒，时有所撄拂，则取酒独酌，浩歌数阕，怡然自适，似不觉天壤之大、穷通之为殊途也。①

据《四库全书总目》卷一六〇考证，杨冠卿曾举进士，知广州，以事罢职，侨寓临安。与范成大、陆游、张孝祥、姜夔等皆有交游。《贵耳集》中记载杨冠卿曾馆于九江戎司，赵雄罢相帅荆南，道由九江。守帅合宴，杨冠卿致辞道：

相公倦台鼎，喜看衮绣之东归；浔阳无管弦，且听琵琶之旧曲。②

可见，当时士子在习举子业一途走不通或举进士而入仕之途不顺后，大都改弦易辙，另谋出路，到各地幕府诸侯间讨生活。

南宋幕府在吸引人才方面也很自由，广开才路，一时士子纷纷奔向幕府，成了南宋时期一道奇异的风景。据方岳《与赵端明》载：

制阃号小朝廷，以为人才之所聚焉耳，戎书辟士谓当，朝取一人拔其尤，暮取一人拔其尤，罗而致之以望此府可也，而运筹帷幄，载笔旌麾，乃无大强人意者。……今幕府何所，而名丽丹书不得调者，则借以为捷径，拥议何事而号为贩，夫人所不齿者则处以为亨衢，今日一计议矣，明日一计议也，而奚取于莫谋？今日一兼佥矣，明日一兼佥也，而奚取于檄笔？挟一缘故则不俄焉而曹掾矣，寄一书信则不俄焉而属吏矣，……甚者不特众人不知其姓名，虽公相亦不知其姓名。③

士人入幕之众，乃是“借以为捷径”，以至于有些幕僚“甚者不特众人不知其姓名，虽公相亦不知其姓名”，这样济济多士的幕府很值得我们注意并做进一步的深入研究。杨冠卿的经历在南宋入幕士子中具有普遍性。他曾预乡举，未第进士，走上了入幕一途，乾道前曾随赵应之游江、淮、吴、楚，觞咏与俱。乾道中有岭南广州之行，为广帅龚茂良幕僚，以文字受知。乾道六年（1170）北归，八年在湖州应太学增置生试，不利。淳熙二年（1175）秋试，复不利而归。客游湖、常、池州，数年间迁徙不定。淳熙十一年（1184）至绍熙初，依江陵都统制郭杲，随至临安，为其馆客。④ 杨冠卿一生未仕，奔走四方，寄居幕府，依人而食，在他的作品中流露出很浓厚的幕客情怀：

---

① 宋·杨冠卿撰：《客亭类稿》卷七，《影印文渊阁四库全书》本，第1165册，第486页。

② 宋·张端义撰，李保民校点：《贵耳集》卷上，上海古籍出版社编：《宋元笔记小说大观》第4册，上海古籍出版社2001年版，第4272页。

③ 宋·方岳撰：《秋崖集》卷二二，《影印文渊阁四库全书》本，第1182册。

④ 详参辛更儒：《杨冠卿生平及其〈客亭类稿〉考》，《中国典籍与文化》2009年第3期。

白首寄人间，萍泛无休日。撑肠五千卷，岂乏济时术。富贵不可期，惆怅难再述。日暮倚庭梧，寒风听萧瑟。①

奔走请托、怀才不遇是当时谒客普遍存在的生活方式和心迹情感。杨冠卿虽然终生不仕，但与当时各界名流广泛交流，深得名流印可，这也是士人成名、步入仕途的一条捷径。

① 《倚梧叹》，宋・杨冠卿撰：《客亭类稿》卷一二，《影印文渊阁四库全书》本，第1165册，第524页。

第六章 文人入幕、干谒之风与南宋文学生态

南宋时期的幕主大多对文学创作、文化事业很感兴趣，在他们周围环绕着一大批游幕干谒之士，在"祖宗家法"重视文人的指引下，名流显宦广开幕府，招贤纳士，士子纷纷奔走干谒于幕府，形成了众多文人雅士聚集的场所，士人在其中诗酒酬酢，弘扬文化、提倡学问，某种程度上促成了地区文化的繁荣。南宋入幕士子在精神面貌、人格个性、生活方式、言谈举止方面与战国时的策士有着非常深刻的内在契合。入幕谋生、寻求发展，既是南宋士人一种特殊的生活方式和行为习惯，也对当时文人的创作风格、文学群体的形成及文学流派的兴起，产生了十分深远的影响。

入幕，是南宋士子干谒的一个重要方式，是他们实现人生价值与获得生活资料的重要手段，是他们生命史上至关重要的一幕。南宋士人游谒之风盛行，士人大多有过出入幕府的经历。南宋士人入幕游谒的盛行，有其深刻的历史动因。正如王水照所说：

> 从政治权力的分享、经济收入的分配、社会地位的高低以及生存方式、行为方式和思维方式的差异来看，南宋士人的阶层分化趋势日益明显。宋代是一个比较成熟的科举社会，日趋完备的科举制度与宋代士人的命运关系极为密切。以是否科举入仕作为标准，可以将宋代士人大致分为仕进士大夫和科举失利或不事科举的士人两大阶层，或可概括为科举体制内士人和科举体制外士人两类……而到南宋中后期，士人阶层的分化加剧，大量游士、幕士、塾师、儒商、术士、相士、隐士所组成的江湖士人群体纷纷涌现，构成举足轻重的社会力量。①

南宋小朝廷的社会环境产生了文丐奔竞，游士、幕士盛行的文化现象，与战国时期士人纵横驰骋一样，都是时代特征的表现。我们在此着重探讨身为"游士""幕士"的南宋士人的生活方式、心迹情感与文学创作的关系。

宋室南渡以来，养客之习逐渐形成。李从周为了谋生曾做魏了翁客，刘毓盘在《辑校蚍洲词跋》中对此作了详细记载，并对南宋时养客奔竞之风作了引人深思的议论：

---

① 王水照：《南宋文学的时代特点与历史定位》，原载《文学遗产》2010 年第 1 期，收入《当代名家学术思想文库 · 王水照卷》，第 157 页。

《宋史·魏了翁传》曰："开禧改元，以谏开边事，为御史孙楠所劾，遂辞归。筑屋白鹤山下，以所闻于辅广李燔者，开门授徒，士争负笈从之，由是蜀人尽知义理之学。旋知眉州。眉为文物之邦，士皆习法令，持吏短长，号难治。……游似、吴咏、李子我，皆蜀中名士，咸造门受业焉。"子我，眉州人，或其所识拔，礼以为客欤。了翁亦能词，有《鹤山长短句》一卷，沆瀣之合，意中事也。眉州多词人，苏轼《东坡词》，程垓《书舟词》，其最著者。苏辙有《栾城词》，苏过有《斜川词》，二苏齐名，过为东坡子……南宋时，养客之风极盛。秦桧有十客，贾似道客王庭、廖莹中自杀以殉，顾世不以比田横客也。非君择臣，臣亦择君，委身于人，可不慎哉。[①]

到南宋中叶以后，这种养客之风更加盛极一时，影响深远：

渡江兵休久，名家文人渐渐修还承平馆阁故事。而循王孙张功父使君以好客闻天下。当是时，遇佳风日，花时月夕，功父必开玉照堂置酒乐客。其客庐陵杨廷秀、山阴陆务观、浮梁姜尧章之徒以十数，至辄欢饮浩歌，穷昼夜忘去。明日，醉中唱酬诗或乐府词累累传都下，都下人门抄户诵，以为盛事。然或半旬十日不尔，则诸公嘲讶问故之书至矣。[②]

张镃门下客就有"以十数"，其中杨万里、陆游、姜夔都曾做过他的门客。

第一节 "皆有所长，时有所用"的"能动"时代

王国维在论及中国思想文化时，把其分为四个时代，即春秋战国"于道德、政治、文学上灿然放万丈之光焰，此为中国思想之能动时代"，自汉至宋是"受动时代"，宋代是"由受动之时代出而稍带能动之性质"，宋以后至清又是"受动时代，……思想之停滞，略同于两汉"。[③] 可见，在王国维看来，宋代是唯一的具有与春秋战国一样"能动之性质"的时代。

我们试引钱穆的论断来补充说明这一点。

在中国历史上，前古有孔子，近古有朱子，此两人，皆在中国学术思想史及中国文化史上发出莫大声光，留下莫大影响。旷观全史，恐无第三人堪与伦比。孔子集前古学术思想之大成，开创儒学，成为中国文化传统中一主要骨干。北宋理学兴起，乃儒学之重光。朱子崛起南宋，不仅能集北宋以来理学之大成，并亦可谓其乃集孔子以下学术思想之大成。此两人，先后矗立，皆能汇纳群流，归之一趋。自有朱子，而后孔子以下之儒学，乃重获新生机，发挥新精神，直迄于今。

---

① 施蛰存主编：《词籍序跋萃编》，中国社会科学出版社 1994 年版，第 269－270 页。

② 元·戴表元：《剡源戴先生文集》卷一〇《牡丹宴席诗序》，《影印文渊阁四库全书》本，第 1194 册，第 135 页。

③ 王国维：《论近年之学术界》，《王国维遗书》第 5 册《静安文集续编》，上海书店 1983 年版，第 70 页。

然儒学亦仅为中国传统文化中一主干，除儒学外，尚有百家众流，其崇孔尊孔，述朱阐朱者可勿论，其他百家众流，莫不欲自辟蹊径，另启途辙，而孔子、朱子矗立中道，乃成为其他百家众流所共同批评之对象与共同抨击之目标。故此两人，实不仅为儒学传统之中心，乃亦为中国学术思想史上正反两面所共同集向之中心。不仅治儒学者，必先注意此两人，即治其他百家众流之学，亦必注意此两人，乃能如网在纲，如裘在领。不仅正反之兼尽，亦得全体之通贯。①

我们在此不惜做文抄公，大段引述钱先生关于朱子的评论，实在是因为这些论述太精彩了，深得我心。它充分反映了朱子精神境界的伟大意义，而产生朱子这种大人格、大境界、大格局的时代特征也值得我们注意。南宋产生了朱子这样一位能与春秋时代孔子媲美的伟大人物，说明这是一个“大时代”，朱熹就是这个大时代里产生出来的“大人物”。这个时代的伟大意义，也引起了我们的深长思索。我们在研究南宋士人干谒行为时，发现其与春秋战国时期有许多相似之处。两个时代都处士横行、议论风起、群言淆杂、“内圣外王”，是“中国思想之能动时代”。

钱穆的得意门生余英时专门研究了“朱熹的历史世界”，继承发扬了钱先生注重南宋的观念，对南宋的士大夫进行了高度评价：

宋代的“士”不但以文化主体自居，而且也发展了高度的政治主体的意识；“以天下为己任”便是其最显著的标帜。这是唐末五代以来多方面历史变动所共同造成的。②

钱、余两位先生对南宋士大夫的评价，前后一脉相承，共同讨论了当时士阶层精神境界的问题。这一阶层因其特殊的社会地位、精英意识、政治权力，导致了他们在干谒请托行为上与战国策士具有某种相似之处。

战国是一个处士横行的时代，战国策士是那个风云际会时代里产生的游谒之士，他们遍干诸侯、纵横捭阖，或怀抱救国救民之志，或揣摩求名求利之道，从而鼓动风潮，造就时势，对中国社会产生了深刻的影响。正如《战国策·刘序》所载：

孟子、荀卿儒术之士弃捐于世，而游说权谋之徒见贵于俗。是以苏秦、张仪、公孙衍、陈轸、代、厉之属，生从横短长之说，左右倾侧。苏秦为从，张仪为横；横则秦帝，从则楚王。所在国重，所去国轻。③

战国时期统治者重视人才，南宋时期也一样，非常重视士人。宋代的“祖宗家法”致使科举进士之制兴盛，穷阎白屋之徒，皆得奋而上达。南宋士人为了游说有司，他们的文章自然也会表露出“辞气激昂”“议论精到”的风格特征，除了当时士风时尚之外，还与谒客

① 钱穆：《朱子学提纲》，生活·读书·新知三联书店2014年版，第1－2页。

② 余英时：《现代危机与思想人物·总序》，生活·读书·新知三联书店2005年版，第3页。

③ 宋·鲍彪原注，元·吴师道补正：《战国策校注·战国策刘序》，中华书局1991年影印。

当年寒窗苦读、勤学苦练时文、策论有关。据张伯淳《题谢春堂举业》载：

世以科举取士，士不得不以时文自现。时文亦岂易哉，经必通义，赋必蓄料，论必抑扬顿挫，而后可以商订古今之事。至于策，非通达时务，稍识前言往行，则未易展布，此其概也。①

“以时文自现”的南宋士子“论必抑扬顿挫，而后可以商订古今之事。至于策，非通达时务，稍识前言往行，则未易展布”，经过这样的勤学苦练，他们干谒请托之际，必然要发挥自己的特长，旁征博引、高谈阔论、自我炫耀，以期达到传声誉、展素学、嘘枯吹生的效果。

南宋时期的科举由于时局需要，在选拔人才时，十分看重一个人对经义的了解与阐发，常常讲究议论风度。《宋会要辑稿》选举五之一〇载臣僚语：

窃惟近年以来场屋之文，经义犹有可观，而诗赋类多空疏不工。至于论策，徒有泛滥之辞，而不切于理。以文求士，失实已多，苟无其文，又将奚取？乞宣谕今来省试知举官，将士人三场程试精加考校，取其语显而意深，辞简而理到，有渊源之学，而无空浮之病者，使居前列。②

《宋会要辑稿》职官一三之七载宋孝宗即位后对士人策论的重视，据隆兴元年（1163）二月二十一日诏载：

今举诸科进士务取学术深淳、文词剀切、策画优长之人。可令礼部将省试上十名策卷编类缮写成册投进，以备亲览。如有可行事件，当下三省取旨施行。

原注道：

上初即位，从谏如流，求直言如渴，故有是命。③

南宋士人的议论风度与当时盛行的义理紧密联系在一起，我们看下面这段记载：

右谏议大夫姚愈言：“乞诏天下，将来秋试春闱，司文柄者，惟取文辞根本理义，鲠直明白，无所阿倿，擢置高等。或文辞可采，而议论涉于柔佞谄曲，则黜之。庶几皆有挺特刚方之操，以备器使。仍乞戒敕太学儒官、州郡教官，于训诱考校之际，严加激励，俾之涵养气质，习为忠鲠。如此则人材辈出，仰副教养作成之意。”从之。④

---

① 元·张伯淳：《养蒙文集》卷五，《影印文渊阁四库全书》本，第1194册，第476页。
② 清·徐松辑：《宋会要辑稿》选举五之一〇，中华书局1957年版，第4317页。
③ 清·徐松辑：《宋会要辑稿》职官一三之七，中华书局1957年版，第2667页。
④ 清·徐松辑：《宋会要辑稿》选举五之一九，中华书局1957年版，第4322页。

结果诏“从之”，这样一来，上有所好，下必奉而行之。乾道三年（1167），杨万里呈上《千虑策》这样一篇洋洋洒洒、纵横捭阖的议论文字，纵论古今、横指众生，深入分析了“君道”“人才”等十二项治国安邦的策略，表现出他那种战国策士般的风神意态与济世情怀。①

又据《宋会要辑稿》选举一之二四载：

吏部尚书兼侍读赵汝愚知贡举、给事中黄裳……同班奏事，上宣谕曰：“闻今年取得人甚好。”汝愚等奏曰：“今年所取省试前名，偶多得四方知名之士。臣等在贡院，多用论策参考，是以多得老成。”光宗曰：“少年轻俊之人，往往会做得文字。朝廷取人，当先器识。所取文字，须是典实。”汝愚等奏曰：“朝廷设科之意，本是要取人才。但看文字气骨如何，若大体好，虽有小疵，却自可略，即是得人也。”上以为然。②

在这样的文化背景下，意气风发、纵横驰骋的战国策士面貌仿佛又来到了南宋士人身上。张栻道：

嗟呼！秦汉以来，士贱君肆，正以在下者急于爵禄，而上之人持此以为真足以骄天下之士故也。③

正因南宋士人看到了秦汉以来“士贱君肆”的现象，他们想打破此局面，希望回到春秋战国时代士人主体意识觉醒而可以自由议论“国是”、发挥士人纵横捭阖、议论煌煌的特长的时代。

“战国争雄，辨士云踊；纵横参谋，长短角势”④ 的时代风貌，确实令南宋士人神往。叶适在谈及战国策士时说：“然则游于战国者，乃其士之业”，紧接着又结合南宋士子奔走干谒的现实，很有感慨地说：

噫！后世之士，当其盛满之际，举选之道缺，去家捐亲而游于天下，其流靡以至于不义者凛凛矣，其惟战国之世为然也。⑤

不唯战国之世的士人以纵横驰骋、游谒诸侯为业，南宋士子也有很多以此为业者，叶适说陈亮：“每一章就，辄自叹曰：‘平生经济之怀，略已陈矣！’”⑥ 张德瀛也说：“陈同甫幼

---

① 详参《千虑策》三卷，宋·杨万里撰，辛更儒笺校：《杨万里集笺校》卷八七至卷八九，中华书局2007年版，第3413－3540页。

② 清·徐松辑：《宋会要辑稿》选举一之二四，中华书局1957年版，第4242页。

③ 宋·张栻撰，朱熹编：《南轩集》卷一六《张子房平生出处》，《影印文渊阁四库全书》本，第1167册，第554页。

④ 范文澜：《文心雕龙注》卷四《论说》第十八，人民文学出版社1958年版，第328页。

⑤ 宋·叶适著，刘公纯、王孝鱼、李哲夫点校：《叶适集》下册《战国策》，中华书局2010年版，第720页。

⑥ 宋·叶适：《书〈龙川集〉后》，宋·陈亮著，邓广铭点校：《陈亮集》（增订本），中华书局1987年版，第532页。

有国士之目，孝宗淳熙五年，诣阙上书，于古今沿革政治得失，指事直陈，如龟之灼。然挥霍自恣，识者或以夸大少之。其发而为词，乃若天衣飞扬，满壁风动。惜其每有成议，辄招妒口，故肮脏不平之气，辄寓于长短句中。读其词，益悲其人之不遇已。”①

南宋社会的养士之风与战国时期颇有相似之处。据戴表元《题梅庵柴君自书所作诗后》载：

文节家固多士，仲容又特喜交结，四方知名人因而不远数百里、千里，与仲容过从者不绝。②

此中所记的魏文节（杞）、汪仲容与战国时期善养士的四公子何其相似，都因“特喜交结”天下名士而“过从者不绝”。

宋末大文豪戴表元一定对当时名流巨卿们延揽干谒奔走之士的现象司空见惯，故屡在文章中提及，《送郑若晦游建业序》表现出当时士人奔走四方、请托援引的生活方式及名卿贵公礼致谒客的真实情景：

自言超迈倜傥好游之士所喜谈，山川、城郭、风物、宫室、技巧之奢丽可以动心荡目，无过长安、洛阳、成都、广陵、钱塘、建业，而成都、长安以险远不易至，惟洛阳、广陵、钱塘、建业，平途顺流，一拟千里，得用舟航舆骑代其跋履攀缘之劳，故游者以为便。然士非有事于进取与其笃好，虽钱塘有不暇至，而况数百里、数千里之远乎？乡友郑若晦，与余同客钱塘之日久矣，自其始游，台阁之贵公、方岳之名卿，闻其才多礼致之。③

由此可见，南宋士人如战国策士般纵横捭阖之风的形成也与当时名流显宦们热衷养士有着千丝万缕的内在联系。

宋室南渡，“建炎之后，江、浙、湖、湘、闽、广，西北流寓之人遍满”④，建炎四年（1130）五月，参知政事范宗尹向宋高宗提出了在各地设置镇抚使的建议：

昔太祖受命收藩镇之权，天下无事百有五十年，可谓良法，然国家多难，四方帅守，事力单寡，束手而莫知所出，此法之弊也。今日救弊之道，当稍复藩镇之法，亦不尽行之天下，且裂河南、江北数十州为之，少与之地，而专付以权，择人久任，以屏王室。⑤

这个建议被宋高宗采纳，并“决意行之”。从此，南宋巨卿显宦既得自辟幕府，能够招贤

---

① 宋·张德瀛：《词徵》卷五，唐圭璋编：《词话丛编》，中华书局1986年版，第4163页。

② 宋·戴表元：《题梅庵柴君自书所作诗后》，《剡源文集》卷一八，《影印文渊阁四库全书》本，第1194册，第237页。

③ 宋·戴表元：《剡源文集》卷一三，《影印文渊阁四库全书》本，第1194册，第172－173页。

④ 宋·庄绰撰，萧鲁阳点校：《鸡肋编》卷上，中华书局1983年版，第36页。

⑤ 宋·李心传撰：《建炎以来系年要录》卷三三，第1册，中华书局1988年版，第640页。

纳士、守卫一方，故士子大多奔走干谒于幕府，其情形亦与战国游士奔走于各诸侯之门类似。[①] 幕府自产生之日起便天然地与战争状态有着密切联系。据载：

《周礼》六官六军并有吏属，大则命于朝廷，次则皆自辟除。春秋诸国有军司马尉侯之职，而未有"幕府"之名。战国之际，始谓将帅所治为"幕府"。[②]

幕者，帐篷也，古时军队行军打战用的帐篷，故称将帅的治所为幕府，地方军政官员的府署也叫幕府。因南宋实行祖宗家法，任用文官，故幕主也多数是喜欢文学艺术的风雅之士。宋高宗自己与幕府亦有密切联系，他原来是河北兵马大元帅，相当于一方诸侯，《宋史全文》卷一六上载：

靖康元年闰十一月，上（高宗赵构）在相州，与幕府从容语曰："夜来梦皇帝脱所御袍赐吾，吾解旧衣而服所赐，此何详也?"顷之，……诏命上为兵马大元帅，上捧诏呜咽。[③]

古往今来，凡是成大事业者无不有人才相助，南宋时期这些地区的都督府、宣抚使司、制置使司、安抚使司等机构都设有幕府，幕主大多重视招揽人才，以为己用。这些幕府就是当时各地方的人才库。幕僚们在幕府中一般担任参谋官、参议官、干办公事、主管机宜文字、随军转运使等职务[④]，他们为幕主出谋献策，辅佐幕主不遗余力，形成了"平江、常、润、湖、杭、明、越，号为士大夫渊薮，天下贤俊多避地于此"[⑤] "四方之民，云集二浙，百倍常时"[⑥] 的盛况，这种入幕风气也是时势使然，当时参知政事范宗尹向高宗皇帝提出建议：

今诸郡为盗据者以十数，则藩镇之势骎骎成矣，曷若朝廷为之，使恩有所归。[⑦]

从中可见，南宋朝廷设立幕府是势在必行之事，在"藩镇之势骎骎成矣"的大势所趋下，幕主权力之盛可想而知。南宋社会始终存在着对外的战争，故江淮、两广、四川一带的众多将帅大多开府延士，"大则命于朝廷，次则皆自辟除"的"幕府"在南宋的各大军区广

---

① 钱穆在《记唐文人干谒之风》中道："至于宋代科举考试规则之谨严，与夫及第即释褐得禄仕，又政权集于中央，地方幕僚自辟署者亦少，此亦唐人干谒不得再行于宋世之诸缘也。"（《中国文学论丛》，第284页）可见，钱先生亦认识到地方幕府与士人干谒之风的因缘，不过，钱先生可能忽视了南宋地方幕府的繁荣盛况，故得出"唐人干谒不得再行于宋世"的结论。

② 宋·王钦若等：《册府元龟·幕府部》，中华书局1960年版，第8511页。

③ 汪圣铎点校：《宋史全文》卷一六上，第4册，中华书局2016年版，第1035页。

④ 关于宋朝尤其是南宋都督宣抚使、制置使等属官的种类职责、品位俸禄及幕府中幕主与幕僚的具体生活情形，详参王曾瑜：《宋朝宣抚使等的属官体制》，《文史》第22辑，中华书局1984年版，第97－111页。

⑤ 宋·李心传撰：《建炎以来系年要录》卷二〇，中华书局1988年版，第405页。

⑥ 宋·李心传撰：《建炎以来系年要录》卷一五八，中华书局1988年版，第2573页。

⑦ 宋·李心传撰：《建炎以来系年要录》卷三三，中华书局1988年版，第640页。

泛存在。在战事频仍的年代，士人入幕从军，在幕府中充当幕僚为幕主们出谋划策、“下马草军书”，撰写战斗檄文，甚至于“上马击狂虏”、建功立业。例如，魏了翁究心义理之学，为南宋名臣，是一位雄才大略之士，他在遂宁时，“具奏乞修城郭备不虞，廷议靳其费。了翁增埤浚隍，如待敌至者。后一年，溃卒攻掠郡县，知其有备，不敢逞，人始服豫防之意”①，此指嘉定十二年（1219）四月之兴元兵乱事，时魏了翁已丁忧去官，尚移书宰执，请用安丙。蜀地平，又移书安丙论蜀政，从中可见其深谋远虑：

幕府举辟，当用经术信厚之士，不可用冒丧之人。且公八年镇蜀，有恩则有怨，岂可人人而校、事事而理？自处甚狭，恐贻子孙宾客之累。虽今日理财难拘故常，然告绝产、首白契、讦隐田、伺富民过失、纠盐酒户亏额，报怨挟愤、招权纳贿者，必且纷然，而公任其怨。②

忠义之心，溢于言表。对当时这种“幕府举辟，当用经术信厚之士，不可用冒丧之人”的关注，能够使我们更细致、更深刻地探讨幕府中幕僚的选拔制度及其对士人生存状态、心迹情感、创作风格的影响，更全面深入地揭示出南宋文学发展变化的因缘际遇。

在名流印可盛行一时的南宋社会文化大环境下，各地幕府中形成了数量众多的文人创作群体。刘克庄在《杨公节论语讲义》中记述了当时士子挟书游幕四方的情景：

杨君方挟朱氏四书，与其伯父信斋礼书，游行四方，术迂而计左矣。昔管幼安客辽东，虞仲翔在交州，皆研究经学，开门授徒。近世尹和靖、谯天授先生亦转仄兵间，卒为大儒。先贤皇皇汲汲于学，不以时危世难而稍辍也。君行矣，安知斯世无为君金台者？③

最后用战国时期燕昭王筑黄金台招贤纳士的典故来激励后生晚辈“君行矣”。正是南宋的社会环境为士子提供了入幕建功立业、展示自我才华的机会，才使当时士子“游行四方”而不倦，即使“术迂而计左”，也仍将干谒请托的入仕之途视作如诗如歌，“不以时危世难而稍辍也”，这与战国时期苏秦、张仪等纵横策士东奔西走、穷困潦倒而不失其干谒请托、奔走求知之志何其相似。

刘克庄本人也在改真州录事参军时，被崔与之赞赏，《后村先生大全集》卷一九四林希逸撰《行状》载：

改差真州录参。菊坡崔公帅维扬，因公白事，喜曰：“吾于闽得二士，君与子华也。”④

---

① 元·脱脱等：《宋史》卷四三七《魏了翁传》，第 37 册，中华书局 1985 年版，第 12966 页。

② 元·脱脱等：《宋史》卷四〇二《安丙传》，第 35 册，中华书局 1985 年版，第 12193 页。

③ 宋·刘克庄著，辛更儒笺校：《刘克庄集笺校》第 10 册，中华书局 2011 年版，第 4508 页。

④ 宋·林希逸撰：《行状》，宋·刘克庄著，辛更儒笺校：《刘克庄集笺校》第 16 册，中华书局 2011 年版，第 7548 页。

菊坡，崔与之号，广州人，官至右丞相，从他说话的语气中，可以看出他俨然把自己当作了战国公子，而刘克庄等文人乃是战国策士一般。崔与之在端平元年（1234）授广东经略安抚使兼知广州时，便有诗人墨客奔走其门，据李昂英《诗隐楼记》介绍：

吾友昭武黄君希声工晚唐诗，游五羊获登菊坡先生门，因筑舍其旁。……菊坡起帅乡部，绣使彭公督帅衔密画往来其间，迨清乱略闲则诗人用，则国士潜虽伏矣，亦孔之昭布，希声自此不得隐矣。希声名镛，其诗有《樵溪初稿》云。[①]

诗人黄镛因曾登菊坡门，后菊坡起帅乡部，“则诗人用”，被菊坡重用，“国士潜虽伏矣，亦孔之昭布”。由此可见士人通过入幕一途可以发挥自己的才智，“自此不得隐”而步入仕途正轨。这就吸引了大量士人奔走幕府以求进一步的发展。

赵葵为淮东制置使时是绍定三年（1230），时年三十三岁的余玠作长短句上谒[②]，过了四年（1234），金朝灭亡，介玠入幕主要是对付蒙古人。后来，余玠在幕府中大显身手，大刀阔斧地改革弊政，受到朝廷的擢用，官至兵部侍郎，四川安抚制置使兼知重庆府、权四川总领，被派到蜀地去任独当一面的地方大员，前后在蜀十年，他在此地修城筑池、抗击蒙古进军，并筑馆招贤、整顿秩序、屯田耕稼、轻徭薄征，展示出其收揽人心、广交天下豪杰之士的出色才干与应酬交际能力，据载：

及闻玠入蜀，人心粗定，始有安土之志。[③]

癸卯春，解夔路制置大使事。余玠宣谕四川，过松滋，公一见如旧。玠欲荆阃通融事力，公饷以屯田米十万石。[④]

玠之治蜀也，任都统张实治军旅，安抚王惟忠治财赋，监簿朱文炳接宾客，皆有常度。至于修养学士，轻徭以宽民力，薄征以通商贾。[⑤]

余玠任地方大员、主政一方，获得主持幕府的权力与机会时，不忘初衷，广纳天下贤才，据《宋史》卷四一六《余玠传》载：

玠大更敝政，遴选守宰，筑招贤之馆于府之左，供张一如帅所居。下令曰：“集众思，广忠益，诸葛孔明所以用蜀也。欲有谋以告我者，近则径诣公府，远则言于州郡，所在以

---

① 宋·李昂英：《文溪集》卷二，《影印文渊阁四库全书》本，第1181册，第128－129页。

② 详参王晓波编：《余玠年谱新编》，吴洪泽、尹波主编：《宋人年谱丛刊》，四川大学出版社2003年版，第7664页。

③ 元·脱脱等：《宋史》卷四一六《余玠传》，第36册，中华书局1985年版，第12469页。

④ 《孟少保珙神道碑》，《后村先生大全集》卷一四三，宋·刘克庄著，辛更儒笺校：《刘克庄集笺校》，第12册，中华书局2011年版，第5686页。

⑤ 元·脱脱等：《宋史》卷四一六《余玠传》，第36册，中华书局1985年版，第12473页。

礼遣之。高爵重赏，朝廷不吝以报功。豪杰之士，趋期立事，今其时矣!”士之至者，玠不厌礼接，咸得其欢心，言有可用，随其才而任之；苟不可用，亦厚遗谢之。[①]

在这样的人才招聘政策下，众多豪杰之士奔走干谒于余玠幕府之门，是故余玠幕府中人才济济，余玠亦乐意援引提携人才，他曾荐举阳枋为昌州酒正，阳枋感激涕零，作《上宣谕余樵隐书》[②]，表现出干谒请托之士受到名流显人荐举援引后的真情实感。尤其是播州人冉琎、冉璞兄弟进入余玠幕府，帮助他出谋划策，创建了四川抗击蒙古军的山城防御体系，有效地抑制了元军的入侵，以致“帅蜀八年，边庭宁肃，人赖以安”[③]，形成了“自宝庆以来，蜀阃未有能及之者”的局面，[④] 奠定了公元 1259 年大胜蒙古军的基础。[⑤] 据《宋史·余玠传》载：

播州冉氏兄弟琎、璞有文武才，隐居蛮中。前后阃帅辟召，坚不肯起，闻玠贤，相谓曰：“是可与语矣!”遂诣府上谒。玠素闻冉氏兄弟，刺入即出见之；与分庭抗礼。宾馆之奉，冉安之若素有。居数月，无所言，玠将谢之。乃为设宴，玠亲主之。酒酣，坐客方纷纷竞言所长；琎兄弟饮食而已。玠以微言挑之，卒默然。玠曰：“是观我待士之礼何如耳!”

明日更辟别馆以处之，且日使人窥其所为。兄弟终日不言，惟对踞，以垩画地为山川城池之形，起则漫去。如是又旬日，请见玠。屏人曰：“某兄弟辱明公礼遇，思有以少裨益，非敢同众人也。为今日西蜀之计，其在徙合州城乎?”

玠不觉跃起，执其手曰：“此玠志也，但未得其所耳?”曰：“蜀口形胜之地，莫若钓鱼山，请徙诸此。若任得其人，积粟以守之，贤于十万师远矣！巴蜀不足守也!”玠大喜。曰：“玠固疑先生非浅士，先生之谋，玠不敢掠以归己。”遂不谋于众，密以其谋闻于朝，请不次官之。诏以琎为承事郎，权发遣合州，璞为承务郎，权通判州事。徙城之事。悉以任之。[⑥]

这段记载与战国策士冯谖客孟尝君如出一辙。后来，余玠依靠这些谒客的出谋划策也取得了实际成效：

自宝庆（1225）以来，蜀阃未有能及之者。[⑦]

---

① 元·脱脱等：《宋史》卷四一六《余玠传》，第 36 册，中华书局 1985 年版，第 12469－12470 页。

② 宋·阳枋撰：《字溪集》卷一，《影印文渊阁四库全书》本，第 1183 册，第 259 页。

③ 元·佚名撰，王瑞来笺证：《宋季三朝政要笺证》卷二，中华书局 2010 年版，第 186 页。

④ 明·陈邦瞻撰：《宋史纪事本末》卷九四，中华书局 1977 年版，第 1056 页。

⑤ 蒙哥大汗即战死在钓鱼山下。《元史》本纪卷三载：“宪宗讳蒙哥，睿宗拖雷之长子也。……九年二月丙子，悉率诸兵……丁丑，督诸军战城下……攻镇西门、东新门、奇胜门……攻护国门……登外城，杀宋兵甚众，……屡攻不克……癸亥，帝崩。”

⑥ 元·脱脱等：《宋史》卷四一六《余玠传》，第 36 册，中华书局 1985 年版，第 12470 页。

⑦ 元·脱脱等：《宋史》卷四一六《余玠传》，第 36 册，中华书局 1985 年版，第 12473 页。

这样卓著的成绩类似战国四君之一的孟尝君。我们怀疑宋史作者受了《战国策》的影响，才用如此笔法来描写冉氏兄弟与余玠的宾主关系。当然，也必须是南宋幕府中实有其事，才能让宋史作者的如椽妙笔有此发挥余地，谱写出异彩华章。

类似的时代氛围，产生了相通的时代情绪。方信孺“不喜治生”“好士”的程度竟至于：

尤好士，所至从者如云。闭户累年，家无担石，而食客常满门。①

战国时期孟尝君家“食客三千”的情形，仿佛又重新出现在南宋社会生活中了。

南宋时人非常怀念战国时期热情周到地接待四方谒客的孟尝君，感今追昔，频频用“弹铗归来”的典故：

一别鲁山三岁余，西来消息未全疏。白头忍雪春陵涕，□醉才干庐阜书。晚路得州真似斗，平生弹铗竟无鱼。漫郎犹有新书在，千古风流不负渠。②

对“弹铗归来”的冯谖的吟咏，实际上体现了到处奔走干谒、请托援引的南宋士人对处士横行、谒客大显身手的战国时代的追忆与怀想。陆游在范成大幕府任四川制置使司参议官时，就用战国策士的酒杯来浇自己胸中的块垒，“闭门种菜英雄老，弹铗思鱼富贵迟”③，以英雄自许的放翁，亦以战国策士自许，用《战国策》冯谖客孟尝君家，起初不受重视，弹铗而歌“食无鱼”的典故来自喻富贵难求。④ 有了这样一种心灵寄托，南宋士人才能从屡次落第的阴影中超脱出来，开始新的生活，像战国策士那样四处奔走、干谒求食：

弹铗西来路。记匆匆、经行十日，几番风雨。梦里寻秋秋不见，秋在平芜远树。雁信落、家山何处。万里西风吹客鬓，把菱花、自笑人如许。留不住，少年去。男儿事业无凭据。记当年、悲歌击楫，酒酣箕踞。腰下光铓三尺剑，时解挑灯夜语。谁更识、此时情绪。唤起杜陵风月手，写江东渭北相思句。歌此恨，慰羁旅。⑤

刘过开篇即引用《战国策·齐策》中记载的冯谖客孟尝君弹铗而歌之事，暗示自己亦如战国策士那样要寻找招贤纳士的王公贵族以寄食谋生，因此四处漂泊。这个典故看似随手写来，却包含了十分丰富的文化意蕴，既叙战国策士纵横捭阖游说诸侯之事，又抒自己干谒乞食以求知己之情。朱敦儒所作《朝中措》载：

---

① 《宝谟寺丞诗境方公行状》，《后村先生大全集》卷一六六，宋·刘克庄著，辛更儒笺校：《刘克庄集笺校》第14册，中华书局2011年版，第6464页。

② 宋·周紫芝：《元具茨不起道州之疾，哭之以诗》，《太仓稊米集》卷四〇，《影印文渊阁四库全书》本，第1141册，第280页。

③ 宋·陆游：《月下醉题》，钱仲联、马亚中主编：《陆游全集校注》第2册，浙江教育出版社2011年版，第43页。

④ 《战国策》卷一一齐策四载冯谖客孟尝君门下，“居有倾，倚柱弹其剑，歌曰：长铗归来乎！食无鱼”。

⑤ 宋·刘过：《贺新郎》，唐圭璋编，王仲闻参订，孙凡礼补辑：《全宋词》，中华书局1999年版，第2768页。

当年弹铗五陵间。行处万人看。雪猎星飞羽箭，春游花簇雕鞍。　　飘零到此，天涯倦客，海上苍颜。多谢江南苏小，尊前怪我青衫。①

这种情况在南宋出现，有其深刻的时代背景。据《建炎以来系年要录》卷一五三戊寅载：

上谓大臣曰："朕观史册，见古之养士有至二三千人，亦朝廷一盛事。"于是增国学弟子员百人，通旧以七百人为额。寻命置上舍三十人、内舍百人，用监丞文浩请也。②

绍兴十五年（1145）乙丑二日，在增补太学生员额时，宋高宗自然而然地联想到"古之养士有至二三千人，亦朝廷一盛事"，把战国孟尝君家有食客三千的现象看作"朝廷一盛事"，说明朝廷是支持和鼓励"养士"之风的，上有所好，下必奉而行之，因宋高宗提倡，注重养士也成为南宋一朝的重要文化现象。

据楼钥《王淮行状》载：

孝宗皇帝以不世出之资，直欲鞭笞四夷，以遂大有为之志。一时进用，多趋事赴功之人。淳熙以来，益务内治，选任儒雅厚重、经远好谋之士，而公为之称首。③

刘克庄《吴尧投匦书后》亦云：

先朝稍于科举尺度之外拔士，徐禧、韩驹以上书至侍从，邓肃以《艮狱》诗擢谏官。玉山吴尧，屡诣阙上封事，陈谏诗，屡报闻而已。前余承乏后省，见章布匦函，已奏御付下者如山，未尝有遇合者，虽拈出，诸公无省顾者。④

宋孝宗力图恢复"于科举尺度之外拔士"，一时趋事赴功之人、经远好谋之士并起，或"上书至侍从"，或"以诗擢谏官"，这与战国时期诸侯割据，诸子奔竞的情形何其相似。

甚至南宋灭亡，被俘至燕京的恭帝在送汪元量返杭而作的《在燕京作》中亦流露出对战国奇才异士的渴望：

寄语林和静，梅花几度开？黄金台下客，应是不归来。

"黄金台下客"指的是战国时期燕昭王的谋士郭隗，恭帝在这里用战国谋士郭隗的典故，表达渴望有战国策士这样的谋臣帮助自己复国的愿望，而"应是不归来"则暗示了南宋王朝已经灭亡，复国无望了。陶宗仪《南村辍耕录》卷二〇云：

---

① 唐圭璋编，王仲闻参订，孙凡礼补辑：《全宋词》第2册，中华书局1999年版，第1095页。

② 宋·李心传撰：《建炎以来系年要录》卷一五三，第3册，中华书局1988年版，第2464页。

③ 宋·楼钥：《攻媿集》卷八七《少师观文殿大学士鲁国公致仕赠太师王公行状》，《影印文渊阁四库全书》本，第1153册第354页。

④ 宋·刘克庄著，辛更儒笺校：《刘克庄集笺校》第10册，中华书局2011年版，第4447页。

始终二十字，含蓄无限凄戚意思，读之而不兴感者几希。[①]

确为的评！近人黄濬道：

予尝谓幕客，即士之得志者……治世，仕宦不能尽容，散而为幕为宾客。[②]

幕客，并非“即士之得志者”，只能说是“士之得志”的一条途径或是科举不第的情况下无可奈何的一种人生选择，这种选择有时在某种程度上可以说是一条成名入仕的捷径，如：“（戴）翊字汉宗，……日记千言。长通载籍，益自刻苦，遂以起家。……帅辛弃疾才之，檄行县事。台府交荐，升从政郎，补赣州雩都丞，守藉其能，留置幕职。”[③] 但是当时亦有很多幕客因与幕主不合，或不能适应幕府生活，或在幕府表现不佳，仍然不能进入仕途，可说是人生失意者；后句大体得当，“仕宦不能尽容，散而为幕为宾客”，可以说正是南宋幕府盛行、幕僚奔走游谒的主要原因。南宋文化发达，冗员冗官现象严重，“又宽又滥的科举制度开放了做官的门路”，也扩大了“士大夫”的数量，[④] 这里“士大夫”有“乡士大夫”与“卿士大夫”之分，大量“乡士大夫”无法进入仕途做官，只有选择游幕，到幕府中去寻找出路。

因此，在某种程度上，南宋贤俊之士投奔幕府的目的就是希望幕主能够推荐援引自己以获得晋升的机会。当时也确实有些士人是通过入幕而进入仕途、为人所知的。徐耕道“及既不得志场屋而游，则与扬州李制置、江州赵安抚之徒讲画筹策。游倦而归，则与蜀郡杨参预、天台叶集贤诸公，考问故实。声渐气摩，意喻色授，不劳而成良器”[⑤]。卫博年轻时也入幕府为幕僚，后到朝廷做官，绍兴三十二年为左朝奉郎，乾道三年，主管礼兵部架阁文字，四年为枢密院编修官，旋致仕。由于他的入幕经历，他在文学创作方面尤其擅长撰写应用于幕府应酬往来的表启、序记、书信等方面的文字，这些文章大多数是代幕主或幕府中的同僚而作，因创作水平高妙，被四库馆臣高度评价为：

工稳流丽，有汪藻、孙觌之余风，非应酬牵率者可比。[⑥]

其诗作也大多与他奔波于各地幕府的经历有关，如“海燕未来人斗草，野鸠相唤雨初晴”（《春晴》）、“但逢司马心相许，便拟中郎赋远游”（《过江上》），皆是其中名句。

像卫博这样由入幕而步入仕途的士人在南宋小朝廷里是普遍存在的。朱熹《跋余岩起集》载：

---

① 元·陶宗仪著，文灏点校：《南村辍耕录》卷二〇，文化艺术出版社1998版，第282页。

② 黄濬：《花随人圣庵摭忆》，中华书局2008年版，第369页。

③ 宋·周必大：《二戴君墓志铭》，《文忠集》卷七七，《影印文渊阁四库全书》本，第1147册，第807页。

④ 钱锺书选注：《宋诗选注》，人民文学出版社1958年版，第1-2页。

⑤ 宋·戴表元：《徐耕道迁葬碣》，李军、辛萝霞校点：《戴表元集》卷一七，吉林文史出版社2008年版，第232页。

⑥ 《四库全书总目》卷一五九《定庵类稿提要》，中华书局1965年版，第1373页。

余公讳良弼，字岩起，自为诸生，即以文鸣于场屋，以乡举类试外台。熹之先君子与故直秘阁吴公公路得其文而异之，以为真有可用之实，取而置之前列。旋入幕府，即以画策平贼有功，出入中外，遂分帅阃，皆有声烈。平生为文甚多，亡逸之余，所存止此。然皆摭实应用之作，不为空言。没后二十八年，其季子大用尉建阳，出以相视。熹以先世之契，又尝获以少吏事公于温陵，辱奖进而收教焉，衰莫零落，乃复得斯文而读之，其所感于今昔之变，又当如何也哉！孔子曰："吾犹及史之阙文也。有马者，借人乘之，今亡已夫！"熹于余公之文亦云，因太息而书其后。大用廉介不苟，遇事敢前，盖有公之风烈云。①

我们从中亦可见当时文人入幕对其仕途命运及文学创作影响之大。

据曾枣庄主编《中国文学家大辞典》（宋代卷）所载，有入幕经历的在南宋士人中所占比例很大。比较突出的有：王同祖，"幼年侍父宦游，弱冠入金陵幕府，时嘉熙二年"②。张蕴，"嘉熙中，为沿江制置使司幕属"③。陈造，"秩满，为浙西路安抚司参议官，改淮南西路参议官"④。赵师秀"入江东安抚司幕"⑤。赵汝鐩，"嘉泰二年进士，历东阳主簿、崇陵桥道顿递官、诸暨主簿，入辛弃疾帅幕"⑥。施枢，"端平初，往来家乡与京城间。二年，入吴，摄庾台幕。三年，入浙东转运司幕"⑦。方岳，淮东制置使赵葵奇其才，辟制干。王琮，"嘉熙间，为江东安抚司参议"⑧。另外，古代文献资料中亦有多处南宋文人入幕的记载，如薛季宣早年随伯父薛弼宦游四方，喜从父老问岳飞、韩世忠兵间事。年十七，妻父荆南帅孙汝翼辟为书写机宜文字，绍兴二十三年（1153），入四川制置使萧振幕。⑨ 王以宁徽宗时佐鼎、沣幕府，任发运司管勾文字，授京畿提刑。李纲率兵增援太原，任命为参谋官。建炎中，以枢密院编修官知鼎州，张浚辟为宣抚司参议官，为京西制置使，转战两湖、襄、邓。绍兴元年（1131），以言者论劾，贬监台州酒务。绍兴二年，责永州别驾、潮州安置。绍兴十年（1140），起知全州。⑩ 王炎除四川宣抚使，依旧参知政事，⑪ 召陆游入幕，游有《谢王宣抚启》⑫。宋宗室赵孟坚亦有入幕经历，宝庆二年（1226）进士，初仕葛溪。绍定五年（1232），调海盐尉。嘉熙初，为安吉州掾。嘉熙四

---

① 宋·朱熹：《晦庵先生朱文公文集》卷八三，朱杰人、严佐之、刘永翔主编：《朱子全书》（修订本）第24册，上海古籍出版社、安徽教育出版社2010年版，第3912－3913页。

② 曾枣庄主编：《中国文学家大辞典》（宋代卷），中华书局2004年版，第28页。

③ 曾枣庄主编：《中国文学家大辞典》（宋代卷），中华书局2004年版，第458页。

④ 曾枣庄主编：《中国文学家大辞典》（宋代卷），中华书局2004年版，第505页。

⑤ 曾枣庄主编：《中国文学家大辞典》（宋代卷），中华书局2004年版，第631页。

⑥ 曾枣庄主编：《中国文学家大辞典》（宋代卷），中华书局2004年版，第638页。

⑦ 曾枣庄主编：《中国文学家大辞典》（宋代卷），中华书局2004年版，第671页。

⑧ 曾枣庄主编：《中国文学家大辞典》（宋代卷），中华书局2004年版，第638页。

⑨ 详参宋·吕祖谦：《薛常州墓志铭》，吕祖俭、吕乔年编：《东莱集》卷一〇，《影印文渊阁四库全书》本，第1150册，第88－93页。

⑩ 详参《建炎以来系年要录》卷一三五。

⑪ 详参《宋会要辑稿》职官四一。

⑫ 《渭南文集校注》卷八，钱仲联、马亚中主编：《陆游全集校注》第9册，浙江教育出版社2011年版，第195－196页。

年（1240），入浙西转运使幕，又入建康幕。淳祐四年（1244），知诸暨县。其一生仕宦经历就与入幕有关。①

还有韦居安，据他所著的《梅磵诗话》卷上载：

金陵半山寺乃荆公旧宅，屋后有谢公墩，下临深沟，上有古木，余尝与漕幕诸公同游。②

韦居安是宋末元初人，《宋史》无传，事迹罕见于史乘，然我们仍可以根据其所著的《梅磵诗话》判断他曾任金陵漕幕。《御选历代诗余》卷一〇七载："施芸隐尝应幕府荐。"吴文英《梦窗稿》乙稿卷二中的《八声甘州·陪庾幕诸公游灵岩》及《八声甘州·姑苏台和施芸隐韵》，即是吴文英和施枢在庾幕中的唱和之作。又据《续文献通考》卷一九五载："枢，字知言，号芸隐，丹徒人。嘉熙时，尝为越州府僚。"这些说明，自宋室南渡，岳飞、张浚等自辟属官以来，凭借着自己主持地方军政的身份优势，怀抱着抗金复国的雄图伟业，广开才路，延揽各方才俊之士。③ 这样的情形与战国时期诸侯养客为自己出谋划策有相似之处。④

李曾伯入幕的情形比较特殊，他的父亲李景翱曾官至四川总领，故他随父奔走于襄汉荆蜀之间。李曾伯在《乞休致奏》中自叙生平：

臣自幼而侍先臣丙寅之难，及仕而从诸阃幕府之游，垂五十年，遍历边役，近十余载，存领帅权。⑤

有了这样的经历，他对幕府生活自然有较深的体验，故能在某些方面道出幕府情形。李曾伯三举不第，科举之路走不通，转而入州县幕府，遍历襄、蜀、江、淮。其子李杓在《重刻可斋杂稿跋》中指出：

先公少励举子业，荐于漕者三，晚赐奉常第，殆天者酬之，而先公愀如，以不得奋自场屋为恨。⑥

绍定四年（1231），李曾伯入四川制置使桂如渊幕为制干。不久，又入荆湖制置使别之杰幕，这样频繁的入幕，与当时抗金复国的大业紧密联系在一起。据李曾伯《恭禀宣谕援夔

① 详参《齐东野语》卷一九、《宋史翼》卷二九、《四库全书总目》卷一六四。

② 宋·韦居安：《梅磵诗话》卷上，丁福保辑：《历代诗话续编》，中华书局1983年版，第537页。

③ 朱瑞熙的《宋代幕职州县官的荐举制度》（《文史》第二十七辑，1986年）分别就宋代幕职州县官的形成过程与荐举制度进行了探讨，在这样的荐举制度下，干谒奔走于州县幕府以求谋得一官半职，则成了大多数落榜文士的一个主要选择。

④ 据《史记》载，"当是时，魏有信陵君，楚有春申君，赵有平原君，齐有孟尝君，皆下士，喜宾客以相倾。"（《史记》卷八五，第8册，中华书局1998年版，第2510页。）

⑤ 宋·李曾伯撰：《可斋续稿前》卷三，《影印文渊阁四库全书》本，第1179册，第522页。

⑥ 宋·李杓：《重刻可斋杂稿跋》，《爱日精庐藏书续志》卷四，吴县徐氏灵芬阁光绪十三年刊本。

奏·贴黄》载：

辛卯冬，蜀未大坏，荆乃全盛。是时桂帅蜀，陈帅荆，桂请援于朝，命荆遣援，调宋春以兵三千戍金州。臣时以兼幕责，备戎行。①

宋理宗绍定四年辛卯，李曾伯在四川为制置使桂如渊幕僚，据《辟制干谢蜀阃》（《可斋杂稿》卷九），李曾伯入桂如渊幕为制干。他在四川制置使桂如渊幕时，因兵败去职，不久，就入荆湖制置使别之杰幕府，他的《通江陵别制帅》（《可斋杂稿》卷六）、《上江陵别帅启》（《可斋杂稿》卷七），都透露出这样的信息：南宋时代的士人颇有战国策士的风范，他们大多不会吊死在一棵树上，往往四处奔走请托，去寻找有利于自己发展的人生之路。据吴廷燮《南宋制抚年表》载，别之杰在绍定五年（1232）至端平元年（1234）间为荆湖制置使，李曾伯入荆湖制置使幕僚大概就在这一期间。从《通淮西尤帅漕》（《可斋杂稿》卷六）、《代账干谢淮西帅漕启》（《可斋杂稿》卷八）中可以看出李曾伯又入淮西制置使幕府为账干。据《南宋制抚年表》，端平二年至端平三年（1236）间，尤焴为淮西制置使，李曾伯在淮西幕府为帐干即在这时。通过幕府而步入仕途，正是李曾伯人生中的重大转折，从此仕途亨通、建功立业：

历官通判濠州，迁军器监主簿，添差通判鄂州，兼沿江制置副使司主管机宜文字。……寻迁右司郎官，太府少卿兼左司郎官，兼敕令所删修官。迁太府卿、淮东制置使兼淮西制置使，诏军事便宜行之。……加华文阁待制，又加宝章阁直学士，进权兵部尚书。②

又如，崔与之任四川制置使时，即招程公许入其幕府，程公许深感知己之情，在《被檄北征从宣威幕崔公之招也》中自明心迹：

芹藻浮香水半环，官曹得似广文闲。羽书趣上将军马，却拥貂裘度剑关。③

入幕后程公许与幕府中的幕僚关系密切，他们经常与幕主崔与之一起出游，在程公许的文章中，我们可以看到他们宾主相娱的情景：

嘉定辛巳冬十一月，南海崔尚书自成都帅摄行宣威府事，余同于潜洪舜俞以掌记从，一宿凤凰山寺。④

某幸甚，辱公深知，于入蜀问士之初，十乘启行，命执铅椠从宾客后，侍言笑于碧油

① 宋·李曾伯：《可斋续稿前》卷四，《影印文渊阁四库全书》本，第1179册，第535页。

② 元·脱脱等：《宋史》卷四二〇《李曾伯传》，第36册，中华书局1985年版，第12574页。

③ 宋·程公许：《被檄北征从宣威幕崔公之招也》，《沧州尘缶编》卷一二，《影印文渊阁四库全书》本，第1176册，第1022页。

④ 宋·程公许：《再游凤凰山寺序》，《沧州尘缶编》卷九，《影印文渊阁四库全书》本，第1176册，第988页。

之幕凡六阅月。[①]

文中提及的洪舜俞即洪咨夔，嘉泰二年（1202）进士，累官刑部尚书，他们与幕主崔与之结下了深厚的宾主之情。尤其是程公许，他与崔与之情深意厚，受到崔与之的提携亦多，故当崔与之赴召之时，程公许忽然有一种说不出的惆怅与怀念之情：

怀恩未报，望远凄断，搔首秋风，渺不知再侍之何日也。[②]

甚至多年以后回想起在崔与之幕府中的生活时，依旧感慨万端：

嘉定辛巳冬十一月……一宿凤凰山寺，后十二年？乡先生内翰侍郎陇西公以制置使自左绵进治小益，复以幕介陪后乘，瓣香再为定慧大士祈印证。[③]

一晃眼就是十二年，人生有几个十二年？故地重游，物是人非，怎不令人感叹壮志难酬、岁月蹉跎、人生易老、世事若梦，此身虽在堪惊：

人生出处岂前谋，岁一星周再此游。世故鼎来忧似海，壮心空在鬓先秋。戎车拥路抽身去，僧钵分香劝我留。扰扰战争何日定，从前变灭几浮沤。[④]

之所以有如此深情，乃是因为程公许的入幕经历对他后来进入仕途起到了至关重要的作用。绍定六年（1233），权臣史弥远卒，理宗亲政，召除之命频出，朝政一新，有“小元祐”之称，[⑤] 端平元年（1234）初，理宗命地方执政辟举人才，[⑥] 在幕府任职多年的程公许被朝廷聘召，授大理司直，迁太常博士。[⑦]

当然，崔与之在幕府生活中的行为风范也十分引人瞩目，并由此受到擢荐。李昴英撰《跋吴都统所藏菊坡先生帖》时道：

清献崔公护坤维，晚必自出伺烽火，至报稍急，辄通夕不寐，思所以应，乃心无倾刻忘边忧也。指纵诸将，每手笔驿以授，情通如家人，而人乐为之用。都统吴侯彦公所识，

① 宋·程公许：《送制置阁学侍郎崔公赴召序》，《沧州尘缶编》卷一三，《影印文渊阁四库全书》本，第1176册，第1041页。

② 宋·程公许：《送制置阁学侍郎崔公赴召序》，《沧州尘缶编》卷一三，《影印文渊阁四库全书》本，第1176册，第1042页。

③ 宋·程公许：《再游凤凰山寺序》，《沧州尘缶编》卷九，《影印文渊阁四库全书》本，第1176册，第988页。

④ 宋·程公许：《再游凤凰山寺序》，《沧州尘缶编》卷九，《影印文渊阁四库全书》本，第1176册，第988页。

⑤ 元·脱脱等：《宋史》卷四一四《郑清之传》，第35册，中华书局1985年版，第12420页。

⑥ 元·脱脱等：《宋史》卷四一《理宗本纪》一，第3册，中华书局1985年版，第800页。

⑦ 元·脱脱等：《宋史》卷四一五《程公许传》，第36册，中华书局1985年版，第12455页。

擢荐之之词曰："宣力边防，轻财得士卒心。"[①]

又如，袁甫守徽州时，就曾辟严粲为幕僚，戴复古在《送吴伯成归建昌二首》中特别提到了严粲入袁甫幕府一事：

昨者袁蒙斋，招为入幕宾。[②]

袁甫，字广微，《宋史》卷四〇五有传，嘉定七年（1213）进士第一，由秘书省正字累官至吏部尚书，是位高权重之名流巨卿，他在《赠严坦叔序》中表达了对自己的幕僚严粲的欣赏赞叹之情：

坦叔抱负才业，有志当世，以余耳目所睹记，才如坦叔盖寡。坦叔有诗名，寓意推敲，细入毫发，似非磊落度越绳墨者。及遇事，挺身直前，勇无与抗，喜接雄豪士，握手吐心肝，相期功名，亦乐与共事。……善谋能断，密而通，敏而耐。……余老矣，同寮三年，坦叔之助，不可缕数。一日别余去，求书"悦心"二字，语余曰："吾未为参选计，归而绎故书，求吾心之真悦，请大书，将揭诸所居之室。"[③]

这篇情真意切的小序，可以看作典型的名流印可的文字，严粲借此名噪一时首选，戴复古在《读严粲诗风撼潇湘覆江空雪月明喜其一联檃栝为对》中说：

笔端有神助，句法自天成。风撼潇湘覆，江空雪月明。苦吟非草草，妙趣若平平。李杜诗坛上，为君题姓名。[④]

这诗名与袁甫的印可不无关系，我们从中可以了解当时名流印可的重要性及文士通过入幕而成名的事实。还有，黄春伯，号天谷，闽清（今属福建）人，少学仙，曾入福建招捕使幕府，后以州文学铨选于吏部，不遂。[⑤] 此事虽不成功，但黄春伯先入幕府再以州文学铨选于吏部的人生之路在当时却不失为一条捷径，其中也不乏以此步入仕途者。

南宋名流巨卿周必大提出"国家数路取人，科举之外多英才"[⑥]，这一观点可以说为士人入幕求仕提供了理论指导：

自徽庙迄于中兴，如程致道、吕居仁、曾吉甫、朱希真诗名藉藉，朝廷赐第显用之。

---

① 宋・李昴英：《跋吴都统所藏菊坡先生帖》，《文溪集》卷四，《影印文渊阁四库全书》本，第1181册，第145页。

② 宋・戴复古：《石屏诗集》卷一，吴茂云、郑伟荣校点：《戴复古集》，浙江大学出版社2012年版，第11页。

③ 宋・袁甫撰：《蒙斋集》卷一一，《影印文渊阁四库全书》本，第1175册，第466页。

④ 宋・戴复古：《石屏诗集》卷五，吴茂云、郑伟荣校点《戴复古集》，第159页。

⑤ 详参《西山先生真文忠公文集》卷三六《跋陈北山序黄春伯本末》《后村诗话》前集卷二。

⑥ 《跋韩子苍与曾公衮钱逊叔诸人唱和诗》，宋・周必大撰，周纶编：《文忠集》卷四八，《影印文渊阁四库全书》本，第1147册，第512页。

今观曾公衮、钱逊叔、韩子苍诸贤又皆翰墨雄师，非有司尺度所能得也。绍兴初星聚临川，唱酬妍丽，一时倾慕，郡之名胜。①

在这样的社会环境下，士人入幕是很自然的选择。当时出现了“四幕文武掾佐，浮沉往来以千计”② 的盛况，这些游幕士子抒发了向往入幕及在幕府中建功立业的雄心壮志、理想抱负及其在现实生活中得不到实现的苦闷抑郁：

子向江淮去，应怀计策新。③

身健心先老，时危事愈乖。无成携短剑，有恨满长淮。村酒时时醉，山肴日日斋。功名非我有，何处问生涯。④

志士言机会，中原入梦思。⑤

龙墀射策对明君，忧国忠言骇见闻。皎皎一心如白日，寥寥千古再朱云。时危诸老皆求去，兵满三边未解纷。要使文臣知武事，不妨王粲且从军。⑥

著名文士如陆游、刘过、姜夔、戴复古、翁卷、王琮、张榘、游九言、施枢、管鉴、赵孟坚、方岳、王同祖、周密、梁栋等在漫游江淮、荆湖时都曾渴望或者亲自入幕。这些士子失意却不失志，他们仍然对时局抱有深切的关注。王十朋曾因极力论争金人必败盟，力陈备御之要，而主管台州崇道观，五月十八日（庚寅）去国。陆游作《送王龟龄著作赴会稽大宗丞》勉之：

有越逾千载，何人不宦游。向来惟一范，真足壮吾州。高蹈今谁继，先生独再留。登堂吊兴废，想象气横秋。⑦

---

① 宋・周必大：《跋韩子苍与曾公衮钱逊叔诸人唱和诗》，周纶编：《文忠集》卷四八，《影印文渊阁四库全书》本，第1147册，第512页。

② 宋・戴表元：《徐耕道迁葬碣》，李军、辛萝霞校点《戴表元集》卷一七，吉林文史出版社2008年版，第232页。

③ 宋・徐玑：《二薇亭诗集》卷上《送翁灵舒游边》，见陈增杰校点《永嘉四灵诗集》，浙江古籍出版社1985年版，第116页。

④ 宋・戴复古：《石屏诗集》卷四《庐州界上寄丰都帅》，吴茂云、郑伟荣校点：《戴复古集》，浙江大学出版社2012年版，第125－126页。

⑤ 宋・戴复古：《淮上寄赵茂实》，《石屏诗集》卷五，吴茂云、郑伟荣校点：《戴复古集》，浙江大学出版社2012年版，第160页。

⑥ 宋・戴复古：《友人朱渊出示廷对策，不顾忌讳，读之使人凛凛，受淮东制置辟》，《石屏诗集》卷六，吴茂云、郑伟荣校点：《戴复古集》，浙江大学出版社2012年版，第190页。

⑦ 宋・陆游：《剑南诗稿》卷一，钱仲联、马亚中主编：《陆游全集校注》第1册，浙江教育出版社2011年版，第31页。

此诗议论纵横、慷慨悲凉，充满了对现实的忧虑及对千古兴亡的沧桑之感，正是南宋局势的激荡、战争的频繁，引起了士人们对时局的关注，并产生了议论的冲动。且不说宋室南渡之初战争惨烈时士大夫们对战事议论纷纷，到了宋末依然如此，陈廷焯在《词则·放歌集》中评论陈人杰《沁园春·丁酉岁感事》时说其“议论纵横。胆大心雄，读之起舞”①。

南宋一朝“和战之争”“国是之争”“学术之争”“用人之争”等争辩风起云涌，由此引发激烈争议的情形或许不亚于春秋战国时期的百家争鸣。《庄子·天下篇》载：

天下大乱，圣贤不明，道德不一，天下多得一察焉以自好。譬如耳、目、鼻、口，皆有所明，不能相通。犹百家众技也，皆有所长，时有所用。虽然，不该不偏，一曲之士也。……悲夫，百家往而不反，必不合矣。后世之学者，不幸不见天地之纯，古人之大体，道术将为天下裂。②

这段话十分生动地指出了战国时代诸子百家兴起的深刻原因。而“皆有所长，时有所用”也是南宋一朝学派林立，争相辩难的原因所在。文人入幕、学术交流的频繁在某种程度上影响到文化事业的繁荣。

南宋时人看到那些策士横行产生的时代特征，指出：

当赤白囊交驰，戎马满郊之际，盖辨士说客、奇才剑侠奋发功名之秋。③

因此，南宋多纵横捭阖之士，涌现出以朱熹为代表的主流道学派，以胡安国、胡宏、张拭为代表的湖湘学派，以谯定、李焘、李石为代表的蜀学派，以陆九渊为代表的心学派，以及伴随着尖锐复杂的抗金恢复大业而出现的浙东事功学派，如以陈傅良、叶适为代表的永嘉学派，以陈亮、唐仲友为代表的永康学派，以吕祖谦为代表的金华学派。吴资深在《进曾祖吴敬文集表》中道：

载观乾、淳之间，实号人物之盛。朱熹鸣于古歙，张栻显于长沙，浙左二吕之典刑，江西两陆之标致。靡不相友，咸与齐声。④

周必大称誉“南渡卓然为一大宗”⑤ 的叶适：

学术渊源乎六籍，词章驰骋乎多闻。……切时要论，自是一家；备问陈言，略无

---

① 清·陈廷焯：《词则·放歌集》卷二，上海古籍出版社 1984 年版，第 351 页。

② 《庄子·天下篇》，陈鼓应注译：《庄子今注今译》，中华书局 1983 年版，第 855 – 856 页。

③ 《杨公节论语讲义》，宋·刘克庄著，辛更儒笺校：《刘克庄集笺校》第 10 册，中华书局 2011 年版，第 4580 页。

④ 宋·吴资深：《进曾祖吴敬文集表》，清·陆心源撰：《皕宋楼藏书志》卷八四，中华书局影印清人书目题跋丛刊本，第 361 页。

⑤ 《四库全书总目》卷一六〇《水心集提要》，中华书局 1965 年版，第 1382 页。

半语。①

在理宗朝以前，这些学派有着非常重要的地位与影响，呈现出类似春秋战国时期百家争鸣、百花齐放的繁荣盛况。南宋中后期，以叶适为代表的永嘉学派、以陈亮为代表的永康学派，提倡现实功利，反对空谈性理，与朱熹、陆九渊的高谈性命之学针锋相对、互争短长，都对时局表现出深切的关注。

隆兴二年甲申（1164）十三日，以黄榜禁太学生伏阙。是日，太学生张观等七十二人上书请斩汤思退、王之望、尹穑，窜其党洪适、晁公武，而用陈康伯、胡铨等以济大计。②南宋太学生上书要求皇帝斩除奸佞任用贤人，这种现象不能不令人深思。据胡铨《上孝宗论撰贺金国启》一文载：

隆兴二年七月日，臣胡铨奉诏撰大金国贺冬至启。内中用“再拜”、用“献纳”、书御名，此三大事也，已经二十余年，臣下皆不能正其非。今臣年过六十，官逾三品，收岭峤海岛之遗骸，为陛下侍从之尊职，复因循而书，不正救之，恐天下后世谓陛下何如主，谓臣何如人。三王之臣主俱贤，迨今史臣称为美谈。昨宰相汤思退集议中书堂，臣终坐以三事为说，而思退罔然不答。臣窃以为思退又一秦桧也，思退不去，国体弱矣。臣手可断，臣笔不可摇；臣头可去，臣笔不可去，而臣字不可写。庶使远夷知中国之有人，是亦强国之一端。谨具奏闻，乞外而宣示臣章于朝堂，使奸夫佞子不敢肆其恶；内而宣示臣章于史馆，使天下后世有所知。然后窜臣于海岛，以为臣子敢言之戒。干渎天威，不胜战栗。③

其中胡铨慷慨陈词、议论煌煌的精神面貌跃然纸上。看到这样激烈的言论竟出现在被贬岭海多年后又“官逾三品”的士大夫笔下，我们不得不相信余英时在《朱熹的历史世界》中提出的论断：

宋代是士阶层在中国史上最能自由发挥其文化和政治功能的时代，这一论断建立在大量史实的基础之上，是很难动摇的。④

第二节　战国策士的主体特征

南宋文人以自己的技艺和才华干谒权贵，他们的入幕活动带有战国策士高谈阔论、自高自贵的基调。这可从林希逸的《丘退斋文集序》中窥见一斑：

① 宋·周必大撰，周纶编：《文忠集》卷二五《回第二人叶状元适启》，《影印文渊阁四库全书》本，第1147册，第272页。

② 详参元·脱脱等：《宋史》卷三三《孝宗本纪》一，第3册，中华书局1985年版，第628页。

③ 宋·胡铨：《胡澹庵先生文集》卷八，乾隆二十二年刊本。

④ 余英时：《朱熹的历史世界》上册，生活·读书·新知三联书店2004年版，第378页。

兄于乐轩席下，吾辈所敛衽者。弱冠拔解，漕台主司奇而敬之，颠顿三十年而后得第。其未第也，已客于龙学、信庵二赵公之门。三京之役，传檄中原，帛书露布，皆公笔也。既而往来诸阃，应酬兵事，或言之诸使，或辩之中朝，辞气激昂，议论精到，传称执讯之书史，诧成风之檄，兄何逊焉。①

此等意态，与战国策士相似。战国策士的形成有其特定的历史背景：

“士”从最低级的贵族转变到四民之首，是一个最重要的历史发展。从此以后，“士”便从固定的封建秩序中获得了解放。他们一方面失去了职位的保障，进入顾炎武所谓“士无定主”的状态（《日知录·周末风俗》）；但另一方面，他们也自由了，思想不受“定位”的限制了。他们往往被称为“游士”，这个“游”字至少有两层涵义：第一是周游列国，寻求职业；第二是从封建关系中游离了出来。他们代表着中国史上知识人的原型。②

南宋江湖游士与春秋战国之士在现实生活、现实感情方面有相似之处。南宋士人奔走于幕府或巨卿显宦之间，干谒乞食，寻求生活资料，从封建关系中游离出来，与战国策士的生活方式、生活环境十分相似，由此导致的精神面貌、风神意态也接近。当然，这种相似性，一方面是南宋士人有意效法战国策士纵横捭阖游说技艺的结果，另一方面也是他们在特定的社会历史环境下与战国策士在人格精神、人生态度上的偶合。

韩淲在《涧泉日记》中直接以“战国气象”来比拟南宋干谒奔走之士的风神意态：

史伯彊，蜀人，豪于诗酒，议论激烈，有战国气象。只身往来江湖间，上书不偶，布衣皮冠，自放浪而已。时时醉中骂坐，语皆不徒发。汤朝美与之友善，时时与钱数十百千。伯彊随用见人贫苦即解衣或借人钱物与之，尝以一诗寄先公，先公虽不识面，亦尝致书谢之。③

刘克庄在《赵静斋诗稿后叙》中则用战国策士的风神意态来比拟赵静斋的诗歌风貌：

其《述怀》、《感遇》诸篇，虽郭隗之于燕昭，齐客之于田横，无以过也。公不为奇崛险奥语，皆人所共知者，但人不能道耳。④

这既是南宋特定文化环境下产生的人格精神和人生态度，也是南宋士人在漫长艰苦的岁月

---

① 宋·林希逸撰，林式之编：《竹溪鬳斋十一稿续集》卷十二，《影印文渊阁四库全书》本，第1185册，第674页。

② 余英时：《中国知识人之史的考察》，《现代危机与思想人物》，生活·读书·新知三联书店2005年版，第5页。

③ 宋·韩淲：《涧泉日记》卷中，《影印文渊阁四库全书》本，第864册，第782页。

④《赵静斋诗稿后叙》，《后村先生大全集》卷一一一，宋·刘克庄著，辛更儒笺校：《刘克庄集笺校》第10册，中华书局2011年版，第4626页。

里有意识地模仿前辈策士性情风度的体现。

二

从已有科研成果来看，李白是唐代文人中最具有战国纵横家气质的诗人。葛景春的《李白与唐代的干谒之风》①，是对李白干谒现象的个案研究，将李白的干谒活动与当时文人的气质个性联系起来进行研究，颇有启示意义；陶敏的《纵横术与唐人干谒之风——从李白〈与韩荆州书〉说起》②，具体分析了李白的纵横干谒技巧，从李白的一篇干谒文章谈到唐人的纵横术，为我们研究南宋文人的纵横干谒之风，提供了可资借鉴的研究方法和一些必要的理论基础。因为，南宋士人在精神面貌上与李白颇有相似之处。

江湖游士如刘过、许从道、史伯彊辈游历四方，奔走南北，主要目的是请托延誉、干谒乞食。只是时代环境不同，干谒请托的具体方式亦有所不同，很多时候他们的人际关系具体表现为："或宛转请求，或通同托嘱，至有待阙得替官一人，而牒十余名者。"③

刘过的游历或许可以说明春秋战国游士的生活方式与人生态度在新的特定历史阶段的流传与演变，据许从道《东阳游戏序》载：

> 庆元己未夏六月，庐陵刘改之来游东阳几月日，得诗文五十余篇，将行，集之，因为之序。予以为山川人物固豪杰之士所乐观而愿识者，然贫困征行山川，过目辄失向背，交游满前，其味平生虽所愿乐，盖亦未易得也。改之游吾乡，往来石洞清潭山谷间，盘礴邑里，赋诗最多，邑之善士莫不倾接。探幽发秘，却短从长，与夫风俗美恶典刑废存固已尽得之矣，然而改之贫自若也。司马子长游天下，其所以求于世者与我异，倦而游，老而文始奇。改之读书论兵，好言今古治乱盛衰之变，与予交十二年，今老矣，未尝一日不游也。每见则气益壮，诗益振，文益古。盖其所得乎天者富贵不足以累其心，故能驱役山川，戏弄人物，剧谈痛饮，遗世自贤，亦与造物者游而未知所止也，其与子长孰后先乎？诗文一编，遂为东阳故事，凡吾乡之识改之，当不忘也。④

此序中所载的刘过的生活方式与风神意态可与他自己所撰的《与许从道书》相互参照：

> 足下试于乡，于湖南、江东、两浙，仅能一再中，而姓名上礼部辄报罢。某亦自计偕湖南之次，寂寞无闻。此两人者，所谓天壤间无聊人耳。……栖栖异乡，与足下两穷相值。某此心又未知足下于何岁年会于何处，而试于何地，而得失为何如！⑤

其中所载诸如"邑之善士莫不倾接""驱役山川，戏弄人物，剧谈痛饮，遗世自贤""未

---

① 葛景春：《李白与唐代的干谒之风》，《中州学刊》1995 年第 2 期。

② 李白对战国策士精神的继承与发展，详参陶敏：《纵横术与唐人干谒之风——从李白〈与韩荆州书〉说起》，《吉首大学学报》2001 年第 4 期。

③ 清・徐松辑：《宋会要辑稿》选举十六之一三，中华书局 1957 年版，第 4518 页。

④ 宋・许从道：《东阳游戏序》，《龙洲道人集》卷一五，《影印文渊阁四库全书》本，第 1172 册，第 71 页。

⑤ 宋・刘过：《与许从道书》，《龙洲集》卷一四，《影印文渊阁四库全书》本，第 1172 册，第 68 页。

尝一日不游”“未知足下于何岁年会于何处，而试于何地，而得失为何如”等情形与漫游天下、干谒王侯的李白如出一辙。

值得注意的是：恢奇自喜、模仿战国策士风度的谒客刘过，乃“天下奇男子”①，面对南宋这样一个苦难的时代，自己连续四次科举失利的现实，不得不看淡举子业，由此而胸襟感慨扩大。在《寄程鹏飞》中自抒胸怀：

往事游边忆少年，未尝携刺五侯门。春风跃马汉南道，落日椎牛淮上村。科举未为暮年计，穷途不忍向人言。男儿慷慨头当断，未有人施可报恩。②

可见其胸襟谈吐，颇似战国策士。失意的经历让刘过体验到“科举未为暮年计”，领悟了“丈夫生有四方志，东欲入海西入秦。安能龌龊守一隅，白头章句浙与闽”③，受到战国策士精神的感召，刘过驰骋于达人显贵之门而不以为耻，俨然一副战国策士要遍干诸侯的精神意态。其词《沁园春》（卢蒲江席上，时有新第宗室）更无一丝不第后的失意感伤，反而具有战国策士纵横捭阖的豪情胜概：

一剑横空，飞过洞庭，又为此来。有汝阳琎者，唱名殿陛；玉川公子，开宴尊罍。四举无成，十年不调，大宋神仙刘秀才。如何好？将百千万事，付两三杯。　　未尝戚戚于怀。问自古英雄安在哉？任钱塘江上，潮生潮落；姑苏台畔，花谢花开。盗号书生，强名举子，未老雪从头上催。谁羡汝、拥三千珠履，十二金钗！④

刘秀才以安天下自负，又不得不屈膝权贵，我们从这首抒写落第后牢骚不平的歌词中，除了感受其怀才不遇的愤慨外，也能领悟其对人生的思考，体会到“四举无成，十年不调”、东西奔走、沉沦下僚士子心中的苦闷。

江湖游士干谒名流显宦的主要目的无非是求禄仕与求衣食。南宋寒士大多担负家累，养家糊口所需之资，全靠自己出外谋取而来。俗话说：“吃不穷，穿不穷，算计不到就受穷。”江胡游士刘过寒酸落拓却又常常逸兴遄飞，挥金如土，不会算计着过日子，结果穷困潦倒一生。陈亮在《赠刘改之》中道：

刘郎饮酒如渴虹，一馀涧壑俱成空。胸中磊块浇不下，时吐劲气嘘青红。刘郎吟诗如饮酒，淋漓醉墨龙蛇走。笑鞭列缺起丰隆，变化风雷一挥手。吟诗饮酒总馀事，试问刘郎一何有？刘郎才如万乘器，落濩轮囷难自致。强亲举子作书生，却笑书生败人意。合骑快马健如龙，少年追逐曹景宗。弓弦霹雳饿号叫，鼻尖出火耳生风。安能规行复矩步，敛袂厌厌作新妇？黄金挥尽惟空囊，男儿虎变那能量！会须斫取契丹首，金印牙旗归故乡。

---

① 明·毛晋：《宋六十名家词·龙洲词跋》，施蛰存主编：《词籍序跋萃编》，中国社会科学出版社1994年版，第250页。

② 宋·刘过：《寄程鹏飞》，《龙洲集》卷五，《影印文渊阁四库全书》本，第1172册，第23页。

③ 宋·刘过：《登多景楼醉歌》，《龙洲集》卷一，上海古籍出版社1978年版，第1页。

④ 唐圭璋编，王仲闻参订，孙凡礼补辑：《全宋词》第3册，中华书局1999年版，第2760页。

陈亮此中描述的刘郎的风神意态与诗仙李白何其相似，可谓知己之言。刘过对此十分认同，多年以后提及老友此诗还不禁感慨万端：

故人陈同父未魁天下时，与余皆落魄不振。一日，醉于澹然子楼上，作此诗相与劳苦。明年，同父唱名为多士第一。呜呼，同父死又几年，而刘子尚为书生。每诵此诗，幽明之间，负此良友！①

在捉襟见肘的客观条件限制下，南宋江湖游士们只有奔走干谒于豪门巨卿之家请托乞食。故在谈论古人时应知人论世，对他们抱以了解同情的态度。他们消解苦闷的方式就是在行卷乞食中表现出高妙的策士之风，且看刘过的《投诚斋》：

省斋去国艮斋老，不独宣尼叹乏才。试教诸公有名者，庐陵那得两诚斋。蓬莱东观是亨衢，经国文章要巨儒。顿著五花犹不判，却于注易下工夫。画戟门边春昼长，鼎新横范宿淮阳。吏人傒眼报公事，一瓣浓薰班马香。智愚上下尔自异，尽寸不差公短长。毕竟昌黎仍旧好，何曾人说段文昌。绫衾厌入承明直，却把一麾江上来。云气隔天迷望眼，不堪花落几宫槐。夫子声名号浙西，作成文士欲何为。达人胸次元无翳，芥子须弥我独知。初政寰区望太平，黎民乐业喜更生。裴公用舍无轻重，天下从兹有重轻。②

如此长篇大论，无非就是一个目的，让诚斋荐举提携自己。他频繁地奔走于名流权贵之门，竭力张扬自己的个性："共怪我门郊岛外，狂生尚有一刘叉"③ "过也久沦落，狂名诸公知"④ "老夫寄杯酒，狂亦非所讳"⑤ "老夫为不爱官职，买得狂名满世间"⑥，给人一种"平生以气义撼当世"⑦ 的感觉，言语轩昂，即使是请托对方援引，也让人不敢小看自己。我们从张奕所撰《庐陵刘过题鄂王庙六州歌头词并跋》中可窥刘过精神面貌之一斑：

右《六州歌头》，顷吾友刘改之为鄂王作也。改之天下奇男子，六十年以义气撼当世，今已矣！简编残阙，隽永人口，丰其才而啬其用，天也。奕自冠去乡里，问江盟，改之首以国士待我，欲送之青云。奕浸老，数奇，惧辱朋友，每不敢不自勉。来依庸斋先生。先生负大名望，爱士出于天姿。元侯之舍，皆前日改之诸君子游地，奕居之，得无愧乎？刊

① 马兴荣：《龙洲词校笺》附录二，江西人民出版社1999年版，第98－99页。

② 北京大学古文献研究所：《全宋诗》，北京大学出版社1998年版，第31857－31858页。

③ 宋·刘过：《谒江华曾百里》，北京大学古文献研究所：《全宋诗》第51册，北京大学出版社1998年版，第31828页。

④ 宋·刘过：《谒郭马帅》，北京大学古文献研究所：《全宋诗》第51册，北京大学出版社1998年版，第31820页。

⑤ 宋·刘过：《答曹元章》，北京大学古文献研究所：《全宋诗》第51册，北京大学出版社1998年版，第31818页。

⑥ 宋·喻良能：《题东林寺》，北京大学古文献研究所：《全宋诗》第51册，北京大学出版社1998年版，第31860页。

⑦ 明·毛晋：《宋六十名家词·龙洲词跋》，施蛰存主编：《词籍序跋萃编》，中国社会科学出版社1994年版，第250页。

是词，欲寄武昌故人，立于王庙内，书之以寓感慨云。[1]

张奕感慨“改之首以国士待我”及“先生负大名望，爱士出于天姿”等战国时期的士人风貌，而改之“天下奇男子，六十年以义气撼当世，今已矣”则是对战国策士之风的向往与缅怀。

刘过在精神面貌上与李白颇有相似之处。他自述：“翠袖传觞，金貂换酒，痛饮何妨三百杯。人间世，算谪仙去后，谁是天才”[2]，“吸尽西江，醉中横笛，人在岳阳楼上头”[3]，“十年曾记此来游，有策中原一战收。……庙食封侯何日事，不堪老马又滁州”[4]。袁华《刘龙洲祠》评价刘过：

刘君庐陵秀，胸次隘九州。倜傥负奇气，辛陈同侠游。……长歌过恸哭，志在复国仇。异材世间出，高揖轻王侯。……肆情诗酒间，文韬射斗牛。[5]

在这里，刘过简直成了李白的化身，这样的诗句移来评价李白亦完全合适。其实，刘过自己亦是很推崇李白的，甚至可以说是李白的隔世知音。他在镇江与岳珂登多景楼时，赋诗一首，寄意恢复，在感士之不遇时，自然而然地想到了与自己性情遭际相似的李白。岳珂还特地将此诗录入他的笔记名著《桯史》中，由此可见时人对此诗情感的认同：

开禧乙丑，（刘过）过京口，余为饷幕庾吏，因识焉。广汉章以初升之，东阳黄几叔机，敷原王安世遇，英伯迈，皆寓是邦。暇日，相与摭奇吊古，多见于诗。一郡胜处皆有之。不能尽忆，独录改之《多景楼》一篇曰：“金焦两山相对起，不尽中流大江水。一楼坐断天中央，收拾淮南数千里。西风把酒闲来游，木叶渐脱人间秋。关河景物异南北，神京不见双泪流。君不见王勃词华能盖世，当时未遇庸人尔。翩然落托豫章游，滕王阁中悲帝子。又不见李白才思真天人，时人不省为谪仙。一朝放迹金陵去，凤凰台上望长安。我今四海游将遍，东历苏杭西汉沔。第一江山最上头，天地无人独登览。楼高意远愁绪多，楼乎楼乎奈尔何！安得李白与王勃，名与此楼长突兀。”以初为之大书，词翰俱卓荦可喜，嘱余为刻楼上，会兵事起，不暇也。[6]

刘过的任侠能辩，素喜挥霍，颇有李白和战国策士的风范，故四库馆臣评价道：

---

① 宋·岳珂：《金佗续编》卷二八，《影印文渊阁四库全书》本，第446册，第747－748页。

② 宋·刘过：《沁园春》，唐圭璋编，王仲闻参订，孙凡礼补辑：《全宋词》第3册，中华书局1999年版，第2761页。

③ 宋·刘过：《沁园春》，唐圭璋编，王仲闻参订，孙凡礼补辑：《全宋词》第3册，中华书局1999年版，第2762页。

④ 北京大学古文献研究所：《全宋诗》第51册，北京大学出版社1998年版，第31842页。

⑤ 明·袁华：《耕学斋诗集》卷四《刘龙洲祠》，《影印文渊阁四库全书》本，第1232册，第292页。

⑥ 宋·岳珂撰，吴企明点校：《桯史》卷二《刘改之诗词》，中华书局1981年版，第22－23页。

粗豪亢厉，不甚协于雅音。特以跌宕纵横，才气坌溢，要非龌龊者所及。[①]

在南宋特殊的时代背景下，像刘过这样与李白性情相似的人有很多。刘仙伦亦有李白风度。据黄昇《中兴词话》载：

蛾眉亭题咏甚多，惟《霜天晓角》一曲为绝唱。云："倚空绝壁。直下江千尺。天际两蛾凝黛，愁与恨，几时极。　暮潮风正急。酒醒闻塞笛。试问谪仙何处，青山外，远烟碧。"词意高绝，几拍谪仙之肩。世传其词，不知为刘招山所作。余旧抄其全集得之。招山之词，佳者极多，近世庐陵刊本，余所有者，皆不载，莫知何也。[②]

刘仙伦与刘过齐名，并称为"庐陵二布衣"，淳熙间江湖游士，可以说是李白的异代知己。刘毓盘将其词中表现出来的风神意态与当时具有战国纵横策士精神的陈亮联系起来评点：

其送王明之呈洪守《念奴娇》二词，皆念念中原，不忘恢复之意，与陆放翁、陈同甫之吐属略同。……盖不得志于场屋者。游子明尝以文章见知于范石湖，石湖帅桂林辟参内幕。《招山词》多游历酬酢之作，其足迹所经，若吴、若皖、若湘，历历可数。章贡为其桑梓地，有《题盱江驿舍》词。其《诉衷情》词曰："家在江西，身在江东。"疑是身出为诸侯客也。[③]

值得一提的是刘仙伦的身份是"诸侯客"，他的人格精神和人生态度也和战国时期的策士颇有相同之处：

艅艎东下，望西江千里，苍茫烟水。试问襄州何处是，雉堞连云天际。叔子残碑，卧龙陈迹，遗恨斜阳里。后来人物，如君瑰伟能几。　其肯为我来耶，河阳下士，正自强人意。勿谓时平无事也，便以言兵为讳。眼底山河，楼头鼓角，都是英雄泪。功名机会，要须闲暇先备。(《念奴娇·送张明之赴京西幕》)[④]

慷慨激昂，词严义正，与战国策士千古同调！这是战国策士的人格精神在南宋干谒之风盛行的特定时代的独特表现。刘仙伦的精神境界"足以使懦夫有立志"[⑤]，词中的抒情主人公具有典型的战国策士的风神意态，慷慨陈词、议论风生。陈廷焯读后，不禁感慨：

二帝蒙尘，偷安南渡，苟有人心者，未有不拔剑斫地也。南渡后词，如……刘叔拟

---

① 《四库全书总目》卷一六二《龙洲文集提要》，中华书局1965年版，第4159页。

② 宋·黄昇：《中兴词话》，唐圭璋编：《词话丛编》第1册，中华书局1986年版，第216页。

③ 清·刘毓盘：《校辑招山乐府跋》，施蛰存主编：《词籍序跋萃编》，中国社会科学出版社1994年版，第426页。

④ 唐圭璋编，王仲闻参订，孙凡礼补辑：《全宋词》第4册，中华书局1999年版，第2843页。

⑤ 清·陈廷焯：《白雨斋词话》卷六，人民文学出版社1959年版，第154页。

《念奴娇》……此类皆慷慨激烈，发欲上指。①

与刘仙伦相似的王实之，曾为潭州观察推官、浙西安抚使干官，遍干诸侯十年，而意气纵横，确有战国策士风采：

天壤王郎，数人物、方今第一。谈笑里、风霆惊座，云烟生笔。落落元龙湖海气，琅琅董相天人策。问如何、十载尚青衫，诸侯客。　　易爱底，些官职。难保底、些名节。拟闭门投辖，剧谈三日。畴昔评君天下宝，当为天下苍生惜。向临分、慷慨出商声，摧金石。（刘克庄《满江红·送王实之》）②

杨慎《词品》卷四曾引此词并对王实之其人进行了较详细的评论，我们从中可以看出南宋文人战国策士之风的一个侧面：

王迈，字实之，号臞庵，浦阳人，丁丑第四人及第。刘后村赠以词云（略）其重之如此。余又见《翰苑新书》，刘后村《与实之四六启》云："声名早著，不数黄香之无双；科目小低，犹压牧之之第五。元化孕此五百年之间气，同辈立于九万里之下风。"又云："朱云折槛，诸公惭请剑之言；阳子哭庭，千载壮裂麻之语。一叶身轻，何去之勇；六丁力尽，而挽不回。有谪仙人骏马名姬之风，无杜少陵冷炙残杯之态。丽人歌陶秀实邮亭之曲，好事绘韩熙载夜宴之图。拥通德而著书，命便了以沽酒"云云。观此，实之盖进则忠鲠，退则豪侠，元龙、太白一流人也。可以补史氏之遗。③

上述评论屡把王实之比作谪仙人李太白，而李太白是唐代诗人中最具战国策士之风的人物，他喜欢以战国时的鲁仲连自比。我们看到南宋文人王实之就是李太白之类的人物，他"有谪仙人骏马名姬之风"，也有李太白纵横干谒的经历。刘克庄在《满江红·四首并和实之》中道：

往日封章，曾耸动、君王颜色。今似得、三闾公子，四明狂客。古不能箝言者口，天方欲寿中朝脉。算人间、岂有病无医，须针石。　　年冉冉，袍犹碧。心耿耿，头先白。笑臣舒纡缓，臣山愚直。拂袖归来羞炙手，望尘拜了难伸膝。把富春濑与首阳山，图斋壁。④

素有"小李白"之称的陆游则更有战国策士的风神意态，据载：

陆务观，农师之孙，有诗名。寿皇尝谓周益公曰："今世诗人亦有如李太白者乎？"益公因荐务观，由是擢用，赐出身为南宫舍人。尝从范石湖辟入蜀，故其诗号《剑南集》，

① 清·陈廷焯：《白雨斋词话》卷六，人民文学出版社1959年版，第154页。

② 唐圭璋编，王仲闻参订，孙凡礼补辑：《全宋词》第4册，中华书局1999年版，第3334页。

③ 唐圭璋编：《词话丛编》第1册，中华书局1986年版，第500－501页。

④ 唐圭璋编，王仲闻参订，孙凡礼补辑：《全宋词》第4册，中华书局1999年版，第3334页。

多豪丽语，言征伐恢复事。其《题侠客图》云："赵魏胡尘十丈黄，遗民膏血饱豺狼。功名不遣斯人了，无奈和戎白面郎。"寿皇读之，为之太息。台评劾其恃酒颓放，因自号"放翁"。作词云："桥如虹，水如空，一叶飘然烟雨中，天教称放翁。"①

陆放翁自己也对战国策士的精神面貌颇感兴趣，他在为人处世方面亦颇能体现战国策士的精神气质，如他在为右相周必大所作的《贺周丞相启》一文中极力倡导恢复活动，议论煌煌，令人自然而然地联想到纵横捭阖的战国策士：

方今风俗未淳，名节弗励，仁圣焦劳于上，而士夫无宿道向方之实；法度修明于内，而郡县无赴功趋事之风。边防寖弛于通和，民力坐穷于列戍，每静观于大势，惧难待于非常。至若靖康丧乱，而遗平城之忧；绍兴权宜，而蒙渭桥之耻。高庙有盗环之逋寇，乾陵有斧柏之逆俦。江淮一隅，夫岂仗卫久留之地；梁益万里，未闻腹心不二之臣。文恬武嬉，戈朽钺钝。谓宜博采众谋之同异，然后上咨庙论之崇严。非素望之伟然，谁出身而任此?②

陆游在这里俨然以恢复大计为己任，这段文字体现出来的纵横捭阖的议论风度，是无愧于"小李白"之称的。陆游"少时犹及见赵、魏、秦、晋、齐、鲁士大夫之渡江者，家法多可观"③，李白是唐代具有战国纵横捭阖之气的典型，陆游被誉为"有如李太白者"，其纵横捭阖之风自然十分明显。

在给他人的诗文集作序或上书等文字时，陆放翁也常以战国策士的精神意态自许许人：

文以气为主，出处无愧，气乃不挠。④

诗岂易言哉？才得之天，而气者我之所自养。……德亨晚愈不遭，而气愈全，观其诗，可知其所养也。⑤

贤者之所养，动天地，开金石，其胸中之妙，充实洋溢，而后发见于外，气全力馀，

① 宋·罗大经撰，王瑞来点校：《鹤林玉露》甲编卷四，中华书局1983年版，第71页。

② 宋·陆游：《贺周丞相启》，《渭南文集校注》卷一二，钱仲联、马亚中主编：《陆游全集校注》第9册，浙江教育出版社2011年版，第307页。

③ 宋·陆游：《杨夫人墓志铭》，《渭南文集校注》卷三四，钱仲联、马亚中主编：《陆游全集校注》第10册，浙江教育出版社2011年版，第347页。

④ 宋·陆游：《傅给事外制集序》，《渭南文集校注》卷一五，钱仲联、马亚中主编：《陆游全集校注》第9册，浙江教育出版社2011年版，第387页。

⑤ 宋·陆游：《方德亨诗集序》，《渭南文集校注》卷一四，钱仲联、马亚中主编：《陆游全集校注》第9册，浙江教育出版社2011年版，第372页。

中正闳博，是岂可容一毫之伪于其间哉？……故务重其身而养其气。[①]

我们发现陆游有关“养气”的言论，在“序”或“书”这两种文体中表现得最为出色，而“序”“书”这两种文体主要是为应世酬世而作，大多具有干谒请托的色彩，李白的《上安州裴长史书》、苏辙的《上韩太尉书》就是艺术水平极高的干谒文章。为了应酬请托，陆游在幕府中极力展示自我抗敌恢复热情，显露出纵横捭阖、慷慨悲歌之士的精神面貌。我们在系统研究幕府文人干谒现象时，不能忽视其与文人精神气质之间关系。

二

战国策士固有的人格精神，那种纵横捭阖、睥睨群雄的精神气质已经物化在南宋文人所创作的奏论疏议及诗词歌赋中，体现出那个时代士人独特的议论风神。

我们且看与辛弃疾“话头多合”的陈亮，据《宋史》卷四三六《陈亮传》载：

陈亮字同父，婺州永康人。生而目光有芒，为人才气超迈，喜谈兵，论议风生，下笔数千言立就。尝考古人用兵成败之迹，著《酌古论》，郡守周葵得之，相与论难，奇之，曰：“他日国士也。”请为上客。及葵为执政，朝士白事，必指令揖亮，因得交一时豪俊，尽其议论。因授以《中庸》、《大学》，曰：“读此可精性命之说。”遂受而尽心焉。隆兴初，与金人约和，天下忻然幸得苏息，独亮持不可。婺州方以解头荐，因上《中兴五论》，奏入不报。已而退修于家，学者多归之，益力学著书者十年。[②]

陈亮的这种战国策士之风与其干谒奔竞的生活方式密切相关。他当初客居临安时干谒奔走于名流公卿周葵之门，受《中庸》《大学》于周葵，广交名流俊杰，高谈阔论道德观、性命观，可见他并非完全否定道德、性命之理的。其奏《上孝宗皇帝第一书》《上孝宗皇帝第二书》《上孝宗皇帝第三书》中的论议口吻丝毫不让“论议争煌煌”的北宋士人。读了他的议论，我们仿佛见到一位“心志既舒，则易以纵驰；议论无择，则易以浮浅”[③] 的战国策士的性情声口又出现在南宋文坛。他早年尝考古人用兵成败之迹，专注王霸之学，著《酌古论》，体现出典型的战国策士风度，他很自豪地道：

研穷义理之精微，辨析古今之同异，原心于秒忽，较礼于分寸，以积累为工，以涵养为正，卒面盎背，则与诸儒诚有愧焉！至于堂堂之阵，正正之旗，风雨云雷，交发而并至，龙蛇虎豹变见而出没，推倒一世之智勇，开拓万古之心胸，自谓差有一日之长。[④]

---

① 宋·陆游：《上辛给事书》，《渭南文集校注》卷一三，钱仲联、马亚中主编：《陆游全集校注》第9册，浙江教育出版社2011年版，第335页。

② 元·脱脱等：《宋史》卷四三六《陈亮传》第37册，中华书局 1985年版，第12929页。

③ 宋·陈亮：《变文格》，《陈亮集》卷一二，邓广铭点校：《陈亮集》（增订本），中华书局1987年版。

④ 元·脱脱等：《宋史》卷四三六《陈亮传》第37册，中华书局 1985年版，第12941页。

这种“才辨纵横不可控勒，似天下无足当其意者”① 的自信，似乎也是战国纵横家固有的人格精神。纵横捭阖、睥睨群雄的精神气质物化在其奏论疏议中，体现出一种战国纵横家的磅礴气势：

臣不佞，自少有驱驰四方之志，常欲求天下豪杰之士而与之论今日之大计。盖尝数至行都，而人物如林，其论皆不足以起人意，臣是以知陛下大有为之志孤矣。辛卯、壬辰之间，始退而穷天地造化之初，考古今沿革之变，以推极皇帝王伯之道，而得汉魏晋唐长短之由。天人之际，昭昭然可察而知也。始悟今世之儒士自以为得正心诚意之学者，皆风痹不知痛痒之人也，举一世安于君父之仇，而方低头拱手以谈性命，不知何者谓之性命乎！陛下接之而不任以事，臣于是服陛下之仁。又悟今世之才臣自以为得富国强兵之术者，皆狂惑以肆叫呼之人也！不以暇时讲究立国之本末，而方扬眉伸气以论富强，不知何者谓之富强乎？陛下察之而不敢尽用，臣于是服陛下之明。陛下厉志复仇，足以对天命；笃于仁爱，足以结民心；而又仁明，足以临照群臣一偏之论。此百代之英主也。今乃驱委庸人，笼络小儒，以迁延大有为之岁月，臣不胜愤悱，是以忘其贱而献其愚也。②

这篇《上孝宗皇帝第一书》，反映了干谒之作的典型情况，即大多通过讨好对方来达到目的，其中对上司肉麻露骨的吹捧，是干谒之徒常用的邀宠方式。除此之外，文章中那种意气风发、不可一世的议论风格，却有战国纵横家的特征。不禁让人感叹：“使其得志，未必不如赵括、马谡狂躁偾辕。但就其文而论，则所谓开拓万古之心胸，推倒一时之豪杰者，殆非尽妄。”③ 可以看到陈亮干谒躁进的精神面貌与战国时期高谈阔论、夸夸其谈的赵括有神似之处。

南宋科举取士的标准，促使士人旁征博引、纵横捭阖、苦练时文写作技艺，陈亮应试失败的教训与及第成功的经验，说明了考试模式与士人才性发挥的密切联系：

陈龙川自大理狱出赴省试，试出，过陈止斋，举第一场《书》义破，止斋笑云：“又休了。”举第二场《勉强行道大有功论》破云：“天下岂有道外之功哉？”止斋笑云：“出门便见哉。然此一句却有理。”又举第三场策，起云：“天下大势之所趋，天地鬼神不能易，而易之者人也。”止斋云：“此番得了。”既而果中榜。④

陈亮本是纵横捭阖之士，策论文最能体现他的特长，故场屋前辈陈傅良能判定“此番得了”。方回亦从纵横捭阖的战国策士之风的角度来论陈亮文章的成就：

或问陈同甫之文何如？予曰：时文之雄也。《酌古论》纵横上下，取古人成败之迹，

① 《四库全书总目》卷一六二《龙川文集提要》，中华书局 1965 年版，第 2157 页。
② 宋・陈亮：《上孝宗皇帝第一书》，邓广铭点校：《陈亮集》（增订本）卷一，中华书局 1987 年版，第 9 页。
③ 《四库全书总目》卷一六二《龙川文集提要》，中华书局 1965 年版，第 2157 页。
④ 宋・吴子良：《荆溪林下偶谈》卷三，宝颜堂秘笈本。

断以己见，拾《战国策》、《史记》之遗语，而传以苏文之体，乾、淳间场屋之所尚也。[①]

方回是宋末元初人，“跳出红尘外，反观三界中”，他对陈亮文风的评价符合实际。南宋士人战国策士式的议论方式、风格技巧正是他们获得科名的重要因素之一。

陈亮“以论为词”的风格特征也来自他那战国策士般纵横捭阖的习气。他三次下狱，“自以豪侠屡遭大狱，归家益厉志读书，所学益博”[②]，让我们很自然地想到“头悬梁、锥刺股”读《大公阴符经》以游说诸侯的战国策士苏秦，两人的精神面貌确有相似之处。然陈亮一生，毕竟没有事功，际遇之惨、个性之奇，在南宋文坛上十分引人注目。宋乾道、淳熙年间，浙学兴，性命之说盛行一时之际，陈亮却提倡“实事实功”，反对空谈性理。其文上关国计，下系生民，自谓作词“本之以方言俚语，杂之以街谭巷歌，抟捓义理，劫剥经传，而卒归之曲子之律”(《与郑景元提干》)、屡抒“平生经济之怀”[③]，反对偏安江左，力主收复燕云，充满战国纵横捭阖、议论煌煌的风神意态，与其政论文有相似之处。其政论文如“上孝宗皇帝书”《中兴五论》《酌古论》及与朱熹各书，博辨广大，横鹜绝出，气压当世，不可控勒，被后人承认有“开拓万古之心胸，推倒一时之豪杰”[④]的气魄。淳熙十二年（1185）九月十五日（庚子），朱熹过生日，陈亮赋《蝶恋花·甲辰寿元晦》一词给他祝寿。朱熹作《与陈同甫书》就有关义利王霸的问题，对陈亮进行谆谆教诲：

比忽闻有意外之祸，甚为惊叹。……老兄平时自处于法度之外，不乐闻儒生礼法之论，虽朋友之贤如伯恭者，亦以法度之外相处，不敢进其逆耳之论。……老兄高明刚决，非吝于改过者。愿以愚言思之，绌去“义利双行、王霸并用”之说，而从事于惩忿窒欲、迁善改过之事，粹然以醇儒之道自律，则岂独免于人道之祸，而其所以培壅本根、澄源正本，为异时发挥事业之地者，益光大而高明矣。[⑤]

朱熹要陈亮“迁善改过”，陈亮不以为然，反而发长篇大论，滔滔不绝、气势磅礴有如长江大河，颇有战国时期“孟轲好辩”的风神意态：

秘书若更高着眼，亮犹可以舒一寸气；若犹未免以成败较是非，以品级论辈行，则途穷之哭岂可复为世人道哉！李密有言：“人言当指实，宁可面谀。”研穷义理之精微，辨析古今之同异，原心于秒忽，较礼于分寸，以积累为功，以涵养为正，卒面盎背，则亮于诸儒诚有愧焉。至于堂堂之阵，正正之旗，风雨云雷交发而并至，龙蛇虎豹变见而出没，推

① 元·方回：《读陈同甫文集二跋》，《桐江集》卷三，清·阮元辑：《影印宛委别藏》，第105册，江苏古籍出版社1988年版，第203页。

② 元·脱脱等：《宋史》卷四三六《陈亮传》，第37册，中华书局1985年版，第12941页。

③ 宋·叶适：《书龙川集后》，刘公纯、王孝鱼、李哲夫点校：《叶适集》，中华书局2010年版，第597页。

④ 《四库全书总目》卷一六二《龙川文集提要》，中华书局1965年版，第2157页。

⑤ 宋·朱熹：《晦庵先生朱文公文集》卷三六，朱杰人、严佐之、刘永翔主编：《朱子全书》（修订本）第21册，上海古籍出版社、安徽教育出版社2010年版，第1580－1581页。

倒一世之智勇，开拓万古之心胸，如世俗所谓粗块大脔，饱有余而文不足者，自谓差有一是之长。而来教乃有义利双行、王霸并用之说，则前后布列区区，宜其皆未见悉也。海内之人，未有如此书之笃尽真切者，岂敢不往复自尽其说，以求正于长者！自孟、荀论义利王霸，汉唐诸儒未能深明其说。本朝伊洛诸公，辩析天理人欲，而王霸义利之说于是大明。然谓三代以道治天下，汉唐以智力把持天下，其说固已不能使人心服；而近世诸儒，遂谓三代专以天理行，汉唐专以人欲行，其间有与天理暗合者，是以亦能久长。信斯言也，千五百年之间，天地亦是架漏过时，而人心亦是牵补度日，万物何以阜蕃，而道何以常存乎？故亮以为：汉唐之君本领非不洪大开廓，故能以其国与天地并立，而人物赖以生息。惟其时有转移，故其间不无渗漏。……如亮之说，却是直上直下，只有一个头颅做得成耳。向来十论，大抵敷广此意。①

陈柱在谈到陈亮之文时说：

宋六家之文体，欧阳最长于言情，子固、介甫长于论学，三苏长于策论。其后朱子继南丰之作，为道学派之文。三苏之文，至叶适、陈亮等流为功利派之文矣。②

三苏长于策论的特点被南宋散文大家叶适、陈亮等继承并发扬光大。由此可见，在“以文为论”③ 方面，南宋文人对苏东坡的一脉相承。四库馆臣非常重视陈亮与一代大儒朱熹之间的风云际会与辩论往还：

亮与朱子友善，故构陷唐仲友于朱子，朱子不疑，然才气雄毅，有志事功，持论乃与朱子相左。罗大经《鹤林玉露》记朱子告亮之言曰：“凡真正大英雄，须是战战兢兢，从薄冰上履过去。”盖戒其气之锐也。岳珂《桯史》又记：“吕祖谦殁，亮为文祭之，有‘孝弟忠信，常不足以趋天下之变，而材术辩智，常不足以定天下之经’语。朱子见之大不契，遗书婺人，诋为怪论。亮闻之亦不乐，他日上孝宗书曰：‘今世之儒士，自谓得正心诚意之学者，皆风痹不知痛痒之人也。’盖以微讽晦翁，晦翁亦不讶也”云云。足见其负气傲睨，虽以朱子之盛名，天下莫不攀附，亦未尝委曲附和矣。今观集中所载，大抵议论之文为多，其才辨纵横，不可控勒，似天下无足当其意者。使其得志，未必不如赵括、马谡，狂躁偾辕。但就其文而论，则所谓“开拓万古之心胸，推倒一时之豪杰”者，殆非尽妄，与朱子各行其志，而始终爱重其人，知当时必有取也。④

对于这样的议论风神，沈雄指出：

---

① 宋·陈亮：《又甲辰答书》，《龙川文集》卷二〇，《影印文渊阁四库全书》本，第1171册，第697－698页。

② 陈柱：《中国散文史》，东方出版社1996年版，第258页。

③ 宋·叶适：《习学记言序目》卷五〇《皇朝文鉴四》“论”载：“嗟夫！古人岂必有此文而后有此论哉？以文为论，自苏氏始，而科举希世之学，烂漫放逸，无复实理，不可收拾矣。”（中华书局1977年版，第744页）

④ 《四库全书总目》卷一六二《龙川文集提要》，中华书局1965年版，第2157页。

陈同甫，擅文名，负气节，寻擢光宗朝第一。未遇时，遂与辛幼安交，每好谈天下事。龙川词疏宕可喜。①

陈廷焯也说："陈同甫豪气纵横，稼轩几为所挫。"② 刘师培说得更明确：

龙川之词，感慨淋漓，眷怀君国；稼轩之词，才思横溢，悲壮苍凉：例之古诗，远法太冲，近师太白，此纵横家之词也。③

可以说，"纵横家之词"是稼轩词派的一大特征。正如黄梨庄所指：

辛稼轩当弱宋末造，负管、乐之才，不能尽展其用，一腔忠愤，无处发泄。观其与陈同父抵掌谈论，是何等人物！故其悲歌慷慨抑郁无聊之气，一寄之于其词。今乃欲与搔头傅粉者比，是岂知稼轩者?④

值得注意的是：陈亮一度投奔于稼轩之门，为稼轩门下客，他与稼轩"人才相若，词亦相似"⑤，他的词作体现出一位纵横捭阖之士的典型风范，世人评价：

同父，永康人。淳熙间诣阙上书，孝宗欲官之，亟渡江归。至光宗策进士，擢第一。史称其千言立就，气迈才雄，推倒智功，开拓心胸。授佥书建康府判官厅事，未至官而卒。其策言恢复之事甚剀切，无如当事者，志图逸乐，狃于苟安，此《春恨》词所以作也。⑥

龙川好谈天下大略，以气节自居，而词亦疏宕有致。⑦

以词为小技，此非深知词者。词至南宋，如稼轩、同甫之慷慨悲凉……可薄为小技乎?⑧

夏承焘曾撰《龙川词校笺》，将陈亮词与其政论放在一起参读，用其政论文来阐释其词，发明甚多。当夏先生笺注到陈亮《水调歌头·癸卯九月十五日寿朱元晦》时，就特别提及朱熹、陈亮的辩论特色：

---

① 清·沈雄：《古今词话·词评》卷上，唐圭璋编：《词话丛编》，中华书局1986年版，第1001－1002页。
② 清·陈廷焯著，屈兴国校注：《白雨斋词话足本校注》卷一，齐鲁书社1983年版，第106页。
③ 清·刘师培著，舒芜校点：《中国中古文学史·论文杂记》，人民文学出版社1984年版，第131页。
④ 清·徐釚著，王百里校笺：《词苑丛谈校笺》卷四，人民文学出版社1988年版，第250页。
⑤ 清·刘熙载：《艺概》卷四，唐圭璋编：《词话丛编》，中华书局1986年版，第3694页。
⑥ 清·黄苏：《蓼园词评》，唐圭璋编：《词话丛编》，中华书局1986年版，第3080页。
⑦ 清·张宗橚编，杨宝霖补正：《词林纪事·词林纪事补正合编》，上海古籍出版社1998年版，第719页。
⑧ 清·沈祥龙：《论词随笔》，唐圭璋编：《词话丛编》，中华书局1986年版，第4059页。

《龙川文集》（二十）有癸卯通书，《朱文公文集》（三十六）有《答陈同甫》，皆此年作。《文集》（二十）《丙午复朱元晦秘书》书有云："千里之远，竟未能酬奉觞为寿之愿。……苏笺一百，鄙词一阕，薄致祝赞之诚，不敢失每岁常礼耳。"此后数年，熹与同甫书札往复辩论王霸之学，二人皆意气甚盛，而同甫每年祝寿之词虽远不废（朱答同甫书亦屡及此）。今集中仅存寿熹词三首。绍熙四年癸丑（1193，此后十年）九月，熹有《答同甫书》云："伏奉手诲，且有新词厚币佳实之况。……每辱记存始生，过为之礼。……新词宛转，说尽风物好处；但不知常程正路与奇遇，是同是别；进御与不进御，相去又多少；此处更须长者自下一转语耳。"此数语，亦足见二人议论有矛盾。[①]

在南宋，与陈亮精神面貌相似者有很多。南宋士人一方面干谒奔走，另一方面又想打破"士贱君肆"而恢复到战国策士风度。

韩淲在《涧泉日记》中把陈亮当作"辩博"的代表特别提出来，与"明经""直言""吏治""典章""讨论""文词""书法""道学"等相提并论：

乾道、淳熙以来，明经张栻、吕祖谦，直言胡铨、王龟龄，吏治王佐、方滋、张木匀，典章洪迈、周必大，讨论李焘，文词赵彦端、毛开，辩博陈亮、叶适，书法张孝祥、范成大，道学陆子静、朱熹。[②]

由此可见，在南宋时人眼中，"辩博"已经成为品评人物的一个标准，而其代表人物陈亮、叶适也是南宋文学史、思想史、政治史上的重要人物，在整个时代的文化建设中具有十分深远的影响。

这些时代的风云人物是南宋士子普遍推崇和效仿的对象。黄震《黄氏日钞》提及两宋文士的纵横捭阖之气：

战国纵横之学，如三条四列，隐见起伏，铮铮于本朝者尚四人：苏老泉其巨擘，其次为李泰伯，其次为王雪山，其后为陈龙川。[③]

南宋名士王质、陈亮被黄震列入纵横家，诚有见地！我们试读王质《八声甘州·读诸葛武侯传》：

过隆中、桑柘倚斜阳，禾黍战悲风。世若无徐庶，更无庞统，沈了英雄。本计东荆西益，观变取奇功。转尽青天粟，无路能通。　他日杂耕渭上，忽一星飞堕，万事成空。使一曹三马，云雨动蛟龙。看璀璨、出师一表，照乾坤、牛斗气常冲。千年后，锦城相吊，遇草堂翁。

---

① 夏承焘：《龙川词校笺》上卷，《夏承焘集》第3册，浙江古籍出版社、浙江教育出版社1998年版，第427页。

② 宋·韩淲：《涧泉日记》卷中，上海古籍出版社1993年版，第23－24页。

③ 宋·黄震：《黄氏日钞》卷八四《回赵知县》，《影印文渊阁四库全书》本，第708册，第877页。

陶尔夫在鉴赏此词时说：

全词以叙事为主，结合议论抒情。组织得当，井然有序，首尾互应，一脉相通。已开启陈亮以论为词之先声。[①]

所言甚好，一针见血地指出了王质、陈亮等南宋词人“以论为词”的特征。

王质曾高歌：

功成名遂飞翩翩，不作子房作仲连。（《赠杨溥》）

他“博通经史，善属文。游太学，与九江王阮齐名。……御史中丞汪澈宣谕荆、襄，又明年，枢密使张浚都督江、淮，皆辟为属”[②]。他一生辗转幕府，颇有战国策士的风神意态，“当是时，景文名满天下，要官大人犹忘势愿交”[③]。他自己也“以功名为可立就”[④]，在游说要官大人时颇有战国策士纵横捭阖之气势，在《与虞相书》中将自己沛然莫之能御的入世之情表露无遗：

丞相之书所谓“江淮幕府之契无如公者”是也，又谓“每得公书辄愧见颜面”，此其心不可谓不知惭矣。使某皮焦肉枯，穷天下辛苦之情；心碎胆裂，受人生危辱之极。何冤何负而至于此？异时丞相将何颜以见天下之士？[⑤]

甚至认为自己不被重用，是有司之责，公然向丞相求官求禄：

某骤出草莱，未尝为朝廷试用，虽以舍选进士发身，又乌知其非金银伏猎之流而遽有求乎？独念前日幕府之废，亟欲解归，而未能忘怀于相公……是以匍匐奔走，而来至东林……近年召试而报罢……四年而漠无他授者，某也。[⑥]

后果被“丞相汤公思退擢领学宫”[⑦]。正是宋、金、元对峙的时代特征，使得南宋有志之士颇喜仿效战国辩士纵横捭阖的行为方式和游说技艺，据毕沅《续资治通鉴》载：

太学正兴国王质上疏曰：陛下即位以来，慨然起乘时有为之志……帝心以其言为然，而忌者共排之，以为年少好异，遂罢去。[⑧]

---

① 陶尔夫、刘敬圻：《南宋词史》，黑龙江人民出版社 1992 年版，第 124 页。

② 元·脱脱等：《宋史》卷三九五《王质传》，第 34 册，中华书局 1985 年版，第 12055 页。

③ 宋·曾协：《云庄集》卷四《送王景文教授归江西序》，《文渊阁四库全书》本，第 1140 册，第 282 页。

④ 宋·王质撰：《雪山集》卷五《〈退文〉序》，《影印文渊阁四库全书》本，第 1149 册，第 384 页。

⑤ 宋·王质撰：《雪山集》卷八《与虞相书》（其一），《影印文渊阁四库全书》本，第 1149 册，第 422 页。

⑥ 宋·王质撰：《与汤相书》，《雪山集》卷八，《影印文渊阁四库全书》本，第 1149 册，第 419 页。

⑦ 宋·王阮：《〈雪山集〉序》，宋·王质撰《雪山集》，《影印文渊阁四库全书》本，第 1149 册，第 346 页。

⑧ 清·毕沅：《续资治通鉴》卷一三八，上海古籍出版社 1987 年版，第 3687－3688 页。

这些“年少好异”的南宋士子们向往“在布衣之位，荡然肆志，不诎于诸侯，谈说于当世，折卿相之权”①“安有说人主，不能出其金玉锦绣，取卿相之尊者乎?”② 的梦想能够实现。他们正是怀抱着这样的想法而奔走于各地幕府，李流谦在《送王景文入制幕二首》中写道：

著眼分明见，论心委曲知。负排阊阖气，有泣鬼神诗。世故从料理，人材属盛衰。浮云多变化，宁忆路傍时。

缱绻联名第，飘零共塞垣。自知此事胜，更觉斯文尊。欲别言尤苦，相期意略存。成都万事好，只合近清樽。③

这些诗作，表现出当时飘零幕府的士子们普遍存在的行为方式和精神面貌。

曾丰在《缘督集》卷一七《答任子厚秀才序》中道：

淳熙十年秋，部使者以天子诏檄官六试隆兴士，余其一也。……明年春，复以檄留府，有丰城士以谒入……出《镜古录》，前有识，其字为子厚。余览之，大抵议论战国君臣居多，苏秦、张仪术至高也，子厚窃卑之，更求出其上，其为文犹其为术也。④

周必大在为王逨所作的印可文字《王致君司业文集序》中亦突出表现其慷慨忧时、纵横驰骋的战国策士之风：

志气不强，不足以言文；学问不博，不足以言文。司业王君吾能言之：志气强者也，学问博者也，故其文章赡而不失之泛，严而不失之拘。议论驰骋于千百载之上，而究极利害于四方万里之远。其为歌诗，慷慨忧时，而比兴存焉。他文闳辩该贯，直欲措诸事业，所谓援古证今，黼黻其辞，特余事耳。既没之十九年，嗣子中行类遗编成二十卷，求予为序。⑤

这说明南宋文章大多言事，论政、说理时慷慨激昂，即“议论驰骋于千百载之上，而究极利害于四方万里之远”“大抵议论战国君臣居多”，颇有战国策士之风。

永嘉学派的代表叶适同样喜欢议论，陈振孙说他“自六经、诸史、子以及文鉴皆有论说，大抵务为新奇，无所蹈袭。……自孔子之外，古今百家随其浅深，咸有遗论，无得免者”⑥，其纵横捭阖、滔滔雄辩之风可见一斑。《四朝闻见录》甲集记载了一条叶适关于宏词的议论，由此可以感受到他议论时的风神意态：

① 汉·司马迁：《史记》卷八三《鲁仲连邹阳列传》，中华书局 1998 年版，第 874 页。
② 汉·刘向：《战国策》卷三《秦策一》，中华书局 2012 年版，第 18 页。
③ 宋·李流谦：《澹斋集》卷五，《影印文渊阁四库全书》本，第 1133 册，第 624 页。
④ 曾枣庄、刘琳主编：《全宋文》第 277 册，上海辞书出版社 2006 年版，第 297－298 页。
⑤ 宋·周必大撰，周纶编：《文忠集》卷五二，《影印文渊阁四库全书》本，第 1147 册，第 552－553 页。
⑥ 宋·陈振孙著，徐小蛮、顾美华点校：《直斋书录解题》卷一〇，上海古籍出版社 1987 年版，第 313 页。

嘉定间，未尝诏罢词学，有司望风承意太过，每遇郡试，必摘其微疵，仅从申省，予载之详矣。水心先生著为《进卷外稿》，其论宏词曰："宏词之兴，其最贵者四六之文，然其文最为陋而无用。士大夫以对偶亲切，用事精的相夸，至有以一联之工而遂擅终身之官爵者。此风炽而不可遏，七八十年矣。前后居卿相显人，祖父子孙相望于要地者，率词科之人也。既已为词科，则其人已自绝于道德性命之本统，以为天下之所能者，尽于区区之曲艺，则其患又不止于举朝廷高爵厚禄以予之而已。盖进士等科，其法犹有可议而损益之，至宏词则直罢之而已矣。"先生《外稿》盖草于淳熙自姑苏入都之时，是书流传，则盛于嘉定间。虽先生本无意于嫉词科，亦异于望风承意者，然适值其时，若有所为。①

叶适无意之中所作之文体现出来的精神面貌，才更能体现出其真性情、真风格，故能"值其时，若有所为"。

与其类似的陈造亦好议论，《四库全书总目》高度评价其文道：

其文则恢奇排奡，要亦陈亮、刘过之流。其他札子诸篇，多剀切敷陈，当于事理。记序各体，锤字炼词，稍伤真气，而皆谨严有法，不失规程。在南宋诸作者中，亦铁中铮铮者矣。②

可见，南宋时期普遍存在"陈亮、刘过之流"纵横捭阖、议论恢奇的名士才子，他们奔走请托、议论煌煌的干谒言行，在某种程度上起到了为朝廷荐举人才、展示自我的作用。这种"负气好议论"的性格特征正是南宋士大夫社会责任感强、具有强烈的参政议政意识的表现。

南宋干谒之士虽然在现实生活中活得很艰难，甚至有点辛酸，但他们在干谒权贵时所表现出来的精神面貌，是有意模仿战国策士和魏晋名士风范的，这样的精神面貌也物化在他们的创作中，形成了南宋独具一格的诗歌形态。关于这点南宋文人深有体会，刘克庄指出：

唐文人皆能诗，柳尤高，韩尚非本色。迨本朝，则文人多而诗人少。三百年间，虽人各有集，集各有诗，诗各自为体，或尚理致，或负材力，或逞辨博。少者千篇，多至万首，要皆经义、策论之有韵者尔，非诗也。自二、三巨儒及十数大作家，俱未免此病。③

其中的"理致""材力""辨博"诸种风格特征，正是战国策士逞才使气、高谈阔论的论辩之风在南宋诗坛上的自然体现。

陈寅恪在《论韩愈》中道：

① 宋·叶绍翁撰，沈锡麟、冯惠民点校：《四朝闻见录》甲集"宏"词条，第35页。
② 《四库全书总目》卷一六一《江湖长翁文集提要》，中华书局1965年版，第1385页。
③ 《竹溪诗》，宋·刘克庄著，辛更儒笺校：《刘克庄集笺校》卷九四，第9册，中华书局2011年版，第3996页。

退之以文为诗，诚是确论；然此为退之文学上之成功，亦吾国文学史上有趣之公案也……后来苏东坡、辛稼轩之词亦是以文为之，此则效法退之而能成功者也。[①]

稼轩以文为词是效法韩退之的成功者，稼轩以议论为词在某种程度上也是效法韩退之的，这样的风格特征与战国策士纵横捭阖之风有着深刻的内在联系。

陈岩肖所撰的《香溪集序》典型地体现了南宋士人对孟子“吾善养吾浩然之气”的继承与发展：

士以志道为先，而志道以养气为本。气全则道存，气丧则道亡。故达而在上，任天下之重，安国家，利社稷，进贤退不肖，收功于无穷者，气也；穷而在下，守圣贤之道，推古今，明治忽，是是而非非，立言于不朽者，亦气也。苟气之不养，则达而在上，或充诎于富贵，以得失为患，则道不行矣；穷而在下，或陨获于贫贱，以纷华为悦，则道不守矣。不守不行，气丧而道亡，则乌能收功无穷、立言不朽哉！是则气之在人，穷则独善其身，达则兼善天下，举不可以不养也。吾之先友香溪先生，以养气为本，而立言不朽者与。……故述其志道养气之实，以见素所蕴云。先生姓范氏，名浚，字茂明。而元卿名端臣，今亦以文知名，方有志于世者。[②]

曾噩在赞美张元幹的言论中亦特别提及其受孟子“养气”说的影响：

芦川老隐之为文也，盖得江西师友之传，其气之所养，实与孟、韩同一本也。[③]

张元幹正是因对孟、韩“善养吾浩然之气”的继承，才令人“数百年后，尚想其抑塞磊落之气”[④]。

南宋士大夫在作印可延誉之类的文字时也常引孟子之语，如林希逸《陈西轩集序》载：

西轩陈先生，有道有文者也。生游洋万山中，而学得圣贤之心，文接神明之奥，趣诣幽眇，出吻芬葩，率皆蝉脱于尘浊之表。其在当时，与次云、老艾、溪东、溪西为同出，是盖孟子所谓豪杰之士。[⑤]

值得注意的是，乾道九年癸巳（1173），宋孝宗撰《苏文忠公文集赞》就特别从孟子“养气”的角度出发高度评价了苏东坡：

---

① 陈寅恪：《论韩愈》，《金明馆丛稿初编》，生活·读书·新知三联书店2011年版，第330－331页。

② 宋·陈岩肖：《香溪集序》，宋·范浚撰：《香溪集》，《影印文渊阁四库全书》本，第1140册，第4－5页。

③ 宋·曾噩：《芦川归来集序》，宋·张元幹撰：《芦川归来集》，上海古籍出版社1978年版，第218页。

④ 《四库全书总目》卷一九八，中华书局1965年版，第1814页。

⑤ 宋·林希逸：《陈西轩集序》，林式之编：《竹溪鬳斋十一稿续集》卷一二，《影印文渊阁四库全书》本，第1185册，第673页。

成一代之文章，必能立天下之大节；立天下之大节，非其气足以高天下者，未之能焉。孔子曰："临大节而不可夺，君子人欤！"孟子曰："我善养吾浩然之气。以直养而无害，则塞乎天地之间。"盖存之于身谓之气，见之于事谓之节。节也，气也，合而言之，道也。以是成文，刚而无馁，故能参天地之化，关盛衰之运。不然则雕虫篆刻，童子之事耳，乌足与论一代文章哉！故赠太师、谥文忠苏轼忠言谠论，立朝大节，一时廷臣无出其右。负其豪气，志在行其所学，放浪岭海，文不少衰。力斡造化，元气淋漓，穷理尽性，贯通天人。山川风云，草木华实，千汇万状，可喜可愕，有感于中，一寓之于文。雄视百代，自作一家，浑涵光芒，至是而大成矣。[①]

故特赠苏轼为太师，在制词中道：

朕承绝学于百圣之后，探微言于六籍之中。将兴起于斯文，爰缅怀于故老。虽仪刑之莫觌，尚简策之可求。揭为儒者之宗，用锡帝师之宠。故礼部尚书、端明殿学士、赠资政殿学士、谥文忠苏轼养其气以刚大，尊所闻而高明。博观载籍之传，几海涵而地负；远追正始之作，殆玉振而金声。知言自况于孟轲，论事肯卑于陆贽？方嘉祐全盛，尝膺特起之招；至熙宁纷更，乃陈长治之策。叹异人之间出，惊谗口之中伤。放浪岭海而如在朝廷，斟酌古今而若斡造化。不可夺者尧然之节，莫之致者自然之名。经纶不究于生前、议论常公于身后。人传元祐之学，家有眉山之书。朕三复遗编，久钦高躅。王佐之才可大用，恨不同时；君子之道暗而彰，是以论世。说九原之可作，庶千载以闻风。惟而英爽之灵，服我衮衣之命。可特赠太师，余如故。[②]

上有所好，下必效焉。苏东坡是鼎鼎有名的大文豪，是众多文人学士崇敬与效仿的对象，[③]他们大多读到过孝宗的这篇赞，故南宋士人文集中这些阐发"养气"的文字或多或少地受到孝宗此赞文的影响，他们为了奉承主上、投其所好也大谈特谈"养气"之说。陆游的《上殿札子》就是一个例子，他在此文中道：

臣伏读御制《苏轼赞》，有曰："手抉云汉，斡造化机，气高天下，乃克为之。"呜呼！陛下之言，典谟也。轼死且九十年，学士大夫，徒知尊诵其文，而未有知其文之妙在于气高天下者。今陛下独表而出之，岂惟轼死且不朽，所以遗学者顾不厚哉！[④]

这篇文字明显具有承袭圣上意旨，揣摩时风所好的因素。尤其引人注目的是罗任臣《竹洲文集跋》所载：

① 宋·苏轼：《经进东坡文集事略》卷首，文学古籍刊行社 1957 年版，第 2 页。

② 宋·苏轼：《经进东坡文集事略》卷首，文学古籍刊行社 1957 年版，第 2 页。

③ 《老学庵笔记》卷八载："建炎以来，尚苏氏文章，学者翕然从之，而蜀士尤甚"，以致有"苏文熟，吃羊肉；苏文生，吃菜羹"的谣谚。（钱仲联、马亚中主编：《陆游全集校注》第 11 册，浙江教育出版社 2011 年版，第427 页）

④ 《渭南文集校注》卷四，钱仲联、马亚中主编：《陆游全集校注》第 9 册，浙江教育出版社 2011 年版，第 99 页。

文以气为主，盖其气以光大，则发于词华光焰万丈，有不可泯没者。竹洲先生邕帅吴公，自早年与伯氏国录公以雄味正声鸣其文于庠序，独步一时。……《竹洲集》近世始刊出，遂获尽观其全。英伟豪特之气，尚峥嵘简策间，要皆本于道谊，确然有补于斯世，非外强中干，哗世以取名者也。昔人谓廉颇、蔺相如死向千载，凛凛犹有生气，愚于竹洲先生亦云。①

在为人印可延誉的跋语中将“文以气为主”和战国时期名流显人“廉颇、蔺相如”的风神意态联系起来，用战国人士的气度、胸襟来赞叹期许前辈时贤。

南宋干谒之士的各种精神面貌，让人侧目，其中与“养气”精神结合得最密切的就是喜欢议论：

杭，故都也，三学盛时，江淮湖浙闽蜀之珍萃焉。桥门冠带，动以万计，名未登三学者，待次于杭，谓之天府之学，升进之阶视列郡为优。校官选第一流，非进士前列不预，考未终旋入馆阁，故当时之士贵以肆其得也。身持风裁，口吐清议，上攻帝躬，次及宰辅，儒有益於人之国；其失也，雷同比周，廉耻道缺，章句流为小技，行谊不以相先，儒无益于人国也。②

他们不但以议论为诗，也以议论为文、以议论为词，议论风生颇有战国策士之风貌。战国时期，诸侯争战激烈，“攻城之战，杀人盈城；攻地之战，杀人盈野”，故士大夫常就战争发表自己的见解，纵横捭阖之士由此产生。

南宋时期亦有这一特点，南宋朝廷一直存在着边防前线战争的威胁，士人大多向往到前线去建功立业，即使不能靠一枪一棒博得个封妻荫子，也要向朝廷出谋划策，借诗词文章表现自己胸中的豪情壮志。曾协举进士不第，以恩荫入官，读书广博，为文操笔立就，是位慷慨豪迈之士，颇有战国策士之风。在《水调歌头·送史侍郎》中，他一抒壮怀：

好借食间前箸，尽吐胸中奇计，指顾静烟尘。九万云霄路，飞走趁新春。③

语辞伟丽，气宇轩昂，格调近似纵横捭阖的战国策士，却被四库馆臣讥为“夸大其词，以文偏安之陋，曲学阿世，持论殊乖”④。纵横议论、高谈王霸之术的曾协在四库馆臣看来竟然是“曲学阿世”，这说明当时的世风就是喜好纵横捭阖的战国策士风度，故一旦曾协在诗文中表现出此种风度时就被认定是阿世俗之所好。

另外，这类谈及“养气”的干谒或印可文字也大多出自“序跋”或“书启”等文体，这提示我们或许可从文体学的角度来探索其干谒心理、干谒方式、干谒技艺和干谒效果。

---

① 宋·罗任臣：《竹洲文集跋》，宋·吴儆撰：《吴文肃公文集》附，明万历7年（1579）刻本。

② 元·陆文圭：《送焦君实杭州学正序》，《墙东尖稿》卷六，《影印文渊阁四库全书》本，第1194册，第591页。

③ 唐圭璋编，王仲闻参订，孙凡礼补辑：《全宋词》第2册，中华书局1999年版，第1757页。

④ 《四库全书总目》卷一五八《云庄集提要》，中华书局1965年版，第1365页。

我们试举几段赠序文字，以探究南宋士子奔走游谒盛行一时的流风遗韵：

吾闻游京师取富贵者，必年若甘罗、终军，辩若季子、方朔，貌若贺知章、李太白，赀若庞居士、王参元，犹患其不得志。①

科举废，士媒青云，犹假所业以自见。夫其所业者，岂必出于其所构，相与为欺以致抗颜倚席贴笑子衿。②

南北一家，天地阔远，士之交流寖广，而散易聚难，不有以录之，再会且无足征，此尹公槐《云萍录》所以不可无也。公槐快士，方浩然有功名志，未知此生当费几录，抑吾有所谒于子：子之录也，必王公大人而后录与？古之士有王公大人求与之友而不可得矣，王公大人求书是录而不可得，而后之录重，若徒以其王公大人也而录之，则天下士有不愿与是录者矣。③

战国诸侯分疆，南宋与金、元对峙，士人们大谈特谈自己的治国理想及对时局的看法，为主上策划分忧，谋求佳策。所异者在于南宋士人同时还要以文翰诗赋取悦、亲媚于主上。至于士人玩弄权术以谋求富贵，自我炫耀以寻求发展，则是南宋与战国时期士风相同的地方。

三

南宋士人不但在诗词歌赋中吟咏战国策士，学习效仿战国策士的精神面貌，而且，他们游幕的行为方式与战国策士亦颇有相似之处。

刘克庄多次入幕，游谒于各名公巨卿间，据其自述：

余少喜章句，既仕，此事都废。数佐人幕府，历守宰庾漕，亦两任臬事。④

真德秀为福建安抚使时，辟刘克庄入幕，据《行状》载：

西山帅闽，以机幕辟，除将作簿，兼帅司参议之官。公迎魏国之官。……西山知公吏才高，府事一委之。……西山以户书召，公援例求退，诏以匠簿供职。公奉魏国还里，逾月，独入京。九月，除宗正簿。西山喜曰："方是本色。"公在麟寺，南塘为卿，游二公

① 元·方回：《送徐君奇入燕并序》，《桐江续集》卷二十五，《影印文渊阁四库全书》本，第1193册，第552页。

② 宋·林景熙：《送松存弟序》，陈增杰校注：《林景熙诗集校注》卷五，浙江古籍出版社1995年版，第341页。

③ 宋·赵文：《尹公槐云萍录序》，《青山集》卷一，《影印文渊阁四库全书》本，第1195册，第10页。

④ 《江东臬司书判》后记，《后村先生大全集》卷一九三，宋·刘克庄著，辛更儒笺校：《刘克庄集笺校》第16册，中华书局2011年版，第7546页。

间，以文字相得欢甚。①

这段记载是对南宋幕府中生活情形的真实写照。此外，刘克庄与幕主的关系，也类似战国策士与诸侯的关系，合则留，不合则去。据《行状》载：

会李公珏建金陵，辟沿江制司准遣。一时幕府诸贤，自勉斋黄公而下，皆相敬爱。因谋进取，公有异议，主谋者忌之，公求南岳庙去。②

又据《墓志》载：

会幕府谋进取，公持论不合，自请岳祠。③

若注意到刘克庄因在幕府中持论与幕主不合而离开幕府的这一事迹，我们可以看到刘克庄如战国策士般纵横捭阖的一面。

与刘克庄大致同时的黄榦也干过类似的事：

其时幕府书馆皆轻儇浮靡之士，僚吏士民有献谋划，多为毁抹疏驳，将帅偏裨，人心不附，所向无功，流移满道，而诸司长吏张宴无虚日，榦知不足与共事，归自惟扬。④

这既是南宋特定文化环境下产生的人格精神和人生态度，也是有意识模仿战国策士性情风度的体现。

还有赵善括，他也是慷慨激昂之士，据《四库全书总目》卷一六〇《应斋杂著提要》载：

诗词多与洪迈、章甫唱和，而与辛弃疾酬赠尤多，其词气骏迈，亦复相似。观其《金陵有感诗》有“谢安王导亦可罪，至今遂使南北分”句，其不满于湖山歌舞、文恬武嬉，意趣盖与弃疾等，固宜其相契也。⑤

在《水调歌头》中，赵善括以“渡江”为题，寄寓自己漂泊无依仍不忘报国的情感：

堪笑萍踪无定，拟泊叶舟何许？无计可依刘。……休学楚囚垂泪，须把祖鞭先着，一

① 宋·林希逸：《行状》，《后村先生大全集》卷一九四，宋·刘克庄著，辛更儒笺校：《刘克庄集笺校》第16册，中华书局2011年版，第7549－7550页。

② 宋·林希逸：《行状》，《后村先生大全集》卷一九四，宋·刘克庄著，辛更儒笺校：《刘克庄集笺校》第16册，中华书局2011年版，第7548－7549页。

③ 宋·洪天锡：《墓志》，《后村先生大全集》卷一九五，宋·刘克庄著，辛更儒笺校：《刘克庄集笺校》第16册，中华书局2011年版，第7567页。

④ 元·脱脱等：《宋史》卷四三〇《黄榦传》，第36册，中华书局1985年版，第12780－12781页。

⑤ 《四库全书总目》卷一六〇《应斋杂著提要》，中华书局1965年版，第1379页。

鼓版图收。①

这样的慷慨豪迈之士也因生活的贫困不得不干谒奔走。他在《上庙堂乞祠启》中自述生活的困苦，读来令人眼热鼻酸：

三人成虎，虽人言之可疑；六月降霜，幸天意之有在。姑从罢黜，尚赐生全。……惟是退无归而进绝望，儿号寒而妻啼饥。②

贫困的生活迫使赵善括游幕四方，他在《谢宰执启》中云：

恩不迩遗，遽增幕府之数。……逮员外而置官，亦俾廪人之继粟。③

在《贺留枢密启》中亦说：

自远履幕之瞻，浸缺鼎茵之问。……荷庙堂曲成之造，充幕府添置之员。忽闻明命之颁，实倍群情之喜。④

在《湖南谢谢帅启》中一开篇即云：

幕府漫游，愧桑蚕之不茧。⑤

东奔西走是为了解决生计问题，故四库馆臣也注意到了他频繁的游幕经历，在《应斋杂著提要》中特别提及这一点：

又有《次计幕诸友韵诗》、《谢岳漕启》，则终于岳州漕帅佐也。⑥

除了幕府漫游外，赵善括还拜谒当时的名流显宦以求荐引，如有祝辛弃疾生日的《醉蓬莱》词：

有志澄清，誓击中流楫。谈笑封侯，雍容谋国，看掀天功业。⑦

---

① 唐圭璋编，王仲闻参订，孙凡礼补辑：《全宋词》第3册，中华书局1999年版，第2559页。
② 宋·赵善括：《应斋杂著》卷二，《影印文渊阁四库全书》本，第1159册，第23页。
③ 宋·赵善括：《应斋杂著》卷二，《影印文渊阁四库全书》本，第1159册，第24页。
④ 宋·赵善括：《应斋杂著》卷二，《影印文渊阁四库全书》本，第1159册，第18页。
⑤ 宋·赵善括：《应斋杂著》卷二，《影印文渊阁四库全书》本，第1159册，第26页。
⑥ 《四库全书总目》卷一六〇《应斋杂著提要》，中华书局1965年版，第1379页。
⑦ 唐圭璋编，王仲闻参订，孙凡礼补辑：《全宋词》第3册，中华书局1999年版，第2561页。

还有寿丞相魏杞的《醉蓬莱》词：

天佑昌辰，诞中兴嘉瑞。秀伟标姿，从容谋断，笑吐平戎计。汉节归来，边尘扫静，鼎司荣贵。①

以恢复大业相许，实则希望得到援引提携。无奈怀才不遇，仕途蹭蹬，令人同情。杨万里在《应斋杂著序》中为其鸣不平：

应斋居士赵无咎是时方高卧南州，狎东湖之鸥，弄西山之云，远追徐孺，近访山谷，赋诗把酒，与一世相忘，讫不求诸公之举，而诸公亦无求无咎者，君子至今恨之。或曰："其诸无咎之才之未卓欤?"曰："无咎才固先人，文亦不后人也。然则诸公不求而荐之，何也?"曰："才者，憎之媒也，文者忌之胎也。"②

才士不遇，古今同慨。因此，南宋士人才屡屡提及建功立业、位尊多金的战国策士。

胡铨的行迹亦颇有战国策士之风。乾道六年庚寅（1170）闰五月九日（戊子）范成大假资政殿大学士充金国祈请国信使，求陵寝地及更定受书礼，③ 胡铨撰《送范至能使金序》给他送行，慷慨激昂、豪气干云，颇有当年高渐离击筑送荆轲过易水之势：

乾道庚寅夏五月，某以温陵守奏事，上喟然曰："朕复仇雪耻，此志决矣。"某奏云："陛下此举已迟。"上默然。及是，诏丞相选才识有经学通达国体者一人，持节以往，以申请陵之思。由是范侯成大自起居郎兼侍读、资政殿学士往使。某曰："昔班定远叹不得生入玉门关，李太白入蜀作《蜀道难》，其词云'蜀道之难难于上青天'。自今观之，玉门在酒泉郡之西，距中原未远也，蜀道，唐之内郡，而二子已愁蹙若不堪其忧；况使绝域，邈在万里外，道阻且长，不啻身热头痛之阪，斧冰作麋之境，而又有羊肸司宫之忧，子木中甲之虞，而一切不顾，谈笑就车，虽古烈丈夫，其能远过也哉！然见士不通达国体，何补于时？序以识别，且以见宰相之知人云。"④

这种"一切不顾，谈笑就车"的"古烈丈夫"，既是对范成大的勉励，也是胡铨的夫子自道语，反映了我们民族自战国策士荆轲以来就有的慷慨赴义精神，由于时代环境的原因，这种精神在南宋一朝得以发扬光大。乾道六年庚寅（1170）九月九日，范成大抵燕山，作《水调歌头·燕山九日作》一词，词气慷慨，颇有战国策士之气，⑤ 故谢章铤说：

---

① 唐圭璋编，王仲闻参订，孙凡礼补辑：《全宋词》第3册，中华书局1999年版，第2561页。

② 《应斋杂著序》，《诚斋集》卷八三，宋·杨万里著，王琦珍整理：《杨万里诗文集》，江西人民出版社2006年版，第1298页。

③ 清·徐松辑：《宋会要辑稿》职官五一之二四，中华书局1957年版，第3548页。

④ 宋·胡铨：《送范至能使金序》，《胡澹庵先生文集》卷一六，乾隆二十二年刊本。

⑤ 乾道八年壬辰（1172），李洪作《送范至能帅桂林》还提及范成大出使金国的壮举："口伐奇谋詟可汗，归来犹著侍臣冠。燧林草色供诗思，凤沼春波滟笔端。谁谓玉堂真学士，暂临桂管小长安。元戎十乘无遄迈，上阁宣麻句已团。"（《永乐大典》卷一五一三九，中华书局1986年版）。

词家讲琢句而不讲养气，养气至南宋善矣。①

从南宋词中战国策士之风的角度来看南宋词人的“养气”，或许能为“文气”说找到心理学上的依据。

无独有偶，朱熹《跋魏侍郎集》所载之事，亦体现出战国策士慷慨赴义的精神：

建炎、绍兴之间，强虏凭陵，两宫隔绝，天子不胜晨夕温清之念，思得忠智敏辩之士往来兵间，以通和好。而见大夫偷惰畏缩，无肯行者。独故侍郎建安魏公与熹之族祖秘阁公以诸生自荐，慷慨请行。拥盖张旜，略相先后，卒冒白刃，致命虏廷。侍郎公寻以不受伪官，握节以死，而族祖亦以必死自誓，偶得全璧而归。虽其所值有生死之不同，然其捐躯殉国之本志素定于胸中者，则未始不同也。魏公之孙瑛见示此编，俾书其后。熹惟二公忠义大节固已载在史册，传之万世，特两家绝域风霜之旧，不可使后人之无闻焉，谨斋祓而窃识之。②

南宋士人除了继承了战国策士“一切不顾，谈笑就车”“捐躯殉国之本志素定于胸中”的“古烈丈夫”形象外，还学习了战国策士游说诸侯时纵横捭阖、揣摩权衡的干谒技巧。

我们从南宋士大夫李壁上《乞与苏洵定谥札子》提倡推崇苏洵那种“学综六艺，词雄百家，通于王政，达于权事”的“战国纵横之流”的言论中，可见当时士风趋向：

臣伏见故校书郎、文安县主簿、编修《太常因革礼》苏洵学综六艺，词雄百家，通于王政，达于权事。方时燕安，中外以兵为讳，洵独著书极论为国之大计与制虏之长策，皆指事切理，不为空言。故欧阳修一见太息，比之荀卿，而韩琦亦谓虽贾谊不能过。独王安石恶其异己，指为战国纵横之流，天下不以为然也。③

苏洵文确有“战国纵横之流”的特质。刘将孙《送戴石玉序》对北宋苏老泉生平事迹的议论，体现出时人对战国策士生活方式的向往：

“士而怀居，不足为士矣。”此井田既废之叹也。南山之南，北山之北，交游不出邱里，议论不接耳目，而欲扳知己当世，望天下士友我，譬之逆行而求前。况于裹饭无及门之平生，卧雪靡爱才之长吏，而蹙蹙四顾，如隅翮之不可展。无高山巨野可以登临雪涕，无新知忽合可以慷慨论心。日复日，岁复岁，不知青春之去我，而白发之不赦予也。

自孔孟来，士未有不游，或以师友游，或以宾客游，或以学问游，或以才艺游，或以辞华游。二千年才贤特达，未以非以游而合也。老泉自叹无成，有二子不忍使其老于穷乡，故汲汲焉及盛年而推之四方，置之通都京邑，以发舒其才。使二苏待其修于眉山，传

① 清·谢章铤：《赌棋山庄词话》卷一二，唐圭璋编：《词话丛编》第4册，中华书局1986年版，第3470页。

② 宋·朱熹：《晦庵先生朱文公文集》卷八三，朱杰人、严佐之、刘永翔主编：《朱子全书》（修订本）第24册，上海古籍出版社、安徽教育出版社2010年版，第3910－3911页。

③ 清·徐松辑：《宋会要辑稿》礼五八之八七，中华书局1957年版，第1655页。

之京师，驿致而礼罗之，何能震动超越如是哉!①

刘将孙如此看重纵横驰骋的游谒之士，是因为他知道孔孟以来士人干谒奔走流风余韵的深远影响。

《战国策·魏策一》载：“是故天下之游士，莫不日夜扼腕、瞋目、切齿，以言从之便，以说人主。”我们对比以上刘将孙对游士的描述，会发现南宋时的游士与战国时的游士在精神面貌和生活方式上有许多相似之处。杜伯高，干谒奔走于名流显宦吕祖谦之门，受吕援引延誉，淳熙、开禧间两以制科荐，其词《酹江月·石头城》颇有战国策士纵横捭阖、议论风起的特征：

江山如此，是天开万古，东南王气。一自髯孙横短策，坐使英雄鹊起。玉树声销，金莲影散，多少伤心事！千年辽鹤，并疑城郭是非。　　当日万驷云屯，潮生潮落处，石头孤峙。人笑褚渊今齿冷，只有袁公不死。斜日荒烟，神州何在？欲堕新亭泪。元龙老矣，世间何限馀子。

陈廷焯对此词有如下评点：

议论纵横，魄力雄大，此是何等气概。②

沈雄在《古今词话》中对杜伯高其人其词进行评价时也特别引用陈亮之语：

陈同甫曰：叶正则有“杜子五兄弟，才名不相下”之语。伯高早登东莱之门，其词如奔风逸足而鸣以和銮者也。③

其中亦能看到其有议论纵横的特点。杜伯高得到过名流叶适的印可，且登东莱之门，靠的就是“如奔风逸足而鸣以和銮者”“议论纵横，魄力雄大”的风神气概，这与战国策士干谒奔走于诸侯之门的情形相似。

南宋谒客即使在东奔西走、请托援引之际仍然不失战国策士“飞扬跋扈”、高谈阔论的气势，刘辰翁就曾描绘过他们的游谒生活作风：

往时父兄子弟拄杖入市，东家即西里，酣嬉傲睨，行者避路。常少年厌乡井，志游侠，拂衣草履出门，左湖右湘，诸公贵人，咸飞觞共赋，纵观远赏，犹有郁郁不自得。高者谈边，下者觅举，已得举复不乐，视庸夫高等，同官争宠，科举外复大有事。或从是远引，闭门息迹，而诸贤论荐，当路踵馈，直疑殷生不起，名山绝境，俗驾交横。或间王

---

① 元·刘将孙著，李鸣、沈静校点：《刘将孙集》卷一三，吉林文史出版社 2009 年版，第 116－117 页。

② 清·陈廷焯：《词则·放歌集》卷二，上海古籍出版社 1984 年版，第 337 页。

③ 清·沈雄：《古今词话·词评》卷上，唐圭璋编：《词话丛编》第 1 册，中华书局 1986 年版，第 998 页。

事，携妓女。世未尝一日无客，客未尝一日不游，然飞扬跋扈者，常有不见知己，辞君北上之意，由今言之，竟何如也?①

这种特殊的时代特征，反映了士人在精神面貌上效仿战国策士的情况。杨万里的《千虑策》三十篇析陈政事、详谈利弊，就是战国策士之风的典型示范，令虞允文读后感叹："东南乃有此人物!"② 也许在他看来，只有战国时期燕赵之地的慷慨悲歌之士才能道出此等语，有此胆识和气魄。又如，辛弃疾的生活方式也与当时幕府息息相关。他曾帅湖南，阅儒生赵方试卷，遂以"豪杰士"拔之，将其招致幕府中，③ 辛弃疾招贤纳士的行为方式培养造就了人才。这位曾在辛帅幕府中的赵方确实是一位慷慨豪杰之士，他在淳熙八年（1181）中进士，调蒲圻尉，授大宁监教授，改知青阳县，主管江西安抚司机宜文字，京湖帅李大性辟知随州，提举京西常平兼转运判官、提点刑狱。以金部员外郎召，改京湖北转运判官。嘉定八年（1215），知江陵府、主管湖北安抚司事兼权荆湖置司，数败金人。嘉定十年（1251），改京湖制置使兼知襄阳府，抗疏主战，击溃金兵，迁权刑部尚书。嘉定十四年（1221），进京湖制置大使。赵方起自辛弃疾幕府，本一介儒生，后帅边十年，以战为守，建功立业，终成一代名臣，卒赠太师，谥忠肃，④ 这充分反映了南宋特殊历史背景下士人入幕对其仕途及人生的深刻影响。

南宋士人高似孙在《子略》中把探究纵横捭阖之术的《鬼谷子》抬到了极高的位置，将它与《易》《老》并称，甚至认为其为一代之雄：

战国之事危矣！士有挟隽异豪伟之气，求聘乎用，其应对酬酢变诈激昂以自放于文章。见于顿挫险怪、离合揣摩者，其辞又极矣！《鬼谷子》书，其智谋，其数术，其变谲，其辞谈盖出于战国诸人之表。夫一辟一阖，《易》之神也；一翕一张，老氏之几也。鬼谷之术，往往有得于阖辟、翕张之外，神而明之。益至于自放溃裂而不可御。予尝观诸《阴符》矣，穷天之用，贼人之私。而阴谋诡秘，有《金匮》、《韬略》之所不可该者。而《鬼谷》尽得而泄之，其亦一代之雄乎！⑤

《鬼谷子》是战国策士游说诸侯、干谒请托的理论基础，是他们"位尊多金"、求名求利求功的秘籍宝典，其中记录了许多对于干谒游说具有启示意义的精彩宏论，如《鬼谷子·谋篇》所云；

摩而恐之，高而动之，微而正之，符而应之，拥而塞之，乱而惑之，是谓计谋。……计谋之用……正不如奇，奇流而不止者也。故说人主者必与之言奇，说人臣者，必与之言私。⑥

---

① 宋·刘辰翁：《逍遥游庵记》，李修生主编：《全元文》第 8 册，江苏古籍出版社 1998 年版，第 727 页。

② 宋·罗大经撰，王瑞来点校：《鹤林玉露》乙编卷四"雍公荐士"，中华书局 1983 年版，第 183 页。

③ 元·脱脱等：《宋史》卷四〇一《辛弃疾传》，第 35 册，中华书局 1985 年版，第 12165 页。

④ 赵方生平事迹详参元·脱脱等：《宋史》卷四〇三本传，第 35 册，中华书局 1985 年版，第 12203－12207 页。

⑤ 宋·高似孙著，王群栗点校：《高似孙集》中册，浙江古籍出版社 2015 年版，第 471 页。

⑥ 许富宏撰：《鬼谷子集校集注》，中华书局 2010 年版，第 154、157 页。

《鬼谷子·摩篇》所云：

其摩者，有以平，有以正，有以喜，有以怒，有以名，有以行，有以廉，有以信，有以利，有以卑。①

其中就深具干谒游说的技艺，这是先秦纵横家现存唯一的理论著作，据《四库全书总目·子部·杂家类》的小序云：

衰周之季，百氏争鸣，立说著书，各为流品……后人著录，株守旧文……纵横家仅《鬼谷子》一书。②

史书上有多处记载战国策士苦学《鬼谷子》而获得荣华、赢得富贵的经历，如《史记》卷七十《张仪列传》载：

张仪者，魏人也。始尝与苏秦俱事鬼谷先生，学术，苏秦自以不及张仪。张仪已学而游说诸侯。③

可以说，正是《鬼谷子》指引着战国策士说国说家说天下，建功立业、赢得身前身后名。

南宋文人对《鬼谷子》的重视，也可说明他们对战国策士遍干诸侯、请托援引行为的认可。正是南宋以来士人们对战国"士有挟隽异豪伟之气求聘乎用，其应对酬酢变诈激昂以自放于文章"具有了解之同情，才使得南宋士子干谒奔走之行为有了精神支柱和理论基础。刘克庄在《沁园春·答九华叶贤良》中写道：

一卷阴符，二石硬弓，百斤宝刀。更玉花骢喷，鸣鞭电抹；乌丝阑展，醉墨龙跳。牛角书生，虬须豪客，谈笑皆堪折简招。依稀记，曾请缨系粤，草檄征辽。　当年目视云霄，谁信道、凄凉今折腰。怅燕然未勒，南归草草；长安不见，北望迢迢。老去胸中，有些磊块，歌罢犹须著酒浇。休休也，但帽边鬓改，镜里颜凋。④

开篇就用"一卷阴符"，战国纵横捭阖之士如苏秦辈熟读精思的鬼谷子先生的著作，暗示好友叶贤良乃智勇双全之士，"请缨系粤，草檄征辽。当年目视云霄"更是典型的战国策士的风神意态，而"老去胸中，有些磊块，歌罢犹须著酒浇"又反映了南宋士人在偏安一隅苟且偷安小朝廷里的失意惆怅。还有，黄昇年轻时很有雄心壮志，他在《水龙吟·赠丁南邻》中道：

---

① 许富宏撰：《鬼谷子集校集注》，中华书局 2010 年版，第 119 页。
② 《四库全书总目》卷一一七，中华书局 1965 年版，第 1006 页。
③ 汉·司马迁：《史记》，中华书局 1998 年影印武英殿本，第 2279 页。
④ 唐圭璋编，王仲闻参订，孙凡礼补辑：《全宋词》第 4 册，中华书局 1999 年版，第 3311－3312 页。

少年有志封侯，弯弓欲挂扶桑外。一朝敛缩，萧然清兴，了无拘碍。袖里阴符，枕中鸿宝，功名蝉蜕。看舌端霹雳，剧谈玄妙，人间世、疑无对。①

为了功名，他也袖揣阴符，漫游江湖，并以诗干谒名流游九功，在一定程度上使战国策士游说干谒的精神面貌又重新呈现了出来并体现出新的时代风貌。

又如杨冠卿，字梦锡，江陵人。尝举进士，终生以诗文游各地幕府。与范成大、张孝祥、陆游等名公巨卿多有交游唱和。在《辞谢广西机幕赵府判启》中，杨冠卿自述依人作客的困顿窘迫：

辱误知于畴昔，未忘情于去留。伏念某乾坤腐儒，声屋败将，无尺宅以主祀，乏寸田而归耕。激水南溟，遐想鹏程于九万；曳裾东阁，进陪珠履之三千。……况惟百忧之余，存困长淮之役；床头之金已尽，口中之舌仅存。②

这“床头之金已尽，口中之舌仅存”的生存状态，不禁让我们想到了战国策士苏秦、张仪。据载，苏秦：“说秦王书十上而说不行。黑貂之裘弊，黄金百斤尽，资用乏绝，去秦而归。羸滕履蹻，负书担橐，形容枯槁，面目犁黑，状有归色。”（《战国策》）张仪：

其妻曰：“嘻！子毋读书游说，安得此辱乎？”张仪谓其妻曰：“视吾舌尚在不？”其妻笑曰：“舌在也。”仪曰：“足矣。”③

南宋谒客在生活方式和生存状态上与战国时的食客在某些方面确有相似之处。他们作为士人，一无所有，所凭借的资本就是口中仅存之舌，苏秦靠此：“见说赵王于华屋之下，抵掌而谈。赵王大悦，封为武安君。受相印，革车百乘，锦绣千纯，白璧百双，黄金万溢，以随其后，约从散横，以抑强秦”“位尊而多金”（《战国策》）。南宋时的杨冠卿也凭此受到名公巨卿的重视，赢得声名。杨冠卿在广州期间，寄其所著《客亭类稿》于湖北安抚使张孝祥，张孝祥在《题杨梦锡〈客亭类稿〉后》中，用饱含深情的笔墨记述了杨冠卿以文游谒幕府的经历，并高度评价其文章之“精深雄健”：

为文有活法，拘泥者窒之，则能今而不能古。梦锡之文，从昔不胶于俗，纵横运转，如盘中丸，未始以一律拘，要其终变不出于盘。盖其束发事远游，周览天下山川之胜，以作其气。所与交者，又皆当世知名士，文章安得不美耶。余官荆南，梦锡自交、广以《客亭类稿》来，精深雄健，视昔时又过数驿，读之终篇，使人首益俯焉。④

---

① 唐圭璋编，王仲闻参订，孙凡礼补辑：《全宋词》第4册，中华书局1999年版，第3796页。

② 宋·杨冠卿：《客亭类稿》卷五，《影印文渊阁四库全书》本，第1165册，第462页。

③ 汉·司马迁：《史记》，中华书局1998年影印武英殿本，第797页。

④ 宋·张孝祥著，徐鹏校点：《题杨梦锡〈客亭类稿〉后》，《于湖居士文集》卷二十八，上海古籍出版社2009年版，第281页。

张孝祥在荆南为官，作为地方大员，杨梦锡以自己的文稿来谒见他，目的就是想得到他的赏识，最好能给他的文稿写一篇序跋之类的文字作番品题援引，这种品题产生的效果是惊人的，刘过《呈稼轩诗五首》其五曰："书生不愿黄金印，十万提兵去战场。只欲稼轩一题品，春风侠骨死犹香。"① 张孝祥是当时的名流，他没有让杨梦锡失望，有他这样一篇热情洋溢却也不乏溢美之词的文字，杨梦锡足以不朽了。游幕不仅解决了杨梦锡的生计问题，还成就了他的事业，宣传了他的文章，扩大了他的影响。受到地方大员张孝祥这样礼遇的杨梦锡也深感知遇之恩，他们宾主双方，即幕僚与幕主之间产生了深厚感情，这可以从杨梦锡《水调歌头》词的小序中看出一斑：

归自罗浮，舟过于湖，哭张安国。至采石，吊李谪仙，悼今昔二贤豪之不复见也。月夜酹酒江渍，慨然而去，作长短句。

其词曰：

曳杖罗浮去，辽鹤正南翔。青鸾为报消息，岩壑久相望。无奈渔溪欸乃，唤起蘋洲昨梦，风雨趁归航。万里家何许，天阔水云长。　　历五湖，转湘楚，下三江。兴亡千古余恨，收拾付诗囊。重到然犀矶渚，不见骑鲸仙子，客意转凄凉。举酒酹江月，襟袖泪淋浪。②

杨冠卿于乾道六年（1170）北归过于湖时，张孝祥却已于一年前即乾道五年夏季遽亡。杨冠卿为此而作的《水调歌头》词，感人肺腑，直可令天地动容。杨梦锡这样的知遇之感与战国时期受到孟尝君、信陵君重用而思恩图报的策士颇有相似之处。杨冠卿的才华除了得到张孝祥的认可外，也受到当时名流巨卿赵温叔、陆游的交口称赞，据载：

杨冠卿馆于九江戎司，赵温叔罢相帅荆南，道由九江。守帅合宴，杨作致语云："相公倦台鼎，喜看衮绣之东归；浔阳无管弦，且听琵琶之旧曲。"温叔再三称道。③

陆游《渭南文集》卷一五《杨梦锡集句杜诗序》亦云：

文章要法，在得古作者之意。意既深远，非用力精到则不能造也。……楚人杨梦锡，才高而深于诗，尤积勤杜诗。平日涵养不离胸中，故其句法森然可喜。因以暇戏集杜句，梦锡之意非为集句设也，本以成其诗耳。……予故为表出之，以告未深知梦锡者。④

① 宋·刘过撰：《龙洲集》卷八，《影印文渊阁四库全书》本，第 1172 册，第 42 页。

② 唐圭璋编，王仲闻参订，孙凡礼补辑：《全宋词》第 3 册，中华书局 1999 年版，第 2409 页。

③ 宋·张端义撰，李保民校点：《贵耳集》卷上，上海古籍出版社编：《宋元笔记小说大观》，第 4 册，上海古籍出版社 2001 年版，第 4272 页。

④ 钱仲联、马亚中主编：《陆游全集校注》第 9 册，浙江教育出版社 2011 年版，第 381 页。

可见，南宋士人的寄食游幕生涯影响到他们的文学创作风格及成就，而当时名流作序印可的风气，无疑也有利于激发士子的文学创作潜能。

这种新的时代风貌，是因为一方面南宋干谒之士不仅效仿战国策士游说奔走、请托援引，另一方面他们又崇尚魏晋之风，并把两种风貌融为一体，既追求建功立业、“位尊而多金”，也讲究任情适意，及时行乐，颇有魏晋名士“使我有身后名，不如身前一杯酒”、活在当下的精神特征。春秋战国、魏晋时期是历史上最动乱、人民生活最痛苦，士人精神最解放的时代。南宋小朝廷偏安一隅的历史环境，也使得南宋士大夫一方面渴望复国，建立功业，另一方面也沉醉于江南的柔山秀水中尽情享乐。在他们向往功名时，自然就会想到战国策士干谒诸侯、靠着三寸不烂之舌赢得富贵的荣耀；而在经济发达、享乐风气盛行的大都市里，他们往往又羡慕魏晋名士的任情适意，纵酒狂欢。

正是有如此众多的士子奔走幕府干谒请托，让人自然而然地联想到了战国策士，并对其渊源流变进行了一番考察：

> 战国之士以雄辩长说游诸侯，立致卿相，故其高自誉道，无所顾藉，虽困踬有不肯悔，揣摩相师，遗言成编，今七十二子之书皆足以为游之具也。汉世尊尚黄老，游士屏息，武帝开绝域于万里外，游者复至，尽其足所历，图写险轭，立功效能，以其荒怪异物描于地图，而口舌之学悉废，与战国之游者有异矣。南北分裂，游不越其国，游之效不能以著。唐立科举，各挟策自奋，穷山水之胜，履危涉幽，则皆其羁穷不遇之所为见于咏歌，盖不以为利达富贵也，若是则游之道几废矣。①

以上论述出自宋元之际的著名文士袁桷，他对宋室南渡以来干谒奔走之士的策士风度深有感触，故有此论。

第三节　南宋幕府的文学生态

文人的幕府生涯对当地的文学、文化事业的发展起到了非常重要的作用。南宋时期出现的幕主大多数对文学、文化事业颇感兴趣，在他们周围环绕着一大批游幕干谒之士。在南宋一朝特殊政策的指引下，名流显宦广开幕府，招贤纳士，文人士子纷纷奔走干谒于幕府，在当时形成了众多文人雅士聚集的场所，幕主与幕僚们在其中吟风弄月、诗酒酬酢，弘扬文化、提倡学问，促成了地区文化的繁荣。入幕谋生或谋取发展，是南宋士人普遍存在的生活方式和行为习惯，对当时文人创作风格的嬗变、文学群体的形成及流派的兴起，起到了十分重要的作用。

一

关于唐代、明清之交文人游幕与文学生态的关系，已有一些重要的研究成果，如戴伟

① 元·袁桷著，杨亮校注：《袁桷集校注》第3册，中华书局2012年版，第1187页。

华专著《唐代幕府与文学》①《唐代使府与文学研究》②，从幕府发展及文人游幕的视角对唐诗繁荣的成因进行了深入探究；对幕府与明代中后期及清代文学生态的研究则有朱丽霞的《明清之交文人游幕与文学生态——以徐渭、方文、朱彝尊为个案》③。游幕是中国古代一个重要的文化现象，与文学创作有着十分密切的联系，清人姚椿对幕府与文学创作的关系有深刻的认识，指出：

古之人才聚于幕府者为多，而于诗人尤为盛。盖其见闻繁富，阅历广博，凡欣愉忧愤之情，身世家国之故，其于人己晋接，皆征性情、抒才藻。自风雅以来，行旅篇什，唐、宋以降，幕府征辟之士班班，著见载籍者大抵其客游之作居多也。④

随着学术研究的发展，学者认识到幕府在文人创作中的作用。黄霖说："游幕，本是中国古代文人的一种特殊的生活方式。他们或迫于生计，或出于友情，或寻求发展，就离乡背井，在权贵势要的幕中从事文字或谋划等工作，或随幕主辗转他方，或与幕僚切磋诗文，对个人的创作与流派的形成都很有关系。"⑤

南宋幕府与文学关系的研究，却较少有学者关注，单单关于宋代幕府制度的研究，在学术界也备受冷落，⑥ 令人不免有遗珠之憾。文人入幕涉及当时士人生活方式、心迹情感的变化，与文人创作有着千丝万缕的内在联系。同时，入幕还是文人干谒生活、干谒方式、干谒心态最集中的体现，折射着社会意识和时代思潮。包弼德指出：

作为一个描述社会成分的术语，"士"在唐代的多数时间里可以译为"世家大族"，在北宋可以译为"文官家族"，在南宋时期可以译为"地方精英"。⑦

我们认为，南宋时期的"地方精英"体现了南宋幕府中士人生活方式的重要性。士人入幕从宋室南渡以来就十分盛行，直到南宋灭亡前夕也一直存在，从中兴名将岳飞、韩世忠、张浚至宋末文天祥的幕府就在非常时期体现出了独特的时代气息。游幕是南宋众多士子谋求生活资料和实现人生价值的重要方式。对这一时期幕府的深入研究，能够更集中、细腻地描述游谒士子的生存状态、心迹情感和文化性格，更深刻地揭示出南宋文学发展的脉络，考察南宋文人的入幕生涯、对南宋士人入幕的文献进行一番梳理、分析，对"南宋干谒与文学研究"是一种启示和补充。

① 戴伟华：《唐代幕府与文学》，现代出版社 1990 年版。

② 戴伟华：《唐代使府与文学研究》，广西师范大学出版社 1998 年版。

③ 朱丽霞：《明清之交文人游幕与文学生态——以徐渭、方文、朱彝尊为个案》，上海古籍出版社 2008 年版。

④ 清·姚椿：《史赤霞遗集序》，见《晚学斋文集》卷四，清道光刊本。

⑤ 朱丽霞：《明清之交文人游幕与文学生态——以徐渭、方文、朱彝尊为个案》，上海古籍出版社 2008 年版，第 2 页。

⑥ 周国平在他的硕士论文中说："综观以往两宋史的研究，以幕府（包括幕僚）为切入点，系统探讨宋代幕府的历史境遇、变化发展，探讨幕僚群体的职责、生活等诸多方面的文章近乎阙如。"（周国平：《宋代幕府研究》，河北大学历史学硕士论文，2003 年，第 4 页）

⑦ 包弼德著，刘宁译：《斯文：唐宋思想的转型》，江苏人民出版社 2001 年版，第 37 页。

唐宋士人干谒与入幕现象普遍，到南宋表现尤其突出。首先，我们来看唐人入幕与干谒的联系。孟浩然的干谒诗《望洞庭湖赠张丞相》写于他在张九龄荆州幕府中。入幕士子为了生存和发展，会竭力干谒以求援引。陈铁民在“张九龄署为从事”条笺注道：

浩然在荆州幕府时，曾外出行役。……玩诗意，此二篇亦当时浩然在荆州幕府期间行役经洞庭湖时所作。《临洞庭》云：“八月湖水平，涵虚混太清。气蒸云梦泽，波撼岳阳城。欲济无舟楫，端居耻圣明。坐观垂钓者，徒有羡鱼情。”此诗《全唐诗》卷一六〇作《望洞庭湖赠张丞相》，当亦作于在荆州幕府任职期间。[①]

我们从中不难看出文人入幕与干谒奔竞之间千丝万缕的内在联系。奔走四方、干谒求知的南宋文人以孟浩然为“贤士，当世名公犹钦慕之”的“楷式”[②]，体现了胸怀大志、饱受干谒奔走之苦的文士对孟浩然的“了解之同情”。

南宋士人往往将倦游幕府中的所见所感寓于诗文。从施枢所撰写的《芸隐横舟稿自序》中，我们可感受到时人羁旅飘零的生活方式与心迹情感：

枢丙申冬趋浙漕舟官，戍小廨，泊崇新门外，傍河依柳，仿佛家居。刳剡之余，时作一二解，殊自适。丁酉，郁攸梃变，场地焦土，转徙不常。修缮御前诸营，投身竹木瓦砾中，奔走不暇。及涉笔冰幕，尘埃益甚。经年仅得十余篇，非曰忘之，势也。戊戌秋，捧檄东越，凿石障江。因登蓬莱，挹秦望，探禹穴，访兰亭，上会稽中峰，谒阳明洞天。山川之秀，陶镕胸次，间吟一联，自谓可意，故所得最多。己亥春旋幕，董筑江堤，清事始尽废矣。尝观银涛万叠，瞬息去来，翠山数点，空远呈露，非不以是发雅思而动雄心，而无一语及之者，亦势也。岁晚坝岸成，枢秩适满，裒集旧作，共百二十题。先正诗云“野水无人渡，孤舟尽日横”，与枢官业偶同，遂命曰《横舟稿》。[③]

这样的生活方式和心迹情感使其作品“亦属寻常赋咏，未见有超诣之处，不知何以矜诩若是。至其他登临酬赠之作，虽乏气格，而神韵尚为清婉，在江湖诗派中，固犹为庸中佼佼矣”[④]，由此可见南宋江湖士人倦游幕府与文学创作的关系。

南宋幕府对士人文学创作影响很大。有些幕主求贤若渴，喜欢奖掖援引后进，大批文人士子聚集在幕府中切磋琢磨、往来酬酢，既增长了见闻、提高了诗艺，也扩大了人生阅历。可以说，幕府为南宋的游谒之士提供了一个栖居之所和文学创作、文学交流、干谒行卷的绝妙舞台。绍兴十八年戊辰（1148），宋南渡词人向子諲作《水调歌头》一词，其词序透露出时人在幕府中交游、创作的情景：

大观庚寅闰八月秋，芗林老、顾子美、汪彦章、蒲庭鉴，时在诸公幕府间。从游者，

① 傅璇琮主编：《唐才子传校笺》，中华书局 1987 年版，第 369－370 页。

② 《江湖长翁集》卷三一《题孟浩然集后》，《影印文渊阁四库全书》本，第 1166 册，第 401 页。

③ 宋·施枢撰：《芸隐横舟稿》卷首，《影印文渊阁四库全书》本，第 1182 册，第 618 页。

④ 《四库全书总目》卷一六四《芸隐横舟稿提要》，中华书局 1965 年版，第 1404－1405 页。

洪驹父、徐师川、苏伯固父子、李商老兄弟。是夕登临，赋咏乐甚。俯仰三十九年，所存者，余与彦章耳。绍兴戊辰再闰，感时抚事，为之太息。因取旧诗中师川一二语，作是词。

词曰：

闰余有何好，一岁两中秋。补天修月人去，千古想风流。少日南昌幕下，更得洪徐苏李，快意作清游。送日眺西岭，得月上东楼。　　四十载，两人在，总白头。谁知沧海成陆，萍迹落南州。忍问神京何在，幸有芗林秋露，芳气袭衣裘。断送余生事，惟酒可忘忧。(《酒边词》卷上)①

此词张元幹、李弥逊、杨无咎等皆有和作。我们从中可以看到士大夫们聚集在幕府交流思想、探讨人生，时获相互切磋之乐。

一代名臣李纲与向伯恭、朱子发、张恭甫等幕僚们的诗词酬唱亦值得我们注意，周必大撰《跋李伯纪青原诗》时特别提及其"历帅江湖"的成效及同僚的情状，颇能反映当时士大夫的志趣及文采：

李伯纪丞相宣和中为左史，坐论京师水灾斥去，已负直声。靖康戒严，定计城守，虽不能解河东之围，然一时名望甚重。高宗即位，首用为相。惜乎辅政日浅，规恢不竟。其后历帅江湖，厥有成效。淳熙末，诸子皆不在，其侄申之进家集奏议，请谥于朝。孝宗似未悉其人，予为历陈本末，圣谕云："张浚比与！"天监在上，一言尽之。有司请以忠定易其名，制曰："可。"今登仕郎曾孙佐出绍兴初赠青原主僧师珪长篇，观其志趣亦壮矣。同游向伯恭、朱子发、张恭甫仕未甚显，已而俱为名侍从，坐间议论必缅缅可听，岂止翰墨之胜乎！②

李纲"历帅江湖"，受到孝宗高度重视并"以忠定易其名"，这对广大"议论必缅缅可听"、有志恢复的文士无疑是个巨大鼓励。出入幕府的士子，是南宋文学创作的重要力量，文人在幕府中的诗词创作和交流酬唱展示出南宋文学之走向。当时幕府中的文化交流活跃，幕主大多是雅好文学之士，他们开才路、揽人才，吸引了大量骚人墨客到其幕府，为文士提供了栖居之所和文学创作、交流的舞台。

南宋士人在幕府生活中所作的诗词自然而然呈现出独特的审美风貌。如黄机，曾在永兴为官，经常与吴楚之地的幕府官僚交往，与名流显人岳珂、辛弃疾皆有往来酬酢，其中名作即有"寄辛弃疾"词一首、"次岳总干韵"词六首，"岳总干"即一代名将岳飞之孙岳珂，他当时即在幕府，担任淮东总领兼制置使，与这些幕府中慷慨悲歌、壮怀激烈之士的交往酬唱，也使黄机词颇有稼轩之风：

---

① 唐圭璋编，王仲闻参订，孙凡礼补辑：《全宋词》第2册，中华书局1999年版，第1237页。

② 宋·周必大撰，周纶编：《文忠集》卷四九，《影印文渊阁四库全书》本，第1147册，第529－530页。

岳氏为忠义之门，故机所赠词亦皆沉郁苍凉，不复作草媚花香之语。[①]

机才气磊落，多与岳珂以长调唱酬，极激楚苍凉之致。[②]

四库馆臣着眼于岳珂“忠义之门”的身份来阐释黄机所赠之词的审美特质，突出表现词人在幕府中的地位。

辛弃疾的创作也与当时的幕府生活息息相关，据刘克庄《后村诗话》载：

辛稼轩帅湖南，有小官，山前宣劳，既上功级，未报而辛去，赏格不下。其人来访，辛有诗别之曰：“青衫匹马万人呼，幕府当年急急符。愧我明珠成薏苡，负君赤手缚於菟。观书到老眼如镜，论事惊人胆满躯。万里云霄送君去，不妨风雨破吾庐。”此篇悲壮雄迈，惜为长短句所掩。上饶所刊《辛集》有词无诗，惜无好事者搜访补足之。[③]

胆识过人、勇猛精进的辛弃疾具有战国策士纵横捭阖的精神气概，可见幕府中文人之间的往来酬答、相互交流对他们创作风貌所产生的深刻影响。辛弃疾曾上书孝宗皇帝的《美芹十论》详析敌我双方形式，《审势》第一曰：“用兵之道，形与势二。不知而一之，则沮于形、眩于势、而胜不可图，且坐受其毙矣。”[④] 与苏秦、张仪的合纵连横之士的论说口吻何其相似，接下来提出《察情》《观衅》《自治》《守淮》《屯田》《致勇》《防微》《久任》《详战》等一系列充满远见卓识的合理化建议、纵横捭阖，豪气干云，“笔势浩荡，智略辐辏，有《权书》、《衡论》之风”[⑤]，充分体现了辛弃疾文韬武略、文武双全的军事家、战略家的眼光和战国策士的豪情胜概。据《宋史》记载：

（乾道）六年，孝宗召对延和殿。时虞允文当国，帝锐意恢复，弃疾因论南北形势及三国、晋、汉人才，持论劲直，不为迎合。作《九议》并《应问》三篇、《美芹十论》献于朝，言逆顺之理、消长之势、技之长短、地之要害，甚备。[⑥]

这段记载同样反映了辛弃疾纵横捭阖的战国策士的议论风采，并带有南宋有志之士“持论劲直，不为迎合”的精神气质。

南宋四六文或应制之文的繁荣与士人的幕府生活关系密切。我们举李刘为例，他曾干谒真德秀，真德秀试以竹夫人进封制，对其称赏不已，（详参刘克庄《跋方汝玉行卷》）得以授宁乡主簿，入曹彦约幕府。董居谊帅蜀时，辟为属官，尝行边至兴元。秩满，南还为两浙运干，复通判武冈军。再度入蜀，历知荣州、眉州，除成都运判，帅成都，守本路

① 《四库全书总目》卷一九九《竹斋诗余提要》，中华书局1965年版，第1820页。

② 清·永瑢等著，傅卜棠点校：《四库全书简明目录》卷二〇《竹斋诗余》，华东师范大学出版社2012年版，第900页。

③ 吴文治主编：《宋诗话全编》第8册，凤凰出版社1998年版，第8407页。

④ 宋·辛弃疾著，徐汉明点校：《辛弃疾全集》，崇文书局2013年版，第265页。

⑤ 《辛稼轩集序》，《后村先生大全集》卷九八，宋·刘克庄著，辛更儒笺校：《刘克庄集笺校》第9册，中华书局2011年版，第4113页。

⑥ 元·脱脱等：《宋史》卷四〇一《辛弃疾传》，第35册，中华书局 1985年版，第12162页。

提点刑狱、四川都大茶马。召为礼部郎官兼崇政殿说书，起居舍人，迁吏部侍郎[①]，李刘一生的仕途与他的入幕生涯关系密切，而幕府中的公文往来免不了要他这样的幕僚来捉刀代笔，经过长期训练，他将应制类的四六文写得出神入化、“语妙天下”，受到名流显人的高度评价。罗逢吉在《梅亭先生四六标准跋》中道：

梅亭先生言语妙天下，而四六尤脍炙人口。比眉山所刊《类稿》已盛行世，客有求逢吉所藏《四六》，欲锓之梓，适先生以仪曹召，弗敢请。客求益坚，姑授以先生初年馆月湖及湖南、蜀川所作，名曰《四六标准》，继此当陆续以传。门人罗逢吉谨书。[②]

四库馆臣亦评道：

迨刘晚出，惟以流丽稳贴为宗，无复前人之典重。沿波不返，遂变为类书之外编，公牍之副本，而冗滥极矣。然刘之所作，颇为隶事亲切，措辞明畅，在彼法之中，犹为寸有所长，故旧本流传，至今犹在。[③]

李刘熟于坟典，尤擅长写应制酬酢的四六文，这些四六文隶事亲切，措辞明畅，流丽妥帖，被誉为南宋四六之冠，因此，李刘两为中书舍人，三入翰林直学士院，内外制多，乔行简、李宗勉、史嵩之三相之制，尤为世所称道。我们若深入研究李刘仕途经历与文章写作的联系，会发现幕府生活是其中起关键作用的因素。

与此类似的还有张榘，他曾为建康府观察推官、江东制置使司主管机宜文字、参议。他与魏了翁、赵与夫等名流显人结交，又与江湖诗人往来酬酢，以自己的才艺服务于幕府，许棐作诗评价他：“能书能画又能诗，除却芸窗别数谁。”他的词集《芸窗词稿》一卷共存词五十首，大多反映他在幕府生活中交游应酬的情形，明显带有投赠请托的特质，四库馆臣评道：

词仅五十首，而应酬之作凡四十三首。四十三首之中，寿贾似道者五，寿似道之母者二，其余亦大抵谀颂上官之作，尘容俗状，开卷可憎。[④]

其词风格与在幕府生活过的戴复古、刘克庄、刘过、宋自逊诸家类似，大多以豪门清客、幕府僚属的角色表现出清逸、豪壮、纤软、俗媚等面目声口。幕府生活中干谒奔走之士的精神面貌与文学创作关系由此可见一斑。

士人在幕府生活中与幕僚或幕主之间的谈诗论艺，更加体现出当时士人们的文学思想、美学观念。据吕午《跋絜斋赠陶韩集》载：

---

① 李刘生平事迹详参清·陆心源辑：《宋史翼》卷二九，中华书局1991年版，第312页。

② 宋·李刘撰：《梅亭先生四六标准》卷末，四部丛刊续编影印宋刻本。

③ 《四库全书总目》卷一六三《四六标准》，中华书局1965年版，第1396页。

④ 《四库全书总目》卷二〇〇，中华书局1965年版，第1831页。

岁在辛巳，某赘员东浙庾幕。……明年季夏，官满将西退，公置酒进修堂中道别。酒三行，出《陶渊明》、《韩魏公集》见赠，且酌而言曰："处则为陶渊明，出则为韩魏公，燮之相期盖不浅也，其为我尽此酒。"退惟晚学小子何足以辱此，然见不同，美金精玉自有定价，安知赵公所遗者不为他人大称赏乎？式之后尝有《和后山寄外舅》韵，亦删去，而赵司令至谓此诗全篇似后山，余可概见云。①

吕午在东浙庾幕生活中与幕主诗酒酬酢、相互探讨的情形跃然纸上。

又据刘克庄《后村诗话》后集卷二载：

金陵制阃，总漕鼎峙，幕僚众多。岁朝桃符，人人各出新意，唯一务官独题云："惟酒是务，乌知其余。"虽用前人语而有意义。②

与此相似的还有吴潜，他为魏了翁幕府中门客，在魏了翁逝世后，吴潜撰写了《魏鹤山文集后序》，既记载了他游谒魏幕的情形，又高度评价了魏了翁的道德文章、政事功业及对其壮志未酬、未尽其才的慨叹，读后令人眼热鼻酸、心潮澎湃，不意战国策士之忠心报知己的热忱复见于南宋士人的著述中：

端平二年冬，潜以右文殿修撰知太平州。时文靖魏公由枢筦督视江淮京湖军马，其始辟幕府领袖之士，每极天下选，然率以时好向背违不就。潜于公非交游知旧，亦骤辱拔引为上客。……后二年公殁，潜哭之流涕，曰天丧斯文矣。又十有五年，公之子近思、克愚相与搜遗罔轶，有正集、外集、奏议一百卷，将锓梓行于世。既属叔氏序其首，又俾潜曰：子为申言之。潜窃谓渡江以来，文脉与国脉同其寿。盖高宗于司马文正公《资治通鉴》，谓有益治道，可为谏书。自孝宗为《苏文忠公文集》御制一赞，谓忠言谠论，不顾一身利害。洋洋圣谟，风动四方，于是人文大兴，上足以接庆历、元祐之盛。至乾、淳间，大儒辈出，朱文公倡于建，张宣公倡于潭，吕成公倡于婺，皆著书立言，自为一家。凡仁义之要，道德之奥，性理之精微，所以明天理而正人心，立人极而扶世教，使天下晓然知人之所以异于禽兽，吾道之所以异于佛老，圣经贤传之务息邪说，有君臣有父子而不蚀其纲常之正者，功用弘矣。永嘉诸老如陈心斋、叶水心之徒，则又创为制度器数之学，名曰实用，以博洽相夸。虽未足以颉颃二三大儒，然亦有足稽者。寥寥然四五十载，我公嗣之，识照古今而不自以为高，忠贯日月而不自以为异，德望在生民，名望在四夷，文章之望在天下，后世盖所谓精粗、一本末、集乾、淳之大成者也。惜其位不称德，命不待时，不及相明天子以兴礼乐，致太平，而斯文之泽所见仅止于此，悲夫！公讳了翁，字华父，邛之鹤山人，天下士师尊之曰"鹤山先生"云。③

---

① 宋・吕午撰：《竹坡类稿》卷三，国家图书馆藏清抄本。
② 吴文治主编：《宋诗话全编》第8册，凤凰出版社1998年版，第8408页。
③ 宋・吴潜撰：《履斋遗稿》卷三，《影印文渊阁四库全书》本，第1178册，第419－420页。

幕僚吴潜的这段文字印证了：

古之人才聚于幕府者为多，而于诗人尤为盛。盖其见闻繁富，阅历广博，凡欣愉忧愤之情，身世家国之故，其于人己晋接，皆征性情、抒才藻。自风雅以来，行旅篇什，唐宋以降，幕府征辟之士班班，著见载籍者大抵其客游之作居多也。[①]

让我们得以一窥南宋幕府生活对时人文学创作、文学批评的深刻影响。

这些游幕士子的身上，反映了那一时代的士人因高压政策、选人磨勘、名流印可所带来的各种沉重的物质和精神压力。试看杨铁夫对吴文英《水龙吟·寿嗣荣王》的解读：

梦窗应酬荣王府诸作，皆作于绍兴。盖吴潜淳祐九年帅绍兴，已在梦窗卸苏幕之后，梦窗又入吴幕。惟吴十一年即去任，而诸寿词又非一年之作。前人谓梦窗曾客荣府，殆必有据。殆先入吴幕，随客荣府。吴去而梦窗随离绍兴。此嗣荣王疑即《宴清都》饯之还京之仲亨，观“花萼楼”句可证。此等词颇同应制，不能不极锦簇花团之致。[②]

杨铁夫对吴文英四处奔波、干谒奔竞之行迹进行了深入细致的考察分析，从而令人信服地得出“此等词颇同应制，不能不极锦簇花团之致”的结论，可谓是对吴文英具有“了解之同情”，无怪乎夏承焘说其《吴梦窗词笺释》是“钩稽愈广，用思益密，往往于辞义之外，得其悬解”。[③] 对于南宋文人干谒奔竞的情形，我们也应具此种研究态度。吴文英的《沁园春·送翁宾旸游鄂渚》很能说明当时士子奔走幕府之门的心迹情感：

情如之何，暮涂为客，忍堪送君。便江湖天远，中宵同月，关河秋近，何日清尘。玉麈生风，貂裘明雪，幕府英雄今几人。行须早，料刚肠肯滞，泪眼离颦。　　平生秀句清尊。到帐动风开自有神。听夜鸣黄鹤，楼高百尺，朝驰白马，笔扫千军。贾傅才高，岳家军在，好勒燕然石上文。松江上，念故人老矣，甘卧闲云。[④]

此词作于开庆元年（1259），据夏承焘考证：

《浩然斋雅谈》卷下：“翁孟寅尝游维扬，时贾师宪开淮阃，甚前席之，其归，举席间饮器凡数十万悉以赠之”云云。梦窗此词云“幕府英雄今几人”，盖送翁入贾幕。考《理宗纪》：“开庆元年，似道军汉阳援鄂，即军中拜右相。”次年四月即入朝。梦窗此词

---

① 清·姚椿：《史赤霞遗集序》，见《晚学斋文集》卷四，清道光刊本。

② 杨铁夫：《吴梦窗词笺释》，宋·吴文英著，吴蓓笺校：《梦窗词汇校笺释集评》，浙江古籍出版社 2012 年版，第 101－102 页。

③ 夏承焘：《吴梦窗词笺释序》，宋·吴文英著，吴蓓笺校：《梦窗词汇校笺释集评》，浙江古籍出版社 2012 年版，第 848 页。

④ 宋·吴文英著，吴蓓笺校：《梦窗词汇校笺释集评》，浙江古籍出版社 2012 年版，第 450 页。

有“贾傅才高，岳家军在”、“关河秋近”句，当作于开庆元年夏秋间。[①]

杨铁夫也说：

贾似道开府鄂渚，宾旸曾入其幕，见周密《癸辛杂识》。此行当是入幕，故词有“幕府英雄今几人，行须早”之句。[②]

夏、杨两先生都引用与吴文英有过交往的周密的笔记，说明翁宾旸游鄂渚是为入贾似道幕府。

游幕形成了他们见闻广博、阅历丰富的特征，凡欢愉愁苦之情、身世飘零之感、吊古伤今之慨，都通过诗词表达出来，体现了文人游幕时的生活方式和心迹情感。如这首《木兰花慢·虎丘陪仓幕游。时魏益斋已被亲擢，陈芬窟、李方庵皆将满秩》就具有典型性，刘永济对此词有很详细的阐释：

魏、陈、李三人皆仓幕同事。起句言趁晓出游。“正蕙雪”三句用蕙、松雪后之状，想像真真憔悴之客。“真真”者，真娘也，亦作贞。《吴地记》：“虎丘有贞娘墓，吴国之佳丽也。”“轻藤”（误作藜，从郑校改）以下三句正写游。“瘗花痕”，即贞娘葬地遗迹。“千古”二句将吊古之情与游时景物结合，收上起下。换头四句写陪游宴饮之事，即承上过拍说来。“问几曾”三句写剑池，带出往日游踪。“登临”二句中之“去客”即魏、陈、李三人将去吴也。“更软红”二句言三人将入都城软红尘土中，先来游虎丘作探芳之人，以见三人之高情。[③]

除了幕属与幕主关系密切之外，同一幕府中的同僚之间关系亦很亲密，吴文英与魏、陈、李三人皆仓幕同事，他们之间的深厚感情也可以从此词中读出一斑。吴文英的词除了为吴潜、贾似道、史宅之、赵与芮等朝廷显贵、名公巨卿而作，也有许多是写给与自己身份相近的“江湖诸友”，如施枢、陈起、孙惟信、万俟绍之流。可以说，往往是这些写给同僚的词更能表现他们寄人篱下、游谒四方的生活气息和情感体验，如《木兰花慢·施芸隐随绣节过浙东，作词留别，用其韵以饯》：

几临流送远，渐荒落、旧邮亭。念西子初来，当时望眼，啼雨难晴。娉婷。素红共载，到越吟、翻调倚吴声。得意东风去棹，怎怜会重离轻。　　云零。梦绕浮觞，流水畔、叙幽情。恨赋笔分携，江山委秀，桃子荒荆。经行。问春在否，过汀洲、暗忆百花名。莺缕争堪细折，御黄堤上重盟。[④]

① 夏承焘：《夏笺》，《夏承焘集》第2册，浙江古籍出版社、浙江教育出版社1998年版，第162页。
② 杨铁夫：《梦窗词笺释》，吴熊和主编：《唐宋词汇评》第4册，浙江教育出版社2004年版，第3413页。
③ 宋·吴文英著，吴蓓笺校：《梦窗词汇校笺释集评》，浙江古籍出版社2012年版，第575页。
④ 宋·吴文英著，吴蓓笺校：《梦窗词汇校笺释集评》，浙江古籍出版社2012年版，第585－586页。

此词是写给同僚施芸隐的。据《四库全书总目》卷一六四《芸隐横舟稿提要》考证，嘉熙间，施枢为浙东转运司幕属。施枢于端平二年（1235）入吴，摄庾台幕，与吴文英为同僚。次年，为浙东转运使幕属。嘉熙二年（1238）丞会稽，为浙东提刑幕属。吴文英作此词于嘉熙二年。[①] 这首留别词表现出吴文英对游幕四方的感喟，对同僚前途未卜的担忧，对往日同僚生活的怀念，让人感受到士子寄食游谒生活的气息。幕府中的人际交往文学创作情形，由此可见。

袁说友的文学创作、文化事业与其官四川安抚使密切相关。袁说友学问渊博、留心典籍，在四川幕府时命手下幕僚编辑《成都文类》五十卷，征集、整理了重要的地方文献资料。周必大称其"风规秀整，器度恢宏，学探左右之原，文蔼中和之气"[②]，所作题跋多慕韩琦、欧阳修、司马光、苏轼、黄庭坚诸人，而不满王氏新学，其文曲折畅达，究悉物情，具有欧、苏之体。因了解边防前线的幕府生涯，他写了许多切合时病、议论得当的奏札，如《论守淮宜用武臣》对祖宗重用文臣的家法提出质疑，谓文臣不谙兵事，不宜委以边务；《蜀将当虑其变》一疏，引崔宁、刘辟、王建、孟知祥为戒，可谓深谋远虑。其诗得到范成大、许及之、楼钥等人的称赏。[③] 与袁说友类似的林宋伟，他累佐浙幕，为幕主出谋划策，抵御金人立有战功，遂擢荆湖北路转运判官，通判吉州，终提点广南东路刑狱。长期以来的幕府生涯造就了林宋伟志气激昂、讲义精绝的风神意态。韦居安《梅硐诗话》卷中特别录其《题忠毅姚公庙》四绝。幕府成了南宋士大夫文学创作、诗词酬唱的重要场所。

幕府对南宋文人作品的刊行与传播起了重要的促进作用。文人入幕的情形反映在他们的文学创作中，而这些作品结集时要请名流显人作序宣传，印可品题文字有利于文人作品的刊行与传播。据吕午所撰写的《会稽送行诗集序》载：

> 新安汪公帅越，历年之多，比唐元稹，而治行过之。越为帝乡，去天尺五，圣天子知之为深。岁在戊子冬十有二月，乃须召命，入对清光，奏篇剀切，玉音劳问甚温。即日拜地官侍郎。方未至间，趣旨旁午，越人久安公政，欲复请留，不可。相与播为歌诗，形容功德之美，舒写怀思之情。长篇巨轴，大书特书。门生吕某旧居公幕下，兹又获与寓目焉。[④]

可见，南宋士人入幕对其仕途前程及文学创作的影响之大。

南宋时期的著名士人陆游、陈傅良、叶适、陆九渊、姜夔、戴复古、王质、王迈等，也喜结交名流显宦，与名流巨卿们高谈阔论，这是他们个性中很显著的特点，所谓："义

---

① 宋·吴文英著，吴蓓笺校：《梦窗词汇校笺释集评》，浙江古籍出版社2012年版，第587页。

② 宋·周必大撰，周纶编：《文忠集》卷二五《回袁秘丞说友启》，《影印文渊阁四库全书》本，第1147册，第271页。

③ 详参宋·袁说友撰：《东塘集》附录，《影印文渊阁四库全书》本，第1154册，第404页。

④ 宋·吕午撰：《竹坡类稿》卷一，国家图书馆藏清抄本。

理至伊洛，文字至永嘉，无余蕴矣。止斋，水心诸人之作，皆以穷巧极丽擅天下。”① 南宋士人还常常将当时幕府生活中发生的事情记录在自己的诗歌里，使这些诗歌具有以诗存事、以诗存史的目的与功能。王同祖撰《学诗初稿跋》载：

右七言绝句百首，同祖少作也。少作不止是，杂体凡数百，未敢录，姑录此百篇为《初稿》。非录诗也，录其事也。诗因事而作，事由诗而著，不然，少作何敢传哉？同祖自髫龀侍家君宦游，弱冠入金陵幕府，目所触，意所感，寓于诗，诗不足录，事不可废。此《初稿》所以出也。孔子曰：“小子何莫学夫诗？”又曰：“非求益者也，欲速成者也。”同祖慕圣门学诗之训，将以求益，而非敢蹈欲速之戒，遂以《学诗》名其篇。②

在此跋中，王同祖将入幕的所见所感寓于诗中，表达了自己慕圣门学诗之训的心理。刘克庄《送陈户曹之官襄阳二首》反映了当时士人入幕生活情况及心迹情感：

丞相曾参督府谋，郎君今复赞边筹。彼哉金谷饮长夜，去矣玉关防盛秋。尺度岂能拘快士？功名断不在中州。习池水满隄花艳，安得相陪赋远游？

幕府秋风事日生，参军匹马去兼程。起为楚舞何其壮？吟退胡兵在此行。且喜岘山碑有跋，不愁江表传无名。老儒那复封侯梦？止愿躬耕看太平。③

嘉熙二年戊戌（1238），吴渊调知太平州，措置采石江防，其弟吴潜继任镇江知府。方岳《水调歌头·九日多景楼用吴侍郎韵》，未几，吴潜权兵部尚书、浙西制置使，方岳又作《贺新郎·别吴侍郎》，反映出幕府中交游酬酢的情形。方岳在幕府中讨生活，常通过诗歌来反映时势和幕府中风流雅集的具体情形，如：

淝水风声欲破苻，文城雪意趁禽吾。诗简拟醉玉跳脱，捷羽已飞金仆姑。剡曲但能乘兴逸，灞桥仅不负诗癯。那知幕府文书外，更解飞琼打阵图。④

四库馆臣在评及《秋崖集》时道：

（岳）绍定五年进士。淳祐中为赵葵参议官，移知南康军。以杖舟卒忤荆帅贾似道。后知袁州，又忤丁大全，被劾罢归。……要其名言隽句，络绎奔赴，以骈体为尤工，可与刘克庄相为伯仲。集中有在淮南与赵葵书，举葵驭军之失，辞甚切直，亦不失为忠告。至

① 《跋王秘监合斋集》，《后村先生大全集》卷九九，宋·刘克庄著，辛更儒笺校：《刘克庄集笺校》卷九九，第9册，中华书局2011年版，第4157页。

② 《江湖小集》卷二七，《影印文渊阁四库全书》本，第1357册，第229页。

③ 宋·刘克庄著，辛更儒笺校：《刘克庄集笺校》卷一〇，第3册，中华书局2011年版，第574页。

④ 《十二月二十四日，雪。盖予三年于淮，才见此耳。时东师援淝水，捷书西来，走笔呈赵公，借官奴与幕友一醉》，宋·方岳撰：《秋崖先生小稿》卷二十二，明嘉靖二十二年刻本。

葵兄范为帅失律，致襄阳不守，所系不轻，而其罪亦非小，岳以居葵幕府之故，乃作书曲为宽解，载之集中，则未免有愧词矣。①

方岳作为“江湖体诗人后劲”②，他的幕府生涯与文学创作的关系，由此可见。

嘉熙元年丁酉（1237），赵葵以宝章阁学士知扬州，依旧淮东制置使③，余玠作词谒见赵葵，此事《宋史》载之甚详：

（玠）家贫，落魄无行，喜功名，好大言。少为白鹿洞诸生，尝携客入茶肆，殴卖茶翁死。脱身走襄淮。时赵葵为淮东制置使，玠作长短句上谒，葵壮之，留之幕中。④

余玠为南宋后期的名公巨卿，他的发迹与干谒入幕有关，入幕时余玠在精神面貌、人格个性、生活方式、言谈举止方面与战国策士有着非常深刻的内在契合，令“葵壮之”，说明余玠词作必有过人之处，能表现他建功立业的理想与壮志。此词一定写得很有气魄，将干谒之士慷慨激昂、豪情满怀的壮阔面貌呈现出来，其中当然不无自我夸耀和竭力展示的成分，显示其急躁、冲动的个性。方岳《喜迁莺·和余义夫行边闻捷》，或许就是吟咏余玠幕府生活的。

幕府生活造成了当时文学活动的繁荣，杨万里《诚斋诗话》载：

自隆兴以来，以诗名者，林谦之、范至能、陆务观、尤延之、萧东夫。近时后进有张镃功父、赵蕃昌父、刘翰武子、黄景说岩老、徐似道渊子、项安世平甫、巩丰仲至、姜夔尧章、徐贺恭仲、汪经仲权，前五人皆有诗集传世。⑤

理宗朝以后，这种士人纵横驰骋的风气没有消失，以另一种风格面貌重新活跃在南宋文坛上，出现了文士腾喧齐鸣、纵横驰骋的繁荣盛况。

二

我们接下来专以南宋抗敌前线四川为例，来探讨当时幕府中的文学生态。王炎是具有延揽人才气度的幕主，他任四川宣抚使时，陆游在川东任夔州通判，王炎慧眼识英才，辟陆游为四川宣抚使司干办公事兼检法官，陆游在王炎幕府中积极参与王炎主持的抗金恢复活动，地位举足轻重。他对王炎的知遇之恩及渴望到其幕府供职的心情反映在他所撰写的《上王宣抚启》中：

薄命邅回，阻并游于簪履；丹诚精确，犹结恋于门墙。敢辞蹈万死于不测之途，所冀

---

① 《四库全书总目》卷一六四，中华书局1965年版，第1404页。
② 钱锺书：《钱锺书手稿集·容安馆札记》卷一，商务印书馆2003年版，第410页。
③ 参见元·脱脱等：《宋史》卷四一七本传，第36册，中华书局 1985年版，第12502页。
④ 元·脱脱等：《宋史》卷四一六《余玠传》，第36册，中华书局 1985年版，第12468页。
⑤ 丁福保辑：《历代诗话续编》，中华书局1983年版，第142页。

明寸心于受知之地。伏念某禀资凡陋，承学空疏。虽肝胆轮囷，常慕昔贤之大节；乃齿牙零落，犹为天下之穷人。抚剑悲歌，临书浩叹。每感岁时之易失，不知涕泗之横流。昨属元臣，暂临西鄙。获厕油幕众贤之后，实轻玉关万里之行。奋厉欲前，驽马方思于十驾……伤弱植之易摇，悼鸿钧之难报，心危欲折，发白无馀。如输劳效命之有期，顾陨首穴胸而何憾。兹从剡曲，来次夔关，虽未觇于光躔，已少纾于志愿。此盖伏遇某官，应期降命，生德自天。器宇魁闳，钟太行、黄河温厚之气；文章钜丽，有庆历、嘉祐太平之风。取人不弃于小材，论事每全于大体。念兹虚薄，奚足矜怜。然遭遇异知，业已被户前之荐；使走趋远郡，岂不为门下之羞。傥回曩昔之恩，俾叨分寸之进。穷子见父，可量悲喜之怀；白骨成人，尽出生全之赐。过此以往，未知所裁。[①]

此文作于乾道七年（1171），陆游在夔州通判任上。王炎前年已辟陆游为幕僚，去年朝廷选差通判。陆游先赴通判任，因不乐佐郡，故盼望到边境地区去从事抗金战争、建功立业。乾道八年壬辰（1172）正月陆游启程赴任，三月到南郑，同舍幕宾十四五人，与范仲芑、张缜、宇文叔介、刘三戒、周颉、阎苍舒、章森友善[②]，南郑是宋金必争之地，陆游至此，登韩信将坛，谒武侯祠庙，陈进取之策，赋诗《山南行》《南郑马上作》、词《秋波媚·七月十六日晚登兴亭望长安南山》抒发自己直捣黄龙、收复失地的豪情，入幕南郑，成了陆放翁诗歌创作的转折点。

王炎搜罗了当时各方面的人才到他的幕府中，反映了他求贤若渴的性格，他曾说："形势地利，须人以为重。"[③] 故其幕下济济多士。陆游躬逢其盛，是其中出类拔萃者。从陆游所撰《谢王宣抚启》中，我们可感受到王炎延揽援引人才的胸襟气度，这篇文章作于乾道五年（1169），陆游闲居山阴之际。王炎宣抚四川，首辟陆游参与幕府，陆游感激涕零，作文表达心中感情。本来赋闲无事的落拓士子，一旦得到幕主的援引入幕，即能进入火热的抗金复国生活，在"一时之荐宠，极多士之光华"[④] 中施展才能。众多有志之士或为理想，或为生存，或两者兼而有之，向往进入各地的幕府去谋求发展。陆游因名声早著而为胸怀大局的幕主王炎所识并辟其参与幕府，许多"邅涂颠沛""侵寻末路"的士子主动上门、干谒请托以求得到各方幕府的赏识与重用。这是南宋干谒之风盛行的重要因素之一。

游幕不仅开阔了士人的眼界，增长了士人的见识，丰富了他们的阅历，也提供了他们广交朋友、酬酢往来的机遇，使他们的人生更加精彩、充实。陆游的许多名篇佳作就作于宣抚使王炎的幕府中，如《山南行》反映了陆游在王炎幕府的生活环境、生活方式和心迹情感，并表达出自己对时局的看法：

---

① 《渭南文集校注》卷八，钱仲联、马亚中主编：《陆游全集校注》第9册，浙江教育出版社2011年版，第202页。

② 于北山：《陆游年谱》，上海古籍出版社2006年版，第155－156页。

③ 宋·陈亮著，邓广铭点校：《陈亮集》（增订本）卷一九《与章德茂侍郎书》引，中华书局1987年版。

④ 《渭南文集校注》卷八《谢王宣抚启》，钱仲联、马亚中主编：《陆游全集校注》卷三，第9册，浙江教育出版社2011年版，第196页。

我行山南已三日，如绳大路东西出。平川沃野望不尽，麦陇青青桑郁郁。地近函秦气俗豪，秋千蹴鞠分朋曹；苜蓿连云马蹄健，杨柳夹道车声高。古来历历兴亡处，举目山川尚如故；将军坛上冷云低，丞相祠前春日暮。国家四纪失中原，师出江淮未易吞；会看金鼓从天下，却用关中作本根。①

陆游在王炎幕府中与章森、范西叔、阎苍舒等奇才异士相识、相知、相交，“秋千蹴鞠分朋曹”，往来酬唱，诗酒风流，增益其所不能，丰富了其人生阅历，扩大了他们文学创作的内容，故使他们经久不忘、念念在兹。陆游在诗中反复吟咏当年在王炎幕府中的生活场景和风神意态，并借此来表达自己壮志难酬、时光空度的苦闷抑郁，这首《追忆征西幕中旧事》就比较典型：

大散关头北望秦，自期谈笑扫胡尘。收身死向农桑社，何止明明两世人！
小猎南山雪未消，绣旗斜卷玉骢骄。不如意事常千万，空想先锋宿渭桥。②

从陆游将自己的诗集命名为《剑南诗稿》中，我们可看出剑南时期的幕府生活对陆游一生的影响，其子陆子虡撰写《剑南诗稿跋》时特别提及这一点：

戊戌春正月，孝宗念其久外，趣召东下，然心固未尝一日忘蜀也，其形于歌诗，盖可考矣，是以题其平生所为诗卷曰《剑南诗稿》，以见其志焉，盖不独谓蜀道所赋诗也。后守新定，门人请以锓梓，遂行于世。其戊申、己酉后诗，先君自大蓬谢事归山阴故庐，命子虡编次为四十卷，复题其签曰《剑南诗续稿》，而新加校定，朱黄涂擿，手泽存焉。自此至捐馆舍，通前稿，凡为诗八十五卷。子虡假守九江，刊之郡斋，遂名曰《剑南诗稿》，所以述先志也。其他杂文论著，季弟子遹亦已刊之溧阳。会子虡上乞骸之请，旦暮且去，故有所未暇。初，先君在新定时，所编前稿，于旧诗多所去取。其所遗诗，存者尚七卷。念先君之遗之也，意或有在，且前稿行已久，不敢复杂之卷前，故别其名曰《遗稿》云。③

陆游“于旧诗多所去取”的现象，值得我们注意。我们可以从当时幕府生活及激烈党争的角度对其中缘由进行深入分析④。

后来，陆游又游谒寄食于范成大幕府。范成大是王炎的知交好友，曾用“四年西略可万世，孤撑独立扛千钧”⑤ 来赞颂王炎幕府的功绩。范成大任广西经略安抚使、四川置制使等

① 《剑南诗稿校注》卷三，钱仲联、马亚中主编：《陆游全集校注》第1册，浙江教育出版社2011年版，第179页。

② 《剑南诗稿校注》卷四十八，钱仲联、马亚中主编：《陆游全集校注》第5册，浙江教育出版社2011年版，第449页。

③ 孔凡礼、齐治平编：《陆游资料汇编》，中华书局1962年版，第41页。

④ 详参《陆游南郑从军诗失传探秘》，傅璇琮：《唐宋文史论丛及其他》，大象出版社2004年版，第336－345页。

⑤ 宋·范成大著，富寿荪标校：《范石湖集》卷一五《寄题潭帅王枢使佚老堂》，上海古籍出版社2006年版，第196页。

要职时，陆游到老友范成大的幕府当幕僚，[①] 两人时相过往，关系密切，他俩好似“安史之乱”时杜甫与严武之关系。陆游常感叹杜甫四方奔走、流落不偶、干谒请托、寄人篱下的生活，俨然把他当作自己的异代知己，通过他来抒发自己怀才不遇、叹老嗟贫的感伤惆怅：

少陵先生晚游夔州，爱其山川，不忍去，三徙居皆名高斋。……予太息曰：“少陵，天下士也！早遇明皇、肃宗，官爵虽不尊显，而见知实深，盖尝慨然以稷、契自许。及落魄巴蜀，感汉照烈、诸葛丞相之事，屡见于诗。顿挫悲壮，反复动人，其规模志意岂小哉！然去国寖久，诸公故人熟睨其穷，无肯出力。比至夔，客于柏中丞、严明府之间，如九尺丈夫俯首居小屋下，思一吐气而不可得。予读其诗，至‘小臣议论绝，老病客殊方’之句，未尝不流涕也。嗟夫！辞之悲乃至是乎？荆卿之歌，阮嗣宗之哭，不加于此矣。少陵非区区于仕进者，不胜爱君忧国之心，思少出所学佐天子，兴贞观、开元之治，而身愈老，命愈大谬，坎壈且死，则其悲至此，亦无足怪也。”[②]

此记为乾道七年（1171），陆游在夔州任，游东屯杜甫旧居而作，这年他还作有《夜登白帝城楼怀少陵先生》[③] 一诗，长期以来的幕府生活使得陆游对老杜的处境感同身受，能够设身处地感受老杜飘零巴蜀时的情感，表达了对诗圣的深切同情。时光易逝、壮志难酬，士之不遇，古今同慨！

范成大是雅好文学之士。他一生仕途通达，尤其以使金不屈和主持地方幕府的斐然政绩被人称道，在某种程度上他比严武更有文人气质。[④] 范成大在幕府中从事文学艺术活动

---

① 陆、范二人很早就交往了，而且感情非常好。隆兴元年癸未（1163），陆游离京归家，范成大作《送陆务观编修监镇江郡归会稽待阙》（《石湖居士诗集》卷九）诗给他送行：“高兴余飞动，孤忠有照临。浮云付舒卷，知子道根深。”陆游亦作《出都》（《剑南诗稿》卷一）感激朋友的深情厚谊：“重入修门甫岁余，又携琴剑返江湖。乾坤浩浩何由报，犬马区区正自愚。缘熟且为莲社客，平来喜对草堂图。西厢屋了吾真足，高枕看云一事无。”而且，陆游与范成大有共同的爱好与特长，据何宇度《入都谈资》卷上载：“宋陆务观、范石湖皆作记妙手。一有《入蜀记》，一有《吴船录》，载三峡风物，不异丹青图画，读之跃然。”淳熙二年乙未（1175），知成都府范成大到任，所过皆以诗记之，俱载《石湖诗集》卷一五、一六。先北行，取道衡山、长沙、而荆州，再西行，过巴东巫峡，至夔州。再经忠州、遂宁，至六月而达成都。时陆游为制置司参议官，以文字交，不拘礼法。二人自乾道六年金山一别，已历五载（《宋史》卷三九五〈陆游传〉）。到庆元二年丙辰（1196），陆游晚上还梦见范成大，作有《六月二十四日夜分，梦范致能、李知几、尤延之同集江亭，诸公请予赋诗记江湖之乐。诗成而觉，忘数字而已》一诗（《剑南诗稿》卷三四）。

② 宋·陆游：《东屯高斋记》，《渭南文集校注》卷一七，钱仲联、马亚中主编：《陆游全集校注》第9册，浙江教育出版社2011年版，第439页。

③ 《剑南诗稿》卷二，钱仲联、马亚中主编：《陆游全集校注》第1册，浙江教育出版社2011年版，第150页。

④ 乾道八年壬辰（1172）周必大去国，过苏州，与范成大饮于石湖，周必大：《南归录》载：“乾道壬辰三月已巳朔……与吴县尉徐君似道相见于津亭，既退，易舟径赴范至能石湖之招。……饮酒至夜分，留题壁间云：‘吴台越垒距盘门才十里，而陆沉于荒烟野草者千七百年，紫微舍人始创别墅，登临得要，甲于东南，岂鸱夷子成功于此，扁舟去之，天秘绝景，须苗裔之贤者然后享其乐耶？’”在《与范至能参政札子》一文中，周必大道：“舍人绥靖五筦，应酬庶事，犹悉力于翰墨间，愈久俞工。如《亭记》、《馆铭》，本原经旨，遣词峻拔，亹亹柳仪曹、刘宾客之上。天之赋予，一何偏也！乐府措之《花间集》中，谁曰不然？陈无已云‘妓围窈窕，争唱舍人之词’，今在桂林矣。最后《七夕》篇尤道尽人间情意，盖必履之而后知耳，奇绝奇绝！”（宋·周必大撰，周纶编：《文忠集》卷一九一，《影印文渊阁四库全书》本，第1149册，第160页）从周必大的记载中，我们可见范成大的文采风流。范成大在四川幕府时，与幕僚陆游关系密切，这与两人性情、爱好有关，他们都爱谈古论今、吟风咏月，激扬文字。陆游在为施元之《注东坡诗》撰序时，特别提及范成大曾劝他为苏东坡诗作注一事。

的自主性值得一提，他致力于文化事业，延揽人才，召集名流，极一时诗酒风流之盛。据刘宰《漫塘文集》卷二四《书石湖诗卷后》载：

余与蜀李季允同为绍熙庚戌进士，庆元间季允由校书郎还蜀，舟未具，小留仪真，余时为郡掾，无日不会。因问近时南士帅蜀谁贤，季允以范石湖对。余疑焉！细问之，季允言：蜀之俗大抵好文，其后生往往知敬先达，先达之所是亦是之。范公以文鸣，其毫端之珠玉，纸上之云烟，蜀士大夫争宝之。又其为政平易近民，民有隐必伸，有谒必获，故其教易成，其政不严而治。余闻而私识之。今观江君遂良所藏春日田园杂兴诗卷，其句律清新，字画遒劲，又熟习田家景物，益信季允之言不妄。①

范成大有此高超的文学才能，又凭借自己的创作为幕下门客提供榜样，故极大地刺激了幕僚们的创作热情，在他的幕府中诗词酬唱频繁，文学创作活跃，更加凸显出此时幕主范成大的文采斐然、超迈侪辈。

除此以外，范成大还有鉴别人才的能力和提携人才的雅量。幕府中同僚们的相互品题、印可，加上幕主的援引提携，许多士人的诗艺得以提高，作品得以流传、名声因此远播。陆游"放翁"的雅号就是在范成大的幕府中被广泛传播的。据载：

范成大帅蜀，游为参议官，以文字交，不拘礼法，人讥其颓放，因自号放翁。②

陆游的性格决定了他的人生道路。性格虽然不是一种能力，却对人的能力形成、培养与发挥都会有很大的影响。陆游的性格决定了他后来的前途与命运。他初到范成大幕府就表现出强烈的建功立业的愿望：

羽箭雕弓，忆呼鹰古垒，截虎平川。吹笳暮归，野帐雪压青毡。淋漓醉墨，看龙蛇、飞落蛮笺。人误许，诗情将略，一时才气超然。　　何事又作南来，看重阳药市，元夕灯山。花时万人乐处，欹帽垂鞭。闻歌感旧，尚时时、流涕尊前。君记取，封侯事在，功名不信由天。(《汉宫春·初自南郑来成都作》)

俞陛云读到此词，很有感慨地说：

人当少年气满，视青紫如拾芥，几经挫折，便颓放自甘。放翁独老犹作健，当其上马打围，下马草檄，何等豪气！迨漫游蜀郡，人乐而我悲，怆然怀旧，而封侯夙志，尚欲以人定胜天，可谓壮矣。此词奋笔挥洒，其才气与东坡、稼轩相似。汲古阁刻其词集，谓"超爽处更似稼轩耳"。③

---

① 宋·刘宰撰：《漫塘文集》卷二四《书石湖诗卷后》，《影印文渊阁四库全书》本，第1170册，第617－618页。

② 元·脱脱等：《宋史》卷三九五《陆游传》，第34册，中华书局1985年版，第12058页。

③ 俞陛云：《唐五代两宋词选释》，上海古籍出版社1985年版，第352页。

南郑、成都幕府生活铸成了陆放翁的超爽纵横之气。鄱德舆在《养一斋诗话》中道：

宋人绝句亦有不似唐人，而万万不可废者，如陆放翁《读范至能揽辔录》云："公卿有党排宗泽，帷幄无人用岳飞。遗老不应知此恨，亦逢汉节解沾衣。"《追感往事》云："诸公可叹善谋身，误国当时岂一秦。不望夷吾出江左，新亭对泣亦无人。"……此类纯以劲直激昂为主，然忠义之色，使人起敬，未尝非诗之正声矣。①

这样"劲直激昂"的诗风与陆游的幕府生活息息相关。幕府生活中文人士子们相互交流唱和、诗词酬酢，丰富了他们的生活内容，也使得他们的诗歌创作除了抒情言志外，还具有了另外一种功能：交际应酬。正是这种功能，要求作者在诗词创作时除了具有高度的艺术技巧外，还要懂得人际关系、人情世故，尤其是要了解干谒请托的方法。毕竟文人入幕的目的并非炫耀才艺和学问，而是为了谋取一官半职或获得生活资料，充分发挥诗词应酬请托功能才能达到他们游谒幕府的目的。

士大夫在幕府中的诗词唱和、往来酬酢在一定程度上促进了文学创作的繁荣，对于提高当时士大夫的文学创作水平、引领文学风气和审美风貌起到了一定的促进作用。代表南宋诗歌最高水平的"中兴四大诗人"尤袤、杨万里、范成大和陆游是相互了解、相互竞争、相互佩服、相互促进的好友，其中陆游、范成大与幕府有着千丝万缕的内在联系。他俩在价值取向、审美标准上的深度契合离不开幕府生活中的相互影响，这一点可从陆游所撰的《颐庵居士集序》中窥见一斑：

文章之妙，在有自得处，而诗其尤者也。舍此一法，虽穷工极思，直可欺不知者，有识者一观，百败并出矣。四明刘良佐先生，尽力于诗，惟石湖范至能独深赏之，每为客言，客未必领也。予曩时数游四明，独不识良佐，近乃见其诗百篇，卓然自得者，何其多也。②

"德不孤，必有邻"，思想观念相同或相似的人才能更好地相处，这是陆、范二人能够时常聚在一起研究文艺、探讨复国大业的深层动因。我们可以从文人入幕的角度来研究南宋社会独特的文化风貌，把文人入幕与干谒请托联系起来探讨，发掘出文人入幕、干谒之风与南宋文学创作深层复杂的内在联系，以便从相对广阔的文化背景下来认识这一时期的文学面貌。

现存大量史料为我们从事这样的研究提供了方便。"以文鸣"的范成大喜欢游宴，他常招邀陆游一起游山玩水、赋诗填词，在幕府中与陆游时相过从、切磋琢磨、诗词酬唱、自娱娱人，这种风流雅集引人注目。据载：

---

① 清·潘德舆：《养一斋诗话》卷五，郭绍虞编选，富寿荪校点：《清诗话续编》，上海古籍出版社1983年版，第2083页。

② 宋·刘应时撰：《颐庵居士集》卷首，《影印文渊阁四库全书》本，第1164册，第18页。清·王奕清：《历代词话》卷七，唐圭璋编：《词话丛编》第2册，第1234页。

范致能帅蜀，陆务观在幕府，主宾酬倡，人争传诵之。陆尝春日游摩诃池上作《水龙吟》。①

范至能在成都，尝求亭名于予，予曰“思鲈”，至能大以为佳。时方作墨，即以铭墨背，然不果筑亭也。②

刘漫塘曰：范致能、陆务观，以东南文墨之彦，至为蜀帅。在幕府日，宾主唱酬，每一篇出，人以先睹为快。③

范成大的《水调歌头》描写了蜀中的山川名胜，抒发了自己在幕府时的心迹情感：

万里筹边处，形胜压坤维。恍然旧观重见，鸳瓦拂参旗。夜夜东山衔月，日日西山横雪，白羽弄空晖。人语半霄碧，惊倒路傍儿。　　分弓了，看剑罢，倚阑时。苍茫平楚无际，千古锁烟霏。野旷岷嶓江动，天阔崤函云拥，太白暝中低。老矣汉都护，却望玉关归。④

这首词作于淳熙三年（1176）。据孔凡礼《范成大年谱》淳熙三年丙申载：

八月，筹边楼成。赋《水调歌头》。陆游作记。《蜀中名胜记》卷四引成大《水调歌头》，首云“万里筹边处，形胜压坤维”，写筹边楼形势，末云“老矣汉都护，却望玉关归”，寓将士空怀报国之愿而不得施展之意，不胜感慨。⑤

陆游《双头莲·呈范至能待制》可以看成上引范成大词的注脚：

华鬓星星，惊壮志成虚，此身如寄。萧条病骥，向暗里、消尽当年豪气。梦断故国山川，隔重重烟水。身万里，旧社凋零，青门俊游谁记？　　尽道锦里繁华，叹官闲昼永，柴荆添睡。清愁自醉，念此际付与，何人心事。纵有楚柁吴樯，知何时东逝？空怅望，鲙美菰香，秋风又起。⑥

---

① 清·王奕清：《历代词话》卷七，唐圭璋编：《词话丛编》第2册，中华书局1986年版，第1234页。

② 《老学庵笔记》卷五，钱仲联、马亚中主编：《陆游全集校注》第11册，浙江教育出版社2011年版，第337页。

③ 清·沈雄：《古今词话·词话》上卷《范陆唱酬》，唐圭璋编：《词话丛编》第1册，中华书局1986年版，第766－767页。南宋黄升在《中兴以来绝妙词选》（又见其《花庵词选》卷二《陆游小传》）载：“刘漫塘云：范至能、陆务观以东南文墨之彦，至能为蜀帅，务观在幕府，主宾唱酬，短章大篇，人争诵之。”

④ 唐圭璋编，王仲闻参订，孔凡礼补辑：《全宋词》第3册，中华书局1999年版，第2105页。

⑤ 也可参于北山：《范成大年谱》，上海古籍出版社2006年版，第215页。

⑥ 宋·陆游著，夏承焘、吴熊和笺注，陶然订补：《放翁词编年笺注》（增订本），上海古籍出版社2012年版，第76页。

淳熙二年（1175）六月，范成大入蜀知成都府、权四川制置使，辟陆游为成都府路安抚司参议官兼四川制置使司参议官，“华鬓星星，惊壮志成虚，此身如寄”的“空怀报国之愿而不得施展之意”，正是范成大与陆游情感的内在契合之处。淳熙四年丁酉（1177）四月，范成大离开四川安抚制置使兼知成都府职位，陆游感念故人情谊，为范成大所建铜壶阁作记，激励其“以廊庙之重，出抚成师，北举燕赵，西略司并，挽天河之水，以洗五六十年腥膻之污”[①]，抗敌恢复之情使广大有志之士奔走于成都范成大的幕府，杨万里《临贺太守简公墓志铭》中载：“尚书郑公丙手书贻公云：闻蜀士翘楚，皆为范公得。”[②]

陆游在南郑王炎、成都范成大幕府中都过得极充实，对这些地方怀有深厚的感情，晚年在《秋晚思梁益旧游》中追忆道：“三十年间行万里，不论南北怯登楼”，梁益即南郑与成都。可见，在这两个地方，作为幕僚，陆游度过了无数个难忘的日子，有过无数的欢乐往事，“兴来买尽市桥酒……如巨野受黄河倾”（《长歌行》）、“华灯纵博，雕鞍驰射，谁记当年豪举?”（《鹊桥仙》），是那时那地生活的真实写照。据罗大经《鹤林玉露》甲编卷四载：

陆务观，农师之孙，有诗名。寿皇尝谓周益公曰：“今世诗人亦有如李太白者乎?”益公因荐务观，由是擢用，赐出身，为南宫舍人。尝从范石湖辟入蜀，故其诗号《剑南集》，多豪丽语，言征伐恢复事。其《题侠客图》云：“赵魏胡尘十丈黄，遗民膏血饱豺狼。功名不遣斯人了，无奈和戎白面郎。”寿皇读之，为之太息。台评劾其恃酒颓放，因自号“放翁”。作词云：“桥如虹，水如空，一叶飘然烟雨中，天教称放翁。”晚年为韩平原作《南园记》，除从官。杨诚斋寄诗云：“君居浙东我江西，镜里新添几缕丝。花落六回疏信息，月明千里两相思。不应李杜翻鲸海，更羡夔龙集凤池。道是樊川轻薄杀，犹将万户比千诗。”盖切磋之也。然《南园记》唯勉以忠献之事业，无谀辞。晚年诗和平粹美，有中原承平时气象，朱文公喜称之。[③]

从中可知“放翁气象”的成因，亦可感受到陆游与范成大、韩平原、杨万里交往时的精神面貌。

在范成大幕府中，陆游怀有类似战国策士为主子排忧解难的心情，如其《送范舍人还朝》：

平生嗜酒不为味，聊欲醉中遗万事，酒醒客散独凄然，枕上屡挥忧国泪。君如高光那可负，东都儿童作胡语，常时念此气生瘿，况送公归觐明主。皇天震怒贼得长，三年胡星失光芒。旄头下扫在旦暮，嗟此大议知谁当。公归上前勉画策，先取关中次河北。尧舜尚不有百蛮，此贼何能穴中国。黄扉甘泉多故人，定知不作白头新，因公并寄千万意，早为

---

① 《渭南文集校注》卷一八《铜壶阁记》，钱仲联、马亚中主编：《陆游全集校注》第9册，浙江教育出版社2011年版，第451页。

② 《诚斋集》卷一三〇，宋·杨万里著，王琦珍整理：《杨万里诗文集》，江西人民出版社2006年版，第2153页。

③ 宋·罗大经撰，王瑞来点校：《鹤林玉露》甲编卷四，中华书局1983年版，第71页。

神州清虏尘。①

此诗作于淳熙四年丁酉（1177），范成大因大病自成都东归，陆游为其送行，从成都历永康、唐安，至眉州，范成大亦作《余与陆务观自圣政所分袂，每别辄五年，离合又常以六月，似有数者，中岩送别，至挥泪失声，留此为赠》② 回赠陆游，由此可见两人情谊之深。陆游很珍惜自己与范成大之间这种难得的宾主之谊。范成大幕府中的生活经历，让放翁魂牵梦萦，时时追忆，“放衙元不为春酲，滟荡江天气未清。欲赏园花先梦到，忽闻檐雨定心惊。香云不动熏笼暖，蜡泪成堆斗帐明。关陇宿兵胡未灭，祝公垂意在尊生”③。正是抗金报国的胸怀抱负让陆游走进了范成大的生活，成了范成大幕府中的重要成员，受到范成大的特别礼遇，从陆游所写的《筹边楼记》中可见一斑：

淳熙三年，八月既望，成都子城之西南新作筹边楼，四川制置使知府事范公举酒属其客山阴陆某曰：“君为我记。”按史记及地志，唐李卫公节度剑南，实始作筹边楼；废久，无能识其处者。今此楼望犍为、僰道、黔中、越巂诸郡，山川方域皆略可指，意者卫公故址其果在是乎？楼既成，公复按卫公之旧图，边城地势险要与蛮夷相入者，皆可考信不疑。虽然，公于边境，岂真待图而后知哉！方公在中朝，以洽闻强见擅名一时，天子有所顾问，近臣皆推公对，莫敢先者。其使敌而归也，尽能道其国礼仪、刑法、职官、宫室、城邑、制度，自幽蓟以出居庸、松亭关，并定襄、五原以抵灵武、朔方，古今战守离合，得失是非，一皆究见本末，口讲手画，委曲周悉，如言其阈内事，虽使耆老大人，知之不如是详也。而况区区西南夷，距成都或不过数百里，一登是楼，在目中矣，则所谓图者，直按故事而已。请以是为记。公慨然曰：“君之言过矣。予何敢望卫公，然窃有幸焉。卫公守蜀，牛奇章方居中，每排沮之，维州之功，既成而败。今予适遭清明宽大之朝，论事荐吏，奏朝入而夕报可。使卫公在蜀，适得此时，其功烈壮伟，讵止取一维州而已哉！”某曰：“请并书公言以诏后世，可乎？”公曰：“唯唯。”④

复国大业，把血性男儿的命运联系到了一起。陆游、范成大是时势造出来的英雄，苦难压抑的时代促使英雄志士们企望冲破命运的牢笼，发挥自己的聪明才智。

范成大通达权变，多次出任地方官，做过州守、制置使、安抚使。在任地方官时，范成大凭借他的政治地位，广泛招引贤才，靠这些才士干了一番事业。值得注意的是，范成大的文学主张往往影响到幕府中文人的创作风貌。陆游所作的《范待制诗集序》，就描述了当年范成大幕府的繁荣盛况和创作情形：

---

① 宋·陆游：《剑南诗稿》卷八，钱仲联、马亚中主编：《陆游全集校注》第2册，浙江教育出版社2011年版，第85页。

② 宋·范成大著，富寿荪标校：《范石湖集》卷一八，上海古籍出版社2006年版，第254页。

③ 宋·陆游：《和范舍人病后二诗，末章兼呈张正字（录一首）》，《剑南诗稿》卷八，钱仲联、马亚中主编：《陆游全集校注》第2册，浙江教育出版社2011年版，第76页。

④ 《渭南文集校注》卷一八，钱仲联、马亚中主编：《陆游全集校注》第9册，浙江教育出版社2011年版，第449－450页。

石湖居士范公待制敷文阁来帅成都，兼制置成都、潼川、利、夔四道。成都地大人众，事已十倍他镇，而四道大抵皆带蛮夷，且北控秦陇，所以临制捍防，一失其宜，皆足致变故于呼吸顾盼之间。以是幕府率穷日夜力，理文书，应期会，而故时巨公大人亦或不得少休。及公之至也，定规模，信命令，弛利惠农，选将治兵，未数月，声震四境，岁复大登。幕府益无事；公时从其属及四方之宾客饮酒赋诗。公素以诗名一代，故落纸墨未及燥，士女万人已更传诵；被之乐府弦歌，或题写素屏团扇，更相赠遗，盖自蜀置帅守以来未有也。或曰，公之自桂林入蜀也，舟车鞍马之间，有诗百余篇，号《西征小集》，尤隽伟，蜀人未有见者，盍请于公以传？屡请而公不可，弥年乃仅得之。于是相与刻之，而属某为序。淳熙三年上巳日，朝奉郎、成都府路安抚使参议官兼四川制置使司参议官山阴陆某序。①

范成大幕府达到了“自蜀置帅守以来未有也”的空前盛况，这与范成大爱惜人才、网罗人才有关。范成大既是一幕之主，也是地方大员，有权力和义务为朝廷荐举人才，据周必大《资政殿大学士赠银青光禄大夫范公成大神道碑》载：

凡人才可用者，公悉罗致幕下，用其所长，不以小节拘之。其杰然者，则露章以荐，往往光显于朝，或至二府。②

林光朝在《与范帅至能二书》中亦云：

舍人节制全蜀，事权不分，为上之所倚重者如是。忠武侯当倥偬之日应接不少停，而天下视之，常若庐中坚卧，无意于事功者。石湖依然，幸不必多念之。③

范成大文化素质很高，诗词书画，样样精通，在任静江知府时，他的幕府中济济多士，如游次公、陈符、郑郧、郭见义、简世杰、张纲、诸葛叔时、周去非、李静翁、陈席珍、许子绍、张仲宇等皆其僚属，他们大多乃才华横溢之辈，如张仲宇“以文藻称”、许子绍“藻思轻隽”④。作为“中兴四大诗人”之一，范成大将自己文学创作的好尚带入幕府，并以此作为与幕僚、宾客风流雅集的主要趋向。幕府僚属、宾客也在参加这些文学雅集时，或充分展示自己的文学才能，或充分发挥自己察言观色的能力，或殚精竭虑讨好奉承幕主。刘克庄记载了当时静江府中主客之间诗词雅集的情况：

范石湖座上客有谈刘婕好事者，公与客约赋词。游次公先成，公不复作，众亦敛手。

---

① 《渭南文集校注》卷一四，钱仲联、马亚中主编：《陆游全集校注》第9册，浙江教育出版社2011年版，第356－357页。

② 《玉堂类稿》卷七，湛之编：《杨万里范成大资料汇编》，中华书局1964年版，第119页。

③ 湛之编：《杨万里范成大资料汇编》，中华书局1964年版，第104－105页。

④ 于北山：《范成大年谱》，上海古籍出版社2006年版，第241－242页。

游词云："暖霭烘晴御……"次公字子明，定夫诸孙，礼部侍郎操之子，诗词皆工。①

这段记载反映了两种情况：一是范成大幕府中"座上客"如游次公辈文学创作才能高妙绝伦，引得幕僚们呈现出"众亦敛手"的动人场景；二是幕主范成大对文学之士的赏识、看重及众幕僚们亦步亦趋遵循幕主好尚的阿谀奉承情状。在雅集酬酢之际，幕僚宾客若是一味迎合幕主的好尚，在某种程度上会限制他们才情的发挥和内心情感的自由表达。尤其是其中一些干谒请托、阿谀奉承之作大多带有斧凿、雕琢的痕迹，明显受到幕府应酬环境的影响，因而在某种程度上幕府主人的审美好尚、价值取向也会引导或限制当时的文学创作风貌。

范成大凭借其历任静江、成都、建康等地行政长官的职务之便，引导、参与着幕府的文学雅集活动。淳熙时，官至参知政事，因与孝宗意见相左，两个月即去职。但其在当时文人学士心目中的地位是非常重要的。尤其他晚年隐居故乡石湖，更被认为是功成身退的雅量高致之士。这样才能在主持幕府时引导一时风气并影响后来，据鲁嗣光言：

天下豪杰奇俊之士代不乏人，要必有一二巨儒以为一时之宗。夫奇杰之士材艺角出，行能殊别，各不相下，各不相能。岂其性情之有异欤？抑其材力之有偏欤？盖勤心学问，殚精毕虑而卒专门名家。以其业自见于天下，固亦卓然自立，不随流俗之人也。而所谓一二巨儒者，包孕富有，博大醇懿，恢恢然莫窥其涯涘，混混然莫穷其底蕴也。海内一材一艺之士，欲仿佛其形似而卒不能得，即出生憔悴专一之业以相较，而亦不能逮也。②

范成大是鲁嗣光所说的"巨儒"，尤其是其过人的才气、过人的胆识、过人的胸襟、过人的眼光，都使其成为一位广纳贤才、独当一面而受人推崇的幕主。据吴儆在《送范石湖序》载：

吴郡范至能为户曹新安，三年州三易将……三公所趣不同，而至能事之，辄见引重。同时幕府属邑之吏皆推其能，莫与抗。……至能之才，用之天下，不患不及，仕不患不达。然仆闻之，才者德之病也，名者身之灾也。……近世功名福禄如韩魏公，亦鲜俪矣，其言有曰：用则可以成功，不用则可以免祸者，其惟晦乎？至能，文正公之族孙，将世其家者，可无重乎？③

由此可见，范成大入仕之初，当他还只是州府幕僚之时，已经成为幕府中的关键人物，颇受幕府主人的重视。等他自己成为幕主时，他不仅是幕府中文学创作的领袖人物，而且以援引提携人才而出名，受到众多寒俊之士的敬仰。

---

① 《后村先生大全集》卷一七四，宋·刘克庄著，辛更儒笺校：《刘克庄集笺校》第14册，中华书局2011年版，第6758页。

② 清·鲁嗣光：《春融堂集序》，《春融堂集》卷首，《续修四库全书》第1437册，上海古籍出版社2002年版，第330页。

③ 湛之编：《杨万里范成大资料汇编》，中华书局1964年版，第107页。

成都，在南宋时是除首都临安之外最繁华的都市。据于北山《范成大年谱》淳熙三年丙申（1176）考述："宴赏海棠，乃蜀帅相沿侈靡之风，石湖乐此，属有诗词；陆游亦赋诗，京镗有次韵。"① 范成大于成都时作诗词赏海棠，其中《醉落魄·海棠》体现了范成大在成都幕府诗酒风流生活的情境，据杨长孺《石湖词跋》载：

淳熙戊戌，先生归自浣花，是时家尊守荆溪，置酒卜夜，触次从容，先生极谈锦城风景之盛，宦情之乐，因举似数阕，如赋海棠云："马蹄尘扑。春风得意笙歌逐。款门不问谁家竹。只拣红妆，高处烧银烛。碧鸡坊里花如屋。燕王宫下花成谷。不须悔唱关山曲。只为海棠，也合来西蜀。"如忆西楼云："怅望梅花驿，凝情杜若洲。香云低处有高楼，可惜高楼，不近木兰舟。　缄素双鱼远，题红片叶秋。欲凭江水寄离愁，江已东流，那肯更西流。"此盖先生最得意者。长孺耳剽，恨未饱九鼎之珍也。后九年，忽得馀妍亭稿二百十有二阕，遂入宅于石湖无尽藏中，毫发无遗恨矣。又五年，长孺系官二水，丞相益国周公罗致幕下。偶为乡人刘炳光、继先伯言之，炳光曰："昔蘧伯玉耻独为君子，足下独私先生之制作，可乎？"长孺对曰："不敢。"乃以授之，俾传刻云。②

幕主如此雅好文艺，幕僚们当然皆大欢喜，因此往来唱和不断。其中之一就是陈三聘和范成大的词，陈三聘在《和石湖词跋》中道出了自己对范成大的敬仰之情和爱慕之意，明眼人不难从中看到陈三聘的干谒求进之心：

大参相公望重百僚，名满四海，有志之士愿见而不可得者也。一日，客怀诗词数十篇相示曰：此大参范公近所作也。三聘正容敛衽登受，谢客曰：夫珍奇之观，得一而足，况坐群玉之府，心目为之洞骇，足之至者，止于此乎。客之赐厚无以加。既去，披吟累日，辄以芜言属韵，可笑其不自量矣。然使三聘获登龙门，宾客之后尘，与闻黄钟大吕之重，平时之愿，至足于此，则今日狂率之意，无乃自为他时之地哉。至于良玉碱趺，杂然前陈，兹固不免于罪戾，尚可追耶？③

虽然此跋对范成大有溢美之词，但其中流露出来的奔竞意愿还是值得我们注意。陈三聘在词中表现出近似范成大的风格，一方面是和作的需要，另一方面也是干谒奔竞中投其所好的自然呈现，目的是使自己能"获登龙门，宾客之后尘"。

范成大帅四川时与幕僚们的酬唱之风不绝如缕，十多年后，仍然引起文人词客的共鸣。京镗淳熙十五年（1188），授四川安抚制置使、知成都府。他到成都时也作了《醉落魄》一词，据词前小序知道这是响应范成大的次韵作品，"观碧鸡坊王园海棠，次范石湖韵"④。范成大任地方官尤其是在帅西蜀时，生活待遇很好，奢华享乐相沿成风，以至于

---

① 于北山：《范成大年谱》，上海古籍出版社 2006 年版，第 215 页。

② 湛之编：《杨万里范成大资料汇编·重印后记》，中华书局 1964 年版，第 4 页。又见施蛰存主编：《词籍序跋萃编》，中国社会科学出版社 1994 年版，第 181 页。

③ 宋·陈三聘：《和石湖词跋》，朱孝臧：《强村丛书》本《和石湖词》第 2 册，广陵书社 2005 年版，第643 页。

④ 唐圭璋编，王仲闻参订，孙凡礼补辑：《全宋词》第 3 册，中华书局 1999 年版，第 2380 页。

影响到后来的四川安抚制置使、知成都府京镗。京镗在文采风流方面固不如范成大，然其与门下幕僚们的雅集酬唱却继承了范成大幕府时的流风遗韵，据黄汝嘉在《松坡居士乐府跋》中道：

《松坡居士乐府》一卷，大丞相祁国京公帅蜀时所赋也。公以镇抚之暇，酬唱盈编，抑扬顿挫，吻合音律，岷峨草木，有荣耀焉。汝嘉辄再锓木豫章学宫，附于诗集之后。惟公之词翰春容，随所寓而有，尚须遍加裒咨，时续刊之。庆元己未八月初吉，门下士莆田黄汝嘉谨识。①

门下幕僚所作的这篇跋值得注意。《松坡居士词》一卷存词四十多首，全部是京镗作于帅蜀期间，多写成都节物风土人情，幕府中同僚交游酬唱之作尤多。风格迈往，笔力雄健，如其所作《定风波·次韵》道："莫道玉关人老矣，壮士凌云，依旧不惊秋。"《水调歌头·中秋》云："瑶台宝鉴，宜挂玉宇最高头。放出白毫千丈，散作太虚一色，万象入吾眸。"皆是写幕府生活中的景况与心情，而其离蜀幕府前夕所作词中多次流露出的"惭无补""愧无功""分阃无功，临民有愧""分阃愧长城"之感，则表达了自己在帅蜀期间的理想以及理想不能实现的苦闷，带有浓厚的幕府生活痕迹。

成都幕府间的诗词酬唱促成了南宋文学创作的繁荣昌盛，而且幕主与幕僚们的著书立说活动在一定历史条件下也带动了蜀地地方文化的发展，南宋士大夫在幕府生活中直接与文学创作相关的便是幕主命僚属所作的一些应制文字，这些文字的社交功能、实用功能往往带有娱乐的性质。这些文化活动值得一提，庆元五年己未（1199），四川安抚使袁说友命僚属程遇孙等编《成都文类》五十卷，撰序道：

爰属僚士，摭方策，裒诸碑识，流传之所脍炙，友士之所见闻，大篇雄章，英词绮语，折法度，极眩耀，其以益而闻者，悉登载而汇辑焉。断自汉以下，迄于淳熙，其文篇凡一千有奇，类为十一目，厘为五十卷，益之文滋备矣。②

这部著作可谓是南宋士大夫在幕府生活中集体智慧的结晶。受到后人的高度重视，如《四库全书总目》评价此书时道：

深有表章文献之功。③

我们从中能够感受到当时士人入幕生涯对其文学创作及地方文化的影响。据袁说友撰《成都志序》载：

① 朱孝藏：《强村丛书》本《松坡词》卷末，第2册，广陵书社2005年版，第649页。
② 宋·袁说友撰：《成都文类序》，《东塘集》卷一八，《影印文渊阁四库全书》本，第1154册，第371页。
③ 《四库全书总目》卷一五九《东塘集提要》，中华书局1965年版，第1374页。

成都，蜀大都会也。……唐白敏中始为《成都记》五卷，本朝赵清献公为《成都古今记》三十卷。……某来守逾年……乃命幕僚摭拾编次，胚胎乎白、赵之记，而枝叶于续记之书，剔繁考实，订其不合，而附益其所未备。胪分汇辑，稽仿古志，凡山川地域，生齿贡赋，古今人物，上下千百载间，其因革废兴，皆聚此书矣。①

南宋中后期四川成都地区幕府生活中的一系列文学、文化活动或多或少受到范成大的影响。

对于这种影响，在十九年之后主持成都幕府的四川安抚使袁说友就有相当清醒的认识，他在《跋范石湖草书诗贴》中就详述了范成大的文采风流及其对当时南宋幕府文化事业所做出的杰出贡献及深刻影响：

右石湖先生翰墨也。绍熙癸丑，某将指肃客事已，道由吴门，见公于寿栎堂，饮食教诲，载辱竟日。某因出道间诗编呈似，公不鄙焉而览之。既又伸楮和墨，取四绝作草圣，顷刻即就。公曰："予属和未暇，书此以当和篇耳。"蛟龙骧腾，蜿蜒起伏，笔端变态，不可穷尽，视杜祁公、苏沧浪、黄太史之笔，诚兼有之。又六年，某缪制蜀阃，继公于十九年之后，流风善政，殆不止于犹存也。仰企前规，如在左右，慨念畴昔洒翰之宠，何可自秘，敬镌乐石，留置郡斋，庶几夫古人挂剑之义，且以慰蜀民爱棠之思云。因挈大轴，命小史展卷檐前，月华下照，字画交映，三复未竟，已闻家僮鼻息雷鸣矣。呜呼！所谓得之心而寓之酒者，岂独山水之乐哉！翼日，因书其事于贴。②

由此可见，南宋范成大在四川成都幕府生活中的各项诗词歌赋、翰墨风流等文人雅集的流风善政在当时当地文化事业繁荣昌盛起到了重要的作用。

袁说友为四川安抚使时亦与幕僚们结下了深厚感情，据袁说友撰《又跋饯仲甄旧诗》载：

仲甄国博，顷予在学省为同舍郎，今二十七年，嗟乎！仲甄为古人久矣。予来帅蜀，阅三年，而仲甄之子大雅相过，且出昔所饯仲甄归蜀之诗。怀贤念旧，不觉泫然。前辈于故旧子孙深所属意，予虽不能如西门思恭以师友教导郑亚之子，然仲甄有子克自植立，他日必能振起门户，尚刮目见之。③

通过此记载可知，袁说友任四川安抚使时，其故人之子来干谒请托，袁说友慨然而作这篇情真意切的印可之辞，为故人诗集印可延誉，对故人之子寄予了厚望，有此跋文，故人之子若想到其幕府中托身寄食，应不是难事。

南宋士人以诗文游谒各地幕府的风气盛行一时，这种地方幕府中士人与幕主的关系十

① 宋·袁说友撰：《成都志序》，《东塘集》卷一八，《影印文渊阁四库全书》本，第1154册，第371－372页。
② 宋·袁说友撰：《东塘集》卷一九，《影印文渊阁四库全书》本，第1154册，第384页。
③ 宋·袁说友撰：《东塘集》卷一九，《影印文渊阁四库全书》本，第1154册，第387页。

分深厚，反映出他们仕同进退、诗词酬唱，甚至生死与共的特殊生活模式。这些诗人谒客的游宦、游谒生涯，可以看作反映南宋时期社会风气的一面镜子。他们交游广泛、游谒终身，结交社会各个层次的人物，从王公大臣至地方小令，从社会名流到箪食瓢饮的贫士，从红粉娇娃到贩夫走卒，从中可感受到当时社会的人情世态、士风民情，我们尤可从南宋谒客们在幕府生活中的唱和酬赠、感怀伤逝、咏物节令等题材的作品中看到一部当时的社会风俗史。

第七章
文章信美知何用——南宋文人的干谒方式及其表现

在南宋士大夫带有普遍性的干谒行为中，不同的人物在干谒过程中既呈现出了共相，也由于不同性格、不同经历而呈现出了不同的个性形象。我们选取了南宋文坛上一些不同类型、不同身份的人物，用现代人的眼光、心理和价值观念对他们进行考察审视，观照解析，将南宋文人的生活方式、生存状态、思想观念、审美原则、艺术趣味、人格形象展示给读者，从中不仅可以看出南宋文人在干谒过程中的干谒方式、手段及其特点，也能了解到南宋文人各自的个性特色、人格品质和心底隐情。

苏东坡曾经说过："窃禄从来岂有因"（《十二月二十八日，蒙恩责授检校水部员外郎、黄州团练副使复用前韵二首》之一），对大多数文人士大夫而言，唯利禄是求，没有什么操守与价值观念，只要有官做、能富贵，有利于生存和自身以后的发展，自是什么阿谀奉承、歌功颂德的话都能说得出来的。南宋陈骙在《文则序》中指出了士人读书作文以求进取的现象：

余始冠，游泮宫，从老于文者问焉，仅得文之端绪。后三年入成均，复从老于文者问焉，仅识文之利病。彼老于文者有进取之累，所有告于我，与夫我所得，惟利于进取。[①]

当时士大夫凭自己的个性以及对人生和社会的看法，选择不同的生活方式、干谒手段、进取之道是很自然的。

第一节　四方奔走

宋室南渡以来，冗官政治加剧，名流印可、养士之风普遍盛行，加上经济中心进一步从中原向南方转移，吴熊和说："建炎南渡，不但是朝廷由北而南，而且还是一次文化大

① 宋·陈骙撰：《文则》卷首，《影印文渊阁四库全书》本，第1480册，第684页。

迁移。由此带动文化版图的重组与文化中心的再建，在文化史上起着长远而持久的作用。”① 商品经济的繁荣和手工业的发展，也为文人奔走干谒权贵之门提供了广阔的舞台。

宋室南渡之初的胡铨在《龙图阁学士广平郡侯程公墓志铭》中谈到了文人干谒奔竞的情形：

至于韦布生或袖诗赋书，挟举子业，卒然通谒，倒屣以迎，即所为文相与切摩，商论是非，一时名教有所倚赖云。②

“中兴四大诗人”之一的尤袤在为林宪所作《雪巢小集序》中特别谈及南宋士子奔走权贵之门，以诗艺结交名流巨卿以获得生活资料一事，可见当时士风之一斑：

余友林宪景思，吴兴人。年少时卓荦有大志。……独喜哦诗，初不锻炼，而落笔立就，浑然天成，无一语蹈袭。如“柔橹晚潮上，寒镫深树中”、“汲水延晚花，推窗数新竹”、“中夜鹅鹜喧，谁家海船上”。唐人之精于诗者不是过。一时名流皆愿交之。若徐敦立、芮国器、莫子及、毛平仲，相与为莫逆。其后诸公凋丧略尽，君亦连蹇不偶，至无屋可居，无田可耕，其贫益甚，其节益固，而其诗益工。③

宋元之际的士人方回在《瀛奎律髓》中也谈到了当时种种士风颓靡的情形。他说：

盖江湖游士多以星命相卜，挟中朝尺书，奔走阃台郡县糊口耳。庆元、嘉定以来，乃有诗人为谒客者，龙洲刘过改之之徒不一人。石屏亦其一也。相率成风，至不务举子业，干求一二要路之书为介，谓之“阔匾”。副以诗篇，动获数千缗以至万缗。如壶山宋谦父自逊一谒贾似道，获楮币二十万缗以造华居，是也。钱塘湖山，此曹什伯为群。阮梅峰秀实，林可山洪，孙花翁季蕃、高菊磵九万，往往雌黄士大夫，口吻可畏，至于望门倒屣。④

南渡以来，直至宋元易代之际，大多数生活在社会底层的文人士子们，或求利求名，或求养家糊口，奔走于阃台郡县，干谒权贵，一时干谒与荐举之风盛行。南宋士子们奔走四方，交游广泛，干谒请托，希望得到达官贵人的援引，盛烈《送黄吟隐游吴门》道：

西江不住来西湖，唤醒晚唐诸老魂。……行吟荏苒岁欲暮，束装又问吴中路。节翁旧有珠履缘，何况荐书袖无数。此行一句直万钱，十句唾手腰可缠。归来卸却扬州鹤，推敲

---

① 吴熊和：《南宋初期的文化重组与文学新变·序》，钱建状：《南宋初期的文化重组与文学新变》，厦门大学出版社 2006 年版，第 1 页。

② 曾枣庄、刘琳主编：《全宋文》第 196 册，上海辞书出版社 2006 年版，第 53 页。

③ 宋·尤袤：《雪巢小集序》，《梁溪遗稿》文钞。林宪，号雪巢，吴兴（今浙江湖州）人。少从侍郎徐度游，得陈后山诗法（《梅磵诗话》）。卓荦有大志，中特科，监西岳庙。参政贺子忱奇其才，以孙女妻之。乾道中，随贺允中寓临海。家贫无屋，读书著文，不改其乐。喜咏诗，不加锻炼，落笔立就。一时名流皆愿与交，尤与徐度、芮烨、莫汲等交好。（详参清·陆心源辑：《宋史翼》卷三六，中华书局 1991 年版，第 391－392 页）

④ 元·方回选评，李庆甲集评校点：《瀛奎律髓汇评》卷二〇，上海古籍出版社 2005 年版，第 840 页。

调度权架阁。[①]

世态炎凉、人情冷漠，他们深知干谒奔走于权贵之门的苦涩，陈起《借居值雪》道：

已叹长安索米难，可禁风雪满长安。无家又是于人借，有命从来只自宽。春入园林根觉暖，色连天地眼生寒。西湖寂寞梅无伴，合向孤山忍冻看。[②]

他们渴望得到权贵印可延誉而不得时，就有如下言语：

江湖如许阔，无地著诗流。难觅青精饭，空回明月舟。分甘贫国士，莫谒富民侯。随处风波恶，无鱼可上钩。[③]

从这些满腹牢骚又满腔热忱的矛盾对立之语中，我们可以感受到南宋士人中普遍存在的东奔西走、渴望援引之情形。

为了进一步说明问题，我们再举几个例证：南宋文人姜夔交游之众达 107 人，这些数量众多的师友亲朋在姜夔的一生中起到了极为重要的作用[④]，结交师友离不开姜夔长期以来的奔走干谒。他在感怀时说：

叠鼓夜寒，垂灯春浅，匆匆时事如许。倦游欢意少，俯仰悲今古。江淹又吟恨赋。记当时、送君南浦。万里乾坤，百年身世，惟有此情苦。　　扬州柳，垂官路。有轻盈换马，端正窥户。酒醒明月下，梦逐潮声去。文章信美知何用，漫赢得、天涯羁旅。教说与。春来要寻花伴侣。（姜夔《玲珑四犯·越中岁暮，闻箫鼓感怀》）[⑤]

此词是姜夔在东奔西走、羁旅漂泊、流落异乡之际思友怀人而作。据夏承焘《姜白石词编年笺校》卷四考证，这首词作于孝宗绍熙四年癸丑（1193）[⑥]，正是达官贵人以人情之厚薄举荐人才冒滥之际，有过人之才的姜白石不免与侥幸者并弃，“音调苍凉，白石诸阕惟此篇词最激，意亦最显，盖亦身世之感，有情不容已者。”[⑦] 吴世昌认为：“‘文章信美知何用，漫赢得天涯羁旅’，二句浅薄。白石不应作此类语。此介存所以讥其貌为恬淡而实热中也。”[⑧] 王国维也说：“东坡之旷在神，白石之旷在貌。白石如王衍口不言阿堵物，而

① 《江湖后集》卷一一，《影印文渊阁四库全书》本，第 1357 册，第 856 页。

② 《江湖后集》卷二四，《影印文渊阁四库全书》本，第 1357 册，第 1011 页。

③ 胡仲弓：《送罗去华》，《江湖后集》卷一二，《影印文渊阁四库全书》本，第 1357 册，第 865 页。

④ 详参夏承焘：《姜白石行实考》，宋·姜夔著，夏承焘笺校：《姜白石词编年笺校》（附录《行实考·交游》），上海古籍出版社 1981 年版，第 265 页。

⑤ 宋·姜夔著，夏承焘笺校：《姜白石词编年笺校》卷四，上海古籍出版社 1981 年版，第 52－53 页。

⑥ 宋·姜夔著，夏承焘笺校：《姜白石词编年笺校》卷四，上海古籍出版社 1981 年版，第 52 页。

⑦ 清·陈廷焯：《词则·大雅集》卷三，吴熊和主编：《唐宋词汇评》（两宋卷），浙江教育出版社 2004 年版，第2761 页。

⑧ 吴世昌著，吴令华辑注，施议对校：《词林新话》，北京出版社 2000 年版，第 261 页。

暗中为营三窟之计，此其所以可鄙也”，“‘纷吾既有此内美兮，又重之以修能。’文字之事，于此二者，不能缺一。然词乃抒情之作。故尤重内美，无内美而但有修能，则白石耳”。[①] 确实，“貌为恬淡而实热中”的特点，在姜夔词中表现得非常突出。表面上“飘零”“寂寥”的“天涯羁旅”，掩盖不了词人内心对功名的渴望及其热衷于现实名利的“幽怀”，这样隐藏在孤独外表下的幽怀，在其创作中表现得十分明显，且看他的自述：

夔早岁孤贫，奔走川陆。数年以来，始获宁处。秋日无谓，追述旧游可喜可愕者，吟为五字古句，时欲展阅，自省生平，不足以为诗也。[②]

姜夔“自省生平”时非常清楚地表明自己乃因“孤贫”而“奔走”，是为了达到“宁处”的目的，这是南渡后士人较为普遍的生活方式及值得注意的文化现象。

与姜夔命运类似的还有戴复古、刘过等人，钱谦益把他们的生活方式与诗道之衰联系起来探讨：

诗道之衰靡，莫甚于宋。南渡以后，而其所谓江湖诗者，尤为尘俗可厌。盖自庆元、嘉定之间，刘改之、戴石屏之徒，以诗人启干谒之风。而其后钱塘湖山，什伯为群。挟中朝尺书，奔走阃台郡县，谓之阔匾，要求楮币，动以万计。当时之所谓处士者，其风流习尚如此。[③]

所言甚是！戴复古一生漂泊流离，“南游瓯闽，北窥吴越，逾梅岭，穷桂林，上会稽，绝重江，浮彭蠡，泛洞庭，望匡庐五老、九嶷诸峰，然后放于淮泗，归老委羽之下。游历既广，闻见益多，为学益高深而奥密，以诗鸣江湖间五十年”[④]，生平游踪，遍及今浙江、江苏、安徽、湖北、湖南、江西、福建、广东等地，浪游江湖几五十年，“所游历登览，……可以拓诗之景，助诗之奇者，周遭何啻数千万里”[⑤]，他也曾豪情满怀：“胸蟠三万卷，手握五色笔。策勋文字场，致君以儒术”[⑥]。结果却是：

半月不把镜，羞看两鬓尘。读书增意气，携刺减精神。道路谁推毂，江湖赋采苹。从来麋鹿性，那作帝乡人。[⑦]

---

① 王国维：《人间词话》，唐圭璋编：《词话丛编》第5册，中华书局1986年版，第4266页。

② 《昔游诗序》，宋·姜夔：《白石道人诗集》卷上，夏承焘校辑：《白石诗词集》，人民文学出版社1959年版，第13页。

③ 清·钱谦益：《初学集·王德操诗集序》，钱曾笺注，钱仲联标校：《钱牧斋全集》，上海古籍出版社2003年版，第946页。

④ 宋·陈思编，元·陈世隆补：《两宋名贤小集》卷二七三《戴复古小传》，《影印文渊阁四库全书》本，第1364册，第209页。

⑤ 宋·吴子良：《石屏诗后集序》，宋·戴复古著，吴茂云、郑伟荣校点：《戴复古集》，浙江大学出版社2012年版，第383页。

⑥ 北京大学古文献研究所：《全宋诗》卷二八一三，第54册，北京大学出版社1998年版，第33463页。

⑦ 《石屏诗集》卷四《都下书怀》，宋·戴复古著，吴茂云、郑伟荣校点：《戴复古集》，浙江大学出版社2012年版，第118－119页。

后不得不以诗游诸公间，闭口不谈当世事，为世所称。真德秀尝欲疏荐，力辞而止。绍定中，为邵武军学教授，与郡人严粲、严羽相善。他在《风雨无缪中览镜有感，作小诗未有断句，适两侄孙携诗卷来》中自伤身世：

览镜忽有感，谁能写我真。崚嶒忍饥面，蹭蹬苦吟身。风叶飘零夜，雨花狼藉春。相过慰牢落，吾族有诗人。①

在这里，戴复古谈到自己的真实境遇是“崚嶒忍饥面，蹭蹬苦吟身。”故他常以唐代干谒请托、四方奔走的杜甫、孟郊自比，“冷淡篇章遇赏难，杜陵清瘦孟郊寒”（《戏题诗稿》)，慨叹飘零：“一生漂泊客途中，挟技从人类百工。白首归来入诗社，犹思渭北与江东。”(《次韵谷口郑柬子见寄》)“淫滞江湖久，蹉跎岁月新。客愁茅店雨，诗思柳桥春。秣马寻归路，骑鲸问故人。山林与朝市，何处著吾身?”② 有了这样的人生经历与人生态度，他在诗词中呈现出的自我人格形象就常常是：

费十年灯火，读书读史，四方奔走，求利求名。蹭蹬归来，闭门独坐，赢得穷吟诗句清。——《沁园春》

吾曹不堕尘埃，要胸次长随笑口开。任江湖浪迹，鸥盟雁序，功名到手，凤阁鸾台。——《沁园春》

落魄江湖四十年，白头方办买山钱。——《镇江别总领吴道夫侍郎，时愚子琦来迎侍朝夕，催归甚切》

平生癖习未全除，虚事经心实事疏。——《癖习》

湖海三年客，妻孥四壁居。——《思家用后山韵》

狂游四海，一向忘家。——《满庭芳》

一生漂泊老江湖。——《惜别呈李实夫运使》

京华作梦十年余，不道南山有敝庐。——《都下书怀》

手携漫刺访朝官，争似沧洲把钓竿。——《都中怀竹隐徐渊子直院》

行藏两无策。——《无策》

七十老翁头雪白，落在江湖卖诗册。……鸡林莫有买诗人，明日烦公问蕃舶。——《市舶提举管仲登饮于万贡堂有诗》

发秃齿危俱老矣，人高诗苦奈若何。——《访赵东野》

四方奔走、求利求名、漂泊江湖、一向忘家、“老益穷，奔走衣食四方，犹未得归休于

① 《石屏诗集》卷三，宋 · 戴复古著，吴茂云、郑伟荣校点：《戴复古集》，浙江大学出版社 2012 年版，第89 页。

② 《石屏诗集》卷二《春日》，宋 · 戴复古著，吴茂云、郑伟荣校点：《戴复古集》，浙江大学出版社 2012 年版，第 45 页。

家”[①] 的谒客生涯，让戴复古增长了见闻，在奔走请托、赠送应酬之际广交社会名流、奇人异士[②]：

所酬唱谂订，或道义之师，或文词之宗，或勋庸之杰，或表著郡邑之英，或山林井巷之秀，或耕钓酒侠之遗。凡以诗为师友者，何啻数十百人。[③]

刘过的经历与戴复古颇有相似之处，他们都以谒客闲人的身份度过了一生，内心世界充满了苦闷与不平。我们可从四库馆臣的评介中简单了解他四方奔走、游谒江湖、请托寄食的一生：

当宋光宗、宁宗时，以诗游谒江湖，韩侂胄尝欲官之使金国，而轻率漏言，卒以穷死。盖亦陈亮之流，而跅弛更甚者也。当其叩阍上书，请光宗过宫，颇得抗直声，然其时在廷诸臣已交章论奏，非廊庙不言，待于草野言之者，何必屋上架屋，为此哓哓，特巧于博名耳。又屡陈恢复大计，谓中原可不战而取，更不过附合时局，大言以幸功名。北伐之役后，竟何如耶？杨维祯吊其墓诗云：“读君旧日伏阙疏，唤起开禧无限愁。”文人标榜之词，非笃论也。其诗文亦多粗豪抗厉，不甚协于雅音，特以跌宕纵横，才气坌溢，要非龌龊者所及，故今犹传焉。[④]

这首《寄程鹏飞》或许可以看作刘过一生的写照：

往事游边忆少年，未尝携刺五侯门。春风跃马汉南道，落日椎牛淮上村。科举未为暮年计，途穷不忍向人言。男儿慷慨头当断，未有人施可报恩。[⑤]

正可作为上引四库馆臣之语的注脚。

刘过屡屡在诗词中表现出的自我形象也正是这样“求尺书，干钱物”的“谒客声气”，如：

十年著脚走四方。——《襄阳歌》
四举无成，十年不调，大宋神仙刘秀才。——《沁园春》
长安道，奈世无刘表，王粲畴依？——《沁园春》
逆境年年梦，劳生处处愁。——《泊船吴江县》

---

① 宋·赵汝谈：《石屏小集跋》，宋·戴复古著，吴茂云、郑伟荣校点：《戴复古集》，浙江大学出版社 2012 年版，第 389 页。

② 详见戴复古在《望江南》六首中自述平生，为人所称道。《沁园春》（一曲狂歌）却因自述平生而见讥（《雨村词话》卷二，唐圭璋编：《词话丛编》第 2 册，中华书局 1986 年版，第 1405 页。）

③ 宋·吴子良：《石屏诗后集序》，宋·戴复古著，吴茂云、郑伟荣校点：《戴复古集》，浙江大学出版社 2012 年版，第 383 页。

④ 《四库全书总目》卷一六二集部十五，别集类十五，中华书局 1965 年版，第 1391 页。

⑤ 宋·刘过：《龙洲集》卷五《寄程鹏飞》，《影印文渊阁四库全书》本，第 1172 册，第 23 页。

有怀千不足，自顾百无能。——《元宵偶书》
书生穷蹇甚，一笑百祸胎。——《自叹》
访旧须俱白，过家心欲摧。故乡非不好，不是锦衣回。——《初伏阙上书，得旨还乡上杨守秘书》

这种末路英雄、迟暮谒客的形象和心情，令人扼腕叹息。陆游在《赠刘改之秀才》中对其充满了“了解之同情”：

君居古荆州，醉胆天宇小。尚不拜庞公，况肯依刘表？胸中九渊蛟龙蟠，笔底六月冰雹寒。有时大叫脱乌帻，不怕酒杯如海宽。放翁七十病欲死，相逢尚能刮眼看。李广不生楚汉间，封侯万户宜其难。①

与刘过生平经历、心路历程、情感体验相似的士人在南宋时期是普遍存在的，如以下情形在南宋士人中就经常出现：

青鞋布袜软红尘，千诗只博一字贫。——杨万里《送姜夔尧章谒石湖先生》
姜夔刘过竟何为，空向江湖老布衣。——乐雷《题许介之誉文堂》
诗人例穷苦，穷死更怜君。——赵师秀《哀山民》
江湖飘零久，频回首、无奈触绪难忘。谁信温柔牢落，翻坠愁乡。——李从周《风流子》

姜夔、戴复古、刘过、杨万里、赵师秀、李从周等人在仕途奔走中尝尽了四方奔走、干谒权贵的种种辛酸和屈辱，各有各的不幸。怎样来理解这些现象呢？

之所以出现这种情况，究其原因，大概可以从如下几则材料中窥见一些端倪：

夫举主荐人，则终身有门生之称。士夫甘求汲引，其未荐之始，已谀之以恩门矣。以公举而为私谢，以朝廷之公法而便予者求者之私欲。士风既坏，习俗已成，虽有识之士，勉强而从俗焉。②

一章所荐，或五六人，或十数人，载于邸报，殆无虚日。合一岁而论，不知其几。非亲故之夤缘，则势要之嘱托。③

衣冠南渡，侨寓者多，宜广学校以收遗材。保桑梓者，乡里举焉。在流寓者，庠序

① 宋·陆游：《剑南诗稿》卷二七，钱仲联、马亚中主编：《陆游全集校注》第4册，浙江教育出版社2011年版，第84页。
② 宋·徐元杰撰：《梅野集》卷六《应诏荐士状》，《影印文渊阁四库全书》本，第1181册，第676页。
③ 宋·许应龙撰：《东涧集》卷七《论荐举札子》，《影印文渊阁四库全书》本，第1176册，第484页。

推焉。①

以秦川馆为学舍，以待陕西、河东失职来归之士，给衣食养之。②

我们不惮辞繁地引录上述材料，旨在对南宋干谒奔竞之风盛行一时的具体情况作尽可能真实详尽的历史还原，以描述清楚南宋士大夫主体人格和审美情趣形成的环境和原因。这些材料充分体现了："南宋以降，艰难的仕途让大量士人望而生畏，忍痛割舍，与主流政治产生疏离，不再目光向上，转而投身于地域社会，来谋求生路，来寻求实现自我价值。"③

建炎以来，形成了一个新的阶层——食客。据吴自牧《梦粱录》载：

闲人本食客人。孟尝君门下，有三千人，皆客矣。姑以今时府第宅舍言之，食客者：有训导蒙童子弟者，谓之"馆客"。又有讲古论今、吟诗和曲、围棋抚琴、投壶打马、撇竹写兰，名曰"食客"，此之谓闲人也。更有一等不着业艺，食于人家者，此是无成子弟，能文、知书、写字、善音乐，今则百艺不通，专精陪侍涉富豪子弟郎君，游宴执役，甘为下流，及相伴外方官员财主，到都营干。又有猥下之徒，与妓馆家书写柬贴取送之类。更专以参随服役资生，旧有百业皆通者，如纽元子，学像生叫声，教虫蚁，动音乐，杂手艺，唱词白话，打令商谜，弄水使拳，及善能取覆供过，传言送语。又有专为棚头，斗黄头，养百虫蚁、促织儿。又谓之"闲汉"，凡擎鹰、架鹞、调鹁鸽、斗鹌鹑、斗鸡、赌扑落生之类。又有一等手作人，专攻刀镊，出入宅院，趋奉郎君子弟，专为干当杂事，插花挂画，说合交易，帮涉妄作，谓之"涉儿"，盖取过水之意。更有一等不本色业艺，专为探听妓家宾客，赶趁唱喏，买物供过，及游湖酒楼饮宴所在，以献香送欢为由，乞觅赡家财，谓之"厮波"。大抵此辈，若顾之则贪婪不已，不顾之则强颜取奉，必满其意而后已。但看赏花宴饮君子，出着发放何如耳。④

食客阶层的兴起，令名公巨卿的养士之风盛行，甚至成了一种养士举荐制度被朝廷批准实行。南宋著名学者张九成在年轻的时候就因家境贫寒而为人门客，通过教授徒弟来养家糊口，这段辛酸的往事记载在于恕的《无垢先生横浦心传录》中：

予平生贫困，处之亦自有法，每日用度，不过数十钱，亦自足，至今不易也。……先生在越上作幕官，不肯受供给……答曰："既受月俸，又受供给……于我心实有不安。"⑤

---

① 宋·林季仲撰：《竹轩杂著》卷三《科举》，《影印文渊阁四库全书》本，第1140册，第338页。

② 宋·李心传撰：《建炎以来系年要录》卷七四，第2册，中华书局1988年版，第1225页。

③ 王瑞来：《"内举不避亲"——以杨万里为个案的宋元变革论实证研究》，《北京大学学报》2012年第2期，第127页。

④ 宋·吴自牧：《梦粱录》卷一九，宋·孟元老等著，周峰点校：《东京梦华录》（外四种），文化艺术出版社1998年版，第294页。

⑤ 宋·于恕撰：《无垢先生横浦心传录》卷上，《四库全书存目丛书》第83册，齐鲁书社1995年版。

十八即为人门客，教子弟，聚束脯，归赡家。①

张九成在《寄医僧序》中亦提及自己做人门客以养家之事，读来令人眼热鼻酸：

予家贫，水菽不给，寓盐官东乡，作村教书。村深无市井，庖厨萧然，朝夕所供，惟蔬荀之属，无它种食，多伤胃，乘间辄发病。建炎三年十月二十六日，予自村中归。②

无独有偶，王炎撰《韩毅伯诗序》中的蜀人韩毅伯亦是靠自己的才学而寄居权贵之门谋生：

始庚寅冬，蜀人韩毅伯自行在所欲往豫章，道婺源而西，过余于云溪之上。一见欢于平生，论文字，说时事，可否无不意合。予挽而留之，毅伯亦为余弛担盘旋，如过故乡，依依不忍去。明年夏始入楚东，值尚书陈公之上饶，邀而馆诸其门。又明年，余不幸有家艰，毅伯得讣音，走数百里来唁问。予握手收泪，相劳苦勤甚。复留一月，将过衢梁，下钱塘，其再来未有日也。因出箧中所作凡二百篇，曰："我去家万里，在道途五年，随所遇见于诗，羁旅无聊之辞大半。噫，予穷甚矣！惟子知我者。昔之诗人得名于世，如'枫落吴江冷'，不过一句耳。'风暖鸟声碎，日高花影重'、'柳塘春水漫，花坞夕阳迟'，不过一联耳。此等语吾辈未肯多逊，幸为我叙之，或者可以不朽于他时。"毅伯，余畏友也，为诗无问长篇险韵，握笔翩翩立就，汗漫如鹏翼垂天之云，奔放如沧江八月之涛，淡泊如朱弦三叹之音，遒紧如苍隼之迫秋风，雍容如良马之就熟，清厉如夷齐之食薇，都娴如西子之靓妆，予不能尽状也。③

王炎做官时，也延揽一些名士于自己家中教授子弟，相当于聘请他们作家庭老师，其中的佼佼者就有吴梦授，据王炎《送吴梦授序》载：

乾道甲午，予屏居云溪，士友携琴书来相与肄业精舍者三十人。时梦授在同侪中简言语，不妄戏笑，人不知其内之开敏也。与之论古今，辨义理，如珠走盘，如刀破竹，其言洒洒可听；笔端节奏抑扬，时有金石铿锵、丝竹清越之音。其气如良马在御，蹀躞好进不已也。此于取一第如摘颔髭耳。同辈有联翩登仕版者，梦授艺实高，反困于布衣未偶。予官清江，延梦授于门，训二三稚子。屈指云溪旧游凡二十有二年。④

南宋中后期以来的一大批闲人、食客也大多如韩毅伯、吴梦授一样，他们博学多才，无所

① 宋・于恕撰：《无垢先生横浦心传录》卷中，《四库全书存目丛书》第83册，齐鲁书社1995年版。
② 《横浦集》卷一六，《影印文渊阁四库全书》本，第1138册，第403页。
③ 宋・王炎：《韩毅伯诗序》，《双溪类稿》卷二四，《影印文渊阁四库全书》本，第1155册，第701页。
④ 宋・王炎撰：《双溪集》卷三，《影印文渊阁四库全书》本，第1155册。

不通，故能寄居在达官贵人之门帮忙、帮闲，靠自身才艺讨生活。[①] 南宋文人的人格个性和人生态度虽然种类繁多、各具特色，但从其干谒行为而言，则大都具有对权势和财富的热衷追逐，在名利场中不断地挣扎奋斗，怀着学而优则仕的理想，在建功立业或及时行乐的生活实践中实现自我的人生价值。人生短促，名利场中一刹那的辉煌，或可作一生成就的标志。《藏一话腴》外编卷下载：

白石姜尧章，奇声逸响，卒多天然，自成一家，不随近体，有《诗说》行于世。三数十年来，曾景建、刘改之、张韩伯、翁灵舒、赵紫芝、徐无竞、高菊磵诸公俱已矣。[②]

以上诸人极力运用自己的特长取悦公卿，有时竟能以神仙家游说名公巨卿以谋取生活资料，袁桷《清容居士集》卷二一《高一清医书十事序》载：

然予幼闻诸老，言葛天民、曾景建以神仙说游公卿，清言玉雪，苦意冰蘖，见者怜而欲成之，后卒不就。[③]

可以说，四方奔走，寄人篱下，依人作客，凭着自己的一技之长来给达官显贵帮忙或帮闲，是当时大多数贫寒之士维持生计的主要方式。

又如章甫，字冠之，号转庵居士，又作堂名易足，亦号易足居士，因终身未仕，故《宋史》无传，然其依人为客的生平事迹却在名流巨卿韩元吉为他作的《易足堂记》[④]《易足堂上梁文》中被记载了下来：

世间长物，海内穷民。书剑远游，老作诸侯之客；箪瓢独乐，常多长者之车。定居虽爱于江山，高卧每忧于风雨。[⑤]

这篇文章还记载了章甫“豪放飘荡，不受拘羁”，热衷于结交当时名流巨卿的情形，故《四库全书总目》在评价他时也说：

其格律虽稍近江湖一派，而骨力苍秀，亦具有研锻之功。观其《别陆游》诗有“人生相知贵知心，道同何必问升沉”之句，《谢韩元吉寄茶》诗有“别公宛陵今五春，渴心何啻

① 其中境界较高者，也能在名流显宦的推荐援引之下自创书院援徒谋生。如被学者称为融堂先生的钱时就是这样。他自幼奇伟不群，时目之为奇童。读书不为世儒之习，尝以《易》冠漕司，后绝意科举，究明理学。四十岁前，默默无闻。四十岁至六十岁，以讲学闻于时。四十四岁师从杨简，简荐于朝，不果。江东提刑袁甫作象山书院，招主讲席。嘉熙元年（1237），宰相乔行简荐于朝，理宗召见，赐进士出身，授秘阁校勘。未几，出佐浙东仓幕，太史李心传奏召史馆检阅。求去，授江东帅属，归居蜀阜玉屏北山之冈，创融堂书院。淳祐四年（1244）卒，年七十。（详参元·脱脱等：《宋史》卷四〇七本传，第35册，中华书局 1985年版，第12292－12293页）

② 《藏一话腴》外编卷下，《影印文渊阁四库全书》本，第865册，第568页。

③ 元·袁桷：《清容居士集》卷二一《高一清医书十事序》，《影印文渊阁四库全书》本，第1203册，第293页。

④ 宋·韩元吉撰：《南涧甲乙稿》卷一六，《影印文渊阁四库全书》本，第1165册，第238－239页。

⑤ 宋·韩元吉撰：《南涧甲乙稿》卷一八，《影印文渊阁四库全书》本，第1165册。

生埃尘"之句，《次韵吕祖谦见寄》诗有"山林旧约都茫茫，忆君著书看屋梁"之句，是其所与酬赠者，皆一时俊杰之士，故耳濡目染，尚能脱化町畦，自成杼轴，颇为不坠雅音。[①]

章甫在中国文学史上地位不高、声名不彰。这个落拓之士的食客生涯，东奔西走的干谒经历，在当时社会或许更具普遍性。《贵耳集》卷中载：

张冠之名甫，号易足居士，有文集十卷，多从于湖交游，豪放飘荡，不受拘羁。淳熙间，淮有三士：舒之张用晦、和之张进卿、真之张冠之也。《寄荆南》诗："余生自判一虚舟，未审寻诗慰客愁。梅欲飘零犹酝藉，柳才依约已风流。关心弟妹无黄犬，入梦江湖有白鸥。别后故人相念否？东风应倚仲宣楼。"[②]

这段记载中"黄犬""白鸥""仲宣"等意象与典故，在南宋士人的诗文中经常出现，暗示了某种时代情绪。尤其是"仲宣"的典故，用东汉末年王粲羁旅飘零、依人为客的生涯，来喻指江湖谒客奔走寄食的辛酸苦楚。

这些江湖食客大多名高而位卑，文富而家贫，如冯去非的经历在南宋谒客中也具有典型性：

泛宅江湖上，萧萧两鬓皤。只知衣可典，不厌客来多。文富家安有，名高实若何？身前身后事，令我起悲歌。[③]

对于封建时代的文人士大夫来讲，学而优则仕，宦海无边，人人都想从政，没有谁愿意郁郁寡欢久居人下，朝中有靠山才有机遇步步高升、青云直上。如感叹"我岂登名晚，今仍作吏卑"[④] 的杨万里，三十七岁还在担任零陵县丞，这时认识了贬谪至永州的中兴名将张浚，与他时相过从，感情很好。后来孝宗上台，起用主战名将张浚为相，从此杨万里的好运就开始了，"（张）浚入相，荐之朝，除临安府教授。"[⑤] 杨万里就此脱出了选海，开始担任京官，向通议大夫、宝文阁待制一步步接近。在南宋士大夫政治体制下，文人士子想要脱离选人的身份进阶到京官，十分困难，有时只能碰运气。杨万里运气好，遇到了张浚。可也有运气不好的，苏泂诗云："朱雀街头观阙红，角门乐畔好春风。人家一样垂杨柳，种入宫墙自不同。"苏泂少时从其祖父游宦入蜀，长而落拓、四方奔竞。因富有才华，在同辈赵师秀、刘过等人中尤其突出，他也一度因荐举得官，但终因靠山不力，偃蹇不遇以老。故有"人家一样垂杨柳，种入宫墙自不同"之叹，联系到自己的生平际遇，顿然有

① 《四库全书总目》卷一六〇《自鸣集提要》，中华书局 1965 年版，第 1383 页。

② 宋・张端义撰，李保民校点：《贵耳集》卷中，上海古籍出版社编：《宋元笔记小说大观》第 4 册，上海古籍出版社 2001 年版，第 4297 页。

③ 宋・释道璨撰：《哭冯深居常簿》，《柳塘外集》卷一，《影印文渊阁四库全书》本，第 1186 册，第 792 页。

④ 《送施少才赴试南宫》，《诚斋集》卷一，宋・杨万里著，王琦珍整理：《杨万里诗文集》，江西人民出版社 2006 年版，第 2 页。

⑤ 元・脱脱等：《宋史》卷四三三《杨万里传》，第 37 册，中华书局 1985 年版，第 12863 页。

所感叹，同样是杨柳，由于所处客观环境的不同，其结果或际遇也有如此天渊之别。这首诗不只是他个人的感叹，在当时干谒之风盛行的环境下，这种感慨被赋予了普遍性的哲理内涵，成为文士生活际遇的一种缩影。

权高位重者往往喜欢别人奉承拍马屁以满足自己的权力欲，他们用高涨澎湃的热情，接待了一批又一批形形色色、奔走钻营的干谒之士。武衍《悼戴式之》诗中称戴复古受到达官贵人接待时的情形是："四海诗人说石屏，一时知己尽公卿。"这就为徐世昌所言"人谓诗以穷而工，我谓工诗而后穷。自古诗人多富贵，《雅》《颂》作者何雍容"① 提供了绝佳注脚。这种干谒成功的文士往往对人情世事、各色人物的性情有着较为全面、深刻的了解，具有特别敏锐的观察力和辨别干谒对象好恶的能力，加上他们突出的口才、心计，便具备了干谒事人的重要条件。刘克庄在《孙花翁墓志铭》中描述了孙惟信受到公卿赏识的盛况：

其言以家为系缧，一身之外无它人，以货为赘疣，一榻之外无长物，居下竺廨院，躬爨而食。书无乞米之帖，集无逐贫之赋，终其身如此。自号花翁，名重江浙。公卿闻花翁至，争倒屣。所谈非山水风月，一不挂口。②

南宋笔记和诗话中也有这类记载。罗大经《鹤林玉露》载：

韩平原尝为南海尉，延一士人作馆客，甚贤而文。既别，音问杳不通。平原当国，常思其人。一日，忽来上谒，盖已改名登第数年矣。一见欢甚，馆遇极厚。③

杨万里《诚斋诗话》载：

士大夫间有口传一两联可喜，而莫知其所本者。如："人情似纸番番薄，世事如棋局局新。"又："饱谙世事慵开眼，会尽人情只点头。"又："薄有田园归去好，苦无官况莫来休。"又有嘲巧宦而事反拙者："当初只谓将勤补，到底翻为弄巧成。"此尤可笑。④

从以上的引征中，我们不难从一个侧面看出当时的世态人情与士风时风。

"为人刚而褊"⑤ 的杨万里，其实很懂人情世故。有人请杨万里为他写信向一位官员请托求荐，杨万里的回答就显得老到世故，他说："陈漕无半面，不曾通书，亦不曾作幼舆托庇之书。彼此无情分，岂可干求，谈何容易？不惜取辱，但无益耳。"⑥ 人情世故是人人都避免不了。尤其是"与人方便、自己方便"在中国是一个普遍奉行的做人准则，在

---

① 徐世昌：《读梅宛陵诗集书后》，《续修四库全书》第1631册，上海古籍出版社2002年版，第692页。

② 宋·刘克庄著，辛更儒笺校：《刘克庄集笺校》第13册，中华书局2011年版，第5923页。

③ 宋·罗大经撰，王瑞来点校：《鹤林玉露》，中华书局1983年版，第139页。

④ 丁福保辑：《历代诗话续编》（上），中华书局1983年版，第139页。

⑤ 元·脱脱等：《宋史》卷四三三《杨万里传》，第37册，中华书局 1985年版，第12870页。

⑥ 《答吴节推》，《诚斋集》卷一〇八，宋·杨万里著，王琦珍整理：《杨万里诗文集》，江西人民出版社2006年版，第1695页。

官场上则有所谓“花花轿子大家抬”，与上司交往更要投其所好。这种上有所好，下必效之的士风，使大多数汲汲于富贵的士人处心积虑地奔竞钻营，以求得到位尊多金的公卿贵胄赏识，他们有的后来也得富贵、享殊荣，如“惟信能为诗词，善谈谑。盖尝有官，弃去不仕，自号花翁。游江湖间，人多爱之”①。为什么人多爱孙惟信呢，原来是他凭着几十年的奔竞钻营结识了一大批名公巨臣，“多见前辈，多闻旧事，善雅谈”②。

赵以夫（1189—1256）是一位爱惜人才、喜欢援引干谒奔走之士的典型，他乃宋室后裔，赵彦括第四子。淳祐五年（1245）除宝章阁待制、沿江制置使兼知建康府、行宫留守、江东安抚使。淳祐七年，知平江府。以资政殿学士致仕。这样一位名公巨卿竟然愿意与孙惟信结交，诗词往还，遂成词坛佳话。赵以夫的《贺新郎·次孙花翁乙酉》道：

春事浑如客。趁新晴、花骢骄俊，纻衫轻窄。腊瓮初倾光欲动，笑把黄甘旋擘。更喜得、酒朋诗敌。陶写襟怀觞咏里，似风流、王谢当年集。忘尔汝，任争席。　疏帘画舫梅妆白。看斜阳、波心镜面，照伊颜色。飘渺笙歌天上谱，一刻千金莫惜。谁信道、高楼占得。柳外暝烟人去也，但月钩、冷浸阑干湿。知过了，几寒食。③

乙酉，即理宗宝庆元年（1225），当时，赵以夫三十七岁，孙惟信的《贺新郎》原唱虽然已经佚散，但我们从赵以夫的次韵词中也能够感受到他俩之间“酒朋诗敌”亲密无间的关系。赵以夫把自己喜获朋友的心情和他们一起宴集游乐的往事，通过“陶写襟怀觞咏里，似风流、王谢当年集。忘尔汝，任争席”表现出来，既像是当年王羲之的兰亭雅集、诗酒风流，一觞一咏，亦足以畅叙幽情，也像是杜甫遇到好友时“忘形到尔汝”的放荡不羁。如果我们把赵以夫和孙花翁的身份地位联系起来看问题，就会发现，这个时代与偏安一隅的东晋有相似之处，这也是为什么宋室南渡以来文士喜爱以晋人风度自许许人的一个重要原因。赵以夫化用老杜“忘尔汝，任争席”的话来表现欢乐场面，潜意识里是否想到杜甫“朝叩富儿门，暮随肥马尘”“独耻事干谒”的奔走生涯？如果真是这样，就十分贴切地把握住了孙惟信干谒生活的侧面，最后赵以夫以“飘渺笙歌天上谱，一刻千金莫惜。谁信道、高楼占得。柳外暝烟人去也，但月钩、冷浸阑干湿。知过了，几寒食”的景语结尾，情蕴景中，也暗示了孙惟信江湖漂泊的干谒生涯。正是这样身世如雁的江湖谒客让身为名公巨卿的赵以夫思念怀想，常常借歌词表露出来：

寒宽一雁落。正万里相思，被渠惊觉。春风字字吹香雪，唤起西湖盟约。当时醉处，仿佛记、青楼珠箔。又不是，南国花迟，徘徊酒边慵酌。　家山月色依然，想竹外横枝，玉明冰薄。而今话昨。空对景、怅望美人天角。清尊淡薄。便翠羽、殷勤难托。休品入、三叠琴心，教人瘦却。（《玉烛新·和方时父，并怀孙季蕃》）④

---

① 宋·陈振孙著，徐小蛮、顾美华点校：《直斋书录解题》卷八《庐阜记游》，上海古籍出版社 1987 年版，第 264 页。

② 清·查礼：《铜鼓书堂词话》，吴熊和主编：《唐宋词汇评》，浙江教育出版社 2004 年版，第 3025 页。

③ 唐圭璋编，王仲闻参订，孙凡礼补辑：《全宋词》第 4 册，中华书局 1999 年版，第 3397 页。

④ 唐圭璋编，王仲闻参订，孙凡礼补辑：《全宋词》第 4 册，中华书局 1999 年版，第 3399 页。

重门翠锁，笑侯鲭断绝，又逢寒食。社瓮初开春浩荡，荠蕨漫山谁摘。榆火传新，柳绵吹老，愁绪空千亿。百花过了，游蜂将次成蜜。　　追思共醉西湖，诗朋余几，俯仰成悲恻。月射波心光万丈，犹想当时颜色。黄鹄翩翩，白驹皎皎，莫待山灵勒。金貂箬笠，问渠还肯相易。(《念奴娇·寒食次卢野涉，并怀孙季蕃》)①

从上述描写中可以看到，无论是和方时父，还是次卢野涉，无论是在“春风字字吹香雪”的时节，还是在“又逢寒食”的情景下，都让赵以夫想到孙惟信，并感慨万端，悲从中来：“追思共醉西湖，诗朋余几，俯仰成悲恻。”可以说，这样宾主之间的深厚感情，即使是在慷慨激昂的战国时代也是不多见的，这缘于南宋江湖文士的人格风范和艺术修养，满足了当时名公巨卿内心想要结交人才、使用人才的愿望。这与战国时期“四公子”的养士有一定的相似之处。

然而，时代毕竟不同了，这时的干谒之士与战国策士的精神面貌和生活方式存在着一定的区别。数次应举不第、一生潦倒为生计问题而辛苦奔波的词人陈人杰，虽具有经世抱负却无实现之门，对刘叉得到名流韩公认可从而成名的际遇羡慕不已，无限向往，而词人自我的人格形象亦在其诗词中呈现出来了。时人陈容公在《龟峰词跋》中不禁慨叹：

长吉、惇夫，俱不尽其才而死。世人工之可，世好卒然而定，自古勋业之士皆然，重可哀也已。刚父兄悼其旧作已佚，盖尝所哜嚅者，惜不及见之。②

那种“先天下之忧而忧，后天下之乐而乐”的伟大情怀消逝了，繁华渐远，功业无成，壮心颓丧，为了功名富贵，南宋士子东奔西走，不论大小权贵，也不计远近高低，全凭两条腿，生命也确是悬诸奔走的：

叹男儿未到，鸣珂谒帝，此身那免，弹铗依人。(陈人杰《沁园春·饶镜游吴中》)③

叹屠龙事业，依然汗漫，歌鱼岁月，政尔峥嵘。(陈人杰《沁园春·送高君绍》)④

词中的“弹铗”“歌鱼”，用的是《战国策·冯谖客孟尝君》中“长铗归来乎，食无鱼”的典故，然战国策士在游食诸侯之家中找到了自己的归宿，能够最大限度地实现自我的人生价值。而南宋时期多少穷困潦倒的失意文士，一生无缘仕途，东奔西走于王公大臣之门、流落寄食于幕府显宦之家。

陈人杰在“弱冠之年，随牒江东漕闱”⑤，在漕试之后，他流落在两淮荆湘，以谒客

---

① 唐圭璋编，王仲闻参订，孙凡礼补辑：《全宋词》第4册，中华书局1999年版，第3399－3400页。

② 吴熊和主编：《唐宋词汇评》第5册，浙江教育出版社2004年版，第3615页。

③ 唐圭璋编，王仲闻参订，孙凡礼补辑：《全宋词》第5册，中华书局1999年版，第3906页。

④ 唐圭璋编，王仲闻参订，孙凡礼补辑：《全宋词》第5册，中华书局1999年版，第3903页。

⑤ 宋·陈人杰：《沁园春·序》，唐圭璋编，王仲闻参订，孙凡礼补辑：《全宋词》第5册，中华书局1999年版，第3900页。

的身份奔走于当地幕府，成为各知州、通判家的门客。陈人杰的人生经历在南宋士人中具有普遍性。我们知道，漕试是始于南宋初年的特别考试。由于金兵侵扰，交通阻隔，遂从礼部考试中分出部分名额，交各路漕司考选。漕司的取录比州郡宽，故有众多的士子想走漕试这一捷径，“游士之聚于都城，散于四方，其初惟以乡举员窄，经营漕牒”①。据《宋会要辑稿》载嘉定十五年（1222）臣僚所言：

闽浙数郡，每一大比，终场之数加多于前，而元立解额甚少，士病进身之艰。故冒贯以求漕牒，伪亲以规胄试，买贴以赴监补。躁进诚若可厌。然多士之乡，每数百人才预一荐，亦可念矣！……窃闻买贴就试者，多是解额窄少数郡之士。向也百人取六，犹未不足，兹损其半，弊将愈甚。若江、湖、淮、襄，纵待补预名，其来试，百不一二，至二广则阖郡无就补者。②

可见，激烈的竞争仍让许多士子未能考取，落选的士子只能漂泊流落到各地幕府做幕僚或到豪门做清客，过着依人寄食的生活。他们“懒学冯君，弹铗歌鱼，如今五年”③，厌倦了在南方的繁华都市与酒筵歌席之所干谒权贵的流浪生涯，却无法从中找到自己人生的目标，他们感叹怀才不遇、生不逢时：

抚剑悲歌，纵有杜康，可能解忧。为修名不立，此身易老，古心自许，与世多尤。平子诗中，庾生赋里，满目江山无限愁。关情处，是闻鸡半夜，击楫中流。　　澹烟衰草连秋。听鸣鴂声声相应酬。叹霸才重耳，泥涂在楚，雄心元德，岁月依刘。梦落莼边，神游菊外，已分他年专一丘。长安道，且身如王粲，时复登楼。④

周密在《浩然斋雅谈》中以史达祖为例，来说明当时士人奔走干谒之状：

史达祖邦卿，开禧堂吏也。当平原用事时，尽握三省权，一时士大夫无廉耻者皆趋其门，呼为“梅溪先生”。韩败，达祖亦贬死。善词章，多有脍炙人口者。李和父云：“其诗亦间有佳者。⑤

林希逸亦指出：

今世之诗盛矣，不用之场屋，而用之江湖，至有以为游谒之具者。少则成卷，多则成

① 宋·刘宰撰：《漫塘文集》卷一三《上钱丞相论罢漕试太学补试札子》，《影印文渊阁四库全书》本，第1170册，第446页。

② 清·徐松辑：《宋会要辑稿》选举六之四七，中华书局1957年版，第4353页。

③ 宋·陈人杰：《沁园春·壬寅春寓东林山中有感而作》，唐圭璋编，王仲闻参订，孙凡礼补辑：《全宋词》第5册，中华书局1999年版，第3906页。

④ 唐圭璋编，王仲闻参订，孙凡礼补辑：《全宋词》第5册，中华书局1999年版，第3904－3905页。

⑤ 宋·周密撰，邓子勉校点：《浩然斋雅谈》卷上，中华书局2010年版，第12页。

集，长而序，短而跋。虽其间诸老亦有密寓箴讽者，而人人不自觉。所以后村有锦里刀之喻，余常恐雅道微矣。[①]

这样的江湖谒客以诗为游谒之具，流落四方，干谒请托，寄食于诸侯之家，以创作诗词歌赋沟通铺垫，取悦权贵为生，如刘克庄所说：

鲁庵已矣，子孝迈，英年妙才超轶，词采溢出。天设神授，朋侪推独步，耆宿辟三舍，酒酣耳热，倚声而作者，殆欲靡刘改之、孙季蕃之垒。[②]

黄孝迈的命运也与刘过、孙惟信等江湖文士相似：

君挟所长游四方，裘马窜羸，栖栖为诸侯客，岂非洴澼絖之类欤?[③]

才华横溢的黄孝迈并不得志，流寓江湖，为诸侯客，这是南宋小朝廷内下层文士普遍的命运，也是南北宋文士精神面貌不同的地方。

刘毓盘在《词史》中指出了四方奔走、干谒请托之士无行的种种情态：

两宋词人，每以奸人为进退。……贾似道当国，尤好词人。廖莹中能词，以司出纳矣；罗椅能词，以荐登其门矣；翁孟寅能词，则赠以数十万矣；郭应酉能词，则由仁和宰擢官告院矣；张淑芳能词，理宗欲选妃，则匿以为妾矣。八月八日，为其生辰，每岁四方以词为寿者以数千计，复设翘材馆，等其甲乙，首选者必有所酬。吴文英亦与之游，集中有寿贾相《宴清都》、《木兰花慢》二词。[④]

这是方回、周密等人所描述的干谒士风盛行的绝佳注脚，是对文人干谒奔走在词史上表现出来的种种颓废风气的精辟归纳。

第二节　忍辱负重

所欲不求高，得欢常有余。一个人并不是因为他没有什么而痛苦，而是他想要什么而得不到才会痛苦。前提是想要，我们现实生活中没有的东西太多了，如果我们不想要它，

① 宋·林希逸撰，林式之编：《竹溪鬳斋十一稿续集》卷一三《跋玉融林镈诗》，《影印文渊阁四库全书》本，第1185册，第684页。

② 《黄孝迈长短句》，《后村先生大全集》卷一〇六，宋·刘克庄著，辛更儒笺校：《刘克庄集笺校》第10册，中华书局2011年版，第4425页。

③ 刘毓盘：《词史》第六章，上海书店1985年版，第122－124页。

④ 刘毓盘：《词史》第六章，上海书店1985年版，第122－124页。

就不会痛苦，所谓：求仁得仁，又何怨？一个人如果执着追求功名富贵，自然要委屈自己，贬低人格。理想抱负越高远，他的痛苦就越深沉。释迦牟尼讲生、老、病、死都是痛苦的。佛家还提到："怨憎会""爱别离""五蕴盛""求不得"之苦，南宋文人"求不得"之苦特别多，因为他们的要求既多又高，而在现实生活中不能实现的痛苦就越明显。狂放不羁、恃才傲物的文士不得不奴颜婢膝、谦恭卑下，其实内心是十分苦闷纠结的，忍辱负重成了南宋文人奔走干谒时一种普遍存在的性格特征和精神面貌。

我们试以陆游、辛弃疾、刘过为例来说明这一点。

一

陆游，是一位主张抗金恢复中原的慷慨激昂之士，他在两浙转运司解试时，名列第一，在秦桧孙秦埙之上，因此触怒权相。可后来陆游却为权臣韩侂胄撰写了《南园记》，引起人们的广泛热议，这件事在叶绍翁的《四朝闻见录》乙集《陆放翁》中有详细记载：

公绍兴间已为浙漕锁厅第一，有司竟首秦熺，置公于末。及南宫一人，又以秦桧所讽见黜，盖疾其喜论恢复。绍兴末始赐第。学诗于茶山曾文清公，其后冰寒于水云。尝从紫岩张公游，具知西北事。天资慷慨，喜任侠，常以踞鞍草檄自任，且好结中原豪杰以灭敌。自商贾、仙释、诗人、剑客，无不遍交游。宦剑南，作为歌诗，皆寄意恢复。书肆流传，或得之以御孝宗。上乙其处而韪之，旋除删定官（原注：赐第时得簿）。或疑其交游非类，为论者所斥。上怜其才，旋即复用。未内禅，一日上手批以出，陆游除礼部郎。上之除目，自公而止，其得上眷如此。公早求退，往来若耶、云门，留宾款洽，以觞咏自娱。官已阶中大夫，遂致其仕，誓不复出。韩侂胄固欲其出，落致仕，除次对，公勉为之出。韩喜陆附己，至出所爱四夫人擘阮琴起舞，索公为词，有"飞上锦栖红绉"之语。又命公勺青衣泉，旁有唐开成道士题名。韩求陆记，记极精古，且以坐客皆不能尽一瓢，惟游尽勺，且谓挂冠复出，不惟有愧于斯泉，且有愧于开成道士云。先是，慈福赐韩以南园，韩求记于公。公记云："天下知公之功而不知公之志，知上之倚公而不知公之自处。公之自处与上之倚公，本自不侔。"盖寓微词也。又云："游老，谢事山阴泽中。公以手书来，曰：'子为我作《南园记》。'岂取其无谀言，无侈辞，足以导公之志欤！"公已赐丙第，人谓公探孝宗恢复之志，故作为歌诗，以恢复自期。至公之终，犹留诗以示其家云："王师克复中原日，家祭毋忘告乃翁。"则公之心，方暴白于易箦之时矣。又有郑棫者，尝第进士，自作《南园记》，并砻石以献。韩以陆《记》为重，仆郑石瘗之地。后韩败，郑竟免。莆阳陈说，文人也。输灵璧以寿韩，至刻金字于石，称之曰"我王"。又有某人以锡字分题，如锡福、锡爵（一作"寿"）之类为诗以献。韩败，有为陈瘗石于地者，会搜地窖，铿然有声，则陈石也，遂为言者所弹。陈《留题吴山三茅观梅亭》诗，有"竹密不知云欲雨，山高尽见水朝宗"之句，继是未有能和者。翰墨本于颜、蔡，世以不得其字为憾。独附韩一节为可恨。官职自有定命，特诸人自信不过耳。[①]

---

① 刘毓盘：《词史》第六章，上海书店 1985 年版，第 122 – 124 页。

当秦桧、韩侂胄当权之际，干谒奔竞其门者不计其数，这是很普通、很自然的现象。可唯独陆游附韩一节却引起如此之多的议论。据陈振孙《直斋书录解题》卷一八载："及韩氏用事，游既挂冠久矣，有幼子泽不逮，为侂胄作《南园记》，起为大蓬，以次对再致仕。"① 沈雄《古今词话・词评》上卷载："韩平原招致之，作《南园》、《阅古》二记。时虽称颂而寓劝勉意，得不及于祸，便倚酒自放，号放翁词。"陆游为了干谒权贵韩侂胄而作《南园》，以致后人为他叹惜："莲花博士曲翻新，合是诗人总断魂。飞上锦茵红绉语，千秋遗恨记南园。"② 吴衡照《莲子居词话》卷一载："《四朝闻见录》，放翁致仕后，韩侂胄固欲其出，公勉应之。侂胄喜附己，至出所爱四夫人擘阮起舞，索公为词，有'飞上锦茵红绉'之语。"③ 陆游先后为韩侂胄撰《南园记》《阅古堂记》，轰动一时，引人注目，历代众说纷纭，大肆渲染，周密《浩然斋雅谈》卷上载："韩平原南园既成，遂以记属之陆务观，务观辞不获，遂以其归耕、退休二亭名，以警其满溢勇退之意甚婉。韩不能用其语，遂致于败，务观亦以此得罪，遂落次对以太中大夫致仕。外祖章文庄兼外制，行词云：'……岂谓宜休之晚节，蔽于不义之浮云。'"④ 《宋史》卷三九五《陆游传》载："（游）晚年再出，为韩侂胄撰《南园》、《阅古泉记》，见讥清议。朱熹尝言：'其能太高，迹太近，恐为有力者所牵挽，不得全其晚节。'盖有先见之明焉。"⑤ 后多以此为陆游失身之作，清周镐《陆诗选注序》："放翁值南渡之衰，河山风景之感，益难言矣。……不幸能太高，迹太近，为有力者所牵挽，《南园》一记，蒙垢未湔。"⑥ 赵翼《读史二十一首》云："放翁一代才，落笔见瑰异。从军陕蜀间，不忘恢复志。如何一着错，轻作《南园记》。……不觉一念移，遂为终身累。始知势要场，自守良不易。"秦焕《陆放翁》云："一腔忠义发文章，绝代清才富锦囊。独惜《南园》轻落笔，千秋人议蔡中郎。"

虽然陆游此二记，并无明显的谀词侈言，正如童赓年《龙江梦余录》认为："（游）及为韩作《南园记》，自谓无谀词，无侈言，而记中乃云：'勤劳王家，勋在社稷，复如忠献之盛，而又谦恭抑畏，拳拳志忠献之志不忘。'是果非谀词、侈言也耶？"明末清初的王夫之在《宋论》中说韩侂胄是"狭邪之小人耳。托宫闱之宠，乘闲以窃权。心计所营，不出于纳贿、渔色、骄蹇、嬉游之中。上不知有国之濒危，下不知有身之不保。其挑衅开边；重敛虐民者，皆非其本志。献谀之夫为之怂恿，以分徼幸之荣利。彼亦昏焉罔觉，姑且以之为戏"。⑦ 当时韩侂胄当权，献谀之士众多，陆游代韩侂胄作《南园记》这种干谒韩侂胄的言论，算不上什么露骨的谀词侈言，我们试读其中一段，就可大致明了放翁的心迹情感：

与忠献同时功名富贵略相埒者，岂无其人？今百四五十年，其后往往寂寥无闻。韩氏

① 宋・陈振孙著，徐小蛮、顾美华点校：《直斋书录解题》卷一八，上海古籍出版社1987年版，第541页。
② 谭莹：《论词绝句》，见程郁缀、李静：《历代论词绝句笺注》，北京大学出版社2014年版，第398页。
③ 唐圭璋编：《词话丛编》第3册，中华书局1986年版，第2416页。
④ 宋・周密撰，孔凡礼点校：《浩然斋雅谈》卷上，中华书局2010年版，第5页。
⑤ 元・脱脱等：《宋史》卷三九五《陆游传》，第34册，中华书局 1985年版，第12059页。
⑥ 孔凡礼、齐治平编：《陆游资料汇编》，中华书局1962年版，第326页。
⑦ 清・王夫之著，舒士彦点校：《宋论》卷一三，中华书局1964年版，第236页。

子孙功足以铭彝鼎、被弦歌者，独相踵也。逮至于公，勤劳王家，勋在社稷，复如忠献之盛，而又谦恭抑畏，拳拳于忠献之志不忘如此。公之子孙又将视公之志而不敢忘，则韩氏之昌将与宋无极。①

都是以国家大业期望于韩侂胄，应说是忠心耿耿、日月可鉴。著名史学家罗大经的评论具有了解之同情：

《南园记》唯勉以忠献之事业，无谀辞。晚年和平粹美，有中原承平时气象，朱文公喜称之。②

由于韩侂胄于《宋史》中被列在"奸臣传"中，陆游替他所建园林写过这样两篇记，就被认为是平生之玷，在特别注重士人道德品格的宋代，陆游的一些行为不能不在世人的心中产生波澜。陆游本人是一位十分看重节操的慷慨激昂之士，我们试读其《跋朱新仲舍人自作墓志铭》：

秦丞相擅国十九年，而朱公窜峤南者十有四年，仅免僵仆于炎瘴中耳。以此，胸中浩然无愧。将终，自识其墓，辞气山立。向使公谄附以苟富贵，已暮年世事一变，方忧愧内积，惟恐闻人道其平日事，其能慨然奋笔自叙如此乎。③

其中借朱翌之事自明心迹的寓意是十分明显的，可见陆游是一个明白人，他有常识理性。然而由于太执着于抗金恢复大业，不慎被卷入韩侂胄的圈子里，后韩出事，"世事一变"，陆游的干谒之作引得一时士论哗然。不仅成为人们街谈巷议的热门话题，也是当时后世文人争相写作的题材，"方忧愧内积，惟恐闻人道其平日事"竟成了夫子自道之语。陆游有诗咏东汉名臣蔡邕："斜阳古柳赵家庄，负鼓盲翁正作场。死后是非谁管得，满村听说蔡中郎"④，蔡伯喈在东汉时是忠臣孝子，可后来在民间流传的故事中竟然成了一个对不起老婆的负心汉，蔡伯喈的冤屈有谁为他昭雪呢？可见陆游已体会到"死后是非谁管得"的无奈与感伤。我们通过陆游咏叹历史上的这个人物，可以看到人生许多世态炎凉的真相。⑤

虚荣附势、依傍权贵的士大夫正好借陆游事为口实，以訾议之，招徕读者，扩大自己

---

① 《渭南文集校注》之《放翁逸稿》卷上《南园记》，钱仲联、马亚中主编：《陆游全集校注》第10册，浙江教育出版社2011年版，第500页。

② 宋·罗大经撰，王瑞来点校：《鹤林玉露》甲编卷四，中华书局1983年版，第71页。

③ 《渭南文集校注》卷二八《跋朱新仲舍人自作墓志铭》，钱仲联、马亚中主编：《陆游全集校注》第10册，浙江教育出版社2011年版，第213－214页。

④ 宋·陆游：《小舟游近村舍舟步归》，钱仲联、马亚中主编：《陆游全集校注》第4册，浙江教育出版社2011年版，第327页。

⑤ 关于陆游干谒请托韩侂胄的事情，中国文学史上可以看到很多文人都有相关报道，这件事情所引起的轰动是罕见的，可见士大夫慑于权贵而对陆游忍辱负重干谒逢迎之事的兴趣。袁行霈曾指出干谒之作的特征："这些干谒之作一般说来是作者特别用心写成的，以文学作品进行干谒活动本身就是一种文学的传播，如果作品受到青睐，自然会在更大的范围内流传开来，这又是一种传播。"（袁行霈：《中国文学概论》，北京大学出版社2010年版，第99页）

上述议论虽是针对唐代士人中干谒之风盛行的情况而言的，也完全可以移来评价南宋干谒之风。

的影响。小人好议论，不乐成人之美。本来韩侂胄主张北伐，这与陆游执着恢复中原的主张一致，因此他们的交情是以利害关系为基础的，相互借重、相互吹捧。由于陆游是一个浪漫的文人，率真而放达，喜谈恢复，不慎堕入屑小之辈口诛笔伐的无妄之灾中。对于一向负有盛名且个性高傲的陆游，这种流言蜚语是对他人格的贬损和侮辱。他又怎能心甘情愿地受之。髀肉复生，功业无成，友朋沙散，老衰兼寻，怎不教人一腔悲愤。

古往今来，多少英才异士身世飘零，经历凄婉，性格沉郁，情感孤寂，没世无闻，与燕雀相随。他们或不被世人理解，或受到小人妒忌，蒙受不白之冤，承受着世俗的冷眼旁观和生命风雨交加的摧残打击，他们是世俗社会的弃子，是俗人眼中的钉子。尽管这样，他们将不幸深埋在心底，默默前行，耐心等候，不虚此身，以巨大的勇气和过人的机智去应对。他们可能不是生活的强者，也不是命运的主人，但他们对世道不公进行了强烈控诉，对自然人性进行了深情呼唤，对成就功名事业具有强烈的渴望。司马迁《史记·伯夷列传》载：

“君子疾没世而名不称焉。”贾子曰：“贪夫徇财，烈士徇名，夸者死权，众庶冯生。”“同明相照，同类相求；云从龙，风从虎，圣人作而万物睹。”伯夷、叔齐虽贤，得夫子而名益彰；颜渊虽笃学，附骥尾而行益显。岩穴之士，趣舍有时若此。类名堙灭而不称，悲夫！闾巷之人，欲砥行立名者，非附青云之士，恶能施于后世哉?①

即使贤如伯夷、叔齐，笃学如颜渊也要通过夫子圣人而名行彰显。一般那些闾巷之人欲砥行立名，更是“非附青云之士，恶能施于后世哉”，这是“究天人之际，通古今之变”的至理名言。如此说来，我们敬爱的诗豪陆放翁干谒依附韩侂胄的良苦用心就不难理解了。这种隐忍以就功名，为了建功立业，不惜干谒权要，非烈丈夫孰能致此哉！忍辱负重不是怯懦无能，能忍人所不能忍，不是扶不起的懦夫，就肯定是打不败的英雄。也只有英雄才能了解这种隐忍是多么凄婉，这种负重的感受是多么深沉。勾践失败了，十年生聚、十年教训，卧薪尝胆、励精图治，甘心当对手的奴隶，夫臣妻妾；韩信甘心忍受胯下之辱，一个人如果不够坚强，是无法忍受这种屈辱的。无论陆放翁“王师北定中原日”的理想，还是他“腐儒碌碌叹无奇”的感叹，或者他“此身行作稽山土，犹吊遗踪一泫然”的深情，无不是对生活价值和意义的真诚表达。世界太复杂，很多事情说不清、道不明，然而生活毕竟是美好的。一个人在经过这么多各式各样的悲惨和不幸之后，还能够保持心境的豪纵和热情，凭这点，陆放翁就是一位很了不起的诗人了。他有着真实的人生追求，“立德”“立功”“立言”，他在诗歌中留下了一生的痕迹。他的诗歌是如此多产，似乎印证了他充沛无尽的情感及曲折坎坷的人生。他活动的身影，留下的足迹，已成为我们心灵深处永恒的记忆，不可抹去，也无法抹去。

二

无独有偶，南宋另一位大文豪辛弃疾也忍受着生活的屈辱而干谒事人。他有独特的人

① 汉·司马迁：《史记》卷六一《伯夷列传》，第7册，中华书局1998年版，第2127页。

格魅力，强大的感召力，坚强如司马迁，无畏如韩文公，洒脱如苏东坡。然而命运的不公，使这个“气吞万里如虎”的英雄好汉大多时候是落落寡欢、心情寂寞的。他多方进取，惨淡经营，为了成就功名，克制忍耐。但那时的南宋朝廷萎靡不振，恢复中原无望、颓势已不可逆转，他心中的忧患苦闷自是十分浓郁：“夜中狂歌悲风起，听铮铮、阵马檐间铁。南共北，正分裂”（《贺新郎·用前韵送杜叔高》）、“有甚闲愁可皱眉？老怀无绪自伤悲。百年旋逐花阴转，万事长看鬓发知”（《鹧鸪天·重九席上再赋》）、“欲上高楼去避愁，愁还随我上高楼。经行几处江山改，多少亲朋尽白头”（《鹧鸪天》）、“是他春带愁来，春归何处？却不解、带将愁去”（《祝英台近》）、“近来愁似天来大，谁解相怜？谁解相怜，又把愁来做个天。都将今古无穷事，放在愁边。放在愁边，却自移家向酒泉”（《丑奴儿》）。他的忧患苦闷来自不能放下自己的理想：“世事从头减，秋怀彻底清。夜深犹送枕边声，试问清溪，底事未能平？　月到愁边白，鸡先远处鸣。是中无有利和名，因甚山前，未晓有人行？”（《南歌子·山中夜坐》）在现实生活中弄得灰头土脸、栖栖惶惶、辛苦营营的山前行人，即是未能忘怀利和名的自我写照。

辛弃疾的《六洲歌头》（西湖万顷）、《西江月》（堂上谋臣帷幄），是为干谒当时权相韩侂胄而作，对韩侂胄的功业进行了歌颂。这时稼轩干谒权贵的精神面貌比起当年那种生龙活虎、意气纵横的气概是不大相称的。他的转变过程耐人寻味。辛弃疾退居铅山时，不与政事，曾对韩侂胄实施“庆元党禁”，迫害赵汝愚、朱熹等人，心中不平，作《感皇恩·读〈庄子〉有所思》：

> 案上数编书，非庄即老。会说忘言始知道。万言千句，自不能忘堪笑。朝来梅雨霁，青青好。　一壑一丘，轻衫短帽。白发多时故人少。子云何在，应有玄经遗草。江河流日夜，何时了。①

对好友表达怀念同情之余，对韩侂胄迫害异己的行为十分不以为然。“熹殁，伪学禁方严，门生故旧至无送葬者，弃疾为文往哭之，曰：‘所不朽者，垂万世名。孰谓公死，凛凛犹生！’”②

从稼轩的这一行为中，我们可以看出，人间自有真情在。当时韩侂胄只手遮天，打击异己，被他排挤打压的赵汝愚、朱熹皆是正人君子。绍熙辛亥为绍熙二年（1191），时赵汝愚拥立宁宗后，拜右丞相仅半年，为韩侂胄排挤，出知福州，成为南宋党争的牺牲品。时人非常同情赵汝愚，严仁在《水龙吟·题天风海涛呈潘料院》中把赵汝愚比作东晋建立了伟大功业的谢安，词云：

> 飚车飞上蓬莱，不须更跨琴高鲤。砉然长啸，天风澒洞，云涛无际。我欲乘桴，从兹浮海，约任公子。办虹竿千丈，镨钩五十，亲点对、连鳌饵。　谁榜佳名空翠。紫阳仙、去骑箕尾。银钩铁画，龙拏凤翥，留人间世。更忆东山，哀筝一曲，洒沾襟泪。到而

① 唐圭璋编，王仲闻参订，孙凡礼补辑：《全宋词》第3册，中华书局1999年版，第2473页。
② 元·脱脱等：《宋史》卷四〇一《辛弃疾传》，第35册，中华书局1985年版，第12165－12166页。

今，幸有高亭遗爱，寓甘棠意。[①]

杨慎《词品》卷五载：

赵汝愚题鼓山诗云："几年奔走厌尘埃，此日登临亦快哉。江月不随流水去，天风常送海涛来。"朱晦翁摘诗中"天风海涛"字题扁，人不知其为赵公诗也。严次山有《水龙吟》题于壁云：（略）。此词前段言江山景，后段"紫阳仙去"指文公，"东山""甘棠"指赵公也。赵诗、朱字、严词，可谓三绝，特记于此。[②]

辛弃疾不会不知道韩侂胄的无耻行径。但是，在权衡利弊之后，不得不屈服于韩侂胄的势力，"（嘉泰四年正月）辛弃疾入见，陈用兵之利，乞付之元老大臣，太师韩侂胄大喜，遂决意开边"[③] 也加入干谒奔竞、歌功颂德的行列，投身于轻启边衅的韩侂胄之门。

辛弃疾的干谒请托是无奈的，正因为他执着于恢复大业，执着于自己的梦想，执着于自己那颗火热跳动的心，才不得不干谒韩侂胄，其内心的悲凉可想而知。英雄末路的千种忧伤，壮士不遇的万斛情感，沛然莫之能御。"猛虎在深山，百兽震恐；及在槛阱之中，摇尾而求食：积威约之渐也。"[④] 英雄豪杰在无奈之时，不得不屈就小人，真可令天下英雄为之浩叹。君子"所守者道义，所行者忠信，所惜者名节"[⑤]，以辛弃疾如此刚烈之士，对名节自然非常爱惜，要委屈自己，负干谒权贵之名，那是最痛苦的事。当时就有人因为他曾接近韩侂胄而攻击他，辛弃疾不胜感慨地说："侂胄岂能用稼轩以立功名乎？稼轩岂肯依侂胄以求富贵乎？"[⑥] 对韩侂胄虽然起用了自己，却不予以重用，真正重用的都是些缺乏能力只会夸夸其谈的无用之辈深有体会，用这样两句话，将自己对于国家、对于理想抱负的感喟，将自己满腔伤世忧民的热情全盘托出。

一个干大事的人是不必拘泥于小节的，所谓"大行不顾细谨、大礼不辞小让"，最重要的是要有度量，根据轻重缓急把握机遇，处在各种矛盾冲突中善于调整，必要时懂得妥协。我们认为辛弃疾干谒奔走于韩侂胄之门的原因很简单，就在于韩欲"立盖世功名以自固"[⑦]，是有"恢复之志"的。正如历史学家缪钺所说：

平心论之，韩侂胄执政时，虽然专横跋扈，但毕竟与秦桧、贾似道等卖国投降者不

---

① 唐圭璋编，王仲闻参订，孙凡礼补辑：《全宋词》第4册，中华书局1999年版，第3254－3255页。

② 唐圭璋编：《词话丛编》第1册，中华书局1986年版，第514页。

③ 《宋史全文》卷二九下嘉泰四年正月"是月"，第2499页。还可参见《续编两朝纲目备要》卷八"辛弃疾赞开边"条，第141页。又，同书卷九"御笔诏北伐"条下云："会殿撰辛弃疾除绍兴府，过阙入见，言夷敌必乱必亡，愿付元老大臣务为仓猝可以应变之计，侂胄大喜，时（嘉泰）四年正月也。"（第162页）

④ 汉·司马迁：《报任少卿书》，上海辞书出版社文学鉴赏辞典编纂中心编：《古文观止鉴赏辞典》，上海辞书出版社2006年版，第108页。

⑤ 《朋党论》，《欧阳文忠公文集》卷一七，四部丛刊本。

⑥ 宋·谢枋得：《祭辛稼轩先生墓记》，《叠山先生文集》卷七，《四部丛刊》初编本。

⑦ 元·脱脱等：《宋史》卷四七四《韩侂胄传》，第39册，中华书局 1985年版，第13774页。

同。他晚年主张北伐抗金，收复失地，因谋划粗疏，招致失败，而其志可谅。[①]

后来历史发展也证明了辛稼轩高瞻远瞩的战略眼光。他在《九议》《美芹十论》中预见南宋最大的敌人不是金而是正在崛起的蒙古，果然六十年之后，南宋被元蒙的铁骑灭亡，正是："独恨天下有恢复之理，而难为恢复之言。"[②] 而今，我们透过重重历史迷雾来审视那段历史，就会感叹稼轩在干谒韩侂胄时有多少英雄屈就小人的无奈和感伤，有多少隐藏在真相之下的不为人知的辛酸苦痛。

要参与政治活动，关键在于事人，意志和尊严不得不有所舍弃，那是无可奈何的。孟子说："知命者不立于危墙之下。"要知命何其难啊！读辛稼轩的词，我们深有感触地认识到：世间种种痛苦烦劳，生活种种曲折起落使他更成熟、更沉稳雄健地行走于生命之旅。正是因为辛弃疾对自己生活的艰辛与种种尴尬处境有切身的体验，才更能理解他人的苦难与辛酸。[③]

在辛弃疾干谒韩侂胄之事中，我们看出了他的耿耿之怀、悠悠之心，体会到了他英雄性格中巨大的悲壮美、深刻的凄怆意。韩侂胄"欲立奇功以固位"[④]，草率从事，结果开禧北伐失败，身遭诛杀，一些韩侂胄的政敌乘机便将大量他有的没有的劣迹恶行全部安到他身上去，但见得各人所提及韩侂胄的罪孽，越提越多，也越来越加琐碎。在中国的传统观念里一直有一种现象，一个人一旦成为公众人物，如果众人都说他好，那他就好得像一尊神，其人格个性受到不遗余力地赞赏；如果众人都说他坏，那他就可以坏得不是人，人们对他的认识多是单一、片面的。在中国，对一个人进行评价，往往都带有很浓厚的主观臆断和意气用事的色彩，往往将自己喜欢的人神圣化，而对自己讨厌的人则进行丑化，这是多数中国人在对人、人性和人生缺少深刻观察与体验的结果。这种现象来自传统文化中非此即彼、非是即非，或黑或白，泾渭分明的线性思维惯性。

---

① 缪钺：《论史达祖词》，《四川大学学报》1984年第3期；又载缪钺、叶嘉莹：《灵谿词说》，上海古籍出版社1987年版，第468页。

② 宋·辛弃疾撰，邓广铭辑校审订，辛更儒笺注：《辛稼轩诗文笺注》，上海古籍出版社1995年版，第92页。

③ 他在淳熙五年（1178）离知江陵府任，写了一首《水调歌头》："我饮不须劝，正怕酒尊空。别离亦复何恨，此别恨匆匆。头上貂蝉贵客，苑外麒麟高塚，人世竟谁雄？一笑出门东去，千里落花风。　孙刘辈，能使我，不为公。余发种种如是，此事付渠侬。但觉平生湖海，除了醉吟风月，此外百无功。毫发皆帝力，更乞鉴湖东。"此词前有一小序："淳熙丁酉，自江陵移帅隆兴，到官之三月被召，司马监、赵卿、王漕钱别。司马赋《水调歌头》，席间次韵。时王公明枢密薨，坐客终夕为兴门户之叹，故前章及之。"辛稼轩自己曾陷入门户之见的处境，据沈曾植《稼轩长短句小笺》载："稼轩为叶衡所推毂，二年衡罢，史浩独相，意不喜北人，故有'孙刘'之譬。"所以稼轩才能对王炎的遭遇充满了理解之同情，在与友人交谈时，不禁感叹门户之争导致的灾祸。周必大《省斋文稿》十四《王炎除枢密使御笔跋》："乾道七年七月二十六日，国忌假，……除王炎为枢密使，依旧宣抚（四川）。……初，炎与宰相虞允文不相能，屡乞罢归，允文荐权吏部侍郎王之奇为代。……暨宣炎制，宰相以下皆莫测云。"因王炎与宰相虞允文不相能，结果被虞允文排挤，王炎罢职后，幕府散去。这在中国传统文化中是一种常见的现象，虞允文对王炎的门户之见，导致了王炎的悲剧。绍兴三十一年（1161），虞允文在采石一战中大败金兵，也算是抗金的英雄，可是这位抗金名将，却喜欢听阿谀奉承的言语，排斥异己，打击另一位名将王炎，使他在抑郁苦闷中死去。稼轩对此深有感触，因他对中国人事关系中的这种门户意气之争、了解体验得太深刻了，据《贵耳集》卷下载："王丞相欲进拟辛幼安除一帅，周益公坚不肯。王问益公云：'幼安，帅材。何不用之。'益公答云：'不然，凡幼安所杀人，命在吾辈，执笔者当之。王遂不复言。'"（《影印文渊阁四库全书》本，第865册，第454页）这种人生的无奈之情，也可从他与韩侂胄的关系中窥见一斑。

④ 宋·周密撰，张茂鹏点校：《齐东野语》卷三"诛韩本末"，中华书局1983年版，第46页。

当初韩侂胄权倾朝野之时，贿赂盛行，四方馈遗，公至宰执、台谏之门，人亦不以为讶。“侂胄用事十四年，威行宫省，权震天下。……视公卿如奴仆，宰相以下，匍匐走趋，一则恩王，二则恩王，甚者尊之以圣，呼以我王。……高文虎之子似孙为秘书郎，因其诞日，献诗九章，每章用一锡字，侂胄当之不辞。辛弃疾因寿词赞其用兵，则用司马昭假黄钺、异姓真王故事。由是人疑其有异图”。[①] 到了宁宗朝时，陈自强拜相，“时押空头省札，以送（韩）侂胄，须用即填之。故一时造命，庙堂或不与知”[②]。在这样的形势下，奔竞者趋炎附势、趋之若鹜的众生相，也可让人为天下寒士发一浩叹！下面的这段记载，一般的文学史著作较少提及：

韩平原在庆元初，其弟仰胄为知阁门事，颇与密议，时人谓之大小韩。求捷径者争趋之。一日内燕，优人有为衣冠到选者，自叙履历材艺，应得美官，而留滞铨曹，自春徂冬，未有所拟，方徘徊浩叹。又为日者弊帽持扇过其旁，遂邀使谈庚甲，问以得禄之期，日者厉声曰：“君命甚高，但于五星局中，财帛宫若有所碍。目下若欲亨达，先见小寒，更望成事，必见大寒可也。”优盖以寒为韩，侍燕者皆缩颈匿笑。余忆庆元己未岁，如中都，道徽之祁门，夜憩客邸，见壁间一诗，漫味语意，乃天族之试南宫者所作，其辞曰“蹇卫冲风怯晓寒，也随举子到长安。路人莫作亲王看，姓赵如今不似韩。”旁有何人细书八字，墨迹尚新，但云“霍氏之祸，萌于骖乘”而已。余谓优语所及，亦一骖乘也。蒙其指目者，反懵然若不少悟，何耶？[③]

当时求捷径者争趋韩门之时，大多是为了得到禄位，为的是个人的荣华富贵。

辛稼轩本是见解独到、相貌不凡之人，由于请缨无路、报国无门，胸中理想抱负无法实现，而势焰熏灼的韩侂胄毕竟是主张对金用兵的，所以辛稼轩干谒韩侂胄，便带有恢复中原、实现自己理想抱负的因素，如其《六州歌头》：

西湖万顷，楼观矗千门。春风路，红堆锦，翠连云。俯层轩。风月都无际。荡空蔼，开绝境，云梦泽，饶八九，不须吞。翡翠明珰，争上金堤去，勃窣媻姗。看贤王高会，飞盖入云烟。白鹭振振，鼓咽咽。　　记风流远，更休作，嬉游地，等闲看。君不见，韩献子，晋将军，赵孤存。千载传忠献，两定策，纪元勋。孙又子，方谈笑，整乾坤。直使长江如带，依前是、存赵须韩。伴皇家快乐，长在玉津边。只在南园。

《西江月》：

堂上谋臣帷幄，边头猛将干戈。天时地利与人和，“燕可伐欤?”曰：“可”。　　此日楼台鼎鼎，他时剑履山河。都人齐和《大风歌》，管领群臣来贺。

---

① 宋·沧州樵叟：《庆元党禁》，宋·辛弃疾撰，邓广铭笺注：《稼轩词编年笺注》（增订本）卷五，上海古籍出版社1993年版，第566页。

② 佚名编，汝企和点校：《续编两朝纲目备要》卷九“陈自强送空头省札”条，第169页。

③ 宋·岳珂撰，吴企明点校：《桯史》卷五《大小寒》，中华书局1981年版，第62页。

《清平乐》：

新来塞北，传到真消息：赤地居民无一粒，更五单于争立。　　维师尚父鹰扬，熊罴百万堂堂。看取黄金假钺，归来异姓真王。

邓广铭说："右三词均为寿韩侂胄或颂其功业者，以其见于四卷本及元人笔记，姑附于稼轩晚年词作之后。《西江月》与《六州歌头》二词亦不知究系稼轩所作否也。"① 并在《清平乐》的笺注中为稼轩辩护："《庆元党禁》、《吴礼部诗话》均谓《清平乐》乃为韩祝寿之作，能如此及时得知'新来塞北'之'真消息'，自系与韩氏过从甚密之人。而稼轩开禧元年十月正居铅山家中，与临安相隔遥远，于此时安得以'新来塞北'数语寿韩，更支持其开边之议？"邓先生对稼轩怀有美好的愿望，希望这种寿词不是出自稼轩之笔，但这正从另一个角度说明了辛弃疾以词干谒韩侂胄在文人学士心目中产生的不良反应。《宋史·韩侂胄传》载："时侂胄以势利蛊士大夫之心，薛叔似、辛弃疾、陈谦皆起废显用，当时固有困于久斥，损晚节以规荣进者矣""群小阿附，势焰熏灼。"② 当韩侂胄生日时，谄谀颂声洋洋如沸，"辛弃疾因寿词赞其用兵，则用司马昭假黄钺、异姓真王故事。由是人疑其有异图"。抗敌报国的良好愿望却被视作人格低下，被怀疑人格有缺陷，即便常有善举，曾有功劳，都会被人抹黑渲染。"壮岁旌旗拥万夫""气吞万里如虎"的英雄词人稼轩，经过生活风霜的磨砺，只能忍辱负重。

喜同恶异、党同伐异的主体性格和行为模式以及异常激烈的统治阶级内部的矛盾冲突，让有勇有谋、老成持重、豪情满怀的辛稼轩也深陷四面楚歌、无人能解的困境，他在淳熙六年（1179）所作的《论盗贼札子》中自述身处之境："臣孤危一身久矣，荷陛下保全。事有可为，杀身不顾""臣生平刚拙自信，年来不为众人所容，顾恐言未脱口而祸不旋踵"③。正如邓广铭所说："一二〇三年，独揽政治军事大权的韩侂胄，为求提高自身的威望，要起用一些负有时誉的人物，要发动对金的军事攻势，要建立一番功业。辛稼轩在这年之前本是韩侂胄所极力排斥的一人，这年夏天竟又被他起用为浙江东路安抚使。""辛稼轩这时一方面明确断言金国必乱必亡，另一方面却又认为南宋还并未曾具备对金用兵取胜的条件。……因而，他向宁宗和韩侂胄强调提出：应当从事于准备工作，应当把对金用兵的事委托给元老重臣，'务为仓猝可以应变之计'。而这所谓元老重臣，他必是当仁不让地也把自己包括在内的。"④ 人生于世，有欲有爱，烦恼多苦，解脱为乐。往往越是聪明才智之士就越多痛苦，正如王国维所感叹：

呜呼！天才者，天之所靳，而人之不幸也。蚩蚩之民，饥而食，渴而饮，老身长子，以遂其生活之欲，斯已耳。彼之苦痛，生活之苦痛而已；彼之快乐，生活之快乐而已。过

① 宋·辛弃疾撰，邓广铭笺注：《稼轩词编年笺注》（增订本）卷五，上海古籍出版社1993年版，第566页。

② 元·脱脱等：《宋史》卷四七四《韩侂胄传》，第39册，中华书局 1985年版，第13774页。

③ 宋·辛弃疾著，徐汉明点校：《辛弃疾全集》，崇文书局2013年版，第299页。

④ 宋·辛弃疾撰，邓广铭笺注：《稼轩词编年笺注·略论辛稼轩及其词》（增订本），上海古籍出版社1993年版，第28页。

此以往，虽有大疑大患，不足以撄其心。人之永保此蚩蚩之状态者，固其人之福祉，而天之所独厚者也。若夫天才，彼之所缺陷者与人同，而独能洞见其缺陷之处。彼与蚩蚩者俱生，而独疑其所以生。一言以蔽之，彼之生活也与人同，而其以生活为一问题也与人异；彼之生于世界也与人同，而其以世界为一问题也与人异。然使此等问题，彼自命之而自解之，则亦何不幸之有？然彼亦一人耳，志驰乎六合之外，而身扃乎七尺之内，因果之法则与空间时间之形式束缚其知力于外，无限之动机与民族之道德压迫其意志于内。①

稼轩可说是“天才者”，他的胸襟、眼光、气度、抱负都与当时的“蚩蚩者”不同，却偏偏要“与蚩蚩者俱生”，甚至受到“蚩蚩者”的排挤打压、鄙薄讥笑、弹劾陷害，弄得一个“气吞万里如虎”的英雄豪杰只能到江西上饶的山村去过那“蚩蚩者”的生活，热望和失望，亢奋和凄凉，心中的愤怒、羞愧、懊丧、苦楚、憎恨、爱惜、恐慌诸多感情纷至沓来，交替更迭，如环无端，不知所终。

洪迈在淳熙九年壬寅所撰的《稼轩记》中对稼轩一生事业作述评时道：

予谓侯本以中州隽人，抱忠仗义，章显闻于南邦。齐虏巧负国，赤手领五十骑缚取于五万众中，如挟毚兔，束马衔枚，由关西奏淮，至通昼夜不粒食。壮声英慨，懦士为之兴起，圣天子一见三叹息，用是简深知。入登九卿，出节使二道，四立连率幕府。顷赖氏寇作，自潭薄于江西，两地惊震，谈笑扫空之。使遭事会之来，挈中原还职方氏，彼周公瑾、谢安石事业，侯固饶为之。此志未偿，顾自诡放浪林泉，从老农学稼，无亦大不可欤？若予者，伥伥一世间，不能为人轩轾，乃当夫须袯襫，醉眠牛背，与荛童牧孺肩相摩，幸未黎老时及见侯展大功名，锦衣来归，竟厦屋潭潭之乐，将荷笠棹舟，风乎玉溪之上，因囷隶内谒曰：“是尝有力于稼轩者。”侯当辍食迎门，曲席而坐，握手一笑，拂壁间石细读之，庶不为生客。侯名弃疾，今以右文殿修撰再安抚江南西路云。②

在这篇文中，我们可以看出洪迈对稼轩的深厚感情，其所言：“使遭事会之来，挈中原还职方氏，彼周公瑾、谢安石事业，侯固饶为之。此志未偿，顾自诡放浪林泉，从老农学稼，无亦大不可欤?”是对稼轩具有了解之同情的公允评价。我们从中也可对稼轩一生行事及其心情转变进行探微。在稼轩活捉叛徒张安国，带领部队渡江南下时，他是“气吞万里如虎”的大丈夫、真豪杰。可是，当辛稼轩南归后，一在上饶带湖，淳熙九年（1182）至庆元元年（1195）；一在铅山瓢泉，庆元二年（1196）至开禧三年（1207）闲居共二十余年。日复一日、年复一年地被投闲置散之后，他为了寻找精神的避难所、为了到山清水秀的大自然消解失意苦闷，他建成了“稼轩”、带湖新居等园林胜地供自己享乐，用他自己的话说是：“带湖吾甚爱”“一日走千回”“便此地，结吾庐”。但具有反讽意味的是，他退居山林云水间，虽以“真闲客”自居：“并竹寻泉，和云种树，唤作真闲客。”（《念

---

① 王国维：《叔本华与尼采》，林文光选编：《王国维文选》，四川文艺出版社 2009 年版，第 156 页。

② 洪迈撰：《稼轩记》，《古今事文类聚》前集卷三六，辛更儒编：《辛弃疾资料汇编》，中华书局 2005 年版，第 3－4 页。

奴娇·赋雨岩效朱希真体》）实际上却是身隐而心不隐。他退休赋闲之际本应萧散隐逸、翛然世外，可他整天做的却是最形式、最世俗、最功利主义的所谓闲客了。他在山水清幽之地赋诗填词，但所想接触的、所肯接触的、所愿接触的，却大多是官味十足的权贵显宦或理学名流，他经常与朝廷命官、地方长官交往，寻求复出任职、东山再起的机会。淳熙九年壬寅（1182）朱熹辞江南西路提点刑狱新任，南归过上饶，特地会见了辛弃疾，与韩元吉、徐安国等当世名流显人优游畅饮、吟风弄月，据韩淲《访南岩一滴泉》载：

忆昨淳熙秋，诸老所闲燕。晦庵持节归，行李自畿甸。来访吾翁庐，翁出成饮饯。因约徐衡仲，西风过游衍。辛帅倏然至，载酒具肴膳。四人语笑处，识者知叹羡。摩挲题字在，苔藓忽侵遍。壬寅至庚申，风景过如箭。惊心半存没，历览步徐转。回思劝耕地，尝看郡侯宴。①

我们从“辛帅”在带湖夜读《李广传》而作的《八声甘州·夜读〈李广传〉，不能寐。因念晁楚老、杨民瞻约同居山间，戏用李广事，赋以寄之》中可窥见其心情之一斑：

故将军饮罢夜归来，长亭解雕鞍。恨灞陵醉尉，匆匆未识，桃李无言。射虎山横一骑，裂石响惊弦。落托封侯事，岁晚田间。　谁向桑麻杜曲，要短衣匹马，移住南山？看风流慷慨，谈笑过残年。汉开边、功名万里，甚当时、健者也曾闲。纱窗外、斜风细雨，一阵轻寒。②

稼轩在赋闲山居时以汉朝怀才不遇的飞将军李广自喻，希望自己能“功名万里”，而不愿意“向桑麻杜曲”中了此余生，他常怀念的是晁楚老、杨民瞻等名流显人，而不是结交隐士们所常能接触的山野村夫，过着“昔欲居南村，非为卜其宅。闻多素心人，乐与数晨夕”（陶渊明《移居》其一）、“农务各自归，闲暇辄相思”“衣食当须纪，力耕不吾欺”（陶渊明《移居》其二）、“悦亲戚之情话，乐琴书以消忧。农人告余以春及，将有事于西畴”（陶渊明《归去来兮辞》）的田园生活。韩淲可谓深得稼轩之用心，在《送辛帅三山》中道：

暂著鹓行却建牙，此身何地不为家？闽山又作年时梦，吴会分明眼底花。舒卷壮怀公自笑，往来行李士争夸。棠阴应有邦人望，笳鼓西风拥帅华。③

这首诗所描绘的场景，或许正是辛稼轩的理想所在。

辛稼轩渴望建功立业、喜欢繁华热闹的生活，所建“稼轩”及带湖新居，其宏伟壮丽曾令阅历丰富的朱熹惊叹为“耳目所未曾睹”④，说明了这些隐居之所其实是些高规格的

---

① 宋·韩淲撰：《涧泉集》卷二，《影印文渊阁四库全书》本，第1180册，第577页。

② 唐圭璋编，王仲闻参订，孙凡礼补辑：《全宋词》第3册，中华书局1999年版，第2468页。

③ 《涧泉集》卷一二，《影印文渊阁四库全书》本，第1180册，第736页。

④ 宋·陈亮：《与辛幼安殿撰》，辛更儒编：《辛弃疾资料汇编》，中华书局2005年版，第42页。

亭台楼阁，是供稼轩享受富贵生活的欢乐场、形胜地，并不是真隐士的栖居之所。辛稼轩在这种富丽堂皇的隐居之所过着富贵生活，他已不是当年渡江前后“壮岁旌旗拥万夫”的辛弃疾了，“追往事、叹今吾”，不胜今昔之感之余。这样一来，辛稼轩越是隐居不仕，他距隐士真精神就越远①，他自谓“却将万字平戎策，换得东家种树书”，其实不然，他并非真正喜欢隐士的生活，而是醉心于现实功名、始终怀有抗金恢复中原的强烈愿望、执着于现实人生的事功活动，向往“笳鼓西风拥帅华”的生活，他既令我们敬仰、热爱，又令我们无限同情、感慨万端。我这里只是顺着洪迈的话头对稼轩晚年心境进行解析探微，并不在苛责辛稼轩，因为二十多年的投闲置散，使向往成就“周公瑾、谢安石事业”的英雄豪杰在心境上有太多的变化与苍茫。梨庄论稼轩词道：

辛稼轩当弱宋末造，负管、乐之才，不能尽展其用。一腔忠愤，无处发泄。观其与陈同父抵掌谈论，是何等人物，故其悲歌慷慨抑郁无聊之气，一寄之于词。今乃欲与搔头傅粉者比，是岂知稼轩者。王阮亭谓石勒云：大丈夫磊磊落落，终不学曹孟德、司马仲达狐媚，稼轩词当作如是观。予谓有稼轩之心胸，始可为稼轩之词。今粗浅之辈，一切乡语猥谈，信笔涂抹，自负吾稼轩也，岂不令人齿冷。②

谢章铤在《赌棋山庄词话》中评价道：

稼轩是极有性情人，学稼轩者，胸中须先具一段真气、奇气，否则虽纸上奔腾，其中俄空焉，亦萧萧索索如牖下风耳。③

辛弃疾有才干、有担当、有悍气，有时难免失之骄戾，引来非议及同僚的弹劾，以致奇功未成而谤已随之、毁亦随之。一个本来有大作为的豪杰之士竟被现实扭曲、被政治折磨得一至于此，令人感慨万端、无限同情。因此，在分析研究稼轩词时，我们尤其不能忽视辛弃疾是“极有性情人”。既是“极有性情人”，则必有他的喜怒哀乐、爱恨情仇，生离死别，充满热情、人性的一面。

天才的生命就是斗争，是与命运的斗争。自古以来，有多少英雄豪杰、仁人志士，他们常常站在人群最高处，必会尝到如何忍受痛苦寂寞，这也促使他们对宇宙人生进行深入的思考，去追寻纷扰争斗的社会环境中，个体生命存在的目的、意义和价值。从对人生况味的无常中咀嚼升华出一种新的生活境界：

万事几时足，日月自西东。无穷宇宙，人是一粟太仓中。一葛一裘经岁，一钵一瓶终日，老子旧家风。更着一杯酒，梦觉大槐宫。　记当年，吓腐鼠，叹冥鸿。衣冠神武门

① 真隐士的精神，可参邓小军：《赖高翔先生及其诗》，原载《北京大学学报》2010 年第 3 期，后收入邓小军：《古诗考释》，商务印书馆 2013 年版，第 319 - 349 页。

② 《词苑丛谈》卷四引《借荆堂词话》，清 · 徐釚撰，唐圭璋校注：《词苑丛谈》，中华书局 2008 年版，第 92 - 93 页。

③ 谢章铤：《赌棋山庄词话》卷一，第 4 册，第 3330 页。

外，惊倒几儿童。休说须弥芥子，看取鹍鹏斥鷃，小大若为同。君欲论齐物，须访一枝翁。——辛弃疾《水调歌头·题永丰杨少游提点一枝堂》①

面对现实生活中的许多烦劳，我们的英雄词人稼轩不禁感叹“无穷宇宙，人是一粟太仓中”，人生在世不就像太仓之一粟那样渺小吗？既然如此，人生的困苦忧愁与理想抱负就越发微不足道了。此词颇有苏东坡“寄蜉蝣于天地，渺沧海之一粟。哀吾生之须臾，羡长江之无穷”（《前赤壁赋》）的境界。难怪比他年长十五岁的陆游也赞赏稼轩的雅量高致：

稼轩落笔凌鲍谢，退避声名称学稼。十年高卧不出门，参透南宗牧牛话。功名固是券内事，且葺园庐了婚稼。千篇昌谷诗满囊，万卷邺侯书插架。②

范开的评论尤其深得稼轩之精神：

公一世之豪，以气节自负，以功业自许，方将敛藏其用以事清旷，果何意于歌词哉，直陶写之具耳。故其词之为体，如张乐洞庭之野，无首无尾，不主故常；又如春云浮空，卷舒起灭，随所变态，无非可观。③

辛稼轩有超凡的领袖才干和组织能力，雄才大略、睥视群小，故范开在此将稼轩的人品与词品统一起来，稼轩的为人是“一世之豪，以气节自负，以功业自许”，但是稼轩并非一味蛮干不讲技巧，而是十分懂得摧刚为柔，知道“敛藏其用以事清旷”，故作为其“陶写之具”的词就如其人是“无首无尾，不主故常；又如春云浮空，卷舒起灭，随所变态”，像春云一样随着时势的改变而改变，顺应潮流，这是十分明智的做法，因为无论是怎样的奇妙想法、怎样的努力，如果逆水行舟，终将难有大成。很多人因此而认为稼轩没有原则，不能择善固执。然而现实生活中的人物大多不是泾渭分明的，好人坏人之间也不是完全可以说清楚的，有缺点的好人，有优点的坏人，在生活中都很普遍。在此，我觉得顾随在《稼轩词说》中的一段话可以给我们以启示：

稼轩性情、见解、手段，皆过人一等。……凡过人之人，不独无人可以共事，而且无人可以共语。以此心头寂寞愈蕴愈深，即成为悲哀与痛苦。……稼轩手段既高，心肠又热，一力担当，故多烦恼。英雄本色，争怪得他？陶公是圣贤中人，担荷时则掮起便行，放下时则悬崖撒手。稼轩大段及不得。试看他《满江红》词句：“天远难穷休久望，楼高欲下还重倚”，提不起，放不下，如何及得陶公自在。这及不得处，稼轩甚有自知之明，所以对陶公时时致其高山景行之意。一部长短句，提到陶公处甚多。只看他《水调歌头》

① 唐圭璋编，王仲闻参订，孙凡礼补辑：《全宋词》第3册，中华书局1999年版，第2492页。

② 宋·陆游：《送辛幼安殿撰造朝》，宋·辛弃疾撰，邓广铭辑校审订，辛更儒笺注：《辛稼轩诗文笺注》附录二，上海古籍出版社1995年版，第287页。

③ 宋·辛弃疾撰，邓广铭笺注：《稼轩词编年笺注》（增订本）附录二《稼轩词序》，上海古籍出版社1993年版，第596页。

词中有云："我愧渊明久矣，犹借此翁湔洗，素壁写《归来》。"真是满心钦佩，非复寻常赞叹。……稼轩作词，语语皆自胸臆流出。深知自家与陶公境界不同，只管赞叹，并不效颦。所以苦水不但肯他赞陶，更肯他不效陶，尤其肯他虽不效陶，却又了解陶公心事。此不止是人各有志，正是各有能与不能，不必缀脚跟，拾牙慧耳。[①]

稼轩对陶渊明的人格精神和人生态度是衷心向往的："种柳已成陶令宅，散花更满维摩室"（《汉宫春·心似孤僧》），其词中提到陶渊明处甚多[②]。

辛稼轩虽喜渊明："人生行乐耳，身后虚名，何似生前一杯酒。便此地、结吾庐，待学渊明，更手种、门前五柳。"（《洞仙歌·访泉于奇师村，得周氏泉，为赋》）、"东篱多种菊，待学渊明，酒与诗情不相似；十里涨春波，一棹归来，只做个五湖范蠡。"（《洞仙歌·开南溪初成赋》）却做不到渊明那样自由自在，他是一位生具至性之人，醉心于事功，带有强烈现实行动要求的富有激情的人物，不顾一切地追求夙愿，奋斗不息，直到晚年，"只恐功名更逼人"[③] 的他还保持着一颗执着上进的心：

须信此翁未死，到如今、凛然生气。吾侪心事，古今长在，高山流水。富贵他年，直

---

① 顾随：《顾随全集·著述卷》，河北教育出版社2000年版，第14－16页。

② 我们重点要谈到的一点是陶渊明《拟古》九首中的最后一首："种桑长江边，三年望当采。枝条始欲茂，忽值山河改。柯叶自摧折，根株浮沧海。春蚕既无食，寒衣欲谁待。本不植高原，今日复何悔。"陶渊明诗里说他在长江边种桑树，种了三年，刚要收成的时候，忽然山河变色，桑树"柯叶自摧折，根株浮沧海"，一切成绩，都漂失了，但他无怨无悔，因为"本不植高原，今日复何悔"？本来就不在安全地带种树，又有什么好后悔的呢？自己的努力，在乱世之中，一切都泡汤了，泡了汤并不后悔，因为本来就志在牺牲，又何悔之有？一篇短短的诗歌，如泣如诉，读来荡气回肠，有一种人生的悲怆感，陶渊明在诗中融入了自身的生命体验，情感创伤，经历了大时代的风云，饱尝离乱聚散的痛苦。真情生于至性，真情之文成于至性之人。陶渊明若非天性淡泊，绝难在田园长时隐居，不但诗歌文章写得好，而且又是有见识、顺时而处的智者。何孟春注《陶靖节集》曰："此诗全用鬼谷先生书意。《逸民传》：鬼谷遗苏秦、张仪书曰：'二君岂不见河边之树乎？仆御折其枝，风浪荡其根，此木岂与天地有仇怨？所居然也。子见崇岱之松柏乎？上枝干于青云，下枝通于三泉，千秋万岁，不逢斧斤之患，岂与天地有骨肉？所居然也。'"袁行霈认为此诗："乃自述之辞：'忽值山河改'，环境变化也；'本不植高原'，择居不当也。既生不逢时，又不善处世，故难免困苦。"（袁行霈撰：《陶渊明集笺注》，第338页。）正因为所居之地，是易遭斧斤之患的地方，故柯叶之折与根株之浮，也就毫无意外了。很有"求仁得仁"的味道，意态悠远可喜。故辛稼轩要说："穆先生，陶县令，是吾师。"（《最高楼·吾衰矣》）"一见萧然音韵古，想东篱醉卧参差是，千载下，竟谁似。"（《贺新郎·鸟倦飞还矣》）在《念奴娇·重九席上》曰："须信采菊东篱，高怀千载，只有陶彭泽。爱说琴中如得趣，弦上何劳声切？试把空杯，翁还肯道：何必杯中物？临风一笑，请翁同醉今夕。"顾随先生看到这样的词，不禁感叹："忽然借了重九一个题目，一把抓住彭泽老子，大开顽笑，不但句句天趣，而且语语尖刻。即起陶公于九泉，恐亦将无以自解。且道老辛是肯渊明，不肯渊明？若道不肯，明明说是高情千古。若道肯，却又请他试把空杯。"（《顾随全集·著述卷》，第16页）陶渊明拿得起，放得下，对天道、人道以及知天知人之道，尤其是对出处问题，能够达观超脱。在人生的道路上，顺应自然，才能获得心灵的从容、宁静和快乐。年轻的稼轩带领一支义军归宋，后上《九议》《十论》、帅江陵、隆兴、浙东，经过几十年的官场蹉跎，"过眼不如人意事，十常八九今头白"（《满江红·落日苍茫》），他以非凡的才能而蒙受不白之冤，在某种程度上，正是因为稼轩对自己干谒生活中的种种艰辛与尴尬处境有着切身的体验，他才能体谅刘过等人干谒他时的沉重与辛酸。世事遇合变幻，穷通成败，虽有关才能气魄，自有幸与不幸之别，还是和各人的机缘运气等因素有关，这是无可奈何的。但辛弃疾在求仁得仁、无怨无悔之情方面与陶渊明是相通的。所以，可以说他们又是幸运的，因为他们遭受的人生苦难如此深重，他们的性格才能变得那样深沉，由于性格的深沉，他们更能深入生命的深处和远处，更能理解人生的微妙之处。

③ 《鹧鸪天·发底青青无限春》，唐圭璋编，王仲闻参订，孙凡礼补辑：《全宋词》第3册，中华书局1999年版，第2531页。

饶未免，也应无味。甚东山何事，当时也道，为苍生起。(《水龙吟·老来曾识渊明》)[①]

名、利皆为身外之物，并非幸福本身。众多的浮生悟语在稼轩词中出现，足可以说明稼轩对人生和人性的深刻理解，对生活和生命的深切体验，以及他在语言表达方面的灵动才气，在创作过程中宣泻情感的强烈要求。这些浮生悟语大多有具体的情境依托，故显得沉实硬朗。在我们看来，稼轩也有壮词，有不少高谈阔论、豪情满怀之作，但那是心血来潮时的作品，转瞬即逝。稼轩诗词中最动人的应是摧刚为柔，"肝肠似火，色貌如花"之作，如"空谷无人，自怨蛾眉巧"(《蝶恋花·月下醉书雨岩石浪》)。稼轩多感慨、多冲动，感觉相当敏感，却又富有谋略，这种人才在偏安一隅的南宋小朝廷注定是孤独坎坷的："身为参禅老，家因赴诏贫。"[②] 他却又喜欢干政，试读："悟人世、正类春蚕，自相缠缚"(《贺新郎·和吴明可》)、"名利处，战争多，门前蛮触日干戈。不知更有槐安国，梦觉南柯日未斜"(《鹧鸪天·睡起即事》)，他看到了自己在人世间就好似春蚕作茧自缚，被世俗的功名欲望所束缚，这样的词句可谓是夫子自道。

除非尝过忧愁滋味，否则便无法真正体会人生。无怪乎王国维在谈及词之"真"时，特别将稼轩词拈出作为"真"之典范，将其与"羔雁之具"的南宋其他词作区别对待：

诗至唐中叶以后，殆为羔雁之具矣。故五季北宋之诗（除一二大家外），无可观者，而词则独为其全盛时代。其诗词兼擅如永叔、少游者，皆诗不如词远甚，以其写之于诗者不若写之于词者之真也。至南宋以后，词亦为羔雁之具，而词亦替矣（除稼轩一人外）。观此足以知文学盛衰之故矣。[③]

有真感情才有好文章，真感情是古今中外好文章的一个共同要素。一往有深情，是稼轩词创作的核心，唯其情深，才不流于儇薄，不同于轻浮无行的文人。一代枭雄生活在南宋干谒之风盛行的时代尚且如此忍辱负重，善感文人，情何以堪！

三

如果我们注意到干谒对南宋文学的巨大影响，注意到干谒在南宋文人生活中的重要作用，注意到干谒、奔竞之风弥漫于南宋社会的现实，注意到宋人笔记中那一批又一批形形色色的关于文人干谒情形的生动形象的描绘，我们就能很自然地接受忍辱负重已经成为当时士人干谒行为中普遍具有的精神面貌。罗大经《鹤林玉露·乙编》卷三《村庄鸡犬》记载一事很能说明问题：

韩平原作南园于吴山之上，其中有所谓村庄者，竹篱茅舍，宛然田家气象。平原尝游其间，甚喜曰："撰得绝似，但欠鸡鸣犬吠耳。"既出庄游他所，忽闻庄中鸡犬声，令人视

① 唐圭璋编，王仲闻参订，孙凡礼补辑：《全宋词》第3册，中华书局1999年版，第2491页。

② 宋·辛弃疾：《题桃符》，邓广铭辑校审订，辛更儒笺注：《辛稼轩诗文笺注》，上海古籍出版社1995年版，第251页。

③ 王国维：《文学小言》，《王国维文学论著三种》，商务印书馆2010年版，第220页。

之，乃府尹所为也。平原大笑，益亲爱之。太学诸生有诗曰：“堪笑明庭鸳鹭，甘作村庄犬鸡。一日冰山失势，汤燖镬煮刀刲”①

由这则故事可以看出，南宋干谒之士受到自身物质生活和主观条件的限制，其眼界和胸襟不免拘谨，但他们的交际和阅历却更广泛和丰富。在与名公巨卿、达官贵人交往时他们不仅会察言观色，还能做到不以卑贱猥琐为耻，屈尊其表，实惠其里②。对于这种情况，罗大经还有精彩的记录：

上蔡先生云：“透得名利关，方是小歇处。今之士大夫何足道，真能言之鹦鹉也。”朱文公曰：“今时秀才，教他说廉，直是会说廉，教他说义，直是会说义，及到做来，只是不廉不义。”此即所谓能言鹦鹉也。夫下以言语为学，上以言语为治，世道之所以日降也，而或者见能言之鹦鹉，乃指为凤凰鸑鷟，惟恐其不在灵台灵圃间，不亦异乎?③

读圣贤书，行禽兽事！“能言之鹦鹉”正是在南宋小朝廷为官做人的绝妙比喻。如果不是这样，哪怕有一点点的任性负气，那么干谒多半以失败告终。余俦就是一个很好的例子：“余俦字季伦，号痴斋，吾乡诗人也。章泉先生雅爱之。作书，使袖访韩仲止，及门，候谒甚久。将命者出，扣所由来，久犹未出。余题二诗壁间云：‘谒入久不出，兀坐如枯亥。苍头前致辞，问我何所来? 士节久凋丧，人情易嫌猜。本无性命忧，不去安待哉。’……乃拂袖去。仲止见诗，遣人追之，余竟不返。”④ 余俦本有干谒成功的希望，因为他有章泉先生的推荐书函，等于得到了名流印可，可到韩仲止家，由于受到些微怠慢和冷落，就按捺不住书生的清高之气，一时的意气用事使他失去了一个干谒权贵的大好机会。

被风气所染，士大夫自我独立的人格意识较淡泊，煞费苦心地惨淡经营，竭尽全力投契奉迎豪门权贵才是他们引以为荣之事。南宋文人们对自己于权贵中奔竞迎合的行为并不讳言，不觉有何不妥。词侠刘过作为底层人物，曾受到辛稼轩的赏识恩惠，但他也感叹自己无权可依，无势可靠，没有办法得到更多权贵们的精神鼓励和施予更多实质性的帮助，不无嘘唏自言：“客诸侯之门”⑤“有书为患，几不容于天地之间；无家可归，但落魄于江湖之上”。⑥ 后人对此颇有看法，况周颐在评刘过时，就体现出了对江湖士风及词风的批判：

刘改之词格本与辛幼安不同。……其激昂慷慨诸作，乃刻意模拟幼安。至如《沁园

① 宋·罗大经撰，王瑞来点校：《鹤林玉露》，中华书局1983年版，第165页。

② 上面所引如此戏剧性的情节，如此小说化的笔法，也许只是记录了当时的一些野史传闻，但我们可从中窥见南宋时代干谒活动的一些具体生动的细节和情境，也因此能感受到一些时代气息和文人创作的文化背景。

③ 宋·罗大经撰，王瑞来点校：《鹤林玉露》，中华书局1983年版，第29页。

④ 宋·张世南撰，张茂鹏点校：《游宦纪闻》卷一，中华书局1981年版，第5－6页。

⑤ 宋·刘过：《龙洲集》，上海古籍出版社1978年版，第125页。

⑥ 宋·刘过：《龙洲集》，上海古籍出版社1978年版，第119页。

春》‘斗酒彘肩’云云，则尤模拟而失之太过者矣。……则其所赋之词，所堕之泪，举不得谓真。……龙洲词变易体格，迎合稼轩，与琴精幻形求合何以异。吾谓改之宜先自焚其稿。[①]

他对刘过刻意模拟迎合稼轩的干谒奔竞之行深恶痛绝。如果我们了解刘过“逆境年年梦，劳生处处愁”[②] 的生活现状，对他就会具有一份同情之心。[③]

正因为刘过在经济上不能独立，在政治上不得志，在事业上一事无成，贫困的折磨、富贵的诱惑和权势的压迫，形成了他略微拘谨和猥琐的人格精神。南宋末年的林景熙在《送松存弟序》中说：“科举废，士媒青云，犹假所业以自见。夫其所业者，岂必出于其所构，相与为欺以致抗颜倚席贴笑。”[④] 道出了干谒奔竞之徒具有普遍性的精神面貌。这种精神面貌体现在文学创作上就导致了“乡愿”的特点，如王国维论词时指出：

苏、辛，词中之狂。白石犹不失为狷。若梦窗、梅溪、玉田、草窗、西麓辈，面目不同，同归于乡愿而已。[⑤]

对于这种“乡愿”人格精神的成因，吕肖奂有一段精辟的论述：

诗人酬唱，除了感情与信息交流的需要、寻觅知音或文学文化认同感之外，不少其实是功利性的需要，而功利性是“社会性”的重要成分，体现的是世俗价值观。在社交应酬中，酬唱者常常无法脱离尘世而显示个人的清高或孤高，处于尘世中的诗人，必须人情练达，至少需要饱谙世故，而人情世故，就是“社会性”，“社会性”往往显得卑俗，譬如在许多求助、干谒的投赠诗中，表现的就是诗人作为“社会人”时那种面对权与利的卑微屈就的心理。[⑥]

所以，一个人要学习干谒，就应该像刘过对待稼轩这样诚心实意。当然，这在客观上跟刘过多次应举不第，终生未仕，没有经济基础也有一定的关系。与他同时的吕大中对刘

---

① 《蕙风词话》卷二，见清·况周颐原著，孙克强辑考：《蕙风词话·广蕙风词话》，中州古籍出版社2003年版，第26－27页。

② 北京大学古文献研究所：《全宋诗》第51册，北京大学出版社1998年版，第31853页。

③ 也有学者对刘过得稼轩之神者表示满意的。刘过有一著名的《唐多令·安远楼小集，侑觞歌板之姬黄其姓者，乞词于龙洲道人，为赋此。同柳阜之、刘去非、石民瞻、周嘉仲、陈孟参、孟容、时八月五日也》：“芦叶满汀洲。寒沙带浅流。二十年、重过南楼。柳下系舟犹未稳，能几日，又中秋。　黄鹤断矶头。故人曾到否。旧江山、浑是新愁。欲买桂花同载酒，终不似，少年游。”唐圭璋评此词曰：“此首安远楼小集词，词旨豪逸。起两句点景，‘二十年’一句点时，已极显今昔之感。‘柳下’三句，更申言时光之速。‘犹未’与‘又’字呼应，尤觉宛转。下片，追忆故人不在，‘旧江山，浑是新愁’，缀语亦俊。‘欲买’两句，直抒胸臆，跌宕昭彰。冯梦华谓龙洲学稼轩，‘得其豪放，未得其宛转’。然若此首，固豪放宛转，兼得稼轩之神者。”（唐圭璋选释：《唐宋词简释》，人民文学出版社2010年版，第220页）

④ 宋·林景熙著，陈增杰校注：《林景熙诗集校注》卷五，第341页。

⑤ 王国维：《人间词话》，人民文学出版社1960年版，第213－214页。

⑥ 吕肖奂等：《酬唱诗学的三重维度建构》，《北京大学学报》2012年第2期，第75页。

过就具有了解之同情，他在撰写《宋诗人刘君墓碑》中说：

诗能穷人，尚矣。有生而穷者，有死而穷者。借车载家，蹇驴破帽，此生而穷也。耒阳荒土，采石孤坟，此死而穷也。龙洲刘先生讳过，字改之。家徒壁立，无担石储，此所谓生而穷者；冢芜岩隈，荒草延蔓，此所谓死而穷者。先生何穷之至是哉！然横用黄金，雄吞酒海，生虽穷而气不穷；诗满天下，身霸骚坛，死虽穷而名不穷。乃知先生之穷异乎常人之穷也。往往至先生墓者，吊之诗，酹之酒，止于花时胜赏，宴酣之余，买豪杰之名而已。未有特叩禅关，芟荑荆棘，表先生坟者。吁，先生之骨岂终埋没于空闲寂寞之滨也哉！①

刘过的后世知己、元人殷奎说：

先生讳过，字改之，庐陵人也。少有志节，以功业自许。博学经、史、百氏之书，通知古今治乱之略，至于论兵，尤善陈利害。辛幼安、陈同甫皆深敬畏之。尝以书干宰相，言恢复之策，不听。和戎使者失辞，诏用先生，辞以疾。故其有诸己者，皆无所施为，而卒以穷死。呜呼，悲夫！②

清末著名学者和藏书家的陆心源也在《宋史翼》中载：

刘过，太和人，自号龙洲道人，以诗侠名湖海间。周益公闻其名，欲客之门下，不就。叩阍上书请光宗过重华宫，辞意恳婉，声重一时。尝以书陈恢复方略，谓中原可一战而取，用事者不听，以是落魄无所遇合。③

从中可见刘过命运之穷困，这种穷困当然也包括经济上的贫穷，已引起当时和后世人的注意，对他“尝以书干宰相”之行为具有了深切的了解之同情。俗话说两个口袋空的人腰板挺不直，此之谓也。当刘过身无分文却嚷着“叩阍上书请光宗过重华宫，辞意恳婉，声重一时。尝以书陈恢复方略，谓中原可一战而取”，我们就觉得他虚张声势，“用事者不听，以是落魄无所遇合”是必然结果。

刘过词中除了投合辛弃疾之外，比较有名的就是写给当时权势熏天的权相韩侂胄的《沁园春·寿》《满江红·寿》《水龙吟·庆流阅古无穷》等词作，这些词都是寿词，其中不乏干谒请托之意。韩为宁宗朝的权臣，志大才疏，积极倡导北伐，结果以失败告终。我们在谈到辛弃疾、陆游、陈亮、刘过、史达祖等文学史上的名人干谒请托行为时，都不能绕过韩侂胄。辛弃疾、陆游与韩的关系更被写进宋史本传里，成为他们人生的一大污点。其实，他们都是在主张抗战上与韩走到了一起。以英雄形象自许许人的放翁与稼轩都干谒

① 马兴荣：《龙洲词校笺》附录一《序碑状表传》，江西人民出版社 1999 年版，第 95 页。
② 马兴荣：《龙洲词校笺》附录一《序碑状表传》，江西人民出版社 1999 年版，第 95－96 页。
③ 清·陆心源辑：《宋史翼》卷二九，中华书局 1991 年版，第 310 页。

请托过韩，并为其写了一些歌功颂德、粉饰太平的文字，刘过为了干谒请托韩而为他写几首寿词就不足为奇。何况当时的刘过只是一个江湖游士，为了生活，他去干谒当时平步青云、如日中天，正任平原郡王积极北伐的韩也在情理之中。

第三节　结交名流

人生是有限的，无法生活在时空之外。要准确地了解一个人，评论一个时代是不容易的，需要我们抱着同情之态度。虽然我们与古人所处时代不同，身份地位不同，生平际遇不同，甚至于思想感情上也不完全相同，但我们用自己的心灵去观照古人的心灵，力求与古往今来伟大的心灵相交流。心与心的交流，是我们文学研究的主要目的。人以文传，文以人传，作者的人品和他的文品一样受到人们特别的看重。因为我们每一个人都是有血有肉、有爱有恨的，行文运笔之际，自身的感情不可能不灌注于笔端纸上，在对古人进行评论时，也不能完全排除主观感情的影响。除此以外，我们在对历史人物进行批评时，最好能换位思考，想一想我们自己若处在他们的时代环境下，会有怎样的作为和心路历程。这样，我们才有可能进入作家的内心世界，体会他们心灵世界的深处和远处，甚至感受到一种心灵深处的沟通。抱着这种心态去读南宋文人的作品，我们才能真切地体验南宋文人们沉郁悲凉而又感慨万千的文字下面那些结交名流、请托援引的生活方式。

偏安一隅的南宋朝廷比起北宋来更复杂，也更现实。南宋文人士子们走的大多是一条结交名流、干谒奔竞的人生道路，四处奔走、柔声媚色，是他们最常见的人格形象，他们一生中的诗词创作主要是为了适应这种人生道路、表现这种人格形象的，为了迎合权贵，不惜委曲求全，以大量的启文、诗词作为干谒之资。曾协，举进士不第，遂绝意科举。高宗绍兴十五年，上启建康留守晁谦之：

> 某自怜末路之微踪，方借后陈之余地。蓄马勃以待用，或庶几焉；割牛心而知名，非敢望也。①

情辞并茂，目的是希求晁谦之援引。因为，晁谦之绍兴十五年（1145）四月帅建康。绝意科举的才子曾协广交名流，通过达官巨卿的援引而走上了为官之路：

> 窃念某樗栎散材，草茅下品，早失庭趋之训，粗窥家有之书，叨世赏以得官。②

在世赏的援引下，曾协做了官，为湖州长兴县丞，尝到甜头的曾协屡上书当路，希求继续通过达官贵人的援引，把自己送到更理想的境界。其中《贺新湖州程枢密启》更是把自己多年来干谒奔走、风尘困顿的辛酸苦楚抒发得淋漓尽致：

---

① 宋·曾协:《云庄集》卷三《上建康晁留守恭道启》,《影印文渊阁四库全书》本，第1140册，第269页。

② 宋·曾协:《云庄集》卷三《长兴丞任满求批书启》,《影印文渊阁四库全书》本，第1140册，第269页。

某璅庸无取，历落多奇。早窥家有之书，莫逮庭趋之训。腼颜场屋，已坠世科，俯首簿书，尚尘官使。邈矣清流之远，居然俗吏之归。重念某获出高门，最先多士，昔元老傅潜邸之日，在晚生偕胄子之游。方当未冠之年，已出提衡之下。宁为鸡口，仅成小战之名，先啖牛心，遂借虚声之重。射石为虎，再发已穷。[①]

其希望程枢密引荐之意十分明显：

顷因尺牍之修，略叙寸心之蕴。随关听览，倘辱哀怜。皂盖翻翻，已处巾并幪之下；衮衣奕奕，更居埏埴之间。自欣幸会之逢，辄写悃悰之素。曳裾相望，曾莫与于后陈，坠履见收，或兴怜于旧物。[②]

绍兴二十六年（1156）五月四日，汤思退除知枢密院事，[③] 曾协见机行事，又上《贺汤知院启》：

某结约无奇，嵚崎可笑。早游场屋，滥随俊造之后尘，晚困簿书，获陪州县之下列。邈矣清流之远，居然俗吏之归。屡从松竹之游，未免稻粱之迫；顾惟极陋，可谓至穷。髀里肉生，叹初心之已负；酒后耳热，觉壮志之尚存。……得意坦涂，尚作飞黄之顾，程工永夜，愿分邻烛之光。病颡倘辱于系羁，焦尾或加于朴斫。三折肱之久，敢自列于平生；一引手之劳，方有望于门下。[④]

其中“晚困簿书，获陪州县之下列”，或有不甘久居长兴县丞之意，这篇启文采斐然，极力地抑己扬人，目的就是结交名流，请求达官贵人的援引。这样的创作动因自然影响到他的创作风貌，四库馆臣评《云庄集》时道：

杂文颇雅饬有法，《宾对》一赋，为集中巨篇，语特伟丽，而大旨以安享太平为浑穆之王风，以恢复中原为战争之霸术，夸大其词，以文偏安之陋，曲学阿世，持论殊乖。姑以文采录之。[⑤]

这种现象在其集中较为普遍。绍兴二十八年（1158）二月十四日，王纶自工部侍郎兼直学士院除同知枢密院事[⑥]，曾协上《贺王同知启》[⑦]。绍兴二十九年己卯（1159）闰六月，周

① 宋·曾协：《云庄集》卷三，《影印文渊阁四库全书》本，第1140册，第267页。
② 宋·曾协：《贺新湖州程枢密启》，《云庄集》卷三，《影印文渊阁四库全书》本，第1140册，第269页。
③ 宋·徐自明：《宋宰辅编年录》卷一六，《影印文渊阁四库全书》本，第596册，第625页。
④ 宋·曾协：《云庄集》卷三，《影印文渊阁四库全书》本，第1140册，第262页。
⑤ 《四库全书总目》卷一五八集部十一，中华书局1965年版，第1365页。
⑥ 《宋宰辅编年录》卷一六，《影印文渊阁四库全书》本，第596册，第627页。
⑦ 宋·曾协：《云庄集》卷三，《影印文渊阁四库全书》本，第1140册，第263－264页。

麟之除翰林学士[①]，曾协上《贺周内翰茂振启》[②]。九月十四日，汤思退拜左仆射[③]，曾协又上《贺汤相再除左揆启》[④]。十二月二十一日，王纶除知枢密院事，曾协再上《贺王知院启》[⑤]。曾协累上书干谒当路、结交名流，其奔竞进取之心十分强烈。

这样的生活方式和干谒之心在南宋士人的文集中表现得十分普遍。周孚渴望结交名流的心情在他的干谒文《谢虞丞相启》中表露无遗：

昨叨一命之宠，已逾五年之期。惟穷边之剧繁，不容尸禄；而文吏之龃龉，或至辞难。……常忧尉曹之责，恐非书生之宜。精神疲于邀巡，术业荒于奔走。惟今所授，实自本心，俸入厚而足以活妻孥，符檄亡而可以阅文字。率尔而得，恍然以惊。……仰怀濡手之劳，愧无以报，惟有铭心之感，誓不敢忘。[⑥]

虞丞相即虞允文，周孚凭借他的荐引，教授真州，后任衡州幕，对虞允文感激涕零之际把自己为了进入仕途干谒请托时"精神疲于邀巡，术业荒于奔走"的真相和盘托出，使我们切实理解了南宋士子在东奔西竞中讨生活之不易。

南宋士子结交名流、请托援引的现象之所以如此频繁，和当时南宋社会的豪门权贵、军政要员喜欢养士，下层士人游幕之风盛行有关，当时兴起了一种"食客"阶层，受到权贵豪门的热情接待："（魏）文节家因多士，（汪）仲容又特喜交接，四方知名士因不远数百里千里，与仲容过从者不绝。"[⑦] 刘过写了《沁园春·寄稼轩承旨》："斗酒彘肩，风雨渡江，岂不快哉。被香山居士，约林和靖，与档坡老，驾勒吾回。坡谓西湖，正如西子，浓抹淡妆临镜台。二公者，皆掉头不顾，只管衔杯。　　白云天竺飞来。图画里、峥嵘楼开。爱东西双涧，纵横水绕，两峰南北，高下云堆。逋曰不然，暗香浮动，争似孤山先探梅。须晴去，访稼轩未晚，且此徘徊。"花言巧语，着意讨好结交稼轩。关于这一点，前人已有发现，岳珂在《桯史》中所载：

庐陵刘改之过以诗鸣江西，厄于韦布，放浪荆、楚，客食诸侯间。……又，嘉泰癸亥岁，改之在中都，时辛稼轩弃疾帅越，闻其名，遣介招之。适以事不及行，作书归辂者。因效辛体《沁园春》一词，并缄往，下笔便逼真。其词曰：……辛得之大喜，致馈数百千，竟邀之去。馆燕弥月，酬倡亹亹，皆似之，逾喜。垂别，赒之千缗，曰："以是为求田资。"改之归，竟荡于酒，不问也。词语峻拔如尾腔，对偶错综，盖出唐王勃体而又变之。余时与之饮西园，改之中席自言，掀髯有得色。[⑧]

---

① 宋·洪遵编：《翰苑群书》卷十一《翰苑题名》，《影印文渊阁四库全书》本，第595册，第402页。
② 宋·曾协：《云庄集》卷三，《影印文渊阁四库全书》本，第1140册，第265－266页。
③ 《宋宰辅编年录》卷一六，《影印文渊阁四库全书》本，第596册，第628页。
④ 宋·曾协：《云庄集》卷三，《影印文渊阁四库全书》本，第1140册，第259－260页。
⑤ 宋·曾协：《云庄集》卷三，《影印文渊阁四库全书》本，第1140册，第262－263页。
⑥ 宋·周孚：《蠹斋铅刀编》卷一九《上虞丞相启》，《影印文渊阁四库全书》本，第1154册，第641页。
⑦ 《题梅庵柴君自书所作诗后》，《剡源文集》卷一八，《影印文渊阁四库全书》本，第1194册，第237页。
⑧ 宋·岳珂撰，吴企明点校：《桯史》卷二"刘改之诗词"条，中华书局1981年版，第22－23页。

辛弃疾在当时也算是一位名流巨卿、地方幕主，有能力招募僚属，洪迈曾记叙稼轩的名声与地位：

壮声英概，懦士为之兴起，圣天子一见三叹息，用是简深知。入登九卿，出节使二道，四立连率幕府。①

圣天子因听说辛弃疾活捉张安国的事迹，再三叹息，委以高位，在朝廷登九卿之位、在地方二任帅臣。刘祁《归潜志》亦载：

党承旨怀英、辛尚书弃疾，俱山东人，少同舍，属金国初遭乱，俱在兵间。辛一旦率数千骑南渡，显于宋；党在北方，擢第，入翰林，有名，为一时文字宗主。二公虽所趋不同，皆有功业，宠荣视前朝李榖、韩熙载，亦相况也。②

宋宁宗嘉泰年间，辛弃疾当任浙东安抚使，他雄才大略，名声显赫，官居高位，手握行政大权，确实是“显于宋”“有功业，宠荣视前朝李榖、韩熙载”。这时的稼轩，可以视为地位高的权贵型人物。这样的军政要员和权贵人物，前来干谒结交之人络绎不绝，手下有朱熹、张栻为仓宪使。他在《新居上梁文》中就颇自负地说：“稼轩居士，生长西北，仕宦东南，顷列郎星，继联卿月。两分帅阃，三驾使轺。”③ 时人多称辛弃疾为“辛侯”“帅臣”④。他随便做一件事便有人赞赏，随便作一首诗便有人唱和，稼轩在绍兴创建秋风亭时，张镃、丘崈、姜夔等人即以亭为题，用《汉宫春》词牌唱和，张镃和词的小序点明唱和之由：

稼轩帅浙东，作秋风亭成，以长短句寄余。欲和久之，偶霜晴小楼登眺，因次来韵，代书奉酬。⑤

这些唱和词，与稼轩“帅浙东”的身份和地位密切相关。次年稼轩改知镇江府，积极筹备北伐，江湖游士便趁机结交讨好，欲入其帅府。姜夔作《永遇乐·次稼轩北固楼词韵》一词，将稼轩比作“前身诸葛”，奉承辛稼轩：

前身诸葛，来游此地，数语便酬三顾。楼外冥冥，江皋隐隐，认得征西路。中原生聚，神京耆老，南望长淮金鼓。问当时依依种柳，至今在否？⑥

---

① 宋·洪迈《稼轩记》，引自辛更儒编：《辛弃疾资料汇编》，中华书局2005年版，第4页。

② 金·刘祁撰，崔文印点校：《归潜志》卷八，中华书局1997年版，第84页。

③ 宋·辛弃疾著，徐汉明点校：《辛弃疾全集》，崇文书局2013年版，第300－301页。

④ 宋·洪迈：《文敏公集》卷六《稼轩记》称：“济南辛侯幼安”；朱熹：《乞拨飞虎军隶湖南安抚司劄子》云：“熹窃见荆湖南路安抚司飞虎军，元系帅臣辛弃疾创置”；周孚：《滁州奠枕楼记》云：“济南辛侯作奠枕楼于滁阳，余登而乐之，遂为之赋。”（引自辛更儒编：《辛弃疾资料汇编》，中华书局2005年版，第3、11、20页）

⑤ 唐圭璋编，王仲闻参订，孙凡礼补辑：《全宋词》第3册，中华书局1999年版，第2753页。

⑥ 夏承焘笺校：《姜白石词编年笺校》，上海古籍出版社1981年版，第91页。

如此逢迎讨好稼轩，其目的不言而喻。以人品高洁、“甚似陆天随”[①]“意境隽澹，本于襟抱；韵致深美，发乎才情”[②] 著称的江湖清客姜白词尚且如此刻意讨好辛稼轩，普通文人对他的逢迎也就可想而知了。

辛稼轩喜欢交朋友，喜欢生活在热闹的气氛里，但是那种车水马龙的热闹繁华是虚荣的、虚幻的，聪明的辛弃疾不会不知道，他曾经十分清醒地指出：

某有大患：天下智勇之士未可得而使也。人固有以言为智勇者，有以貌为智勇者，又有以气为智勇者。言与貌为智勇，是欺其上之人，求售其身者也，其中未必有也。[③]

稼轩交游虽广，但真正了解他的人并不多。我们可以说，辛弃疾周围一定有许多“言与貌为智勇”“欺其上之人，求售其身者”，他见多了口是心非、言清行浊之徒，才能如此深刻地了解人性中言与貌的虚妄和功利目的。在一首名为“夜游宫・苦俗客”的词中，稼轩感叹道：

几个相知可喜，才厮见、说山说水。颠倒烂熟只这是。怎奈向，一回说，一回美。　　有个尖新底，说底话、非名即利。说得口干罪过你。且不罪，俺略起，去洗耳。

既然如此，“跌荡磊落，犹有中原豪杰之气”[④] 的辛弃疾为何还要和他们交友呢？道理很简单：“高处不胜寒。”不论是政坛还是文坛的天才，他的智慧越高，精神境界越高，成就越大，离普通人就越远。可是，不论一个人多么高不可攀，也一样需要朋友。然而这种地位的人，也最难交到朋友。围绕在他周围的人，曳裾拱手、阿谀奉承唯恐不及，恭敬、战栗就怕不够。所以，智勇双全、文韬武略的稼轩一定明白“水至清则无鱼，人至察则无徒”的道理。反之，如果稼轩一定要找人品、才能都完美无缺的人做朋友，那么他一定会更加孤独寂寞。岳珂是贪官、刘过是谒客，他们有许多性格上的缺陷，稼轩仍然与他们为友，这有自我实现的需要。

岳珂一生处在南宋偏安江左、国家积弱不堪的时期，岳家又受到南宋统治集团的迫害，所以，他每次说到时政，总是义愤填膺，感情激荡，他的著述中描述了许多耳闻目睹的朝野各阶层人物的言行，揭示了两宋政治的人情世态、世道人心。《桯史》卷三《稼轩论词》中的一段叙述就很能说明问题：

辛稼轩守南徐，已多病谢客，予来筮仕委吏，实隶总所，例于州家殊参辰，旦望贽谒刺而已。余时以乙丑南宫试，岁前莅事仅两旬，即谒告去。稼轩偶读余《通名启》而喜，又颇阶父兄旧，特与其洁。余试既不利，归官下，时一招去。稼轩以词名，每燕必命侍妓歌其所作。特好歌《贺新郎》一词，自诵其警句曰：“我见青山多妩媚，料青山见我应如

---

① 宋・周密撰，张茂鹏点校：《齐东野语》卷一二，中华书局 1983 年版，第 211 页。

② 缪钺：《姜白石之文学批评及其作品》，缪钺著，缪元朗编：《古典文学论丛》，浙江大学出版社 2009 年版，第 248 页。

③ 宋・辛弃疾：《九议》，徐汉明点校：《辛弃疾全集》，崇文书局 2013 年版，第 285 页。

④ 元・赵文：《青山集》卷二，《吴山房乐府序》，《影印文渊阁四库全书》本，第 1195 册，第 13 页。

是。”又曰：“不恨古人吾不见，恨古人不见吾狂耳。”每至此，辄拊髀自笑，顾问坐客何如，皆叹誉如出一口。既而又作一《永遇乐》，序北府事，首章曰：“千古江山，英雄无觅，孙仲谋处。”又曰：“寻常巷陌，人道寄奴曾住。”其寓感慨者，则曰：“可堪回首，佛狸祠下，一片神鸦社鼓。凭谁问，廉颇老矣，尚能饭否。”特置酒召数客，使妓迭歌，益自击节，遍问客，必使摘其疵，逊谢不可。客或措一二辞，不契其意，又弗答，然挥羽四视不止。余时年少，勇于言，偶坐于席侧，稼轩因诵启语，顾问再四，余率然对曰：“待制词句，脱去今古轸辙，每见集中有‘解道此句，真宰上诉，天应嗔耳’之序，尝以为其言不诬。童子何知，而敢有议？然必欲以范文正以千金求《严陵祠记》一字之易，则晚进尚窃有疑也。”稼轩喜，促膝亟使毕其说。余曰：“前篇豪视一世，独首尾二腔，警语差相似；新作微觉用事多耳。”于是大喜，酌酒而谓坐中曰：“夫君实中予痼。”乃味改其语，日数十易，累月犹未竟。其刻意如此。余既以一语之合，益加厚，颇取视其骫骨皮，欲以家世荐之朝，会其去，未果。①

像稼轩这样孔武有力之人、聪明才智之士，普遍比较喜欢听阿谀奉承之辞，正因为辛弃疾是名流巨卿，江湖文士才会想方设法地奉承讨好他，“诗律变成长庆体，歌词绰有稼轩风”就是阿谀逢迎稼轩的最好方式，听到“实中予痼”的批评，他也不会真心实意地改正。

稼轩虽不会有意向人夸耀，但偶然听到了别人的赞扬，内心还是十分高兴的。淳熙八年（1181），江西大旱，辛弃疾知隆兴府，救灾活动开展得如火如荼，干谒奔走之徒借此机会来赞颂他的功业。舒邦佐在《登第谢辛帅启》中写道：

南宫放榜，偶缀春风淡墨中；北阙传名，又到玉皇香案之下。虽收末第，颇愧平生；握笔于兹，汗颜多矣。……如某者，嶔崎可笑，结约忘奇。鹨早横秋，鳞重点额。惟自养其山林突兀之气，终亦羞上场屋骫骳之文。有屋数椽，堆书四座。落月满梁而浩歌今古，新凉入室而长抱简编。精勤灯火于三十年间，力采圣传于千百载上。……兹盖伏遇某官，抱经纶廊庙之材，负拯顿乾坤之业。无斧凿痕，无脂粉气，诗歌盖出于天成；有霹雳手，有雨露恩，政事岂容于人测？扫绿林而剿其类，提赤子而置之安。活江湖十万之生灵，民心固矣；复京洛数百州之疆土，圣主期之。暂为江左之长城，行作天边之霖雨。②

舒邦佐，江西隆兴府靖安人，淳熙八年刚登进士第，年已四十八岁，③半生习举子业，适逢此时辛弃疾知隆兴府兼江西安抚使，舒邦佐在这篇登第后之谢启中除了自述生活的艰辛和自我的人格精神，便是称颂辛弃疾横溢的才华和“雨露恩”“活江湖十万之生灵”的丰功伟绩，肉麻地谀颂辛弃疾是“江左之长城”“天边之霖雨”，文中结交稼轩，请托其援

① 宋·岳珂撰，吴企明点校：《桯史》卷三《稼轩论词》，中华书局1981年版，第38－39页。
② 宋·舒邦佐撰：《双峰猥稿》卷三，清道光本。
③ 详参宋·李大异撰：《故致仕通直舒公墓志铭》，清道光本《双峰猥稿》卷首。

引提拔的目的十分明显。舒邦佐还作有《谢沈帅荐举启》《谢赵盐荐举启》等干谒请托文,[①]“用荐书授文林郎，调州录事参军”[②]，因人推荐而得官。

嘉泰四年（1204），辛弃疾知镇江，一旦有点地位，马上就受到了热捧，刘宰在《贺辛待制知镇江》中赞曰：

眷惟京口，实控边头。虽地之瘠、民之贫，然酒可饮、兵可用。茧丝保障，岂惟增北固之雄；约軝错衡，旋即首东都之会。[③]

刘宰的逢迎奉承之力没有白费，他收到了丰厚的回报，稼轩赐予他五十镒，故刘宰又在《谢辛待制弃疾》中表达了自己的感激涕零之情：

孤生屏处，已载二千石之良；专介鼎来，忽拜五十镒之馈。周之则受，感不容言。[④]

如果我们结合刘宰曾经的人生处境，应能理解他为何如此感激稼轩了，在《吴门道归书怀》中，刘宰自述：

投闲三十年，日与木石俱。暮景际休明，搜罗逮樵渔。洪造赐甄收，群公交荐书。殷勤奉明诏，婉娈辞田庐。一寒不自揣，五穷暗揶揄。行行步京畿，迎劳多轩车。眼青见故人，皆叹此老臞。形容不自惜，奈此气昏愚。席间迷旧识，笔底误新书。十目所共睹，一语良非虚。傥昧知止戒，不反田园居。去去入修门，蹇步接天衢。深虞炫闻见，狂易滋发舒。吁天写真情，浩歌赋归与。[⑤]

刘宰固然能够“老而知止，利禄恬然，必不为蒲轮而出”[⑥]，然而为了生存，还是要结交一些位高财大的名流。

又如黄机，宁宗庆元二年丙辰（1196），作《乳燕飞·次徐斯远韵寄稼轩》：“绣帽轻裘真男子，政何须、纸上分今古。未办得，赋归云”，此词的用意，我们可以从邓广铭《稼轩词编年笺注》卷四《贺新郎·和徐斯远下第谢诸公载酒相访韵》“编年”中看到一丝端倪：

徐斯远之初领乡荐盖在庆元元年，次年之礼部省试势须参与。此词疑即二年徐氏落弟

① 详参《双峰猥稿》卷三。该书卷四有《迎衡州余守启》，卷六有《谢张仓荐举启》《谢吴仓荐举启》《谢京尚书荐举启》等文，较真实地记录了舒邦佐结交名流、请托求荐的经过，从中可略知南宋文人干谒奔走、结交名流与当时社会荐举风气的内在联系。

② 《故致仕通直舒公墓志铭》。

③ 宋·刘宰撰：《漫塘文集》卷一五，《影印文渊阁四库全书》本，第1170册，第469页。

④ 宋·刘宰撰：《漫塘文集》卷一五，《影印文渊阁四库全书》本，第1170册，第469页。

⑤ 宋·刘宰撰：《漫塘文集》卷三，《影印文渊阁四库全书》本，第1170册，第326页。

⑥ 宋·王迈撰：《乙未六月上封事》，《臞轩集》卷二，《影印文渊阁四库全书》本，第1178册，第468页。

后相与酬答之作。①

由此看来，徐斯远、黄机等与稼轩唱和之士大多是些落第失意者，他们与稼轩交往常常是有所求而为之。

对这些谒客的生活方式和人生态度，岳珂在《桯史》卷二“刘改之诗词”条中已有描述：

庐陵刘改之过以诗鸣江西，厄于韦布，放浪荆楚，客食诸侯间。开禧乙丑过京口，余为饷幕庾吏，因识焉。广汉章以初升之、东阳黄几叔机、敷原王安世遇、英伯迈，皆寓是邦。暇日，相与跖奇吊古，多见于诗，一郡胜处皆有之。②

对于黄机、刘过、章升之、王遇、王迈，甚至岳珂在“客食诸侯”中讨生活的士人来说，希望结交稼轩，得到他的引荐或认可，是一种很自然的心理状况。

所以，稼轩这种身份的人眼中看到的常是追求功名利禄之徒，耳中听到的尽是些虚饰浮夸、“求售其身”之词。陈亮在《辛稼轩画像赞》中称赞稼轩：

眼光有棱，足以照映一世之豪；背胛有负，足以荷载四国之重。出其毫末，翻然震动。不知须鬓之既斑，庶几胆力之无恐。呼而来，麾而去，无所逃天地之间；挠弗浊，澄弗清，岂自为将相之种？……故曰：真鼠枉用，真虎可以不用，而用之也者所以为天宠也。③

崔敦礼代严子文作《滁州奠枕楼记》称赞道：

侯有文武材，伟人也。尝官朝。名弃疾，幼安其字云。④

罗愿《鄂州小集》卷一《送辛殿撰自江西提刑移京西漕》赞道：

峨峨郁孤台，下有十万家。喧呼隘城阙，恋此明使车。忆公初来时，狂狡啸以哗。主将失节度，玉音为咨嗟。一朝出明郎，绣衣对高牙。持斧自天下，荒山走予叉。光腾将星魄，枉矢失惊蛇。氛雾果尽廓，十州再桑麻。恩令撰中秘，天笔有褒嘉。辛氏世多贤，一姓古所夸。太史善箴阙，伊川知辞华。……英风杂文武，公独可肩差。佩玦善割断，挥毫绝纷葩。时时有纵舍，惠利亦已遐。京西故畿甸，傍塞闻悲笳。明时资馈饵，岂减汉褒斜。勿云易使耳，重地控荆巴。三节萃一握，眷心良有加。古来居此人，爱国肯雄夸：羊祜保至信，陶公戒其奢。安边有成略，此道未全赊。公今有才气，功名安可涯。愿低湖海

① 宋·辛弃疾撰，邓广铭笺注：《稼轩词编年笺注》（增订本）卷四，上海古籍出版社1993年版，第382页。

② 宋·岳珂撰，吴企明点校：《桯史》卷二，中华书局1981年版，第22页。

③ 宋·陈亮：《陈亮集》卷一〇，中华书局1974年版，第114页。

④ 宋·崔敦礼撰：《宫教集》卷六，《影印文渊阁四库全书》本，第1151册，第824页。

豪，磨砻益无瑕。凌烟果何晚，犹有发如鸦。[①]

罗愿结交讨好稼轩就是为了得到他的援引荐举，从其《谢辛大卿启》中可以看到罗愿的干谒之功没有白费：

兹盖伏遇某官，文武兼资，公忠自许。胸次九流之不染，目中万马之皆空。见辄开心，不假赵趄嗫嚅之请；称之极口，率皆沉着痛快之词。褒衮甚荣，梦刀既叶。季布河东之召，誉偶出于一人；袁安楚郡之除，选第因于三府。至于羁迹，全赖公言。[②]

与辛弃疾交往的朋友们大抵如此，功利目的比较明显，即希望通过“全赖公言”而获得好处。

辛弃疾的才能与功业，确实值得称道。卫泾《后乐集·辛弃疾充两浙东路安抚使制》称赞道：

某官谋猷经远，智略无前。……其才任重有余，盖一旦缓急之可赖。[③]

洪迈在《稼轩记》中感叹：

侯以中州隽人，抱忠仗义，章显闻于南邦。……使遭事会之来，挈中原还职方氏，彼周公瑾、谢安石事业，侯固饶为之。此志未偿，因自诡放浪林泉，从老农学稼，无亦大不可欤?[④]

朱熹《朱文公大全集》卷八五《答辛幼安启》赞道：

伏维某官卓荦奇材，疏通远识。经纶事业，有股肱王室之心；游戏文章，亦脍炙士林之口。[⑤]

朱熹女婿黄榦《勉斋集》卷四《与辛稼轩侍郎书》也坦白自己：

恭惟明公以果毅之资，刚大之气，真一世之雄也。[⑥]

---

① 罗愿：《鄂州小集》卷一，辛更儒编：《辛弃疾资料汇编》，中华书局 2005 年版，第 27－28 页。

② 《鄂州小集》卷五《谢辛大卿启》，辛更儒编：《辛弃疾资料汇编》，中华书局 2005 年版，第 28 页。

③ 《后乐集》卷一，《文渊阁四库全书》本，第 1169 册，第 473 页。

④ 辛更儒编：《辛弃疾资料汇编》，中华书局 2005 年版，第 4 页。

⑤ 宋·朱熹：《晦庵先生朱文公文集》卷八五《答辛幼安启》，朱杰人、严佐之、刘永翔主编：《朱子全书》（修订本）第 24 册，上海古籍出版社、安徽教育出版社 2010 年版，第 4025 页。

⑥ 宋·黄榦撰：《勉斋集》卷四，《影印文渊阁四库全书》本，第 1168 册，第 53 页。

以“刚正不阿”著称的一代大儒朱熹恭维稼轩，稼轩心中的得意自然不言而喻。“千穿万穿，马屁不穿”，词坛飞将的稼轩尚且如此喜欢奉承之语，遑论其他！

南宋后期的林希逸揭示出这样的文化心理与当时的文学评点存在某种内在联系，他说：

学贵自知。求知于人，未必以情告我。江湖诸友人人有序有跋，若美矣。或以其浅淡，则曰玄酒太羹；或以其虚泛，则曰行云流水；疏率失律度，则以瑞芝昙华目之；放浪无绳束，则以翔龙跃凤誉之。讥侮变幻，而得者亦以自喜。①

地位越高、财富越多、权势越大的人，在友情这方面，就越是空虚寂寞。因为他们难以交到真正具有“直、谅、多闻”真性情的朋友，这时他们要“求知于人”，自然是“未必以情告”之。大多数人与他们交往，往往都是看重他们的权势，想利用他们手中的职权来谋取私利，以公权来谋私利，正是南宋文人干谒名流权贵的主要目的，要达到这一目的，就需投其所好。地位高的人，往往没有真朋友，没有敢在面前说真心话的朋友。

在这样的情况下，自信自负的稼轩屡被政敌弹劾：

开禧元年三月二日，宝谟阁待制知镇江府辛弃疾降两官，以通直郎张瓛不法，弃疾坐缪举之责也。②

开禧元年七月二日，新知隆兴府辛弃疾……与宫观，理作自陈。以臣僚言弃疾好色贪财，淫刑聚敛。③

甚至连十分想重用稼轩的王丞相也只有“听”而却步：

王丞相欲进拟辛幼安，除一帅，周益公坚不肯。王问益公云：“幼安帅材，何不用之？”益公答云：“不然。凡幼安所杀人命，在吾辈执笔者当之。”王遂不复言。④

一个人身居高位而又自信自负，只知“勇往直前、果决立断”⑤ 而不知迂回退守，他的处境是十分危险的。故稼轩虽具帅才，然而他一直被视为北方来的归正人，长期受到猜忌压制，加上他任性而为、不自雕饰，“惟嗜杀戮，累遭白简，恬不少悛”⑥ 而不得不赋闲在家，他也深感“意倦须还，身闲贵早”（《沁园春·带湖新居将成》），最后抑郁而终。

---

① 宋·林希逸：《林君合四六跋》，林式之编：《竹溪鬳斋十一稿续集》卷一三，《影印文渊阁四库全书》本，第1185册，第683页。

② 清·徐松辑：《宋会要辑稿》职官七四之一八，中华书局 1957 年版，第4059页。

③ 清·徐松辑：《宋会要辑稿》职官七五之三七，中华书局 1957 年版，第4092－4093页。

④ 张端义：《贵耳集》卷下，《影印文渊阁四库全书》本，第865册，第454页。

⑤ 邓广铭：《辛弃疾传》，上海人民出版社1956年版，第54页。

⑥ 辛更儒编：《辛弃疾资料汇编》，中华书局2005年版，第47页。

他的悲剧，既是时代造成的，也跟他刚愎自用的性格、缺少诤友的劝阻有关。

稼轩的好友朱熹了解他，曾多次背地里评价稼轩：

辛幼安亦是一帅材，但方其纵恣时，更无一人敢道它，略不警策之。①

辛幼安亦是个人才，岂有使不得之理？但明赏罚，则彼自服矣。今日所以用之者，彼之所短更不问之，视其过当为害者，皆不之恤。及至废置，又不敢收拾而用之。②

近世如汪端明，专理会民；如辛幼安，却是专理会兵，不管民。他这理会兵，时下便要驱山塞海，其势可畏。③

一代大儒朱熹的这些评论，或许可以作为我们上述观点的注脚。

跟他关系不太密切的一些人也能够说出稼轩性格的缺陷，当时丞相周必大说："观其为人，颇似轻锐，亦须戒以持重。"④ 杨万里也说："辛弃疾有功，而人多言其难驾御。"⑤然而这样的话，周必大和杨万里当然不会当面说给稼轩听，稼轩即使听到了这样的评价也不会把这种"实中余痼"的诤言放在心里，因为他是"气吞万里如虎""用钱如泥沙，杀人如草芥"⑥"文武兼资，公忠自许。胸次九流之不杂，目中万马之皆空"⑦ 的风云人物，是大英雄、真名士，唯大英雄能本色，是真名士自风流。韩元吉的《好事近·辛幼安席上》就很能表现他们在热闹繁华场所中的凄凉之感：

华屋翠云深，云外晚山千叠。眼底无穷春事，对杨枝桃叶。　　老来沉醉为花狂，霜鬓未须镊。几许夜阑清梦，任翻成胡蝶。⑧

在"华屋翠云深""眼底无穷春事，对杨枝桃叶"的欢乐场景中"沉醉为花狂"，然而不得不面对"老来""霜鬓"的现实，故欢乐过后产生"几许夜阑清梦，任翻成胡蝶"的感慨。在歌舞宴席上产生这种"清梦胡蝶"的虚幻之感，不得不令我们深思。我们知道，"庄周梦蝶"的典故："昔者庄周梦为胡蝶，栩栩然胡蝶也。自喻适志与！不知周也。俄然觉，则蘧蘧然周也。不知周之梦为胡蝶与？胡蝶之梦为周与？周与胡蝶则必有分矣。"⑨

---

① 宋·朱熹：《朱子语类》卷一三二，朱杰人、严佐之、刘永翔主编：《朱子全书》（修订本），上海古籍出版社、安徽教育出版社2010年版，第4139－4140页。

② 宋·朱熹：《朱子语类》卷一三二，朱杰人、严佐之、刘永翔主编：《朱子全书》（修订本），上海古籍出版社、安徽教育出版社2010年版，第4139页。

③ 宋·朱熹：《朱子语类》卷一三二，朱杰人、严佐之、刘永翔主编：《朱子全书》（修订本），上海古籍出版社、安徽教育出版社2010年版，第4140页。

④ 宋·周必大：《文忠集》卷一三八《论平茶贼利害》，《影印文渊阁四库全书》本，第1148册，第529页。

⑤《宋故少师大观文左丞相鲁国王公神道碑》，《诚斋集》卷一二〇，宋·杨万里著，王琦珍整理：《杨万里诗文集》，江西人民出版社2006年版，第1964页。

⑥ 元·脱脱等：《宋史》卷四〇一《辛弃疾传》，第35册，中华书局1985年版，第12164页。

⑦ 宋·罗愿：《谢辛大卿启》，《鄂州小集》卷五，辛更儒编：《辛弃疾资料汇编》，中华书局2005年版，第28页。

⑧ 唐圭璋编，王仲闻参订，孙凡礼补辑：《全宋词》第2册，中华书局1999年版，第1803页。

⑨《齐物论》，陈鼓应注译：《庄子今注今译》，中华书局1983年版，第92页。

把听歌看舞的欢乐与蝴蝶梦联系在一起，可见其内心世界的空漠之感。朋友、美女、美酒固然能给人带来一时的快乐，但朋友、美女、美酒这些外在的东西对人自身的斫伤也是巨大的：朋友会背叛，美女会迟暮，美酒会伤身，所以沉浸于美酒、朋友、美女中的稼轩受到的伤害也比一般人要大。可是如果没有这些伤害，也就没有了稼轩，正所谓艰难困苦，玉汝于成。正是苦难抑郁的生活，造成了稼轩的独特个性和词风。他的才气，他的文学创作，他的性格，都决定了他不是一个平庸凡俗之人，他是以英雄自许之人："不念英雄江左老，用之可以尊中国"（《水调歌头·和马叔度游月波楼》）、"谁念英雄老矣"（《金菊对芙蓉·重阳》）。正如胡适所说："（辛弃疾）是词中第一大家。他的才气纵横，见解超脱，情感浓挚，……他那浓厚的情感和奔放的才气，往往使人不觉得他在那里掉书袋。"[①] 慷慨激昂和孤独沉郁集于辛弃疾一身。了解了这一点，我们才算找到了通向稼轩心灵深处的一把钥匙。

所以，辛弃疾在热闹之余，未尝不存追求知遇之心。有一则记载就很能够说明这一点：

> 彭止诗笔甚高，尝谒辛弃疾，值其昼寝，题一绝于斋而去，稼轩觉，遣人追之，延留数月。[②]

正是在这种寂寞求友心意里，他交到了陈亮、韩元吉、朱熹、杨炎正、刘过等多位好友。然而这些朋友在稼轩心目中的地位是不一样的。其中，陈亮和朱熹是他特别垂青的两位，陈亮也是他最聊得来、不负他期许的一位[③]。陈亮与稼轩的感情之深，可以从他《与辛幼安殿撰》的书信中看出一斑：

> 亮空闲没可做时，每念临安相聚之适。而一别遽如许，云泥异路又如许。[④]

一别之后，念念不忘，感情可谓深矣！通过陈亮自述只要闲下来即想念与稼轩在一起的适意时光，可见两人关系非同一般。古语有云：见多情易厌，见少情易变。但得长相思，便是长相见。你闲下来常常想念之人，往往即是感情最深之人。真正的友谊往往不在于空间的远近、时间的短长，而在于心灵的沟通、志趣的相投，陈亮与稼轩一样有满腔报国热忱，然而壮志难酬、抱负成空，他在《贺新郎》次韵辛弃疾诸词中，向稼轩一吐胸中无数的悲愤之情，他们是一对志趣相投、情真意切的知己。刘熙载《艺概》卷四在评价陈亮时说他与辛弃疾为友，"人才相若，词亦相似"，可谓一语中的。

与陈亮同为辛派词人的刘过"少有志节，以功业自许。博学经、史、百氏之书，通知

---

① 胡适选注，刘石导读：《词选》，中华书局2007年版，第193页。

② 清·厉鹗辑撰：《宋诗纪事》卷六三引《建宁府志》，上海古籍出版社2013年版，第1596页。

③ 梁启勋：《稼轩词疏证·序例》云："先生交游虽广，然择友颇严，惟与朱晦翁（熹）、陈同甫（亮）二人交最笃。"（第4页）

④ 宋·陈亮：《与辛幼安殿撰》书，邓广铭点校：《陈亮集》（增订本）卷二九，中华书局1987年版，第381页。

古今治乱之略，至于论兵，尤善陈利害”①，也与稼轩很谈得来。但在稼轩的眼里，他与陈亮是不一样的。造成这种区别的原因，与二人结交稼轩的目的不同有关。刘过与稼轩交往，很大程度上可以说是为了富贵，稼轩也十分大方豪爽，好像根本不在乎钱财这种身外之物，一出手就是“致馈数百千”。可以说，稼轩也喜欢有人干谒自己，以满足自我实现的需要，所以他也热情款待刘过，“馆燕弥月，酬倡亹亹”。

第四节　沟通铺垫

细节决定成败。善于迎合奉承，在干谒名流显宦时是一种十分必要的素质，那些取得成功的士人，大多是在干谒奔走过程中懂得沟通、善于迎合之人。他们能够通过与名流公卿交往时的一些细节精确洞察干谒对象心中的所思所想，快速作出决定，打开对方心扉。沟通逢迎，是南宋干谒之士获得生存资料的主要方式与基本能力。生活在偏安一隅小朝廷里的士子，尤其是下层士人不可避免地要同各种人打交道，与人交往就要沟通，而沟通的渠道，主要就是投其所好，在满足对方需求的情况下，引导自己走向人生的辉煌。

但是，奉承讨好也要掌握分寸，在现实生活中，一味阿谀奉承之人有时也会碰壁。南宋士人就有不善沟通或讨好失灵的时候，如刘过在《庆周益公新府》中对益国公周必大极尽阿谀奉承之能事，就令人觉得有点肉麻：

潭潭新府列名卿，玉带金鱼喜气横。能广万间庇寒士，定容驷马向高闳。②

其目的很明显，就是希望周必大能引荐自己，让自己这样的贫寒之士能像驷马一样奔腾驰骋。刘过以为只要对周必大歌功颂德就可以了，然而阿谀奉承毕竟不是获得成功的唯一法宝，在达官贵人面前逢迎讨好的人太多了，没能和他们建立起亲和性的个人联系，没有给他们留下什么特别深刻的印象，想要得到他们的援引提携是十分困难的。

我们知道，沟通不能一步登天，如果没有前期充分的铺垫工作，干谒之事往往会一步踏空。人都喜欢听赞美的话，有时即使知道对方是奉承，也不免心中窃喜，但奉承话又不能说得太离谱，否则让人厌恶，让己肉麻，最后往往得不偿失。刘过在没有充分了解周必大的情况下就贸然奉承，结果弄得狼狈不堪，徒然糟蹋自己。周必大毕竟还是识良马的伯乐，刘过这样的江湖浪人，过白过滥、毫无特点的奉承，让他一眼识破，结果自然令刘过失望。他在《辞周益公》中自述心曲：

一曲归欤浩浩歌，世间无地不风波。人从贫贱识者少，事向艰难省处多。紫塞将军秋佩印，玉堂学士夜鸣珂。太平宰相不收拾，老死山林无奈何。③

---

① 元·殷奎：《复刘改之先生墓事状》，马兴荣：《龙洲词校笺》，江西人民出版社 1999 年版，第 95 页。

② 宋·刘过：《龙洲集》卷四，《影印文渊阁四库全书》本，第 1172 册，第 16 页。

③ 宋·刘过：《龙洲集》卷四，《影印文渊阁四库全书》本，第 1172 册，第 17 页。

最后，在《上周少保》中，刘过抒写了自己长期流寓江湖、失意不偶的遭遇：

早被儒冠误，依稀老更侵。科名数行泪，歧路一生心。[①]

充满了江湖谒客东奔西走、干谒奔竞的苦闷辛酸。是什么造成这种局面的呢？原因之一或许就是刘过干谒请托之时没有经过精心的铺垫准备，不善于与达官显贵周必大交流与沟通。

闻一多指出：

历来干禄之阶不外二途，一曰正取，一曰逆取。胁肩谄笑，阿世取容，卖身投靠，扶摇直上者谓之正取；危言耸听，哗众取宠，比周谩侮，希图幸进者谓之逆取。[②]

南宋文士浮沉世俗，终日惶惶，在干谒奔走之途中，“正取”“逆取”交互为用，因时因地因人而异，在权贵的车水马龙里，惹火热闹，他们在不经意间，为新的社会风尚的形成埋下了契机。

这种契机的形成与人的欲望有关。南宋时期“性近于狷介”[③] 的朱熹指出：

朝廷设官求贤，故在上者不当以请托而荐人。士人当有礼义廉耻，故在下者不当自炫鬻而求荐。平生守此愚见，故为小官时，不敢求荐。后来叨冒刺举，亦不敢以举削应副人情，官吏亦不敢挟书求荐。其在闲居，非无亲旧。在官亦未尝敢为人作书求荐。唯老成淹滞实有才德之人，众谓当与致力者，乃以公论告之。[④]

所以，南宋干谒之士如果与别人交往时一味地“正取”，谄谀奉承、柔声媚色，别人只从你脸上读出了“有求于我”四个大字，可能从此就把你的人格看轻了。这样建立在空洞讨好、阿谀奉承基础上的干谒之辞就如建筑在沙滩上的楼阁，一遇风浪，终将崩溃。

干谒权贵是一门技术，需要有很高的智慧。通过干谒而获得生活资料，尤其是把干谒权贵作为谋生的方式，不是谁都能做到的。有些人善于取悦于名公巨卿，有些人就不行。干谒对一般人来说，有三大难关需要突破：

古人有言，登公卿之门，而不见公卿面目，一辱也；对公卿面目，而莫测公卿之心，二辱也；识公卿之心，不知我之心，三辱也。大丈夫宁就万厄不受一辱。[⑤]

---

① 宋·刘过：《龙洲集》卷七，《影印文渊阁四库全书》本，第1172册，第34页。

② 引自梁实秋：《谈闻一多》，传记文学出版社1967年版，第104页。

③ 《诚斋集》卷一一三《淳熙荐士录》，宋·杨万里著，王琦珍整理：《杨万里诗文集》，江西人民出版社2006年版，第1758页。

④ 宋·朱熹：《晦庵先生朱文公文集》卷六四《答卓周佐》，朱杰人、严佐之、刘永翔主编：《朱子全书》（修订本）第23册，上海古籍出版社、安徽教育出版社2010年版，第3119页。

⑤ 张端义：《贵耳集》卷下，《影印文渊阁四库全书》本，第865册，第465－466页。

此三辱，则是请托干谒之人必须突破的三大难关，他们必须针对公卿心理灵活经营一套如何有效应用于与公卿交往的沟通方式，并通过熟练运用这种方式，了解公卿心思、把握他的需求，做出相应的变通，从而顺利启动交流话题，达到瞬间赢得公卿对自己产生好感的目的。所谓“知彼知己者，百战不殆；不知彼而知己，一胜一负；不知彼不知己，每战必败”。(《孙子兵法·谋攻篇》）常人都好面子，不能忍受一时之辱而负气而去。因此，干谒时不可急于求成，提防“近之则不逊，远之则怨”的遭遇。想要有所作为，必须具有一种深沉的力量，稳步前进，步步为营，要“善因祸而为福，转败而为功。贵轻重，慎权衡”，干谒时具备了这种耐心和智慧，由此便可步步高升。不然的话，一步错过，全盘皆输，把一个可能干谒成功之事弄糟。所以，沟通铺垫，在南宋文人干谒之途中显得特别重要。

我们再举一个因前期准备不足而在干谒上级时吃苦头的例子。罗大经《鹤林玉露》载：

张宣公帅江陵，道经澧，澧之士子十数辈，执文书郊迎。公喜见须眉，就马上长揖，索其文观之，乃举刘郡守政绩。公掷其文于地曰：“诸公之来，某意其相与讲切义理之是非，启告闾阎之利病，有以见教。今乃不然，是特被十只冷馒头使耳!”跃马径去，澧守上谒，亦不请见。①

到不同的地方唱不同的歌，对不同的人说不同的话，奉承与恭维不能搞到弄巧成拙的地步。不合乎实际和时机的奉承与恭维有时反给人被嘲讽的感觉。“澧之士子”全然不顾张宣公的人格个性和审美趣味，胡乱“执文书郊迎”，结果令张宣公“掷其文于地”，勃然大怒，后来“澧守上谒，亦不请见”就是自然而然、情理之中的事了。子云：“巧言令色，鲜矣仁。”② 又说：“巧言、令色、足恭，左丘明耻之，丘亦耻之。匿怨而友其人，左丘明耻之，丘亦耻之。”③ 我们自古以来就非常讨厌那些整天脸上带着讨好的笑容、嘴上说着奉承的言语、表现出过分恭敬的人。何况，“匿怨而友其人”，违心地迎合、奉承和讨好他人，对自己的人格也是一种极大的贬损。那种不带了解之同情而一味地阿谀奉承、曲意迎合反而会带来适得其反的结果，其干谒求知的功利目的也就无法实现。

与此相反，善于沟通是干谒成功的捷径，往往能使谒客成为名流显宦之门的座上宾，能让他们脱颖而出，博得名流显人的印可赞赏。名流显人印可延誉时往往会放大干谒之士们的实际情况，这就促使士人走上一条功成名就的捷径。我们可举一干谒成功的事例，来说明干谒者的心态、性情、技艺及自身的综合素质在干谒之途上的重要性。据载：

虞并甫丞相仕未达，尝调官临安，携所注《新唐书》以干秦丞相。书未上，会其同舟者窃得本以献秦，并甫知之，乃更以它书为贽。已而窃书者先去，疑并甫必怨己，遇士大

① 宋·罗大经撰，王瑞来点校：《鹤林玉露》甲编卷四《举刘郡守》，中华书局 1983 年版，第 66 页。

② 《论语·学而》，杨伯峻译注：《论语译注》，中华书局 1980 年版，第 3 页。

③ 《论语·公冶长》，杨伯峻译注：《论语译注》，中华书局 1980 年版，第 52 页。

夫辄诋之。并甫还知渠州，过夔，沈守约丞相为帅，问并甫以同舟之为人。并甫称其美。守约屡诘之，并甫不变。守约曰："是人毁君不容口，君毋为过情。"并甫曰："渠所长甚多，但差好骂耳！"守约太息，称其长者。未几，守约入参大政，白召并甫为秘书丞，以至大用云。①

从中可见，虞允文在干谒一事上，是做了充分准备的，而且能胸怀大局、临危不乱、随机应变，具有瞬间把握机遇、抓住人心和操控局面的高超沟通技艺。在自己所注的《新唐书》为人所窃后，虞允文能以坚强的意志力"更以它书为贽"，后更表现出以德报怨的雅量高致，由此使他焕发出迷人的魅力，在干谒活动中挽回颓势，从容地占据主导权，更进一步扩大战果，轻松搞定那些难以相处之人并赢得上司的信任，从而建立自己的影响力，获得和掌控更多的人脉资源与政治资本。

显然，其中最关键的一条，就是虞允文在干谒行卷过程中的忍耐、忍让之心令人叹为观止，故能被守约太息，"称其长者""以至大用"。这样胸怀大局的精神境界、人格个性不但是干谒者所需要的关键因素，也是一个政治家所必需的重要素质。金庸曾指出：

中国三千年的政治史，早就将结论明确地摆在那里。中国良好的政治领袖，第一个条件是"忍"，包括克制自己之忍、容人之忍、以及对付政敌的残忍。第二个条件是"决断明快"。第三是极强的权力欲。②

这三条虞允文都具备，他在南宋一朝不但表现出良好的干谒素质，也在政治生活中当仁不让，稳占先机，驾驭政敌轻松自如。我们从后来成为名流显人的虞允文对付政敌王炎之事就可看出他的手段之高明③。

干谒与政治有着千丝万缕的内在联系。可以说，干谒与从政在很多时候是相通的，是一件事情的两个方面。从政者首先要学会干谒奔走、揖让进退、曲学阿世、取媚当道、同流合污，甚至于不惜作践自己以获得一个得君行道、以其道易天下的机会。他们在历经干

---

① 宋·李心传撰，徐规点校：《建炎以来朝野杂记》甲集卷八，中华书局2000年版，第160页。

② 金庸：《倚天屠龙记·后记》，生活·读书·新知三联书店1994年版，第1555页。

③ 周必大在《王炎除枢密使加封邑制》中谈及王炎："西顾未宽，则藉精神而折千里；群方庶定，则还英俊以强本朝"（周必大《玉堂类稿》卷二）范成大也高度评价王炎："四年西略可万世，孤撑独立扛千钧"（《石湖诗集》卷一五《寄题潭帅王枢密使佚老堂》），陆放翁更是以诗歌一样的语言动情地追忆自己在王炎幕府中的生活，由此可以感受到王炎招揽人才的气度："践危机而志意愈坚。……抚剑悲歌，临书浩叹。每感岁时之易失，不知涕泗之横流。昨属元臣，暂临西鄙。获厕油幕众贤之俊，实轻玉关万里之行。"（《渭南文集》卷八《谢王宣抚启》）这样一位胸怀济世之志、雄才大略、深孚众望的豪杰之士竟然就被虞允文在不动声色、莫测高明的情形下给扳倒了。据载："初，（王）炎与宰相虞允文不相能，屡乞罢归，允文荐权吏部侍郎王之奇为代。……暨宣炎（除枢密使）制，宰相以下皆莫测云。"（周必大《王炎除枢密使加封邑制》，《玉堂类稿》卷二）结果，王炎罢四川宣抚使，虞允文代替他，这场权力斗争处理得十分惊心动魄，难怪同样是豪杰之士辛弃疾的坐客要感叹："时王公明枢密薨，坐客终夕为门户之叹"（辛弃疾《水调歌头·序》），从这种叹息里，我们可以看出辛弃疾是别有一番幽愁暗恨的，他显然从虞允文与王炎的门户之争中感受到了其中隐秘，在虞允文的高压政策下，想到他们的是非功过、人情冷暖、人间公道，想要酬死友、吐平生，然后风多响沉，慷慨豪迈如稼轩者也只能欲说还休，以叹息出之。虞允文过人的政治手腕岂不令人信服与深思。有识之士可从其"仕未达"时的干谒行为中看出其中端倪。

谒奔走生活的万般无奈和多年请托援引的沉浮起伏后，大多对政治生活中的游戏规则深镂于心。若有机会从政，他们就能够游刃有余、神闲气定、驾轻就熟，因为他们深通人情世故，了解人之常情，人情之常，在为人处世时就更能运筹帷幄、把握先机。[①] 可以说干谒也好，从政也罢，无非是做人。人做好了，干谒、从政大多能够成功。

成功的干谒，往往建立在理解干谒对象上，通过适度得体的赞美、奉承、鼓励，来满足干谒对象的心理需求以取得成功。刘过与稼轩性情相投，故以己度人，沟通起来就比较方便，奉承对方时也能够实事求是、措辞得体，没有什么大的障碍。对于周必大这样的名公巨卿，刘过没有充分认识对方的性情，很难达到正常沟通交流的目的，故屈沉下僚、东奔西走就是很自然的了。四库馆臣在评价刘过时也谈到他不善于把握时机，在不了解时局的情况下一味阿谀附和的性格特征：

其时在廷诸臣已交章论奏，非廊庙不言，待于草野言之者？何必屋上架屋，为此哓哓？特巧于博名耳。又屡陈恢复大计，谓中原可不战而取，更不过附合时局，大言以倖功名。北伐之役，后竟何如耶？[②]

总之，气量、胸怀是南宋士人能否干谒成功的内在品质。凡位高权重者大多有过人之处，与这样的人相处，获得他们的赏识，自己首先要有广大开阔的心胸，这样才能与之心心相印。刘过之所以长期沉沦下僚，东奔西走仍不受人赏识，跟他自己江湖谒客的身份有一定的关系。这样的身份使他没有独立的人格、自由的思想，只能为了生活整天带着功利目的去曲意迎合权贵，从而获得一定的生活资料。这种身份使他的性格也带有强烈的干谒乞食的特点。

一分钱逼死英雄汉。刘过以布衣慷慨游谒名公巨卿间，不忘恢复，伏阙上书，指陈无顾忌，有国士之风，但为了生活，英雄有时也会气短。我们试结合鲁迅的观点来理解南宋江湖谒客的生存状态和人格特征：

首先是经济上的原因。鲁迅在《娜拉走后怎样》里有三句话，把问题说透了。一句话是：钱是要紧的，就是不能没有钱，因为鲁迅说过，人一要生存，二要温饱，三要发展，前提是必须要有钱。没有钱，生存、温饱、发展都谈不上。第二句话是：自由不是钱所能

---

① 我们根据有关史料，运用“人格心理学”的方法分析虞允文的“人格品质”（personality traits），他早年为了仕进干谒奔走，向上意志（striving for superiority）十分突出，具备非凡的容忍气质，且能在上司面前充分表现（expression）自己，在“伴君如伴虎”的险恶形势下，勇攀政治高峰，能违心地称赞对手而得到上司的另眼相看、信任赞赏，并因此而得以大用、炙手可热、权倾一时。据载：“虞丞相再抚蜀，寿皇以诗送之曰：‘一德如公岂合闲，聊分西面欲忧宽。不辞论道虚台席，暂假宣威筑将坛。风教已兴三蜀静，干戈载戢万方安。归来尚想终霖雨，未许乡人衣锦看。’其恩数之盛，自渡江以来，宰相去国所未有也。又用故事，赐家庙五室祭器，除其子公亮直祕阁。而给使费俊者，亦除閤门祗候，盖非常典云。”（宋·李心传撰，徐规点校：《建炎以来朝野杂记》乙集卷十二，中华书局2000年版，第691页）虞允文闻名于世的政治才能、领导艺术、战术眼光源于其早年的干谒奔走、应对长官、处理人事的生活磨砺，其精明世故、人情练达在早年的干谒活动中已显露无遗。他能力过人、才气过人、资质过人、智勇过人，对付政敌，不择手段、计罢王炎与赞赏窃贼其实都显示出其人格品质的过人之处：干谒时的伪善之深与整人时的花样之多，都出自其一人之行事，非常人所能及。

② 《四库全书总目》卷一六二《龙川文集提要》，中华书局1965年版，第1391页。

买到的。就是说钱不是万能的，也不是有了钱，就有了自由。第三句话是：自由又是可以为钱所卖掉的。[①]

江湖谒客寄生于豪门望族之家，他们经济上不独立，人格上就难以独立，大多处于依附的位置。可以说，他们的国士之风有时也不得不为钱所卖掉。刘过少时颇有侠气、交结五都雄，"纵横游士，志在功名，固不能规言而矩行"[②]。此时的他慷慨豪放、纵横驰骋，颇有豪杰之士的风度：

往事游边忆少年，未尝携刺五侯门。春风跃马汉南道，落日椎牛淮南村。科举未为暮年计，穷途不忍向人言。男儿慷慨头当断，未有人施可报恩。[③]

刘过豪气干云，"能诗词。流落江湖，酒酣耳热，出语豪纵，自谓晋、宋间人物"[④]。自谓"十年南北走东西，豪气峥嵘老不衰"[⑤]。但是，刘过生活贫困，孝宗淳熙十一年（1184），初入临安，应举子试，落第，后来东奔西走、江湖飘零，"尘埃破帽倦骑驴，一雨穷途快有余"[⑥]"名满江湖刘改之，半生穷困但吟诗"[⑦]。饱受现实的折磨。为了生活，他只有以诗词干谒当时的名公巨卿，在《谒易司谏》中，刘过自明心迹："上书欲谒平章去，光范门前肯自媒。"[⑧] 又在《投诚斋》其一中说："省斋去国艮斋老，不独宣尼叹乏才。试数诸公有名者，庐陵那得两诚斋。"其二说："蓬莱东观是亨衢，经国文章要巨儒。顿著五花犹不判，却于注易下工夫。"[⑨] 据于北山《杨万里年谱》载，杨万里绍熙元年十一月十三日，特授直龙图阁、江东转运副使；"十二月二十六日就江东运漕任，有谢表"[⑩]。刘过以诗投杨万里，当然是希望杨万里能够利用职务之便动用自己的资源援引推荐自己。因为杨万里跟他是老乡，都是江西人，所以在投谒诗中特别突出杨万里的"庐陵"人身份，并且极力颂扬杨万里的博学多才，这是基本符合实际情况的奉承。

刘过是位豪门清客，唯有竭尽全力地行干谒之事才能在残酷无情的社会环境中生存，他自述生活的艰辛与无奈：

某非放纵旷达之士，垂老而无所成立，故一切穷达生死之变，寄之杯酒，浩歌痛饮，旁视无人，意将有所逃者。于是礼法之徒始以狂名归之，某亦受不辞。[⑪]

---

① 钱理群：《钱理群中学讲鲁迅》第十一讲《聪明人和傻子和奴才》，生活·读书·新知三联书店2011年版，第219页。

② 《四库全书总目》卷一九九《龙川文集提要》，中华书局1965年版，第1820页。

③ 宋·刘过：《寄程鹏飞》，《龙洲集》卷五，上海古籍出版社1978年版，第34页。

④ 宋·张世南撰，张茂鹏点校：《游宦纪闻》卷一，中华书局1981年版，第4页。

⑤ 宋·刘过：《挂搭松窝》，北京大学古文献研究所：《全宋诗》第51册，北京大学出版社1998年版，第31841页。

⑥ 宋·刘过：《呈李漕》，北京大学古文献研究所：《全宋诗》第51册，北京大学出版社1998年版，第31826页。

⑦ 元·方回选评，李庆甲集评校点：《瀛奎律髓汇评》，上海古籍出版社2005年版，第1102页。

⑧ 北京大学古文献研究所：《全宋诗》第51册，北京大学出版社1998年版，第31824页。

⑨ 北京大学古文献研究所：《全宋诗》第51册，北京大学出版社1998年版，第31857页。

⑩ 于北山著，于蕴生整理：《杨万里年谱》，上海古籍出版社2006年版，第402页。

⑪ 宋·刘过：《龙洲集》卷一二《与许从道书》，上海古籍出版社1978年版，第123页。

为了生活，狂侠之士也不得不绞尽脑汁去沟通铺垫、奔走请托，如他注意揣摩稼轩的性格爱好，然后挖空心思地投其所好，迎合讨好，就是一个典型的例子。

刘过干谒稼轩时做了较多的前期铺垫工作，故能具体细致、深入稼轩内心来取悦对方，取得实效。如他的“效辛体《沁园春》一词，并缄往，下笔便逼真。其词曰：……辛得之大喜”①，可谓亦步亦趋，相似乃尔，就是一次成功的干谒范例。黄昇也看到了这点，他在《中兴以来绝妙词选》中说改之“稼轩之客”“其词多壮语，盖学稼轩者也”②。刘熙载说得更明确：

刘改之词，狂逸之中，自饶俊致，虽沉着不及稼轩，足以自成一家。其有意效稼轩者。③

吴梅更进一步指出：“改之词学幼安，而横放杰出，尤较幼安过之。”④ 可见，刘过学稼轩已成为众所周知之事，我们要追问的是：刘过自己如何看待此事？他学稼轩的目的何在？效果如何？

我们首先来看第一个问题。刘过对自己词作与稼轩相似这一点上，也沾沾自喜，颇有得意之色。据沈雄《古今词话》载：

稼轩与晦庵、同甫、改之交善。晦庵曰：若朝廷赏罚明，此等人尽可用。同甫答辛启曰：“经纶事业，股肱王室之心。游戏文章，脍炙士林之口。”改之气雄一世，寄辛词曰：“古岂无人，可以似我稼轩者谁。”⑤

刘过对稼轩的逢迎，确实热情洋溢，令人感奋。现实生活中许多人不懂奉承的技巧，奉承时漫无边际地赞美对方一大堆优点，没有抓住对方的性格特征来说，没有说到对方的兴奋点上，说了也等于没说。缺乏真诚的空洞赞美，并不能使对方满足，有时甚至适得其反，对方因你敷衍了事的赞美而感到反感和不满。在我们传统观念里，大多认为“巧言令色鲜矣仁”，对“马屁精”“擦鞋佬”往往是嗤之以鼻的。故高妙的奉承应像刘过对稼轩这样，既真诚热情，又具体深入，化阿谀奉承于无形，得名利实惠于有数。

我们接下来看刘过学稼轩的目的与效果。王兆鹏从文学传播与接受的角度，更进一步地挖掘出刘过学习稼轩的深层意义。他说：

典范性是就作品对他人创作的影响而言。一部作品的艺术性再高、开创性再大，如果没有人仿效，其典范性就无从确立。因此，典范性必须依存于他人的作品中。作品典范性

① 宋·岳珂撰，吴企明点校：《桯史》，中华书局1981年版，第23页。

② 南宋·黄昇选编，邓子勉校点：《中兴以来绝妙词选》，《唐宋人选唐宋词》，上海古籍出版社2004年版，第760页。

③ 清·刘熙载：《艺概·词曲概》卷四，上海古籍出版社1978年版，第111页。

④ 《词学通论》，《吴梅全集》（理论卷），河北教育出版社2002年版，第473页。

⑤ 清·沈雄：《古今词话·词评》上卷，唐圭璋编：《词话丛编》第1册，中华书局1986年版，第1000页。

的测度，有两个层面可以考虑：显性层面：如语句的借用（含集句）、化用、追和、模拟、改作（编）等。……隐性层面：如创作方法的借鉴、审美范式的遵从、题材表现的启示等。上述“效某人某作之体”，有的就是属于创作方法的借鉴和效法，只是因为作者注明了是效仿某人某作，隐性就变成显性了。有的虽没有标明效某体，实际上就是效某体。只因没有在题序中标明，显性模拟就变成隐性仿效了。如刘过的《沁园春·寄辛承旨》：（略）在构思和方法上就是效仿辛弃疾的《沁园春·将止酒，戒酒杯使勿近》：（略）这两首词表面上毫无相同之处，但对话体的运用和幽默调侃的风格却相当神似。这类暗中仿效之作，有的并没有研究成果可以参考。……典范性的作品，被他人在文学作品中效仿、化用的情况，可称为“效用率”；被其他非文学类作品（文章和著作）引用，可称“引用率”。效用率与引用率应是衡量一首作品影响力、生命力的重要依据。①

王先生用刘过学习稼轩的例子，深刻说明了文学传播与接受的复杂性和丰富性，为我们提供了一幅士人干谒请托的逼真画面。我们通过这个例子，可以看出刘过为了干谒求知辛弃疾，是做了充分细致的前期准备工作的。其中最重要的表现就是在构思和方法上努力效仿稼轩词的创作方法、审美范式和题材表现，以至于刘过的某些作品从表面上来看与稼轩毫无相同之处，但明察秋毫的专家学者，却发现了两者风格的神似，而稼轩自己肯定更加知道刘过学习自己作品的良苦用心，对刘过至少是颇有好感的，甚至是十分满意的。

刘过这位江湖文士漂泊江湖、久历人世，跟上层社会的达官贵人多打交道，深知位居高位之人大多喜欢下属的奉承，而干谒权贵之时，也需要注意，越是精通干谒之道的人，在阿谀奉承权贵时越要不露痕迹。刘过本是豪侠之士，但多年的沦落，也使他渐渐沾染了干谒奔竞场上的谄谀习气，故方回说他“外强中干，多谒客气”（方回《滕元秀诗集序》）。顾随也说：

稼轩在南宋虽不受别人影响，但他影响到别人了，如刘过（《龙洲词》，刘乃辛之门客）及陆游。②

顾先生在谈及受稼轩影响的词人刘过时特别注明“刘乃辛之门客”这一身份，是很有眼光的，正是刘过的门客身份，使他在创作之际常常要考虑主人辛弃疾的感受，甚至为了取悦稼轩而千方百计、挖空心思地探索和模拟稼轩的审美趣味及创作风格。如刘过所作《沁园春·寄辛稼轩》：

古岂无人，可以似吾，稼轩者谁。拥七州都督，虽然陶侃，机明神鉴，未必能诗。常衮何如，羊公聊尔，千骑东方侯会稽。中原事，纵匈奴未灭，毕竟男儿。　平生出处天知。算整顿乾坤终有时。问湖南宾客，侵寻老矣，江西户口，流落何之。尽日楼台，四边

① 王兆鹏：《谈文学排行榜的评价指标与权重设置——以唐诗宋词为中心》，《社会科学》2013 年第 2 期，第 167 页。

② 顾随著，叶嘉莹笔记，顾之京、高献红整理：《中国古典诗词感发》，北京大学出版社 2012 年版，第 267 页。

屏幛，目断江山魂欲飞。长安道，奈世无刘表，王粲畴昔。①

就是典型的干谒之作，为达目的不惜阿谀奉承。辛弃疾不断被刘过这样不动声色的上乘马屁一拍，心中的喜悦自是不言而喻②。任何写作之人，都期待他的作品能得到好评。如果读者看了而不欣赏，那么作者的工作就变得毫无意义。有人读自己的小词而欢喜，进而心领神会、心慕手追，对稼轩来说当然是十分高兴的事。这至少说明了当时有人和他一样，对中国传统士大夫不太重视的文学形式——小词的偏爱，对于人世的看法有某种共同之处。刘过学习模仿稼轩，得到了辛稼轩的认可，因之增强了信心，也使得稼轩在小词中尽可能地抒写世间的悲欢，表现出较深的人生境界。南宋末期的张炎将辛、刘二人放在一起来评说：

辛稼轩、刘改之作豪气词，非雅词也。于文章余暇，戏弄笔墨，为长短句之诗耳。③

在这里，我们不得不佩服张炎眼光的犀利。辛稼轩、刘过本来就志不在小词，一个志在抗金恢复大业；一个志在干谒请托之利，他们“为长短句之诗”确实是“于文章余暇，戏弄笔墨”，不过稼轩仍真“豪气词”，而改之不过是在有意识地模仿“稼轩”来实现干谒请托的目的。

其他人与刘龙洲一比就相形见绌了，如被看作辛派词人的杨炎正和程珌即在干谒请托能力上要稍逊一筹，据冯煦《蒿庵论词》载：

又有与幼安周旋而即效其体者，若西樵、洺水两家，惜怀古味薄。济翁笔亦不健，比诸龙洲、抑又次焉。④

西樵、洺水之流用心良苦，“与幼安周旋而即效其体”，他们的目的即是干谒请托，可惜“怀古味薄”“笔亦不健”，在模仿讨好稼轩方面下的功夫不够，不能得稼轩词的真传，不如江湖游士刘龙洲的干谒功夫之成熟老到、炉火纯青。世事洞明皆学问，人情练达即文章。干谒之事必须循序渐进，循循善诱，欲擒故纵，一定要立于不败之地，必须遇事处处留心，善于察言观色、精心安排，做好前期的辅助铺垫工作。只有这样才能选择对方感兴趣的话题，投其所好。

成功的干谒不是一蹴而就的，而是一件长期磨炼、水到渠成之事。与刘过干谒奔走之

① 马兴荣：《龙洲词校笺》，江西人民出版社1999年版，第5页。

② “千穿万穿，马屁不穿”，试举一例，清人俞樾《一笑》载：“有京朝官出仕于外者，往别其师。师曰：‘外官不易为，宜慎之。’其人曰：‘某备有高帽一百，逢人则送其一，当不至有所龃龉也。’师怒曰：‘吾辈直道事人，何须如此！’其人曰：‘天下不喜戴高帽如吾师者，能有几人欤？’师颔其首曰：‘汝言亦不为无见。’其人出，语人曰：‘吾高帽一百，今止存九十九矣。’”正直如顾随在引用这则材料之后说：“人没有不喜欢戴高帽的。”“人本来是不够理想的生物，上帝造人便有缺点。但有的人因有一点缺点反而更可爱了。”（引自顾随著，叶嘉莹笔记，顾之京、高献红整理：《中国古典诗词感发》，北京大学出版社2012年版，第283－284页）

③ 宋·张炎：《词源》卷下，夏承焘校注：《词源注》，人民文学出版社1963年版，第32页。

④ 冯煦：《蒿庵论词》，清·周济：《介存斋论词杂著》，人民文学出版社1959年版，第67页。

途相似的还有高似孙。他原来也因不懂干谒技艺而遭受挫折，曾赋诗九章为韩侂胄祝寿，因暗藏九锡字而被士人所讥笑[①]。而《四朝闻见录》乙集《吴云壑》却记载了高似孙一次成功的干谒案例：

四明高氏似孙，号疏寮，由校中秘书授徽倅。道出金陵，投留守吴公琚（原注：吴云壑，字居父）以诗曰："四朝渥遇鬓微丝，多少恩荣世少知。长乐花深春侍宴，重华香暖夕论诗。……古锦囊归有字奇。一笑难陪珠履客，看临古帖对梅枝。"公之客曰储用、项安世、周师稷、刘翰、王辉、王明清，晚得王大受，辍子侄官授之。凡游从皆极一时之彦。公无他嗜好，居近城，与东楼平。光皇为书扁以赐，不名其名而名其官。楼下设维摩榻。尤爱古梅，日临钟王帖以为课，非其所心交者，迹不至此。高氏独知其详""故落句及之，亦精于所闻矣。[②]

高似孙这次成功的经验告诉我们，南宋士人要干谒成功，必然要有一个长期实践的过程，慢慢铺垫、培养感情，了解对方的喜好，尤其是干谒投赠吴琚这样受到皇帝宠幸的名流显宦，更加不能掉以轻心、草率从事，而要尽最大努力在"独知其详""亦精于所闻"的情况下投其所好、击节赞叹，满足对方独特的审美需要，对方必然心花怒放，干谒至此可谓大功告成。

我们还可举南宋士子詹仲信为例来说明这一点，据陆游《跋詹仲信所藏诗稿》载：

予平生作诗至多，有初自以为可，他日取视，乂味殊短。亦有初不满意，熟观乃稍有可喜处，要是去古人远尔。詹仲信何处得予断稿以见示，为之屡叹，乃题其后归之。[③]

詹仲信可谓是一个善于干谒讨好名流显人之辈。他处心积虑地收藏名人"断稿"后又要名人再为其题字，这让年已八十四、阅尽人间世味的陆放翁也不禁"为之屡叹"，而詹仲信也可因名流陆放翁的这一印可之跋而流传百世了。

成功干谒名流显宦的秘诀，主要还要靠士人自己的努力、诚恳、勇气和信心，也在于他们肯花时间精力来锻炼自己各方面的素质，尤其是锻炼自己在奉承别人时的心理承受能力，有些赞扬话要说得恰到好处、说得得体，适度的奉承是干谒成功的前提。这样的能力需要长期的实践才能培养出来，如刘过曾寄诗二首给孙应时，谓其"江山绕楼诗句好，奔走万遍同驰驱。大书小草各有态，雷雹震耀莺花姝"[④]，称赞孙应时书法好时无疑化用了苏东坡的经典名言"短长肥瘦各有态，玉珠飞燕谁敢憎"。被誉的孙应时看到这样的赞语，想到自己的书法水平竟然达到了苏东坡所说的境界，自然心中窃喜。刘过与孙应时交好，

① 宋·陈振孙著，徐小蛮、顾美华点校：《直斋书录解题》二十《疏寮集》提要，上海古籍出版社 1987 年版，第 608 页。

② 宋·叶绍翁撰，沈锡麟、冯惠民点校：《四朝闻见录》乙集《吴云壑》，中华书局 1989 年版，第 48 - 49 页。

③ 《渭南文集校注》卷三一，钱仲联、马亚中主编：《陆游全集校注》第 10 册，浙江教育出版社 2011 年版，第 285 页。

④ 宋·刘过：《龙洲集》卷二，《影印文渊阁四库全书》本，第 1172 册，第 7 页。

曾均为常熟县宰席上客，作有《寄竹隐孙先生》诗："竹湖人之英，剧县勇自试。三年种桃李，遗爱及僮稚。"① 在词中，刘过也赞颂道：

问讯竹湖，竹如之何，如何未归。道吴山越水，无非佳处，来无定止，去亦何之。莫是秋来，未能忘耳，心与孤云相伴飞。愁无奈，但北窗寄傲，南涧题诗。　　人生万事成痴。算世上久无公是非。恨云台突兀，无君子者，雪堂寥落，有美人兮。疏雨梧桐，微云河汉，钟鼎山林无限悲。阳山县，是昌黎误汝，汝误昌黎。(《沁园春·寄孙竹湖》)②

对朋友尚能如此善颂，何况对自己衣食父母的达官显官。

干谒前的沟通铺垫，是干谒成功的必经之路。杨万里深通此道，他在干谒权贵时，往往都要先去信拉交情，在与干谒对象有了多次交往后，才提出自己的请求。如《答吴节推》中的一段话，就很能够说明他的干谒技艺之成熟老到："陈漕无半面，不曾通书，亦不曾作幼舆托庇之书。彼此无情分，岂可干求，谈何容易？不惜取辱，但无益耳。"③ 杨万里还非常善于利用名流印可，甚至利用孝宗、光宗皇帝的评价来为自己做广告宣传，据《鹤林玉露·诚斋谒紫岩》载：

杨诚斋为零陵丞，以弟子礼谒张魏公。时公以迁谪故，杜门谢客。南轩为之介绍，数月乃得见。因跪请教，公曰："元符贵人，腰金纡紫者何限，惟邹至完、陈莹中姓名与日月争光。"诚斋得此语，终身厉清直之操。晚年退休，怅然曰："吾平生志在批鳞请剑，以忠鲠南迁，幸遇时平主圣。老矣，不获遂所愿矣！"立朝时，论议挺挺。如乞用张浚配享，言朱熹不当与唐仲友同罢，论储君监国，皆天下大事。孝宗尝曰："杨万里直不中律。"光宗亦曰："杨万里也有性气。"故其自赞云："禹曰也有性气，舜云直不中律。自有二圣玉音，不用千秋史笔。"④

以杨万里这样具有清直之操的忠鲠之士，在历经人世百态后也不得不屈己于人，百炼钢化为绕指柔，把孝宗比作舜，把光宗比作禹，然后借助"二圣玉音"，杨万里便可以在仕途上一路畅通了。所以，有了杨万里这样一位前辈文人作榜样，我们可以说，尽管刘过在干谒权贵时运用了虚饰浮夸伎俩，为人们所不齿，但若从一个干谒者的角度来看，他也算出色地完成了一个干谒任务。在南宋词中，干谒作品层出不穷，而且作为辛派词人的一个重要成员，他继承稼轩之余还开创了一种新的词作风气，为后世词人们在交际应酬和应歌应社技巧等方面提供了一种范式。南宋干谒风气的盛行，对中国文学之嬗变，起到了潜移默化的推动作用。

机遇偏爱那些有准备头脑、敢作敢为的人。人的感情发展需要一个过程，须一步一步

① 宋·刘过：《龙洲集》卷三，《影印文渊阁四库全书》本，第1172册，第11页。

② 马兴荣：《龙洲词校笺》，江西人民出版社1999年版，第6－7页。

③ 《诚斋集》卷一〇八《答吴节推》，宋·杨万里著，王琦珍整理：《杨万里诗文集》，江西人民出版社2006年版，第1695页。

④ 宋·罗大经撰，王瑞来点校：《鹤林玉露》，中华书局1983年版，第14页。

来，即使急需干谒事人，强烈渴望受到重用，也不宜过分热情洋溢，要在全面了解对方性情喜好的情形下才能投其所好、产生感情。人是感情的动物，人的感情是很难猜度的，日久生情，也可能日久生厌，只有在感情上打动对方才有可能干谒成功。所以干谒事人是讲求谋略的，是一种很高的生存技能，要能够看到别人所不能看到的，思谋别人所不能思谋的，推算别人所不能推算的，用心在算，用脑在谋，把握机遇、掌握分寸、注重进度，这样干谒，方能做到纵横捭阖、进退自如、游刃有余，牵着对方的鼻子走，使对方身心愉悦，把事情办得圆满，做到宾主欢娱、顺利进行交往，从而达到自己干谒成功的目的；否则在不了解干谒对象的情况下进行干谒往往白费心机，让人防备更深，以失败告终。张舜民《画墁录》载有一事就很能说明问题：

柳三变既以词忤仁庙，吏部不放改官，三变不能堪，诣政府。晏公（殊）曰："贤俊作曲子么？"三变曰："只如相公亦作曲子。"公曰："殊虽作曲子，不曾道'针线慵拈伴伊坐'。"柳遂退。①

这件事屡被人们传说，可见影响很大。柳永办此事可谓弄巧成拙，由于不了解晏相公的审美情趣、性格爱好而硬要谒见，求成过急而把自己弄得灰头土脸、灰心丧气地"遂退"，为天下笑。从柳永干谒晏殊导致的"柳遂退"的结局到刘过干谒稼轩弄得"辛得之大喜"的收场，我们可以看出从北宋到南宋，人们干谒方式、干谒手段与技艺的提高。

无论是干谒请托，还是入仕为宦，南宋士大夫都需要与各种各样的人物沟通交流，处理好人际关系的关键在于了解对方，赢得好感，把握对方所思所想，从而与对方达到心理共鸣的境界。为了获得实际好处，南宋的江湖谒客自然更加无视正心诚意修齐治平的信念，而注重干谒的手段与谋略。干谒要想成功，就得对干谒对象有一定的了解，而且要尽可能了解详尽。所谓知己知彼，百战不殆，只有这样，对方才会相信你与他交往时的诚意，才不至流于盲目的恭维。干谒要讲究方法和技巧，要综合调动自己各方面的才能与智慧。成功的干谒需要不断学习和反复实践，经常总结和检讨自己干谒的经验与教训，一方面使自己的干谒能力不断提高，另一方面也使对方对自己有好感。与其一味讨好对方，单纯地靠阿谀奉承的方法，不如花点心思了解对方，与对方保持一种和谐、互动、互相唱和的良好沟通状态，等到对方与你心意相通、心照不宣时，自然而然就在愉快的氛围中帮你品题印可，甚至延誉荐举。这样，干谒目的也就水到渠成地完成了。

北宋文人有很强的社会责任感、使命感，他们"开口揽时事，论议争煌煌"（欧阳修《镇阳读书》）、"兼磨断佞剑，拟树直言旗"（王禹偁《谪居感事》），具有强烈的风骨，无暇琢磨如何逢迎讨好权贵，更不肯花太多心思在与名流显宦的沟通铺垫上。可是，南宋小朝廷情况不同。当时从上到下都弥漫着一股干谒奔走之风，而且，善于干谒请托之士一方面能够机动灵活地应对政治生活中的各种场景，另一方面也善于观察、引导、随机应变，具有高超的人际交往能力，使得他们能轻而易举地化解危机、解除窘境，瞬间赢得上

① 宋·张舜民撰，丁如明校点：《画墁录》，上海古籍出版社编：《宋元笔记小说大观》第2册，上海古籍出版社2001年版，第1553页。

司的欢心与信任。有一件事很能够说明问题：

宪圣召桧夫人入禁中赐宴，进淮青鱼。宪圣顾问夫人："曾食此否?"夫人对以"食此已久。又鱼视此更大且多，容臣妾翌日供进"。夫人归，亟以语桧。桧恚之曰："夫人不晓事。"翌日，遂易糟鲆鱼大者数十枚以进。宪圣笑曰："我便道是无许多青鱼，夫人误耳。"①

以寻常鲩鱼，即草鱼代替昂贵的青鱼进献给皇帝，秦桧虽是奸臣，可他那种干谒主上的应变能力真是令人叹为观止。

关于这件事，罗大经的《鹤林玉露·进青鱼》有类似的记载：

宋文帝时，司徒义康颇总朝权，四方馈遗，皆以上品荐义康，而以次品供御。上尝冬月啖柑，叹其形味并劣，义康曰："今年柑殊有佳者。"遣人还东府取柑，大供御者三寸。上浸不能平，义康旋以罪废。唐代宗谓李泌曰："路嗣恭献琉璃盘九寸，乃以径尺者遗元载，须其至议之。"赖泌一言，嗣恭免罪，而元载竟诛。吕许公不肯多进淮白鱼，盖惩此也。秦桧之夫人，常入禁中。显仁太后言近日子鱼大者绝少。夫人对曰："妾家有之，当以百尾进。"归告桧，桧咎其失言，与其馆客谋，进青鱼百尾。显仁拊掌笑曰："我道这婆子村，果然！"盖青鱼似子鱼而非，特差大耳。观此，贼桧之奸可见②

这段记载因有前后对比，就更能反衬出秦桧的奸诈，这或许也是高宗皇帝宠幸他，使他权倾朝野的重要原因之一。

上有所好，下必效焉。干谒奔走之风盛行一时，甚至改变了南宋士人的文学创作观念，以往士人深信不疑的"诗可以怨""不平则鸣""诗穷后工""诗能穷人"的观念一变而为"诗可达人"。南宋文人通过切身体验生活，认真观察思考，认为诗亦能达人：

诗能穷人，亦能达人。世率谓诗人多穷，一偏之论也。陈后山序《王平甫》，虽言穷中有达，止就平甫一身言之。予请推广而论。世第见郊寒岛瘦，卒困厄以死，指为诗人多穷之证。夫以诗穷者固多矣，以诗达者亦不少也。③

这是南宋文人胡次焱的一种认识，他从社会存在的诸多"以诗擢科第者""以诗转官职者""以诗蒙宠赉者"的达人现象中，告诉我们只要善于奔走钻营、沟通铺垫，又有一定的文学才能，在现实生活中实现达人的理想是完全可行的。

绍兴十二年壬戌（1142）周葵刊《陈去非诗集》，葛胜仲为其作序，在这篇序中葛胜仲结合实际，对前人"诗能穷人"的文学观念进行了辩驳：

---

① 宋·叶绍翁：《四时闻见录》乙集《秦夫人淮青鱼》，第80页。

② 宋·罗大经撰，王瑞来点校：《鹤林玉露》，中华书局1983年版，第14页。

③ 宋·胡次焱：《赠从弟东宇东行序》，《梅岩文集》卷三，《影印文渊阁四库全书》本，第1188册，第549页。

世言诗能穷人。唐李太白号谪仙，然以乐府忤妃子，卒厄穷不振；刘梦得坐“种桃”句，黜刺连州；白乐天坐《新井》篇，黜佐湓浦；孟浩然、贾浪仙辈俱有能诗声，然以诗忤明皇、宣宗，终坎壈州县。故言诗能穷人者，取是为左验。予谓诗非惟不能穷人，且能达人。今夫穷阎挟策之士生右文世，病碌碌无以自表见尔，使具能以词艺达细毡之视，而被华衮之褒，则途辙之升，一岁九迁不为锐，孰谓诗人例当穷哉！参知政事西洛陈公讳与义，少踔历不群，篇籍之在世者无不读，既读辄记不忘。政和三年以上舍解褐，分教辅郡，益沉酣书传，大肆于诗文。天分既高，用心亦苦，务一洗旧常畦迳，意不拔俗，语不惊人，不轻出也。宣和中，徽宗皇帝见其所赋《墨梅》诗善，亟命召对，有见晚之嗟，遂登册府，擢掌符玺。向进用矣，会兵兴抢攘，避地湘、广，泛洞庭，上九疑、罗浮。虽流离困厄，而能以山川秀杰之气益昌其诗，故晚年赋咏尤工。缙绅士庶争传诵，而旗亭传舍，摘句题写殆遍，号称“新体”。今天子梦想名士，以台郎召还，以诗文被简注，遍掌内外翰。无几何，遂以器业预政，所谓诗能达人，公殆其一也。彼有旌“殿阁微凉”之句而亲题禁苑，赏“春城飞花”之句而擢守宣城者，诚幺么不足道。绍兴壬戌，毗陵周公葵自柱史牧吴兴郡，专裁丰暇，取公诗离为若干卷，委僚属校雠，而命工刻版，且见属为叙。盖将指南后学，而益永功名于不腐。[1]

葛胜仲的这篇序言内容十分丰富，既阐述了“诗非惟不能穷人，且能达人”，又指导了后学如何干谒奔走以“益永功名于不腐”。

第五节 投契逢迎

葛胜仲的文学创作观念更新是在宋室南渡不久的绍兴十二年（1142），此后南宋士人的干谒请托活动更加频繁，干谒请托手段愈显高明。不过，言为心声，干谒之作的创作虽然是为了奉承对方，但多少还是带有作者自己的真心实意。只有发自内心的真诚的赞赏才能赢得别人的共鸣与信任。

物以类聚，人以群分。干谒奔走之士要想获得名流显宦的信任与好感，最好的方法就是干谒与他们心理结构相似的人，让他们觉得跟干谒者是同类。陈亮、刘过等士子干谒奔走稼轩之门就有志同道合、酒逢知己的因素在里面。否则聪明能干如稼轩不会看不出来。陈亮与力主抗金、积极事功的辛弃疾“话头多合”[2]，两人可谓志同道合，心理结构相似，相互欣赏，共同话题很多，成了真正意义上的朋友。沈雄《古今词话·词评》上卷云：

陈同甫，擅文名，负气节，寻擢光宗朝第一。未遇时，遂与辛幼安交，每好谈天下事。龙川词疏宕可喜。[3]

---

① 宋·葛胜仲撰：《丹阳集》卷八《陈去非诗集序》，《影印文渊阁四库全书》本，第1127册，第488页。

② 宋·陈亮：《贺新郎·寄辛幼安和见怀韵》，唐圭璋编，王仲闻参订，孙凡礼补辑：《全宋词》第3册，中华书局1999年版，第2705页。

③ 清·沈雄：《古今词话·词评》，唐圭璋编：《词话丛编》，第1册，中华书局1986年版，第1001－1002页。

刘熙载《艺概》卷四《词概》载：

陈同甫与稼轩为友，其人才相若，词亦相似。同甫《贺新郎·寄幼安见怀韵》云："树犹如此堪重别。只使君从来与我，话头多合。行矣置之无足问，谁换妍皮痴骨。但莫使伯牙弦绝。"其《酬幼安再用韵见寄》云："斩新换出旌麾别。把当时一桩大义，拆开收合。据地一呼吾往矣，万里摇肢动骨。这话把只成痴绝。"《怀幼安用前韵》云："男儿何用伤离别。况古来几番际会，风从云合。千里情亲长晤对，妙体本心次骨。卧百尺高楼斗绝。"观此则两公之气谊怀抱，俱可知矣。①

今人姜书阁先生在谈及陈亮词时也说：

同甫切望得君，以行其志，故于际会风云之势念念不忘。②

得君行志，是稼轩与陈亮的共同理想。真正的朋友是心灵交汇、肝胆相照的。陈亮在《戊申再上孝宗皇帝书》说："至于艰难变故之际，书生之智，知议论之当正，而不知事功之为何物，知节义之当守，而不知形势之为何用，宛转于文法之中，而无一人能自拔者。"③可谓是道出了稼轩的心声。冯煦在《蒿庵论词》中说：

龙川痛心北虏，亦屡见于辞。如《水调歌头》云："尧之都，舜之壤，禹之封，于今应有，一个半个耻和戎。"《念奴娇》云："因笑王谢诸人，登高怀远，也学英雄涕。"《贺新郎》云："举目江河休感涕，念有君如此何愁虏！"又："涕出女吴成倒转，问鲁为齐弱何年月？"忠愤之气，随笔涌出，并足唤醒当时聋聩，正不必论词之工拙也。④

以上这段记载，表明陈亮将平生"经济之怀"寓之于词，他的"以词为文"⑤，不仅体现了他与稼轩在审美趣味上的深度契合⑥，也表现出他在报国恢复上与稼轩的情投意合。

稼轩在《贺新郎·同父见和，再用前韵》词小序中表达了自己与陈亮相似的心声："心所同然者如此，可发千里一笑。"其词云：

老大那堪说。似而今、元龙臭味，孟公瓜葛。我病君来高歌饮，惊散楼头飞雪。笑富贵、千钧如发。硬语盘空谁来听？记当时、只有西窗月。重进酒，换鸣瑟。　　事无两样

---

① 清·刘熙载：《艺概》卷四《词概》，唐圭璋编：《词话丛编》，第4册，中华书局1986年版，第3694页。
② 姜书阁笺注：《陈亮龙川词笺注》，人民文学出版社1980年版，第58页。
③ 宋·陈亮著，邓广铭点校：《陈亮集》（增订本），中华书局1987年版，第19－20页。
④ 清·冯煦：《蒿庵论词》，唐圭璋编：《词话丛编》，第4册，中华书局1986年版，第3591－3592页。
⑤ 袁行霈：《中国文学史》第三卷，高等教育出版社1999年版，第179页。
⑥ 王国维认为："南宋唯一稼轩可比昌黎。"（《人间词话附录》第十四则《蕙风词话·人间词话》，第251页）赵晓岚则从"养气"的角度，论及辛弃疾与韩愈的内在联系（详参赵晓岚：《从"气盛言宜"到"以气使词"——从"养气"说论辛弃疾对韩愈的文学认同》，《文艺研究》2005年第4期）。韩文多战国策士纵横捭阖之势，稼轩与陈亮词也颇有战国策士纵横议论之风。

人心别。问渠侬、神州毕竟，几番离合？汗血盐车无人顾，千里空收骏骨。正目断、关河路绝。我最怜君中宵舞，道男儿、到死心如铁。看试手，补天裂。①

当时辛稼轩年近半百，落职闲居，蹉跎岁月，恢复无望，壮志未酬，理想成虚，心中的苦闷压抑自是不言而喻。正巧此时陈亮来信索词，并表达“只使君从来与我，话头多合”（《贺新郎·寄辛幼安和见怀韵》）的志同道合的心愿，辛稼轩在百无聊赖的时刻受到这种铁杆粉丝的崇拜，自是情不自禁地原韵和答又作此篇，借与陈亮唱和，一抒自己英雄失意的满腔热忱。陈亮的干谒热情无疑是激发稼轩创作的巨大动力。所以清人黄梨庄要说：

辛稼轩当弱宋末造，负管、乐之才，不能尽展其用。一腔忠愤，无处发泄，观其与陈同父抵掌谈论，是何等人物！故其悲歌慷慨抑郁无聊之气，一寄之于词。今乃欲与搔头傅粉者比，是岂知稼轩者！……予谓：有稼轩之心胸，始可为稼轩之词。②

辛稼轩在小词这种以功能的娱乐性、题材的趋同性为主要特征的通俗文学中尽情倾诉自己的抑郁不平之气，居然还有人追随、效仿、大为赞赏、击节不已，心中的痛快自是无可言喻。在词体文学的创作观念上，陈亮也有意识地迎合辛稼轩的审美趣味：

欲为一世故旧朋友作近拍词三十阕，以创见于后来。本之以方言俚语，杂之以街谈巷歌，抟搦义理，劫剥经传，而卒归之曲子之律，可以奉百世豪英一笑。③

这种“抟搦义理，劫剥经传”的创作观，简直是稼轩词风的最佳注脚。因此，陈亮的努力没有白费，换来了稼轩的真情回报，《稼轩长短句》卷一《贺新郎》词小序载：

陈同父自东阳来过余，留十日，与之同游鹅湖，且会朱晦庵于紫溪。不至，飘然东归。既别之明日，余意中殊恋恋，复欲追路，至鹭鹚林，则雪深泥滑，不得前行。独饮方村，怅然久之，颇恨挽留之不遂也。④

若不是兄弟情深，以稼轩这样慷慨豪迈之士在与人分别后，是很难有“意中殊恋恋”“颇恨挽留之不遂”怅然若失近乎儿女情长的表现。尤其是当陈亮去世后，辛弃疾在《祭陈同甫文》中云：

而今而后，欲与同父憩鹅湖之清阴，酌瓢泉而共饮，长歌相答，极论世事，可复得耶？⑤

---

① 唐圭璋编，王仲闻参订，孙凡礼补辑：《全宋词》第3册，中华书局1999年版，第2438－2439页。
② 清·徐釚撰：《词苑丛谈》，上海古籍出版社1981年版，第250页。
③ 《与郑景元提干》，邓广铭点校：《陈亮集》（增订版）卷二九，中华书局1987年版，第389页。
④ 唐圭璋编，王仲闻参订，孙凡礼补辑：《全宋词》第3册，中华书局1999年版，第2438页。
⑤ 徐汉明点校：《辛弃疾全集》，崇文书局2013年版，第305页。

此时“子胡一病，遽与我诀”（《祭陈同甫文》）的无情现实，令稼轩悲痛欲绝，再联系到以前与陈亮的依依惜别之情，真可令天地动容。正是陈亮有稼轩积极事功的理想与能力，他才能与稼轩结成挚友，危难关头惺惺相惜，关系非同一般。

陈亮由政治上的屡屡失意而转向春风得意，在某种程度上，也是由于投上所好的原因。据叶绍翁《四朝闻见录》乙集《光皇策士》载：

龙川陈亮奏书阜陵，几至大用，厄于卿相，流泊有年。光皇赐对，问以礼乐刑政之要，亮举君道、师道以为对。时诸贤以光皇久阙问安，更进迭谏。亮独于末篇有“岂在一月四朝为礼”之说，光皇以为善处父子之间，故亲擢为第一。及发卷，首得亮，上大喜曰：“天下英才，为朕所得。”命词臣行亮制曰：“往赞侯藩，姑循近比；朕之待尔，岂止是哉！”盖有意于大用也。亮谢阜陵《表》云：“昔者论天下大计之小臣，亦尝劝圣人隐忧之良会。一时排摈，十五载之多奇；末路遭逢，四百人之自见。共幸奋身于今日，独知回首于当年。”末联云：“设科取士，虽旧贯之相仍；陈力复仇，亦大义之难废。”阜陵称奖。水心先生序龙川之文乃谓：“同父使不以进士第一人及第，则诚狼疾人矣。”龙川狱事，盖为父也，天意佑之，而诸公竞全活之，水心先生不当以是冠篇首。龙川虽不为进士第一人，其所上阜陵三书，讵可泯乎？或谓水心先生微时，盖亦顿挫流滞，故因龙川之序而自之耳。水心，进士第二人也。骊塘危公稹尝以龙川书气振对策气索，盖是要做状元也。水心本为第一人，阜陵览其策，发有“圣君行弊政，庸君行善政”之说。上微笑曰：“即是圣君行弊政耶？即是庸君行善政耶？”有司遂以为亚。①

由此看来，人生态度和人生理想的一致，使得陈亮与辛弃疾成了相互了解、不离不弃的一对挚友。

当然，除了陈亮，辛弃疾还有一些了解他的朋友。杨炎正《满江红·寿稼轩》中称许稼轩为“君不是，长庚白；又不是，严陵客；只应是，明主梦中良弼，好把袖中经济手，如今去补天西北”的英雄豪杰，杨炎正之作充满了对稼轩无限崇敬的真实情感，富有真挚感人的力量，与那种一般的干谒逢迎之作判若云泥。《四库全书总目》卷一九八《西樵语业提要》云：“是集词仅三十七首，而因辛弃疾作者凡六首，其纵横排戛之气，虽不足敌弃疾，而屏绝纤秾，自抒清俊，要非俗艳所可拟。一时投契，盖亦有由云。”② 真心崇拜的铁杆粉丝容易和干谒对象达到“一时投契”的境界。如赵善括也与稼轩意趣相契：

诗词多与洪迈、章甫唱和，而与辛弃疾酬赠尤多。其词气骏迈亦复相似。观其《金陵有感》诗有“谢安王导亦可罪，至今遂使南北分”句，其不满于湖山歌舞、文恬武嬉，意趣盖与弃疾等，固宜其相契也。③

---

① 宋·叶绍翁撰，沈锡麟、冯惠民点校：《四朝闻见录》乙集《光皇策士》，中华书局1989年版，第62－63页。
② 《四库全书总目》卷一九八《西樵语业提要》，中华书局1965年版，第1817页。
③ 《四库全书总目》卷一六〇《应斋杂著提要》，中华书局1965年版，第1379页。

这样的酬赠往来，与那些追求功利目的之类的谄词呓语截然不同，具有真挚感人的力量。

岳珂曾详细记述了刘过放浪江湖，以诗词客食诸侯的生活，其中干谒辛稼轩，是其奔竞迎合权贵人格形象的集中体现：

知音者少，算乾坤许大，着身何处。直待功成方肯退，何日可寻归路。多景楼前，垂虹亭下，一枕眠秋雨。虚名相误，十年枉费辛苦。　　不是奏赋明光，献书北阙，无惊人之语。我自匆忙天未许，赢得衣裾尘土。白璧追欢，黄金买笑，付与君为主。莼鲈江上，浩然明日归去。(《念奴娇·留别辛稼轩》)①

此词作于宁宗开禧元年（1205）。这时辛弃疾在镇江任上，刘过作此词干谒他。俞陛云评介此词道："尽道休官好，而林下曾无足迹。上阕'功成'、'归路'二句，洵警世之语。十年误尽虚名，作者盖深悔之。彼黄金白璧，荣利场中，自有人在。"② 稼轩作为一个失意英雄，需要解愁破闷，刘过词中云："知音者少，算乾坤许大，著身何处。直待功成方肯退，何日可寻归路"，让稼轩隐隐觉得有知己之感，便将自己的得意之作取出以示。

刘过和当时许多旅食江湖的文士一样，深谙干谒之术，他们不会干坐等待机遇的到来，而是会敏锐地捕捉到干谒事人的机会，不但用自己的诗词歌赋来结交社会名流、达官贵人，也借以谋取生活资料。"过词凡赠辛弃疾者则学其体，……其余虽跌宕淋漓，实未尝全作辛体"③，"刘改之词，如'左执太行之獲，而右搏雕虎'，是善效稼轩体者。……南宋此体最多，……杨济翁《水调歌头》：'可怜报国无路，空白一分头。'……皆所谓拔地倚天，句句欲活者"④。刘过在辛稼轩身上花了多少心思，由此可见一斑。在与稼轩交往的过程中，他常常对稼轩的得意之作拍案叫绝，积极主动地学习模仿、歌功颂德，把对稼轩的赞扬、激赏，以及对他的同情之理解毫不迟疑地用词作表现出来。这样的词作，自然很容易博取稼轩的欢心和赞赏，从而扩大自己在社会上的影响并获取丰厚的赏赐馈赠。有了刘过这种铁杆粉丝对他的敬慕与崇拜，稼轩自然也受到了鼓舞，而有了继续创作的精神动力。

这种关系，的确不是简单的宾主关系和一般的朋友之情所能涵盖的。刘过自己对此亦颇有得色，丝毫不以这种求田问舍的行径感到惭愧，在《呈辛稼轩诗五首》中，他热情洋溢地歌颂稼轩，对他表达了由衷的敬佩，并希望得到名流稼轩的印可，从而使自己受到重用，颇有借友以自重之意：

精神此老健于虎，红颊白须双眼青。未可瓢泉便归去，要将九鼎重朝廷。

闭门翘足观山睡，松桧郁然云气高。说梦向人应不信，碧油幢下有旌旄。

① 马兴荣：《龙洲词校笺》，江西人民出版社 1999 年版，第 27 页。

② 俞陛云：《唐五代两宋词选释》，上海古籍出版社 1985 年版，第 396 页。

③ 《四库全书总目》卷一九九《龙川文集提要》，中华书局 1965 年版，第 1820 页。

④ 清·张德瀛：《词徵》卷五，唐圭璋编：《词话丛编》第 5 册，中华书局 1986 年版，第 4161 页。

书来赐以兰溪酒，下观藩封奴仆之。吾老尚能三百盏，一杯水不值吾诗。

卧庐人昔如龙起，鼎足魏吴如等闲。若结梅花为保社，林逋只合住孤山。

书生不愿黄金印，十万提兵去战场。只欲稼轩一题品，春风侯骨死犹香。[①]

真是笑骂由人，富贵我自为之。以上作品，不仅是刘过个人的真诚表白，也是当时士人干谒权贵名流的普遍性体验，他的前辈词人秦观为了干谒苏东坡就曾说过这种话："我独不愿万户侯，惟愿一识苏徐州。"[②] 刘过干谒稼轩的方式和口吻与秦观可谓一脉相承，有了稼轩这样的社会名流为他题品作广告，就正如秦观经过苏东坡推荐后名满天下一样，胜过了自己去战场杀敌，将一种干谒成功后的得意气概、张狂劲头尽情流露了出来，以至于后人认为他逾分多言，"特巧于博名""大言以幸功名"[③]。刘过、陈亮他们和权贵平等交往、傲视王侯的气概，高谈阔论经邦济世之志，对自己的极度自诩，追求独立之个性的理念，还有反抗现实不平的鸣叫，都与他们在干谒时坚持天生我材必有用的信心密不可分。以至于四库馆臣在评议南宋"江湖长翁"陈造时也用陈亮、刘过的例子来说明他的文风：

其文则恢奇排戛，要亦陈亮、刘过之流，其它札子诸篇，多剀切敷陈，当于事理。记序各体，锤字炼词，稍伤真气，而皆谨严有法，不失规程，在南宋诸作者中，亦铁中铮铮者矣。[④]

陈、刘两人的影响力可谓大哉！生活中的矛盾、冲突大部分都源自各自的性格。性格决定命运。所谓"物以类聚，人以群分"，志趣相投、性格相近和命运相似之人是易于走到一起的，他们与刘克庄都是后世熟知的辛派词人的中坚，这些也构成了南宋文学的主要时代特征，是南宋文学最具审美追求的精神境界。

因干谒奔走、投契逢迎权贵而获得丰厚物质利益的情况，在南宋是普遍存在的。不少作品中都记载了士大夫迎合投契权贵、干谒请托的现象。张世南《游宦纪闻》卷一记载了刘过干谒尚书黄由和殿帅郭杲的事情，皆收获颇丰：一次是黄尚书"知为刘所作，厚有馈贶"，一次是郭杲"馈刘亦逾数十万钱"[⑤]。又如周密《浩然斋雅谈》卷下载：

翁孟寅宾旸尝游维扬。时贾师宪开淮阃，甚前席之。其归，又置酒以饯，宾旸即席赋《摸鱼儿》云："卷西风、方肥塞草，带钩何事东去。月明万里关河梦，吴楚几番风雨。江上路。二十载、头颅凋落今如许。凉生弄麈。叹江左夷吾，隆中诸葛，谈笑已尘土。

---

① 宋·刘过撰：《呈辛稼轩诗五首》，《龙洲集》卷八，《影印文渊阁四库全书》本，第1172册，第41－42页。
② 秦镛编，秦瀛重编，吴洪泽校点：《淮海先生年谱》，《宋人年谱丛刊》本，第3177页。
③ 《四库全书总目》卷一六二《龙洲集提要》，中华书局1965年版，第1391页。
④ 《四库全书总目》卷一六一《江湖长翁集提要》，中华书局1965年版，第1385页。
⑤ 宋·张世南撰，张茂鹏点校：《游宦纪闻》，中华书局1981年版，第4页。

寒汀外，还见来时鸥鹭。重来应是春暮。轻裘岘首陪登眺，马上落花飞絮。拼醉舞。谁解道，断肠贺老江南句。沙津少驻。举目送飞鸿，幅巾老子，楼上正凝伫。”师宪大喜，举席间饮器凡数十万，悉以赠之。①

以上所引孟寅字宾旸，号五峰，是当时有名的江湖谒客，他靠干谒奔走为生，《江湖后集》卷三载周端臣《送翁宾旸之荆湖》云：

君今去去几千里，匣剑囊书赴知己。知己从来素有情，投机之会趋功名。……荆湖右道分南北，势与中原岂悬隔。五湖膏血互吞噬，万里烟尘入谋画。莫如子长子美但能事文章，蚤归来献平戎策。②

从诗中的意思来看，即是翁宾旸为了请托寄食而游走于荆湖一带，周端臣对他的干谒行为充满了解之同情。

南宋文坛上一直都不缺少这种干谒文士，就像大海里不能没有鱼一样。姜夔在干谒请托时为了迎合名流巨卿的审美趣味而创作了醇雅之作，那些南宋文士“师之于前”“效之于后”的，不仅是他的词风，也是对他那种江湖谒客的谋生方式和生活态度的效仿与继承。与姜夔命运相似的有邓楚材，据载：

邓林字楚材，福清人。年十五，以诗文魁乡校。十六游江湖。与辛弃疾善，又为周必大之客。淳熙中登第，调泰和簿。一时名公如陈傅良、戴溪、朱熹、吕祖谦皆尝与之游。③

庐陵欧阳伯威在科场“连战不利，士悼其屈”的情况下，“为仰事俯育计，名卿大家争延训子弟，时官闻名皆来礼请”④。还有杨冠卿，凭借自己的诗词歌赋奔走于幕府，“周览天下山川之胜，以作其气。所与交者，又皆当世知名士，文章安得不美耶?”⑤ 正是这批江湖文士干谒奔竞的生活实践，给南宋文学带来了新鲜的刺激、生动的色彩，达到了“文章安得不美”的效果。

从上述种种现象来看，南宋文人并非只在寒窗苦读、埋头苦干，期待科举考试一举成名，更多的时候，他们是游戏的、娱乐的、交际的、活生生的、有血有肉的人，运用纵横之术，游说于达官贵人之间，利用诗词歌赋各种语言技巧和干谒辞令，为南宋文学好议论提供了一种范例。如：

---

① 宋·周密撰，孔凡礼点校：《浩然斋雅谈》，中华书局2010年版，第57－58页。

② 宋·陈起编：《江湖后集》卷三，《影印文渊阁四库全书》本，第1357册，第745页。

③ 《八闽通志》卷六二《福州人物志》，引自邓广铭：《辛稼轩年谱》，上海古籍出版社1997年版，第7页。

④ 宋·周必大：《欧阳伯威墓志铭》，宋·周必大撰，周纶编：《文忠集》卷七四，《影印文渊阁四库全书》本，第1147册，第782页。

⑤ 张孝祥：《题杨梦锡〈客亭类稿〉后》，张孝祥著，徐鹏校点：《于湖居士文集》卷二八，上海古籍出版社2009年版，第281页。

李公甫谒真西山，丐词科文字，西山留之小饮书房。指竹夫人为题曰：“蕲春县君祝氏，可封卫国夫人。”公甫援笔立成，末联云：“吁戏！保抱携持，朕不忘两夜之寝。展转反侧，尔尚形四方之风。”西山击节。盖八字用《诗》、《书》全语，皆妇人事，而形四方之风，又见竹夫人玲珑之意。其中颂德云：“常居大厦之间，多为凉德之助。剖心析肝，陈数条之风刺；自顶至踵，无一节之瑕疵。”①

在歌台舞榭、酒筵歌席里赋诗填词干谒权贵，为权贵所喜欢，最重要的是顺其所思、投其所好、从其所欲、急其所难，善于捉住干谒对象的心理，称赞对方要得体，歌颂而不谄媚，“不但因人而异，而且因事而异，因时而异”②。

南宋士人这种投契逢迎的干谒技艺是有先例可循的。先秦大改革者商鞅四见秦孝公，前两次都失败了，原因是没能选择秦孝公感兴趣的话题，秦孝公对霸道感兴趣，可商鞅开始却给他大谈帝道、王道，秦孝公当然索然无味、失去兴趣，幸好失败乃成功之母，商鞅毕竟是法家之士，可以放弃自己的原则（他本来就没有什么原则），随物赋形，从失败中吸取了教训，这个教训就是——选择话题很重要。南宋干谒奔走之士的情形与战国策士很相似，他们都靠游说权贵来讨生活，在游说寄食时，与主子交流的话题就应当精心选择，不能随心所欲、张口即说。选择话题，一方面要了解对方的需求，投其所好；另一方面，还要了解对方的禁忌，避而不谈。成功的干谒，往往需要一定的境界，不仅要有知人度人的天赋，还得勤学苦练，时刻留心处世哲学，琢磨干谒对象的精神诉求和心理反应。如辛弃疾一向以虎自许许人，可见他对自我雄伟壮阔相貌的自信和欣赏，刘过和陈亮这两个稼轩的忠实粉丝也非常欣赏他的相貌，极力夸赞：“精神此老健于虎，红颊白须双眼青”（刘过《呈辛稼轩诗五首》），“眼光有棱，足以照映一世之豪；背胛有负，足以荷载四国之重”（陈亮《辛稼轩画像赞》），诸如此类的话，不绝于口。所以，干谒成功之路，理论上是需要经过一番磨砺的，磨砺自己的人事关系与心理承受能力。

确实，南宋士大夫在干谒权贵时在某些方面与春秋战国时期的纵横策士有很多相似之处。如辛弃疾、陈亮、刘过等人就和战国时期的苏秦、张仪一样，都“志在功名”“龙川之词，感愤淋漓，眷怀君国；稼轩之词，才思横溢，悲壮苍凉。例之古诗，远法太冲，近师太白，此纵横家之词也”③。经学家刘师培看出了南宋士人诗词中的纵横家之气息，“后世惟辛稼轩、陈同甫之词，慷慨激昂，近于纵横家”④。纵横家，成了南宋文人的典型特征。历史上的纵横家热衷于追逐世俗的享乐，不太讲究道德操守和人格气节，只要能做

① 宋·罗大经撰，王瑞来点校：《鹤林玉露》，中华书局1983年版，第165页。

② 鲁迅：《准风月谈·难得糊涂》，《鲁迅全集》第5册，人民文学出版社1981年版，第372页。

③ 刘师培著，舒芜校点：《论文杂记》，人民文学出版社1959年版，第131页。

④ 刘师培著，舒芜校点：《论文杂记》，人民文学出版社1959年版，第123页。

官，得富贵，甚至于朝秦暮楚、卖友求荣的事情也能干得出来，更不要说“规言而矩行”了①。

要干谒权贵、请托寄食就不得不委屈自己，容不得半点恃才傲物。如与刘过同时的史达祖，投身于权相韩侂胄之门，成为韩门下最亲信的属吏之一，替其起草文书，据叶绍翁《四朝闻见录》载：“韩为平章。专倚省吏史邦卿奉行文字，拟帖撰旨，俱出其手。权炙缙绅，侍从简札，至用申呈。”② 周密《浩然斋雅谈》亦载：“当平原用事时，尽握三省权，一时士大夫无廉耻者，皆趋其门，呼为梅溪先生。”③ 当时的社会名流张镃也为史达祖作了一篇《梅溪词序》为之印可，并把史达祖与古代的往圣先贤联系到了一块：

《关雎》而下三百篇，当时之歌词也，圣师删以为经。后世播诗章于乐府，被之金石管弦，屈、宋、班、马由是乎出。而自变体以来，司花傍辇之嘲，沉香亭北之咏，至与人主相友善，则世之文人才士，游戏笔墨于长短句间，有能环奇警迈，清新闲婉，不流于淹荡污淫者，未易以小伎言也。余扫轨林扃，草长门径，一日闻剥啄声，园丁持谒入，视之，汴人史生邦卿也。迎坐竹阴下，郁然而秀整。俄起谓余曰：某自冠时闻约斋之号，今亦既有年矣。君身益湮晦，达以是来见，无他求。袖出词一编，余惊笑而不答生云。始取读之，大凡如行帝苑仙瀛，辉华绚丽，欣盼骇接，因掩卷而叹曰：有是哉！能事之无遗恨也。盖生之作，辞情俱到。织绡泉底，去尘眼中，妥帖轻圆，特其余事。至于茗艳于春景，起悲音于商素；有环奇、警迈、清新、闲婉之长，而无淹荡、污淫之失，端可以分镳清真，平睨方回；而纷纷三变行辈，几不足比数。山谷以行谊文章，宗匠一代，至序小晏词，激昂婉转，以伸吐其怀抱。而杨花谢桥之句，伊川犹称可之。生满襟风月，鸾吟凤啸，锵洋乎口吻之际者，皆自漱涤书传中来，况欲大肆其力于五七言，迴鞭温、韦之涂，掉鞅李、杜之域，跻攀风雅，一归于正，不于是而止。虽然，余方以耽泥声律，而颠踣摈弃，今又区区以勉生，非惑耶？若览斯集者？不梏于玄黄牝牡，哀沈而悼未遇，实系时之

① 所不同的是，苏秦、张仪辈走入了实际的政治生活，“位尊而多金”，做了大官、赚了大钱，吃得好、穿得好、玩得好，享受不尽的荣华富贵、锦衣玉食、紫袍玉带，甘脆肥浓。他们纵横捭阖，权倾朝野，活得显赫威风、热闹惹火，赢得了身前身后名。有些战国纵横策士，虽然不一定能做官，却还具有一定的自我意识与道德操守，如战国末期集诸子百家而成的《吕氏春秋》一书中就专门谈到“士节”，所谓：“士之为人，当理不避其难，临患忘利，遗生行义，视死如归。有如此者，国君不得而友，天子不得而臣。大者定天下，其次定一国，必由如此人者也。故人主之欲大立功名者，不可不务求此人也。贤主劳于求人，而佚于治事。”（汉·高诱注，清·毕沅补注：《吕氏春秋》季冬纪第十二凡五篇卷第十，《诸子集成》本，第8册，岳麓书社1996年版，第131页）战国策士大体上就是“如此人者也”。他们是“说大人恻藐之”（《孟子·尽心》下）的大丈夫、帝王师，没有南宋干谒奔走之士那样的奴颜媚骨，他们有干劲、有热血、有英气、有圭角、有尊严、有傲骨、口若悬河、辩才无碍、理直气壮、气盛言宜，能够说出“君之视臣如手足，则臣之视君如腹心；君之视臣如犬马，则臣之视君如路人；君之视臣如土芥，则臣之视君如寇仇”那样轩昂不屈的话语。南宋这类“志在功名”的“纵横游士”的命运却要凄凉坎坷、索然无味得多，他们中的大多数一直没有机会做官，也没有机会赚大钱，无权无势。这些游士在人格上大多也无法保持独立，没有战国策士那种坚挺凌人的胸襟气度。他们沉沦在底层社会、漂泊在江湖迷蒙的烟雨中，寄人篱下、食人之禄，大多被现实生活去掉了英气、磨却了圭角，变得圆滑谄媚、以顺为正，活得委曲龌龊，微不足道如草芥、阿谀奉承如妾妇，却大多梦想着能成为纵横捭阖、位尊而多金的战国策士。

② 宋·叶绍翁撰，沈锡麟、冯惠民点校：《四朝闻见录》戊集，中华书局1989年版，第183页。

③ 宋·周密撰，孔凡礼点校：《浩然斋雅谈》卷上，中华书局2010年版，第16页。

所尚。余老矣，生须发未白，数路得人，恐不特寻美于汉。生姑待之。①

这篇序后来成了中国词学批评史上的经典之作，史达祖也由此而在词史留下了厚重的一笔，正所谓“好风凭借力，送我上青云”。风光一时，享受荣华富贵，过着看似多姿多彩、丰富美好的生活，转眼之间，富贵而骄，自遗其咎。后来韩侂胄倒霉了，史达祖也跟随受到连坐，受黥刑流放于江汉之地。史达祖干谒韩侂胄从而受到重用，将自己的全部精力和整个生命都系在了这个奸臣身上，其卑躬屈膝之态，多少令后人所不齿。

康与之性滑稽，善奉迎，曾为秦桧的谒客，他奔走奉迎一生，下场与史达祖也差不多，据载：

改之与康伯可俱渡江后诗人，康以词受知秦桧，致位通显，而改之竟流落布衣以死。人之幸不幸又何也？然改之词意虽媚，其收拾用儒、收敛若无与芝香枣熟等句，犹有劝告侂胄谦冲下贤及功成身退之意。若康之寿桧云：“愿岁岁，见柳梢青浅，梅英红小。”则迎导其怙宠固位，志则陋矣。②

以上记载，反映了南宋文人与江湖之士在干谒奉迎权贵时的人格精神与人生态度，然文人落魄，如出一辙，令人感慨！③

---

① 宋·史达祖：《梅溪词》卷首，施蛰存主编：《词籍序跋萃编》，中国社会科学出版社1994年版，第263－264页。

② 明·陈霆：《渚山堂词话》，马兴荣：《龙洲词校笺》，江西人民出版社1999年版，第10－11页。

③ 清·陆心源《宋史翼》卷二七《康与之传》载：“桧死，监察御史汤鹏举劾其在平江干求州县，妄造语言，贪污尤甚。二十五年，除名，编管钦州。二十八年，坐与土人交争，移雷州，寻移送新州牢城。”（第293页）最终落寞而死。

第八章
干谒与隐逸——南宋士人进退出处的矛盾及其消解

宋室南渡以来，干谒请托之风盛行，这是当时文学创作的一个方面，与干谒请托、阿谀奉承相对立的隐逸高蹈之风在当时亦普遍存在。李心传指出：

由是中外大权尽归于桧，非桧亲党及昏庸谀佞者，则不得仕宦；忠正之士，多避山林间。①

在秦桧专权之时，仕宦者大多是昏庸谀佞、干谒奔竞之徒，忠正之士被排挤出朝廷之外。他们在备受压抑的情况下，并非一味地生闷气、发牢骚、怨天尤人，其中也不乏襟怀坦白、高蹈出尘之士。如汪应辰：

遂请祠以归。寓居常山之永年院，蓬蒿满径，一室萧然，膳粥不继，人不堪其忧，处之裕如也，益以修身讲学为事。自是凡三主管崇道观，在隐约时，胸中浩然之气凛然不可屈。②

他在《答胡明仲》中表达的人生志趣也很明确："以僻居山谷人迹罕至之地，朝夕焦焦焉，膳粥不给之是谋，其势固不能。趋造门下……某闲居八年，粗粝之味，艰难险阻之状，久已甘之。"③ 在《荐尤袤札子》中，汪应辰还通过推荐尤袤来表达他的人生观、价值观：

伏见左从事郎江阴军军学教授尤袤，学问该洽，富于文词；议论详明，通于世务。随牒州县，久安下僚。臣比者误蒙恩除法，当举代，辄以其姓名仰塞诏旨。又前此蒋芾、陈之茂、胡沂皆尝举袤自代，盖公论所与，非独臣知之也。而袤貌既不扬，性复静退，故久

---

① 宋·李心传撰：《建炎以来系年要录》卷一六九"绍兴二十五年十月丙申"条，中华书局 1988 年版，第 2771 页。

② 元·脱脱等：《宋史》卷三八七《汪应辰传》第 34 册，中华书局 1985 年版，第 11877 页。

③ 宋·汪应辰撰：《文定集》卷一六，《影印文渊阁四库全书》本，第 1138 册，第 738 页。

之未为时用。臣谓貌非所以取人，而静退之士，尤当奖进。①

绍兴三十一年（1161）正月，汪应辰初除从臣，为吏部侍郎，故举袤自代，他举荐尤袤的理由很特别，这反映了中国传统文化观念中的矛盾复杂性。

中国传统文化观念鼓励人积极进取，如儒家所谓的“修齐治平”，同时也看重道家隐逸高蹈的人格精神而鄙薄干谒奔竞者，故导致中国古代产生了士人走终南捷径，应“不求闻达科”的奇观。一方面，传统观念要求士人要入仕为官，为国为民，在当时士人要成就大事业，勇攀政治高峰，自然离不开对权力的追求；另一方面传统观念却认为不求闻达、隐逸高蹈、淡泊名利、性情静退，是品德高尚的体现。中国古代士人大都徘徊于仕隐的矛盾困惑中，面对出处，彷徨不定，无可奈何地被卷进波诡云谲、惊心动魄的政治、权力斗争中。我们不妨说干谒奔竞与隐逸高蹈是一个事物的两个方面，或者说是对立统一的一个事物。南宋士大夫在体验到干谒活动的种种烦劳尴尬后，不禁向往陶渊明式的隐居自乐，更向往白居易的中隐生活，由此求得内心的解脱。他们从官场奔竞的干谒活动转向山林云水的隐逸生活实践，是很自然的人生选择。

第一节　传统仕隐观及其对南宋士人的影响

干谒与隐逸有着矛盾统一的关系。士人隐逸之际未尝不存干谒之心，也即“居易以俟命”，正如程颐《伊川易传》卷一指出：

怀其道德，安以待时，饮食以养其气体，宴乐以和其心志，所谓居易以俟命也。②

自古以来，士人就存在出处进退的行为方式。孔子说：“天下有道则见，无道则隐。”③ 孟子也说：

可以速而速，可以久而久，可以处而处，可以仕而仕：孔子也。④

历史上名流显人出处进退之间的选择最为士人们所津津乐道，北宋初年林逋指出：

诸葛孔明、谢安石畜经济之才，虽结庐南阳，携妓东山，未尝不以平一宇内，跻致生民之意。⑤

① 宋·汪应辰：《文定集》卷六《荐尤袤札子》，《影印文渊阁四库全书》本，第1138册，第630页。
② 宋·程颢、程颐著，王孝鱼点校：《二程集》，中华书局1981年版，第724页。
③ 《论语·泰伯》，杨伯峻译注：《论语译注》，中华书局1980年版，第82页。
④ 《孟子·万章下》，杨伯峻译注：《孟子译注》，中华书局1960年版，第232－233页。
⑤ 宋·林逋：《林和靖先生诗集》卷二《深居杂兴六首并序》，《四部丛刊》本。

诸葛亮、谢东山两人的逸事之所以常被人所乐道，乃他们的成仁，成功反映了士大夫普遍存在的心理期待。

人生有三不朽：太上立德，立功，立言。诸葛亮、谢东山可谓立德、立功的典范，故成为后人争相仿效的对象。大多文人都以诸葛亮、谢东山及汉初三杰之一的张良为榜样。南宋后期的名臣余玠上奏时道：

愿假十年，手挈四蜀之地还之朝廷，然后归老山林，臣之愿也。[①]

颇能反映当时士人较为普遍的功成（手挈四蜀之地还之朝廷）、身退（然后归老山林）的理想。士人功成前自然要有一番干谒奔走活动，据载："时赵葵为淮东制置使，玠作长短句上谒，葵壮之，留之幕中。"[②] 这样，余玠才有机会被"上于布衣中擢用之。入蜀作经理四蜀图，……在蜀十年，有经理功"[③]，建立了功业，虽然他最后并没有身退，但这种功成身退的理想一直存在心中。

中国人历来欣赏的"雅量高致"，往往与士人们的退居隐逸经历有关。诚如王国维所言：

东坡之词旷，稼轩之词豪。……读东坡、稼轩词，须观其雅量高致，有伯夷、柳下惠之风。白石虽似蝉蜕尘埃，然终不免局促辕下。[④]

东坡、稼轩"有伯夷、柳下惠之风"，在于他们长期的退居经历，而"白石虽似蝉蜕尘埃，然终不免局促辕下"的原因在于他一生为豪门清客，东西奔走、干谒乞食，没有真正体验过退居隐逸的生活。东坡一生外放近十年，所谓"心似已灰之木，身如不系之舟，问汝平生功业，黄州、惠州、澹州"（《自题金山画像》），辛弃疾一生有二十年左右的退居时间，其六百五十首词中有四百五十首是那时写的。他们"雅量高致"的人格风范和人生态度就是在退居时期形成或展现出来的。

人生有否泰，遭际有顺逆。同一人在不同时期所面临的生活环境不一样，采取的生活方式、形成的人生观念与行事作风也不一样，所谓"士穷不失义，达不离道。……古之人，得志，泽加于民；不得志，修身见于世。穷则独善其身，达则兼济天下"[⑤]。而"穷则独善其身"时所表现出来的人格精神和人生态度尤其重要：谢安携妓东山、孔明躬耕垄亩、东坡赤壁泛舟、稼轩茅檐低小之所以为人津津乐道，就在于他们在退居隐逸生活中体现出来的"雅量高致"令后人心驰神往，是士大夫"穷不失义""修身见于世"的典范。所以，中国人看重的不仅是一个人"达则兼济天下"时所体现出来的进取精神，更注重退守时的生活方式和人生态度，也即杨万里所指出的：

---

① 元·佚名撰，王瑞来笺证：《宋季三朝政要笺证》卷二，中华书局2010年版，第141页。
② 元·脱脱等：《宋史》卷四一六《余玠传》第36册，中华书局 1985年版，第12468页。
③ 元·佚名撰，王瑞来笺证：《宋季三朝政要笺证》卷二，中华书局2010年版，第141页。
④ 王国维：《人间词话》，唐圭璋编：《词话丛编》，中华书局1986年版，第4250页。
⑤ 《孟子·尽心上》，杨伯峻译注：《孟子译注》，中华书局1960年版，第304页。

内而正心诚意，外而开物成务，不待富贵而欣，不因贫贱而悲者也。[①]

这或许受到孟子“尽其心者，知其性也。知其性，则知天矣。存其心，养其性，所以事天也”[②] 的影响。

庆元元年乙卯（1195），杨万里退居南溪，这年朝廷有召命，杨万里不赴任，据罗大经《鹤林玉露》甲编卷四载：

杨诚斋自秘书监将漕江东，年未七十，退休南溪之上。老屋一区，仅庇风雨。长须赤脚，才三四人。徐灵晖赠公诗云：“清得门如水，贫唯带有金。”盖纪实也。聪明强健，享清闲之福十有六年。宁皇初元，与朱文公同召。文公出，公独不出。文公与公书云：“更能不以乐天知命之乐，而忘与人同忧之忧，毋过于优游，毋决于遁思，则区区者，犹有望于斯世也。”然公高蹈之志，已不可回矣。尝自赞云：“江风索我吟，山月唤我饮，醉倒落花前，天地为衾枕。”又云：“青白不形眼底，雌黄不出口中。只有一罪不赦，唐突明月清风。”[③]

值得注意的是，时人及杨万里自己对待朝廷召命的态度。这样的应对态度对我们认识南宋士大夫的人生思考与文化性格具有特别重要的意义。我们无须区别对待朱熹“出”、杨万里“处”两者的优劣好坏。从个人方面说，南宋士人因现实生活的需要选择干谒奔走，或隐居归田，都是可以理解的。以群体而言，干谒出仕与隐居归田共同构成了南宋士人的丰富性与复杂性。

我们试以南宋名流显人崔与之为例来说明进退出处时士人的生活方式与心迹情感：

清献崔公《剑阁》赋长短句，卷卷爱君忧国，遑恤身计。此意类《出师表》。雅趣欲结茅庾岭边，一琴一鹤，由湘桂归南海，竟不得践绿阴青子约，然幅巾藜杖，徜徉老圃寒花间十有六年，晏岁之乐，不减洛中耆英也。[④]

通过崔与之门人李昴英的记述，可以看到，一方面，崔与之“爱君忧国，遑恤身计”，就像鞠躬尽瘁、死而后已、忠于职守的名臣诸葛亮；另一方面，崔与之还“雅趣欲结茅庾岭边，一琴一鹤，由湘桂归南海……幅巾藜杖，徜徉老圃寒花间十有六年，晏岁之乐，不减洛中耆英”，这样明显矛盾的生活方式和心迹情感竟如此和谐地统一在南宋士人身上。这是达则兼济、穷则独善的思想观念在南宋具体生活环境中的真实再现。

对于中国古代士人“仕”“隐”之间的矛盾统一、相互转化之关系，鲁迅有深刻的揭示，他说：

---

① 《上张子韶书》，宋·杨万里著，辛更儒笺校：《杨万里集笺校》卷六三，中华书局2007年版，第2714页。

② 《孟子·尽心上》，杨伯峻译注：《孟子译注》，中华书局1960年版，第301页。

③ 宋·罗大经撰，王瑞来点校：《鹤林玉露》甲编卷四，中华书局1983年版，第63页。

④ 宋·李昴英：《题菊坡水调歌头后》，《文溪集》卷四，《影印文渊阁四库全书》本，第1181册，第140－141页。

中国文学从我看起来，可以分为两大类：（一）廊庙文学，这就是已经走进主人家中，非帮主人的忙，就得帮主人的闲；与这相对的是（二）山林文学。唐诗即有此二种。如果用现代话讲起来，是"在朝"和"下野"。后面这一种虽然暂时无忙可帮，无闲可帮，但身在山林，而"心存魏阙"。

中国是隐士和官僚最接近的。那时很有被聘的希望，一被聘，即谓之征君；开当铺，卖糖葫芦是不会被征的。我曾经听说有人做世界文学史，称中国文学为官僚文学。看起来实在也不错。一方面固然由于文字难，一般人受教育少，不能做文章，但在另一方面看起来，中国文学和官僚也实在接近。①

鲁迅站在批判传统文化的角度，提出这个观点，其中不免有激愤讽刺的语气。当时，还有许多学者从研究与传播的角度谈及中国古代士人的"仕""隐"现象。朱自清指出：

"出处"是一重大的项目。从前读书人唯一的出路是出仕，出仕为了行道，自然也为了衣食。出仕以前的隐居，干谒，应试（落第）等，出仕以后的恩遇，迁谪，乃至忧民，忧国，思林栖，思归田等，乃至真个辞官归田，都是常见的诗的题目……仕君行道是儒家的思想，隐居和归田都是道家的思想。儒、道两家的思想合成了从前的读书人。②

朱自清的得意门生王瑶也说：

士大夫的出身只有仕隐两途，如果不能抗志尘表，那就只有屈辱从仕，没有第三条路可走的。③

"居庙堂之高"与"处江湖之远"是互相联系的，在朝为官时饱受为人束缚的困扰，不免兴起"非无江海志，潇洒送日月"之念，渴望自由自在的生活。

缪钺的说法或许可以看作朱自清、王瑶二先生观点的具体化：

吾国自魏晋以降，老庄思想大兴，其后，与儒家思想混合，于是以积极入世之精神，而参以超旷出世之襟怀，为人生最高之境界。④

南宋这种儒道互补的人格模式可以具体化到干谒奔竞与隐逸高蹈的互补。

我们试以南宋名流、理学大师朱熹为例来说明干谒奔走与隐居归田这一相互矛盾的行为方式和人格形象在士大夫身上的体现。《鹤林玉露·朱文公词》载：

世传《满江红》词云："胶扰劳生，待足后何时是足？据见定随家丰俭，便堪龟缩。

① 《帮忙文学与帮闲文学》，《集外集拾遗》，《鲁迅全集》第7册，人民文学出版社1981年版，第383页。

② 《〈唐诗三百首〉指导大概》，朱自清：《朱自清说诗》，上海古籍出版社1998年版，第254页。

③ 王瑶：《中古文学史论集》，上海古籍出版社1982年版，第55页。

④ 缪钺：《诗词散论》，上海古籍出版社1982年版，第79页。

得意浓时休进步，须知世事多翻覆。漫教人白了少年头，徒碌碌。谁不爱，黄金屋；谁不羡，千钟禄。奈五行不是、这般题目。枉费心神空计较，儿孙自有儿孙福。也不须采药访神仙，惟寡欲。”以为朱文公所作。余读而疑之，以为此特安分无求者之词耳，决非文公口中语。后官于容南，节推翁谔为余言，其所居与文公邻，尝举此词问公。公曰，非某作也，乃一僧作，其僧亦自号“晦庵”云。又《水调歌头》云：“富贵有余乐，贫贱不堪忧。那知天路幽险，倚伏互相酬。请看东门黄犬，更听华亭清唳，千古恨难收。何似鸱夷子，散发弄扁舟。鸱夷子，成霸业，有余谋。收身千乘卿相，归把钓鱼钩。春昼五湖烟浪，秋夜一天云月，此外尽悠悠。永弃人间事，吾道付沧洲。”此词乃文公作，然特檃栝李杜之诗耳。[①]

其实朱晦庵并非甘于做隐逸之士，我们可以从李心传的《晦庵先生非素隐》中看出他在无法“得君以行其道”的情形下不得已而隐的苦衷：

晦庵先生，非素隐者也，欲行道而未得其方也。绍兴己卯之秋，高宗闻其贤，已有命召，盖陈鲁公初执政荐之也。时同召者四人，韩无咎尚书为建安宰，得旨候终更乃入，而先生与徐敦立、吕仁甫皆当即赴。何司谏溥乃言：“徐、吕皆部使者，宜令满任。”意实欲以见沮。先生因援三人例，乞俟岳祠满日赴行在。……孝宗复召，先生一辞而至。先生之欲得君以行其道，意可见矣。及对垂拱殿，首论讲学、复雠二事。又论谏争之涂尚壅，佞幸之势方张，民力已殚，国用未节。是时，汤丞相方大倡和议，深不乐之。除武学博士，待次，癸未秋也。[②]

文人在野时光太久，觉得流光空过，辜负了大好身手，就向往“立德、立功、立言”的不朽事业，尤其是立功的理想在以官本位为中心的中国古代更加普遍。

朱熹说：“隐者，多是带气负性之人！”[③] 这是阅历后见道语，既是对陶渊明这种隐君子的高度评价，也可以说是朱熹的夫子自道之语。其实，朱熹自己也是陶渊明那样的“带气负性”的“隐者”，是“少无适俗韵，性本爱丘山”之辈。试看他在《与龚参政书》中向参知政事龚茂良自述人生态度和人格个性形成的历程：

熹自幼愚昧，本无宦情，既长稍知为学，因得侧闻先生君子之教，于是幡然始复，误有济时及物之心，然亦竟以气质偏滞，狂简妄发，不能俯仰取容于世，以故所向落落，无所谐偶。加以忧患，心志凋零，久已无复当世之念矣。[④]

“本无宦情”“不能俯仰取容于世”的朱熹与陶渊明何其相似，仿佛东晋“守拙归田园”

---

① 宋·罗大经撰，王瑞来点校：《鹤林玉露》甲编卷四，中华书局 1983 年版，第 62 页。

② 宋·李心传撰，徐规点校：《建炎以来朝野杂记》乙集卷八，中华书局 2000 年版，第 632－633 页。

③ 宋·黎靖德编，王星贤点校：《朱子语类》，中华书局 1986 年版，第 3327 页。

④ 宋·朱熹：《朱文忠文集》卷二五，《晦庵先生朱文公文集》（二），朱杰人、严佐之、刘永翔主编：《朱子全书》（修订本）第 21 册，上海古籍出版社、安徽教育出版社 2010 年版，第 1130 页。

的陶渊明以另一种形式重又出现在南宋文坛上了。

朱熹所赞赏的也是类似陶渊明的那种安贫乐道、宁折不弯的人格精神，如其《金华潘公文集序》所言：

公平生廉介自将，自少至老，出入三朝，而前后在官不过八百六十余日。所居仅庇风雨，郭外无尺寸之田。经界法行，独以丘墓之寄，输帛数尺而已。其清苦贫约，盖有人所不堪者，而处之超然，未尝少屈于桧。①

“清苦贫约”而“处之超然”，正是中国传统观念中理想而完美人格的典范。故陈亮在为朱熹祝寿的《蝶恋花·甲辰寿元晦》词中就用如下的句子来歌咏晦翁：

手捻黄花还自笑。笑比渊明，莫也归来早。随世功名混草草。五湖却共繁华老。冷淡家主冤得道。旖旎妖娆，春梦而今觉。管今岁华须到了，此花之后花应少。②

可谓是朱熹的知己之语。

当然，陶渊明、朱熹隐居不仕的原因都包含现实生活中遇到的具体情况，如造成陶渊明退隐的直接原因是“不愿为五斗米折腰向乡里小儿”，而朱熹也遇到了类似问题。据他在《答韩尚书书》所言：

熹狷介之性，矫揉万方而终不能回；迂疏之学，用力既深而自信愈笃。以此自知决不能与时俯仰，以就功名。以故二十年来自甘退藏，以求己志。所愿欲者，不过修身守道，以终余年，因其暇日，讽诵遗经，参考旧闻，以求圣贤立言本意之所在。既以自乐，间亦笔之于书，以与学者共之，且以待后世之君子而已，此外实无毫发余念也。……今若不辞而冒受，则宾主之间，异同之论，必有所不能免者，无益于治而适所以为群小嘲笑之资。且熹之私愿所欲就者，亦将汩没而不得成。其或收之桑榆而幸有所就，人亦必以为已试不验之书而不之读矣。③

本来，参知政事龚茂良听取了吏部尚书韩元吉的意见，推荐朱熹为秘书省秘书郎，可朱熹却一再推辞不就此清要职位，这是事出有因的，主要是为了避免“适所以为群小嘲笑之资”的情况，一旦卷入实际的政治生活，自然会遇到官场上的小人，要与这些小人结交周旋，同流合污。实际上，朱熹差一点就被卷进了官场的是非圈里。黄幹在《朱先生行状》中曾谈及“群小”阻挠朱熹进入仕途的情况：

---

① 宋·朱熹：《朱文公文集》卷七六，《晦庵先生朱文公文集》（五），朱杰人、严佐之、刘永翔主编：《朱子全书》（修订本）第24册，上海古籍出版社、安徽教育出版社2010年版，第3667页。

② 唐圭璋编，王仲闻参订，孙凡礼补辑：《全宋词》第3册，中华书局1999年版，第2706页。

③ 宋·朱熹：《朱文忠文集》卷二五，《晦庵先生朱文公文集》（二），朱杰人、严佐之、刘永翔主编：《朱子全书》（修订本）第21册，上海古籍出版社、安徽教育出版社2010年版，第1128页。

时上谕大臣，欲奖用廉退，执政以先生为言，故有是命。会有言虚名之士不可用者，以故再辞，即从其请。①

在这种情况下，若朱熹还要入仕，难免被“群小嘲笑”。身为正人君子的朱熹对这些“群小”是深恶痛绝的，不愿意与他们为伍，更不愿自投罗网，成为“群小嘲笑之资”。隐者往往是避世之人，他们为什么避世，在某种程度上可以说是为了避人，避开某些他不敢见也不愿见的人，“故二十年来自甘退藏，以求己志。所愿欲者，不过修身守道，以终余年。”

南宋士人大多在生活中遇到挫折、经历宦海风波饱受干谒奔走之苦后才想到寻找精神的避难所，到山林云水中去摆脱情累。山林云水确能抚平士人在现实生活中受到的创伤。这是当时有志之士普遍存在的生活方式和情感体验。南宋大文豪辛弃疾曾经那样精力弥漫、神采飞扬，有过积极进取、图谋恢复的理想抱负，甚至为了恢复而干谒奔走于权臣韩侂胄之门，弄到身败名裂，② 屡遭政敌弹劾，与“将军百战身名裂。向河梁、回头万里，故人长绝”③ 的李陵产生了情感共鸣，从有为进取之士转为意志消沉、逍遥尘外的衰翁闲汉。余英时说：

士的“出处”问题自先秦以后论者寥寥，直到宋代才再度受到这样普遍而集中的注意。这在中国士大夫史上是必须大笔特书的。④

宋代这样普遍而集中地注意士人的“出处”问题，值得我们深思。余先生这里所说的“宋代”主要指南宋，因为这段话是在为南宋朱熹的文集作序时所提出来的观点。这是余先生在近古稀之年⑤经过长期的研究实践所总结出来的确论。在野与在朝、隐居与出仕，

---

① 宋·黄榦撰：《朱先生行状》，《勉斋集》卷三六，《影印文渊阁四库全书》本，第1168册，第407页。

② 据《宋会要辑稿》职官七二之三二载：淳熙八年辛丑（1181）十二月二日（甲辰），“右文殿修撰、新两浙西路提点刑狱公事辛弃疾落职罢新任。以弃疾奸贪凶暴、帅湖南日虐害田里，至是言者论列，故有是命”。（清·徐松辑：《宋会要辑稿》，中华书局 1957 年版，第4004页）

③ 宋·辛弃疾：《贺新郎·别茂嘉十二弟》，唐圭璋编，王仲闻参订，孙凡礼补辑：《全宋词》第3册，中华书局1999年版，第2470页。

④ 余英时：《士与中国文化》，上海人民出版社2003年版，第520页。

⑤ 余英时生于1930年，此文作于1999年12月14日，他对南宋朱熹的研究，正是其晚年研究功力的体现，正如胡文辉所说：“老年人精力衰退，写作不易，写作大部头著作尤难，这是不必苛求的。我曾以列入《现代学林点将录》的人物为限，略略检视过诸家晚年著述的情形，发现能写出大著作，且可称成功者，大约仅有陈寅恪《柳如是别传》、钱穆《朱子新学案》、张君劢《新儒家思想史》、罗尔纲《太平天国史》、季羡林《糖史》、余英时《朱熹的历史世界》诸例而已。”（《读〈余英时访谈录〉二题》，《人物百一录》，第319页）余英时在《朱熹的历史世界——宋代士大夫政治文化的研究》一书中称朱熹时代是“后王安石时代”，他通过研究朱熹来考察南宋的“士大夫政治文化”，广泛涉猎南宋原始文献，有关朱熹的诗文集和历史典籍阅读殆尽，故能发掘出有价值的新史料，深入细致地揭示出南宋士大夫的生存状态和复杂心理，不无填补空白之功，开拓了古代士大夫政治文化研究的领域。论文既有纵向的流变考察，又有横向的士大夫政治文化特色的分析；既历时地探讨了南宋士大夫政治的起源、发展与变异，又共时地探讨了以朱熹为主的南宋士大夫在生活方式和心迹情感上的特点，并辨析了功能与形貌上与之相似的王安石时代，更注意结合当时政治气候、文化环境和作家心态来考察士大夫政治文化发展变化的深层历史动因，视野开阔，论析有深度和创见，建构出士大夫政治文化研究的一种可操作性的模式，颇有学术价值。后来沈松勤的名著《南宋文人与党争》就有受余英时影响的痕迹。

是南宋社会士人中普遍存在、互相联系的两种文化现象。将在朝的干谒奔竞与在野的隐逸高蹈放在一块观照，相互对比印证，可以使我们对南宋士人的生存状态和复杂心理有比较具体和真实的理解。“君子”“小人”之辨，事功与立言的选择，退隐与进取的判断，一直是南宋士人思考的问题，“独立不惧”“遁世无闷”的人格精神与人生态度，在南宋时期得到进一步的阐发与彰显，我们可以从正反两面来看南宋士人对人格规范的重视。

即使以干谒附和权臣贾似道出名的宋自逊对山林隐逸也颇感兴趣，他从贾似道处获楮币二十万，归而建造壑堂于西山下。戴复古续宋自逊《壶山好》作《望江南》词时曰：

诗律变成长庆体，歌词绰有稼轩风，最会说穷通。[①]

时人称许其“文笔高绝，当代名流皆敬爱之”[②]，我们若结合宋自逊干谒奔竞的生活方式与他诗词中高人逸士的风格特征，或许能对南宋士人干谒与隐逸的矛盾心理有更深层次的理解。宋自逊平生东奔西走、干谒请托，晚年却名其庐为“专壑堂”，过起了隐逸高蹈的生活。刘毓盘在《辑校渔樵笛谱跋》中旁征博引、爬罗剔抉，总结了宋自逊一生的行状，从中可知宋自逊是善于干谒之士，既得到了名流巨卿的认可，又获得了丰厚的物质利益：

黄昇《中兴以来花庵词选》曰：“自逊，字谦父，号壶山，南昌人。文笔高绝，当代名流，皆敬爱之。词集曰《渔樵笛谱》。”厉鄂《宋诗纪事》曰：“谦父，金华人，号壶山居士。”兄自适，字正父，号清隐。韦居安《梅磵诗话》称其兄弟能诗。适有《送愿父弟》句曰：“江湖多少盟鸥地，莫近平津阁畔行。”其人必狷介自好。曰“正”、曰“清”、或有名副其实者。愿父名则不可考矣。谦父集亦不传。方回《瀛奎律髓》取其“残年日易晚，夹雪雨难晴”二句，以为句中眼。又曰：“庆元、嘉定以来，乃有诗人为谒客者，得一二要人书，谓之‘阔扁’，副以诗篇，动获千万昏。如壶山宋谦父，一谒贾似道，获楮币二十万，以造华居是也。”是谦父盖干谒者流，与其兄适相反。或者其初字愿父，故以诗勖之也。罗大经《鹤林玉露》曰：“陆士规布衣工诗，秦桧喜之。尝挟其书干临川守，馈遗不满意，升堂谩骂。守惧，以书自解。秦怒甚，及归，请见，不出，令其子卜相者问其近作。陆举黄陵庙一绝曰：‘东风吹草绿离离，路入黄陵古庙西。帝子不知春又去，乱山无主鹧鸪啼。’卜相入诵之，秦吟赏再四，待之如初。”则南宋之初，此风已盛，不始于宁宗朝矣。[③]

此风即干谒奔竞之风，可见干谒之风由来已久。南宋之初，由于高压政策等手段导致干谒颓靡之风盛行。到宁宗朝后，名流印可、科举入仕艰难、食客盛行、商品经济发达引发文人的享乐意识等众多因素导致干谒奔竞之风达到了高潮。宋自逊身处其中，深切地体验到

① 唐圭璋编，王仲闻参订，孙凡礼补辑：《全宋词》第 4 册，中华书局 1999 年版，第 2969 页。

② 宋·黄昇：《中兴以来绝妙词选》卷九，唐圭璋、蒋哲伦、王兆鹏等校点：《唐宋人选唐宋词》，上海古籍出版社 2004 年版，第 823 页。

③ 清·刘毓盘：《辑校渔樵笛谱跋》，施蛰存主编：《词籍序跋萃编》，中国社会科学出版社 1994 年版，第 304 页。

东西奔竞、干谒请托的辛酸与无奈：

举扇西风，又十载、重游秋浦。对旧日、江山错愕，鬓丝如许。世事兴亡空感慨，男儿事业谁堪数。被老天、开眼看人忙，成今古。　　江上路，喧鼙鼓。山中地，纷豺虎。谩乾坤许大，著身何处。名利等成狂梦寐，文章亦是闲言语。赖双投、酒熟蟹螯肥，忘羁旅。①

何敢笑人干禄，自知无分弹冠。只将贫贱博清闲。留取书遮老眼。　　世上风波任险，门前路径须宽。心无妄想梦魂安。万事鹤长凫短。②

“干谒奔竞”和“隐逸高蹈”在南宋文人的生存状态中都具有一定的真实性和合理性，但人们往往倾向于认同“隐逸高蹈”的生存状态，而对“干谒奔竞”则充满鄙视和嘲笑。宋自逊一生长期奔走于名流权要之门干谒谋生，可他在自述中却竭力张扬自己的隐逸人格精神：

壶山居士，未老心先懒。爱学道人家。办竹几、蒲团茗碗。青山可买，小结屋三间，开一径，俯清溪，修竹栽教满。　　客来便请，随分家常饭。若肯小留连，更薄酒、三杯两盏。吟诗度曲，风月任招呼，身外事，不关心，自有天公管。③

在送给好友的作品中也尽情描绘他人的隐逸人生态度和人格个性：

归去来兮，田园将芜，云胡不归。既有诗千首，如斯者少，行年七十，从古来稀。地阙东南，天倾西北，人事何缘有足时。江湖上，转不如前日，步步危机。　　石屏自有柴扉。占海岸、潮头岸一矶。唤彩衣孙子，携壶挈盍，白头翁媪，举案齐眉。身外声名，世间梦幻，万事一醒无是非。书来往，都不须长语，直写心期。④

甚至吟咏古人时也不忘展示自己闲适旷达的雅量高致：

唤起东坡老。问雪堂、几番兴废，斜阳衰草。一月有钱三十块，何苦抽身不早。又底用、北门漓藻。儋雨蛮烟添老色，和陶诗、翻被渊明恼。到底是，忘言好。　　周郎英发人间少。谩依然、乌鹊南飞，山高月小。岁月堂堂留不住，此世何时是了。算不满、英雄

① 《满江红·秋感》，唐圭璋编，王仲闻参订，孙凡礼补辑：《全宋词》第4册，中华书局1999年版，第3432页。

② 《西江月》，唐圭璋编，王仲闻参订，孙凡礼补辑：《全宋词》第4册，中华书局1999年版，第3432页。

③ 《蓦山溪·自述》，唐圭璋编，王仲闻参订，孙凡礼补辑：《全宋词》第4册，中华书局1999年版，第3422页。

④ 《沁园春·送戴石屏》，唐圭璋编，王仲闻参订，孙凡礼补辑：《全宋词》第4册，中华书局1999年版，第3422页。

一笑。我有丰淮千斗酒，把新愁、旧恨都倾倒。三弄笛，楚天晓。①

引得后人评议："东坡一生任达，看来还跳不出圈子，当局不如旁观。"② 其中原因，耐人寻味！无独有偶，靠奔走乞食为生的江湖谒客戴复古也被当时名流显宦真德秀印可道："戴复古诗词，高处不减孟浩然。"③ 这反映了南宋士人对隐逸高蹈、遁世无闷精神境界的高度赞赏。

其实，"干谒奔竞"与"隐逸高蹈"一直是中国传统文化中共同存在、互为补充的文化因子，它是中国传统文化中儒家思想与道家思想在不同时期的表现形态。叶适《水心集》卷一二《徐斯远文集序》中将徐斯远与赵蕃并举，对他们的人格节操进行了高度评价：

斯远与赵昌父、韩仲止，扶植遗绪，固穷一节，难合而易忤，视荣利如土梗，以文达志，为后生法。凡此，皆强于善者之所宜知也。④

就连一向以奔走干竞著称的江湖谒客戴复古也佩服赵蕃的人品，他在《寄章泉先生赵昌父》中说：

灵凤鸣朝阳，神龙不泥蟠。时兮不可为，昌父乃在山。思君二十年，见君良独难。时于邸报上，屡见得祠官。祠官禄不多，一贫其奈何？采芝亦可食，当作《采芝歌》。近者李侍郎，直言遭逐去。人皆笑其疏。君独有诗句。君为山中人，世事安得闻。入山恐未深，更入几重云。⑤

可见，即使在江湖谒客眼中，隐逸高蹈仍然是一种宝贵的节操，只是谒客们为生活所迫不得不奔走干竞。

游谒寄食、行走江湖的南宋文人们在自己的诗词中一再抒写归田隐居的美好，同时又希望得到名流显人的印可延誉，隐逸高蹈与奔竞请托两种看似矛盾的生活方式如此自然地组织在一起，反映出儒道两家思想的矛盾和融合。南宋文人在体验到干谒权贵追求荣华富贵时的尴尬困窘后，才更向往山林隐逸的闲适之趣，认识到换一个角度看问题，从而换一种活法，或许能够找到人生的出路。

---

① 《贺新郎·题雪堂》，唐圭璋编，王仲闻参订，孙凡礼补辑：《全宋词》第 4 册，中华书局 1999 年版，第 3422 页。

② 《古今词统》卷一七，吴熊和主编：《唐宋词汇评》，浙江教育出版社 2004 年版，第 3176 页。

③ 宋·真德秀：《石屏词跋》，施蛰存主编：《词籍序跋萃编》，中国社会科学出版社 1994 年版，第 323 页。

④ 宋·叶适著，刘公纯、王孝鱼、李哲夫点校：《叶适集》，中华书局 2010 年版，第 214－215 页。

⑤ 宋·戴复古：《石屏诗集》卷一，吴茂云、郑伟荣校点：《戴复古集》，浙江大学出版社 2012 年版，第 24 页。

第二节　南宋士人对陶渊明的吟咏

中国传统观念是赞同隐逸高蹈的，古代隐逸之士能引得后人的无限敬慕与效仿。如王质，他在《退文序》中自悔少时“带气负性”以致屡遭人嫉恨，故“既悔则务退”，阐述了自己由躁进狂傲到悔悟退守的心路历程：

退文者，王子悔过之书也。王子少而为学问文章，年十有六而贡于里，二十有三而升于太学，二十有六而选于礼部。其在太学也，得声为多。二十有七而朝野交称，辟召狎至，得声为尤多，实浅而声盈，于是以功名为可立就，而不知识未明，才未练，不足以当世故，而气已盛、志已高。心之火为之宰，才之薪为之用，薪火相传益炎，而王子不知也。岁辛巳一触祸，其可以知之矣，而弗知，曰：“人忌我也。”岁丙戌再触祸，其可以知之矣，而又弗知，亦曰：“人嫉我也。”岁辛卯三触祸，其可以知之矣，而又弗知，亦曰：“人弗容我也。”岁乙未得罪，曰如是曰如是，乃始跃然悔，霍然悟，平生诸非参然毕陈于前，凛然惧，惨然悲，大变于顷刻之间。于是王子年四十有一而始造端为人。呜呼甚矣！吾心之躁也。……作《六悔》，著其昔之非；作《六变》，著其今之是。总而谓之《退书》。未悔则务进，既悔则务退，其相反盖理势然也。[①]

在南宋士人的干谒活动中，躁进狂傲是较普遍的心态，是士人对自我才情学识和人格志向的认可与张扬。然而，这样“气已盛、志已高”之人往往不容于世俗社会，受到忌妒打压也在情理之中。木秀于林，风必摧之，以自我为中心、自我感觉良好的王质在现实生活中受到别人的压制排挤，懂得了为人应低调隐忍的道理后，不得不压抑自我人格与精神来换取苟且偷安的空间。自我理想与才华的彰显，最终让位于现实生存的需要，《退文序》中表现的心路历程十分符合人类心理的发展逻辑。

在寻求精神避难所时，王质找到了陶渊明，其著《绍陶录》给陶渊明、陶弘景两位隐士作年谱：

晋陶元亮、梁陶通明皆弃官遗世者，今济民、伯可宦途方通，年龄未颓，而飘然去之，书之为《绍陶录》。……两君振此风，夫岂无继之者？[②]

其高扬陶渊明隐逸高蹈之意是十分明显的，故后人评曰：

宋泰山王质所著《云韬堂绍陶录》，录中首载栗里、华阳二谱。惟先生之大节高风，

---

① 宋·王质撰：《雪山集》卷五，《影印文渊阁四库全书》本，第1149册，第384－385页。
② 宋·王质：《绍陶录》卷下《书鹿伯可事》，《影印文渊阁四库全书》本，第446册，第289页。

流播千古。而质者，乃能次第其出处，作为年谱，且以名吾书绍陶之志，是可尚已。[①]

此编所录，壹皆二贤高迹所系，其能勿咏叹回玩，兴无穷之遐思乎！[②]

以陶潜、陶弘景皆弃官遗世，其同时唐汝舟、鹿何远可绍栗里、华阳之风，故录二谱，各摘遗事为题词以咏之，又纪唐、鹿事迹，而附以林居咏物之诗，实则借以自寓也。[③]

南宋王质、吴仁杰分别编写陶渊明年谱……他们之所以动笔，大多是仰慕前人的风范、气节，以之作为楷模，表示学习和传扬的愿望。如王质，据《宋史》卷三九五他的传记记载，他任职枢密院编修，著有《朴论》50卷，后来不愿做官，"山居，绝意禄仕"，这不就是陶渊明一类人物吗？因之为陶潜作年谱就不是偶然的了。[④]

至于他的《绍陶录》，那是表示他羡慕陶潜那样的隐逸生活，并非效法陶潜的诗歌，而且"陶"字指陶潜、陶弘景两个人，所谓"渊乎栗里，谧哉华阳。"[⑤]

以上议论，虽针对王质而发，推广到整个南宋文坛亦然。

南宋文学作品中士大夫的崇陶羡陶之情非常强烈。曾从朱熹问学的金朋说，字希传，号碧岩，初为教官，后为鄱阳令，当庆元党禁，夺职归家，隐居碧岩山，吟风弄月，时人比之为陶渊明，据范宽《碧岩诗集序》道：

汪溪金子方，少同予受业于程勿斋之门，掇科历官黟阳少府，与当道不合，赋归林壑。予值暇日，谒于东园精舍，得阅其宗先达《碧岩诗集》一帙，三复玩之，平而易，淡而雅，婉而新，辞义之严，非特格律之工，一皆根乎心学之正，所发固如是也。……熙、丰之变，祸流缙绅。南渡以后，文气日卑，道德日衰，小人窃柄，引进同类，摈斥道学，以为伪党，凡吾朱子门墙者，悉被禁锢。故道德忠义之士接踵东南，口伏岩谷，或著述吟咏，不以穷达变其心。若碧岩金先生，亦一代高伟人也。……尝受学朱夫子，以《诗经》举淳熙丁未进士，发轫教官，擢鄱阳令。伪学党起，剥官东归，隐于碧岩山，啸吟而终。故其诗吟风弄月，咏草题花，寻幽吊古，在在有存神寓道之妙，时以陶彭泽拟之。予谓先生斯时也，世道如澜，士路如燬，求宦达者患其不能擢迁，干仕禄者患其不得趋进，背叛师门，更名他学。孰若先生在洪涛烈焰之中不屈其道，弃官犹弃敝屣，诚中流之砥柱，百炼之精金，吾道之光，后学之范也。[⑥]

---

① 元·陶宗仪著，文灏点校：《南村辍耕录》卷一六《陶氏二谱》，文化艺术出版社1998年版，第219页。
② 潘景郑：《著砚楼读书记》，辽宁教育出版社2002年版，第129页。
③ 清·丁丙撰：《善本书室藏书志》卷九史部，第502页。
④ 冯尔康：《生活在清朝的人们》之《清代名人写年谱》，中华书局2005年版，第230页。
⑤ 钱锺书选注：《宋诗选注》，人民文学出版社1958年版，第235页。
⑥ 祝尚书编：《宋集序跋汇编》第4册，中华书局2010年版，第1794－1795页。

金朋说在寂寞而孤独的隐居生活里，“著述吟咏，不以穷达变其心”“吟风弄月，咏草题花，寻幽吊古，在在有存神寓道之妙”，创造出体现隐士审美趣味的优秀文学作品，他像陶渊明一样在孤独而寂静的耕读生活里，享受着自己的快乐。陶渊明的快乐是发自内心的，他具有因“独与天地精神往来”而感到快乐的素质，这种素质很典型地表现在他的诗里。中国文学史上许多天才的诗人，创作了优秀的诗篇，这些诗篇有许多即是在隐居、贬谪的寂寞孤独生活中写出来的，而像陶渊明这样在隐居独处的生活中能产生如此发自内心的快乐的诗人并不多。

很多天才诗人是不快乐的，他们的诗歌虽然发自内心，却是发自内心的抑郁不平，如曹植、陈子昂、王勃、卢照邻、骆宾王、柳宗元、李商隐、元稹、韩愈、李贺、孟郊、贾岛、秦观、郁达夫等诗人身上都有这种现象。陶渊明的诗歌技艺或许并不比这些诗人高，可陶渊明却学会了一种快乐的本领，他的快乐是怎么来的？经过分析，我们发现主要是因为陶渊明的内心世界有“爱”，爱人、爱世界上的万事万物，可以说陶渊明是一个“仁”者，仁者爱人。这种爱，还可引申为“爱好”。一个人快乐与否往往就在于他是否有爱好，爱好越多，快乐就越多。陶渊明的爱好是很多的：首先，他爱好读书，不止一次地在诗文中诉说他读书的快乐，如“爱读书，不求甚解，每有会意，便欣然忘食”可说是他读书状态的传神写照，可作为他读《山海经》诸诗的注脚；其次，陶渊明喜欢喝酒，喝酒也能给人带来快乐；再次，陶渊明还喜欢聊天、艺术、写作，这些都能带给他快乐，如“悦亲戚之情话，乐琴书以消忧”“常著文章以自娱，颇示己志，忘怀得失”，他有如此众多的爱好，故能常常有这种发自内心的快乐。陶渊明对后世众多的读书人来说最关键的意义就在于：他是一个真正喜欢读书的诗人，爱好读书的陶渊明在“泛览周王传，流观山海图”的“读我书”中感受到孤独的快乐，故他成了后世士人尤其是南宋士人的精神偶像，成了南宋士人群体在压抑苦闷的悲剧性生命体验中寻求解脱时普遍效仿的对象。从中，我们可以感受到中国传统文化观念中对陶渊明人格精神与人生态度的向往和崇敬之情，以至于南宋士人范宽在称誉金朋说具有高雅简朴的人格风范时就用陶渊明来比拟之。

沈松勤从南宋党争的角度出发，揭示出整个南宋士人崇敬与效仿陶渊明人品的内在动因：

> 在南宋文坛上，拟陶学陶成了普泛化的一种走向。不过形成这一走向的原因，首先不在于或停留在包括遣词造句、风格意趣在内的审美层面上，而是以思想层面上的“独与渊明亲”、“古今虽隔意常亲”或“归去来兮，斯言可师”为原动力的。不妨说，亲近渊明，追拟陶“意”，是南宋文人在“朋党之恶”的作用下掀起的一场经久不衰的思想运动。[①]

把南宋文人的拟陶学陶当作“一场经久不衰的思想运动”或许有些夸大其词，然而，由此可见南宋文人推崇陶渊明确实是当时的一种士人风尚。

从南宋士人对陶渊明的吟咏赞叹中，我们可以感受到他们的生活方式、人生态度、人格个性、价值观念与审美趣味。试举例说明：

---

① 沈松勤：《南宋文人与党争》，人民出版社2005年版，第504页。

叔旸自号玉林，别号花庵词客。早弃科举，雅意读书，颜其居曰散花庵。①

黄昇年轻时很有雄心壮志，他在《水龙吟·赠丁南邻》中道：

少年有志封侯，弯弓欲挂扶桑外。一朝敛缩，萧然清兴，了无拘碍。袖里阴符，枕中鸿宝，功名蝉蜕。看舌端霹雳，剧谈玄妙，人间世、疑无对。②

为了功名，他也曾漫游江湖，并以诗干谒名流游九功，然而，南宋小朝廷奸臣当道，小人得志，像黄昇这样的英才异士只有沉沦下僚，无奈之下放弃仕途，隐居乡里，把陶渊明当作自己的榜样，到山林云水中去寻找心灵的避难所：

莫恨黄花瘦。正千林、风霜摇落，暮秋时候。晚节相看元不恶，采采东篱独秀。试揽结、幽香盈手。几劫修来方得到，与渊明、千载为知旧。同冷淡，比兰友。　柴桑心事君知否。把人间、功名富贵，付之尘垢。不肯折腰营口腹，一笑归欤五柳。怅此意、而今安有。若得风流如此老，也何妨、相对无杯酒。诗自可，了重九。③

冯取洽《贺新郎·问讯花庵主》序称赞黄昇道：

花庵老子以游戏自在三昧，寓之乐府。④

柴望的生活方式也是这样，他幼而颖悟，过目成诵，博通经史诸子，才思泉涌，文采斐然，驰誉江左，淳祐六年丙午（1246）正月，上《丙丁龟鉴》，得罪权贵，七月下狱。后历经宦海浮沉，看透人世百态，在《灵芝寺别祖席诸友》中表达了自己弃绝官场、归隐田园的意愿：

落日寒城暮雨余，满斟离酒意何如。见妻还指张仪舌，痛国谁怜贾谊书。羸马病僮旋雇倩，寺禽山獠亦欷嘘。长安可是深居处，更向深山深处居。⑤

归隐后的柴望把陶渊明当成自己排忧遣愤的良师益友，在诗文中反复咏叹：

几年只向长安去，今日囊书被旨回。马首独行秋叶路，鲈鱼时共菊花杯。黄昏钟动雁

① 明·毛晋：《散花庵词跋》，施蛰存主编：《词籍序跋萃编》，中国社会科学出版社1994年版，第342页。
② 唐圭璋编，王仲闻参订，孙凡礼补辑：《全宋词》第4册，中华书局1999年版，第3796页。
③ 宋·黄昇：《贺新郎·菊》，唐圭璋编，王仲闻参订，孙凡礼补辑：《全宋词》第4册，中华书局1999年版，第3792页。
④ 唐圭璋编，王仲闻参订，孙凡礼补辑：《全宋词》第4册，中华书局1999年版，第3383页。
⑤ 宋·柴望撰：《秋堂集》卷一《富阳道中》，《影印文渊阁四库全书》本，第1187册，第477页。

初下，夜半月明潮正来。我自不归归便得，故园早晚早梅开。①

陶靖节辞，岂易和哉？《归去》一篇，悠然自得之趣也，无其趣，和其辞，辞而已。坡仙之作，皆寓所寓，各适其适，有趣焉，不为辞也。余动心忍性，于归田之后，视得丧荣辱，若将脱焉。暇日趺坐柳阴，吟咏陶作，与滩声风籁，互相应答，知山水之乐，不知声利之为役也。悟而得焉，遂和其韵。②

虽嵇康之交绝，觉渊明之兴佳。合眼咏离骚，何心时事；支颐听蟋蟀，满耳寒声。闲领妻儿，摘黄精而寻术；时佣僮仆，采青蔓而锄芋。愿希陋巷以安贫，无致长安之羞泪。一邱一壑，可以忘情；山北山南，聊用卒岁。③

如此尽心竭力地效仿前贤，给人的印象就颇有古之豪杰高士的风范：

公孝友忠义，笃于好古，而练达时事，简于修饰，而砥砺大节。平居浩歌樽酒，意气闲逸，势利纷华，一毫不入其胸襟。至死生得丧，……其高谊厚德，真古之豪杰也。④

悠然高节，追步东篱。⑤

魏了翁在《跋青神杜才叔和归去来词》中亦高度评价了南宋时人“推本昔人所未发者”，深入细致地探究了陶渊明的心迹情感：

三马食曹，叔夜有宜去之书；一龙禅宋，渊明兴归来之叹。然而渊明虽勇退而能雍容不迫，若将微罪行者，视叔夜之婞直而轻愠殆有间矣。史载渊明之去在义熙三年，以其时考之，盖宋高祖杀刘仲文之岁，昭明所谓耻复屈身异代者，为得其心。夫岂以一督邮为此悻悻哉，而古今罕有以发之者。杜君此文作于蜀盗未平之日，其尚渊明之心乎！某昔守君之乡，顾不及识君，嘉定十五年九月解后其子安石于临安，始见是作，因推本昔人所未发者识诸篇末，而归其书杜氏。⑥

把陶渊明、苏东坡放在一起加以赞叹敬仰乃南宋士人中的普遍现象，如杨万里在《西溪先生和陶诗序》中道：

---

① 宋·柴望撰：《秋堂集》卷一《富阳道中》，《影印文渊阁四库全书》本，第1187册，第477页。

② 宋·柴望撰：《秋堂集》卷二《和归去来辞序》，《影印文渊阁四库全书》本，第1187册，第487页。

③ 宋·柴望撰：《秋堂集》卷二《谢大尹节斋赵公启》，《影印文渊阁四库全书》本，第1187册，第489页。

④ 宋·苏幼安撰：《宋国史秋堂柴公墓志铭》，《秋堂集》附录，《影印文渊阁四库全书》本，第1187册，第492页。

⑤ 《四库全书总目》卷一六五《秋堂集提要》，中华书局1965年版，第1412页。

⑥ 《鹤山先生大全文集》卷六二，《影印文渊阁四库全书》本，第1173册，第38－39页。

余山墅远城邑，复不近墟市，兼旬不识肉味，日汲山泉，煮汤饼，傧以寒斋，主以脱粟，纷不及目，嚣不及耳，余心裕如也。偶九日至，呼儿问："有酒乎?"曰："秫不登，无所于酿。"余仰屋喟曰："安得白衣人乎?"已而，所亲送至新醅，余欣然又问："有菊乎?"曰："秋未凉，菊亦未花。"余又喟曰："既得陇，复望蜀，可乎?"因悠然独酌，取几上文书一编观之，乃予亡友西溪先生和陶诗也。读至《九日闲居》，渊明云："尘爵耻虚缶，寒花徒自荣。"东坡和云："鲜鲜霜菊艳，溜溜糟床声。"西溪和云："境静人亦寂，觞至壶自倾。"则又喟曰："四者难并之叹，今古如一丘之貉也。"儿跽而请曰："东坡、西溪之和陶，孰似?"余曰："小儿何用强知许事?渊明之诗，春之兰，秋之菊，松上之风，涧下之水也。东坡以烹龙庖凤之手而饮木兰之坠露，餐秋菊落英者也。西溪操破琴，鼓断弦，以泻松风涧水者也。似与不似，余不得而知也。汝盍于渊明乎问焉?"西溪之子伟及其犹子湘，送此集，谒予序之，因书此语于篇首云。①

杨万里十分喜欢陶渊明，在宦海浮沉半生之际与陶渊明产生了情感共鸣，这在某种程度上亦反映了南宋士大夫钟爱陶渊明的深层历史动因。我们且看他在《和渊明归去来兮辞》中的道破天机之语：

予倦游半生，思归不得。绍熙壬子，予年六十有六，自江东漕司移病自免，蒙恩守赣，病不能赴，因和《归去来兮辞》以自慰。②

在读陶渊明诗歌时，杨万里结合眼前实际生活环境对人生、对宇宙、对社会进行了深入细致的观察与反思。南宋时人大多借陶渊明诗文以"自慰"，在"尚友古人"之际悟出了"出处"之道，使南宋"和陶拟陶"蔚然成风，形成了引人注目的文学文化现象。

当然，除了从陶渊明诗文中求得自慰外，志存高远的南宋士大夫也能从其中寻找到更高的精神寄托。周必大撰《跋向氏邵康节手写陶靖节诗》道：

康节先生蕴先天经世之学，顾独手抄靖节诗集，是岂专取词章哉?盖慕其知道也。③

这段话可以说是周必大夫子自道之语。他对陶渊明颇感兴趣，时常有崇陶、羡陶之举，在《跋东坡书陶靖节诗》一文中，我们可以感受到名重一时的南宋巨卿显宦对陶渊明、苏东坡的崇敬与热爱之情：

东坡云："吾于诗人无所甚好，独渊明诗质而实绮，癯而实腴，自曹、刘、鲍、谢、李、杜诸人皆莫及。"盖尝尽和其诗，尤喜此四篇，再三书之。④

---

① 《诚斋集》卷八〇，宋·杨万里撰，辛更儒笺校：《杨万里集笺校》，中华书局2007年版，第3246－3247页。
② 《诚斋集》卷四五，宋·杨万里撰，辛更儒笺校：《杨万里集笺校》，中华书局2007年版，第2304页。
③ 宋·周必大撰，周纶编：《文忠集》卷一八，《影印文渊阁四库全书》本，第1147册，第182页。
④ 宋·周必大撰，周纶编：《文忠集》卷五一，《影印文渊阁四库全书》本，第1147册，第541页。

南宋士大夫继承了苏东坡那种崇陶、爱陶的风气。周必大在《跋百醉夫赵士瞰诗卷》中，特别将百醉老人与陶渊明联系在一起为其印可延誉，颇有点“傍大款”的意味：

味百醉之名，诵三百之诗，公盖师友陶靖节者。晁景迂乃谓得句法于江西，殆由禁锢初开，诗社勃兴，人以著录为宠，故一时之言如此。若李云龛、陈简斋、汪龙溪跋语，则不易之论也。①

不但杨万里、周必大羡陶、崇陶，甚至当时的谏大夫也倡导学陶，并将具有陶渊明风范的刘承弼标榜成“孝行节义”的典范，鼓动士人向他学习，这反映了南宋士人在新的历史文化背景下对陶渊明精神的继承与阐发。

值得一提的是，白居易、苏东坡、陆游与辛弃疾都十分崇拜陶渊明，我们先来看白居易对陶渊明的接受，据赵翼《瓯北诗话》载：

香山诗恬淡闲适之趣，多得之于陶、韦。其《自吟拙计》云：“时时自吟咏，吟罢有所思：苏州及彭泽，与我不同时；此外复谁爱？惟有元微之。”又《题浔阳楼》云：“常爱陶彭泽，文思何高玄；又怪韦苏州，诗情亦清闲。”此可以观其趣向所在也。晚年自适其适，但道其意所欲言，无一雕饰，实得力于二公耳。集中有《效陶潜体诗十六首》，又有《别韦苏州》一首。②

苏东坡的崇陶，我们不必细说，可参袁行霈的大作《论和陶诗及其文化意蕴》③。而陆游的崇陶也是十分重要的文化现象，据其《跋陶渊明集》载：

吾年十三四时，侍先少傅居城南小隐，偶见藤床上有渊明诗，因取读之，欣然会心。日且莫，家人呼食，读诗方乐，至夜卒不就食。今思之，如数日前事也。④

他对陶渊明的崇敬仰慕之情还体现在他的这篇《答陆伯政上舍书》中：

今世之以诗自许者，大抵多太一高士之流也，不见笑于人几希矣。而望其有陶渊明、杜子美之余风，果可得乎?⑤

将陶渊明与杜子美相提并论，可见陆游的“言论风旨”、审美取向与价值标准。他还撰

---

① 宋·周必大:《跋百醉夫赵士瞰诗卷》，宋·周必大撰，周纶编:《文忠集》卷四六，《影印文渊阁四库全书》本，第1147册，第492页。

② 清·赵翼著，江守义、李成玉校注:《瓯北诗话》，人民文学出版社2013年版，第129-130页。

③ 袁行霈:《陶渊明研究》(增订本)，北京大学出版社1997年版，第170-194页。

④ 《跋陶渊明集》，《渭南文集校注》卷二八；钱仲联、马亚中主编:《陆游全集校注》第10册，浙江教育出版社2011年版，第198页。

⑤ 《渭南文集校注》卷一三，钱仲联、马亚中主编:《陆游全集校注》第9册，浙江教育出版社2011年版，第343页。

《跋陶靖节文集》，从中亦可看出他对陶渊明的深情厚谊：

张縯季长学士自遂宁寄此集来，道中失调护，前后皆有坏处，遂去之，而存其偶全者。末有年谱辨正，别缉为编云。①

陆游认为应把“陶集”当作好友一样来“调护”，并为之别缉为编，对陶渊明的热爱可谓深入骨髓。

陆游的《剑南诗稿》中收录了读陶诗的心得体会：

陶谢文章造化侔，篇成能使鬼神愁。君看夏木扶疏句，还许诗家更道不?②

陆放翁喜爱读书，陶渊明也喜爱读书，陶渊明在诗中描写的读书生活场景深深感染了陆放翁，故作此诗。被陆放翁叹为观止、击节赞赏的就是这首著名的《读山海经》十三首之一：

孟夏草木长，绕屋树扶疏。众鸟欣有托，吾亦爱吾庐。既耕亦已种，时还读我书。穷巷隔深辙，颇回故人车。欢言酌春酒，摘我园中蔬。微雨从东来，好风与之俱。泛览周王传，流观山海图。俯仰终宇宙，不乐复何如!③

此外，陶渊明还有许多诗歌能打动陆放翁，令他感慨万千：

渊明甫六十，遽觉前途迮，作诗颇感慨，自谓当去客。吾年久过此，霜雪纷满帻，岂惟仆整驾，已迫牛负轭。奈何不少警，玩此白驹隙。倾身事诗酒，废日弄泉石；梅花何预汝，一笑从渠索。顾以有限身，儿戏作无益。一床宽有余，虚室自生白，要当弃百事，言从老聃役。④

寄奴谈笑取秦燕，愚智皆知晋鼎迁。独为桃源人作传，固应不仕义熙年。⑤

我诗慕渊明，恨不造其微。退归亦已晚，饮酒或庶几。雨余锄瓜垄，月下坐钓矶。千

---

① 《渭南文集校注》卷三〇，钱仲联、马亚中主编：《陆游全集校注》第10册，浙江教育出版社2011年版，第251页。

② 《读陶诗》，《剑南诗稿校注》卷八〇，钱仲联、马亚中主编：《陆游全集校注》第8册，浙江教育出版社2011年版，第115页。

③ 袁行霈撰：《陶渊明集笺注》，中华书局2003年版，第271页。

④ 《读渊明诗》，《剑南诗稿》卷二七，钱仲联、马亚中主编：《陆游全集校注》第5册，浙江教育出版社2011年版，第304－305页。

⑤ 《书陶靖节桃源诗后》，《剑南诗稿》卷二三，钱仲联、马亚中主编：《陆游全集校注》第3册，浙江教育出版社2011年版，第423页。

载无斯人，吾将谁与归？[①]

这样学陶，导致的后果如清人吴焯评陆游诗时说：

《晚秋农家》……吾庐有真乐，一榻眠高秋。回看世上事，得丧良悠悠……八首近陶家情愫，不必字句似之。……《村舍杂书》十二首……我本杞菊家，桑苎亦吾宗。种艺日成列，喜过万户封。……诸诗皆陶意。[②]

吴焯在这里把握住了陆游诗与陶渊明诗在“情愫”、意趣上的一致。所谓“陶家情愫”就是陶渊明诗歌中表现出来的随遇而安、遇境成趣、心无形役、摆脱情累的境界，正如许学夷所说：

晋宋间，谢灵运辈纵情丘壑，动逾旬朔，人相尚以为高，乃其心则未尝无累者。惟陶靖节超然物表，遇境成趣，不必泉石是娱，烟霞是托耳。其诗如“暧暧远人村，依依墟里烟。狗吠深巷中，鸡鸣桑树颠”，“春秋多佳日，登高赋新诗。过门更相呼，有酒斟酌之”，“平畴交远风，良苗亦怀新。虽未量岁功，即事多所欣”，“孟夏草木长，绕屋树扶疏。众鸟欣有托，吾亦爱吾庐”，“蔼蔼堂前林，仲夏贮清阴。凯风因时来，回飙开我襟”……皆遇境成趣，趣境两忘。[③]

陶渊明能够读书得真趣，怀古生远思。而刘师培则把陆游词看作“元亮之匹”：

剑南之词，屏除纤艳，清真绝俗，逋峭沈郁，而出之以平淡之词，例以古诗，亦元亮、右丞之匹。[④]

善解人意的卓人月评曰：

“胸中那可有一事，天下故应无两人。”放翁诗配稼轩词。[⑤]

卓人月看到稼轩崇陶的作品时能够联想到放翁的诗语，真可谓是他二人的隔世知音。二人对陶渊明的热爱程度相去无几，从中可了解南宋士人们读陶渊明诗陶醉入迷的程度，这与苏东坡仿佛出于同一肺腑：

---

① 《读陶诗》，《剑南诗稿校注》卷二七，钱仲联、马亚中主编：《陆游全集校注》第4册，浙江教育出版社2011年版，第103页。

② 孔凡礼、齐治平编：《陆游资料汇编》，中华书局1962年版，第246页。

③ 明·许学夷：《诗源辩体》卷六，人民文学出版社1987年版，第106－107页。

④ 刘师培著，舒芜校点：《中国中古文学史·论文杂记》，人民文学出版社1959年版，第131页。

⑤ 明·卓人月：《古今词统》卷七，吴熊和主编：《唐宋词汇评》，浙江教育出版社2004年版，第2507页。

东坡在岭海间，最喜读陶渊明、柳子厚二集，谓之“南迁二友”。予读宋白尚书《玉津杂诗》有云：“坐卧将何物？陶诗与柳文。”则前人盖有与公暗合者矣。①

陆游与苏东坡都是如此热爱陶渊明，也可谓“与公暗合”了。这其实是东坡与放翁二人在人生态度、生活方式上与陶渊明的内在契合。陆游“写村林茅舍，农田耕渔，花石琴酒事，每逐日月，计寒暑，读其诗如读其年谱也。然中间勃勃有生气。中原未定，梦寐思建功业”②。俞陛云在谈到辛弃疾的《鹧鸪天·有客慨然谈功名，因追念少年时事，戏作》时也说：

金国初乱，稼轩率数千骑，渡江而南，高宗录用之。归田后有客过访，慨然谈功名，因追述少年时事，有英雄种菜之感。生平宦游南北，江统平戎之策，橐驼种树之书，一身兼之。词中不言何去何从，观其以家事付儿曹，赋《西江月》词以见志，有“宜醉宜游宜睡”、“管竹管山管水”之句，知其天性淡泊，东郊戢影，固义命自安也。③

看到了在名利场中奔走竞进的稼轩也有其“天性淡泊”的一面，这使得中唐以来更加泛化、更加世俗化、更加心性化的隐逸思想又重现于南宋文坛，对南宋以及后代的文人士大夫产生了广泛而深刻的影响。

“渊明文名，至宋而极。永叔推《归去来辞》为晋文独一；东坡和陶，称为曹、刘、鲍、谢、李、杜所不及。”④ 出现像陆游、杨万里这样接近陶渊明的人格个性的诗人在南宋社会并不是孤立的现象，如同为“中兴四大诗人”之一的范成大“纤悉毕登，俚俗尽录，曲尽田家况味”⑤，被钱锺书认为“可以跟陶潜相提并论，甚至于比他后来居上”⑥。赵蕃亦然。据刘宰《章泉赵先生墓表》记载的赵蕃事迹，我们可见其节操：

方先生之在太和，便坐有斋榜曰思隐。盖当筮仕之初，已有山林之思。在官清苦，惟以赋咏自娱，以是受知于吉之乡先生杨公万里，赠诗有云：“西昌主簿如禅僧，日餐秋菊嚼春冰。”又云：“劝渠未要思旧隐，且与西昌作好春。”其所以行之身加乎民者，略可想见。……赋性宽平，与人乐易，而刚介亦不可夺。故相周公必大与先生有州里之旧，先生亦有不可，寄诗有“公如在廊庙，我亦遂箪瓢”之句。其后公在相位，屡加荐引，先生竟不受。⑦

---

① 《老学庵笔记》卷九，钱仲联、马亚中主编：《陆游全集校注》第11册，浙江教育出版社2011年版，第472页。

② 清·王士禛著，张宗柟纂集，戴鸿森校点：《带经堂诗话》卷一，“品藻类”一八，人民文学出版社1998年版，第43页。

③ 俞陛云：《唐五代两宋词选释》，上海古籍出版社1985年版，第380页。

④ 钱锺书：《谈艺录·论唐宋人推陶诗》，中华书局1984年版，第88页。

⑤ 宋长白：《柳亭诗话》，《丛书集成续编》本，第157册，上海书店1994年版，第476页。

⑥ 钱锺书选注：《宋诗选注》，人民文学出版社1958年版，第194页。

⑦ 宋·刘宰撰：《漫塘文集》卷三二，《影印文渊阁四库全书》本，第1170册，第729–730页。

赵蕃在为官之际亦有山林之思，这样的山林之思受到世人的高度赞赏：

近时有周益公以太傅退休，其兄乘成先生以将作监丞退休，年皆八十，诗酒相娱者终其身。章泉赵昌甫兄弟，亦俱隐玉山之下，苍颜华发，相从于泉石之间，皆年近九十，真人间至乐之事，亦人间希有之事也。[①]

张端义《贵耳集》卷上亦载：

赵昌父名蕃，号章泉，郑州管城人，与益公同里也。益公当轴，所仕但一酒官耳。五十年不调，居信上，一时名胜纳交，户外之屦常满。放翁皆有诗。寿九十余，公朝尊老，以秘阁正郎聘之，不至。石屏诗云："君为山中人，世事安得闻。入山恐未深，更入几重云。"[②]

赵蕃少喜作诗，以诗代书，援笔立成，无意于佳乃佳，浅语皆有致，淡语皆有味，刘克庄评道："五言有陶、阮意"[③]，认为有陶渊明之意趣。赵蕃不慕荣利的品德受到时人的称赞，辛弃疾视赵蕃为知己，在《蓦山溪·昌父赋一丘一壑》中说："岁晚念平生，待都与、邻翁细说。"[④] 辛弃疾在《贺新郎·陈同父自东阳来过余》中高度评价陶渊明："看渊明，风流酷似卧龙诸葛。"[⑤] 把陶渊明比作诸葛亮其实十分贴切，"要是诸葛亮不碰到刘备，他也老死在隆中不出山。从陶渊明的《咏荆轲》里显出他是有志的英雄"[⑥]。辛弃疾也与陶渊明一样是个"带性负气"的"有志的英雄"，故他的门人范开在《稼轩词序》中评道："公一世之豪，以气节自负，以功业自许，方将敛藏其用，以事清旷，果何意于歌词哉！直陶写之具耳。"[⑦] 沈际飞在评议稼轩《鹧鸪天·代人赋》（陌上柔条初破芽）时道：

善读此词，便许看陶诗，许作王、孟。[⑧]

夏承焘在考察两宋文人的羡陶、慕陶情绪后说：

---

① 宋·罗大经撰，王瑞来点校：《鹤林玉露》乙编卷六《兄弟偈》，中华书局1983年版，第219页。

② 宋·张端义撰，李保民校点：《贵耳集》，上海古籍出版社编：《宋元笔记小说大观》第4册，上海古籍出版社2001年版，第4275页。

③ 《后村先生大全集》卷九四《瓜圃集序》，宋·刘克庄著，辛更儒笺校：《刘克庄集笺校》第9册，中华书局2011年版，第3975页。

④ 唐圭璋编，王仲闻参订，孙凡礼补辑：《全宋词》第3册，中华书局1999年版，第2465页。

⑤ 唐圭璋编，王仲闻参订，孙凡礼补辑：《全宋词》第3册，中华书局1999年版，第2438页。

⑥ 周振甫、冀勤编著：《钱钟书〈谈艺录〉读本》，中央编译出版社2013年版，第146页。

⑦ 施蛰存主编：《词籍序跋萃编》，中国社会科学出版社1994年版，第199页。

⑧ 沈际飞：《草堂诗余别集》卷二，吴熊和主编：《唐宋词汇评》两宋卷，浙江教育出版社2004年版，第2429页。

宋人论陶潜的，只朱熹和辛氏最有突出的见解，他们都从性气一面看陶潜的人格表现。①

无独有偶，钱锺书先生在《谈艺录》中也谈到了这点，他说：

辛稼轩《贺新郎》："看渊明，风流酷似卧龙诸葛。"《朱子语类》卷一百四十："渊明自豪放，但豪放得来不觉耳。其露出本相者，是《咏荆轲》一篇"；又："隐者多带气负性，陶欲有为而不能者，又好名。"……定庵以渊明"诗喜说荆轲"而叹"江湖侠骨"，着眼与朱子等相同；又称渊明"酷似卧龙豪"，自注："语意本辛弃疾"，实则山谷诗已发此意矣。②

可见，正是南宋文人稼轩、朱熹、赵蕃等人在性情上与陶渊明比较接近，故使他们能够结为知己好友。人生有几个性情投契的朋友是十分必要的。

钱锺书在《宋诗选注·序》中，还以南宋诗人陈渊为例来说明宋诗某一方面的特质：

譬如南宋有个师法陶潜的陈渊，他在旅行诗里就说："渊明已黄壤，诗语馀奇趣；我行田野间，举目辄相遇。谁云古人远？正是无来去！"（《默堂先生文集》卷五《越州道中杂诗》第八首）陶潜当然是位大诗人，但是假如陈渊觉得一眼望出去都是六七百年前陶潜所歌咏的情景，那未必证明陶潜的意境包罗得很广阔，而也许只表示自己的心眼给陶潜限制得很偏狭。这种对文艺作品的敏感只造成了对现实事物的盲点，同时也会变成对文艺作品的幻觉，因为它一方面目不转睛，只注视着陶潜，在陶潜诗境以外的东西都领略不到，而另一方面可以白昼见鬼，影响附会，在陶潜的诗里看出陶潜本人梦想不到的东西。这在文艺鉴赏里并不是稀罕的症候。③

从钱先生的这一话语中，我们既能理解宋诗审美特质，同时也能感受到南宋诗人对陶渊明的崇拜与效仿。这里钱先生所举的陈渊，就频频表示要以陶渊明为师，所谓："我师陶靖节"④"渊明吾之师"⑤。

南宋士人汤汉从君子固穷的角度来注释陶渊明诗，他在《陶靖节诗集注自序》中简明扼要地讲述了自己对陶渊明人格精神、人生态度的认识，并用之以针砭时弊：

陶公诗精深高妙，测之愈远，不可漫观也。……余偶窥见其指，因加笺释，以表暴其

① 夏承焘：《读辛弃疾的词》，《夏承焘集》第8册《词学论札》，浙江古籍出版社、浙江教育出版社1998年版，第102页。

② 钱锺书：《谈艺录》，中华书局1984年版，第555页。

③ 钱锺书选注：《宋诗选注》，人民文学出版社1958年版，第14－15页。

④ 宋·陈渊撰，沈度编：《默堂集》卷五《次韵令德答天启》，《影印文渊阁四库全书》本，第1139册，第325页。

⑤ 宋·陈渊撰，沈度编：《默堂集》卷四《小轩闲题》第二首，《影印文渊阁四库全书》本，第1139册，第318页。

心事，及他篇有可发明者，亦并著之。文字不多，乃令缮写模传，与好古通微之士共商略焉。又按诗中言本志少，说固穷多，夫惟忍于饥寒之苦，而后能存节义之闲，西山之所以有饿夫也。世士贪荣禄，事豪侈，而高谈名义，自方于古之人，余未之信也。[①]

从南宋士大夫对陶渊明的高度评价中，我们可以感受到传统观念对文人的道德要求标准，做官时若能不忘隐居或者做过官后隐居山林，便是道德高尚的代表了。故范蠡、张良等功成身退的名臣，陶渊明、苏东坡等固穷守节、不与世俗同流合污的文士，便成了后世文人学习敬慕的对象。

南宋中后期，在布衣文人众多的情况下，固穷的观念越发突出。江湖派的杰出人物叶茵（1200—?）亦与陶渊明有不解之缘，他仕途失意后，隐居姑苏，筑顺适堂，吟风弄月，与林洪、孙惟信、陈起等往来酬唱。淳祐九年，年逾五十，次韵陶渊明拟挽歌辞三首，可谓是效仿继承陶渊明而别有风味者，以淡语写深意，属江湖派中上乘之作。[②] 与四灵唱酬最密切的江湖诗人薛师石也是这样，据载：

景石名家子，多读书，通八阵、八门之变，乃心物外，至忘形骸，筑庐会昌湖西，灌瓜贴树……日为文会，论切阁析，恐不人人陶、谢、韦、杜也。[③]

与此类似，包恢称赞江湖诗人戴复古时亦道：

陶靖节言："此中有真意，欲辨已忘言。"故读书不求甚解。……石屏自谓少孤失学，胸中无千百字书。予谓其非无书也，殆不滞于书与不多用故事耳。有靖节之意焉。果无古书，则有真诗，故其为诗自胸中流出，多与真会。[④]

投奔权贵之门，以寄食为生，毕竟不是南宋士人生活的全部内容，他们还有隐逸高蹈的一面。这种生活实践的主要内容，即是优游山水、闭门著述、聚众授徒、借酒消愁等活动，他们在作品中表现了隐逸志趣，南渡词人朱敦儒、中兴词人辛弃疾、江湖词人姜夔等都在词中表现了他们的隐逸愿望或是隐居的生活方式，深得陶渊明之精神。陈锐说："词如诗，可模拟得也……白石得渊明之性情。"[⑤] 陈廷焯说："词中之有姜白石，犹诗中之有渊明也。"[⑥] 胡适也说："词中之有《樵歌》，很像诗中之有《击壤集》（邵雍的诗集）。但以文学的价值而论，朱敦儒远胜邵雍了。将他比陶潜，或更确切罢?"[⑦] 以奴颜婢膝谄笑媚骨

① 《陶靖节诗集注》卷首，《陶渊明资料汇编》，中华书局1962年版，第109页。

② 存《顺适堂吟稿》五卷，有汲古阁影抄宋六十家小集本。事迹详参《江湖后集》卷二一。

③ 宋·赵汝回：《瓜庐诗序》，宋·陈起编：《江湖小集》卷七三《瓜庐集》，《影印文渊阁四库全书》本，第1357册，第560页。

④ 宋·包恢：《石屏诗后集序》，宋·戴复古著，吴茂云、郑伟荣校点：《戴复古集》，浙江大学出版社2012年版，第382页。

⑤ 《褒碧斋词话》，孙克强：《唐宋人词话》，河南文艺出版社1999年版，第687页。

⑥ 《词坛丛话》，孙克强：《唐宋人词话》，河南文艺出版社1999年版，第682页。

⑦ 《朱敦儒小传》，姜义华主编：《胡适学术文集·中国文学史》（上），中华书局1998年版，第467页。

为乐者，安能体会那种隐逸高蹈、琴箫自娱的大快活？这与宋代的时代环境有密切关系，当时的社会文化环境与这种隐士的精神风尚及人生趣味相适宜，文人在表现这种精神风尚与人生趣味时，其隐逸人格形象也自然而然地呈现出来了。南宋文人对陶渊明的吟咏普遍而深刻，他们在陶渊明身上寻找到了心灵的避难所，由此可见政治与文学、人品与诗品的关系。

第三节　南宋士人对白居易的认同与效仿

南宋士大夫精神境界的多维侧面，不是忽然出现的，而是以中唐尤其是以白居易为代表的诗人为转型期。乐天知命的思想在南宋时期的文人中很普遍，南宋文人继承了白乐天的闲适思想，尤其是在骨子里认同和效仿知足保和、适意自在的人格精神和风度意态。

罗大经在《鹤林玉露·乐天对酒诗》中有一段很精彩的言论，从中可以看出当时士人对白居易崇拜效仿的因由：

古诗多矣，夫子独取《三百篇》，存劝戒也。吾辈所作诗，亦须有劝戒之意，庶几不为徒作。彼有绘画雕刻，无益劝戒者，固为枉费精力矣。乃若吟赏物华，流连光景，过于求适，几于诲淫教偷，则又不可之甚者矣。白乐天《对酒》诗曰：“蜗牛角上争何事？石火光中寄此身。随富随贫且欢喜，不开口笑是痴人。”又曰：“百岁无多时壮健，一春能几日晴明？相逢且莫推辞醉，听唱《阳关》第四声。”又曰：“昨日低眉问疾来，今朝收泪吊人回。眼前见例君看取，且遣琵琶送一杯。”自诗家言之，可谓流丽旷达，词旨俱美矣。然读之者，将必起其颓堕废放之意，而汲汲于取快乐，惜流光，则人之职分与夫古之所谓三不朽者，将何时而可为哉！且如《唐风》、《蟋蟀》之诗，盖劝晋僖公以自虞乐也，然才曰“今我不乐，日月其除”，即曰“无已太康，职思其居”，吕成公释之曰：“凡人之情，解其拘者，或失于纵；广其俭者，或流于奢；故疾未已，而新疾复生者多矣。”信矣！《唐风》之忧深思远也。乐天之见，岂及是乎？本朝士大夫多慕乐天，东坡尤甚。近时叶石林谓：“乐天与杨虞卿为姻家，而不累于虞卿；与元稹、牛僧孺相厚善，而不党于元稹、僧孺；为裴晋公之所爱重，而不因晋公以进；李文饶素不相乐，而不为文饶所深害。推其所由，惟不汲汲于进而志在于退，是以能安于去就爱憎之际，每裕然而有余也。”此论固已得之，然乐天非是不爱富贵者，特畏祸之心甚于爱富贵耳。其诗中于官职声色事，极其形容，殊不能掩其恋谬之意。其平生所善者，元稹、刘禹锡辈，亦皆逐逐声利之徒，至一闻李文饶之败，便作诗畅快之，岂非冤亲未忘，心有偏党乎？慕乐天者，爱而知其疵，可也。[①]

这里对白居易的人格个性和人生态度进行了十分深入细致的挖掘，是深得我心之论，其中谈到“本朝士大夫多慕乐天”，揭示了南宋文人在生活方式与文化性格上与白居易的深度

① 宋·罗大经撰，王瑞来点校：《鹤林玉露》丙编卷三“乐天对酒诗”条，中华书局1983年版，第287－288页。

契合。

我们可举几个南宋士人热爱崇拜白乐天的事例，据洪迈《容斋三笔》卷六载：

江州琵琶亭，下临江津，国朝以来，往来者多题咏，其工者辄为人所传。淳熙己亥岁，蜀士郭明复以中元日至亭，赋古风一章，其前云："白乐天流落湓浦，作《琵琶行》，其放怀适意，视忧患死生祸福得丧为何物，非深于道者能之乎？贾傅谪长沙，抑郁致死，陆相窜南宾，屏绝人事，至从狗窦中度食饮。两公犹有累乎世，未能如乐天逍遥自得也。予过九江，维舟琵琶亭下，为赋此章。……"郭君，成都人，隆兴癸未登科，仕不甚达。[①]

"仕不甚达"的郭明复，在南宋算不上名流显人[②]，这反而更能说明时人崇拜白居易的普遍性与共通性，反映了他们对白乐天人格精神和人生态度的高度认同。

洪迈也以白居易为知己和学习的榜样，他以七十二岁高龄自述宦海生涯及心迹体悟：

予年过七十，法当致仕，绍熙之末，以新天子临御，未敢遽有请，故玉隆满秩，只以本官职居里。乡衮赵子直不忍使绝禄粟，俾之，因任。方用赘食太仓为愧，而亲朋谓予爵位不逮二兄，以为耿耿。予诵白乐天《初授拾遗》诗以语之曰："奉诏登左掖，束带参朝议。何言初命卑，且脱风尘吏。杜甫、陈子昂，才名括天地。当时非不遇，尚无过斯位。"其安分知足之意，终身不渝。因略考国朝以来名卿伟人负一时重望而不跻大用者，如王黄州禹偁、杨文公亿、李章武宗谔、张乖崖咏……东坡先生、范淳父祖禹、曾子开肇、彭器资汝砺、刘原甫敞、蔡君谟襄、孙莘老觉，近世汪彦章藻、孙仲益觌诸公，皆不过尚书学士，或中年即世，或迁谪流落，或无田以食，或无宅以居，况若我忠宣公者，尚忍言之！则予之忝窃亦已多矣。[③]

洪迈此文中的叙述口吻及表现出来的排遣心里苦闷的方式与白居易如出一辙[④]，在排遣人生苦闷忧患时，他自然而然地就想到了白居易，从中可以看到南宋士大夫是如何从白居易的"安分知足"中寻找到心灵的宁静与安适的。

虞俦生平最崇敬白居易，于家中建尊白堂，陈贵谊对其堂号有详细解释：

---

① 宋·洪迈撰，孔凡礼点校：《容斋随笔》，中华书局2005年版，第500页。

② 我们仅知，郭明复，字中行（范成大《吴船录》卷上载），成都人。隆兴元年进士。淳熙间，赵雄力荐于孝宗。据周密《癸辛杂识》前集《科举论》载："淳熙间，赵温叔丞相常力荐郭明复、刘光祖、杨辅之，谓皆省殿试前列，且云'大好士人'。寿皇宣谕云：'朝廷用人以才，安论科第？科第不过入仕一途尔。'温叔唯唯而退。"范成大守成都，与郭明复交游。郭明复累官寺丞，守蜀州（范成大《石湖诗集》卷二二《送郭明复寺丞守蜀州》），事迹详参《宋诗纪事》卷五三。

③ 《容斋三笔》卷一二《人当知足》，宋·洪迈撰，孔凡礼点校：《容斋随笔》，中华书局2005年版，第568页。

④ 详参白居易：《与元九书》："古人云：名者公器，不可以多取。仆是何者？窃时之名已多；既窃时名，又欲窃时之富贵，使己为造物者，肯兼与之乎？今之迍穷，理固然也。况诗人多蹇，如陈子昂、杜甫，各授一拾遗，而迍剥至死。李白、孟浩然辈，不及一命，穷悴终身。近日，孟郊六十，终试协律，张籍五十，未离一太祝。彼何人哉？彼何人哉！况仆之才，又不逮彼。今虽谪在远郡，而官品至第五，月俸四五万；寒有衣，饥有食；给身之外，施及家人，亦可谓不负白氏之子矣。"（《白氏长庆集》卷四五，《影印文渊阁四库全书》本，第1080册，第492页）

衍裕雅重，根柢经术，绪密思清，非苟作者，独未谕“尊白”之意何谓也。侍郎平日常曰：“韩魏公有醉白堂，坡公有‘我似乐天’之句，此吾所不敢，惟知尊之敬之，故扁以为堂。”吁，安得此长者之言哉！宜其词章粹厚不迂，有乐天之遗风也。①

《四库全书总目》卷一五九《尊白堂集提要》亦载：

俦慕白居易之为人，以尊白名堂，并以名集，其读白乐天诗，云：“大节更思公出处，寥寥千载是吾师。”生平志趣，可以想见。故所作韵语，类皆明白显畅，不事藻饰，其真朴之处，颇近居易，而粗率流易之处，亦颇近居易。盖心摹手追，与之俱化。②

此评介可谓深得南宋士人虞俦之心。

高斯得《白氏长庆集序》撰写于宋末元初之际，颇能反映南宋时人热爱白居易的深层历史动因：

予早岁读白傅诗，疑其得之太易，若寡深沉之思者，不深嗜也。晚见世之为诗者钻砺太工，虽清越可喜而沉浸浓郁之风衰矣，乃复取白集日翻十数纸，则见其温柔平淡，冲旷坦夷，凡世之肩摩毂击而争者视之泊如也，然后知其见远识微，一时之士皆莫能及，其生平交友元微之、刘梦得辈文章虽略相似，而心事则判然殊矣。公平生凡五弃官，姑苏来归，年方五十有八，已无复当世志，优游退避，啸傲泉石几二十年，朝廷尝强起之尹洛师，非其志也。抑观其诗，颇悼世途，吕梁、太行之艰，触事生感，屡致其意，岂其尚友蠡潜而非果于忘世者欤？或又谓公晚岁嗜浮图冞剧而风情亦不少衰，二者相背而驰，公则一之，不知此其所以为达也。呜呼稀矣，是岂易与俗人言哉！③

南宋士人与白居易在人格精神和人生态度方面有着深度契合。这个契合点是白居易与南宋文士皆喜欢陶渊明，皆推崇和效仿陶渊明的人生态度和人格精神。《蔡宽夫诗话》载：

渊明诗，唐人绝无知其奥者，惟韦苏州、白乐天，尝有效其体之作。④

南宋名流张镃把白居易与陶渊明、李白、杜甫及苏东坡、黄庭坚、陈师道等相提并论：

作者无如八老诗，古今模轨更求谁。渊明次及寒山子，太白还同杜拾遗。白傅东坡俱可法，涪翁无已总堪师。⑤

---

① 宋·虞俦撰：《尊白堂集》卷首序，《影印文渊阁四库全书》本，第1154册，第2页。

② 《四库全书总目》卷一五九，中华书局1965年版，第1374页。

③ 宋·高斯得撰：《耻堂存稿》卷四，《影印文渊阁四库全书》本，第1182册，第69页。

④ 《蔡宽夫诗话》，吴文治主编：《宋诗话全编》，凤凰出版传媒集团、凤凰出版社1998年版，第609页。

⑤ 宋·张镃：《题尚友轩》，《南湖集》卷五，当代中国出版社2014年版，第75页。

从他的《南湖集》中，我们发现这位文坛大腕对乐天的由衷热爱：

诗到香山老，方无斧凿痕。目前能转物，笔下尽逢源。学博才兼裕，心平气自温。随人称白俗，真是小儿言。[①]

去日不可再，来日焉可虚。直待百事足，漫把四大拘。黄河几曾清，白发莫旋乌。全福贵安然，真乐难强图。朴直自许我，才能不如渠……意均饱暖适，迹或升沉殊。达人旷大观，万象归一途。[②]

白乐天并非完美无缺，如钱锺书对白居易的学陶有自己的见解，他说：

香山才情，照映古今，然词沓意尽，调俗气靡，于诗家远微深厚之境，间有未达。其写怀学渊明之闲适，则一高玄，一琐直，形而见绌矣。[③]

钱先生眼光独到。胡怀琛说："白居易的闲适诗，也是从陶渊明来的。"[④] 他还说白居易："闲适是从陶诗一部分而来的，而又参以禅理，可说是合陶诗禅理而成的"[⑤] "他的性情，本来恬淡，他集中有《效陶潜体诗》十六首，又有《读老子》《读庄子》《读禅经》等诗。可见他于陶诗及道家书与禅经，都很喜欢读的。于是我们可知他闲适诗的渊源了。"[⑥]

南宋士人有"慕乐天者，爱而知其疵"的批判精神，朱熹说白居易"其实爱官职"[⑦]，王质也说："香山有竞物之心焉，玉川则展转推却、避世而离俗者也。宁为卢，勿为白。"[⑧] 这从反面说明了南宋士人对白乐天的了解之深刻及白乐天对南宋士人所产生的巨大影响。尽管白居易的诗有着些许缺憾，南宋时人仍然推崇白乐天，甚至在评价文学作品时也以白居易的审美趣味为标准，如胡观国、崔敦礼等在校正重刊《韦苏州集》后撰跋特别强调白乐天对韦苏州诗的爱好，以抬高韦苏州的身价：

方苏州在时，其诗未甚贵重，后三十余年，白乐天始爱之。东坡先生亦云："乐天长短三千首，却爱韦郎五字诗。"坡岂薄苏州者，以乐天之文之华丽，宜于无不爱也。大凡浮靡之词易说，平淡之音难听，理固然耳。[⑨]

南宋士人欣赏白乐天的或许正是他闲适诗中"即此自可乐"的知足易乐观及由此表现出来

① 宋·张镃：《读乐天诗》，《南湖集》卷四，当代中国出版社 2014 年版，第 50 页。
② 《戏效乐天体》，《南湖集》卷一，当代中国出版社 2014 年版，第 14 页。
③ 钱锺书：《谈艺录》，中华书局 1984 年版，第 157 页。
④ 俞陛云、胡怀琛：《大师的国学课 4：诗的启蒙》，江西教育出版社 2013 年版，第 237 页。
⑤ 俞陛云、胡怀琛：《大师的国学课 4：诗的启蒙》，江西教育出版社 2013 年版，第 263 页。
⑥ 俞陛云、胡怀琛：《大师的国学课 4：诗的启蒙》，江西教育出版社 2013 年版，第 266 页。
⑦ 宋·黎靖德编，王星贤点校：《朱子语类》卷一四〇，中华书局 1986 年版，第 3328 页。
⑧ 宋·王质撰：《雪山集》卷一二《荷柳松竹赠答》序，《影印文渊阁四库全书》本，第 1149 册，第 458 页。
⑨ 胡观国、崔敦礼撰：《韦苏州集·跋》，四部丛刊本《韦刺史诗集》附录。

的“平淡之音”的风神。也就是说南宋士人不一定欣赏白居易诗歌的艺术水平，而主要是热爱他的风神意态，即乐观知命的精神面貌。白居易，字乐天，他的名出自《中庸》：“正已而不求于人则无怨。上不怨天，下不尤人。故君子居易以俟命，小人行险以侥幸。”① 白居易的一生在某种程度上可以说就是这段话的注脚。这段话关键在于一个“俟”字，即视时而动，伺机而行，等待机遇。机遇不来时则“居易”，安心居，平易居，甘心居，快乐居。这是典型的乐天知足的思想，这种乐天思想在他的《与元九书》中表达得十分充分：

古人云：“穷则独善其身，达则兼济天下。”仆虽不肖，常师此语。大丈夫所守者道，所待者时。时之来也，为云龙，为风鹏，勃然突然，陈力以出；时之不来也，为雾豹，为冥鸿，寂兮寥兮，奉身而退。进退出处，何往而不自得哉！②

白居易的这段自白正是“居易以俟命”的体现。

南宋文人士大夫无疑十分欣赏、热爱这样的人生态度和人格境界，追捧与效仿他的生活方式也就是自然而然的了。宋室南渡之初的朱敦儒在“名理禅机”方面，就颇得白居易的真传，并开放翁气象：

希真词于名理禅机，均有悟入，而忧时念乱，忠愤之致，触感而生，拟之于诗，前似白乐天，后似陆务观。③

在南宋偏安一隅的小朝廷里，与朱敦儒性情相似的还有很多。南渡后流寓四明的李璜，他号檗庵居士，少时有才名，不屑仕进，老于韦布，对白居易情有独钟，特别编撰了《白乐天年谱》④。又如，王炎，字晦叔，号双溪，年十五学为文，乾道五年（1169）进士，入江陵帅张栻幕府，议论相得。他不畏权贵，曾道：“为天子臣，正天子法。”人多传诵，终以谤罢官，所居有双溪，筑亭寄兴，以白乐天自比。嘉定十一年（1218）卒，享年八十二岁。他的高寿与学习白居易乐天知命、知足保和的性格有着密切关系。⑤ 南宋理学家诗风也由此盛行：

诗人篇什往往“以诗为道学”，道学家则好以“语录讲义押韵”成诗。尧夫击壤，蔚成风会。⑥

南宋士人在生活方式上羡慕模仿乐天，导致他们的人格精神也呈现出乐天旷达的特质。

---

① 战国·孟子等：《四书五经》，中华书局 2009 年版，第 54 页。

② 《白氏长庆集》卷四五，《影印文渊阁四库全书》本，第 1080 册，第 493 页。

③ 清·王鹏运：《樵歌跋》，施蛰存主编：《词籍序跋萃编》，中国社会科学出版社 1994 年版，第 185 页。

④ 详参宋·楼钥：《檗庵居士文集序》，《攻媿集》卷五二，《影印文渊阁四库全书》本，第 1152 册，第813 页。

⑤ 详参清·陆心源辑：《宋史翼》卷二四，中华书局 1991 年版；宋·陈骙：《南宋馆阁续录》卷八、九，中华书局 1998 年版。

⑥ 钱锺书：《谈艺录》，中华书局 1984 年版，第 545 页。

有些伟大的人物，人们热爱他们，并不完全是因为他们身上的优点。有时是因为他们身上的缺憾，让我们普通人觉得这些伟人也与我们一样有平凡的一面，从而感到他们更加亲切，与我们的心灵更加贴近。陶渊明、白居易就是这样有性情、有缺点却能触动我们心灵深处最柔软地方的伟大诗人。胡怀琛说：

凡是诗人，感情都比常人要丰富。因为诗是偏于感情的，感情不丰富，便不能成为诗人。凡是诗人，他发挥感情的技能，都比常人要好，否则也不能成为诗人。①

陶渊明、白居易就是这样感情极丰富、表现感情技能十分高妙的人。后世多感、善感、敏感、能感人所不能感的文人士子们在品读陶渊明、白居易诗歌时自然也就特别容易与他们产生情感的共鸣，尚友古人时也就非常愿意选择他们。我们阅读汇集了陶渊明、白居易一生心迹情感、人生经历的诗歌，仿佛一千多年前往圣先贤的生活情景重现，这些先贤亲身来到我们的面前，我们站在离他们很近很近的地方，近得仿佛可以听见他们的心跳，听他们亲口向我们一字一句地诉说他们的理想与志意，他们的热望与失望，他们的孤危与蹉跎，他们的苍凉与寂寞，他们的万端感慨及绵绵长恨，他们的时不我予、壮志未酬的悲伤。我们跟着先贤的诗句，慢慢走进了他们生命与生活的深处与远处，心里涌起了对先贤真正的仰慕与同情，从而深切地领悟到他们的生活智慧与人生境界。

生活在偏安一隅的南宋小朝廷的士人正是从白居易身上找到了一条应对苦难、消除烦劳的快乐之道。岳珂《桯史》载：

自唐白乐天始为《何处难忘酒》诗，其后诗人多效之，独近世王景文质所作，隽放豪逸，如其为人。②

王景文即南宋士人王质，他一生奔走于幕府，备受屈辱，于晚年归隐山林之际效仿白乐天，在知乐知命之外又兼有隽放豪逸之精神面貌。

比较典型的例子还有南宋初年的名臣吴芾，他在当时波诡云谲的政治形势下坚持自我，一生历经大起大落的宦海风波，晚年退隐山林，在湖山之乐中找到了身心的安顿之所，在人格个性和诗歌创作上效仿前辈隐士陶渊明、白乐天。朱熹作《龙图阁直学士吴公神道碑》中说他：

为诗平淡，慕乐天，而浑厚庄栗，又自类其为人。③

他从白乐天身上学到了为人、为文之道，故晚年生活渐趋平淡，这是历经绚烂之后的平淡，使其诗歌创作达到了意远辞达、浑厚庄栗的至高境界。干谒与隐逸，是中国文人面临

---

① 俞陛云、胡怀琛：《大师的国学课4：诗的启蒙》，江西教育出版社2013年版，第249页。

② 宋·岳珂撰，吴企明点校：《桯史》卷五“何处难忘酒”条，中华书局1981年版，第57页。

③ 宋·朱熹：《晦庵先生朱文公文集》卷八八，朱杰人、严佐之、刘永翔主编：《朱子全书》（修订本）第24册，上海古籍出版社、安徽教育出版社2010年版，第4115页。

的出处大问题，涉及他们对人生境遇所采取的生活方式，构成了中国文学生态的多维侧面。

自中唐以后，地主阶级内部的权利之争逐步凸显出来。永贞革新失败，甘露事件发生后，一部分文人看透了政治上的倾轧杀戮，从而退出官场，走向山林，绝大多数文人仍在官场权利圈子中打滚。政治环境的变化，使中唐以后的文士们比以往更喜欢谈论隐逸。白居易感受到了宦海风波险恶，政治斗争波诡云谲，以远祸全身、明哲保身为立身处世哲学，通过儒释道的隐逸思想来调节内心世界的矛盾困惑，过着闲适放旷、逍遥自在的中隐生活。他的大量闲适诗即是其中隐生活的写照。如《白氏长庆集》卷一一《委顺》道：

山城虽荒芜，竹树有嘉色。郡俸诚不多，亦足充衣食。外累由心起，心宁累自息。尚欲忘家乡，谁能算官职。宜怀齐远近，委顺随南北。归去诚可怜，天涯住亦得。①

类似安时处顺的思想在白居易诗中表现得十分普遍，如卷一七《九江春望》中道："此地何妨便终老，譬如元是九江人。"② 卷六《舟行江州路上作》结云："平生沧浪意，一旦来游此。何况不失家，舟中载妻子。"③ 卷七又有《闻早莺》《答故人》《咏怀》等诗④，都表达了自己齐远近、等贵贱、忘宠辱的思想。在《白氏长庆集》卷二八《与元微之书》中，白居易自述到九江三载以来，有"三泰"足以自安，叙此情尤详。⑤ 所以说，白居易的归隐意识，有逃避与反抗现实社会的一面，在更大程度上是一种看穿人生后的享乐心理，纯任主观、自在适意的享乐成分较之传统隐逸的避世有很大的不同。他通过学习往圣先贤来思考人生的价值与意义，"身心安处为吾土，岂限长安与洛阳。水竹花前谋活计，琴诗酒里到家乡"⑥，是其隐逸生活方式和退居心态：他不必像上古隐士那样过着安于清贫、箪食瓢饮的隐逸生活，饱受饥寒的困扰；也不必像许由、巢父那样幕天席地、睡在树上，而是有着一官半职，优游于进退之间，超脱于山林与魏阙之上，过着听歌看舞、养尊处优、酒肉不辞、声色不避浸染着浓重世俗味的中隐生活。在这方面，陆游可谓得到了白居易的真传，他所著的《老学庵笔记》卷五有如下记载：

忠州在陕路，与万州最号穷陋，岂复有为郡之乐？白乐天诗乃云："唯有绿樽红烛下，暂时不似在忠州。"又云："今夜酒醺罗绮暖，被君融尽玉壶冰。"以今观之，忠州那得此光景耶？当是不堪司马闲冷，骤易刺史，故亦见其乐尔。可怜哉。⑦

---

① 唐·白居易撰：《白氏长庆集》，《影印文渊阁四库全书》本，第1080册，第119页。

② 唐·白居易撰：《白氏长庆集》，《影印文渊阁四库全书》本，第1080册，第187页。

③ 唐·白居易撰：《白氏长庆集》，《影印文渊阁四库全书》本，第1080册，第70页。

④ 唐·白居易撰：《白氏长庆集》，《影印文渊阁四库全书》本，第1080册，第72、73、74页。

⑤ 《白氏长庆集》卷二八《与元微之书》，《影印文渊阁四库全书》本，第1080册，第324页。苏东坡贬谪海南，亦自述"三适"甚动人，可见"最爱白乐天"的苏东坡对白居易旷达思想的继承与发展。

⑥ 《吾土》，《影印文渊阁四库全书》本，第1080册，第325页。

⑦ 《老学庵笔记校注》卷五，钱仲联、马亚中主编：《陆游全集校注》第11册，浙江教育出版社2011年版，第361页。

反映了放翁对乐天的了解之同情。放翁自己也极力效仿乐天的生活方式和人生态度，据夏承焘、吴熊和的《放翁词编年笺注》载：

淳熙五年（1178），孝宗以务观在外既久，趣召东归。乃别成都，自涪州、忠州、万州，放船出峡。《诗稿》卷十《忠州醉归舟中作》诗："耿耿船窗灯火明，东楼饮罢恰三更。不堪酒渴兼消渴，起听江声杂雨声。"似即赴王守之宴。词乃席上赠妓之作。①

这首赠妓之词，似乎也颇有"元轻白俗""都市豪沽""今夜酒醺罗绮暖"的风貌：

倦客平生行处，坠鞭京洛，解佩潇湘。此夕何年，来赋宋玉高唐。绣帘开、香尘乍起；莲步稳、银烛分行。暗端相，燕羞莺妒，蝶绕蜂忙。　　难忘，芳尊频劝，峭寒新退，玉漏犹长。几许幽情，只愁歌罢月侵廊。欲归时、司空笑问；微近处、丞相嗔狂。断人肠。假饶相送，上马何妨。②

叶申芗《本事词》卷下评曰："放翁在王忠州席上，赋《玉蝴蝶》云……其描写处，曲尽情态，令人诵之如见其声容焉。"③ 令人想到了白乐天四十四岁时写的《琵琶行》中琵琶歌女的声容，两人都是描绘声色享受的能手，这和他们的人生态度和生活方式相似有关。南宋周密在《浩然斋雅谈》卷中即指出陆放翁与白乐天的内在契合之处：

陆放翁有《心太平庵》诗云："天下本无事，庸人扰之耳。胸中故湛然，忿欲定谁使。"又云："少年妄起功名念，岂信身闲心太平。"乐天有云："闲倾三数酌，醉吟十余声。便是羲皇代，先从心太平。"盖出《黄庭经》云："观志流神寄奇灵，闲暇无事修太平。"又《外景经》云："观志游神三奇灵，行闲无事心太平。"④

除此之外，陆游还有大量的诗句颇得乐天神韵，略可窥见两人性情契合有着共同的思想基础，故钱锺书评价陆游时，就颇能从他的闲适之作中把握其诗的真意：

咀嚼出日常生活的深永的滋味，熨帖出当前景物的曲折的情状……像《红楼梦》第四十八回里香菱的摘句，像旧社会里无数客堂、书房和花园中挂的陆游诗联都是例证。就此造成了陆游是个"老清客"的印象。⑤

---

① 宋·陆游著，夏承焘、吴熊和笺注，陶然订补：《放翁词编年笺注》（增订本），上海古籍出版社2012年版，第101页。

② 《玉蝴蝶·王忠州家席上作》，宋·陆游著，夏承焘、吴熊和笺注，陶然订补：《放翁词编年笺注》（增订本），上海古籍出版社2012年版，第99页。

③ 宋·陆游著，夏承焘、吴熊和笺注，陶然订补：《放翁词编年笺注》（增订本），上海古籍出版社2012年版，第102页。

④ 宋·周密撰，孔凡礼点校：《浩然斋雅谈》，中华书局2010年版，第19页。

⑤ 钱锺书选注：《宋诗选注》，人民文学出版社1958年版，第284页。

白居易闲适乐天、知足保和的中隐思想开了南宋隐逸之声的先河，导致南宋有大量的诗歌也具有乐天浅俗易懂的特点，如李重华在《贞一斋诗说》中指出：

南宋陆放翁堪与香山踵武，益开浅直路径，其才气固自沛乎有余，人以范石湖配之，不知石湖较放翁则更滑薄少味。[①]

无独有偶，辛弃疾很欣赏白居易声色歌舞的富贵生活，在洪迈七十寿辰时，作了一首《最高楼·为洪内翰庆七十》，用“乐天诗句香山里”[②] 来颂赞洪迈生活的富贵闲雅。

在知足保和方面，稼轩可谓是白乐天的知音，我们看其《鹧鸪天·博山寺作》：

不向长安路上行。却教山寺厌逢迎。味无味处求吾乐，材不材间过此生。　　宁作我，岂其卿。人间走遍却归耕。一松一竹真朋友，山鸟山花好弟兄。[③]

稼轩要在“味无味处求吾乐，材不材间过此生”，这种对进退出处生活方式的选择，与白居易“似出复似处，非忙亦非闲”的“中隐”何其相似。

白居易乐天知命的性格特征与其坎坷不平的人生经历有关：

香山出身贫寒，故易于知足。……故自登科第入仕途，所至安之，无不足之意。……可见其苟合苟完，所志有限，实由于食贫居贱之有素，讫可小康，即处之泰然，不复求多也。[④]

白居易少时多历忧患，深知人生在世不饥不寒之至乐。在传统社会内部矛盾日深的情况下，白居易的“中隐”为士人实现人格独立、追求隐逸自适提供了一条可行之路。所以，中唐以后，尤其是到了南宋时期，它被隐心未泯的士人奉为圭臬，他们大多视白乐天为同道。张孝祥直接以“中隐”为题作诗一首：

吾家中隐君，才比万斛泉，短小精悍姿，一剑当雄边。去年郴州贼，俯视衡岳颠，君从襄阳来，孤忠作戈鋋。谭笑百雉安，净洗湖岭烟，谓当酬王勋，金印如斗悬。言归遽如许，此意谁为宣？小隐即居山，大隐即居廛，夫君处其中，政尔当留连。早晚有诏书，唤君远朝天，欲为中隐游，更着三十年。[⑤]

表达了在新的历史环境下对白居易中隐生活的理解与向往。南宋党争激烈、政治形势波诡云谲，白居易的“中隐”思想，不仅是南宋士人现实政治生活实践的指导，也是他们心灵

---

① 清·李重华：《贞一斋诗说》，《清诗话》本，上海古籍出版社1978年版，第927页。

② 唐圭璋编，王仲闻参订，孙凡礼补辑：《全宋词》第3册，中华书局1999年版，第2445页。

③ 唐圭璋编，王仲闻参订，孙凡礼补辑：《全宋词》第3册，中华书局1999年版，第2483页。

④ 清·赵翼：《瓯北诗话》卷四，郭绍虞编选，富寿荪校点：《清诗话续编》（上），上海古籍出版社1983年版，第1183－1184页。

⑤ 宋·张孝祥著，徐鹏校点：《于湖居士文集》卷四，上海古籍出版社2009年版，第35页。

深处的一方净土。

南宋时期自号江湖长翁、一生沉浮州县的陈造，终生信服白居易，他在《题长庆集》中表达了对白居易的由衷赞赏：

乐天人中龙，其学粹诣，其操守卓伟，尽爱君忧人之心，而不害为放达超胜。读其遗文，如挹清扬而亲谭麈也。①

他作诗时明显有取法白居易的痕迹在，《江湖长翁集》卷七之《垦山叟》《竹米行》《田家叹》诸篇②，就有白居易新乐府诗歌的影子，以至清人翁方纲也发现了陈造学习白乐天的事实：

陈唐卿造《官务》、《命书》诸作，自白乐天《秦中吟》出，亦风人之旨，足以感人善俗者也。③

在“风人之旨”上，把陈造与白乐天联系到一起。值得我们注意的是，陈造在为人处世上，终其一生地用自己的行为实践了白居易知足常乐的中隐思想：

公自以无补于世，置江湖乃宜，遂自号江湖长翁。物无用曰长物，语无用曰长语，于翁亦然。谓平生之所守者，邀乐于书，寄隐于吏，天之与我者，诗文之癖，著述之乐外，此皆置不动虑。构堂名怀苫，念弗忘故乡，轩名思可，谓向吾无置锥地，铢积寸累，今则有田可耕；向吾贫而借书手抄心记，今则有书可读，向吾理未彻学未定，久随所得入耳著心，今则有家法可守，是三可者，足以不匮，足以持身，足以保族宜家。夫无一可而渐至于可，乘其可怠则将反乎不可，是庸不思之乎？④

陈造的这种知足保和思想并不是个别的，而是具有相当的普遍性。南宋的江湖名士章甫，字冠之，号转庵居士，又作堂名易足，亦号易足居士。易足，即容易满足的意思。当时“名家，文献、政事、文学，为一代冠冕”⑤ 的韩元吉非常欣赏他易足乐观的生活态度，特地为他作了一篇《易足堂记》，这篇佳作简直是白居易“乐天”“知足”思想在新的历史条件下的生动再现：

楚有士，好游躐衡庐之巅，泛洞庭，下彭蠡，凡林薮之幽，川泽之奥，无不足也，意未云足。……友人章冠之，闻而叹曰：“吾非好游者也，借是以推天下之事，其不类于游

---

① 宋·陈造：《江湖长翁集》卷三一《题长庆集》，《影印文渊阁四库全书》本，第1166册，第394页。

② 唐圭璋编，王仲闻参订，孙凡礼补辑：《全宋词》第3册，中华书局1999年版，第2483页。

③ 清·赵翼：《瓯北诗话》卷四，郭绍虞编选，富寿荪校点：《清诗话续编》（上），上海古籍出版社1983年版，第1183－1184页。

④ 宋·张孝祥著，徐鹏校点：《于湖居士文集》卷四，上海古籍出版社2009年版，第35页。

⑤ 宋·陈造：《江湖长翁集》卷三一《题长庆集》，《影印文渊阁四库全书》本，第1166册，第394页。

者几希。彼富与贵，是人之所欲也。今吾有数亩之田可耕，数椽之屋可庇矣，虽万钱之厨，千间之厦，不是过也，岂不为甚富矣乎？邑之士以吾为可亲，贤卿大夫以吾为可与游，开卷执策而咏焉，古今事物之情，举无所遁。俯仰于天地间，盖亦无愧，岂不为甚贵矣乎？故吾尝自以为足，而人常恨吾之不足，特未知世之所谓既富且贵者，其心果能如吾之足哉？今吾仅营一堂矣，将以易足名焉，则何如？"夫冠之诗人也，与予兄弟交最厚且久，其清苦贫窭，予亦常恨其不足者，而闻其说若此，犁然有当于予心，遂书以为堂之记。①

古人云："三思而后行"，陈造可谓是"三思可而后乐"，章甫的"易足"，也正是"知足常乐"！人来到世间都是赤条条的，一根草也没有带来，后经父母的养育、师长的教导，才逐渐成人、成才，经过奋斗，拥有了一些东西。但急急流年，滔滔逝水，到头这一身，难逃那一日，人都会死的，人死时，一根草也不能带走。因此，我们要常怀感恩、知足之心。常怀感恩、知足之心才能使我们快乐！时常想到自己所拥有的，这样自然就会快乐。知足、感恩，是白居易、陈造、章甫这些古代的仁人志士给我们的最好礼物，是我们快乐的源泉，也是我国优秀传统文化宝库中最珍贵的遗产之一。从总的趋势来说，中国传统文人大多以旷达闲适的心态来面对人生，超脱多于执着，山林隐逸之念也相对压倒奔走钻营之心。这样的文化传统或许是从老庄道家哲学思想延伸而来的，中间经过陶渊明、白居易、苏东坡等文化伟人的传承，直至曹雪芹达到了巅峰②，古人认识到人生本虚空，他们才更加珍惜当下，珍惜生命中一切美好的、转瞬即逝的事物。

苏东坡的人格精神和处世哲学在某种程度上是继承和发展了白乐天的结果，关于这一点，南宋的士大夫有非常生动具体的描述，当时的名流巨卿周必大较早提出苏东坡与白居

---

① 宋·韩元吉：《南涧甲乙稿》卷一六《易足堂记》，《影印文渊阁四库全书》本，第1165册，第238－239页。

② 当然，这种文化传统也有其负面影响，鲁迅就深恶痛绝中国的隐士，曾写文章批判中国的旧文化，甚至说："我看中国书时，总觉得就沉静下去，与实人生离开；读外国书——但除了印度——时，往往就与人生接触，想做点事。中国书虽有劝人入世的话，也多是僵尸的乐观；外国书即使是颓唐和厌世的，但却是活人的颓唐和厌世。我以为要少——或者竟不——看中国书，多看外国书。少看中国书，其结果不过不能作文而已。但现在的青年最要紧的是'行'，不是'言'。只要是活人，不能作文算什么大不了的事。"（鲁迅：《大家国学·鲁迅》，天津人民出版社2008年版，第25页）或许就是看到了中国文人中隐逸高蹈行为的负面影响，故写了一系列的文章来批判中国文化的劣根性。不过，我们认为鲁迅的观点是在中国积贫积弱的特定历史环境下提出来的，无疑具有时代意义。鲁迅先生的见解很深刻，观点也很犀利，我们正可以从他的批判中看到中国文化的伟大。如王蒙就曾说过阿Q是一个没有文化的庄子，而庄子是有文化的阿Q，"有一个鲁迅的阿Q摆在那里，精神胜利云云似乎早已批倒批臭了。毕竟第一，阿Q是因愚昧而精神胜利的，庄子是因过大过高的智商才干脆不求事功，只求精神胜利的。第二，人就是有点儿精神，人就是可能在事功上、财富与强力上不敌对手，而在精神上，在品德、情操、智力、心理强大与开阔上大大优于对手。许多的圣人、烈士、大家受挫乃至被害，我们为什么不能承认正是这样的人中龙凤、世上英豪就是取得了精神的胜利呢"（王蒙：《与庄共舞：人生的自救之道》，生活·读书·新知三联书店2014年版，第287页）。而鲁迅自己也是非常喜欢读《庄子》的（当然李白、苏东坡、闻一多、曹雪芹等人也很喜欢甚至痴迷《庄子》，中国文人几乎没有不喜欢庄子的），鲁迅曾说过"中国文化的根底全在道教"。而我也要说庄子甚至于阿Q确实体现了中国文化中非常宝贵的一面，即中国人非常能够适应环境，无论在多么艰难困苦的环境下都能够活得快乐，都能够以游戏娱乐的态度来面对人生，无怪乎鲁迅要批判中国文化是一个大的娱乐场。但我们认为，用娱乐的态度来直面惨淡的人生，正视淋漓的鲜血，胜过于整日咀嚼苦难，沉浸于悲痛中而不能自拔。

易的关系。[1] 周必大在孝宗时任起居郎，后以徽州司户参军累官至右丞相，封益国公，赠太师，与他自己心仪已久的欧阳修、苏东坡一样谥文忠，他在文中道：

苏文忠公素慕白乐天之为人，盖二公文章皆以辞达为主，其忠厚乐施，刚直尽言，与人有情，于物无著，亦略相似。乐天为忠州刺史，作《东坡种花》二诗，又有《步东坡诗》云："朝上东坡步，夕上东坡步。东坡何所爱？爱此新成树。"文忠公中年谪黄州，偶因筑室，遂号东坡居士，尝赋八诗，其属意有自来矣。后为从官，羡乐天口之不置，如云"定似香山老居士，世缘终浅道根深"，又云"我似乐天君记取"，又"出处依稀似乐天"，其他形于诗者甚多，惜乎闲居二十年之志迄莫能遂。黄门公不云乎："子瞻之仕，其出入进退犹可考也。后之君子其必有以处之矣。"[2]

周必大对自己的这一发现似乎非常满意，屡屡形诸文字，其《二老堂诗话》亦载：

白乐天为忠州刺史，有《东坡种花》二诗。又有《步东坡》诗云："朝上东坡步，夕上东坡步。东坡何所爱，爱此新成树。"本朝苏文忠公不轻许可，独敬爱乐天，屡形诗篇。盖其文章皆主辞达，而忠厚好施，刚直尽言，与人有情，于物无著，大略相似。谪居黄州，始号东坡，其原必起于乐天忠州之作也。[3]

基于对白居易、苏东坡的深刻认同，南宋士大夫对他俩的关系才有如此亲切动人的理解。

南宋士人对白居易出处、进退自如的中隐方式的垂羡也影响到了他们的创作。朱敦儒的名作：

世事短如春梦，人情薄似秋云。不须计较苦劳心。万事原来有命。　　幸遇三杯酒好，况逢一朵花新。片时欢笑且相亲。明日阴晴未定。(《西江月》)[4]

被认为是"上有居易俟命之识见，下无行险侥幸之心情""此乐天知命之言，可为昏夜乞哀以求富贵利达者戒"。[5]"希真词于名理禅机，均有悟入，而忧时念乱，忠愤之致，触感而生，拟之于诗，前似白乐天，后似陆务观。至晚节依违，史家亦与务观同慨。"[6] 这种

---

① 目前所见，最早提出苏东坡与白居易关系的似乎是北宋的王直方，据《王直方诗话》载："东坡平生最慕乐天为人，故有诗云：'我甚似乐天，但无素与蛮。'又云：'我似乐天君记取，华颠赏遍洛阳春。'又云：'他时要指集贤人，知是香山老居士。'又云：'定似香山老居士，世缘终浅道根深。'又云：'渊明形神似我，乐天心相似我。'东坡在杭，又与乐天所留岁月略相似，其诗云'在郡依前六百日'者是也。"（吴文治主编：《宋诗话全编》，凤凰出版社 1998 年版，第 1164 页）

② 宋・周必大：《书曾无疑匹纸》，宋・周必大撰，周纶编：《文忠集》卷五五，《影印文渊阁四库全书》本，第 1147 册，第 588 页。

③ 宋・周必大：《二老堂诗话》，吴文治主编：《宋诗话全编》，凤凰出版社 1998 年版，第 5903 页。

④ 唐圭璋编，王仲闻参订，孙凡礼补辑：《全宋词》第 2 册，中华书局 1999 年版，第 1109 页。

⑤ 明・吴从先：《草堂诗余隽》，吴熊和主编：《唐宋词汇评》（两宋卷）第 2 册，浙江教育出版社 2004 年版，第 1324 页。

⑥ 清・王鹏运：《樵歌跋》，施蛰存主编：《词籍序跋萃编》，中国社会科学出版社 1994 年版，第 185 页。

但求适意、不拘形迹的归隐意识把中唐的白居易与南宋的士人联系到了一起：

人咸言诗人少达而多穷，又或谓呕心肝，擢胃肾，非益算延年术也，是特就一二人言之耳，乌足概其全哉？由唐以来，诗大家香山、放翁，官未尝不达，而年近句耆，庐陵、临川，皆至宰辅。近人朱竹土宅、查他山辈，官虽不高，寿皆至七、八十岁。盖天欲厚其传，非使之长年则撰著不富。①

“放翁意摹香山，取材甚广，作态更妍，读去历历落落，如数家珍”②，说明南宋士人与白居易有很多相似之处。

即使在写日常情境方面，放翁也与乐天有暗合之处，如《鹧鸪天·薛公肃家席上作》：

南浦舟中两玉人，谁知重见楚江滨。凭教后苑红牙板，引上西川绿锦茵。　　才浅笑，却轻颦。淡黄杨柳又催春。情知言语难传恨，不似琵琶道得真。③

这就让人想到了白居易四十四岁时写于江洲的《琵琶行》：

此在薛公肃席上逢旧时歌妓而作。质言之，不过云英重现，未免有情耳。结句乃藉琵琶传意，以纡回之笔写之。盖一落言诠，便无余味，不若空中传恨，见声音之感人。故白香山之悲商妇琵琶，不在整衣自言之际，而在急弦转拨之时，为之青衫泪湿也。④

张培仁《妙香室丛话五则》之五，把白居易、苏东坡与陆游联系到了一起：

余酷爱剑南诗，已摘其佳句矣，今又不能割爱者，备录于此云：“霜晓方惊群木脱，春晴又喜一花新。”“俗客妒闲来衮衮，流年欺老去翩翩。”“每因清梦游敷水，自觉前身老华山。”“花经风雨人方惜，士在江湖道更尊。”“花发时时携浊酒，客来往往羡朱颜。”“闭户不知春已去，钞书但觉日方长。”“擘浪忽看鱼对跃，入云时见鹤高骞。”“烟添半篙绿，山可一窗青。”“两卷硬黄书老子，数峰破墨画禱山庐山。”“水生溪面大鱼跃，风定草头双蝶飞。”“民有袴襦知岁乐，亭无桴鼓喜时康。”“时平里巷吹弹闹，岁熟人家嫁娶多。”想见承平气象。《送子龙赴吉州》云：“署衔汝弗憎铜臭，就养吾方喜饭香。”别有风趣也。“风梢解箨竹斋母，露叶成阴桐有孙。”点缀工绝。更爱其“呼童不应自生火，待饭未来还读书”之句，闲适处天怀坦然。“团扇卖时春渐晚，夹衣换后日初长。”风景可想。“过期未死更强健，与世不谐犹啸歌”一联，寄托遥深。“小蝶弄晴飞不去，珍禽喜静语多时。”“隐士寄云从地肺，游僧问路上天台。”此语未经人道。“潮通支浦鱼舟活，

---

① 清·程晋芳：《申拂珊副宪七十寿序》，《勉行堂文集》卷二，《续修四库全书》，第1433册，第317页。

② 清·田雯：《古观堂集》杂著卷二，孔凡礼、齐治平编：《陆游资料汇编》，中华书局1962年版，第170页。

③ 宋·陆游著，夏承焘、吴熊和笺注，陶然订补：《放翁词编年笺注》（增订本），上海古籍出版社2012年版，第94－95页。

④ 俞陛云：《唐五代两宋词选释》，上海古籍出版社1985年版，第348页。

露滋繁花醉帽偏。”超逸之至。“茅檐唤客家常饭，竹院随僧自在茶。”想见先生天怀澹定，香山、东坡后一人而已。①

南宋江湖诗人许棐，仰慕白居易、苏东坡竟至于“慕香山、东坡，画二像悬室中事之”②。室中对悬白乐天、苏东坡二人的画像，人生态度、人格精神庶几接近二人。这样的行为和心态引起了中国传统士大夫的欣赏和赞叹。从老庄到陶渊明到白居易到苏东坡再到陆放翁、辛弃疾，一脉相承，反映了中国文人超脱旷达的一面。就南宋文学中隐逸主题思想而言，白居易式的浸染着世俗味的隐逸内容占了很大比重，其中的隐逸思想与白居易的“中隐”理论相一致，是那个时代所特有的一种文化现象，表现了禅宗世俗化的特点。这是南宋文人表达归隐意识的一个重要特质，它明显类似于白居易的那些闲适诗，呈现出一种世俗化、心性化、富贵适意的状态，这种隐遁之思并不意味着文人对实际生活方式的选择和追求，而主要是一种“精神”理想：

窗暗窗明昏又晓。百岁光阴，老去难重少。四十归来犹赖早。浮名浮利都经了。时把青铜闲自照。华发苍颜，一任傍人笑。不会参禅并学道。但知心下无烦恼。（张元幹《蝶恋花》）③

把此词与张元幹的经历结合起来看，不难发现，在浮名浮利中奔走干禄的南宋文人看破了官场上的那些争权夺利、蝇营狗苟，在华发苍颜中悟出了“但知心下无烦恼”的人生真谛。还有，葛长庚《行香子》词“酒熟堪笏。客对至留，更无荣、无辱、无忧。退闲步，著甚来由。但倦时眠、渴时饮、醉时讴”的任真而为、闲逸适意，与白居易《自诲》诗“往日来日皆敝然，胡为自苦于其间？乐天乐天，而今而后，汝其饥而食，渴而饮，昼而兴，夜而寝。无浪喜，无妄忧”的任运委顺、随缘自适也是如出一辙，这是南宋文人与白居易乐观精神在归隐意识上的相融相契之处，若向深处考察，其根源在于白居易诗与南宋文人创作中的隐逸思想都来自道家哲学，并同时都与当时禅宗有密切联系。禅宗随缘自适的世界观，道家虚静恬淡、无欲少智、守柔退让的生活信条容易对各阶层的文人士子产生影响。朴素、自然、豁达、飘逸，南宋词中表现隐逸闲适情调的作品也像白居易的闲适诗一样，归隐意识更加泛化、世俗化、心性化。但求适意、不拘形迹，日常和平凡，才是珍贵人生的全部。

第四节　南宋士人的隐逸人格风范

中国文人在骨子里是鄙薄干谒奔进之徒而欣赏隐逸人格精神的。苏舜钦在《王公行

① 孔凡礼、齐治平：《古典文学研究资料类编·陆游卷》，中华书局1962年版，第360页。
② 清·曹庭栋：《宋百家诗存》卷三六，《影印文渊阁四库全书》本，第1477册，第882页。
③ 唐圭璋编，王仲闻参订，孙凡礼补辑：《全宋词》第2册，中华书局1999年版，第1402页。

状》中云：

公少以师礼事杨文公亿，文公深器之。尝以书誉刘翰林曰：“子野英妙，不炫文干进，当世佳士也。”又以公诗句手写扇上，众争玩之，由是名称益大。①

在一代名臣苏舜钦的观念里“当世佳士”与“不炫文干进”有密切联系，可见宋人骨子里对“炫文干进”的鄙薄。

“不炫文干进”，廉靖自守，不屈意权门，甘处下寮是士大夫高尚人格的体现，南宋大儒朱熹在《跋陈大夫诗》中为我们提供了这种高士的典型：

常人之情，小有一善，则自视哆然若有余，而其责报也，欿然常若有所不足。所以善日消，而恶日长，卒以陷溺于利欲之横流而不自知也。大夫陈公廉靖自守，不肯屈意权门，宁俯首于下寮，终身而不悔。比其晚岁，仅以年劳得官其世，而所以省身知足之意，见于短章者乃如此，其志念之所存，与庸者远矣。呜呼，子孙之贤，其亦深念而敬守之也哉！②

从朱熹的这段跋文中，我们感受到，崇尚省身知足、鄙薄屈意奔竞是南宋士大夫中普遍存在的思想。

南宋时期，与朱熹持相似人生态度、政治观念和人格精神的不乏其人，如范宽《碧岩诗集序》载：

南渡以后，文气日卑，道德日衰，小人窃柄，引进同类，摈斥道学，以为伪党，凡吾朱子门墙者，悉被禁锢。故道德忠义之士接踵东南，跧伏岩谷，或著述吟咏，不以穷达变其心。若碧岩金先生，亦一代高伟人也。……时咸淳癸酉，后学晚生栎山范宽元奕拜序。③

从中可以感受到在党同伐异的政治斗争中士大夫崇尚隐逸高蹈、“著述吟咏，不以穷达变其心”的时代气息。林光朝《缴奏沈瀛除知梧州词头》云：

三月二十一日，三省同奉圣旨，沈瀛差知梧州替张积躬。臣窃见沈瀛昨为枢密院编修官，懦而无立，惟知干进，为王质所摇动，王质唱之，沈瀛从而和之，此亦公论之所不容。前日沈瀛无故复来，见者切齿，谓如此等人，幸而得祠禄，闭门自讼，岂应更求进？今若与之州郡，何以示劝惩？沈瀛得郡，则王质之轻儇狡险，且将攀缘而至矣。臣恐公论自此不立，为害甚大。欲乞睿断将沈瀛差知梧州指挥特赐寝罢，以为浮躁不知耻者之戒。④

---

① 曾枣庄、刘琳主编：《全宋文》卷八七九，第41册，上海辞书出版社 2006 年版，第102页。

② 宋·朱熹：《晦庵先生朱文公文集》卷八四，朱杰人、严佐之、刘永翔主编：《朱子全书》（修订本）第24册，上海古籍出版社、安徽教育出版社2010年版，第3973－3974页。

③ 宋·范宽撰：《碧岩诗集序》，国家图书馆藏清抄本《碧岩诗集》卷首。

④ 宋·林光朝撰：《艾轩集》卷二，《影印文渊阁四库全书》本，第1142册，第565页。

指出沈瀛是“惟知干进”“见者切齿”之人，“以为浮躁不知耻者之戒”，其对士人人品的褒贬由此可见。《宋会要辑稿》职官七二之一七亦载此事：

（淳熙四年）三月二十三日，新知梧州沈瀛罢新任，以臣僚言瀛昨为枢密院编修朋附干进故也。[1]

“朋附干进”竟然成了南宋官员被罢免的主要罪状，可见干谒奔竞无论于公于私皆为人所不齿。这一观点，在南宋周密《齐东野语》的一段记载中得到了印证：

张说之为承旨也，朝士多趋之。王质景文、沈瀛子寿始俱在学校有声，既而俱立朝，物誉亦归之，相与言：“吾侪当以诣说为戒。”众皆闻其说而壮之。已而质潜往说所，甫入客位，而瀛已先在焉，相视愕然，明日喧传，清议鄙之，久皆不安而去。[2]

这段记载值得重视，蕴含了丰富复杂的传统文化内涵。朝士多趋附张说，干谒奔竞本无可厚非，因趋炎附势是人之常情，可王质和沈瀛却表面上以不干谒请托张说来为自己扬名，私下却是“质潜往说所”“瀛已先在”，结果“清议鄙之”。我们仔细体味“清议鄙之”的内涵，不难想象出当时“吾侪当以诣说为戒”“众皆闻其说而壮之”所体现出来的南宋士人的价值取向了。故四库馆臣在《雪山集提要》中要极力为王质辩诬，认为《齐东野语》所记之事：

与史殊相乖刺。考史称虞允文以质鲠亮不回，荐为右正言，时中贵人用事，多畏惮质，阴沮之，云云。则质非附势求进者，殆张说等惧其弹劾反造蜚语，史所谓阴沮之者，正指此事，密不察而误载也。观其初受张浚之知，又以汤思退荐为太学正，而《论和战守疏》中排击二人，皆无所假借，此岂放利偷合者所能为欤？[3]

我们不难从中领会传统观念对干谒奔走的鄙薄，对“鲠亮不回”的赞赏，结合“元嘉三大家”的鲍照一方面奔走干谒于临川王刘义庆之门，一方面说“自古圣贤尽贫贱，何况我辈孤且直”（《拟行路难》），不难发现传统士人身上的矛盾现象：既要为现实利益而奔走请托，又要高扬自己孤直的人格。

推崇隐逸高蹈之士、鄙薄干谒奔竞之徒的思想在刘克庄的《林同诗序》中表现得十分明确：

余尝患近人之作，多俗间浅近之言，少事外高远之趣。达者酣豢宠利，穷者梦想功名。情见乎词，千人一律。惟寒斋父子不然……年未四十，慨然罢举。志尤洁，非躬耕不

① 清·徐松辑：《宋会要辑稿》职官七二之一七，中华书局 1957 年版，第 3996 页。
② 宋·周密撰，张茂鹏点校：《齐东野语》，中华书局 1983 年版，第 205 页。
③ 宋·王质撰：《雪山集》卷首，《影印文渊阁四库全书》本，第 1149 册，第 345 页。

食。植梅百株，日哦其下。钞新旧稿示余，无一字一句，堕落世网，独于古今所谓仁人志士、忠臣孝子，每致其惓惓。……子真林氏，名同。或问子真可方何人，余曰："先朝魏野，与其子闲，俱入《隐逸传》，俱有诗名。甚矣哉，寒斋之似野，子真之似闲也。"①

推崇隐逸的思想历代皆有，然在南宋士大夫身上表现得尤其突出，颇能反映当时人们的文化心态与价值观念。这种士人风尚与宋高宗提倡清净恬淡、寡欲省事有关，据《建炎以来系年要录》载：

初，上作损斋，屏去玩好，置经史古书其中，以为燕坐之所，且为之记。权吏部尚书贺允中请以赐群臣，庚寅，上谓宰执曰："允中尝于经筵问朕好之意，朕谓之曰：朕之所好非世俗之所谓道也，若果能飞升，则秦皇、汉武当得之；若果能长生，则二君至今不死。朕惟治道贵清净，故恬淡寡欲，清心省事，所谓为道日损，期与一世之民同跻仁寿，如斯而已。当降出碑本以赐卿等。朕又惟比年侈靡成风，如婚祭之类，至有用金玉器者，此亦不可不戒。"于是降诏谕中外，如上旨。②

据《说郛》卷四七引廖莹中《江行杂录》载，宋高宗还亲自撰写了表现江湖隐逸情怀的《渔父辞》：

绍兴二十八年，将郊祀，有司以太常乐章篇序失次，文义弗协，请遵真宗、仁宗朝故事，亲制祭享乐章。诏从之。自郊社、宗庙、原庙等共十有四章，肆笔而成，睿思雅正，宸文典赡，所谓大哉王言也。至于一时闲适，寓景而作，则有《渔父辞》十五章，又清新简远，备骚雅之体。其辞有曰："薄晚烟林淡翠微，江边秋月已明辉。纵远柁，适天机，水底闲云片段飞。"又曰："青草开时已过船，锦鳞跃处浪痕圆。竹叶酒，柳花毡，有意沙鸥伴我眠。"又曰："水涵微影湛虚明，小笠轻蓑未易晴。明镜里，縠纹生，白鹭飞来空外声。"辞不能尽载。观此数篇，虽古之骚人词客，老于江湖，擅名一时者，不能企及。③

如此清新飘逸之词，是情见乎词的表现，可见宋高宗对隐逸高蹈之士的仰慕与推崇。上有所好，下必效焉。在传统文化观念的影响与高宗皇帝的倡导下，南宋一朝的隐逸风尚盛行一时。

我们从刘克庄对赵蕃隐逸人格精神的高度评价中，可以透视形成这一风尚的深层民族文化心理：

上饶郡为过江文献所聚，南涧、方斋之文，稼轩之词，皆名世。至章泉、涧泉，又各以其诗号为大家数。然世之所以共尊翊二公，帖然无异论者，岂直以其诗哉？其人皆唾涕

① 《后村先生大全集》卷九六，宋・刘克庄著，辛更儒笺校：《刘克庄集笺校》第9册，中华书局2011年版，第4061－4062页。

② 宋・李心传撰：《建炎以来系年要录》卷一八〇，中华书局1988年版，第2988页。

③ 明・陶宗仪编：《说郛》卷四七，《影印文渊阁四库全书》本，第878册，第545页。

荣利，老死闲退，槁而不可荣，贫而不可贿，有陶长官、刘遗民之风，虽无诗亦传，况其诗自妙绝一世乎？①

刘克庄将当时士人山林隐逸、江湖奔走的生活方式与他们的文学创作结合起来讨论：

叔孙穆叔有云："太上立德，其次立功，其次立言。"信斯言也。是云有功德者，无待于立言欤？……自穆叔之论行，世始以文为道之小技，诗又文之小技，王公大人，率贵重不暇为，或高虚不屑为，而山林之退士，江湖之旅人，遂得以持其柄而称雄焉，自晋唐以来已然矣。②

这样的论述具有特别重要的时代意义，表明当时有见识的文人已经意识到"山林之退士""江湖之旅人"在南宋文学史上的特殊地位。

刘宰撰《章泉赵先生墓表》中有一段评价，很能说明中国传统的文化观念，即安贫乐道这一思想对南宋士人精神面貌的影响，南宋士人注重人生的适意与心情的舒畅，明显是对传统观念的继承：

自少喜作诗，答书亦或以诗代，援笔立成，不经意而平淡有趣，读者以为有陶靖节之风。岁时宾友聚会，尊酒从容，浩歌长吟，心融意适，见者又以为有浴沂咏归气象。③

"南宋气象"是"浴沂咏归气象"的典型示范。我们可以把"浴沂咏归"的南宋气象，与林庚提出的"盛唐气象"作一对比。"盛唐气象"指的是盛唐精神体现出来的一种少年气象，一种少年时代的憧憬和悲伤，既与魏晋的沉重哀歌不同，也与杜甫的苦难悲愤不同，它是走向成熟期的青少年对人生、宇宙初次觉醒的"自我意识"；对广大世界、自然美景和自身存在的深切感受和珍视；对自身存在的有限性的无可奈何的感伤、惆怅和留恋。④"南宋气象"则是南宋士人历经人生风波、饱受干谒奔走之苦后看透看淡人生的一种宁静自适心境的外化，是他们人生感悟与处世哲学的集中体现，带有老年人的政治幽愤与人生悲凉之感。正如王水照、熊海英以陆游为例，从文化心理角度对此作了精辟入微的分析：

陆游晚年的生活平静优游，往往以诗描绘田园山水，吟咏日常琐事，表达细微心理感受，诗风渐渐平淡乃至琐碎浅直，与白居易晚年闲适诗相近。……诸如此类，诗句光润清圆，格致稳适甜熟，情调闲雅快活，益开浅直路径，往往伸纸便得，与白居易晚年诗风非

---

① 《后村先生大全集》卷九七，宋·刘克庄著，辛更儒笺校：《刘克庄集笺校》第9册，中华书局2011年版，第4089页。

② 《信庵诗》，宋·刘克庄著，辛更儒笺校：《刘克庄集笺校》第9册，中华书局2011年版，第4108页。

③ 宋·刘宰撰：《漫塘文集》卷三二，《影印文渊阁四库全书》本，第1170册，第730页。

④ 详参林庚：《盛唐气象》，《唐诗综论》，清华大学出版社2006年版，第23－43页；林庚：《中国文学简史》，清华大学出版社2007年版，第174页。

常相近，根本原因还在老年心态相似。①

需要补充的是，陆游不但在步入老境后的二十年与白居易晚年心态相似，他在四十岁出头正当壮年时也有很苍凉深沉的人生感慨。放翁的可贵之处在于他和白居易一样，能够在人生苍凉的背后享受闲适的乐趣。陆游在宦海浮沉半生后也比较能体味人世的苍凉，并在看透了人生的苍凉之后更加珍惜日常生活中的闲适，入蜀后，“其诗之言恢复者，十之五六。出蜀以后，犹十之三四。至七十以后，正值开禧用兵，放翁方治东篱，日吟咏其间，不复论兵事”②，这种苍凉感往往在日常生活中体现出来：“风恶房栊燕子归，雨多山路蕨芽肥。青糍旋捣作寒食，白葛预裁充暑衣。稚子日长供课早，故人官达寄书稀。幽居自喜浑无事，又向湖阴坐钓矶。”③ 又如其《感皇恩》曰：

小阁倚秋空，下临江渚，漠漠孤云未成雨。数声新雁，回首杜陵何处。壮心空万里，人谁许？　　黄阁紫枢，筑坛开府，莫怕功名欠人做。如今熟计，只有故乡归路。石帆山脚下，菱三亩。④

先著《词洁辑评》卷二评此词曰：

其人胸中有故，出语自不同。当与“酒徒一半取封侯，独去作、江边渔父”合看。⑤

可谓深得放翁词心之论。有“小李白”之称的陆放翁在诗中叹老嗟贫，值得注意。与陆放翁齐名同时的中兴大诗人范成大与杨万里亦然：

二公高怀清节，皆以止足自期，乐志田园，不为物累，其诗亦以人重，故世乐道之耳。诵其石湖养闲诸什，东园归老诸诗，杂缀园亭，经营草木，乡居琐事，吴俗岁华，亦足以陶写尘襟，流传佳话，雅人深致，故自不凡。⑥

南宋的归老、叹老、咏老之声不绝如缕，时出新声，令人深思。戴复古《石屏集》卷一《章泉二老歌》曰：

---

① 王水照、熊海英：《南宋文学史·中兴之局与文学高潮》，人民出版社 2009 年版，第 148－149 页。

② 清·赵翼：《瓯北诗话》，郭绍虞编选，富寿荪校点：《清诗话续编》（上），上海古籍出版社 1983 年版，第 1233 页。

③ 《晚春感事》四首其一，《剑南诗稿》卷二二，钱仲联、马亚中主编：《陆游全集校注》第 3 册，浙江教育出版社 2011 年版，第 390 页。

④ 宋·陆游著，夏承焘、吴熊和笺注，陶然订补：《放翁词编年笺注》（增订本），上海古籍出版社 2012 年版，第 96 页。

⑤ 宋·陆游著，夏承焘、吴熊和笺注，陶然订补：《放翁词编年笺注》（增订本），上海古籍出版社 2012 年版，第 97 页。

⑥ 清人李慈铭语，引自湛之编：《杨万里范成大资料汇编》，中华书局 1964 年版，第 206－207 页。

在昔商山传四皓，又闻香山图九老。异乡异姓适同时，争如章泉一家兄弟登耆颐。章泉之上两山下，有地可宫田可稼。伯也早休官，季也相约归林泉。名动京口耕谷口，山中有诗天下传。一生得闲兼得寿，皓首庞眉世稀有。竹隐先生八十三，定庵居士七十九。客从远方来，亦是六十叟。手把一枝梅，奉劝两翁酒。问公何以致遐龄，请翁细说吾细听。不烧丹，不学仙。五行有常数，天所禀赋焉。人生一气统四体，众人斩丧吾能全。要知养生无他术，日多吃饭夜独眠。承翁见教谢翁去，两翁殷勤留我住，是夜醉眠苔竹轩。梦见山灵向我言，翁之所说皆不然。两翁盛德合乎天，天与遐龄五百年。①

这一诗歌印证了钱锺书所提出的深刻见解：

唐诗、宋诗，亦非仅朝代之别，乃体格性分之殊。天下有两种人，斯分两种诗。唐诗多以丰神情韵擅长，宋诗多以筋骨思理见胜……非曰唐诗必出唐人，宋诗必出宋人也。……夫人禀性，各有偏至。发为声诗，高明者近唐，沉潜者近宋，有不期而然者。……一生之中，少年才气发扬，遂为唐体，晚节思虑深沉，乃染宋调。②

唐体到宋调的演变，象征式地展示了传统社会和它的主角士人由少壮到老成，由朝气蓬勃、纵情生活到知足保和、恬淡自安的历史行程。

将“得闲”与“得寿”联系起来称赞某人，在南宋似乎是一种时尚。《后村先生大全集》卷一《寄赵昌父》云：

世上久无遗逸礼，此翁白首不弹冠。一生官职监南岳，四海诗盟主玉山。经岁著书人少见，有时入郭俗争看。何因樵服供薪水，得附高名野史间。③

“遗逸”即得闲，“白首”即得寿，闲逸与长寿，乃是南宋时人所向往达到的境界。要达到这一境界，不是一件容易的事，其间要历经许多艰难曲折、许多看破、放下。刘克庄《后村先生大全集》卷一七四《诗话前集》载：

赵忠定当国，招蔡季通不至，犹坐赵党谪死道州。……章泉哭之云：“鹃叫春林辱赠诗，雁回湘浦忽传悲。兰枯蕙死迷三楚，雨暗烟昏碍九疑。早日力辞公府檄，暮年名入党人碑。乌乎季子延陵字，不待镵词行可知。”是时章泉句律如此，宜为一世所宗。晚年诗太坦率，几于风德之衰矣。④

竟以“风德之衰”来形容赵蕃晚年之诗，由此可见，南宋诗词的衰老之气。人生晚景，固然衰飒，亦别有风味。这种风味，即刘克庄《与郑丞相论史》中所说：

---

① 宋·戴复古著，吴茂云、郑伟荣校点：《戴复古集》，浙江大学出版社2012年版，第14页。

② 钱锺书：《谈艺录》，中华书局1984年版，第2－4页。

③ 宋·刘克庄著，辛更儒笺校：《刘克庄集笺校》第2册，中华书局2011年版，第58页。

④ 宋·刘克庄著，辛更儒笺校：《刘克庄集笺校》第14册，中华书局2011年版，第6752页。

章泉诗，仆数数见，惟未睹大全。后又从故右司陶仁父传涧泉遗稿。二老为天下后世所重者，以人不以诗，然终身栖遁，其言议风旨仅概见者，以其诗存耳。仆每诵其诗，则怀其人之不可复见，见其门人则敬之，见其里人则敬之。①

这是“得闲”“得寿”的人生所产生的巨大力量。这种力量促成了南宋时人看待诗歌的态度。他们评价诗歌，也多从理性认识的角度出发对创作进行批评：

科举兴，并五七言俱废。士非阨于山林，逸于湖海，与夫失志于朝廷之上，而近流徙者，不暇于诗。②

景定、咸淳之间，余初客杭……时余虽学诗，方从事进取，每每为人所厌薄，以为兹技乃天之所以畀于穷退之人，使其吟谣山林，以泄其无聊，非涉世者之所得兼。③

诗本高人逸士为之，使王公大人见为屈膝者。而近所见类猥甚，不能于科举者，必曰诗，往往持以走谒门户，是反屈膝于王公大人不暇。曾不若俯焉科举之文，犹是出其上远甚。④

这些观念是南宋时人在体验干谒奔走与山林隐逸生活后自然而然形成的。无论是孔子的“浴乎沂风乎舞雩咏而归”，还是庄子的“逍遥游”，都是自由快乐的人生境界的体现。南宋士大夫虽然在现实生活中遇到很多困难，但他们大都能保持心情舒畅和乐观旷达的人生态度，这种成熟老练的态度，一方面来自他们的人生阅历，另一方面也得益于传统文化观念的影响。如徐经孙（1192—1273），号矩山，江西丰城人，宝庆二年（1226）中了进士，累迁刑部侍郎、太子詹事，拜翰林学士，知制诰。忤贾似道，罢归闲居。咸淳九年（1273）卒，年八十二。景定二年（1261），七十岁的徐经孙历经宦海浮沉，致仕得请，赋词曰：

客问矩山老，何事得优游。追数平生出处，为客赋歌头。三十五时侥幸，四十三年仕宦，七十口归休。顶踵皆君赐，天地德难酬。　书数册，棋两局，酒三瓯。此是日中受用，谁劣又谁优。寒则拥炉曝背，暖则寻花问柳，乘兴狎沙鸥。知足又知止，客亦许之不。(《水调歌头·致仕得请》)⑤

徐经孙因忤贾似道而罢归闲居，词中“三十五时侥幸”，指三十五岁中进士，“四十三年仕宦”，指出仕至罢归闲居共有四十三年。贾似道在南宋后期位极人臣、权倾朝野，无行

---

① 《后村先生大全集》卷一三一，宋·刘克庄著，辛更儒笺校：《刘克庄集笺校》第12册，第5292页。

② 宋·何梦桂：《清溪吟课序》，赵敏、崔霞点校：《何梦桂集》卷五，浙江古籍出版社2011年版，第140页。

③ 元·戴表元著，李军、辛萝霞校点：《戴表元集》卷八，吉林文史出版社2008年版，第106页。

④ 宋·陈起编：《江湖后集》，《影印文渊阁四库全书》本，第1357册，第920页。

⑤ 唐圭璋编，王仲闻参订，孙凡礼补辑：《全宋词》第4册，中华书局1999年版，第3460页。

文人大多奔走干谒贾似道之门，徐经孙得罪贾似道，罢归闲居是必然结果，也许徐经孙也看到了这一点，他生性旷达，过着“书数册，棋两局，酒三瓯”的闲情逸致的生活，“知足又知止”，深得传统文化观念中知足保和、“乐天知命故不忧”（《周易》）的人生至理，所以能在奸臣当道、内忧外患的乱世快活地活到八十二岁，得享高寿。咸淳七年（1271），徐经孙八十岁时，填了一首《鹧鸪天》，颇能反映他的晚年生活情况：

安分随缘事事宜，平生快活过年时。长歌赤壁东坡赋，又咏归来元亮词。　　开八秩，望期颐。人生如此古犹稀。香飘金粟如来供，岁岁今朝荐酒卮。①

家居赋闲时，通过歌咏苏东坡、陶渊明的诗词歌赋来求得平安自在的心理。

南宋士人历经宦海风波、看透人间百态后思想达到了新的境界。与徐经孙同时的冯去非（1189—1265）是江西人，出王应麟之门。淳祐元年（1241）进士，中进士时已经五十三岁了，可知他进入仕途时年纪已经很大了，到了知天命之年，按道理应谨小慎微、珍惜这来之不易的为官机会，可冯去非具有江西文人如陶渊明、王安石、文天祥等倔强不屈、宁折勿弯的精神个性。宝祐四年（1256），六十八岁的冯去非被召为宗学谕。理宗诏立石，禁三学诸生上书，去非不肯书名，得罪权臣丁大全而罢归庐山，他敢于反抗强权，这在某种程度上是受古代先贤的影响，如前述徐经孙受苏东坡、陶渊明的影响，经常吟唱他们两人的诗词歌赋，通过“尚友古人”来渡过难关。冯去非在人生旅途中也常想到古代的先贤，他在过松江时想到了张季鹰、贺知章、陆龟蒙等三位高人，并从他们身上学到了隐逸归去、清闲自在的精神境界：

买扁舟、载月过长桥，回首梦耶非。问往日三高，清风万古，继者伊谁。惟有茶烟轻飏，零露湿莼丝。西子知何处，鸿怨蛩悲。　　遥想家山好在，正倚天青壁，石瘦云肥。甚抛奇辫秀，猿鹤互猜疑。归去好、散人相国，迥升沈、毕竟总尘泥。须还我，松间旧隐，竹上新诗。（《八声甘州·过松江》）②

继承往日先贤的人格精神，冯去非在六十八岁高龄时敢于得罪权臣，在历史上留下了美名。这在“东南妩媚，雌了男儿”的社会环境下是难能可贵的，从中可以看出传统文化的深刻影响，正因中华民族有优秀的榜样，引起后人的崇敬与效仿，在军事软弱、政治无能、偏安一隅的南宋，才能产生历史上令人敬仰的文臣武将。

这些名臣在继承学习前辈贤人的基础上，又结合了南宋具体的社会环境和自己的人生体验，才达到较高的人生境界。试以杨万里为例：

杨诚斋自秘书监将漕江东，年未七十，退休南溪之上。老屋一区，仅庇风雨。长须赤脚，才三四人。徐灵晖赠公诗云：“清得门如水，贫唯带有金。”盖纪实也。聪明强健，享清

---

① 唐圭璋编，王仲闻参订，孙凡礼补辑：《全宋词》第4册，中华书局1999年版，第3461页。

② 唐圭璋编，王仲闻参订，孙凡礼补辑：《全宋词》第4册，中华书局1999年版，第3461页。

闲之福十有六年。宁皇初元，与朱文公同召。文公出，公独不出。文公与公书云："更能不以乐天知命之乐，而忘与人同忧之忧，毋过于优游，毋决于遁思，则区区者，犹有望于斯世也。"然公高蹈之志，已不可回矣。尝自赞云："江风索我吟，山月唤我饮，醉倒落花前，天地为衾枕。"又云："青白不形眼底，雌黄不出口中。只有一罪不赦，唐突明月清风。"①

人情练达、世事洞悉的杨万里虽曾入仕为显宦，却时时不忘退出风波险恶的官场，其撰《诚斋江西道院集序》中有段记载亦能窥见其仕隐心态之一斑：

舟经钓台，地主故人陆务观载酒相劳于江亭之上，索诵近诗，因举"两度立朝今结局"之句，务观大笑曰："立朝结局，此事未可料。《朝天集》真结局矣。"②

四库馆臣评曰：

南宋诗集传于今者，惟万里及陆游最富。……以诗品论，万里不及游之锻炼工细，以人品论，则万里倜乎远矣。③

杨万里一生经历仕途的艰难曲折，体验过奔走权门请求进荐的尴尬处境，与上层官僚显宦斡旋的牢骚不平，荣华富贵背后的凄凉困惑。仕途的困厄也曾将杨万里逼向奔竞干谒之途而令其疲惫不堪。有多少苦难就有多少看破，有多少利欲熏心的焦灼，就有多少明心见性的体悟。清风明月的召唤，使身心交瘁的杨万里自述："人事驰驱不须叹，倦来添得睡工夫。"④ 这是其奔走干谒一生后的彻悟。究其原因，乃是对世路风涛的厌倦。自庆元元年（1195）始，韩侂胄党人欲打击赵、朱一派政治势力，实行党禁学禁。杨万里在此期间埋头著书，传世名著《易传》二十卷、《诚斋诗话》一卷即在此时完成。他不问政治，坚拒参与朝政，借著书立说来逃避现实，很符合儒家"危邦不入、乱邦不居""邦有道则仕，邦无道则隐"的价值观念，赢得朝野人士一致赞誉。后人所看重杨万里的，除了他包孕宏富的诗才外，还有他高洁的人品。

张元幹也看透了官场上的尔虞我诈，隐逸之念早已萌生，屡形于歌咏。建炎三年（1129）秋，张元幹追随高宗行在海边，遭谗得罪，幸汪藻力救得脱。张元幹在当年底作《建炎感事》云：

作意海边来，初非事干谒。责我卖屋金，流言尚为孽。汪公德甚大，游说情激烈。力救归装贫，一洗肝肺热。⑤

---

① 宋・罗大经撰，王瑞来点校：《鹤林玉露》卷四《诚斋退休》，中华书局 1983 年版，第 63 页。

② 《诚斋集》卷八一，宋・杨万里著，王琦珍整理：《杨万里诗文集》，江西人民出版社 2006 年版，第 1266 页。

③ 《四库全书总目》卷一六〇，中华书局 1965 年版，第 1380 页。

④ 《诚斋集》卷七《丙申岁朝》，宋・杨万里著，王琦珍整理：《杨万里诗文集》，江西人民出版社 2006 年版，第 122 页。

⑤ 宋・张元幹撰：《芦川归来集》卷一，上海古籍出版社 1978 年版，第 10 页。

张元幹历尽宦海风波，屡遭谗毁，决计归隐，在《访周元举菁山隐居》中说："胸次饱丘壑，乃觉轩裳轻。举世沉湎时，勇退公早醒。"[①] 在张元幹看来，周元举之所以隐居，乃是举世皆沉溺于争权夺利的泥沼中而不能自拔，特别是秦桧当权时，无行文人奔走权门趋之若鹜，秦桧等权相任用小人，对正直之士打击迫害，张元幹虽然也写过给秦桧祝寿的词，但他内心是十分复杂的，他在《苏养直诗帖跋尾六篇》中透露出了这样的信息：

亡友养直，神情萧散，仪矩雍容，自是贵公子，而识度超诣，照了世法。英妙时已甘心山泽之臞，故词翰似其为人。[②]

在对亡友感喟时，着重提到了他"神情萧散，仪矩雍容"及"识度超诣，照了世法""甘心山泽"的人格精神和人生态度，故能文如其人。张元幹特别注重人品与文品的统一，曾说："文章自造化窟中来，元气融结胸次，古今谓之活法。所以血脉惯穿，首尾俱应，如常山蛇势，又如风行水上，自然成文。又如优人作戏，出场要须留笑，退思有味。非独为人，凡涉世建立，同一关键。吾友养直，平生得禅家自在三昧，片言只字，无一点尘埃。宇宙山川，云烟草木，千变万态，尽在笔端，何曾气索?"[③] 结合自己的经历，张元幹一定觉得愧对亡友。内心世界纠结着的干谒奔走与隐逸高蹈之矛盾冲突，使得张元幹"忠义自矢，不屑与奸佞同朝"，在年方四十一的壮盛之际就"飘然挂冠"[④]，选择了隐居不仕远离官场。[⑤] 儒家干禄思想与道家逍遥任性在南宋文人身上得到了很好的精神传承：

是身在宇宙，何适非蘧庐。陵谷倘迁变，楼观皆空虚。安心无秘法，绝念忘畏途。生死尚可处，此境固有余。[⑥]

毁誉何时了，鸡虫事可知。不妨遭点检，好在莫相疑。高爵非吾性，奇勋任尔为。道人元具眼，批判亦慈悲。[⑦]

又如叶梦得，据陈振孙《直斋书录解题》卷一八别集载：

绍圣四年进士，崇、观间骤贵显。三十一岁，掌外制，次年，遂入翰林。中废，至建炎乃执政，然财数日而罢。平生所历州镇，皆有能声。胡文定安国尝以其蔡、颍、南京之政荐于朝，谓不当以宿累废。晚两帅金陵，当乌珠临江，移三山，平群寇，其功不可没

① 宋·张元幹撰：《芦川归来集》卷一，上海古籍出版社1978年版，第11页。

② 宋·张元幹撰：《芦川归来集》卷九《苏养直诗帖跋尾六篇》，上海古籍出版社1978年版，第174页。

③ 宋·张元幹撰：《芦川归来集》卷九《苏养直诗帖跋尾六篇》，上海古籍出版社1978年版，第177页。

④ 明·毛晋：《芦川词跋》，施蛰存主编：《词籍序跋萃编》，中国社会科学出版社1994年版，第188页。

⑤ 《芦川归来集》卷四《上平江陈侍郎十绝》序自谓："辛亥休官。"卷二《上张丞相十首》其九："罪放丙午末，归来辛亥初。"曾噩《芦川归来集序》谓元幹"年方四十一已致仕。"蔡戡《芦川居士词序》载："少监张公……年未强仕，挂神武冠。"宋·罗大经撰《鹤林玉露》乙编卷三载："仲宗年逾四十即挂冠。"

⑥ 宋·张元幹撰：《芦川归来集》卷一《七月三日雨不止复一日作》，上海古籍出版社1978年版，第11页。

⑦ 宋·张元幹撰：《芦川归来集》卷二《解嘲示真歇老人二首》，上海古籍出版社1978年版，第29页。

也。秦桧秉政，欲令帅蜀，辞不行，忤桧意，以崇庆节度使致仕。其居在卞山，奇石森列，藏书数万卷。①

这也反映了中国传统文化中“危邦不入、乱邦不居”“道不行，乘桴浮于海”的思想在当时有志之士身上的深刻烙印。关注在《题石林词》中评介叶梦得词时说：

右丞叶公以经术文章为世宗儒，翰墨之余，作为歌词，亦妙天下。元符中，予兄圣功为镇江掾，公为丹徒尉，得其小词为多。是时妙龄气豪，未能忘怀也。味其词，婉丽绰有温李之风，晚岁落其华而实之，能于简淡时出雄杰，合处不减靖节、东坡之妙，岂近世乐府之流哉！陈德昭始得之，喜甚，出以示余，挥汗而书，不知暑气之去也。《诗》云：“谁能执热，逝不以濯”，以词之能慰人心盖如此。②

从妙龄气豪、“婉丽绰有温李之风”到“晚岁落其华而实之，能于简淡时出雄杰，合处不减靖节、东坡之妙”的转变，实际上就是从沉溺于滚滚红尘的现实享乐转向陶渊明、苏东坡式的隐逸高蹈。我们从叶梦得的小词中不难看出，南宋士人将儒家干禄与道家无为及禅宗随缘放下的思想融为一体，使他们能够心安处即是身安处，无往而不适。

隐逸思想无处不在地伴随着南宋文人的干谒行为。南宋文人自己也看到了这一点，罗大经说：

大概于世间一切声色嗜好洗得尽，一切荣辱得丧看得破，然后快活意思方自此生③。

看破了声色名利场中的荣辱得丧，才能体会到隐逸闲适的快活。罗大经很能从日常生活中体味人生的真乐趣：

杜少陵绝句云：“迟日江山丽，春风花草香，泥融飞燕子，沙暖睡鸳鸯”，或谓此与儿童之属对何异？余曰不然。上二句见人间莫非生意，下二句见万物莫不适性。于此而涵咏之，体认之，岂不足以感发吾心之真乐乎！大抵古人好诗，在人如何看，在人把做甚么用。如“水流心不竞，云在意俱迟”，“野色更无山隔断，天光直与水相通”，“乐意相关禽对语，生香不断树交花”等句，只把做景物看亦可，把做道理看，其中亦尽有可玩索处。④

刘克庄的生平和创作或许可作罗大经语的注脚。

刘克庄（1187—1269）嘉定二年（1209）以荫入仕，初仕靖安主簿、真州录事，后游幕于江浙闽广等地。嘉定十二年监南岳庙，嘉定十七年知建阳县。以咏《落梅》诗得

① 宋·陈振孙著，徐小蛮、顾美华点校：《直斋书录解题》卷一八别集，上海古籍出版社 1987 年版，第 525 页。
② 施蛰存主编：《词籍序跋萃编》，中国社会科学出版社 1994 年版，第 133 - 134 页。
③ 宋·罗大经撰，王瑞来点校：《鹤林玉露》丙编卷二，中华书局 1983 年版，第 273 页。
④ 宋·罗大经撰，王瑞来点校：《鹤林玉露》乙编卷二，中华书局 1983 年版，第 149 页。

祸，闲废十年。端平元年（1234）为帅司参议官，二年除枢密院编修官，兼权侍右郎官。寻罢。淳祐六年（1246），以“文名久著，史学尤精”，特赐同进士出身，除祕书少监，兼国史院编修官。淳祐七年出知漳州，淳祐八年迁福建提刑。景定三年（1262）权工部尚书，兼侍读，出知建宁府。景定五年因目疾以焕章阁学士致仕。咸淳四年（1268）除龙图阁学士。咸淳五年卒，年八十三。刘克庄从23岁入仕到83岁去世，可以说是宦海浮沉六十年，有过四方游幕、奔走干谒的切身体验，对名利场上的风波迭起看得很透彻，内心看破、放下名利的体悟也更加彻底：

老子颇更事，打透利名关。百年扰扰于役，何异入槐安。梦里偶然得意，醒后才堪发笑，蚁穴驾车还。恰佩南柯印，仿佛毂曾丹。　　客未散，日初昳，酒犹残。向来幻境安在，回首总成闲。莫问浮云起灭，且跨刚风游戏，露冷玉箫寒。寄语抱朴子，候我石楼山。(《水调歌头·解印有朝戏作》)①

在官场上混得久的人才能道出如此达观之语，“看他视印绶真如桎梏，官署真如洪炉。烟霞泉石之兴，结于肺腑，溢于手腕，曾无一语欺人，高山仰止，何日忘之”②。胡仲弓在《次陈芸居问讯后村韵》中描述了刘克庄历经宦海风波后的精神面貌和人格个性：

人心真滟滪，世路多殽函。此险久已涉，此味久已谙。易节固不可，贫贱分所甘。浩歌一长慨，书与识者谈。③

俞成说：“一切之事皆要有分，若是无分而欲极力强求，徒然而已。……大凡功名富贵，贫贱休戚，皆是五行带来，无非分定，安可叹息怨恨于斯耶？不然，晦翁先生何以有‘随缘安分’四字也？”④ 这是南宋文人士子在名利场上追逐奔走大半生所发出的感叹，是他们看破、放下从而获得身心自由的体现，即摆脱“心为形役”的自在洒脱。

南宋以写应制词出名的曹元宠一生在官场奔走干谒，写了大量阿谀奉承以求亲媚于主上的应制之作。在奔竞之余，他像普通人一样需要情感的宣泄，其中也有对人间万象、世态炎凉的真实体悟，也有超脱这个纷纷扰扰、污浊尘世的渴望：

人生一世，思量争甚底？花开十日，已随尘共水。且看欲尽花枝，未厌伤多酒盏，何须细推物理。　　幸容易，有人争奈，只知名与利。朝朝日日，忙忙劫劫地。待得一晌闲时，又却三春过了，何如对花沉醉？(《扑蝴蝶》)⑤

“朝叩富儿门，暮随肥马尘”“独耻事干谒”的诗圣杜甫，一生干谒权贵，弄得身心交瘁，

---

① 唐圭璋编，王仲闻参订，孙凡礼补辑：《全宋词》第4册，中华书局1999年版，第3309页。
② 《古今词统》卷一二，吴熊和主编：《唐宋词汇评》，浙江教育出版社2004年版，第3100页。
③ 宋·胡仲弓撰：《苇航漫游稿》卷一，《影印文渊阁四库全书》本，第1186册，第668页。
④ 宋·俞成撰：《萤雪丛说》卷上，百川学海本。
⑤ 唐圭璋编，王仲闻参订，孙凡礼补辑：《全宋词》第2册，中华书局1999年版，第1038页。

他的名句“且看欲尽花经眼，莫厌伤多酒入唇”和“细推物理须行乐，何用浮名绊此身”，是他在名利场中干谒事人后“看破”“放下”的心理感悟。曹元宠思考“人生一世，思量争甚底”时，自然而然地想到了杜甫的诗句，借诗圣的酒杯，浇自己胸中的块垒。这是他在“只知名与利。朝朝日日，忙忙劫劫地。待得一晌闲时，又却三春过了”的干谒奔竞生活中看透世事的心灵感悟。这样的感悟，在他的另一首词中表现得尤为出色：

人无百年人，刚作千年调。待把门关铁铸，鬼见失笑。多愁早老，惹尽闲烦恼。我醒也，枉劳心，谩计较。　粗衣淡饭，赢取暖和饱。住个宅儿，只要不大不小。常教洁净，不种闲花草。据见定，乐平生，便是神仙了。(《相思会》)①

“生年不满百，常怀千岁忧”，是汉末文人对人生的咏叹。南宋文人看到这点后，采取了“粗衣淡饭，赢取暖和饱。住个宅儿，只要不大不小。常教洁净，不种闲花草”的生活方式，这是他们在名利场中“枉劳心，谩计较”后作出的人生选择。吕本中在《本中欲谋他日复来福唐之东山林少颖请作诗以记因成两绝》中云：“老大驰驱百不宜，敢将筋力蹈危机。他年更欲眠云住，同过东山尝荔枝。更作东山住，寻盟尚有诗。看君腾踏去，及我未归时。”② 南渡之初的诗作引起了南宋末年文士周密的共鸣，他在笔记名作《浩然斋雅谈》中记录了吕本中的赠答诗，把这样的诗句当作人生格言来信奉：

东莱吕舍人赠林少颖李迂仲诗云：“尝闻安身要，其本在无竞。”自注云：“王辅嗣《易解》云，安身莫若无竞，修己莫若自保。守道则福至，求福则辱来。此格言也。”③

文士知足保和、隐逸避祸的思想贯穿于整个南宋时期。南宋文人咏叹隐逸，并非真的要绝尘避世，其实质在于看透了官场上干谒请托的丑恶辛劳，从而放下包袱去追求一种全身适意的生活方式，深入体悟出佛教饥时吃饭困时眠的境界，这本是佛教修行的最高境界，南宋文人历经干谒奔竞的烦劳愁苦终于悟出此道，符合禅宗放下屠刀、立地成佛的顿悟修行过程。

佛教最禁贪、嗔、痴，而沉溺于贪、嗔、痴三毒之中最深的人也最容易修行达到一个较高的人生境界。因为他们深切体验过贪、嗔、痴的痛苦烦劳，一旦解脱出来，往往比常人解脱得更彻底，更加能悟出人生的真谛。历经人生巨变的朱敦儒，说出“人人放着逍遥路，只怕君心不悟”④ 的醒世悟语。以英雄志士出名的张元幹也说：

布衾竹枕自稳暖，此念灰冷百不忧。世间寝食乃日用，众生扰扰如蚍蜉。……胸中不作异乡县，有似坐阅十数州。……夜阑各困且打睡，明日饥饱临时谋。⑤

---

① 唐圭璋编，王仲闻参订，孙凡礼补辑：《全宋词》第2册，中华书局1999年版，第1039页。
② 宋·吕本中撰：《东莱诗集》卷一五，《影印文渊阁四库全书》本，第1136册，第789页。
③ 宋·周密撰，孔凡礼点校：《浩然斋雅谈》卷中，中华书局2010年版，第39页。
④ 《桃源忆故人》，唐圭璋编，王仲闻参订，孙凡礼补辑：《全宋词》第2册，中华书局1999年版，第1104页。
⑤ 《芦川归来集》卷一《赋漳南李几仲安斋》，上海古籍出版社1978年版，第16页。

胸中有丘壑，乐处是生涯。①

看破、放下、自在、自由的哲理情思常出现在南宋诗词中。读着这些作品，仿佛在倾听一个充满智慧的长者告诉我们平凡人生的真谛：人要过怎样的生活？可以选择什么样的活法。

无须买山、无须择地，心中想到“隐”就可以算是隐者了，如睡觉是隐：“真个先生爱睡，睡里百般滋味。转面又翻身，随意十方游戏，游戏、游戏，到了元无一事。”② 醉酒是隐：“十年裘马锦江滨，酒隐红尘。”③ 对棋是隐：

仕至千钟良易，年过七十常稀。眼底荣华元是梦，身后声名不自知。营营端为谁。　　幸有旗亭沽酒，何妨茧纸题诗。幽谷云萝朝采药，静院轩窗夕对棋。不归真个痴。④

读书也可以隐，南宋文人在读书中自得其乐。且看他们自述：

余年十二三岁时，已不喜为儿曹嬉戏事，闻先子与客论书，常从傍窃听，往往终日不去。是时张文潜为宣守，时时得所为诗，诵之辄喜，自是见俗子诗必唾而去之不顾也。逮今三十四年，不能仅窥作者门户，而心益嗜他人之作，略不少衰。绍兴元年春，避地山间，不能尽挈群书以行，携古今诸人诗，唯柳子厚、刘梦得、杜牧之、黄鲁直、杜子美、张文潜、陈无己、陈去非，皆适有之，非择而取也。使小儿辈抄为小集，日诵于山中，行住坐卧必以相随，尝号为《诗八珍》。……若仆于八公者，固尝知其为工而莫能名其所以为工，虽谓之未尝知味可也。杜少陵云：“御厨络绎送八珍。”夫八珍如天酪酏，此岂人间之味哉？唯王公贵人包凤脯麟，割禁脔而啖之者乃能知之尔。虽然，古者山林之士以韦布为冠冕，以圭荜为华榱，以道德为耕猎，以《诗》、《书》为鼓吹，至有终身而乐者。今仆于世俗之所享而甘焉者，未尝得以染指其间，独以他人之言语文字为天下之美味而乐之。吁，亦异矣哉！⑤

展示了时人悦于学而乐于读的生活习惯。

“人生所能有的成就有三：学问、事功、道德，即古人所谓立言、立功、立德。而所以成功的要素亦有三：才、命、力，即天资、命运、努力。学问的成就需要才的成分大，

① 《芦川归来集》卷二《送李文中主簿受代归庭闱》，上海古籍出版社 1978 年版，第 33 页。

② 宋·朱敦儒：《如梦令》，唐圭璋编，王仲闻参订，孙凡礼补辑：《全宋词》第 2 册，中华书局 1999 年版，第 1124 页。

③ 宋·陆游：《风入松》，宋·陆游著，夏承焘、吴熊和笺注，陶然订补：《放翁词编年笺注》（增订本），上海古籍出版社 2012 年版，第 112 页。

④ 宋·陆游：《破阵子》，宋·陆游著，夏承焘、吴熊和笺注，陶然订补：《放翁词编年笺注》（增订本），上海古籍出版社 2012 年版，第 127－128 页。

⑤ 《诗八珍序》，宋·周紫芝撰：《太仓稊米集》卷五一，《影印文渊阁四库全书》本，第 1141 册，第 364 页。

事功的成就需要命运的成分大，道德的成就需要努力的成分大。”① 洪迈在《猗觉寮杂记原序》中为我们提供了一个南宋士人因立功不成转而立言的典型示范，其中所载南宋士大夫著书立说之事生动感人，故录于下：

右，上下两卷，凡四百三十五则，故紫微舍人桐乡朱先生之所记也。先生嗜学如渴之须饮，饥之须食，所谓以图史文章为园囿鼓吹者，盖无时不论著。在曲江五闰久，闭关谢客。正流落谪徙，力不能多载书，人家又非一瓦可借，素手无挟，栖迟僧房，独伥伥穷经考古，砭鹬疵病，校量草木虫鱼，上掸骚雅，旁弋史传，证引竺乾龙汉诸章，下及琐录稗说……收拾汇次，绪成一编。……忽忽五十年，仲子軧通守赣，刊此书，使为之序。……庆元三年四月九日，焕章阁学士、宣奉大夫、魏郡公番阳洪迈序。②

从这篇名流巨卿洪迈作序印可品题的文字中，我们可以感受到南宋士大夫著书立说的深层历史动因。无论是为人还是为己，无论是干谒奔走还是隐逸高蹈，客观上都为中国传统文化的兴旺发达作出了应有的贡献，在辉煌灿烂的文化史上留下了或重或轻的一笔。

第五节　结　语

南宋文人的干谒与文学创作活动，主要出于功利目的，用于审美表达，受到当时政治经济、哲学思潮、文坛风气等具体社会历史条件的影响，是南宋文人们各种社会文化活动的重要组成部分，表现了宋元文化转型之际特定时空里文人们社会生活的主要内容。

南宋文人干谒活动的盛行，凝聚着特定历史时期里创作主体的生活方式和人生感受，积淀着特定的文化内涵和价值观念。这要求我们从时代文化的大背景下综合考察深层次的文人心理，洞察文人的心理流程和情感经历。我们将南宋干谒与文学当作展现文人心灵史的一个方面，并透过文人的心灵去烛照其深层潜伏的社会文化精神，如哲学、政治、宗教、社会习俗和民族特质等各层面。

文学史研究的成果表明，南宋文学是中国文学史的一个重要组成部分，是在特定时代里产生的具有独特价值的作品，其中有着文人在干谒活动中对命运的咏叹、对历史的反思；有文人灵魂的悸动和人生境界的体悟等丰富深刻的情感内涵，承载着特定历史时空里文人们历劫多难的体验与寻求解脱的心灵。干谒活动是中国传统社会常见的文化现象，历代有之。但宋元文化转型之际高压政治、科举选官、寄食游食、江湖飘零的客观现实带来的这种大规模士人群体的干谒活动，促成了文学群体的形成和文学命运的改变，造就了数量众多的阿谀奉承的文字，产生了以功利为主要目标的创作动力，这是中国文学史乃至文化史上的一个重要现象。干谒活动是宋元文化转型之际，影响文学创作最直接、最活跃的因素之一。它影响了文人的创作心态，关系到他们的价值取向、审美趣味的形成与发展，

① 冯友兰：《哲学的精神》，陕西师范大学出版社 2010 年版，第 232 页。

② 宋・朱翌撰：《猗觉寮杂记》卷首，《影印文渊阁四库全书》本，第 850 册，第 433 页。

关涉南宋文学新质的生成、演变与繁荣。南宋文学是宋元文化转型背景下文人多层面的社会文化活动合力营造而成的，而在诸多文化活动中，南宋文人的干谒活动及其转向隐居的生活实践，无疑是关键，并与文学创作相互驱动，由此带动了创作主体内在精神的变化与南宋文学新质的生成。若忽视了南宋文人的谒客身份，则很难深入了解创作主体的生存状态和复杂心理，对南宋文学的研究也必然会受到限制。

我们的研究主要分成三个部分来完成，依次为创作主体论、创作实践论及影响定位论。

创作主体论，主要考察了南宋文人的人格精神，从干谒行为中找出创作主体人格精神的成因，并联系当时的时代背景、社会生活，以及文人的人生经历，进行综合分析。文学是心灵的避难所，“使穷贱易安，幽居靡闷”①。这一部分的论述围绕着南宋文人的悲剧性生命体验与悲剧意识的消解展开。干谒求仕既是大多数南宋文人的生活方式，也是他们在悲剧性生命体验里消解苦闷、寻求解脱的必然选择。我们分别从南宋文人干谒活动的主要方式、心态情感及其人格形象的建构等三个方面来探讨这一文人群体的主体特征。

创作实践论，主要从干谒求荐、名流印可、荐举援引等方面来考察南宋文人的创作活动。干谒求荐活动，使自炫自媒、轻浮躁进的思想渗透到了南宋文人的审美观念和忧患意识，并影响了他们的情感活动、创作心理及其文学创作的主题趋向、审美特质。名流印可、荐举活动，不同于以往一般唐宋文人的诗酒唱和，而带有南宋文人干谒求知、请托援引的特点。在这些活动中，他们自始至终都要追求自我人格形象的建构与彰显。这使得他们相互吹捧、砥砺意志，有利于提高文学艺术才能和文人社交能力，促成了群体认同的创作范式。干谒求荐、名流印可、荐举之风的盛行，是南宋文人人格精神的独特表现方式，也是“诗可以群”的传统在特定历史阶段的体现，反映了当时文人们的主要生存状态、生命寄托和价值取向。

影响定位论，对南宋文人的干谒活动在文学史上的独特地位与价值进行评估：①干谒与南宋文学的传播；②干谒与南宋文学的新变；③干谒与南宋文人的纵横精神及文风；④干谒对南宋文学的负面影响。

从某种意义上说，干谒活动可视为南宋文学新质生成的原因，南宋文学的新质，可视为干谒活动在文学创作上的必然反映。为此，我们对南宋文人的行为心态和宋元之际的文化环境进行了一些比较具体的研究。发现南宋文人的行为心态、审美趣味、创作风尚与南宋盛行的干谒活动密切相关。再将南宋末期文人放入宋元之际的隐逸文化大背景下审视探析，避免了就干谒而论干谒的狭窄视野，把中国传统的两个重要文化现象——干谒与隐逸，即文人最看重的“进退出处”问题结合起来进行综合研究，在比较广阔的文化视野下考察南宋文学的新质与文人特定生活环境、生活方式的关系，从而把握南宋文人特殊的心理和性格特征，深入对南宋文人审美理想与创作实践关系的研究，揭示出南宋文学思想意蕴、审美特质的复杂性和流变性。

从干谒活动的角度对南宋文人进行考察，我们用了较大篇幅去展示宋元之际的干谒文化环境及当时文人在干谒活动中的种种人生经历和他们的谒客情怀。由于干谒与隐逸是两

---

① 梁·钟嵘：《诗品》，清·何文焕辑：《历代诗话》，中华书局 1981 年版，第 3 页。

种对立统一的文化现象，由干谒走向隐逸也符合南宋文人心理上的自我调节机制，所以我们还以南宋文人的隐居生活方式为重心，联系当时的社会政治、哲学、宗教等一系列文化现象，考察了南宋文人的生存状态、心迹情感的变化和谒客隐逸人格精神的形成，史寻其迹、哲探其理、文会其心，研究宋元文化转型之际南宋文人群体以佛治心、以道治身、以儒治世、“陶然自乐，是非荣辱、了不相干”① 的主体特征。

基于此，我们试通过考察南宋文人的“出处”观、“生命”观等人生重大命题的形成与演变，把南宋干谒与文学的关系放在当时中国文化大背景下加以审视探析，既对基于共同文化背景下的南宋文人群体的人格精神进行研究，也对南宋文人个体的人格差异进行一些较细致的个案分析，展示他们在文学创作实践中江湖谒客与山林隐士人格精神的多维侧面，探索当时社会巨变与文人心态、创作观念、诗词内质和艺术表现方式的关系，努力做到对南宋文人的“了解之同情”②。诗歌史从某种意义上可以说是心灵史。人心是古今相通的，古代《诗经》《楚辞》中的欢乐、哀伤、怀念、悲苦、怅惘、无奈之情，我们今人仍有。生老病死、爱别离、怨憎会、五阴盛、求不得的忧伤愁苦、“进德智所拙、退耕力不任”的人生困境更是谁也无法逃避的。文学作品中人的性格和感情，比社会意义、文学史意义更重要。人性是永恒的，只有研究人性，才有较长期的价值。所以，在追寻南宋文学的新质与宋元之际文人精神、审美思潮的关系时，我们着重剖析南宋文人干谒活动及其转向隐居生活实践时的心灵体验与创作实践的内在联系。

南宋文人群体生活实践与创作实践的种种特点，都有干谒活动影响的痕迹。由于词体艳科的性质，干谒与隐逸等文化现象，历来被词学研究者所忽略。对于这些文化现象与词人创作的关系，词学界仅有若干分散或个案的研究而向无专书。把词人创作与干谒活动联系起来，或许还可以开拓唐宋词研究中某些被局限的学术视野。因此，我们就以南宋文人群体的干谒活动为研究中心，梳理、阐释干谒现象与南宋文人生活方式、性格特征及词之创作之间纷繁复杂的深层关系，揭示南宋文人群体的生存状态与创作实践的内在联系。我们认为，这样的研究，或许是深入、准确把握南宋文学新质生成与演变所必不可少的一个环节。

当然，以干谒现象为中心来研究南宋文人与文学，并不是唯一可靠、可行的方法。也不可能用干谒活动穷尽地阐释南宋文人生活、创作实践的各个方面。我们的研究是想提供一种研究南宋文人的新视角，以引起人们对干谒现象与南宋文人创作关系的一些关注。挂一漏万，在所难免，尚乞贤达读者、硕学方家见谅。

---

① 宋·李光：《与胡邦衡书》，《庄简集》卷一五，《影印文渊阁四库全书》本，第1128册，第601页。

② 陈寅恪：《金明馆丛稿二编》，生活·读书·新知三联书店2011年版，第247页。

参考文献

A

《艾轩集》　宋·林光朝撰　明·郑岳编　《影印文渊阁四库全书》本　第1142册　台湾商务印书馆1986年版

B

《白氏长庆集》　唐·白居易撰　《影印文渊阁四库全书》本　第1080册

《北山集》　宋·郑刚中撰　郑良嗣编　《影印文渊阁四库全书》本　第1138册

《本堂集》　宋·陈著　《影印文渊阁四库全书》本　第1185册

《碧梧玩芳集》　宋·马廷鸾　《丛书集成续编》本　第132册

《百正集》　宋·连文凤　《丛书集成新编》本　第65册

《白石诗词集》　夏承焘校辑　人民文学出版社1959年版

《白雨斋词话》　清·陈廷焯著　唐圭璋编　《词话丛编》本　中华书局1986年版

《白雨斋词话足本校注》　清·陈廷焯著　屈兴国校注　齐鲁书社1983年版

《白雨斋词话》　清·陈廷焯著　人民文学出版社1959年版

《北宋文人与党争》　沈松勤　人民出版社1998年版

《碧山词研究》　王筱芸　南京大学出版社1991年版

《白话本国史》　吕思勉　上海古籍出版社2009年版

《悲剧心理学》　朱光潜　人民文学出版社1983年版

C

《沧洲尘缶编》　宋·程公许撰　《影印文渊阁四库全书》本　第1176册

《昌谷集》　宋·曹彦约撰　《影印文渊阁四库全书》本　第1167册

《耻堂存稿》　宋·高斯得撰　《影印文渊阁四库全书》本　第1182册

《陈亮龙川词笺注》　姜书阁笺注　人民文学出版社1980年版

《陈亮集》（增订本）　邓广铭点校　中华书局1987年版

《春秋左传注》　杨伯峻编著　中华书局1981年版

《陈与义集》　宋·陈与义著　吴书荫、金德厚点校　中华书局1982年版

《草窗韵语》　宋·周密　中华民国十三年（1924）乌程蒋氏密韵楼景刊宋刻本

《草窗词校注》　宋·周密著　史克振校注　齐鲁书社1993年版

《词源》　宋·张炎　《词话丛编》本

《词源注》　宋·张炎著　夏承焘校注　人民文学出版社1963年版
《词旨》　元·陆辅之　《词话丛编》本
《采菽堂古诗选》　清·陈祚明评选　李金松点校　上海古籍出版社2008年版
《春融堂集》　清·王昶　《续修四库全书》本　第1438册
《词概》　清·刘熙载　《词话丛编》本
《词迳》　清·孙麟趾　《词话丛编》本
《词徵》　清·张德瀛　《词话丛编》本
《词综》　清·朱彝尊、汪森编　民辉校点　岳麓书社1995年版
《词林纪事·词林纪事补正合编》　清·张宗橚编　杨宝霖补正　上海古籍出版社1998年版
《词籍序跋萃编》　施蛰存主编　中国社会科学出版社1994年版
《词选》　胡适选注　刘石导读　中华书局2007年版
《词史》　刘毓盘　上海书店1985年版
《词曲史》　王易　东方出版社1996年版
《词学通论》　吴梅　华东师范大学出版社1996年版
《词论》　刘永济　中华书局2007年版
《词学论丛》　唐圭璋　上海古籍出版社1986年版
《词苑丛谈》　清·徐釚撰　唐圭璋校注　中华书局2008年版
《词集考》　饶宗颐　中华书局1992年版
《词学新诠》　叶嘉莹　北京大学出版社2008年版
《词论史论稿》　邱世友　人民文学出版社2002年版
《禅宗文化纵横谈》　毛荣生　上海古籍出版社2001年版
D
《东塘集》　宋·袁说友　《影印文渊阁四库全书》本　第1154册
《戴复古集》　宋·戴复古著　吴茂云、郑伟荣校点　浙江大学出版社2012年版
《戴复古诗集》　宋·戴复古著　金芝山点校　浙江古籍出版社2012年版
《戴表元集》　元·戴表元著　李军、辛萝霞校点　吉林文史出版社2008年版
《叠山集》　宋·谢枋得撰　《影印文渊阁四库全书》本 第 1184册
《澹庵文集》　宋·胡铨撰　《影印文渊阁四库全书》本　第1137册
《定庵类稿》　宋·卫博撰　《影印文渊阁四库全书》本　第1152册
《丹阳集》　宋·葛胜仲　《影印文渊阁四库全书》本　第1127册
《东莱集》　宋·吕祖谦撰　宋·吕祖俭、吕乔年编　《影印文渊阁四库全书》本　第1150册
《东莱先生诗集》　宋·吕本中撰　《四部丛刊续编》影印宋本
《东莱诗集》　宋·吕本中撰　《影印文渊阁四库全书》本　第1136册
《道命录》　宋·李心传　台湾文海出版社宋史资料萃编本
《带经堂诗话》　清·王士禛著　张宗柟纂集　戴鸿森校点　人民文学出版社1998年版

《东京梦华录》（外四种）　宋·孟元老著　周峰点校　文化艺术出版社1998 年版
《洞霄图志》　宋·邓牧　《丛书集成新编》本　第 95 册　新文丰出版公司印行
《雕菰楼词话》　清·焦循　《词话丛编》本
《大观录》　清·吴升　《续修四库全书》本　第 1066 册
《道藏》洞真部第七十六册　中华民国十二年（1923）上海涵芬楼影印本
《大家国学·鲁迅》　鲁迅　天津人民出版社 2008 年版
《第一届词学国际研讨会论文集》　“中央研究院”中国文哲研究所筹备处 1994 年版
《第二届宋代文学国际研讨会论文集》　莫砺锋编　江苏教育出版社 2003 年版
《当代名家学术思想文库·王水照卷》　王水照　北方联合出版传媒股份有限公司万卷出版公司 2011 年版
《大师的国学课 4：诗的启蒙》　俞陛云、胡怀琛　江西教育出版社 2013 年版
《大时代中的知识人》（增订本）　许纪霖　中华书局 2012 年版
E
《二薇亭诗集》　宋·徐玑撰　《影印文渊阁四库全书》本　第 1171 册
《二程集》　宋·程颢、程颐著　王孝鱼点校　中华书局 1981 年版
《二十世纪西方美学名著选》（上卷）　蒋孔阳主编　复旦大学出版社 1998 年版
F
《范石湖集》　宋·范成大著　富寿荪标校　上海古籍出版社 2006 年版
《范成大年谱》　于北山　上海古籍出版社 2006 年版
《方壶存稿》　宋·汪莘撰　《影印文渊阁四库全书》本　第 1178 册
《芳兰轩集》　宋·徐照撰　《影印文渊阁四库全书》本　第 1171 册
《放翁词编年笺注》（增订本）　宋·陆游著　夏承焘、吴熊和笺注　陶然订补　上海古籍出版社 2012 年版
《方凤集》　宋·方凤著　方勇辑校　浙江古籍出版社 1993 年版
《覆瓿集》　宋·赵必𤩪　《影印文渊阁四库全书》本　第 1187 册
《樊榭山房集》　清·厉鹗　《影印文渊阁四库全书》本　第 1328 册
《弗洛伊德论美文选》　奥地利·西格蒙德·弗洛伊德著　张唤民等译　知识出版社 1987 年版
G
《鬼谷子集校集注》　许富宏撰　中华书局 2010 年版
《古梅遗稿》　宋·吴龙翰撰　《影印文渊阁四库全书》本　第 1188 册
《贵耳集》　宋·张端义撰　《影印文渊阁四库全书》本　第 865 册
《归潜志》　金·刘祁撰　崔文印点校　中华书局 1997 年版
《古今一理——王曾瑜读史杂感》　王曾瑜　上海古籍出版社 2013 年版
《攻媿集》　宋·楼钥撰　《影印文渊阁四库全书》本　第 1152—1153 册
《灌园集》　宋·吕南公撰　《影印文渊阁四库全书》本　第 1123 册
《高似孙集》　宋·高似孙著　王群栗点校　浙江古籍出版社 2015 年版

《癸辛杂识》　宋·周密撰　吴企明点校　中华书局1988年版
《古今词论》　清·王又华　《词话丛编》本
《古今词话》　清·沈雄　《词话丛编》本
《归潜志》　金·刘祁撰　崔文印点校　中华书局1997年版
《归庄集》　清·归庄　上海古籍出版社1984年版
《国史大纲》　钱穆　商务印书馆1996年版
《古文观止鉴赏辞典》　上海辞书出版社文学鉴赏辞典编纂中心编　上海辞书出版社2006年版
《古典文学论丛》　缪钺著　缪元朗编　浙江大学出版社2009年版
《古诗考释》　邓小军　商务印书馆2013年版
《管锥编》　钱锺书　中华书局1986年版
《顾随全集》　顾随　河北教育出版社2000年版
《古典文学佛教溯缘十论》　陈允吉　复旦大学出版社2002年版
《归去来兮——隐逸的文化透视》　张立伟　生活·读书·新知三联书店1995年版
H
《汉书》　汉·班固撰　唐·颜师古注　中华书局1998年版
《后汉书》　南朝宋·范晔撰　唐·李贤注　中华书局1998年版
《横浦集》　宋·张九成撰　郎晔编　《影印文渊阁四库全书》本　第1138册
《鹤山全集》　宋·魏了翁　《影印文渊阁四库全书》本　第1172—1173册
《翰苑群书》　宋·洪遵编　《影印文渊阁四库全书》本　第595册
《黄氏补注杜诗》　宋·黄希　《影印文渊阁四库全书》本　第1069册
《何梦桂集》　赵敏、崔霞点校　浙江古籍出版社2011年版
《花随人圣庵摭忆》　黄濬　中华书局2008年版
《胡适与我》　李敖　中国友谊出版公司
《鹤林玉露》　宋·罗大经撰　王瑞来点校　中华书局1983年版
《黄氏日抄》　宋·黄震　《影印文渊阁四库全书》本　第707—708册
《花外集》　宋·王沂孙撰　吴则虞笺注　上海古籍出版社1988年版
《浩然斋雅谈·志雅堂杂钞·云烟过眼录·澄怀录》　宋·周密撰　邓子勉校点　辽宁教育出版社2000年版
《浩然斋雅谈》　宋·周密撰　孔凡礼点校　中华书局2010年版
《绘事备考》　清·王毓贤　台湾商务印书馆1971年版
《蕙风词话·广蕙风词话》　清·况周颐著　孙克强辑考　中州古籍出版社2003年版
《胡适学术文集·中国文学史》　姜义华主编　中华书局1998年版
J
《晋书》　唐·房玄龄　中华书局1974年版
《江湖长翁集》　宋·陈造撰　《影印文渊阁四库全书》本　第1166册
《建炎以来系年要录》　宋·李心传撰　中华书局1988年版
《建炎以来朝野杂记》　宋·李心传撰　徐规点校　中华书局2000年版

《江湖小集》　宋・陈起编　《影印文渊阁四库全书》本　第 1357 册
《江湖后集》　宋・陈起编　《影印文渊阁四库全书》本　第 1357 册
《涧泉集》　宋・韩淲撰　《影印文渊阁四库全书》本　第 1180 册
《鸡肋编》　宋・庄绰撰　萧鲁阳点校　中华书局 1983 年版
《稼轩词编年笺注》（增订本）　宋・辛弃疾撰　邓广铭笺注　上海古籍出版社 1993 年版
《稼轩词疏证》　梁启勋　中国书店 1982 年版
《景德传灯录》　宋・释道原　《续修四库全书》本　第 1282 册
《旧闻证误》　宋・李心传　《影印文渊阁四库全书》本　第 686 册
《姜白石词编年笺校》　夏承焘笺校　上海古籍出版社 1981 年版
《霁山集》　宋・林景熙　中华书局 1985 年版
《精选名儒草堂诗馀》　程端麒校点　辽宁教育出版社 2003 年版
《稼村类稿》　元・王义山　《影印文渊阁四库全书》本　第 1193 册
《金渊集》　元・仇远　《影印文渊阁四库全书》本　第 1198 册
《菌阁琐谈》　清・沈曾植　《词话丛编》本
《介存斋论词杂著》　清・周济　人民文学出版社 1959 年版
《金明馆丛稿初编》　陈寅恪　生活・读书・新知三联书店 2011 年版
《金明馆丛稿二编》　陈寅恪　生活・读书・新知三联书店 2011 年版
《迦陵论词丛稿》　叶嘉莹　河北教育出版社 1997 年版
《江湖诗派研究》　张宏生　中华书局 1995 年版
《金元词论稿》　赵维江　中国社会科学出版社 2000 年版
《金元词通论》　陶然　上海古籍出版社 2001 年版
《金元词学研究》　丁放　中国社会科学出版社 2002 年版
《绝妙好词注析》　秦寰明、萧鹏注析　三秦出版社 1993 年版
K
《客亭类稿》　宋・杨冠卿撰　《影印文渊阁四库全书》本　第 1165 册
《愧郯录》　宋・岳珂撰　《影印文渊阁四库全书》本　第 865 册
《可斋续稿前》　宋・李曾伯撰　《影印文渊阁四库全书》本　第 1179 册
《困学纪闻》　宋・王应麟撰　清・阎若璩、何焯评注　《影印文渊阁四库全书》本　第 854 册
《开有益斋读书志》　清・朱绪曾　光绪庚辰金陵翁氏刊本
《孔凡礼古典文学论集》　学苑出版社 1999 年版
L
《论语译注》　杨伯峻译注　中华书局 1980 年版
《老子注译及评介》　陈鼓应　中华书局 1984 年版
《李清照集校注》　王仲闻校注　人民文学出版社 1979 年版
《阆风集》　宋・舒岳祥　《影印文渊阁四库全书》本　第 1187 册
《林景熙集校注》　宋・林景熙著　陈增杰校注　浙江古籍出版社 1995 年版

《刘辰翁集》　宋·刘辰翁撰　段大林校点　江西人民出版社 1987 年版
《历代名臣奏议》　明·黄淮、杨士奇编　《影印文渊阁四库全书》本　第 433—442 册
《陆游全集校注》　钱仲联、马亚中主编　浙江教育出版社 2011 年版
《陆游资料汇编》　孔凡礼、齐治平编　中华书局 1962 年版
《陆游年谱》　于北山　上海古籍出版社 2006 年版
《刘克庄集笺校》　宋·刘克庄著　辛更儒笺校　中华书局 2011 年版
《两宋名贤小集》　宋·陈思编　元·陈世隆补　《影印文渊阁四库全书》本　第 1362—1364 册
《两朝纲目备要》　《影印文渊阁四库全书》本　第 329 册
《履园丛话》　钱泳　中华书局 1997 年版
《龙川文集》　宋·陈亮撰　丛书集成初编本
《龙川集》　宋·陈亮撰　《影印文渊阁四库全书》本　第 1171 册
《龙洲集》　宋·刘过撰　《影印文渊阁四库全书》本　第 1172 册
《龙洲词校笺》　马兴荣　江西人民出版社 1999 年版
《柳塘外集》　宋·释道璨撰　《影印文渊阁四库全书》本　第 1186 册
《芦川归来集》　宋·张元幹撰　上海古籍出版社 1978 年版
《刘将孙集》　李鸣、沈静校点　吉林文史出版社 2009 年版
《六研斋笔记》　明·李日华　《影印文渊阁四库全书》本　第 867 册
《灵芬馆词话》　清·郭祥伯　《词话丛编》本
《论词随笔》　清·沈祥龙　《词话丛编》本
《历代诗话》　清·何文焕辑　中华书局 1981 年版
《历代诗话续编》　丁福保辑　中华书局 1983 年版
《论文杂记》　刘师培著　舒芜校点　人民文学出版社 1959 年版
《历史的观念》　英·柯林武德　中国社会科学出版社 1986 年版
《两宋望族与文学》　张兴武　人民文学出版社 2010 年版
《龙榆生词学论文集》　龙榆生　上海古籍出版社 1997 年版
《理学·佛学·玄学》　汤用彤　北京大学出版社 1991 年版
《灵谿词说》　缪钺　叶嘉莹　上海古籍出版社 1987 年版
《历代论词绝句笺注》　程郁缀、李静　北京大学出版社 2014 年版
《鲁迅全集》　鲁迅　人民文学出版社 1981 年版
《礼物、关系学与国家：中国人际关系与主体性建构》　杨美惠著　赵旭东、孙珉译　江苏人民出版社 2009 年版
《兰皋集》　宋·吴锡畴撰　《影印文渊阁四库全书》本　第 1186 册
M
《孟子译注》　杨伯峻译注　中华书局 1960 年版
《默记》　宋·王铚撰　朱杰人点校　中华书局 1981 年版
《勉斋集》　宋·黄榦撰　《影印文渊阁四库全书》本　第 1168 册

《默堂集》　宋·陈渊撰　《影印文渊阁四库全书》本　第 1139 册
《梅野集》　宋·徐元杰撰　《影印文渊阁四库全书》本　第 1181 册
《梅屋集》　宋·许棐撰　《影印文渊阁四库全书》本　第 1183 册
《梅山续稿》　宋·姜特立　《影印文渊阁四库全书》本　第 1170 册
《漫塘文集》　宋·刘宰撰　《影印文渊阁四库全书》本　第 1170 册
《洺水集》　宋·程珌撰　《影印文渊阁四库全书》本　第 1171 册
《蒙斋集》　宋·袁甫撰　《影印文渊阁四库全书》本　第 1175 册
《梦粱录》　宋·吴自牧撰　文化艺术出版社 1998 年版
《梦窗词汇校笺释集评》　宋·吴文英著　吴蓓笺校　浙江古籍出版社 2012 年版
《牟氏陵阳集》　元·牟巘　《影印文渊阁四库全书》本　第 1188 册
《牧斋杂著》　清·钱谦益著　清·钱曾笺注　钱仲联标校　上海古籍出版社 2007 年版
《牧斋初学集》　清·钱谦益著　清·钱曾笺注　钱仲联标校　上海古籍出版社 2009 年版
《明文海》　清·黄宗羲编　《影印文渊阁四库全书》本　第 1453—1458 册
《闽中理学渊源考》　清·李清馥撰　《影印文渊阁四库全书》本　第 460 册
《明遗民传记索引》　谢正光编　上海古籍出版社 1992 年版
《冒鹤亭词曲论文集》　冒广生著　冒怀辛整理　上海古籍出版社 1992 年版
《美学散步》　宗白华　上海人民出版社 1981 年版
《明清之交文人游幕与文学生态——以徐渭、方文、朱彝尊为个案》　朱丽霞　上海古籍出版社 2008 年版
N
《南轩集》　宋·张栻撰　朱熹编　《影印文渊阁四库全书》本　第 1167 册
《南涧甲乙稿》　宋·韩元吉撰　《影印文渊阁四库全书》本　第 1165 册
《南宋馆阁录·续录》　宋·陈骙、佚名撰　张富祥点校　中华书局 1998 年版
《宁极斋稿》　宋·陈深　《影印文渊阁四库全书》本　第 1189 册
《南宋馆阁续录》　宋·陈骙　《武林掌故丛编》本
《南村辍耕录》　元·陶宗仪著　文灏点校　文化艺术出版社 1998 年版
《廿二史札记校证》（订补本）　清·赵翼著　王树民校证　中华书局 1984 年版
《南宋词史》　陶尔夫、刘敬圻　黑龙江人民出版社 1992 年版
《南宋遗民诗人群体研究》　方勇　人民出版社 2000 年版
《南宋文人与党争》　沈松勤　人民出版社 2005 年版
《南宋文学史》　王水照、熊海英　人民出版社 2009 年版
《南宋初期的文化重组与文学新变》　钱建状　厦门大学出版社 2006 年版
《南宋遗民词人研究》　丁楹　凤凰出版社 2011 年版
O
《欧阳文忠公集》　宋·欧阳修　《四部丛刊》本
《瓯北诗话》　清·赵翼著　江守义、李成玉校注　人民文学出版社 2013 年版

P
《曝书亭集》　清·朱彝尊　《影印文渊阁四库全书》本　第1317—1318册
Q
《臞轩集》　宋·王迈撰　《影印文渊阁四库全书》本　第1178册
《清献集》　宋·杜范撰　《影印文渊阁四库全书》本　第1175册
《秋堂集》　宋·柴望撰　《影印文渊阁四库全书》本　第1187册
《秋崖集》　宋·方岳撰　《影印文渊阁四库全书》本　第1182册
《絜斋集》　宋·袁燮撰　《影印文渊阁四库全书》本　第1157册
《清波别志》　宋·周辉撰　《影印文渊阁四库全书》本　第1039册
《清波杂志》　宋·周辉撰　刘永翔校注　中华书局1994年版
《齐东野语》　宋·周密撰　张茂鹏点校　中华书局1983年版
《秋涧集》　元·王恽　《影印文渊阁四库全书》本　第1200册
《青山集》　元·赵文　《影印文渊阁四库全书》本　第1195册
《青阳集》　元·余阙　《影印文渊阁四库全书》本　第1214册
《清容居士集》　元·袁桷　《影印文渊阁四库全书》本　第1203册
《钦定续文献通考》　清·嵇璜　《影印文渊阁四库全书》本　第626—631册
《鲒琦亭集外编》　清·全祖望　中华书局1983年版
《清波小志·清波小志补》　清·徐逢吉、陈景钟辑　中华书局1985年版
《全唐五代词》　曾昭岷、王兆鹏等编　中华书局1999年版
《全宋文》　曾枣庄、刘琳主编　上海辞书出版社2006年版
《全宋诗》　北京大学古文献研究所编　北京大学出版社1998年版
《全宋词》　唐圭璋编　王仲闻参订　孙凡礼补辑　中华书局1999年版
《全金元词》　唐圭璋编　中华书局1979年版
《全元文》(第20册)　李修生主编　江苏古籍出版社1999年版
《强村丛书》　朱孝臧　广陵书社2005年版
《群体的选择——唐宋人选词与词选通论》　肖鹏　文津出版社1992年版
《群体的选择——唐宋人词选与词人群通论》　肖鹏　凤凰出版社2009年版
《清词史》　严迪昌　江苏古籍出版社1990年版
《清史诗》　严迪昌　浙江古籍出版社2002年版
《清代词学四论》　吴宏一　联经出版事业公司1990年版
《清代词学的建构》　张宏生　江苏古籍出版社1999年版
《清诗话续编》　郭绍虞编选　富寿荪校点　上海古籍出版社1983年版
《钱牧斋全集》　钱谦益著　钱曾笺注　钱仲联标校　上海古籍出版社2003年版
《钱锺书手稿集》　钱锺书　商务印书馆2003年版
《钱钟书〈谈艺录〉读本》　周振甫、冀勤编著　中央编译出版社2013年版
《钱穆与现代中国学术》　余英时　广西师范大学出版社2006年版
《钱理群中学讲鲁迅》　钱理群　生活·读书·新知三联书店2011年版
《庆贺吴熊和教授从教50周年论文集》　沈松勤编　浙江大学出版社2008年版

R
《容斋随笔》　宋·洪迈撰　孔凡礼点校　中华书局 2005 年版
《人间词话》　王国维　《词话丛编》本
《人间词话新注》（修订本）　王国维著　滕咸惠校注　齐鲁书社 1986 年版
《人间词话》　王国维　人民文学出版社 1960 年版
《人格心理学》　陈仲庚、张雨新编著　辽宁人民出版社 1986 年版
《儒道佛思想散论》　严北溟　湖南人民出版社 1984 年版
《日本体验与中国现代文学的发生》　李怡　北京大学出版社 2009 年版
S
《四书五经》　战国·孟子等　中华书局 2009 年版
《史记》　汉·司马迁撰　中华书局 1998 年版
《诗品注》　梁·钟嵘著　陈延杰注　人民文学出版社 1961 年版
《世说新语校笺》　徐震堮　中华书局 1984 年版
《宋书》　南朝梁·沈约　中华书局 1974 年版
《诗品集解》　唐·司空图著　郭绍虞集解　人民文学出版社 1963 年版
《宋史》　元·脱脱等　中华书局 1985 年版
《宋史纪事本末》　明·陈邦瞻　中华书局 1977 年版
《宋史翼》　清·陆心源辑　中华书局 1991 年版
《宋史全文》　汪圣铎点校　中华书局 2016 年版
《宋人轶事汇编》　丁传靖辑　中华书局 2003 年版
《宋论》　清·王夫之著　舒士彦点校　中华书局 1964 年版
《宋名臣奏议》　宋·赵汝愚编　《影印文渊阁四库全书》本　第 431—432 册
《宋宰辅编年录》　宋·徐自明　《影印文渊阁四库全书》本　第 596 册
《苏轼文集》　孔凡礼点校　中华书局 1986 年版
《双溪集》　宋·王炎撰　《影印文渊阁四库全书》本　第 1155 册
《双峰猥稿》　宋·舒邦佐撰　清道光本
《宋元笔记小说大观》　上海古籍出版社编　上海古籍出版社 2001 年版
《苏轼选集》　王水照编　上海古籍出版社 1984 年版
《四书章句集注》　宋·朱熹撰　中华书局 1983 年版
《四朝闻见录》　宋·叶绍翁撰　沈锡麟、冯惠民点校　中华书局 1989 年版
《石林燕语》　宋·叶梦得撰　宇文绍奕考异　中华书局 1984 年版
《山中白云词疏证》　江昱疏证　《强村丛书》本　广陵书社 2005 年版
《山中白云词》　吴则虞校辑　中华书局 1983 年版
《山中白云词》　葛渭君、王晓红校辑　辽宁教育出版社 2001 年版
《山中白云词笺》　黄畬校笺　浙江古籍出版社 1994 年版
《水心集》　宋·叶适撰　明·黎谅编　《影印文渊阁四库全书》本　第 1164 册
《水云村稿》　元·刘壎　《影印文渊阁四库全书》本　第 1195 册
《剡源文集》　元·戴表元撰　明·周仪辑编　《影印文渊阁四库全书》本　第

1194 册
《山村遗集》　元・仇远撰　清・项梦昶编　《影印文渊阁四库全书》本　第1198 册
《松雪斋集》　元・赵孟頫　《影印文渊阁四库全书》本　第 1196 册
《遂昌杂录》　元・郑元祐　《影印文渊阁四库全书》本　第 1040 册
《升庵集》　明・杨慎　《影印文渊阁四库全书》本　第 1271 册
《珊瑚木难》　明・朱存理　《影印文渊阁四库全书》本　第 815 册
《四照堂集》　明・王猷定　《丛书集成续编》本　第 151 册　新文丰出版公司印行
《宋遗民录》　明・程敏政辑　《四库全书存目丛书》史部　第 88 册　齐鲁书社1996 年版
《宋遗民类集序列总目》　清・黄元中编　京师中华印书局印
《宋季忠义录》　清・万斯同辑　《丛书集成续编》　第 253 册
《思复堂文集》　清・邵廷采　浙江古籍出版社 1987 年版
《四库全书总目》　清・纪昀等编　中华书局 1965 年版
《四库全书简明目录》　清・永瑢等　古典文学出版社 1957 年版
《四库全书简明目录》　清・永瑢等著　傅卜棠点校　华东师范大学出版社 2012 年版
《四库未收书目提要》　清・阮元　商务印书馆 1955 年版
《四库提要辨正》　余嘉锡　中华书局 2007 年版
《宋诗钞》　清・吴之振编　上海古籍出版社 1993 年版
《宋诗纪事》　清・厉鹗　《影印文渊阁四库全书》本　第 1485 册
《宋诗纪事》　清・厉鹗辑　上海古籍出版社 2013 年版
《宋诗选注》　钱锺书选注　人民文学出版社 1958 年版
《宋诗纪事补遗》　清・陆心源撰　徐旭、李建国点校　山西古籍出版社 1997 年版
《宋四家词选目录序论》　清・周济　《词话丛编》本
《双砚斋词话》　清・邓廷桢　《词话丛编》本
《十驾斋养新录》　清・钱大昕著　陈文和、孙显军校点　江苏古籍出版社 2000 年版
《宋元学案》　清・黄宗羲著　全祖望补修　陈金生、梁运华点校　中华书局 1986年版
《苏州府志》（四）　清・李铭皖、冯桂芬等纂　《中国方志丛书・华中地方・第五号》清・光绪九年刊本影印　成文出版社有限公司印行
《声执》　陈匪石　《词话丛编》本
《释氏十三经》　中国佛学院、中国佛教协会编　书目文献出版社 1989 年版
《宋季三朝政要笺证》　元・佚名撰　王瑞来笺证　中华书局 2010 年版
《庶斋老学丛谈》　元・盛如梓　《影印文渊阁四库全书》本　第 866 册
《说郛》　元・陶宗仪编　《影印文渊阁四库全书》本　第 876—878 册
《宋人年谱丛刊》　吴洪泽、尹波主编　四川大学出版社 2003 年版
《三余集》　宋・黄彦平撰　《影印文渊阁四库全书》本　第 1132 册
《诗薮》　明・胡应麟　上海古籍出版社 1979 年版

《说诗晬语》　清·沈德潜著　霍松林校注　人民文学出版社 1979 年版
《宋会要辑稿》　清·徐松辑　中华书局 1957 年版
《诗源辩体》　许学夷　人民文学出版社 1987 年版
《宋百家诗存》　清·曹庭栋　《影印文渊阁四库全书》本　第 1477 册
《宋集序跋汇编》　祝尚书编　中华书局 2010 年版
《宋代政治与文学研究》　沈松勤　商务印书馆 2010 年版
《宋代家族与文学研究》　张剑、吕肖奂、周扬波　中国社会科学出版社 2009 年版
《宋代科举与文学考论》　祝尚书　大象出版社 2006 年版
《诗国高潮与盛唐文化》　葛晓音　北京大学出版社 1998 年版
《宋诗话全编》　吴文治主编　凤凰出版社 1998 年版
《隋唐五代燕乐杂言歌辞研究》　王昆吾　中华书局 1996 年版
《隋唐五代文论选》　周祖诜　人民文学出版社 1999 年版
《宋元戏曲史》　王国维　上海古籍出版社 1998 年版
《宋代文学史》　孙望、常国武等编　人民文学出版社 1996 年版
《宋代文学通论》　王水照主编　河南大学出版社 1997 年版
《宋代词学资料汇编》　张惠民编　汕头大学出版社 1993 年版
《宋词选》　胡云翼编　上海古籍出版社 1982 年版
《宋词赏析》　沈祖棻　上海古籍出版社 1980 年版
《宋词辩》　谢桃坊　上海古籍出版社 1999 年版
《宋南渡词人群体研究》　王兆鹏　台北文津出版社 1992 年版
《宋遗民词选注》　沙灵娜选注　巴蜀书社 1995 年版
《宋词文化与文学新视野》　沈家庄　人民文学出版社 2001 年版
《宋词文化学研究》　蔡镇楚　湖南人民出版社 1999 年版
《宋词与民俗》　黄杰　商务印书馆 2005 年版
《宋代咏物词史论》　路成文　商务印书馆 2005 年版
《宋元之际的哲学与文学》　罗立刚　复旦大学出版社 1999 年版
《宋元诗社研究丛稿》　欧阳光　广东高等教育出版社 1996 年版
《宋明理学与中国文学》　许总　百花洲文艺出版社 1999 年版
《宋金元文论选》　陶秋英　人民文学出版社 1999 年版
《三松堂学术论文集》　冯友兰　北京大学出版社 1984 年版
《十九世纪文学主流》（第一分册）　丹麦·勃兰兑斯　人民文学出版社 1997 年版
《审美之维》　美·马尔库塞著　李小兵译　三联书店 1989 年版
《丝毫编》　王曾瑜　河北大学出版社 2009 年版
《斯文：唐宋思想的转型》　包弼德著　刘宁译　江苏人民出版社 2001 年版
《诗词散论》　缪钺　上海古籍出版社 1982 年版
《士与中国文化》　余英时　上海人民出版社 2003 年版
《生活在清朝的人们》　冯尔康　中华书局 2005 年版
《师友记往——余英时怀旧集》　余英时　北京大学出版社 2013 年版

T

《坛经校释》　唐·慧能著　郭朋校释　中华书局1983年版

《唐摭言》　五代·王定保撰　姜汉椿校注　上海社会科学院出版社2003年版

《太仓稊米集》　宋·周紫芝撰　《影印文渊阁四库全书》本　第1141册

《唐才子传校笺》　傅璇琮主编　中华书局1987年版

《通鉴胡注表微》　陈垣　辽宁教育出版社1997年版

《桯史》　宋·岳珂撰　吴企明点校　中华书局1981年版

《桐江集》　元·方回撰　宛委选　《丛书集成三编》本　第47册

《桐江续集》　元·方回　《影印文渊阁四库全书》本　第1193册

《桐江集》　元·方回　清·阮元辑　《影印宛委别藏》本　江苏古籍出版社1988年版　第105册

《听秋声馆词话》　清·丁绍仪　《词话丛编》本

《体斋诗话》　陈知柔撰　郭绍虞编　《宋诗话辑佚》(下)　中华书局1980年版

《唐五代两宋词选释》　俞陛云　上海古籍出版社1985年版

《唐宋词选释》　俞平伯　人民文学出版社1979年版

《唐宋名家词选》　龙榆生编选　上海古籍出版社1980年版

《唐宋词简释》　唐圭璋选释　人民文学出版社2010年版

《唐宋词通论》　吴熊和　浙江古籍出版社1989年版

《唐宋人词话》　孙克强编　河南文艺出版社1999年版

《唐宋词史》　杨海明　天津古籍出版社1998年版

《唐宋词风格论》　杨海明　上海社会科学院出版社1986年版

《唐宋词论稿》　杨海明　浙江古籍出版社1988年版

《唐宋词美学》　杨海明　江苏教育出版社1998年版

《唐宋词研究》　日·青山宏著　程郁缀译　北京大学出版社1995年版

《唐宋词与唐宋歌妓制度》　李剑亮　浙江大学出版社1999年版

《唐宋词社会文化学研究》　沈松勤　浙江大学出版社2000年版

《唐宋词流派史》　刘扬忠　福建人民出版社1999年版

《唐宋词与商业文化关系研究》　王晓骊　中国社会科学出版社2004年版

《唐宋词史论》　王兆鹏　人民文学出版社2000年版

《唐代酒令艺术——关于敦煌舞谱、早期文人词及其文化背景的研究》　王昆吾　东方出版中心1995年版

《唐宋文史论丛及其他》　傅璇琮　大象出版社2004年版

《唐代重大历史事件与文学研究》　胡可先　浙江大学出版社2007年版

《唐代使府与文学》　戴伟华　广西师范大学出版社1998年版

《唐宋诗词考论》　王兆鹏　中国社会科学出版社2013年版

《唐代进士行卷与文学》　程千帆　上海古籍出版社1980年版

《唐宋人选唐宋词》　唐圭璋、蒋哲伦、王兆鹏等校点　上海古籍出版社2004年版

《唐代干谒与文学》　王佺　中华书局2011年版

《唐诗综论》　林庚　清华大学出版社 2006 年版
《谈艺录》　钱锺书　中华书局 1984 年版
《陶渊明集笺注》　袁行霈　中华书局 2003 年版
《陶渊明研究》　袁行霈　北京大学出版社 1997 年版
《陶渊明资料汇编》　中华书局 1962 年版
W
《文心雕龙注释》　南朝梁·刘勰著　周振甫注　人民文学出版社 1981 年版
《文心雕龙注》　范文澜　人民文学出版社 1958 年版
《五灯会元》　宋·普济著　苏渊雷点校　中华书局 1984 年版
《武林旧事》　宋·周密撰　周峰点校　文化艺术出版社 1998 年版
《文山先生文集》　宋·文天祥撰　《四部丛刊》本
《文山诗选》　张玉奇选注　江西人民出版社 1986 年版
《汪元量集校注》　宋·汪元量撰　胡才甫校注　浙江古籍出版社 1995 年版
《文定集》　宋·汪应辰　《影印文渊阁四库全书》本　第 1138 册
《文则》　宋·陈骙撰　《影印文渊阁四库全书》本　第 1480 册
《网山集》　宋·林亦之撰　《影印文渊阁四库全书》本　第 1149 册
《文忠集》　宋·周必大撰　周纶编　《影印文渊阁四库全书》本　第 1147—1149 册
《王著作集》　宋·王蘋撰　明·王观编　《影印文渊阁四库全书》本　第 1136 册
《韦斋集》　宋·朱松撰　《影印文渊阁四库全书》本　第 1133 册
《苇航漫游稿》　宋·胡仲弓撰　《影印文渊阁四库全书》本　第 1186 册
《文溪稿》　宋·李昴英　《影印文渊阁四库全书》本　第 1181 册
《文献集》　元·黄溍撰　明·张俭编　《影印文渊阁四库全书》本　第 1209 册
《吴文正集》　元·吴澄撰　吴当编　《影印文渊阁四库全书》本　第 1197 册
《文献通考》　元·马端临　浙江古籍出版社 2000 年版
《吴都文粹续集》　明·钱穀编　《影印文渊阁四库全书》本　第 1386 册
《王国维文集》　姚淦铭、王燕编　中国文史出版社 1997 年版
《王国维文选》　林文光选编　四川文艺出版社 2009 年版
《王国维文学论著三种》　王国维　商务印书馆 2010 年版
《王国维遗书》　王国维　上海书店 1983 年版
《吴梅全集》　吴梅撰　河北教育出版社 2002 年版
《吴熊和词学论集》　吴熊和　杭州大学出版社 1999 年版
《王水照自选集》　王水照　上海教育出版社 2000 年版
《魏晋风度及其他》　鲁迅　上海古籍出版社 2000 年版
X
《续资治通鉴长编》　宋·李焘　中华书局 2004 年版
《续编两朝纲目备要》　佚名编　汝企和点校　中华书局 1995 年版
《象山先生全集》　宋·陆九渊　上海商务印书馆 1935 年版

《席上腐谈》　宋·俞琰　《影印文渊阁四库全书》本　第1061册
《谢叠山全集校注》　宋·谢枋得著　熊飞、漆身起、黄顺强校注　华东师范大学出版社1994年版
《须溪词》　宋·刘辰翁撰　吴企明校注　上海古籍出版社1998年版
《西麓诗稿》　宋·陈允平　《丛书集成续编》本　第166册
《辛弃疾年谱》　邓广铭　生活·读书·新知三联书店2007年版
《辛弃疾全集》　宋·辛弃疾著　徐汉明点校　崇文书局2013年版
《辛稼轩诗文笺注》　辛弃疾撰　邓广铭辑校审订　辛更儒笺注　上海古籍出版社1995年版
《辛弃疾资料汇编》　辛更儒编　中华书局2005年版
《雪坡集》　宋·姚勉撰　姚龙起编　《影印文渊阁四库全书》本　第1184册
《雪山集》　宋·王质撰　《影印文渊阁四库全书》本　第1149册
《西山文集》　宋·真德秀撰　《影印文渊阁四库全书》本　第1174册
《霞外诗集》　元·马臻　《影印文渊阁四库全书》本　第1204册
《雪楼集》　元·程钜夫　《影印文渊阁四库全书》本　第1202册
《新安文献志》　明·程敏政编　《影印文渊阁四库全书》本　第1376册
《续资治通鉴》　清·毕沅撰　中华书局1957年版
《西圃诗说》　清·田同之撰　郭绍虞编　《清诗话续编》本（上）　上海古籍出版社1983年版
《新元史》　柯劭忞　中华民国九年（1920）　天津徐氏退耕堂刻本
《夏承焘集》　夏承焘　浙江古籍出版社、浙江教育出版社1998年版
《玄学与魏晋士人心态》　罗宗强　南开大学出版社2003年版
《许衡评传》　陈正夫、何植靖　南京大学出版社1995年版
《湘绮楼诗文集》　王闿运著　马积高主编　岳麓书社1996年版
《纤微编》　王曾瑜　河北大学出版社2011年版
《现代学林点将录》　胡文辉　广东人民出版社2010年版
《现代危机与思想人物》　余英时　生活·读书·新知三联书店2005年版
《新宋学》（第一辑）　王水照主编　上海辞书出版社2001年版
《学问的气象》　袁行霈　新世界出版社2009年版
Y
《云庄集》　宋·曾协撰　《影印文渊阁四库全书》本　第1140册
《义丰集》　宋·王阮撰　《影印文渊阁四库全书》本　第1154册
《缘督集》　宋·曾丰撰　《影印文渊阁四库全书》本　第1156册
《杨万里诗文集》　宋·杨万里著　王琦珍整理　江西人民出版社2006年版
《杨万里集笺校》　宋·杨万里撰　辛更儒笺校　中华书局2007年版
《杨万里范成大资料汇编》　湛之编　中华书局1964年版
《于湖居士文集》　宋·张孝祥著　徐鹏校点　上海古籍出版社2009年版
《义丰集》　宋·王阮撰　《影印文渊阁四库全书》本　第1154册

《玉海》　宋·王应麟撰　《影印文渊阁四库全书》本　第943—948册
《游宦纪闻》　宋·张世南撰　张茂鹏点校　中华书局1981年版
《彝斋文编》　宋·赵孟坚　《影印文渊阁四库全书》本　第1181册
《乐府补题》　宋·王沂孙等　《强村丛书》本　广陵书社2005年版
《乐府指迷》　宋·沈义父　《词话丛编》本
《萤雪丛说》　宋·俞成撰　百川学海本
《叶适集》　宋·叶适著　刘公纯、王孝鱼、李哲夫点校　中华书局2010年版
《永嘉四灵诗集》　陈增杰校点　浙江古籍出版社1985年版
《月泉吟社诗·诗评》　宋·吴渭编　《影印文渊阁四库全书》本　第1359册
《月洞吟》　元·王镃　《影印文渊阁四库全书》本　第1189册
《养蒙文集》　元·张伯淳　《影印文渊阁四库全书》本　第1194册
《养吾斋集》　元·刘将孙　《影印文渊阁四库全书》本　第1199册
《瀛奎律髓汇评》　元·方回选评　李庆甲集评校点　上海古籍出版社2005年版
《延祐四明志》　元·袁桷　《影印文渊阁四库全书》本　第491册
《袁桷集校注》　杨亮校注　中华书局2012年版
《养蒙文集》　元·张伯淳　《影印文渊阁四库全书》本　第1194册
《元史》　明·宋濂等　中华书局1976年版
《越缦堂读书记》　清·李慈铭撰　由云龙辑　中华书局2006年版
《越缦堂日记》　清·李慈铭撰　辽宁教育出版社2001年版
《粤西文载》　清·汪森编　《影印文渊阁四库全书》本　第1465—1467册
《乐府指迷笺释》　蔡嵩云笺释　人民文学出版社1963年版
《宜兴县志》　《中国方志丛书》　第221册　成文出版社有限公司印行
《雨村词话》　清·李调元　《词话丛编》本
《元诗选》　清·顾嗣立编　中华书局1987版
《阳羡词派研究》　严迪昌　齐鲁书社1993年版
《艺术的哲学》　匈牙利·豪塞尔著　陈超南、刘天华译　中国社会科学出版社1992年版
《严复集》　严复撰　中华书局1986年版
《与庄共舞：人生的自救之道》　王蒙　生活·读书·新知三联书店2014年版
《倚天屠龙记》　金庸　生活·读书·新知三联书店1994年版
《野鸿诗的》　清·黄子云撰　王夫之等撰　《清诗话》本　上海古籍出版社1978年版

Z

《庄子集释》　清·郭庆藩撰　王孝鱼点校　中华书局1961年版
《庄子今注今译》　陈鼓应注译　中华书局1983年版
《中论》　汉·徐干　《影印文渊阁四库全书》本　第696册
《朱子语类》　宋·黎靖德编　王星贤点校　中华书局1986年版
《藏一话腴》　宋·陈郁　《影印文渊阁四库全书》本　第865册

《志雅堂杂抄》　宋·周密　清道光三十年（1850）南海伍氏刻本
《郑思肖集》　宋·郑思肖著　陈福康校点　上海古籍出版社1991年版
《增订湖山类稿》　宋·汪元量撰　孔凡礼辑校　中华书局1984年版
《自堂存稿》　宋·陈杰　《影印文渊阁四库全书》本　第1189册
《增订注释张炎词》　朱德才主编　文化艺术出版社1999年版
《则堂集》　宋·家铉翁　《影印文渊阁四库全书》本　第1189册
《尊白堂集》　宋·虞俦撰　《影印文渊阁四库全书》本　第1154册
《拙斋文集》　宋·林之奇撰　《影印文渊阁四库全书》本　第1140册
《烛湖集》　宋·孙应时撰　《影印文渊阁四库全书》本　第1166册
《字溪集》　宋·阳枋撰　《影印文渊阁四库全书》本　第1183册
《竹坡类稿》　宋·吕午撰　国家图书馆藏清抄本
《竹溪鬳斋十一稿续集》　宋·林希逸撰　林式之编　《影印文渊阁四库全书》本　第1185册
《赵氏铁网珊瑚》　王口撰　《影印文渊阁四库全书》本　第815册
《朱子全书》（修订本）　宋·朱熹撰　朱杰人、严佐之、刘永翔主编　上海古籍出版社、安徽教育出版社2010年版
《资治通鉴前编》　宋·金履祥撰　《影印文渊阁四库全书》本　第332册
《直斋书录解题》　宋·陈振孙著　徐小蛮、顾美华点校　上海古籍出版社1987年版
《张孝祥词笺校》　宋·张孝祥撰　宛敏灏笺校　祖保泉审订　黄山书社1993年版
《滋溪文稿》　元·苏天爵著　陈高华、孟繁清点校　中华书局1997年版
《渚山堂词话》　明·陈霆　《词话丛编》本
《昭昧詹言》　清·方东树撰　汪绍楹校点　人民文学出版社1961年版
《山堂肆考》　明·彭大翼撰　《影印文渊阁四库全书》本　第975册
《藏园群书题记》　傅增湘　上海古籍出版社1989年版
《著砚楼读书记》　潘景郑　辽宁教育出版社2002年版
《中国通史》　吕思勉　中国商业出版社2012年版
《哲学的精神》　冯友兰　陕西师范大学出版社2010年版
《中国历代政治得失》　钱穆　九州出版社2012年版
《中国历史研究法》　钱穆　生活·读书·新知三联书店2001年版
《中国文学论丛》　钱穆　生活·读书·新知三联书店2002年版
《朱子学提纲》　钱穆　生活·读书·新知三联书店2014年版
《朱熹的历史世界——宋代士大夫政治文化的研究》　余英时　生活·读书·新知三联书店2004年版
《祖宗之法——北宋前期政治述略》　邓小南　生活·读书·新知三联书店2006年版
《中国文学家大辞典》（宋代卷）　曾枣庄主编　中华书局2004年版
《中国文学发展史》　刘大杰　百花文艺出版社1999年版
《中国文学史》　中国科学院文学研究所编写　人民文学出版社1962年版
《中古文学史论》　王瑶　北京大学出版社1986年版

《中国传统人文精神论要——从隐逸文化、文艺实践及封建政治的互动分析入手》 徐清泉 上海社会科学院出版社 2003 年版
《中国隐士与中国文化》 蒋星煜 上海书店 1989 年版
《中国佛教通史论述》 大乘文化出版社 1978 年版
《中国哲学的生命和方法》 吴怡 台北东大图书有限公司 1981 年版
《中国哲学发展史》 吴怡 台北三民书局 1984 年版
《中国美学史大纲》 叶朗 上海人民出版社 1985 年版
《中国艺术精神》 徐复观 春风文艺出版社 1987 年版
《中国文化史通释》 余英时 生活·读书·新知三联书店 2012 年版
《中国科举史》 刘海峰、李兵 东方出版社 2004 年版
《中国科举文化》 刘海峰 辽宁教育出版社 2010 年版
《中国散文史》 陈柱 东方出版社 1996 年版
《中国古典诗词感发》 顾随著 叶嘉莹笔记 顾之京、高献红整理 北京大学出版社 2012 年版
《宗白华选集》 叶朗、彭锋编选 天津人民出版社 1996 年版
《詹安泰词学论集》 詹伯慧编 汕头大学出版社 1997 年版
《周密及其词研究》 萧鹏 齐鲁书社 1993 年版
《张炎词研究》 杨海明 齐鲁书社 1989 年版
《朱自清说诗》 朱自清 上海古籍出版社 1998 年版
《中国文学简史》 林庚 清华大学出版社 2007 年版
《宰相故事：士大夫政治下的权力场》 王瑞来 中华书局 2010 年版
《朝歌集》 张晖著 张霖编 浙江大学出版社 2014 年版
《中国现代文学编年史：以文学广告为中心（1915—1927）》 钱理群 北京大学出版社 2013 年版
《赵氏铁网珊瑚》 明·朱存理撰 《影印文渊阁四库全书》本 第 815 册

后　记

本书是广东省哲学社会科学“十二五”规划项目“南宋干谒与文学”（GD11XZW06）的最终成果。经过多位专家匿名鉴定，该项目以“良好”等级顺利结项。结项后，通过进一步修改润饰，以“文化视野下的南宋干谒风气与文学创作研究”为名奉献给读者。在此，聊缀数语以纪念它的问世。

这本书，是我的第二部著作，整整写了六年。我在修订出版博士学位论文《南宋遗民词人研究》① 的那年，开始选择“南宋干谒与文学”作为新的研究方向，至今，六年时间过去了。从发表第一篇这方面的学术论文《南宋干谒与文学论纲》② 到这本专著的最终完成，其间备尝艰辛。此时此刻，重读旧作，“万千心事难寄”，每一段文字，几乎都让我回想起当年研究与写作的辛劳。但这并不意味着我研究工作的结束，反而是我从事学术研究新的开始，是我在学术长征路上迈出的一小步。我从中得到了一种比较持久的研究兴趣。这兴趣的形成，除了在寻找材料、辑录文字世界中的吉光片羽写作论文的过程中，认识与了解了故纸堆中大量有声有光的人和事以外，还有更加重要的：在现实生活中，在中山大学访学、曲阜师范大学做博士后期间，认识了两位恩师。在与恩师张海鸥、张玉璞先生的接触交往中，我受到他们的教导与鼓励，增加了做学问的勇气与信心。

博士毕业后，还能继续深造，遇到张海鸥、张玉璞两位名师，是我人生最大的幸运。他们的个性、风格或有不同，相同的是正直、善良、淳厚、治学严谨、视野宏通。他们具有袁行霈先生所赞赏的大家气象：“如释迦之说法，霁月之在天，庄严恢宏，清远雅正。不强服人而人自服，无庸标榜而下自成蹊。”③ 两位先生的为人为学正是这段话的最佳注脚。

海鸥先生是我的硕导沈家庄先生、博导程郁缀先生的知交好友。我私下觉得海鸥师的性情、学问、才气、识力甚至经历与家庄师有许多神似之处。他们都是性情中人，简略通达，且都师出名门、才华横溢，为人热情奔放、豪气干云天，既是著名学者，也是蜚声海内外的诗人。他们那种淡泊于名利、超然于奔趋的心境令我由衷钦佩，值得我效仿学习。我对海鸥师有一见如故之感，与他相处，感到十分轻松与愉悦。海鸥师凭借对古代文学尤

① 凤凰出版社 2011 年版。

② 《重庆文理学院学报》2011 年第 4 期。

③ 袁行霈：《学问的气象》，新世界出版社 2009 年版，第 11 – 12 页。

其是北宋诗学、两宋雅韵、宋代文人的文化性格与人生思考以及宋词文体特征深入细致的感受与分析，于他人不到处别生只眼，寄妙理于陈规之外，出新意于故纸之中，让人感受到冷静而理智的学术品格与内在的对人生的激情的融合，每次与海鸥师交谈，都能感受到他意气风发、文采斐然、新见迭涌的学者兼才子气质。特别令我感动的是，访学结束，一向不轻易许人的张老师，在我访学评语中写道："学术视野开阔，信息获取能力很突出，研究方向明确，勤奋努力，表现出优秀的学术素质和文化修养，一年来成果丰硕。"看到这些灼热的语句，我心潮澎湃，泪欲夺眶而出。老师的鼓励，对我是一种莫大的鞭策，大大提高了我做学问的信心，同时也暗下决心，绝不能辜负老师的期许与厚爱，今后要在求学之路上持之以恒地刻苦钻研，千万不能辱没燕门的名声。

恩师张玉璞先生风神俊朗，一表人才，温文尔雅而又和蔼可亲，学问大又善生活，奖掖后进，嘉惠来学不遗余力，穆如春风，气象蔼然。他是我的偶像。他的才情与人格令人深深折服。玉璞师是学者，也是著名的书法家，是中国古代文学与书法学两个方向的博士生导师。多年来他一直致力于研究中国古代文人的生命形态。宋代文人那种精致、平淡、含蓄、高雅的艺术人生，更是他重点研究的对象。每次想到玉璞师，就像有一缕缕春风在吹拂着我的心田，在最需要的时候帮我涤荡心头的烦恼。我能从他身上感受到中国优秀传统文化所蕴藏的丰厚生命活力，这活力能给我以神奇的激励。他生动有力地叙述了对中国古代文人如陶渊明、白居易、苏东坡、辛弃疾、陆游感情世界和心理因素积极方面的关注，并进行了深层次的开掘与探索，这对我凝铸和塑造积极向上的思想性格和文化心理，无疑起到不可估量的巨大作用。他教我懂得爱与感恩等积极、健康、乐观的健全人格。在如今呆板冷漠的高校教育中，遇到恩师张玉璞先生这样一位气度高雅，能够给予学生热情帮助与心灵启迪的良师，我倍感亲切和欣喜！每次阅读张老师的著作，就像与一位"直、谅、多闻"，既见性情又有学问、面目温和、态度可亲、莫逆于心的良师知友交谈。每当打开他的《浅酌低唱——宋代词人的文化精神与人生意趣》[①]，恰似多情的故人来，晨昏忧乐每相亲，可以陪伴我打发寂寞的黄昏，无聊的子夜，为我解闷、解惑，和我亲切友好地做着心灵上的交流，可以逗出我的笑与泪，可以激发我的爱与恨，使我在无形之中，对人间万象，世上苦乐，多有了一番会心、领悟，给我以莫大的启示，使我得以从人生的失意苦闷中超脱出来，升华自己，摆脱难以避免的羁绊，征服无法想象的困难。恩师玉璞先生在我最需要帮助的时刻支持我，给我以博大无私的关怀，每一次都让我抱歉至极又感动至深。云山苍苍，江水泱泱，先生之风，山高水长。

他们是我人生的榜样与导师，他们的教导与示范，值得我一生去学习和领悟。我对两位先生满怀着由衷敬意与深深感激。《诗经》中有"投桃报李"之说，唐代孟郊留下"谁言寸草心，报得三春晖"的动人诗句，古人以忠报君恩，以孝报亲恩，以节报夫恩，以义报友恩。我唯有用努力工作、勤奋钻研来报答两位恩师似海般辽阔的恩情。

在全力以赴写作此书的六年时光里，我得到了许多亲朋好友宝贵的支持和鼓励，在本书即将出版之际，我谨向他们表达最诚挚的谢意。

肇庆学院历史旅游学院、西江历史文化研究中心的刘利平教授是我的同乡、挚友，我

① 济南出版社2008年4月修订版，2009年1月第2次印刷。

们时相过从，常在一起探讨学问与人生，深感友朋切磋之乐。写作本书时多匡予不逮，他还热情地为本书联系出版社并提出许多宝贵的建议。在与刘教授的交往中，他那深厚的学养、对中国古代历史的卓越见解以及对现实人生的深刻洞察，让我深获教益。

我衷心感谢暨南大学出版社的张仲玲副社长。她对本书的出版提供了热情的帮助，在本书定稿过程中，她提出一些富有启迪性的建议和意见，对本书臻于完善，有重要的作用。

我也向我的同事、好友，肇庆学院科研处处长胡海建教授、刘黎明先生，文学院的王敏院长、鲍昌宝院长、陈明华书记、孟建安教授、苏文兰、卢永和、陈伟江、倪海燕、熊沛军、刘炳辰、戚真赫（她离开这个纷纷扰扰的人世已经一年多了）、唐碧红和我的同乡好友曾晓渊、刘刚、郑安徽、唐文武、晏为民表达我的感激，他们的友谊和支持，对于我一直是莫大的激励。

我曾与广东外语外贸大学的陈恩维教授、河北师范大学的江合友教授、湖南师范大学的吕双伟教授、西南交通大学的刘玉珺教授、扬州大学的郭院林教授、陕西师范大学的曹胜高教授、暨南大学的张振谦博士和曾肖博士、北京对外经济贸易大学的王佺博士、中国人民大学的徐楠博士、北京外国语大学的姚斌博士、厦门大学的张治博士、河南大学的郭宝军博士、曲阜师范大学书法学院副院长朱乐朋教授、曲阜师范大学的陈锦春博士、重庆文理学院的田小中博士、凤凰出版社（原江苏古籍出版社）的樊昕博士有过多次关于中国古代文学研究如何走向现代化问题的愉快讨论，他们的支持和鼓励对我的写作是一种推动。

在写作此书的几年里，我始终得到学生李季和冯勃的关心和帮助，分享了讨论的乐趣。2014 年 11 月，在我们的共同努力下，李季同学的科研项目《网络文学作品对古典诗词的接受与传播——基于对年轻受众的电子问卷调查结果的统计分析》获得 2014 年国家级大学生创新训练计划项目（项目编号：201410580016）；在冯勃同学的帮助下，我成功完成了广东省质量工程项目“中国古代文学精品视频公开课”的录制工作，在此我向他们表示深切的感谢。

我要向本书所引用文字的编者、作者尤其是夏承焘、龙榆生、唐圭璋、吴熊和、傅璇琮、曾枣庄、王水照、王兆鹏、沈松勤、辛更儒、张宏生、程章灿、祝尚书、杨海明、刘扬忠、钱建状、张剑、张晖、张伯伟、王瑞来、陈寅恪、吕思勉、钱穆、余英时、唐德刚、黄仁宇、高华等先生表达我的由衷敬意与深深感激，没有他们提供的资料基础和研究方法，我要完成这本书是不可能的。还有大量专家学者的研究成果也给了我启发和帮助，他们的名字有长长的一串，在这里我就不一一列举了，他们的名字在我心头永远铭记，我永远感激他们。

红了樱桃，绿了芭蕉，容易把人抛的流光改变了我们。唯一不变的是，导师程郁缀先生对我的关怀与指导。立雪程门三载，深感春风时雨之化，每次看到郁缀师亲切雍容、谦冲慈爱的面貌，想到他笑容可掬、循循善诱，传我知识、教我做人、勉我上进的情景，心中便充满了无限的温馨之意。回顾昔日，春风雨泽，固常在心田，我从先生那里所收获的，又岂止于学术一端。程先生是原北京大学社会科学部部长，公务十分繁忙，然而他在百忙之中还关心着我的学习和成长，处处扶持，一再鼓励，不仅认真细致地审阅了本书中的一些重要章节，还不辞辛苦、三番五次地为本书提出了许多重要的指导与修改意见。本书从构思、写作，到篇章布局、字句的敲定，都得到恩师郁缀先生的悉心指导，倾注了他大量的心血与汗水。我反复默诵着修改、指导意见里那些充满热情与希望的字句，既感且愧，自忖驽钝之质、识小之材，历年碌碌、无所长进，乃得先生眷顾若此，实在是激动万分，情难自已。在北京大学攻读博士学位，是我人生中最重要也最难忘的时光——未名湖畔、博雅塔下、均斋书室，聆听先生侃侃而谈、谆谆教诲，此情此景，历历在目，恍如昨日。感光阴之易逝，叹岁月之蹉跎，博士毕业，离别我慈爱的导师，来到南方小城肇庆，转眼之间已过十年，正是：浮云一别后，流水十年间。此时此刻，我想到百剑堂主，想到他的："一卷书来，十年萍散，人间事本匆匆。当时并辔，桃李媚春风。几许少年俦侣，同游日，酒与情浓。而今看，斜阳归路，芳陌又飞红。"谨以此书献给我无比想念、无比崇敬的恩师程郁缀先生。

最后，我要深深地感谢我的家人——妻子欧蔚贤和女儿丁思羽。在研究与写作过程中，家庭是我取之不尽、用之不竭的宝贵财富，让我在其中得到了极大的安慰与放松。我的妻子在每天工作之余，承担了全部的家务，使我可以专心致志进行研究。爱女丁思羽为我的生活增添了无限的生机，让我感受到生活之乐趣。为了写作这本书，这些年我一直没有多少时间陪她们外出游玩，也不能经常与孩子讨论她的功课，没有她们的支持、帮助和理解，我要完成此书是完全不可能的。

这本书出版时，我已到了不惑之年。父母年事已高，多年来为子女忧劳，含辛茹苦供我读书、盼我成才，每念及此，总是潸然泪下，黯然神伤。四十年来，我这个不肖子真是深恩负尽。重重心债，原是欠下了一世。

丁 楹

记于肇庆学院之西苑寓所

2016 年 10 月 11 日凌晨二时